파비안 리스크 **Fabian Risk**

얼마 전까지 스웨덴 스톡홀름의 국립 범죄수사국 강력반 형사로 근무하다가 6개월 전 겪은 사건(이어지는 2권을 통해 알 수 있다)의 트라우마로 인해 사직서를 내고 고향인 헬싱보리로 내려왔다. 마흔세 살 중년의 나이지만 그보다 10년은 젊어 보이는 외모와 마르고 민첩한 몸을 지녔다. 냉철한 판단과 끈질긴 저력으로 사건 수사에 있어서는 몸을 사리지 않고 뛰어드는 반면, 수사에 관한 일이라면 상관의 지시나 원칙 따위는 가볍게 무시해버리는 반항적인 기질도 갖고 있어 종종 상사들의 골칫거리가 되기 일쑤다. 화가인 아내와의 사이에 사춘기에 접어든 청소년기 아들과 저학년생 딸을 두고 있다. 언제나 일이 우선이라 가족에게는 늘 미안한 마음이지만, 어떻게 소통해야 할지 몰라 흔들리고 갈등하는 남편이자 아빠이기도 하다. 한 차례 별거 위기를 극복하고 가족 관계 회복을 위해 노력 중이다.

얼굴 없는 살인자

파비안
리스크
시리즈
1

얼굴 없는 살인자

OFFER
UTAN
ANSIKTE

스테판 안헴 지음 | 김소정 옮김

마시멜로

사흘 전

맨살을 드러낸 배 위로 까마귀가 올라타더니 날카로운 발톱으로 뱃살을 움켜잡았다. 처음 몇 번은 까마귀의 묵직함을 느끼고 깨어난 남자가 위협하면 까마귀를 쫓아버릴 수 있었다. 하지만 이번에는 까마귀가 무서워하기는커녕 쉽게 물러나지도 않았다. 까마귀는 단호한 태도로 남자의 배 위에서 서성거렸다. 점점 더 참을성이 없어지고 배가 고파지는 것이 분명했다. 까마귀가 언제 남자의 살을 뜯어 먹기 시작할지는 이제 시간문제일 뿐이었다. 남자는 있는 힘껏 고함을 질러댔고 마침내 까마귀는 고막이 찢어질 듯한 소리를 내지르며 날아갔다.

처음에는 이 모든 일이 악몽이라고, 일단 잠에서 깨기만 하면 다 해결되리라고 생각했다. 하지만 눈을 떴을 때 남자는 암흑 말고는 아무것도 보지 못했다. 눈가리개가 눈을 덮고 있었다. 눈가리개 사이로 들어오는 햇빛과 따뜻한 산들바람 때문에 자신이 밖에 누워 있다는 사실을, 자신이 레오나르도 다빈치의 해부도에 실린 사람처럼 팔다리를 활짝 편 채로 차갑고 딱딱한 물체 위에 벌거벗고 누워 있음을 알았다. 하지만 그것이 남자가 확신할 수 있는 전부였다. 나머지는 모두 남자의 마음속에서 질문이 되어 쌓여갔다. 누가 나를 여기에 올려둔 걸까? 왜 이런 식으로 뉘어놓은 걸까?

자신을 묶은 줄에서 풀려나려고 또다시 팔과 다리를 힘껏 비틀어봤지만, 벗어나려 할수록 끈에 박힌 가시가 남자의 팔목과 발목을 파고들었다. 아픔은 3단 고음처럼 파고들었다. 마치 아홉 살 때 치과에서 마취약이 효과가 없음을 의사에게 제대로 알리지 못해서 겪어야 했던 끔찍한 고통을 다시 느끼는 것만 같았다.

하지만 그보다 끔찍한 고통은 또 있었다. 갑자기 남자는 지금까지 겪은 그 어떤 고통과도 비교할 수 없는 통증을 느꼈다. 용접 불꽃이 벌거벗은 남자의 몸을 천천히 관통하는 듯한 이 고통은 보통 하루에 한 번씩 느껴졌는데, 몇 시간이나 지속될 때도 있었다. 그 고통은 문득 멈췄다가 갑작스럽게 되돌아오기도 했고, 어떨 때는 한참이나 돌아오지 않기도 했다. 남자는 그 고통의 근원을 알아내려고 오랜 시간을 소비했다. 혹시 누군가 나를 고문하는 걸까? 어떻게 이런 일이 일어날 수 있을까? 하지만 이제는 그 이유를 찾으려는 노력은 그만뒀다. 남자는 이 끔찍한 고통을 참아내는 일에 자신의 모든 에너지를 쏟아부었다.

남자는 온 힘을 다해 구해달라고 소리쳤다. 하지만 남자의 목에서는 연약하고 보잘것없는 소리만 나왔다. 두 번째는 더 힘껏 소리쳤지만 메아리가 잦아드는 동안 남자가 들을 수 있는 것은 자신의 절박하고도 높은 외침뿐이었다. 결국 남자는 포기했다. 남자가 내는 소리를 들을 존재는 아무도 없었다. 그 까마귀 말고는.

남자는 자신에게 일어난 일들을 되짚어봤다. 물론 이미 몇 번이나 되짚었는지 잊어버릴 정도로 아주 많이 되짚어봤지만 말이다. 어쩌면 남자는 이런 일이 생긴 이유를 알게 해줄 소소한 단서를 놓쳤는지도 몰랐다. 그는 출근 시간까지 45분 이상 남은 오전 6시 직후에 집에서 나왔다. 날씨가 좋을 때는 늘 그렇듯이 차는 집에 두고 나왔다. 공원을 통과하는 데는 12분 정도밖에 걸리지 않으니 시간은 충분했다.

집에서 출발하자마자 남자는 뭔가 잘못됐음을 느낄 수 있었다. 그 느낌이 얼마나 강한지 남자는 걸음을 멈추고 주위를 둘러볼 정도였다. 하지만 이상한 점은 하나도 없었다. 그날 아침에는 오직 두 사람만 봤다. 낡은 피아트 푼토에 시동을 걸려고 애쓰는 이웃과 아름다운 금발과 치마를 산들바람에 나부끼며 자전거를 타고 가는 여자. 여자의 자전거에는 플라스틱으로 만든 데이지꽃이 꽂혀 있었다. 마치 여자가 자전거를 타고 거리로 나온 것은 전적으로 지나가는 사람들을 웃게 만들기 위해서라는 듯이. 하지만 남자는 그 데이지꽃을 봐도 전혀 웃음이 나오지 않았다.

엄청나게 불안하던 남자는 빨간불인데도 떨리는 다리를 이끌고 길을 건넜다. 절대로 빨간불에 길을 건너는 사람이 아닌데도 말이다. 그날 아침은 달랐다. 남자의 몸은 스프링처럼 아주 촘촘하게 말려 있었고, 공원을 중간쯤 통과했을 때는 누가 뒤에서 따라온다는 것을 분명히 알 수 있었다. 남자 뒤에서 자갈을 밟으며 걸어오는 사람은 테니스 신발을 신은 것 같았다.

문득 너무 빨리 걷고 있다는 생각이 든 남자는 일부러 걸음을 늦추려고 애썼다. 뒤에서 들려오는 발소리가 점점 가까워졌을 때, 남자는 돌아보고 싶은 충동을 눌러 참아야 했다. 심장은 극심하게 요동쳤고 식은땀이 파도처럼 남자의 온몸을 쓸어내렸다. 왠지 기절할 것만 같았다. 남자는 충동을 이기지 못하고 뒤를 돌아봤다. 뒤에서 걸어오던 남자는 정말로 테니스 신발을 신고 있었다. 검은색 리복. 그 남자가 입은 옷은 온통 검은색이었고 주머니가 아주 많았다. 배낭을 메고 한 손에는 헝겊을 들고 있었다.

검은 옷을 입은 남자의 얼굴은 그 사람이 고개를 들고 남자를 똑바로 쳐다볼 때 비로소 볼 수 있었다. 그때부터 일은 너무나도 빠르게 진행됐다. 검은 옷의 남자가 주먹으로 남자의 배를 힘껏 가격하자 극심한 통증이 온 신경으로 퍼져나갔다. 숨을 쉬기가 힘들어진 남자는 무릎을 꿇으며 바닥에 주저앉았고 얼굴을 덮는 천의 감촉을 느꼈다. 그 뒤로 떠올릴 수 있는 첫 번째 기억은 배를 파고드는 발톱 때문에 정신을 차렸다는 것이다.

남자의 머리 위 높은 곳에서 외로운 구름 한 점이 모래성처럼 덧없는 짧은 시간 동안 해를 가려줬다. 구름이 마침내 옆으로 이동해 완전히 사라지자 하늘은 스웨덴의 여름날에만 볼 수 있는 완벽한 파란색이 됐다. 해는 정밀하게 설치한 렌즈를 향해 자기가 가진 모든 힘을 쏟아부었고, 렌즈를 통과한 햇빛은 묶여 있는 남자 바로 옆의 초점을 향해 달려갔다. 지구의 자전은 그 초점을 제외한 나머지 부분만을 돌볼 뿐이었다.

남자가 마지막으로 들은 것은 자기 머리카락이 타면서 내는 지지직거리는 소리뿐이었다.

1부

2003년 가을, 심리학자 키플링 D. 윌리엄스는 사회적 배척 현상을 알아보려고 한 가지 실험을 했다. 세 명의 실험 참가자에게 온라인에서 공을 주고받는 게임을 하게 한 것이다. 어느 정도 시간이 지난 뒤에 세 참가자 가운데 두 사람이 자기들끼리만 공을 주고받았다. 이 두 사람은 사실 진짜 사람이 아니라 컴퓨터 프로그램이었다. 그 사실을 모르는 세 번째 참가자는 자신이 배척되고 있으며 거부당한다는 느낌을 받았다. 그 감정은 육체적 고통을 느낄 때와 동일한 뇌 부위가 활성화되는 모습을 MRI 상에서 관찰할 수 있을 정도로 아주 강력했다.

1

파비안 리스크로서는 자신이 기억하는 것보다 훨씬 많이 이 길을 지나다녔지만 지금처럼 편안하고 행복한 적은 없었다. 오늘 아침 일찍 그는 가족과 스톡홀름을 떠났고 그레나에서 오랫동안 점심을 즐겼다. 고향으로 돌아간다는 사실 때문에 느껴야 했던 불안은 벌써 사라지고 있었다.

소냐는 쾌활하다고 표현할 수 있을 만큼 행복해했다. 파비안이 점심으로 먹는 청어에 맥주를 곁들일 수 있도록 스몰란드부터 마지막 남은 거리는 자신이 운전하겠다고 제안할 정도였다. 모든 것이 거의 완벽에 가까워서 파비안은 이 모두가 그저 쇼가 아닐까 하는 생각까지 했다. 완전히 솔직하게 털어놓자면 파비안의 마음속 깊은 곳에서는 그들이 겪고 있는 문제에서 도망쳐 다시 시작한다는 것이 정말로 효과가 있을 리 없다고 생각했지만 말이다.

아이들로 말하자면 정확히 예상한 그대로 반응했다. 마틸다는 새로운 학교에서 4학년을 맞이해야 할 테지만, 아빠의 고향으로 돌아가는 일을 일종의 신나는 모험으로 생각하고 있었다. 테오도르는 마틸다만큼은 긍정적으로 반응하지 않았다. 심지어 자신은 스톡홀름에 남겠다며 부모를 위협하기까지 했다. 하지만 그레나에서 점심을 먹은 뒤로는 테오도르도 아빠의 고향에서 한번 살아보자는 생각을 한 것 같았고, 이동하는 동안 몇 번인가 이어폰을 빼고 말을 해다른 가족을 놀라게 하기까지 했다.

하지만 무엇보다도 좋은 점은 마침내 비명이 사라졌다는 것이다. 살려달라고 간청하고 매달리는 사람들의 고함과 비명이 지난 6개월간 꿈속에서도, 깨어 있을 때도 파비안의 귀에서 떠나지 않았다. 그 소리가 들리지 않는다는 사실을 깨달은 것은 스톡홀름 남부에 있는 쇠데르텔리에 부근을 지날 때였다. 하지만 그때는 그저 착각이라고 생각했다. 그런데 노르셰핑을 지난 뒤로는 1킬로미터를 달릴 때마다 그 목소리들이 점차 작아진다는 확신이 들었다. 그리고 556킬로미터를 달린 지금은 그 목소리들이 완전히 사라져버렸다.

스톡홀름에서의 삶과 지난겨울의 일들은 이미 오래전 과거처럼 느껴졌다. 이제 새롭게 시작하는 거야. 오늘부터 살게 될 집의 열쇠 구멍에 열쇠를 꽂아 넣으면서 파비안은 생각했다. 폴시에가탄의 새 집은 붉은 벽돌로 지은 영국식 연립주택이었다. 가족 가운데 이 집에 들어가 본 사람은 자신뿐이지만 다른 사람들이 어떻게 생각할지는 걱정되지 않았다. 이 집을 본 순간 그는 가족이 새로운 삶을 시작할 장소는 여기뿐이라는 확신이 들었다.

토가보리 마을에 있는 폴시에가탄 17번지는 엎어지면 코 닿을 데에 번화가가 있었고 모퉁이만 돌면 폴시에 숲에도 금방 갈 수 있었다. 파비안은 매일 아침 숲에서 조깅하고 가까운 클레이 코트에서 테니스를 다시 시작할 계획을 세웠다. 바다도 아주 가까웠다. 할라리드 언덕만 걸어 내려가면 어릴 때 자주 수영하러 다닌 프리아 바드 해변에 갈 수 있었다. 어릴 때 그는 프리아 바드 해변에 가면 노란색 공동 주택이 즐비한 달헴이 아니라 폴시에가탄에서 사는 척했다. 그리고 30년이 지난 지금, 드디어 파비안은 꿈을 이뤘다.

"아빠, 뭐 해? 전화 안 받아?"

테오도르가 말했다.

과거에서 벗어난 파비안은 인도에 나란히 서서 요란하게 울리는 전화 좀 받으라는 표정을 짓고 있는 가족을 쳐다봤다. 전화를 건 사람은 헬싱보리 경찰서 강력반에서 만나게 될 파비안의 새로운 상사, 정확히는 미래의 상사인 아스트리드 투베손이었다.

앞으로도 6주 동안은 서류 문제 때문에 파비안은 스톡홀름 경찰서 소속이었다. 겉으로 보기에는 파비안이 자발적으로 그만둔 모양새지만, 그의 옛 동료들은 대부분 정확히 무슨 일이 일어났는지 아는 것이 분명했다. 이제 파비안은 옛 직장에 다시는 발을 들이지 못할 것이다.

그 때문에 지금부터 6주 동안 파비안은 본의 아니게 휴가를 즐기게 됐는데, 생각하면 할수록 근사한 일 같기도 했다. 언제 이렇게 오랫동안 쉬었는지 기억할 수도 없었다. 대학을 졸업한 뒤로는 이렇게 쉬어본 적이 전혀 없는 것 같았다. 이 6주는 새로운 집과 도시에 적응하는 시간으로 활용할 계획이었다. 날씨가 허락하고 기분이 내키면 좀 더 따뜻한 곳으로 여행을 다녀올 수도 있을 듯했다.

파비안 가족이 절대로 하고 싶지 않은 것은 스트레스를 받는 일이었다. 아스트리드 투베손도 그 사실을 분명히 잘 알 것이었다. 그런데도 지금, 전화를 했다. 분명히 무슨 일이 벌어졌으니 전화를 했겠지만, 파비안과 소냐는 확실하게 약속한 것이 있었다. 이번 여름은 가족이 다시 하나가 되는 기회로 삼는다, 부모 역할을 나눠서 한다고 말이다. 파비안은 6주 동안 소냐가 가을에 전시할 그림을 마무리할 힘을 얻기를 바랐다.

그건 그렇고, 헬싱보리 경찰서에는 휴가를 즐기는 직원 말고는 부를 사람이 없는 걸까?

"응, 안 받아도 돼."

파비안은 주머니에 전화기를 넣으며 말했다. 서로 먼저 들어가겠다고 싸우는 테오도르와 마틸다 앞에서 그는 새집 문을 활짝 열었다.

"내가 당신이라면 일단 뒤뜰에 가볼 거야."

아이팟 스피커 한 짝을 들고 계단을 올라오는 소냐를 보면서 파비안이 말했다.

"전화 건 사람이 누군데?"

"중요한 거 아니야. 어서 집이나 둘러봐."

"정말?"

"그럼, 아무것도 아니야."

파비안의 말에도 소냐는 미심쩍다는 눈길로 남편을 쳐다봤고, 그는 주머니에서 전화기를 꺼내 아내에게 내밀었다.

"내 미래의 상사가 전화한 거야. 분명히 잘 도착했느냐고 인사하려는 거겠지."

파비안은 두 손으로 소냐의 눈을 가리고 집 안으로 들어갔다.

"짜잔!"

파비안은 소냐의 얼굴에서 손을 떼고 벽난로가 있는 텅 빈 거실과 작은 뒤뜰이 보이는 주방을 둘러보는 그녀를 물끄러미 바라봤다. 뒤뜰의 커다란 트램펄린 위에서 팔짝팔짝 뛰고 있는 마틸다가 보였다.

"우아, 진짜…… 정말 환상적이야."

"그럼 합격이야? 마음에 들어?"

파비안의 말에 소냐가 고개를 끄덕였다.

"이삿짐은 언제 온다고 했어?"

"그냥 오늘 오후나 저녁에 온다고만 했어. 우리야 그 사람들이 더 늦게 도착해서 내일이 되기 전까지는 여길 점령하지 않기를 바랄 수도 있겠지."

"음, 왜 우리가 그런 걸 바라야 하는지 물어봐도 돼?"

소냐가 물었다.

"지금 당장 여기에서 필요한 건 다 가지고 있으니까. 깨끗한 바닥, 초, 포도주, 그리고 음악!"

파비안은 잔뜩 흠집이 생긴 낡은 아이팟 클래식을 꺼내 소냐가 부엌 아일랜드 식탁에 올려놓은 스피커에 꽂았다. 그는 본 이베어의 〈포 에마, 포에버 어고〉를 틀었다. 지난 몇 주 동안 그가 즐겨 들은 앨범이었다. 본 이베어의 팬 대열에는 아주 늦게 합류했는데 처음 들을 때는 지루한 음악이라고 생각했지만 다시 들어보고는 걸작임을 깨달았다.

파비안은 소냐를 끌어안고 춤을 추기 시작했다. 소냐는 깔깔 웃으면서 아무렇게나 발을 내딛는 남편을 따라가려고 최선을 다했다. 소냐가 머리핀을 풀러 갈색 미리카락이 흘러내리게 하는 동안 파비안은 아내의 담갈색 눈을 뚫어져라 봤다. 치료사가 처방한 운동법은 정신적으로나 육체적으로 뚜렷한 결과를 만들어낸 것이 분명했다. 몸무게는 틀림없이 5킬로그램 정도 빠졌을 것이다. 소냐가 뚱뚱한 적은 없지만, 사실은 그 반대지만, 얼굴 살이 빠져서 예리해 보이는 것이 그녀에게는 더 어울렸다. 파비안은 소냐를 빙그르르 돌리고는 재빨리 자기 쪽으로 끌어당겼다. 소냐는 다시 큰 소리로 웃었다. 그녀의 웃음소리를 들으면서 파비안은 자신이 아내의 웃음을 정말로 그리워하고 있었음을 깨달았다.

헬싱보리로 옮긴다는 결정을 하기 전에 두 사람은 수많은 선택지를 생각해봤다. 쇠드라역 근처에 있는 아파트는 완전히 비우고 스톡홀름에 있는 많은 중심지 중 한 주택가에 집을 사고 또 다른 아파트를 구입해 일단 별거를 하면서 아이들을 번갈아 돌본다는 생각도 해봤다. 하지만 모든 대안이 옳지 않게 느껴졌다. 그런 대안들이 옳지 않게 느껴지는 이유가 이혼할 수도 있다는 두려움이 너무나도 크기 때문인지 아니면 두 사람이 마음속 깊은 곳에서는 아직도 서로를 사랑하고 있기 때문인지는 분명하지 않았다.

그런데 파비안이 폴시에가탄에서 이 집을 찾아낸 뒤로는 모든 일이 척척 맞아떨어졌다. 헬싱보리 경찰서에서 파비안에게 강력계로 와달라고 부탁했고, 집에서 바로 보이는 곳에 아이들이 다닐 토가보리 학교가 있었고, 이 집에는 소냐의 작업실이 돼줄 채광 좋고 넓은 다락이 있었다. 마치 누군가가 두 사람에게 마지막으로 노력해볼 기회를 주려고 자비를 베푼 것처럼 느껴질 정도였다.

"아이들은 어떻게 하고?"

소냐가 파비안의 귀에 대고 속삭였다.

"분명히 가둬놓고 잠가버릴 방이 지하실에 몇 개 있을 거야."

파비안의 말에 소냐가 대답하려 했지만 그가 키스로 그녀의 입을 막았다. 두 사람이 여전히 춤을 추고 있을 때 초인종이 울렸다.

"이삿짐이 벌써 왔나봐. 어쨌거나 침대에서 잘 수는 있겠어."

소냐가 파비안에게서 몸을 떼며 말했다.

"난 정말 바닥을 원했는데?"

"바닥이야 당연히 활용할 수 있겠지. 나는 잘 수 있다고만 했지 다른 말은 안 했어."

소냐는 다시 파비안에게 키스하고 손으로 그의 배를 쓸어내리면서 허리띠 아래까지 쭉 내려갔다.

결국 그를 놓아주고 현관으로 걸어가는 소냐를 보면서 파비안은 모든 게 좋아질 거야, 우리는 이제부터 영원히 행복하게 살 수 있을 거야, 라고 생각했다.

"안녕하세요, 아스트리드 투베손입니다. 남편분, 새 동료죠."

소녀가 문을 열자 한 여자가 현관으로 들어오면서 손을 내밀었다. 악수하지 않는 손으로 쓰고 있던 선글라스를 곱슬곱슬한 금발로 밀어 올리는 여자는 화려한 드레스와 날씬한 갈색 다리, 샌들 덕분에 마흔두 살이 아니라 서른두 살처럼 보였다.

"아, 안녕하세요."

소녀는 파비안을 돌아보면서 말했다. 소녀의 앞으로 나간 파비안은 투베손의 손을 잡고 흔들었다.

"미래의 동료겠죠. 8월 16일 전까지는 근무하지 않을 테니까요."

파비안은 말하면서 완전히 사라져버린 투베손의 왼쪽 귓불을 쳐다봤다.

"미래의 상사이기도 하죠. 뭐, 정확하게 따진다면요."

투베손은 크게 웃으면서 머리카락으로 귓불을 덮었다. 파비안은 자신이 투베손의 귓불이 사라진 이유가 다쳤기 때문인지 아니면 태어날 때부터 그랬는지 궁금해하고 있다는 사실을 깨달았다.

"휴가를 방해하고 싶은 생각은 없었어요. 먼 길을 오느라 분명히 피곤하겠지만……."

"전혀 문제없어요."

소녀가 끼어들었다.

"들어오세요. 아직 이삿짐이 오지 않아서 대접할 게 없네요."

"그런 건 신경 쓰지 않으셔도 됩니다. 그저 잠깐 남편분과 이야기하려고 왔으니까요."

소녀는 조용히 고개를 끄덕였고 파비안은 투베손을 데리고 뒤쪽 베란다로 나가 문을 닫았다.

"나도 결국 포기하고 아이들에게 트램펄린을 사줬어요. 내가 허락할 때까지 몇 년이나 졸라댔거든요. 트램펄린을 샀을 때는 이미 너무 커버렸지만요."

투베손이 말했다.

"미안하지만, 왜 오셨는지 말씀해주시죠."

파비안은 단 1분이라도 새 상사와 시시한 일상사나 주고받으면서 휴가를 낭비하고 싶지 않았다.

"살인이 있었어요."

"그런가요? 놀랍군요. 말씀하시는데 방해하고 싶진 않지만 그런 문제는 휴가 중이 아닌 기존 동료들과 나누는 게 좋을 듯합니다."

"예르겐 폴손, 들어본 이름 아닌가요?"

"그가 피해자인가요?"

투베손이 고개를 끄덕였다.

물론 파비안은 그 이름을 알았다. 하지만 알고 있다는 말을 하고 싶지는 않았다. 지금은 정말로 일하고 싶지 않았다. 투베손 앞에 서 있으니 마치 기름을 가득 채우고 낙원으로 들어가기 직전에 해적에게 납치되어 전혀 엉뚱한 방향으로 배를 몰아야 하는 유조선 선장이라도 된 듯 느껴졌다.

"이걸 보면 기억이 날지도 몰라요. 이게 피해자의 몸 위에 있었어요."

투베손은 비닐 파일에 넣은 사진을 한 장 내밀었다.

사진을 보는 순간 파비안은 낙원의 섬은 어디에도 없음을 즉각 깨달았다. 그 사진을 마지막으로 본 것이 언제였는지는 기억나지 않지만 분명히 그가 아는 사진이었다. 의무 교육이 끝나는 마지막 해인 9학년 때 같은 반 학생들이 모여 찍은 사진이었다. 학급 전체가 함께 찍은 마지막 사진이었다. 파비안은 두 번째 줄에 있었고 예르겐 폴손은 파비안의 바로 뒤에 있었다. 사진에서 예르겐 폴손의 얼굴은 검은 마커로 완전히 지워져 있었다.

2

초인종이 울리기 전까지 파비안이 새집에서 머문 시간은 고작(정말로) 한 시간밖에 되지 않았다. 물론 투베손이 그를 만나야겠다고 생각한 이유는 충분히 이해가 갔다. 어쩌면 수사 속도를 높일 기억을 그가 떠올릴 수도 있고, 어쩌면 추가로 일어날지도 모를 살인을 막을 수도 있을 테니까. 하지만 파비안으로서는 의무 교육을 받은 학교에 관해서는 기억나는 일이 거의 없는 데다가 그 시절의 자기 이야기를 다른 사람에게 하고 싶은 마음도 전혀 없었다.

투베손은 새집 건너편에 있는 흰색 도요타 코롤라로 파비안을 데려갔다. 투베손은 소냐가 차에서 짐을 꺼낼 수 있도록 파비안을 직접 범죄 현장으로 데려갔다가 집으로 데려다주겠다고 했다.

"분명히 말씀드리지만, 휴가 중인데도 함께 가주기로 한 거 정말로 고맙게 생각해요."

"중이라니요, 아직 시작도 안 했습니다."

"한 시간도 안 걸릴 거예요. 약속해요."

투베손은 시동 장치에 열쇠를 꽂고 돌리면서 말했다.

"이 녀석은 자동 잠금인데, 그 문만 수동이에요. 그러니까 그 문을 열려면 힘 좀 써야 할 거예요."

파비안은 문을 힘껏 잡아당겨 열었다. 조수석에는 휴대용 머그잔, 포장을 푼 말보로 갑, 열쇠들, 음식 부스러기, 사용한 휴지, 탐폰 상자가 쌓여 있었다.

"이런, 잠깐만요, 내가……."

투베손은 열쇠와 담배만 빼고 모두 바닥으로 밀어버렸다. 파비안이 조수석에 올라타자 투베손의 코롤라가 움직이기 시작했다.

"담배 피워도 되죠?"

파비안이 미처 대답하기도 전에 투베손은 담배에 불을 붙이고 운전자석 창문을 내렸다.

"사실 곧 끊으려고 해요. 다들 말은 그렇게 하면서 결국에는 못 끊지만요. 하지만 나는 끊을 거예요. 그게 지금은 아니지만."

토가가탄으로 가려고 좌회전하면서 투베손은 담배를 길게 한 모금 빨아들이며 말했다.

"아무 문제 없습니다."

파비안은 마커로 검게 칠한 예르겐의 얼굴을 뚫어지게 보면서 대답했다. 어째서 예르겐 폴손에 관해서는 생각나는 일이 하나도 없는 걸까? 파비안이 누군가 기억하는 사람이 있다면 그것은 예르겐이어야 했다. 물론 예르겐을 좋아한 적은 한 번도 없었다. 그래서 기억이 나지 않는지도 몰랐다. 어쩌면 그저 기억하고 싶지 않아서 기억을 억누르고 있는지도 모르지만.

"사체는 어디에 있었습니까?"

"프레드리크스달 학교에 있었어요. 내가 들은 대로라면 피해자는 그 학교 기술 선생이었어요."

"거기 학생이기도 했죠."

"누구나 스톡홀름에 갈 기회가 있는 건 아니니까요, 파비안 씨.

예르겐에 관해 아는 게 있나요?"

"거의 없습니다. 서로 어울린 적이 없으니까요."

파비안은 학창 시절을 떠올려봤다. 그 시절 남자아이들은 모두 라일앤스코트 스웨터를 입었고 스키계의 전설 잉에마르 스텐마르크를 보겠다고 텔레비전 앞을 떠나지 않았다.

"사실 솔직히 말해서 좋아하는 친구는 아니었어요."

"그래요? 왜요?"

"학급 불량배인 데다가 누구나 괴롭히고 다녀서요. 자기 하고 싶은 일은 뭐든지 하는 친구였습니다."

"우리 학교에도 그런 남자애가 있었어요. 수업 시간에 늘 방해하고 아이들 도시락을 함부로 가져가는 아이요. 그 애한테는 누구도 맞서는 아이가 없었죠. 선생님들도요."

투베손은 마지막 한 모금을 깊이 들이빨더니 담배를 툭 쳐서 담뱃불을 창밖으로 날려 보냈다.

"그때는 ADD니 ADHD니 하는 이상한 병명은 없었으니까요."

"예르겐은 키스와 스위트만 들었어요."

"키스와 스위트한테 뭐 문제 있어요?"

"아니, 없습니다. 좋은 가수들이죠. 그 사실을 몇 년 전에야 깨달았지만요."

파비안은 차에서 내려 텅 빈 운동장 뒤로 어렴풋이 보이는 2층짜리 벽돌 건물, 프레드리크스달 학교를 쳐다봤다. 운동장에 너덜너덜한 그물망이 달린 농구 골대 두 개가 아스팔트 위로 불쑥 솟아 있는 것이 아이들을 위한 전형적인 장소라는 생각이 들었다. 교도소같이 일렬로 늘어선 길고 좁은 창문을 쭉 훑어보던 파비안은 자신이 이곳에서 몇 년이나 보내고도 결국 살아남았다는 사실이 도저히 믿기지 않았다.

"누가 발견했습니까?"

"예르겐을 발견하기 전에 그의 아내가 일주일 전부터 남편이 보이지 않는다고 신고했어요. 지난주 수요일부터 사라졌다고요. 하지만 그때는 우리가 할 수 있는 일이 아무것도 없었죠. 예르겐은 그 전날 하지 축제 때 마실 맥주를 사러 독일에 갔고 그날 밤에 돌아올 예정이었어요."

"맥주를 사려고 독일에 간다고요? 아직도 그럴 만한 가치가 있습니까?"

"아주 많이 산다면 충분히 해볼 만하죠. 한 상자에 40크로나(스웨덴의 화폐 단위-옮긴이)고, 세 시간 이상만 머물지 않으면 여객선 비용도 돌려받으니까요."

자동차 가득 맥주를 실어 오려고 독일까지 간다고? 이제 막 떠오르기 시작한 기억대로라면 예르겐이라면 충분히 그럴 수 있겠다는 생각이 들었다. 예르겐과 그의 범죄 파트너 글렌이라면 말이다.

"그렇다면 예르겐이 독일에는 가지 않았다는 말입니까?"

"아니, 분명히 갔어요. 외레순 다리 통행요금소에서 예르겐이 화요일 밤에 돌아갔다는 사실을 확인해줬어요. 예르겐의 계획대로요. 하지만 그게 마지막이에요. 그 뒤로 어제까지 어디에 있었는지 알 수가 없어요. 한 유리 회사에서 자기네 작업자용 크레인을 막고 있는 자동차를 치워달라고 전화하기 전까지는요."

"자동차를 치워달라고요?"

투베손은 고개를 끄덕였고 두 사람은 학교 건물 뒤쪽 모퉁이를 돌아 계속 걸어갔다. 건물 모퉁이에서 20미터쯤 떨어진 곳에 쉐보레 픽업트럭이 작업자용 크레인과 나란히 서 있었다. 픽업트럭 주변에는 이미 넉넉한 공간에 노란색 폴리스 라인이 쳐졌고 제복을 입은 경찰 둘이 현장을 지키고 있었다.

일회용 파란색 작업복을 입은 머리카락이 성긴 장년 남자가 파비안과 투베손에게 다가왔다. 그 남자는 코 아랫부분에 안경을 걸치고 있었다.

"자, 서로 소개할게요. 여기는 우리 과학수사관 잉바르 몰란데르예요. 이분은 8월까지는 아직 공식적으로는 근무하지 않을 파비안 리스크고요."

"이런 사건이 일어났는데 지금 휴가가 대순가, 당연히 뛰어들어야지."

몰란데르는 그러잖아도 처진 안경을 코 밑으로 떨어지기 직전까지 내리더니 파비안을 뚫어지게 보면서 손을 내밀었다.

"지당하신 말씀입니다."

몰란데르의 손을 잡고 흔들면서 파비안은 거짓말을 했다.

"당연하지. 분명히 실망하지 않을 거야."

몰란데르가 말했다.

"잉바르, 파비안은 그저 한번 살펴보려고 온 거예요."

몰란데르는 마지못해 투베손을 쳐다봤지만 그녀를 바라보는 눈길은 파비안의 호기심을 자극하기에 충분했다. 몰란데르는 두 사람을 학교 건물로 데려가더니 일회용 작업복을 내밀었다.

파비안은 거의 30년 만에 처음으로 학교 안으로 들어갔다. 복도의 붉은 벽돌 벽과 천장까지 쓰레기를 꾹꾹 눌러 붙인 것처럼 보이는 방음 타일은 그가 기억하는 옛 모습 그대로였다. 세 사람은 복도 끝에 있는 목공소로 걸어갔다. 자신이 혼자서 스케이트보드를 만들 수 있다는 사실을 깨닫기 전까지는 파비안은 목공에는 전혀 관심이 없었다. 그러다 어느 학기엔가 합판 여러 개를 가열하고 구부리고 잘라내서 진짜 트래커 트럭을 두 대는 살 수 있을 만큼 넉넉한 돈을 벌었다.

"내가 본 범죄 현장 가운데 상위 10위 안에 드는 아주 끔찍한 곳이야."

몰란데르는 두 사람에게 목공소 안을 들여다보라고 했다.

"안타깝게도 범죄자가 에어컨을 가장 낮은 온도로 맞춰놓았어. 그러지 않았다면 분명히 상위 5위 안에 들었을 텐데. 이 상태로 일주일도 넘게 여기 누워 있었다는 걸 고려하면 말이야."

몰란데르의 말이 옳았다. 목공소는 매우 추웠다. 바깥 온도는 섭씨 12도에서 13도 정도인데, 목공소는 마치 냉장고에 들어와 있는 것처럼 한기가 돌았다. 목공소에서는 작업복을 입은 세 남자가 사진을 찍고 범죄 현장을 살펴보면서 증거를 수집하고 있었다. 목공소 특유의 나무 냄새와 톱밥 냄새가 달콤 찝찌름한 악취와 뒤섞여 있었다.

파비안은 목공소 문 옆에 누워 있는 예르겐 폴손에게 다가갔다. 예르겐은 엄청난 반경을 그리며 말라붙은 피 한가운데 누워 있었다. 잠금장치와 문손잡이에는 훨씬 더 많은 피가 묻어 있었다. 건장하고 거대한 예르겐은 낡고 헐렁한 청바지와 피가 잔뜩 묻은 러닝셔츠를 입고 있었다.

파비안의 기억에서 예르겐은 이렇게까지 크지는 않았다. 거칠고 건방지기는 했지만, 이렇게 거대하지는 않았다. 분명히 예르겐은 황소만큼이나 강했을 것이다. 범죄자는 예르겐의 문신을 새긴 두 팔에서 가까스로 두 손을 잘라냈음이 분명했다. 울퉁불퉁하게 잘려

나간 팔목에는 피가 더덕더덕 붙어 있었다. 분명히 엄청 아팠을 텐데. 파비안은 손이 잘려나가는 고통이 얼마나 끔찍할지 상상도 할 수 없었다. 그런데 왜 군이 손이었을까?

"보시다시피 바닥에 흘린 피를 보면 여기 작업대에서 저기 우리가 들어온 문까지 움직인 게 분명해. 저 문은 자물쇠가 없으니까. 하지만 반대편에서 벤치랑 의자, 탁자가 문을 막고 있다는 건 알지 못했겠지. 저쪽 통로로 빠져나가려다가 다시 여기로 돌아와서 이 문을 열고 나가려 했어. 하지만 두 손이 없으니 문 여는 게 쉽지는 않았을 거야. 상상할 수 있겠지?"

파비안은 피가 잔뜩 묻은 문손잡이를 뚫어지게 쳐다봤다.

"자물쇠는 좀 살펴봤어요?"

투베손이 물었다.

"초강력 접착제가 잔뜩 묻어 있었어. 피해자 입이 이렇게 엉망이 된 건 ㄱ 때문이고."

몰란데르는 의료용 핀셋으로 예르겐의 윗입술을 들어 올렸다. 예르겐의 앞니가 심하게 부러져 있었다.

"입으로 문을 열려고 했다고요?"

투베손이 물었다.

몰란데르가 고개를 끄덕였다.

"생존본능이지. 나는 반드시 치아가 멀쩡한 상태로 죽을 거야."

"이해가 안 돼요. 분명히 저항했을 텐데요?"

"아주 좋은 질문이야. 그랬을 수도 있지만, 어쩌면 약을 먹었을 수도 있지. 아직은 정확히는 몰라. 브라이스가 실험실에서 답을 찾아내겠지."

"얼마나 애썼을까요?"

"세 시간이나 네 시간쯤이지 않을까?"

몰란데르는 두 사람을 마른 피가 잔뜩 묻어 있는 작업대로 데려 갔다.

"살인마는 피해자를 여기, C바이스에 팔을 넣고 고정했어. 그리 고 이 가는 톱으로 팔을 잘라냈지."

몰란데르는 바닥에 버려진 피 묻은 톱을 핀셋으로 가리켰다.

"유리 회사에서 트럭을 치워달라고 신고한 사람이 누군지는 확 인했습니까?"

파비안이 물었다.

"왜요? 그 사람들이 관계가 있다고 생각하는 건가요?"

투베손이 되물었다.

"내 생각에는 이 사건은 한 사람이 어쩌다 보니 우발적으로 저지 른 일 같지는 않습니다."

파비안의 말에 투베손과 몰란데르는 서로 눈길을 주고받았다.

"나한테 유리 회사 전화번호가 있어요."

투베손은 휴대전화를 꺼내 전화기에 대고 번호를 불렀다. 전화기 에서 독특한 신호음이 들리더니 지금 건 전화번호는 없는 번호라는 자동 음성 안내가 흘러나왔다.

"당신 말이 옳을지도 모르겠어요. 작업자용 크레인을 빌린 사람 을 찾아야겠어요. 잉바르, 혹시 단서가 있을지도 모르니까 크레인 을 확인해봐요."

몰란데르가 고개를 끄덕였다.

"손은 어떻게 됐어요?"

투베손이 다시 물었다.

"아직 못 찾았어."

몰란데르가 말했다.

"그래, 어떤가요? 뭔가 생각나는 게 있어요?"

투베손이 파비안을 쳐다보며 물었다.

파비안은 작업대와 피 묻은 톱, 바닥에 난 핏자국, 손이 없는 사체를 쭉 훑어봤다. 그리고 투베손과 몰란데르의 눈을 차례로 보면서 고개를 저었다.

"안타깝지만, 없습니다."

"아무것도요? 반 친구 가운데 이런 일을 할 만한 사람이 전혀 떠오르지 않는다고요? 특별히 예르겐 폴손을 해칠 만한 동기를 가진 사람을 전혀 모르겠다고요?"

투베손의 말에 파비안은 다시 한번 고개를 저었다.

"하지만 고민해볼 가치는 있어요. 혹시라도 뭔가 생각나는 게 있으면 나한테 전화하거나 경찰서로 와요, 알았죠?"

파비안은 고개를 끄덕였다. 투베손을 따라 목공소 밖으로 나가면서 파비안은 한 가지 생각에 사로잡혔다. 한 가지 의문에 답을 찾기 전까지는 마음의 평화는 없으리라는 생각에.

왜 하필 손이었을까?

8월 18일

엄마한테 너를 받은 건 2년 전 크리스마스야. 하지만 너한테 글을 쓰는 건 오늘이 처음이야. 엄마는 항상 생각을 적어두는 게 좋다고 했어. 그래야 뭐든지 잊지 않는다고. 어제는 방을 깨끗하게 치웠어. 검은색 쓰레기봉투 하나 가득 쓰레기가 나왔지. 엄마는 엄청 기뻐했고 나는 1년 동안이나 찾을 수 없던 C-3PO(〈스타워즈〉에 등장하는 인간형 드로이드. R2-D2와 흔히 함께 다닌다-옮긴이)를 찾았어.

오늘은 함푸스 빼고 전부 학교에 나왔어. 새 교실과 새 책 때문에 모두 행복해했지. 나만 빼고. 이젠 내 차례였고 모든 건 수학 시간이 되자마자 시작됐어. 모든 아이가 내가 아무 일도 하지 않을 때조차 나를 쳐다봤어. 나는 조금도 눈치채지 못한 것처럼 평상시같이 행동하려 했지만 아이들은 나한테서 시선을 떼지 않았어. 그게 어떤 의미인지는 잘 알아. 모두 알고 있는 거야. 이제 곧 시작되리라는 걸. 함푸스가 이사 갈 거라는 말을 하는 순간 알았어. 내 느낌이 잘못된 것이기를 바랐지만, 그렇지 않으리라는 걸 알아. 이번 여름 방학 내내 이렇게 되리라는 걸 알고 있었는걸.

영어 시간에는 맨 앞에 앉았기 때문에 아이들이 나를 보는 모습은 볼 수 없었어. 아이들이 쪽지를 돌리기 시작했지만 그런 일 따위는 없는 것처럼 행동했어. 나는 절대로 뒤돌아보지 않았어. 단 한 번도.

예스페르는 쪽지 하나를 큰 소리로 읽기도 했어. 나는 추악한 데다 냄새도 역겹다는 쪽지였어. 어떻게 그럴 수 있는지 모르겠어. 늘 몸을 박박 문지르면서 샤워를 하는 데다 작년부터 땀이 많이 나서 데오도란트를 쓰는데 말이야. 엄마는 냄새는 누구나 날 수 있다고 했어. 나는 겨드랑이 냄새를 맡아봤어. 냄새는 나지 않는 것 같았어. 하지만 내가 추악하다는 건 알아. 난 똥처럼 추악해.

추신: 내일은 라반의 생일이야. 그래서 바퀴 하나랑 물병, 톱밥을 사러 가려고 해.

3

파비안이 집에 도착했을 때는 이삿짐센터 직원들이 한창 짐을 나르고 있었다. 파비안은 이삿짐 트럭 안을 들여다봤다. 짐은 거의 절반쯤 비었다. 하지만 아직도 상자가 잔뜩 쌓여 있었고 낡은 전등들, 하키 스틱, 얼룩진 이케아 클리판 소파, 프리츠 한센의 앤트 체어를 베낀 가짜 개미 의자와 그 의자와 세트인 타원형 탁자, 테오도르를 방에 붙잡아놓으려고 버리지 않았지만 아들은 쳐다보지도 않는 커다란 구식 텔레비전, 크로스컨트리 스키, 자전거, 한쪽 판유리는 깨진 것처럼 보이는 진열장, 그리고 검은색 쓰레기봉투 한 꾸러미가 차 안에 그대로 남아 있었다.

43년을 살면서 모은 것이 정말 이런 것들뿐이란 말이야? 진짜로 다 낡은 소파랑 먼지만 잔뜩 긴 전등갓뿐이란 말이지? 파비안은 한 개도 집 안으로 옮기지 말고 그냥 그대로 가져가서 쓰레기 처리장에 버려버리라고 말하고 싶은 충동에 사로잡혔다. 왠지 지금 하는 이사는 새 컴퓨터를 구입한 뒤에 낡은 문서나 바이러스 같은 온갖 구질구질한 파일과 자료를 새 컴퓨터로 전송하고 있는 것처럼 느껴졌다. 파비안이 정말로 원하는 것은 완전히 다시 시작하는 것이었다. 이번만은 돈 걱정은 하지 말고 몽땅 새것으로 구입하고 싶었다. 꽁꽁 싸맨 비닐을 뜯고 한 번도 사용하지 않은 물건 특유의 냄새를 마음껏 맡아보고 싶었다.

파비안은 낡은 짙은 녹색 서류함을 옮기는 이삿짐센터 직원에게 고개를 끄덕여 인사했다. 스무 살이 됐을 때 받은 서류함이었다. 한눈에도 무거워 보이는 서류함은 두 사람이 옮기고 있었다. 저 서류함에는 뭐가 들어 있지? 파비안은 그 서류함을 마지막으로 열어본 순간조차 기억나지 않았다. 지난 20년 동안 서류함은 아파트 다락에 처박혀 있었다. 도대체 왜 저렇게 무거운 거야?

한 시간 뒤, 부엌에서 소냐를 도와 상자를 정리하던 파비안은 문득 서류함에 든 물건이 생각났다. 파비안은 서둘러 서류함이 있는 곳으로 내려갔다. 소냐는 이삿짐센터 직원들에게 그 서류함을 지하 창고에 두라고 했다. 파비안은 지하로 내려가면서 그제야 집을 사려는 구매자라면 맨 먼저 살펴볼 창고에 자신이 한 번도 내려가 보지 않았다는 사실을 깨달았다. 그저 그 집이 최고라는 중개업자의 말을 전적으로 믿었을 뿐이다. 크게 걱정되지는 않았다. 어쨌거나 이 집은 마리아스타덴(이제는 '몰드스타덴'이라고 부르기 시작한) 마을에 있는 집처럼 외부에 절연제를 잔뜩 집어넣은 새 건물이 아니라 두툼한 벽돌 벽으로 자연통풍이 되도록 지은 집이니까.

파비안은 이 집의 전 주인이라는 오토 팔딘스키를 만나지 못했다. 하지만 만나지 않아도 그가 진정한 완벽주의자임은 알 수 있었다. 가족과 함께 30년 동안 살면서 팔딘스키는 자기 아이처럼 이 집을 보살폈다. 그런 팔딘스키지만 개인 사정 때문에 급하게 집을 내놓아야 했고, 엄청나게 낮은 가격으로 팔 용의도 충분히 있었다. 부동산 중개업자에 따르면 그 정도 가격에 이런 집을 구입한다는 것은 일생에 한 번 찾아올까 말까 한 엄청난 기회로 복권 1등에 당첨되는 것과 거의 같은 일이었다.

물론 절박한 파비안으로서는 부동산 중개업자가 그에게 그렇게까지 이 집을 사야 한다는 확신을 심어줄 필요는 없었다. 하지만 '개인 사정'이 무엇인지 궁금하기는 했다. 파비안이 그 개인 사정이라는 것이 무엇인지 알려줄 수 있느냐고 묻자 중개업자는 자신은 고객의 일을 떠벌리는 습관은 없다면서 이 집을 구입했을 때 얻을 수 있는 이익으로 우아하게 화제를 돌렸다. 파비안은 중개업자의 반응을 웃으면서 받아들였고, 고개를 끄덕이면서 더는 이전 주인의 사정에는 관심을 두지 않겠다는 데 동의했다.

짙은 녹색 서류함 앞으로 걸어간 파비안은 맨 위 서랍을 열었다. 그가 찾는 물건은 그 서랍 맨 위에 있었다. 9학년 학급 앨범. 파비안은 서류함 위에 앉아 자기 반이 있는 페이지를 펼쳤다. 학급 앨범에 실린 사진은 살인마가 범행 현장에 남기고 간 사진과 동일한 것이었다. 물론 지금 보고 있는 사진에는 예르겐의 얼굴이 마커로 칠해져 있지 않았지만.

사진 속 아이들의 머리 모양은 하나같이 크고 북슬북슬하고 과한 것이 1982년에 찍은 사진임을 분명히 드러냈다. 한참 사진을 들여다보고 있자니 아이들 특징이 하나둘씩 떠오르기 시작했다. 부드러운 콧수염을 길렀던 세트 코르헤덴, 파비안의 집과 마당을 공유했기에 함께 스케이트보드를 타곤 했던 스테판 문테와 니클라스 베크스트룀. 곱슬곱슬한 금발의 리나. 예르겐은 1980년대에도 머리를 완전히 뒤로 넘기고 있었다. 사진 속 아이들은 모두 진짜 따분하고 멍청해 보였다. 파비안은 특히나 더. 파비안은 1982년의 자기 모습을 찬찬히 들여다봤다. 바지 안으로 집어넣은 셔츠, 허리까지 오는 바지, 집에서 자른 듯한 도무지 차분하게 가라앉을 기미가 없는 머리카락.

스톡홀름으로 떠난 뒤에 같은 반 아이들과는 그 누구하고도(심지어 리나하고도) 연락한 적이 없다는 사실에 파비안은 무척 놀랐다. 마치 어린 시절을 몽땅 상자에 넣어 봉한 채 헬싱보리에 남겨두고는 상자에 거미줄이 잔뜩 쳐질 때까지 까맣게 잊고 있던 것만 같았다.

"그러니까 계속 여기 숨어 있었단 거지!"

앞에 서 있는 소녀를 보고 파비안은 누가 봐도 알 정도로 소스라치게 놀랐다.

"이런, 미안. 깜짝 놀라게 할 생각은 아니었는데."

소녀가 말했다.

파비안은 범죄 현장을 들킨 현행범처럼 재빨리 학급 앨범을 덮었다.

"당신이 오는 소리를 못 들어서 그래."

"잠깐 쉬고 피자 먹고 오는 게 어떨까 해서. 아이들이 배고파 죽겠대."

파비안은 앨범을 내려놓고 일어섰다.

"좋은 생각이야. 여기서 조금만 가면 아주 맛있는 피자 가게가 있어. 내 말은, 예전에는 있었다는 거야."

파비안은 몸을 돌려 계단을 향해 걸어갔다. 소녀가 그의 팔을 잡아 세웠다.

"당신, 괜찮아?"

파비안은 소녀를 돌아보며 고개를 끄덕였지만 그녀는 믿지 못하겠다는 표정을 지었다.

리스크 가족은 토가보리스 피자 가게에서 각자 좋아하는 피자를 사 들고 산책로를 따라 내려가 햇살이 따뜻하게 비치는 벽 위에 앉았다. 아름다운 해협에서는 저 멀리 덴마크까지 보였다. 해변은 파비안이 기억하는 것보다 더 아름다웠다. 산책로는 옛날보다 훨씬 넓어졌고 상쾌한 저녁 공기를 즐기려고 나온 사람들로 가득했다. 프리아 바드 해변에 있던 탈의실은 식당으로 개조했고 오래된 기찻길 주변 지역은 전체적으로 보치(이탈리아식 볼링 게임-옮긴이)와 바비큐를 할 수 있는 잔디밭으로 변했다. 심지어 저 멀리로는 1999년 건축 박람회 때 처음 심은 야자수가 희미하나마 그래도 보일 정도였다. 파비안이 이해한 대로라면 저 야자수들은 이제 그곳에 서식하는 전통이 됐으며, 한때는 잊혔던 작은 모래사장은 '열대 해변'으로 불리며 헬싱보리에서 가장 인기를 누리는 해변 가운데 한 곳이됐다. 그래서인지 파비안은 아주 낯선 도시로 이사 온 것 같은 기분이 들었다.

"이 피자, 내가 평생 먹어본 피자 가운데 완전 최고야."

마틸다가 외쳤다. 파비안도 그 말에 충분히 찬성할 의향이 있었다. 그렇게 맛있는 피자는 결코 먹어본 적이 없으니까.

리스크 가족은 한동안 해변에 앉아 헬싱보리에서 크론보르성이 있는 헬싱외르로 가는 배들을 지켜봤다. 그런 배들은 리스크 가족이 유럽의 나머지 지역과 훨씬 가까워졌다는 사실을 의미했다. 파비안은 이제 더는 북쪽으로는 단 1미터도 올라가지 않으리라 마음속으로 다짐했다. 그는 멍한 표정으로 저 멀리 해협을 바라보는 테오도르에게 시선을 돌렸다.

"너는 어때? 그 피자도 지금까지 먹은 것 가운데 최고니?"

"아니, 하지만 아주 맛있어."

"점수는? 4점? 5점?"

"3.5점."

"그럼 내 거 먹어봐. 이건 최하 6점이야."

마틸다가 자기 피자를 테오도르에게 내밀었다.

테오도르는 한입 크게 베어 물었다.

"좋아. 4점. 하지만 그 이상은 아니야."

"우아, 오빠는 정말 까탈스러워. 그렇지, 엄마?"

마틸다의 말에 소냐는 고개를 끄덕이고는 파비안의 눈을 쳐다봤다. 파비안은 최선을 다해 숨겼고 소냐도 아직까지는 투베손이 그를 데려간 이유를 묻지 않았다. 하지만 뭔가 잘못됐다는 생각을 하는 것은 분명했다. 언제나 그렇듯이 이런 특별한 밤에는 남편의 거짓 연극에 동참해 그저 따뜻한 산책으로 벽 위에 앉아 붉은 저녁놀을 감상하면서 바위를 씻는 파도 소리를 감상하는 체하지만, 사실 소냐는 파비안이 갖은 애를 쓰며 꾸미는 거짓 모습을 꿰뚫고 있을 것이다.

그날 밤, 두 사람은 낮에 파비안이 꿈꾸던 그대로 사랑을 나눴다. 바닥에서. 포도주를 마신 뒤 촛불을 켜놓고 〈포 에마, 포에버 어고〉를 들으면서…….

4
○

파비안과 소냐는 두 사람 위로 올라와 왜 거실 바닥에서 자고 있느냐고 묻는 마틸다 때문에 잠에서 깼다. 두 사람은 즉석에서 장단을 맞춰가며 엄마와 아빠의 침대는 아직 고칠 부분이 있어서 어제는 거실에서 자야 했다고 딸에게 설명했다. 테오도르가 내려와 바깥 베란다에서 식탁 차리는 일을 도왔고 그사이에 소냐와 마틸다는 식료품 가게로 달려가 아침으로 먹을 음식을 구입해 왔다. 리스크 가족은 아침 햇살이 환하게 비치는 베란다 식탁에서 즐겁게 식사를 했다. 그날 아침, 빠진 것은 딱 하나, 소냐가 사 오는 것을 깜빡했다고 선언한 신문뿐이었다.

"오늘은 뭐 해?"

마틸다가 물었다.

"아마 계속 짐을 풀고……."

"침대 고쳐야지. 그래야 엄마랑 아빠가 또 바닥에서 안 자지."

"그렇지."

마틸다의 말에 소녀가 깔깔 웃으며 대답했다.

"그리고 아마 오후에는 수영하러 갈 수 있을 거야."

"오, 예!"

"그 전에 스노클링 장비 사러 갈 수 있어, 아빠?"

테오도르가 물었다.

"음, 미안한데, 오늘 수영은 나 빼고 가야 할 거 같은데."

파비안이 대답했다.

"뭐? 아, 왜? 아빠 휴가잖아."

마틸다가 말도 안 된다는 듯이 외쳤다.

"음, 맞아. 그런데 아빠가 몇 가지 해야 할 일이 있대. 아빠도 우리만큼이나 실망하고 있는걸. 우리가 바랄 수 있는 건 아빠 일이 빨리 끝났으면 하는 것뿐이야."

소녀가 대답했다.

소녀는 파비안의 눈을 똑바로 보고 있었다. 식료품 가게에서 신문 기사를 읽은 게 분명했다.

파비안은 지은 지 얼마 안 된 하얀색 경찰서 건물로 들어갔다. E4 고속도로 바로 옆에 있고 오래된 성처럼 보이는 베르가 교도소가 아주 가까운 곳이었다. 파비안은 안내 데스크 앞으로 걸어갔다. 안

내 데스크에는 〈헬싱보리스 다그블라드〉, 〈크벨스포스텐〉, 〈다겐스 뉘헤테르〉, 〈스벤스카 다그블라데트〉 같은 신문이 쌓여 있었다. 파비안은 맨 위에 놓인 신문 1면을 쳐다봤다.

'기술 선생, 자기 교실에서 고문받고 살해당함.'

소냐가 본 1면 기사가 이거였을까? 다른 두 신문은 상당히 비슷한 사진을 1면에 실었다. 학교 뒤쪽에 나란히 선 작업자용 크레인과 예르겐의 픽업트럭을 먼 곳에서 찍은 사진이었다. 트럭 번호판은 흐릿했지만 긴 창문이 일렬로 늘어선 붉은 벽돌은 사건이 벌어진 학교가 어디인지를 분명하게 알려줬다. 같은 학교에서 근무하는 기술 선생이 몇 명이나 될까?

파비안은 안내 데스크에 앉아 있는 경찰에게 자신을 소개하고 경찰서에 온 이유를 설명했다. 사실 8월이 되기 전까지는 이곳에서 근무하는 사람은 아니지만 기술 선생 살인 사건 때문에 투베손이 자신을 찾아왔고 혹시라도 뭔가 생각나는 게 있으면 경찰서에 들르라고 했다는 이야기를 늘어놓았다. 경찰 제복을 입은 30대로 보이는 안내 데스크의 경찰은 컴퓨터 키보드를 두드리기 시작했다. 1930년대 독일인 같은 머리를 하고 있다고 파비안은 그 경찰을 보면서 생각했다. 젊은 경찰의 꼿꼿한 자세는 절로 감탄이 나왔다.

"성함이 어떻게 된다고 하셨죠?"

"리스크입니다, 파비안 리스크. 아직 근무자 명단에는 없을 텐데요. 아까도 말했지만, 근무는 8월에 시작합니다."

안내 데스크 경찰은 파비안의 말을 무시하고 마우스와 실랑이를 벌이더니 컴퓨터에 명령어를 입력하고는 모니터를 뚫어지게 봤다. 그리고 점점 더 당혹스럽다는 표정을 지었다.

"죄송하지만, 선생님 성함을 찾을 수가 없습니다."

"그럴 거라고 했잖습니까? 하지만 투베손 반장에게 연락하면……."

"아스트리드 투베손 반장님은 지금 회의 중이십니다. 그럴 때는 방해할 수 없습니다."

"아마 나도 들어가야 할 회의일 겁니다. 지금쯤 나를 기다리고 있을 텐데요."

거짓말을 한 파비안은 자기 목소리가 지나치게 화난 것처럼 들린다는 사실을 깨달았다.

"내가 투베손 반장한테 전화해보는 게 나을까요?"

"선생님이 전화하시는 거야 제 알 바 아니지만 반장님은 받지 않으실 겁니다. 회의하실 때는 전화기를 드는 법이 없는 분이니까요."

파비안은 젊은 경찰 말이 옳다는 생각이 들었다. 사실 이미 전화를 해봤지만 투베손은 받지 않았다.

"그런, 어떻게 헤야 인으로 들어갈 수 있을까요?"

"저야 모르지요. 저한테 물어보지 마세요. 들어가고 싶다고 아무나 들여보낼 순 없으니까요. 생각해보세요, 그랬다간 어떻게 될지."

"거기, 파비안 리스크, 맞죠?"

뒤에서 여자 목소리가 들렸다.

파비안은 뒤를 돌아봤다. 서른다섯 살쯤 된 여자가 서 있었다. 짧은 머리에 한쪽 귀에만 귀고리를 적어도 스무 개는 한 여자는 멋진 몸매에 반팔 플레이드 셔츠와 컷오프 청반바지를 입고 있었다.

"투퍼가 당신이 안으로 들어오려 애쓰고 있을 거라고 하더군요. 8월까지는 쉴 거라고 생각했는데요."

"나도 그렇습니다."

파비안은 아스트리드 투베손이라는 사람이 자신을 어디까지 파악하고 있을지 궁금해하면서 그 여자에게 대답했다.

파비안과 여자는 악수를 했다.

"이레네 릴리아예요."

"내가 들어가게 이분에게 보증을 서주실 수 있겠지요."

파비안이 안내 데스크 경찰을 가리키면서 말했다.

"출입자 명단에 없습니다. 저는 어떤 상황에서도 절대로, 누가 됐건 간에, 안으로 들여보내지 말라는 명백한 명령을……."

"이분은 괜찮아요. 이분은 나랑 같이 갈 거니까. 분명히 명단에 들어갈 사람이에요."

릴리아는 파비안에게 엘리베이터가 보이는 유리문으로 따라 들어오라는 몸짓을 했다.

"내가 늦은 게 다행이네요. 플로리안은 지나치게 열정적일 때가 있어요."

엘리베이터 안으로 들어가자 릴리아가 파비안을 똑바로 보면서 말했다.

"그래, 뭔가 생각난 게 있어요?"

"안타깝지만, 아닙니다."

"그럼 여긴 왜 온 거예요? 이제 막 이곳으로 돌아왔다고 들었는데, 그럼 할 일이 아주 많을 텐데요."

파비안이 적당한 대답을 찾지 못해 머뭇거리고 있을 때 엘리베이터 문이 열렸다.

릴리아는 파비안을 회의실로 데려갔다. 헬싱보리와 외레순 너머까지 훤히 보이는 멋진 조망을 자랑하는 아주 널찍한 방이었다. 가운데에는 타원형 탁자가 놓여 있고 조명이 잘 설치된 벽은 화이트보드로도, 천장에서 쏘는 영사기 화면으로도 제 기능을 다할 것이 분명했다. 지금까지 파비안은 이렇게 깔끔하고 현대적인 회의실은 한 번도 본 적이 없었다. 창문도 없고 환풍기도 없는 곳이 파비안의 이전 회의실이었다.

"아니, 범인이 누군지 모른대요. 그러니까 다시 숨 쉬어도 돼요."

릴리아가 회의실로 들어가면서 선언하듯이 말했다.

"그저 한쪽 구석에 앉아서 수사 진전 상황을 듣고 싶은데, 괜찮을까요?"

파비안이 물었다.

"물론이죠. 자, 들어와서 앉아요."

투베손은 회의실에 있는 사람들에게 파비안을 소개했다.

파비안이 처음 만나는 사람은 한 명뿐이었다. 스베르셰르 '클리판' 홀름이라는 남자였다. 쉰 살을 조금 넘긴 듯한 강인하게 생긴 남자였다.

"어쨌든 후고 엘빈 없이 해내야 해요. 이제 막 케냐로 떠났으니 한 달은 있어야 돌아올 테니까."

투베손이 말했다.

"케냐라, 그렇지, 휴가를 가려면 그런 곳으로 가야지."

클리판이 중얼거리면서 파비안을 쳐다봤다.

"리스크, 그게 당신 이름, 맞죠?"

파비안이 고개를 끄덕였다.

"내가 경고 하나 하는데, 거기 앉는 순간 휴가하고는 영원히 작별 키스를 하게 될 겁니다. 정말로 휴가를 즐기고 싶으면 케냐로 가야지. 케냐가 아니어도 아주 먼 곳으로 가야 해요. 이번 여름 휴가는 사실 처가가 있는 코스테르섬에서 보내기로 했답니다. 하지만 지금 내가 어디에 있는지 봐요."

클리판은 허공을 향해 두 손을 활짝 폈다.

"휴가를 반납하고 함께하겠다고 한 건 당신의 선택이잖아요. 어쨌거나 정말로 감사하고 있어요."

투베손이 범죄 현장 사진을 붙인 벽 위쪽에 예르겐 폴손의 사진을 붙이면서 말했다.

"선택이라고요? 그런 끔찍한 범죄를 저지른 인간이 지금 거리를 활보하고 있는데 내가 한가하게 선창에 누워 있게 생겼어요?"

"좋은 점도 있잖아요. 항상 처가에 가는 거 싫다고 했잖아요. 거기서 휴가를 보내느니 여기서 일하는 게 낫겠다고."

릴리아가 말했다.

"한 가지 분명하게 말할 수 있는 건 이겁니다. 여기서, 회의실에서 여러분하고 있는 것보다는 내 가족이랑 있는 게 훨씬 좋단 말입니다. 그러니까, 젠장, 내가 휴가를 갈 때는 이런 끔찍한 범죄는 그 누구도 저지르면 안 되는 거예요."

"그럼 휴가철 범죄 금지 법안이라도 발의해야겠네요."

투베손이 이제 잡담은 그만하라는 투로 대답했다.

"그리고 파비안, 당신은 걱정하지 않아도 돼요. 지금 얼마나 많은 인원이 필요하든 내가 당신 휴가를 건드릴 수는 없어요. 당신이 휴가를 보내야 한다는 결정은 스톡홀름에서 내린 거니까요."

파비안은 의자에 앉았다.

"난 경고했어요."

클리판이 말했다.

"본격적으로 회의를 하기 전에 한 가지 물어보고 싶습니다. 아직 예르겐의 손은 찾지 못했습니까?"

파비안이 물었다.

"지금 막 그 이야기를 하려던 참이에요."

투베손이 몰란데르에게 몸짓을 하자 그가 일어나서 리모컨 버튼을 눌렀다. 천장에 달린 영사기에서 쏜 화면에 피 묻은 흰색 타일 바닥에 떨어져 있는 두 손이 나타났다.

"체육관 남학생 샤워실에서 찍은 거지."

"그러니까, 같은 학교 체육관에서 발견했다는 말이죠?"

클리판의 물음에 몰란데르가 고개를 끄덕였다.

"범죄자 프로파일은 작성하고 있습니까?"

파비안이 물었다.

"내가 뭐랬습니까? 벌써 일하고 있구먼. 자기도 모르는 사이에 벌써 수사 모드로 돌입한 거라니까."

"아직 범죄자 프로파일은 작성하지 않고 있어요. 지금까지 정황으로 보면 우린 최악의 범죄 사건을 다루고 있는 거 같아요. 한 외로운 미친놈이 작정하고 계획을 세웠어요. 그 계획을 실현할 만큼 똑똑하기도 하고요."

투베손이 말했다.

"어째서 그 남자인지 여자인지가 혼자서 한 일이라고 생각하는 거예요?"

커피잔에 커피를 따르면서 릴리아가 물었다.

"너무 극단적이니까."

투베손이 한 손으로 범죄 현장 사진을 가리키면서 말했다.

"게다가 한 명 이상이 저지르기에는 계획도 잘 세웠고 실행도 잘했으니까. 이런 미친 짓에 여러 명이 관여했다면 그건 항상 충동적으로 갑자기 했다는 뜻이야. 그것도 약에 잔뜩 취해서. 그렇다면 실수를 할 수밖에 없고 결국 엄청난 단서와 범죄 증거를 남길 수밖에 없지. 하지만 이 사건은 전혀 실수가 없어. 지문 하나, 머리카락 한 올 찾지 못했다고. 정말 아무것도 없어. 유리 회사에 관해서는 파비안의 말이 맞았어. 그런 회사는 없었어. 작업자용 크레인은 PEAB 건설에서 임대한 건데, 없어진 것도 모르고 있더군. 그러니까 예르겐 폴손을 죽인 범인은 갑자기 충동에 싸여서 살인을 저지른 게 아니라 꼼꼼하게 계획을 세우고 움직인 거야. 오랜 시간을 들여서 언제, 어떻게 살인을 저지르고 어떤 방식으로 발각될지까지 계획을 세운 거야."

"하지만, 왜 그랬을까?"

몰란데르가 말했다.

"좋은 질문이에요. 손은 왜 잘랐을까요?"

릴리아가 말했다.

"혹시 피해자가 물건을 훔친 게 아닐까? 이슬람 율법에 따르면 도둑의 손을 자르잖아."

클리판이 말했다.

"살인자가 이슬람이라고요?"

"그럴 수도 있지."

클리판은 예르겐의 학급 앨범 사진을 집어 들었다.

"이 남자애는 분명히 무슬림 같은데? 어때요, 파비안? 이 남자애, 기억해요?"

"자파르 우마르군요. 우린 자페라고 불렀죠. 아주 웃긴 녀석이었습니다. 우리 반 어릿광대 같았다고 할까, 무엇이든 우스갯소리로 만드는 녀석이었어요."

"우리가 생각하는 살인자 이미지하고는 거리가 먼데요?"

릴리아가 말했다.

"사람들 손을 자르는 문화는 아주 많지. 르완다 전쟁만 봐도 그래. 전쟁 포로를 잡으면 더는 싸우지 못하게 손부터 잘랐어."

몰란데르가 말했다.

"어떤 곳에서는 한 마을 사람 모두의 손을 자르기도 했어요. 남자, 여자, 아이 할 것 없이요. 그래야 신원을 확인할 수 없어서 투표를 못하니까요."

클리판이 덧붙였다.

"그게 무슨 말이에요? 어차피 투표자 신원은 밝히지 않잖아요."

릴리아가 물었다.

"물론 그렇지. 하지만 무기명 투표를 하려면 일단 투표권이 있는지 확인해야 하잖아요. 지문을 대조해서."

파비안은 살인마가 이슬람식 정의를 구현하려고 손을 자른 것 같지는 않았다. 더구나 예르겐 폴손이 도둑질한 기억은 전혀 나지 않았다. 소란을 피우기는 했지만, 도둑이라고? 그럴 리 없었다. 예르겐의 손은 잘려나간 뒤에 샤워실에 버려져 있었다. 분명히 어떤 의미를 나타내는 게 아닐까? 살인마는 특정한 메시지를 전달하려고 한 것이 분명했다.

"리스크, 무슨 생각 해요?"

고개를 든 파비안의 눈에 투베손의 호기심 어린 눈이 보였다.

"여기서 살인자는 무슨 말이 하고 싶은 걸까요? 예르겐의 근무지에서 살인하는 것이 중요했을까요, 아니면 학교에 갔을 때 예르겐이 있었기 때문에 그곳에서 살인한 걸까요?"

파비안이 물었다.

"지금 범인이 학생일 거라는 말인가요?"

"확실하지는 않습니다. 교사가 범인일 수도 있죠. 어쩌면 예르겐에게 폭행을 당한 사람일 수도 있고요."

"폭행이라니, 그게 무슨 말이죠? 강간을 말하는 건가요?"

클리판이 말했다.

"강간이 범행 동기라면 굳이 손을 자를 것 같지는 않은데요."

릴리아가 말했다.

"한 가지만 더 생각해보자면……."

파비안은 '폭행'이라는 단어가 왜 떠올랐는지 의아해하면서 계속 말했다.

"예르겐 폴손이 정말로 외레순 다리를 건넜다면 그 사실을 입증하는 사진이 있어야 할 겁니다, 아닌가요?"

"지나간 거 맞아요. 레르나켄 통행요금소를 오간 시간이 정확하게 기록되어 있어요."

클리판이 파비안에게 통행 기록표를 건네면서 말했다.

"아무튼 비디오 녹화 화면을 보는 것이 문제가 되지는 않을 거예요. 리스크, 원한다면 이 단서를 살펴보는 것 말고도 더 관여해줘도 괜찮아요."

투베손이 말했다.

"물론입니다."

파비안은 대답하면서 어쩌면 클리판이 옳은지도 모르겠다고 생각했다. 휴가는 점점 더 멀어져가는 듯했다.

"클리판, 이레네, 직접 접촉하는 건 피하고 가능하면 예르겐과 같은 반이던 사람들 신원을 모두 조사하고 사는 곳을 파악해줘요. 그 사람들 가운데 범인이 있을 수도 있으니까 가능한 한 더 많은 정보를 모을 때까지는 비밀을 유지해야 해요, 알겠죠?"

릴리아와 클리판이 고개를 끄덕였다.

"파비안은 어떻게 하죠? 파비안하고는 어떻게 해야 해요? 파비안도 그 반 학생이었잖아요."

릴리아의 말에 회의실에 모인 사람들 모두 파비안을 쳐다봤다.

"파비안은 내가 맡을게요."

투베손이 말했다.

"그리고, 피해자 아내도 만나봐야죠. 음, 미망인 말입니다. 누가 만나면 좋을까요?"

클리판이 말했다.

"리나 폴손 말하는 거예요?"

투베손이 물었다.

"리나라고요? 예르겐의 아내 이름이 리나입니까?"

파비안의 말에 투베손이 고개를 끄덕였다.

"여기, 이 사람 말입니까?"

파비안은 얼굴이 지워진 예르센 옆에 있는 긴 금발의 곱슬머리 여학생을 가리키면서 물었다.

"두 사람은 그때도 같이 있었군요. 이럴 수가! 괜찮다면 내가 만나보고 싶은데요."

파비안이 말했다.

"당연히 그러고 싶을 것 같군요."

클리판이 학급 사진을 들여다보면서 말했다.

"아주 매력적인데요."

클리판이 파비안의 어깨를 세게 잡았다.

"문제는 사진 속 모습이 지금하고는 완전 딴판일 수도 있다는 거지만."

몰란데르가 말했다.

"맞아요. 파비안을 보세요."

릴리아가 말했고, 한바탕 웃음이 터졌다. 웃음이 멎자 모두 서류를 챙겨 들고 회의실에서 나갔고 투베손과 파비안만 남았다.

"기분이 어떨지는 나로선 잘 모르겠지만, 이번 사건을 함께 맡아준다면 정말로 고마울 거예요. 물론 가족 휴가가 더 중요하다고 해도 충분히 이해하지만요. 선택은 전적으로 당신 몫이에요."

"기꺼이 돕겠습니다."

파비안은 쾌활하게 말했다. 하지만 투베손이 전적으로 틀렸다는 생각은 하지 않을 수 없었다. 이런 사건 앞에서 파비안이 달리 어떤 선택을 할 수 있겠는가? 물론 이전에도 범죄자가 철저하게 계획하고 벌인 사건을 수사한 적이 있었다. 하지만 이번 경우는 완전히 달랐다. 파비안의 동창이 잔혹하게 살해됐고, 죽은 지 며칠 뒤에, 그것도 파비안이 가족과 함께 고향으로 돌아오는 날 발견됐다. 당연히 우연일 수는 있었다. 하지만 파비안은 톱으로 손을 잘라낸 것만큼이나 그런 시간적인 일치가 우연일 수는 없다는 생각이 들었다.

"단지 하나, 명확하게 해둘 일이 있어요."

투베손이 파비안의 눈을 뚫어지게 보면서 말했다.

"스톡홀름에서는 어떤 식으로 일했는지 모르지만 여기서 우리는 한 팀이에요. 우리는 함께 일해요. 그러니 파비안도 그래줬으면 좋겠어요."

파비안은 고개를 끄덕였다.

"좋아요, 그럼 오늘부터 근무일로 계산해서 월급이 나가도록 조치할게요."

"직원 명단에 넣어주시는 게 좋겠습니다. 그래야 그 플로리안이라는 친구가 날 들여보낼 테니까요."

"물론이죠. 출입증도 발급해줄게요. 당연히 아직 책상이 준비되지 않았어요. 당분간은 후고 엘빈의 책상을 써도 될 거예요. 아까 말했듯이 몇 주는 돌아오지 않을 테니까요. 가죠. 어느 책상인지 보여줄게요."

투베손을 따라 걷기 시작했지만 파비안은 완전히 다른 생각에 사로잡혀서 그 뒤로 강력계 반장이 하는 말은 한마디도 듣지 못했다. 예르겐 폴손이 살해됐다는 사실을 안 순간부터 파비안의 무의식은 그에게 잔소리를 해댔지만 정확히 무슨 말을 하는지는 알아들을 수 없었다.

하지만 회의를 하는 동안 파비안은 점점 더 분명한 느낌을 받았다. 예르겐의 살해 동기를 이야기하면서 '폭행'이라는 단어를 사용한 것이 전적으로 우연은 아니었으니까. 학창 시절의 기억이 그의 머릿속에 점점 더 분명하고 또렷하게 떠올랐다. 그리고 예르겐 폴손은 정확히 받을 민한 응징을 받았다는 느낌을 지울 수 없었다.

5

처음에 리나 폴손은 파비안을 기억하지 못했다. 파비안이 자기 이름을 정확하게 말하고 학창 시절 내내 같은 반이었다는 말을 했는데도 리나는 그를 기억해내지 못했다. 공정하게 말하면 직접 대면해서가 아니라 전화로 나눈 대화이기는 하지만 리나는 파비안이 누군지 전혀 모르겠다는 반응이어서 파비안은 그 리나가 이 리나가 맞는지 고민해야 할 정도였다. 리나는 파비안이 '파베'라는 별명을 말해주기 전까지는 계속 어리둥절한 상태였지만, 그 말을 듣자 그날 오후 1시에 커피를 마시러 집으로 오라고 했다. 오후 1시라면 파비안으로서는 일단 새로 배정받은 책상을 정리하고 외레순 다리 통행요금소에 연락해볼 시간은 충분했다.

후고 엘빈의 책상 의자는 미래에서 온 기가 막힌 실험 장치처럼 보였다. 상당히 많은 손잡이와 레버가 있는 의자는 안타깝게도 앉기 편하지는 않았다. 아니, 솔직히 말해서 매우 불편해서 외레순 다리 중앙 통행요금소 직원에게 자신이 전화 건 이유를 설명하는 동안 파비안은 좀 더 편한 자세를 취하려고 의자 레버를 계속해서 들었다 내리기를 반복해야 했다. 통행요금소 직원은 다른 사람에게 전화를 넘겼다. 전화벨이 울리는 동안 파비안은 가까스로 적당한 자세를 취할 수 있었다. 후고 엘빈이라는 사람의 몸은 도대체 어떻게 생겨먹었는지 꽤 궁금해졌다.

"그러니까 지금 전화를 건 분이 쿠르트 발란데르(스웨덴의 대표 작가 헤닝 만켈의 소설 속 주인공 형사 이름-옮긴이) 같은 분이라는 거죠?"

갑자기 전화기 너머에서 여자 목소리가 들려왔다. 신호가 멈췄다는 사실을 인지할 시간이 없던 파비안은 발란데르가 자기보다 직급이 더 높다고 설명했다. 발란데르가 소설 속 인물이 아니라면 분명히 나보다는 직급이 높겠지, 하고 파비안은 생각했다.

"당신들은 진짜로 그렇게 똑똑하단 말이죠?"

여자가 다시 물었다.

여자의 관심을 쿠르트 발란데르에게서 돌리고 정말로 물어야 하는 질문을 하고 여자가 그 질문에 대답하기까지는 5분이라는 시간이 더 필요했다. 여자는 외레순 다리에 있는 레르나켄 통행요금소를 지나는 모든 차량은 카메라 두 대로 촬영한다고 했다. 정확한 통행료를 부과하기 위해서 한 대는 앞에서 차량 번호판을 찍고 다른 한 대는 위에서 차량의 길이를 측정한다고 했다. 또한 중앙 통행요금소에서는 통행료를 내지 않고 몰래 빠져나가는 차량을 잡으려고 그 사진을 증거로 사용한다고 했다.

파비안은 여자에게 차량번호 BJY 509 쉐보레 픽업트럭의 기록을 찾아봐달라고 했다. 6월 22일 화요일 오전 6시 조금 지나 덴마크로 가려고 통행요금소를 통과했고 같은 날 밤 11시 18분에 스웨덴으로 돌아온 차량이라고 설명했다. 여자는 사진을 찾아 보내주겠다며 파비안의 이메일 주소를 물었다. 파비안은 아직 이메일 계정이 없기에 투베손의 이메일 주소를 알려주고 도움을 줘서 고맙다고 인사했다. 그리고 리나 폴손을 만나려고 경찰서를 나섰다.

내비게이션이 외도크라에서 옆길로 빠지라고 했다. 그러고는 평범해 보이는 교외 지역을 계속해서 통과하게 하더니 테가탄 9번지 앞에서 서라고 했다. 파비안은 차에서 내려 프레드리크스달 학교처럼 빨간 벽돌로 지은 2층짜리 건물 앞으로 걸어갔다. 예르겐과 리나가 30년이나 함께 살다니, 이해할 수 없었다. 분명히 얼마 못 가서 헤어질 거라고 생각했는데.

초인종을 누른 파비안은 처음으로 리나의 가족이 사는 아파트 초인종을 누르던 순간을 떠올렸다. 그때 파비안은 4학년이었고, 차마 문 앞에 서 있을 용기가 없었다. 파비안은 초인종을 누른 뒤에 리나의 아버지가 대답하기 전에 재빨리 위층으로 올라갔다.

그때 파비안과 리나는 아침마다 학교에 함께 가기로 약속했고, 그 때문에 파비안은 매일 아침 리나의 집으로 가서 초인종을 눌렀다. 리나하고 등교하는 시간은 하루 중 가장 빛나는 시간이었다. 그 시간만큼은 파비안 혼자서 리나를 독차지할 수 있었다. 두 사람은 대화를 나눴고 함께 웃었다. 파비안은 최대한 등교 시간을 늦추려고 자신이 할 수 있는 모든 일을 했다.

클리판이 옳았다. 리나는 분명히 파비안의 반에서 가장 아름다운 여학생이었다. 지금도 그렇게 아름다울지, 파비안은 궁금했다.

몸집이 거대하고 온몸에 지방을 두른 여인이 문을 열었다. 부댓자루 같은 갈색 드레스를 입은 여인은 검은 머리지만 머리 뿌리는 확실히 흰색이었다. 피곤하고 지쳐 보였다. 무엇보다 여인은 마흔세 살이라고는 믿기지 않을 정도로 나이가 들어 보였다. 나이 듦에 관해서는 몰란데르의 말이 옳았다고 파비안은 생각했다.

"파비안 리스크 맞지요?"

여인의 말에 파비안은 고개를 끄덕이고 악수를 청했다.

"아그네타예요. 리나의 사촌이죠. 리나를 혼자 두지 않으려고 가족이 교대로 와 있어요. 들어오세요."

파비안은 아그네타를 따라 집 안으로 들어갔다. 대충 훑어본 거실은 밖에서 생각한 것보다 훨씬 근사했다. 그런데 리나는 보이지 않았다.

"여기서 기다려요. 커피 가져올게요."

아그네타가 부엌으로 사라졌다.

파비안은 책장 앞으로 걸어갔다. 지금이 디지털 다운로드의 시대라고는 해도 집 안 한구석을 차지한 책장은 그 집이 감추고 있는 비밀을 드러내 보이는 공간이다.

이 집의 책장에는 평범한 책들과 문화용품, 갖가지 물건이 놓여 있었다. 조명을 설치한 유리 선반에는 다양한 색상의 술병, 다양한 크기의 크리스털 잔, 그리스와 카나리아제도에서 가져온 기념품

등이 놓여 있었다. 몇 가지 편집 음반으로 구성된 CD 컬렉션과 반은 디즈니 영화고 반은 스웨덴 탐정 영화로 채워진 DVD 컬렉션도 있었다. 세심하게 선택한 책 목록 가운데 거의 3분의 1은 얀 기유, 헤닝 만켈, 존 그리샵의 소설이었고 나머지는 어느 집에나 있는 아우구스트 스트린드베리, 윌리엄 셰익스피어, 찰스 디킨스의 소설이었다. 이 평범한 컬렉션을 망치는(관점에 따라서는 오히려 향상시킨다고 볼 수 있는) 책은 오직 폴 오스터, 코맥 매카시, 조너선 프랜즌의 작품뿐이었다. 파비안은 리나의 책들이라는 결론을 내렸다.

맨 아래 선반에는 앨범도 몇 권 있었다. 그는 그 가운데 한 권을 집어 들었다. 예르겐과 리나의 결혼식 사진이 있는 앨범이었다. 리나가 그 정도 남편밖에 고르지 못하다니, 파비안은 믿을 수가 없었다. 두 번째로 집어 든 앨범에는 크리스마스, 생일, 가재 축제, 세례식 등 다채로운 사진들이 있었다. 예르겐이 웃통을 벗고 문신을 새긴 울긋불긋한 근육을 자랑하는 사진도 있었다.

"뭐, 흥미로운 거라도 있어?"

들려오는 목소리에 파비안은 재빨리 고개를 들고 리나를 봤다.

"이런, 너구나."

파비안은 앨범을 내려놓았다. 리나와 포옹을 해야 하는지 아닌지 판단을 내릴 수가 없었다. 손바닥이 땀으로 축축했지만 파비안은 손을 내밀기로 결정했다.

"안녕."

"안아주지 않을 거야?"

"아, 물론, 미안. 나는 그저⋯⋯."

파비안은 조심스럽게 포옹했다.

"거의 못 알아보겠다. 스톡홀름으로 갔다고 들었는데."

"얼마 전에 돌아왔어. 넌 금방 알아보겠는데. 거의 안 변했네."

"고마워."

파비안은 그다음 대화를 어떻게 이어가야 할지, 이 어색한 침묵을 어떻게 깨야 할지 도무지 알 수 없었다. 왠지 이제 막 초인종을 눌렀는데 도망가 숨을 시간이 없는 어린 소년처럼 느껴졌다. 아그네타가 부엌에서 쟁반에 커피를 들고 나와 탁자에 내려놓았다.

"리나, 나도 여기 있을까?"

"아니, 아게, 괜찮아. 안 그래도 돼."

아그네타가 거실에서 나가자 리나와 파비안은 소파로 걸어가 앉았다.

"네가 수사를 한다고? 경찰이라서?"

리나는 잔에 커피를 따르려고 했지만 손이 너무 떨려서 힘들어 보였다.

"줘봐. 내가 할게."

파비안은 리나가 들고 있는 주전자를 받아 그녀의 잔에 커피를 따랐다.

"미안. 하지만 난 도저히 이해를 못하겠어. 어떻게 예르겐한테 그런 일이 벌어졌을까? 정말 모르겠어. 예르겐이 얼마나 인기가 많았는데. 진짜 말도 안 돼."

리나의 눈에서 눈물이 주르륵 흘러내렸다.

파비안은 리나 옆으로 좀 더 다가가 파르르 떨리는 어깨를 다정하게 토닥여주고 싶었지만, 그냥 앉은 자리에 가만히 있기로 했다. 지금 이곳에 온 것은 경찰이기 때문이지 다른 이유가 있는 것은 아니니까.

"리나, 분명히 너무나도 힘든 일이 될 테지만, 혹시 이런 일을 할 만한 누군가, 생각나는 사람 없어?"

파비안의 말에 리나는 고개를 흔들었다.

"전혀 없어. 아까도 말했지만, 모두 그 사람을 좋아했으니까. 예르겐의 학교 학생들은 남편을 경외했어. 남편은 아이들을 잘 다뤘고. 특히 문제가 있는 아이들은."

"그래, 정말 그랬을 거 같아. 어쨌거나 예르겐도…… 어떻게 말해야 할까, 그러니까 학교 다닐 때는 좀, 소란스러운 편이었잖아."

리나가 고개를 들어 파비안의 눈을 똑바로 봤다.

"그게 무슨 말이야?"

리나는 기억을 억제하고 있는 걸까, 아니면 지금과 같은 상황에서는 그 사실을 받아들이기가 힘든 걸까? 파비안은 그런 생각을 하면서 커피잔을 탁자에 내려놓았다.

"리나, 누가 이런 짓을 했는지 밝히려면 좀 더 깊이 들어가서 여러 가지 일을 파헤칠 필요가 있어."

리나는 파비안에게서 고개를 돌렸고 그는 그녀의 침묵을 깰 일은 어느 것 하나 하지 않았다. 마침내 리나는 파비안의 말을 받아들이고 고개를 끄덕였다.

"내가 아는 대로라면 예르겐은 단지 맥주를 사러 독일에 간 거야. 혹시 누구 같이 간 사람은 없어?"

"예르겐은 늘 혼자 다녀."

"이번에는 아닐 수도 있잖아."

리나는 고개를 흔들었다.

"다른 사람하고 트럭에 짐을 나눠 실어야 한다면 굳이 그런 수고를 할 필요가 없지."

"그냥 동행만 할 수도 있잖아."

"누가 그런 짓을 하겠어? 살 게 하나도 없는데 트럭을 타고 독일까지 다녀온다고?"

여전히 맥주를 사러 독일에 간다는 사실이 조금도 이해되지 않는 파비안은 그래, 맞는 말이야, 하고 생각했다.

"혹시 같이 가고 싶어 한 친구 없을까? 너 말고 우리 반에서 지금까지 예르겐이랑 연락하고 지낸 친구는 있어?"

"아니, 글렌 말고는 없어. 글렌 그란크비스트 말고는."

리나의 말에 파비안은 고개를 끄덕였다. 파비안이 기억하는 한 글렌과 예르겐은 절친이었다. 같은 옷감에서 잘라낸 천 조각처럼 완벽하게 맞아떨어지는 녀석들이었다. 파비안이 다음으로 해야 할 일은 글렌을 만나는 것이 분명했다.

"앨범을 보니까 알겠는데, 예르겐은 몸이 아주 좋았네."

"맞아. 그 몸을 유지하려고 항상 노력을 많이 했어. 아이들이 어릴 때는 집보다는 체육관에서 더 많은 시간을 보내기도 했어."

"그래서, 운동을 많이 했다고? 혹시 근육을 키우려고 뭔가 도움을 받은 게 있었을까?"

이제부터는 이판사판이라고 생각하면서 파비안이 물었다.

리나는 어떤 질문을 기다리고 있었지만 그 질문은 아니라는 표정으로 파비안을 쳐다봤다.

"지금 네가 무슨 말을 하는지 잘 모르겠어. 혹시 근육 강화제를 복용했느냐고 묻는 거야? 물론 아니야."

파비안은 예르겐이 스테로이드계 약물을 먹었을 거라고 확신했지만 그것은 중요한 문제가 아니었다. 중요한 것은 리나가 대답하는 방식이었고, 지금 거짓말을 하고 있다는 사실이었다.

"혹시 널 때렸어?"

이번에는 리나가 좀 더 준비가 되어 있었다. 리나는 냉정하고 침착하게 반응했다. 콧방귀를 뀌면서 고개를 저었다.

"네가 뭘 알고 싶은지 솔직히 잘 모르겠어. 예르겐은 네가 알고 있는 그 누구보다 좋은 사람이었어. 나를 때린 적도 없고, 그 문제라면 다른 사람을 때린 적도 없어."

"리나, 예르겐의 명성을 해치고 싶지는 않아. 하지만 학교에 다닐 때 예르겐이 어땠는지 너도 잘 알잖아. 내가 알고 싶은 건 예르겐이……."

"이제 그만 가는 게 좋겠어. 제발 떠나줘."

리나가 일어나면서 말했다.

"미안. 나는 그저……."

"아게! 이제 들어와도 돼. 이야기 다 끝났어."

리나가 소리쳤다.

6

파비안은 자동차 안으로 들어가 시동 장치에 열쇠를 꽂았다. 이제 정확히 무엇을 쫓아야 하는지 판단할 수 있었고, 어제부터 쫓아다니던 직감이 옳았음을 확신할 수 있었다. 예르겐 폴손은 자기 무덤을 직접 파서 들어간 것이 분명했다. 하지만 리나가 이제 막 남편을 잃었다는 사실을 고려하지 않고 처음부터 너무 강하게 몰아붙인 것은 후회가 됐다.

지금 파비안은 무엇을 받아들일 수 없는 걸까? 리나가 결국에는 예르겐을 선택했고, 그 관계가 지금까지 지속됐다는 사실? 파비안에게 리나의 선택에 의문을 가질 권리가 있다고? 리나에게 가장 좋은 것이 무엇인지를 아는 사람이 파비안이라도 되는 것처럼?

파비안은 조수석 보관함을 열어 가장 최근에 받은 자동차 점검표를 꺼내 뒷면에다 리나에게 글을 쓰기 시작했다. 감정을 상하게 한 일을 충분히 사과하고 그가 필요하면 언제라도 연락해달라고 적었다. 마지막에 집 주소와 휴대전화 번호를 적고 서명한 뒤 파비안은 리나의 우편함에 자동차 점검표를 밀어 넣었다.

쪽지를 쓰고 우편함에 넣을 때까지 모든 과정을 리나가 얇은 커튼 뒤에서 지켜보고 있다는 것을 알았기에 파비안은 차에 타기 직전에 몸을 돌려 그녀를 향해 웃으면서 가볍게 손을 흔들었다.

차가 출발하고 얼마 지나지 않아 전화벨이 울렸다. 하지만 전화를 건 사람은 리나가 아니었다. 투베손이었다.

"레르나켄 통행요금소에서 사진을 보냈어요."

"뭘 좀 찾았습니까?"

"직접 와서 보는 게 좋겠어요."

통행요금소에서 보내온 사진은 모두 네 장이었다. 투베손은 영사기에서 회의실 벽으로 영상을 쏘도록 경찰서 컴퓨터 주 서버에 사진을 올렸다.

"우유가 떨어졌다는 말은 또 듣고 싶지 않아요."

릴리아가 이제 막 내린 커피를 따르면서 말했다.

"크림은 항상 있잖아요."

클리판이 자기 컵에 크림을 퐁당 떨어뜨리면서 말했다.

"몇 년 전까지만 해도 아무 문제 없이……."

하지만 갑자기 울리는 전화벨 소리에 클리판은 입을 다물었다. 클리판은 전화기를 들고 발신자 번호를 봤다.

"전화 안 받아요?"

릴리아가 말했다.

클리판이 한숨을 쉬면서 전화를 받았다.

"안녕, 달링. 회의 중이야. 뭐라고? 또? 이런, 안 돼. 하지만 베리트, 벌써 몇 번이나 말했잖아. 화장실 휴지는 그렇게 무지막지하게 쓰면 안 된단 말이야. 왜냐하면······."

회의실에 있는 사람 모두가 베리트의 목소리를 들을 수 있었다.

"알았어. 내가 해결할게. 내가 사람을 부를게. 아니, 지금 당장은 안 돼. 시간이 나면 곧바로······ 달링, 이제 가봐야 해. 안녕, 안녕."

클리판은 전화기를 내려놓고 아무 말 없이 두 손을 번쩍 들어 올렸다.

"자, 그럼 시작할까요?"

투베손이 영사기를 틀면서 말했다.

첫 번째 사진은 차량 앞면을 찍은 것이었다. 덴마크로 들어가는 다리에 올라도 좋다는 허락을 기다리며 쉐보레 픽업트럭 운전석에 앉아 있는 예르겐 폴손이 보였다. 사진 밑에는 2010년 6월 22일 오전 6시 23분이라는 날짜와 시간이 적혀 있었고 운전대를 잡은 사람은 예르겐 폴손이 분명했다. 두 번째 사진은 위에서 찍은 것으로 문신을 새긴 예르겐의 팔이 신용카드를 내밀고 있었다.

"음, 저 때는 그래도 손이 팔에 붙어 있었네요."

클리판이 말했다.

"흥미로운 건 이 사진이에요."

투베손이 2010년 6월 22일 밤 11시 18분에 찍힌 세 번째 사진을 보여주면서 말했다. 세 번째 사진은 처음 두 사진보다 훨씬 어두워서 예르겐의 얼굴이 그늘에 가려져 있었다. 하지만 운전대를 잡은 사람은 예르겐이 분명했다. 어둠 속에서도 깨끗한 하얀색 러닝셔츠가 반사 테이프처럼 빛나고 있었다.

세 번째 사진이 수사관들의 관심을 끈 이유는 예르겐이 사진 속 유일한 인물이 아니라는 점이었다. 예르겐 옆 조수석에는 한 남자가 앉아 있었다. 짙은 색 옷에 모자를 깊숙이 눌러쓴 남자의 얼굴은 어둠에 완전히 가려져 있었다. 그러니까 그자는 거기에 있었다. 수사관들이 찾고 있는 살인마는 실체가 없는 유령처럼 어둠 속 나머지 부분에 녹아들어 있었다.

"혹시 좀 더 뚜렷하게 볼 수 있는지 사진을 한번 조정해볼게."

몰란데르가 말했다.

"지명수배자로 발표할 수 있을 만큼 또렷한 사진이 가능할까요?"

클리판이 물었다.

"글쎄, 노력은 해보겠지만, 안 될 거 같은데."

몰란데르는 어깨를 으쓱해 보였다.

"이 사람이 범인이라고 100퍼센트 확신해도 될까요?"

릴리아가 물었다.

"아니, 하지만 상당한 혐의는 둘 수 있겠지. 아, 물론 모든 게 분명해질 때까지는 어떤 발표도 하지 않을 거야."

투베손이 말했다.

"이 남자는 분명히 누구든지 될 수 있어요."

릴리아가 말했다.

"누구든지라니, 그게 무슨 뜻이야?"

"히치하이커일 수도 있잖아요."

"누가 요즘 같은 시대에 히치하이커를 자기 차에 태워요? 차를 세우는 사람도 없을걸요."

클리판이 말했다.

"나는 태워줘요. 이 세상은 이 네 벽 안에 갇힌 우리 생각처럼 그렇게 끔찍하지만은 않아요."

릴리아가 대답했다.

"이 남자가 범인이 아니라고 해도 어쨌거나 예르겐이 살아 있을 때 마지막으로 만난 사람일 가능성이 크지. 그러니 누구든 상관없이 분명히 신원을 파악해야 해. 사진 속 남자가 우리가 찾는 범인이 맞다면 한 가지 질문을 할 수밖에 없어. 예르겐 폴손은 이 남자를 왜 자기 차에 태웠을까?"

"그리고, 어디에서 태웠을까요."

투베손의 말에 릴리아가 덧붙였다.

"혹시 만날 약속을 했던 걸까?"

투베손이 말했다.

"아닐 겁니다. 리나는 예르겐이 항상 혼자서 다녔다고 했어요."

파비안이 말했다.

"그거야 그 여자 생각이죠. 그 말이 사실이라고 누가 장담합니까? 아무튼, 우리 아내는 나에 관해서 모든 걸 알고 있지는 않아요."

클리판이 말했다.

"자네 아내의 입장에서는 정말로 다행이지."

몰란데르가 작은 목소리로 중얼거렸다.

"하지만 살인이 치밀하게 진행됐다는 사실을 생각하면 범인은 예르겐이 자신을 차에 태우리란 걸 확신했다고 추정해야 합니다."

파비안이 계속 말했고 다른 사람들은 그의 말에 귀를 기울였다.

"그리고, 클리판이 말한 것처럼 예르겐이 지나다닌 길은 대부분 자동차는 멈출 수 없는 고속도로입니다. 따라서 신용카드 사용 내역을 모두 받아서, 그날 예르겐이 어떤 경로로 이동했는지 알아내야 할 것 같습니다."

"좋은 생각이에요."

투베손이 동의했다.

클리판이 투베손을 쳐다봤다.

"이 양반, 바보는 아니네요. 안타까운 건 그걸 알아내려면 아주 오래 걸린다는 사실이죠. 은행들은 우리한테 이런 정보는 되도록 늦게 주는 걸 원칙으로 삼는 곳이니까."

파비안도 물론 잘 알고 있었다. 하지만 그에게는 해결 방법이 있었다. 국가정보국(FRA)에는 니바 에켄히엘름이 있다는 것. 니바는 그 누구도 뚫지 못하는 두툼한 방화벽을 거침없이 뚫고 나가는 사람이었다. 지난번 수사 때 니바는 파비안을 상당히 많이 도왔다. 하지만 그런 도움에는 대가가 따랐고 파비안은 다시는 니바에게 연락하지 않겠다고 굳게 다짐했다.

파비안은 외레순 다리 중앙 통행요금소의 그 여자에게 다시 전화를 걸었다. 전화를 받자마자 파비안의 목소리를 알아들은 여자는 수사가 어떻게 진행되고 있는지, 살인자는 찾았는지 물었다. 파비안은 애매모호하게 얼버무리면서 수사가 진척되고 있으며 빨리 사건을 해결하려고 가능한 모든 일을 하고 있다고 대답했다.

"아, 알겠어요. 기밀을 유지해야 하니까 수사 내용을 세세하게 밝힐 수 없다는 거군요. 하지만 조수석에 있는 남자가 범인 맞죠?"

여자는 스웨덴 남부 특유의 어투로 말했다.

"이해해주시는 것처럼 모든 걸 밝힐 수는 없습니다."

파비안은 그 정도면 여자가 더는 질문하지 않으리라 생각되는 말을 했다. 여전히 여자의 도움이 필요했으니 그녀를 불쾌하게 만들고 싶지는 않았다.

"내 말이 맞는다는 소리로 알아들을게요. 하지만 걱정할 필요 없어요. 신문사에는 말하지 않을 테니까요. 아무튼, 아직은요."

파비안은 자신이 여자로 하여금 비밀을 공유하고 있다는 느낌을 받게 했다는 사실을 깨달았다.

"물론 그러지 않으셔야 합니다. 머리가 좋으시니까 잘 알겠지만 범인에게 우리가 많은 걸 알고 있다는 사실을 알리면 안 됩니다."

"그럼요, 그러면 안 되죠."

"그리고 이미 이 사건에 관해서는 잘 알고 계시니까 다른 일도 하나 더 부탁드리고 싶습니다."

"오!"

"혹시 피해자가 결제한 신용카드 번호를 알 수 있을까요?"

파비안의 말에 여자는 한참 동안 말이 없었다.

"잘 알겠지만 그런 정보는 함부로 제공할 수 없어요. 검찰 허가 없이는 안 돼요."

바보는 아니군, 파비안은 생각했다. 하지만 그에게는 검찰의 허가를 구할 시간이 없었다.

"하지만 파비안 리스크, 당신이, 내 젊은 발란데르가 부탁하니까 이번만은 예외로 할게요. 단, 조건이 있어요."

"그게 뭡니까?"

"여길 지날 일이 있으면 나한테 들러서 인사하고 가야 해요."

파비안은 전화를 걸려고 휴게실을 찾아 들어갔다. 버튼이 많이 달린 커다란 커피머신이 있는 방이었다. 그는 카푸치노 버튼을 누르고 커피머신이 커피를 만들기 시작하는 소리와 전화기 너머에서 들리는 신호를 동시에 들었다. 그녀는 전화를 건 사람이 파비안임을 알 것이다. 당연히 계속 전화기를 노려보고 있겠지.

"도대체 무슨 배짱으로 나한테 전화를 건 거야?"

갑자기 들리는 목소리에 당황한 파비안은 뭔가 알 수 없는 소리를 웅얼거렸다.

"여보세요? 내가 널 모를 거라고 생각했어? 아주 그냥 개……."

"니바, 나는 그럴 생각은……."

"우린 끝났어. 벌써 잊은 거야?"

"아니, 아니야. 그것 때문에 전화한 거 아니야."

"그래? 그럼 여기서 도망쳐 스코네로 이사 갔더니 행복한 핵가족으로 살 수 있더라는 말을 하려고 전화한 거야?"

"수사에 도움을 받으려고 전화했어. 아주 빨리 처리하는 게 중요해서."

파비안은 니바의 침묵을 긍정적인 신호로 받아들였다.

"옛날 동급생 살인 사건을 수사하고 있어. 아마 신문에서 읽었을 거야. 손이 잘린 채 죽은 기술 선생 사건."

"아, 그렇군. 정말 스코네답네. 그 사람이 네 옛날 학교 친구야?"

"정확히 말해서 친구는 아니야. 같은 반이었지. 그가 6월 22일에 쓴 신용카드 내역을 알아내야 해."

"신용카드 번호를 문자로 보내. 그럼 내가 연락할게."

"고마워, 친절하게 도와줘서. 나는 정말로 그럴 생각……."

"다른 일들은 어때?"

"좋아. 이제 막 이사해서 조금 엉망이긴 하지만, 왠지, 좋아질 것
같아. 너는?"

"정말로 끔찍하고 외롭지. 늘 그렇지 뭐. 치료사 말이 괜찮아지려
면 조금 시간이 필요할 거래."

"이제 곧 좋아질 거야, 분명히. 내가 떠났으니까 스톡홀름을 너
혼자 다 가질 수 있잖아."

"네가 이렇게 자꾸 전화하는데 내가 어떻게 괜찮아져?"

파비안은 니바의 말에 대답하려 했지만 그럴 시간이 없었다. 니
바는 전화를 끊어버렸고, 파비안은 카푸치노를 한 모금 마시고 나
머지는 싱크대에 쏟아버렸다.

7
○

"아빠, 오늘 우리 뭐 했는지 알아?"

집 안으로 들어서는 파비안에게 달려오면서 마틸다가 외쳤다.

"수영하고 왔어. 파도가 진짜 크고 엄청 추웠다니까. 우리 내일
또 갈 거야! 엄마가 나 수영복 새로 사준대."

마틸다는 아빠 품으로 뛰어들었다.

"아빠도 우리랑 가면 안 돼? 제발, 부탁이야."

"아빠는 너무 추울 거 같은데?"

파비안은 마틸다를 끌어안은 상태로 부엌으로 들어갔다.

"아빠, 제발, 제발."

파비안은 저녁을 차리고 있는 소냐에게 다가가 입을 맞췄다.

"저녁은 곧 먹을 거야."

소녀가 웃으면서 말했다.

"수사는 어떻게 돼가? 해야 할 일은 끝냈어?"

소녀는 앞치마를 벗으며 파비안의 눈을 똑바로 봤다.

"여보, 그게……."

"내가 부탁한 건 잊어. 당신이 사실은 휴가 중이라는 것도."

"여보……."

"그 이야기는 그만해. 가서 테오나 데려와줘."

"알았어. 어디 있는데?"

"방에."

"종일 방에 있었어."

마틸다가 말했다.

"같이 수영하러 안 갔어?"

"테오는 안 갔어. 당신이 함께 가서 스노클링 장비를 골라주길 바랐거든."

소녀가 말했다.

"아빠, 내일은 함께 간다고 약속해줘. 제발, 제발!"

"그래, 약속할게. 아빠가 최선을 다해서 노력은 해볼……."

"아빠는 진짜 바보야."

마틸다는 몸을 비틀어 아빠 품에서 빠져나갔다.

파비안이 몸을 돌려 2층 계단으로 걸어갈 때 전화벨이 울렸다.

"벌써 전화 설치했어?"

"당연하지."

소냐는 전화기로 걸어가 수화기를 집어 들었다.

"여보세요. 소냐 리스크입니다. 네, 여기 있어요. 당신 전화야."

무뚝뚝한 소냐의 말투에서 파비안은 전화를 건 사람이 누구인지 정확히 알 수 있었다. 이 사악하고 교활한 족제비 같으니라고. 수화기를 받아 들면서 파비안은 생각했다.

"네, 파비안 리스크입니다."

파비안은 자신이 낼 수 있는 가장 정중한 어투로 말했다.

"안녕, 스위티. 휴대전화보다는 집 전화로 하는 게 좋을 듯해서. 그래야 의심을 안 받지. 어쨌거나 우리가 뭐, 숨겨야 할 대화를 하는 것도 아니고."

"그렇지, 전혀 아니지."

파비안은 소냐에게 어깨를 으쓱해 보이고는 거실로 걸어갔다.

"그래, 뭐 좀 찾았어?"

"정말 일벌레라니까. 솔직히 말해서 소냐가 이 상황을 어떻게 참아내는지 모르겠어. 심지어 시작도 하기 전에 모든 게 끝났잖아."

"니바, 우리 곧 저녁 먹을 거야."

"어머, 부러워라. 네가 보낸 신용카드는 밤 10시 22분에 렐링에 OK 주유소에서 739크로네(덴마크와 노르웨이의 화폐 단위-옮긴이)를 사용했어. 푸트가르덴에 있는 국경 상점에서도 카드를 썼는데, 옥토버페스트 내내 마셔도 될 만큼 엄청난 맥주를 샀어."

"도와줘서 고마워."

"별일 아냐."

파비안은 전화를 끊고서 저녁을 먹으려고 자리에 앉았다. 소냐는 니바의 전화에 관해 물어보고 싶은 게 많을 것이 분명했다. 물어볼 권리도 당연히 있고. 하지만 오늘 밤 늦게 파비안이 집으로 돌아올 때까지는 모든 질문을 미뤄야 할 것이다.

10시가 조금 넘은 시간, 간신히 집에서 빠져나온 파비안은 차를 타고 렐링에 OK 주유소를 향해 출발했다. 코펜하겐에서 남서쪽으로 40킬로미터 정도 떨어진 곳에 있었다. 아마도 12시 전에는 도착하리라 생각했다. 파비안이 집에서 나올 때 테오도르는 방문조차 열기를 거부했고 마틸다와 소냐 역시 엄청나게 화가 나 있었지만, 주유소 가는 일을 내일로 미룰 수는 없었다. 간신히 번 약간의 시간을 아무 일도 하지 않은 채 낭비하면서 이 밤이 그냥 지나가게 내버려둘 수는 없었다. 주유소를 향해 달리는 동안 파비안은 자기가 알고 있는 내용을 정리해봤다. 범인이 예르겐이 언제 어디에서 몇 번이나 자동차를 세울지 정확하게 안다는 것은 사실상 불가능했다. 하지만 맥주를 사러 가기 전에 적어도 한 번은 차를 세우리라는 사실은 추측할 수 있었을 것이다.

몰란데르는 학교에서 발견한 예르겐의 쉐보레 픽업트럭에는 95 옥탄 가솔린이 88리터 들어 있었다고 했다. 쉐보레 픽업트럭에는 95 옥탄 가솔린이 120리터 들어가니까 예르겐은 기름을 넣은 뒤에 32리터를 사용한 셈이다. 예르겐이 가솔린을 채운 주유소는 다리 횡단을 포함해 학교에서 144킬로미터 떨어져 있다. 144킬로미터를 달리는 동안 32리터를 사용했다면 짐을 완전히 채운 쉐보레 픽업트럭이 10킬로미터당 가솔린을 2.2리터 소비했다고 추정하는 것이 타당하다. 그리고 예르겐이 쓸데없이 다른 길을 돌지 않고 주유소에서 곧바로 학교로 왔다고 추정하는 것이 합리적이리라.

예르겐 폴손은 덴마크에서는 딱 한 번, 밤 10시 22분에 OK 주유소에서만 신용카드를 사용했다. 739크로네를 계산했다는 것은 기름을 75리터 채웠다는 뜻이다. 만약에 예르겐이 헬싱보리의 외도크라에서 연료 탱크를 가득 채운 채로 출발해 380킬로미터 떨어진 렐링에까지 기름을 다시 넣지 않고 달렸다면 75리터를 보충한 것은 이해할 수 있다. 예르겐이 레르나켄 통행요금소를 통과한 시간은 주유소에서 결제를 한 시간에서 56분이 지난 밤 11시 18분이었다. 주유소에서 통행요금소까지는 40분이면 통과할 수 있다. 그 말은 예르겐이 주유소에서 15분에서 20분 정도 머물렀다는 뜻이다.

그 뒤에 조수석에 누군가를 태우고 다리를 건넌 것이다.

외레순 다리의 통행요금소 남자가 파비안에게 신용카드를 돌려주고 차단막을 올렸다. 라디오에서 흘러나오는 그가 좋아하는 노래를 들으면서 파비안은 가속 페달을 밟았다. 그는 케이트 부시의 목소리가 차 안을 가득 채울 때까지 볼륨을 높였다. 노래 속 주인공은 사랑하는 사람과 자기 처지를 바꿔달라며 신과 흥정을 벌이고 있었다. 파비안은 〈러닝 업 댓 힐〉의 코러스 부분부터 흥얼거리며 따라 부르기 시작했다.

파비안이 외레순 다리를 건넌 것은 이번이 처음이었다. 다리 옆으로 보이는 풍경은 참으로 신비로웠다. 반달이 뿜어내는 밝은 빛 때문에 하늘은 짙은 파란색과 금색으로 반짝였고 저 아래 고요하게 흐르는 외레순 강물은 마치 거대한 거울처럼 보였다.

8

글렌 그란크비스트는 부엌 식탁에 앉아 유리병 뚜껑을 열고 뿌연 액체 속을 둥둥 떠다니는 청어 조각들을 내려다보고 있었다. 그 유리병은 안키가 이 집에 살 때 마련해놓은 것이다. 글렌은 청어를 그다지 좋아하지 않았다. 청어 질감은 어딘지 모르게 짜증이 나서 글렌은 유리병에 든 청어를 한번에 꿀꺽 삼키고는 목으로 다시 올라오지 않도록 차가운 맥주를 들이마셨다.

하지만 이제는 맥주가 없었다. 글렌이 좋아하는 것은 대부분 사라졌고, 최적 소비 기한을 한참 넘긴 유리병들도 오래전에 텅 비어버렸다. 올리브도 피클도 겨자도 레물라드도 안키가 남기고 간 망할 청어 병도 이제는 없었다. 글렌은 청어 조각을 하나 더 꺼내 입에 물고 파인애플 통조림에 들어 있는 액체를 들이붓고 꿀꺽 삼켰다.

글렌은 예르겐 소식을 안 뒤부터 한시도 마음 편하게 있을 수 없었다. 가만히 앉아 있을 수가 없어서 끊임없이 움직여야 했다. 왠지 갈고리에 걸린 것만 같았고 심장은 두 배나 빠르게 뛰었다. 가장 친한 친구가 죽어버렸다. 끔찍한 사고나 급성 질환 때문이 아니라 의도적으로 주도면밀하게 계획을 세운 누군가가 아주 끔찍한 방법으로 죽였다. 그 생각만 하면 몸이 사시나무처럼 떨렸다.

그는 거의 전 생애라고 할 수 있는 37년 동안 예르겐과 함께 해치운 모든 즐거운 시간을 생각해봤다. 두 사람은 1학년 때 만났다. 둘은 만난 지 몇 분 만에 싸웠고, 그 뒤로 가장 친한 친구가 되어 비가 오나 바람이 부나 늘 함께했다.

바보 같은 일도 몇 가지는 했다. 아니, 사실은 꽤 많이 했다. 하지만 그런 일들은 대부분 뒤에 남겨뒀다. 이제는 더는 부끄러운 일을 하지 않겠다고 맹세했고, 그 맹세를 지켜왔다. 지난 몇 년간 글렌은 광고에 나오는 것처럼 깨끗하고 순수한 양심을 가지고 밤이 되면 평온하게 잠들 수 있었다. 일주일 전에 리나가 예르겐이 실종됐다

며 전화를 해오기 전까지는 말이다. 글렌은 처음부터 예감이 좋지
않았다. 그때부터 어떤 모습들이 머릿속에서 끊임없이 튀어나왔다.
오래전에 잊어버린 기억들이, 형체를 알아볼 수 없도록 단단한 껍
데기가 그 위를 덮어버릴 때까지 밟고 다진 기억들이, 다시는 빛을
받지 못하도록 그 위를 덮어버린 기억들이 생각났다.

그리고 글렌은 지금도 그 생각을 하고 있었다.

사실 예르겐이 죽었다는 사실은 조금도 놀랍지 않았다. 살해됐다
는 사실도 놀랍지 않았다. 너무나도 두려운 것은 예르겐의 손이 잘
려나갔다는 사실이었다. 그 한 가지 이유가 아니라면 글렌은 자신
이 밤에 잠을 자지 못하는 일은 없었으리라 확신했다. 글렌은 예르
겐 때문에 슬퍼할 수도 없었다. 리나를 위해 곁에 있어줄 수도 없었
다. 아니, 리나에게 연락도 할 수 없었다.

손은 예르겐의 주 무기였다. 피투성이가 되건 만신창이가 되건
간에 예르겐은 언제나 폭력을 휘두를 때 주먹만 사용했다. 9하년이
끝날 때까지는 황동 너클도 사용하지 않았다. 글렌의 주특기는 앞
코에 강철을 댄 빨간색 닥터 마틴 신발로 차는 것이었다. 글렌은
왜 그렇게까지 오랫동안 그런 일을 했는지 자신도 이해할 수가 없
었다.

학창 시절에는 이유가 있었다. 너무 지루해서 시간을 보낼 만한
일이 필요했다. 그때는 폭력을 휘두를 때마다 더 강해지는 것처럼
느껴졌다. 희생자는 글렌과 예르겐을 보기만 하면 두려움에 바들바
들 떨었고 두 사람이 시키는 일은 무엇이든 했다. 하지만 두 사람은
왜 그 뒤로도 멈추지 않았을까? 이미 심하게 중독되어 희생자가 죽
기 전에는 멈추지 못할 것만 같았다.

마지막 '만남'에서는 두 사람이 그를 죽였다고 생각했다. 그 만남

은 다섯 시간 이상 지속됐다. 9학년이 끝나고도 11년이 지난 뒤의 일이었다. 학교를 졸업한 뒤로 두 사람은 그를 내버려두고 다른 사람들과 엉켜 지냈다. 아마도 그를 괴롭히는 일에 싫증이 났거나 거의 잊고 지낸 것이 분명했다. 그런데 코펜하겐에서 잔뜩 술에 취한 어느 밤에 예르겐이 갑자기 마지막으로 그를 찾아가자고 했다.

달리기를 하거나 섹스를 하거나 잠을 잘 때 몸이 태우는 연료의 양은 잘 알려져 있다. 하지만 싸우는 동안 얼마나 많은 열량이 소모되는지를 밝힌 공식은 없다. 그렇지만 엄청난 열량이 소모되는 것은 분명했다. 불과 세 시간 몸을 썼을 뿐인데 예르겐과 글렌은 완전히 기진맥진했으니까. 희생자는 비명을 지르고 울부짖으면서 살려달라고 빌었다. 멈춰주기만 한다면 돈도 주고 어떤 일이든 기꺼이 하겠다고 했다. 하지만 두 사람은 희생자가 모든 걸 포기하고 죽기만을 바랐다.

하지만 그 망할 자식은 죽기를 거부했다. 물론 두 사람은 그 녀석 배에 칼을 찔러 박을 수도 있었지만, 그건 사기였다. 그래서 두 사람은 단지 손과 발만 사용했다. 그 외에는 아무 도구도 쓰지 않았다.

희생자의 아파트에서 나온 두 사람은 트레 헤스테르에 잠깐 들러 스테이크와 튀긴 감자, 베어네이즈 소스, 커다란 코카콜라를 먹었다. 그 맛이 정말 끝내줬다는 사실을, 글렌은 똑똑히 기억했다. 두 사람의 몸은 혈당을 높이라고 더 많은 요구를 하는 것 같았다. 저녁을 먹은 뒤에 두 사람은 핀볼을 했다. 글렌은 멀티볼 게임을 몇 판 했고 핀볼 게임기가 엎어지지만 않았다면 최고 기록을 세울 수 있었을 것이다. 핀볼을 하는 동안 두 사람은 폭행에 관해 아무 말도 하지 않았지만 둘 사이에는 암묵적인 동의가 형성되고 있었다. 그가 포기할 때까지 두 사람은 계속할 것이다. 마지막으로 완벽하게.

다시 아파트로 돌아갔을 때 두 사람은 희생자가 간신히 거실로 나가서 탁자에 있는 전화기로 전화를 걸려고 한 사실을 알 수 있었다. 그 녀석은 두 사람이 전화선을 끊어놓고 간 줄은 꿈에도 생각하지 못한 것이다.

두 시간 뒤에 포기한 쪽은 두 사람이었다. 어른이 된 뒤로 누군가를 때리면서 피곤하다는 기분이 든 것은 그때가 처음이었다. 마지막 30분 동안 두 사람은 너무나도 단조롭고 지루하다는 생각을 했고, 몇 시간만 지나면 분명히 희생자는 저절로 죽어버릴 테니 그쯤에서 끝내는 것이 합리적이라는 판단을 내렸다.

그리고 몇 주 동안 두 사람은 신문에서 사망 기사나 살인 사건에 관한 기사가 나오기를 기다렸지만 어떠한 기사도 실리지 않았다. 경찰 보고서조차 나오지 않았다. 두 달 뒤에 다시 그의 아파트를 찾아갔을 때 두 사람은 아파트가 완전히 비었음을 알았다. 그는 사라져버렸다.

두 사람은 왠지 마음이 불편해졌다. 불편한 마음은 점점 더 커져만 갔다. 도대체 희생자는 어디로 사라진 걸까? 복수를 꿈꾸고 있을까? 두 사람은 그 문제를 여러 번 상의했고, 결국 그다지 걱정할 필요는 없다는 결론을 내렸다. 그리고 몇 년이 흐른 뒤에는 다시는 그 문제를 생각하지 않았다.

하지만 이제 예르겐이 톱으로 손이 잘린 채 발견됐다. 그것은 곧 다음은 글렌의 차례라는 뜻일까? 글렌의 발을 잘라버리겠다는?

글렌은 부엌 벤치에 누워서 눈을 감았다. 내부에서부터 피로가 온몸을 갉아먹으며 튀어나오는 것 같았지만 감히 잠들 수가 없었다. 지난주부터는 몇 시간이라도 간신히 자고 일어나면 자기 전보다 훨씬 나빠졌다. 글렌은 그 어느 때보다도 강렬한 꿈을 꿨다. 억눌러둔 기억이 생명을 가지고 튀어나왔고, 공포 영화 감독의 몽정 안으로 비틀려 들어갔다.

글렌은 언젠가 11일 동안 잠을 자지 않고 버틴 한 연구가의 이야기를 읽은 적이 있었다. 그 연구가는 잠을 자지 않고 4일을 버티자 환각 증세가 나타나기 시작했고 자신이 아르헨티나 축구 선수 디에고 마라도나라는 생각을 하게 됐다고 했다. 하지만 6일째가 되자 제정신으로 돌아왔고 다시 정해진 시간만큼 잠을 자기 전에 조교들과 핀볼 시합을 하고 이기기까지 했다.

하지만 글렌은 11일 동안 버틸 수 없을 게 뻔했다. 그는 명확하게 생각해야 했다. 집중력을 잃을 수는 없었다. 글렌은 몸을 일으켜 세우고 눈을 비벼 정신을 차리고 다시 청어 한 조각을 입에 넣었다. 어쨌거나 삼키려고 노력했지만 청어는 목 아래로 내려가지 않았다. 이미 파인애플 주스는 다 마셨고 청어는 계속해서 목으로 올라왔기 때문에 글렌은 결국 마음을 다잡고 청어를 씹기 시작했다. 글렌은 먹고 힘을 내야 했다. 그래야 실제로 일이 닥쳤을 때 어떤 기회라도 잡을 수 있을 터였다. 분명히 방어해야 할 일이 생기리라고 글렌은 생각했다. 분명히 싸우게 되리라고 생각했다.

적어도 그 누구도 글렌에게 게으른 녀석이라는 비난은 하지 않을 것이다. 이미 필요한 준비는 모두 했으니까. 단단히 무장했고 창문이란 창문은 전부 잠갔고 전등 배선을 다시 설치해 항상 가지고 다니는 리모컨 버튼만 한 번 누르면 모든 전등이 나가게 해뒀다. 뒤쪽 잔디밭에는 가시철망을 설치해 위층 창문에까지 풍경을 매단 낚싯줄로 연결해뒀으니, 누군가 뒤쪽으로 들어오려 하면 분명히 소리가 들릴 터였다.

해야 할 일 목록에서 남은 것은 현관에 외시경을 설치하는 일뿐이지만, 그 작업을 하려면 다시 소등을 할 내일까지 기다려야 했다. 예전 현관문에는 외시경이 있었지만 지금 현관문에는 없었다. 외시경 하나 때문에 굳이 비싼 돈을 들일 필요는 없다는 생각에 현관문을 구입하기 직전에 마음을 바꿔 직접 외시경을 설치할 수 있는 문으로 구입했다. 외시경은 몇 주 뒤에 설치할 생각이었는데 그게 벌써 3년 반 전의 일이었다. 그리고 결국 외시경은 내일 설치한다.

안키가 떠난 집에서 계속 살아간다는 생각은 정말로 바보 같은 결정이었다. 계속 이 집에 머문 이유는 안키를 괴롭히려는 목적 말고는 없었다. 글렌은 이 집을 좋아하지도 않았다. 제대로 지어지지도 않았고 아직 10년밖에 되지 않았는데도 얇게 칠한 회반죽 벽에서는 곰팡내가 났다. 게다가 현관문도 바꿔야 할 때가 됐다.

느닷없는 초인종 소리가 부적절한 집에 관한 글렌의 생각을 방해했다. 지금은 밤 11시 30분이었다. 이 시간에 어떤 망할 놈이 초인종을 눌러대는 거야?

그때 다시 초인종이 울렸다.

글렌은 공격자가 뒤뜰로 들어오리라 생각했다. 밖에서는 뒤뜰이 보이지 않았다. 그래서 가시철망을 설치하고 공격자가 뒤뜰을 통과하는 동안 온갖 어려움을 겪으면서 안으로 들어오기 힘들게 만들었다. 모든 예상을 깨고 어떻게 해서든지 공격자가 집까지 온다면 커다란 유리문은 쉽게 깨뜨리고 들어올 수 있다. 하지만 그때쯤이면 글렌도 이미 준비가 되어 있을 것이다. 글렌은 공격자를 작업실로 몰아넣을 테고, 그 남자는 절대 밖으로 나오지 못할 것이다. 글렌이 그 남자를 작업실에 가두고 경찰을 부르기 전까지는 말이다. 벌써 글렌은 자신이 살인마를 잡은 영웅으로 신문에 실릴 순간을 고대하고 있었다. 안키도 분명히 그 기사를 볼 테지.

하지만 현관 초인종이 울리리라는 생각은 전혀 하지 못했다. 살인자가 현관으로 걸어와서 초인종을 누를 수는 없었다. 그런 일은 불가능했다. 그렇다면 누가 초인종을 누르는 거지?

지난밤에는 엉뚱하게 풍경이 울려서 고생을 했다. 글렌은 모든 불을 끄고 재빨리 뒤뜰로 나갔지만 풍경을 울린 범인은 어슬렁거리며 들어왔다가 가시철망에 엉켜버린 개였다. 그 개는 글렌이 도와주기 전에 가까스로 철망에서 빠져나와 도망가버렸다.

초인종을 누르는 사람은 그 개 주인일지도 몰랐다. 자기 집에 가시철망을 설치하는 게 혹시 불법인가? 어쨌거나 여긴 내 땅인데?

글렌은 야구방망이를 움켜쥐고 조심스럽게 복도를 걸어갔다. 다시 초인종이 울렸다. 어째서 그 망할 외시경을 설치하지 않은 걸까? 그는 자물쇠를 풀고 문을 열었다.

9

밤 11시 30분이었다. 이 시간, 파비안의 내비게이션은 렐링에에 있는 목적지에 거의 다 왔다고 말했다. 생각보다 빨리 도착했다. 도로에는 차가 거의 없었다. 파비안은 라디오에서 흘러나오는 〈러닝 업 댓 힐〉을 들은 뒤에 〈하운즈 오브 러브〉 앨범을 모두 들었다. 그 덕분에 파비안은 학창 시절을 떠올릴 수 있었다.

파비안은 예르겐 폴손을 단 한 번도 좋아한 적이 없었고 가능하면 멀리 떨어져 있으려 했다. 두려웠기 때문에 그런 것은 아니었다.

심약함보다는 훨씬 더한 이유가 있었다. 아무것도 보지 않는다면 학대 행위를 인지할 필요도 없고 어느 한 편에 서야 할 필요도 없기 때문이었다. 파비안이 학창 시절을 제대로 기억하지 못하는 이유는 아마도 그 때문일 것이다. 학창 시절에 파비안은 정말로 한심한 인간이었으니까.

예르겐 폴손과 글렌 그란크비스트가 반 아이들 모두에게 두려움을 심어준 것은 분명했지만 그 둘은 한 사람만을 콕 짚어서 괴롭혔다. 클라에스 멜비크. 멜비크는 1학년 첫 시간에 출석을 부른 뒤부터 괴롭힘을 당했고, 그 괴롭힘은 9학년을 마칠 때까지 끝나지 않았다. 반 아이들 모두 멜비크가 어떤 일을 당하는지 알았고, 교사들도 분명히 알고 있었다. 하지만 모두 고개를 돌리는 것 말고는 아무일도 하지 않았다.

하지만 한 사건은 무시하려야 무시할 수 없었다. 지금까지 의식적으로 완전히 잊고 있던 그 사건은 샤워실에 떨어져 있는 손을 보자마자 파비안의 의식 세계로 튀어 올라왔다. 그 모든 일을 잊고 지금까지 평온하게 살았다는 사실에 파비안은 자신도 예르겐이나 글렌 못지않게 죄 많은 사람이었다는 양심의 가책을 느껴야 했다.

그때 파비안 반의 남학생들은 체육 시간이 끝나 모두 탈의실로 가는 중이었다. 멜비크는 샤워를 하는 법이 없었는데, 그 사실을 체육 선생이 알았다. 체육 선생은 멜비크에게 샤워를 하지 않는다면 유급시키겠다고 협박했다. 그 선생은 운동 후 샤워를 하지 않는다는 것은 개인만이 아니라 전 학급에 영향을 미치는 위생 문제라고 했다. 그 선생은 자신의 협박이 멜비크에게 미칠 영향을 조금도 몰랐음이 분명했다.

흰색 타일이 깔린 샤워실은 두 벽을 따라 샤워기 여덟 대가 나란히 설치되어 있었다. 아이들 모두 이제 곧 벌어질 일을 알고 있었기에 서둘러 샤워기 앞으로 달려갔다. 샤워기를 향해 달려가지 않은 사람은 예르겐과 글렌뿐이었다. 뭘 그렇게 꼬나봐? 이건 뭐, 게이야 뭐야? 아니, 트랜스젠더인가? 야, 씨, 여자야 뭐야. 왜 이렇게 작아?

파비안은 지금도 애원하는 눈빛으로 자신을 쳐다보던 멜비크의 눈을 잊을 수가 없었다. 그때 파비안은 비누 때문에 눈을 뜰 수 없는 것처럼 두 눈을 감아버린 일을 똑똑히 기억했다. 그리고 첫 번째 주먹질 소리가 들렸다. 다시 눈을 떴을 때 파비안은 멜비크가 자신의 성기를 차려는 글렌의 발길질을 피하려고 차가운 바닥에 몸을 웅크리고 누워 있는 모습을 봤다. 예르겐은 멜비크의 머리를 주먹으로 마구 내리치고 있었다.

파비안은 겁쟁이였고 다른 남자아이들처럼 그 상황을 피해버렸다. 멜비크는 어떠한 소리도 내지 않았다. 소리 내어 울지도 않았고 한마디도 하지 않았다. 그만하라고 애원하지도 않았다. 그저 입을 꾹 다물고 그 많은 주먹과 발길을 참아냈다. 샤워기를 틀어 뜨거운 물이 몸으로 쏟아져 내릴 때에야 비로소 멜비크는 비명을 질렀다.

그리고 그때로부터 30년도 더 흐른 지금, 바로 그 샤워실에서 예르겐의 잘린 손이 발견됐다. 이 세상에 예르겐을 죽일 마음을 가장 강하게 먹은 사람이 있다면, 그건 바로 클라에스 멜비크여야 했다.

OK 주유소는 건물이 한 채였다. 주유소 주변을 한 바퀴 돈 뒤에 파비안은 주차장 한쪽 모퉁이에 있는 커다란 금속 쓰레기통 옆에 차를 세우고 밖으로 나왔다. 여전히 걸쭉하고 따뜻한 밤공기를 가슴이 꽉 차도록 들이마셨다. 이런 식으로 계속 따뜻해지기만 한다면 곧 신문에 지난 100년간 유례없이 따뜻한 7월이라는 기사가 날 것이다.

　주유소 주변을 걷는 동안 파비안은 자신이 여기에서 무엇을 찾으려는 것인지 짐작도 할 수 없었지만 가까운 곳에 분명히 단서가 있고, 조만간 발견하게 되리라는 예감이 들었다. 주유소 주변을 탐색하면 할수록 그 느낌은 더 강렬해졌다. 100퍼센트 확신할 수는 없지만 범인이 바로 여기에서 피해자와 접촉했다는 생각이 점점 더 강하게 들었다.

　살인자는 예르겐 폴손이 다른 곳도 아닌 이 주유소에서 기름을 채우리라는 사실을 어떻게 알았을까? 살인자는 예르겐이 집으로 돌아가기 전에 어딘가에서는 멈추리란 사실만은 정확하게 추론할 수 있었을 것이다. 분명히 자기 차로 예르겐을 쫓아왔을 테니 어딘가에는 살인자가 남기고 간 자동차가 있을 것이다. 서둘러 차를 회수해 가지 않았다면 아직 어딘가에 범인의 차가 서 있을 가능성이 있었다.

　주유소 뒤쪽으로 걸어가는 동안 파비안은 클라에스 멜비크의 모습을 떠올려보려 애썼다. 멜비크는 엄청나게 수줍음이 많고 조심스러운 친구였다. 수업 시간에 손을 들고 질문한다는 것은 상상조차 못하는 사람이었다. 그런 그가 신문 1면을 장식할 정도로 끔찍하게 가해자의 목숨을 앗아가는 사람으로 바뀌었다고? 파비안은 어떻게 생각해야 할지 도무지 알 수가 없었다. 폭력과 정신적 학대가 한 사람에게 가할 수 있는 영향력에는 한계가 없었다. 어쩌면 한 사람을 괴물로 만들 가장 확실한 방법일 수도 있었다.

　주유소 건물 뒤쪽에는 차가 다섯 대 주차되어 있었고, 그 가운데 주유소 안에 있는 손님들이 타고 온 차는 한 대도 없는 것 같았다. 다섯 대 가운데 세 대는 직원용 주차 공간에 서 있었고 나머지 두 대는 아무 표시도 없는 곳에 있었다. 그 두 차 가운데 한 대는 흙과 마른 잎이 두툼하게 덮여 있었다. 파비안은 맨 끝에 있는 차 앞으로 걸어갔다. 푸조 206이었다. 스웨덴 번호판을 단 그 차는 차량 전체에 얇은 먼지막이 형성된 것으로 보아 며칠 동안 아무도 손대지 않은 것이 분명했다. 하지만 방치한 기간이 일주일을 넘을 것 같지는 않았다.

파비안은 투베손에게 전화를 해야 했지만 독자적으로 행동했다는 사실에 화를 낼지도 몰라서 대신 릴리아에게 전화를 걸었다.

"여보세요? 파비안 리스크입니다. 새로……."

"당연히 누군지 알아요."

"자는데 깨운 건 아닌지 모르겠군요."

"아니에요. 아직 퇴근 안 했어요. 클리판이 당신 반 학생들 연락처 목록을 작성하는 걸 돕고 있어요. 완전히 불가능할 것처럼 보이지만요. 9C반, 맞죠?"

"맞습니다. 하지만 운이 좋으면 그 목록은 작성할 필요가 없을 수도 있겠어요. 지금 덴마크에 있는데, 아마도 범인의 자동차를 찾은 거 같아요."

"뭐라고요? 어떻게 찾은 거예요? 투베손도 알아요?"

"설명은 나중에 할게요. 사실 아직 확실하지도 않고 내가 틀렸을 수도 있는데, 그래도 혹시 가능하면 JOS 652 차량을 조회해주면 좋겠……."

"내가 다시 전화할게요."

파비안은 길게 숨을 들이마시고 전화기를 주머니에 넣은 뒤 24시간 영업하는 주유소 상점으로 갔다. 만약 푸조의 주인이 클라에스 멜비크임이 확실하다면 파비안의 추리는 맞아떨어지고 수사는 마지막 단계로 접어들 수 있다. 범인이 있는 곳을 찾아 체포하면 되는 것이다. 사건이 마무리되려면 어느 정도 시간이 걸리겠지만 범인을 잡고 뒷수습만 하고 나면 찝찝한 마음을 느낄 필요도 없이 개운하게 휴가를 즐길 수 있다. 내일 아침에는 테오도르와 함께 벨라로 가서 스노클링 장비를 사고 가족들과 묄레 해변에서 일광욕도 하고 벼랑에서 스노클링도 할 것이다. 저녁은 묄레 해변에 있는 그랑 호텔에서 근사한 식사를 할 테고.

파비안은 상점으로 들어가 커피머신에서 뽑은 라테와 초콜릿바, 람뢰사 물병(헬싱보리에서 제조하는데도 덴마크 사람들이 고집스럽게도 '덴마크 물'이라고 부르는)을 들고 계산대로 걸어갔다. 계산대 뒤에는 젊은 여자 직원이 서 있었다. 많아야 스무 살은 넘지 않은 것 같고 아랫입술에 피어싱을 하고 있었다. 혼자서 밤 근무를 하기에는 너무 어린데? 가져온 물건을 계산대에 내려놓으면서 파비안은 생각했다.

"저거, 당신 차예요?"

푸조를 가리키면서 여자 직원이 덴마크어로 물었다.

"아닙니다. 혹시 저 차가 저기, 얼마나 있었는지 압니까?"

"일주일쯤이요."

"지난주 화요일부터 있었습니까?"

"그건 모르겠는데요."

여자 직원은 어깨를 으쓱해 보이더니 파비안이 가져온 물건들을 스캔하기 시작했다.

"난 화요일이랑 수요일은 근무하지 않거든요. 지난주 목요일에 출근했을 때는 있었어요. 모두 78크로네네요."

파비안은 신용카드를 내밀었다. 그러니까 저 푸조는 지난주 화요일부터 이곳에 있었을 가능성이 충분한 것이다.

상점에서 나오려 할 때 전화벨이 울렸다.

"파비안, 릴리아예요. 그 차 소유주는 루네 슈메켈이에요."

"잠깐만, 뭐라고요?"

파비안은 시끄러운 소리를 내면서 물방울을 떨어뜨리고 있는 공기 펌프 옆에 멈춰 섰다. 릴리아가 클라에스 멜비크의 차라고 말하리라 확신하고 있었기에 자신이 잘못 들은 줄 알았다.

"루네 슈메켈(이디시어로 '페니스'라는 의미의 비속어-편집자)이라고요. 참 불행한 성이죠, 안 그래요?"

파비안은 맥이 풀렸다. 이 차가 범인과 관계가 있으려면 빌린 차량이거나 그 비슷한 조건이어야 했다. 9C반에 루네 슈메켈이라는 학생은 분명히 없었으니까.

"혹시 도난 차량은 아닙니까?"

"아니에요. 나도 그런가 싶어서 알아봤어요."

이런 젠장. 파비안은 속으로 생각했다. 어쩌면 이 차는 범인하고는 전혀 상관이 없을 수도 있었다. 파비안이 완전히 헛짚은 것일 수도 있었다. 이 사건은 가해자의 복수와는 전혀 상관이 없는 범행일 수도 있었다.

"파비안? 아직 전화 안 끊었어요?"

"네, 내가 예상한 대답은 아니군요."

"슈메켈의 집 주소는 룬드 거리 아델가탄 5번지예요. 그곳에 있는 병원에서 일해요."

"지금은 가봐야겠어요. 나중에 말합시다."

파비안은 전화를 끊었다. 지금은 다른 사람과 이야기를 나눌 기분이 아니었다. 지금은 생각할 시간이었다. 모든 것을 다시 생각해야 했다.

10

새벽 2시를 지났을 뿐인데도 하늘은 벌써 밝아지기 시작했다. 스웨덴으로 돌아가려고 달리는 동안 파비안은 외레순의 풍경이 아까 건넜을 때보다 더 아름답다는 결론을 내렸다. 하지만 이번에는 아름다운 경치 앞에서 어떠한 기쁨도 느껴지지 않았다. 심지어 음악을 듣고 싶은 마음도 없었다. 그저 쉴 새 없이 클라에스 멜비크 생각을 했고, 그 소년이 학창 시절 내내 당해야 했던 일들을 떠올렸다. 더 많은 기억이 최악의 끔찍함을 갱신하면서 계속해서 파비안의 기억 속으로 되돌아왔고 범행을 저지를 수밖에 없는 강력한 동기들이 됐다. 하지만 클라에스가 범인이라는 확증은 어디에도 없었다. 모두 그저 파비안이 오랫동안 잊고 있던 희미한 옛 기억들뿐이었다.

레르나켄 통행요금소로 다가가는 동안 파비안은 자동차 속도를 줄였다. 요금소 안에 앉은 남자에게 신용카드를 내밀면서 소냐를 생각했다. 집에 돌아가면 소냐가 잠들어 있기를 바랐다. 그렇지 않다면 니바가 전화한 이유를 이야기하느라 두 사람은 밤을 새우고 말 테니까.

"혹시 차를 빼서 저기 보이는 건물로 가주실 수 있을까요?"

요금소 남자가 파비안에게 신용카드를 건네면서 군대 막사 같은 건물을 가리켰다.

"무슨 문제가 있습니까? 신용카드 문제라면 다른 카드도 있는데요."

파비안이 물었다.

남자는 고개를 저었다. 파비안은 남자가 왜 그런 요구를 하는지 이해할 수 없었다. 몸집이 넉넉한 여자가 차 앞으로 다가올 때까지도 그 이유를 알지 못했다.

"파비안 리스크 씨, 나 몰래 빠져나가려던 건 아니죠? 분명히 다음번에 여길 지날 때는 나랑 데이트해준다고 했잖아요."

여자가 말했다.

파비안은 자동차 밖으로 나가 여자와 악수하면서 자신이 지금 여기가 아닌 다른 곳에 있었으면 좋겠다는 생각을 했다. 자신을 키칸이라고 소개한 여자는 그를 막사 같은 곳으로 데려가더니 식은 커피를 따라버리고 새로운 커피를 내리기 시작했다. 여자가 커피 필터에 원두 가루를 떠 넣는 수를 세면서 파비안은 잠자기는 글렀다고 생각했다. 물론 그가 집에 갔을 때 소냐가 깨어 있다면 잠을 못 자기는 마찬가지일 테지만.

"와, 확실히 잘생겼네요. 내가 생각한 것보다 훨씬 잘생겼어요."

두 잔에 블랙커피를 가득 따르면서 키칸이 말했다.

"독신이에요? 아니, 그건 너무 지나친 바람인가? 나는 오래 산책하거나 낭만적인 저녁을 먹는 게 좋아요. 사실 솔직하게 말하자면 저녁을 함께하는 걸 훨씬 선호하지만요."

"죄송하지만, 결혼했습니다."

파비안은 왜 이런 대화를 해야 하는지 궁금해하면서 대답했다.

"그게 죄송할 일은 아니죠. 어쨌거나 묻는 사람에게 복이 온다잖아요."

"'묻는'이 아니라 '기다리는'일 텐데요."

"뭐라고요?"

"기다리는 사람에게 복이 온다."

"그게 내가 하고 싶은 말이에요. 쿠키 먹을래요?"

"아닙니다. 감사합니다만, 괜찮습니다."

파비안은 서둘러 커피를 마셨다.

"빨리 가봐야 합니다. 하지만 만나서 반가웠습니다. 커피도 감사하고요."

"별거 아니에요. 내가 전화에 대고 마구 수다를 떨어서 괜히 겁먹지나 않은 거면 좋을 텐데요. 요금소에 앉아 있다 보면 조금 외로워져요. 하지만 우리가 작은 상자 안에 있을 때 어떤 기분일지 사람들은 신경도 쓰지 않아요. 모두 어딘가로 가고 있으니까요. 우리만 빼고 모두요."

"제가 생각해도 조금 외로울 것 같습니다. 좋은 밤 보내시길 바랍니다."

파비안은 문을 향해 걸어가면서 말했다.

"들어봐요. 당신이 조사하는 사건에 관해 조금 생각해봤거든요."

"아."

파비안은 참지 못하고 하품을 하고 말았다.

"우리 요금소에서 찍은 사진에서 조수석에 앉아 있던 사람이 범인이라고 생각해봐요. 그 사람이 스웨덴 사람이라고 가정하면, 분명히 덴마크로 가려고 이 다리를 지났을 거예요. 물론 다른 차로요. 그렇다면 그 차는 덴마크에 남겨놓고 와야 했겠죠?"

"맞습니다. 하지만 불행하게도 정확하게 결론을 내리려면 아직도 풀어야 할 문제가 많습니다."

파비안은 여자의 추리력에 감탄했지만 더는 덧붙일 말이 없음을 분명히 밝히는 투로 대답했다.

"떠나기 전에 한 가지만 더 들어봐요. 만약에 정말로 그런 일이 벌어졌다면, 그 살인자는 피해자랑 비슷한 시간에 이 요금소를 통과하지 않았겠어요?"

파비안은 키칸이 펼쳐놓는 추리를 자신이 완벽하게 놓쳤다는 사실을 깨달았다.

"이런, 그런 생각은 하지도 못했습니다. 당신 말이 맞아요. 혹시 피해자가 다리를 통과한 전후에 이곳을 통과한 차들 사진을 얻을 수 있을까요?"

파비안의 말에 키칸이 웃으면서 갈색 봉투를 집어 들었다. 키칸은 봉투를 열고 단속 카메라로 찍은 흑백 사진들을 꺼내 탁자에 펼쳐놓았다.

"처음엔 범인이 피해자 뒤를 쫓아갔을 거라고 생각했어요. 같은 차선에서요. 하지만 그럴 만한 차는 전혀 없더라고요. 그래서 다른 차선을 통과한 차를 살펴봤죠. 그러니까 이 차가 눈에 띄었는데, 물론 내 예감이 완전히 틀렸을 수는 있지만, 당신 생각은 어때요?"

키칸은 마지막 사진을 한 장 옆으로 뺐다. 차량번호 JOS 652 푸조 사진이었다.

"어째서 이 사진이 특별하다고 생각하셨습니까?"

파비안이 물었다.

"이렇게 몸을 웅크리고 있는 거 안 보여요? 이런 경우는 거의 없어요. 보통 사람들은 사진이 찍힌다고 그걸 의식하거나 하지는 않아요. 하지만 이 남자는 완전히 카메라를 의식하고 있잖아요. 사진 찍히는 걸 원치 않은 거예요. 당연히 현금으로 통행료를 냈고요."

파비안은 사진을 뚫어지게 봤다. 사진 속 남자는 분명히 얼굴을 숨기고 있었다. 키칸이 옳았다. 그녀가 파비안을 위해 큰일을 해준 것이다. 파비안은 키칸에게 고맙다고 말하고 다음번에 요금소를 지날 때는 잊지 않고 들러서 커피를 마시겠다고 했다.

"커피요? 다음번은 우리 두 번째 데이트인데 그것보다는 더 나은 걸 해야죠."

키칸은 파비안에게 요란스럽게 윙크하면서 크게 웃었다.

키칸의 말이 농담인지 아닌지 분간하지 못한 채로 파비안은 차에 올라 다시 덴마크로 가는 다리 위를 달리기 시작했다.

아직 새벽 2시 반인데도 투베손은 전화벨이 두 번 울린 직후에 전화를 받았다.

"어째서 나한테 한마디도 않고 혼자서 덴마크에 간 거예요?"

"죄송합니다. 하지만 쓸데없이 깨울 필요는 없을 것 같아서요."

"쓸데없이, 라고요?"

"괜찮은 단서를 찾을 수 있을지 확신이 없었거든요."

파비안은 자기 말이 얼마나 터무니없게 들릴지 잘 알았다.

"혹시 릴리아가 차량 주인 때문에 전화하지 않았나요? 루네 슈메켈이라는 사람입니다. 룬드에 살고요."

"네, 했어요. 룬드 경찰이 벌써 거기 가봤는데 집에는 아무도 없었어요."

파비안은 투베손이 담배를 빨아들이는 소리를 들을 수 있었다.

"병원에는 전화해보셨습니까? 근무 중일 수도 있잖아요."

"휴가를 떠났대요. 파비안, 지금 어디에 있는 거예요?"

"집으로 가고 있습니다."

파비안은 거짓말을 했다.

"루네의 차는 어떻게 해야 할까요? 아직 주유소에 있는데 검사해봐야 하지 않겠습니까? 몰란데르에게 말해보셨나요?"

"덴마크 경찰이 승인해주기 전까지는 그 차에는 아무것도 못해요. 이렇게 큰 사건일 때는 우리 애가 타라고 며칠씩 질질 끄는 거 잘 알잖아요. 큰형이 동생한테 부탁하면 어떻게 하는지 알죠?"

"그럼 너무 늦을 텐데요."

"벌써 일주일 넘게 거기 뒀잖아요. 아마 다시 가지러 오지 않을 수도 있어요."

"슈메켈의 집은 어떻습니까? 언제 가택 수색 허가가 나올까요?"

"지금이 한여름이기는 하지만, 덴마크 사람들한테 압력을 좀 넣어볼게요."

"좋습니다. 내일 뵙지요."

"한 가지, 파비안, 이미 말한 것 같은데…… 휴가 중인데도 기꺼이 도와주는 건 고마워요. 하지만, 제발, 우리가 한 팀이라는 건 잊지 말아요."

파비안은 투베손의 말에 대답하려 했지만 이미 전화기 너머로 수화기를 내려놓는 소리가 들렸다.

40분 뒤에 다시 렐링에 OK 주유소에 도착한 파비안은 주유소 주위를 한 바퀴 돌면서 그곳에 아무도 없음을 확인했다. 피어싱을 한 그 여자 점원 말고는 아무도 없음을 말이다. 그는 자신의 계획을 찬찬히 생각하면서 장단점을 따져봤다. 파비안은 지금 머릿속에서 떠오르는 모든 규칙을 어길 계획을 세우고 있었다. 잘못하면 자신이 심각한 곤경에 빠질 수 있는 계획이었다. 하지만 실행에 옮겨야 한다는 확신이 들었다.

푸조 옆에 차를 세운 파비안은 트렁크에서 잭을 꺼내 푸조 밑에 집어넣고 뒷바퀴 타이어가 납작해질 때까지 비틀었고, 십자 렌치를 가지고 큰 너트 네 개를 모두 빼버렸다.

파비안이 상점 안으로 들어가자 계산대 뒤에서 잡지를 보던 여자 점원이 고개를 들었다.

"또 왔습니다. 저는 파비안 리스크입니다. 헬싱보리 경찰이죠."

파비안은 점원에게 신분증을 내밀었다.

"아, 그러세요……?"

점원의 눈에 호기심과 걱정이 동시에 어렸다.

파비안의 방문이 갑작스럽기만 하다면 상황이 어떻게 돌아가든 상관없었다. 파비안이 해야 할 일은 그저 자기소개를 한 뒤 '그래서 내가 뭘 하면 되는데요?'라는 표정만 이끌어내면 되는 거였으니까.

"저기 스웨덴 번호판을 단 푸조 때문에 왔습니다. 우리 두 나라 사이에 서류만 처리되면 곧바로 스웨덴 살인 사건 증거물로 가져가 조사할 차량입니다."

"그러시면 되죠."

여자 점원은 덴마크어로 대답하면서 어색하게 웃으며 어깨를 으쓱했다.

"하지만 그때까지는 도움이 필요합니다."

파비안은 여자 점원의 얼굴에서 웃음이 사라지고 다시 걱정이 돌아오는 모습을 보면서 계속 말했다.

"아마도 범인은 저 차를 계속 내버려두고 다시 찾으러 올 것 같지는 않지만 혹시라도 범인이 차를 가져가려 하면 곧바로 나에게 연락을 주시면 좋겠습니다. 가능하겠지요?"

파비안은 종이에 자기 이름과 전화번호를 적었다.

여자 점원은 종이를 들여다보면서 피어싱한 입술을 빨았다.

"그 사람인 걸 어떻게 알죠? 그냥 타고 가버리면 어떻게 해요?"

"뒷바퀴를 가지고 계시면 그런 일은 없을 겁니다."

파비안은 상점 밖으로 나가 타이어를 들고 들어왔다. 여자 점원은 머뭇거리며 바퀴를 받아 들더니 계산대 뒤로 굴려 갔다.

"점장님한테 말씀드려야 해요."

여자 점원이 말했다.

"그러세요. 필요하면 저에게 전화하셔도 됩니다."

파비안은 덴마크어로 쓴 쪽지를 비닐 파일에 넣어 푸조 앞유리에 와이퍼로 눌러놓았다. 그런 뒤 집으로 가려고 차에 올랐다.

이 차는 사유재산입니다.

직접 연락해주시기 바랍니다.

8월 20일

학교 가기 싫어. 정말로 싫어. 모두 무슨 일이 벌어지고 있는지 알아. 그런데도 못 본 척하는 거야. 아니, 웃으면서 고개를 돌리는 거야.

쉬는 시간에는 교실에 있고 싶었어. 하지만 선생이 허락하지 않았어. 선생은 모두 밖으로 나가서 신선한 공기를 마시고 와야 한다고 했어. 나는 선생에게 그 녀석들이 멍청이라고 했어. 선생은 탱고는 혼자 출 수 없다고 했어. 아니, 그렇지 않아.

샤워실에 숨어 있으니까 그 녀석들이 나를 찾는 소리가 들렸어. 그 녀석들은 내가 나오지 않으면 게이라고 했어. 나는 내가 게이가 아닌 걸 아니까 그냥 숨어 있었어. 나는 여자애들이 좋아. 여자애랑 어울려본 적은 없지만 100퍼센트 확실해. 결국 자기가 게이라는 말을 털어놓는 사람들은 아주 어릴 때부터 자기가 게이라는 걸 알았다고 하니까. 내가 게이라면 지금쯤 그 사실을 알고 있어야 해. 그러니까 나는 절대로 게

이일 리 없어.

집에 오는데 그 녀석들이 운동장에 서 있는 게 보였어. 함푸스는 항상 도망치면 안 된다고 했어. 그게 그 녀석들이 원하는 거니까. 나는 뛰어서 도망치고 싶었지만 아무렇지 않은 척 걸었어. 그 녀석들이 내 앞을 가로막았어. 지나쳐 가려는 나를 계속 세우려고 했어. 나는 비키라고 말했지만 그 녀석들은 내가 너무 추하고 냄새가 난다고 했어. 그러니 자기들 가방을 들어야 한댔어. 나는 그럴 리 없다고, 나한테서는 냄새가 나지 않는다고 말했어. 그러니까 그 녀석들이 내 배를 주먹으로 쳤어. 내가 너무 건방지게 굴어서 맞는 게 당연하다면서.

나는 절대로

1. 다시는 건방지게 굴지 않을 거야.

2. 절대로 학교에서는 누구에게든 아무 말도 하지 않을 거야.

3. 정말로 다시는.

추신: 라반이 쳇바퀴를 전혀 사용하지 않아. 바보 같은 망할 햄스터!

11

길이가 100미터가 넘는 창고 안으로 무기력하고 애처로운 비명이 메아리치면서 퍼져나갔다. 창고의 반대쪽 끝부분을 택했는데도 비명은 키 큰 선반들 사이를 가까스로 뚫고 나가고 있었다. 마치 도살되기 직전의 망할 돼지가 울부짖는 소리처럼 들렸다.

그는 비명을 좋아하지 않았다. 특히 남자가 내는 소리는. 그건 약하다는 표시였고 자기 조절을 못한다는 증거였으니까. 이 정도 됐으면 어쨌거나 모든 건 끝날 테고 비명을 지르는 건 아무 소용이 없음을 깨달아야 한다. 어차피 죽을 텐데 어째서 고귀하게 죽음을 맞이하지 않는 걸까?

지금은 금요일 새벽 3시 30분이었고 오스토르프 건축 자재 회사는 전 직원이 휴가 기간이라 월요일까지는 문을 열지 않을 것이다. 그는 두 선반 사이에서 비교적 한적한 곳을 찾아 담요를 깔고 맥도날드에서 사 온 햄버거를 들고 앉았다.

그는 지난 24시간 동안 자지도 먹지도 않았다. 식욕이 없거나 잠을 잘 수 없어서가 아니라 그저 시간이 없었기 때문이다. 그래도 여전히 하루가 늦었다. 아주 작은 사고 때문에 일이 늦춰졌고 전체 계획을 망칠 뻔했다. 지금 상황을 철저하게 검토해본 그는 자기 계획이 그렇게 크게 어긋난 것은 아니라는 결론을 내렸다. 행운은 그의 편이었고, 내일이면 모든 것이 다시 제자리로 돌아갈 것이다.

내일은 렐링에서 차를 가져와 이쇼이 항구에 있는 공원에 가져다 둘 것이다. 그러면 모든 계획을 완수한 뒤에야 발견되겠지. 하지만 그는 신중하고 싶었고, 안전장치로 이 일을 해둬야 한다고 생각했다. 이것은 모두 계획의 일부였다.

일주일이면 모든 일을 끝낼 수 있을 것이다. 그러면 등을 기대고 앉아 사람들이 깨끗하게 수습하는 모습을 지켜볼 수 있을 것이다. 그 모든 일이 어째서 일어났는지를 이해하려고 노력하면서 단편적인 조각들을 모으는 모습을 지켜볼 것이다. 분명히 모두 그의 능력에 감탄할 것이다. 몇 년이나 헤어나지 못하고 원인을 찾으려고 바쁘게 노력하겠지. 누구나 그에 관해 이야기할 것이다.

그는 축축해진 맥도날드 종이봉투를 찢어 차갑게 식어 눅눅해진 햄버거와 소금기가 거의 사라진 감자튀김을 게걸스럽게 먹었다. 애플파이는 건드리지 않았다. 아침으로 먹어야 할 것 같았기 때문이다. 그는 손가락에 묻은 기름을 혀로 핥고 네 시간 뒤에 알람이 울리도록 타이머를 맞췄다. 혹시라도 알람이 울리기 전에 누군가 불쑥 들어온다면 인기척에 깰 테고, 그때부터 담요를 수습해 창문으로 빠져나가기까지 적어도 1분은 필요할 것이다. 창문이 위쪽으로 열려 있어 빠져나가기 쉽지는 않지만 이미 걸쇠를 풀어놓고 바깥쪽에서 쉽게 떼어낼 수 있도록 막대로 받쳐 문을 조금 열어뒀다.

그는 아주 조직적이었다. 가능한 모든 시나리오를 구상해뒀으며 이미 몇 번이고 되풀이해서 마음속으로 실행해봤고 큰 시합을 앞둔 테니스 선수 비외른 보리처럼 만반의 준비를 하고 집중했다. 그는 세심한 계획과 완벽한 집중력만이 성공을 부르는 열쇠라고 확신했다. 3년이라는 긴 시간 동안 전적으로 준비만 한 이유는 바로 그 때문이었다.

원래 계획을 실행해야겠다고 마음먹은 것은 2007년 봄이지만 실제로 이행하기까지는 오랫동안 계획을 체에 거르고 다듬어야 했다. 그는 자신이 기억하는 한 아주 오랫동안 분노를 간직한 채 상처를 치유하기를 거부했고 매일같이 그 상처가 더욱더 심하게 감염되게 내버려뒀다. 걸어 다니는 압력솥처럼 언제라도 폭발할 수 있도록 자기 안에 감정을 꾹꾹 눌러 담았다. 언제나 다른 사람을 친절하게 대하려 애썼고 다른 사람이 그를 좋아하게 하는 일이라면 무엇이든 했다. 하지만 이제는 아첨하고 알랑대던 자기 행동이 구역질 날 정도였다. 어떻게 그토록 오랫동안 행복한 표정을 지으며 살아왔는지 도무지 이해할 수 없었다.

하지만 이제 곧 모든 일이 끝난다. 그의 상처는 마침내 활짝 열려 고름이 빠져나올 테고 비난받아 마땅한 자들은 그에 상응하는 책임을 져야 할 것이다. 자신은 한 점 부끄러움이 없다며 밤마다 평화롭게 잠든 그 모든 악당은 대가를 치러야 할 것이다. 이제 나쁜 녀석들이 자기 행동이 불러온 결과를 감수해야 할 때가 됐다.

그는 갑자기 자기 계획에 뛰어든 파비안 리스크를 생각했다. 리스크는 언제나 겁 많은 작은 악당이었다. 친절한 녀석이었지만 공정한 녀석은 아니었다. 항상 자기만의 행동 규칙이 있었고 늘 다른 사람을 기쁘게 해주려고 안달이 난 녀석이었다. 단 한 번도 자기가 어느 편에 속해 있는지를 분명하게 내색한 적이 없으니 경찰이 된 것도 전혀 놀랍지 않았다. 하지만 다시 고향으로 돌아왔다는 것은 정말 놀라웠다. 그로서는 전혀 예상하지 못한 일이라 무엇보다도 먼저 숫자를 다시 조정해야 했지만, 계획을 크게 바꿀 필요는 없었다. 사실 그는 리스크의 귀환을 뜻밖의 보너스라고 생각했다.

리스크가 스톡홀름에서 행한 일들을 알아본 뒤로는 그나마 남아 있던 약간의 걱정마저 사라졌다. 리스크는 몇몇 살인 사건과 무장 트럭 강도 사건, 소아 성애 조직망 수사 등을 했지만, 모두 증거 부족으로 용의자를 풀어줄 수밖에 없었다. 더구나 얼마 전에는 지난 겨울에 도대체 알 수 없는 이유로 이스라엘 대사관에 불법 침입했다가 거의 파면당한 것이나 다름없이 스톡홀름에서 쫓겨났다. 그러니 파비안 리스크는 그에게나 그가 곧 하려는 일에나 대단한 위협은 될 수 없었다. 더구나 리스크가 헬싱보리로 돌아온 덕분에 또 다른 이득도 생겼다. 스톡홀름까지 찾아갈 필요가 없으니 이틀이나 시간을 절약하게 된 것이다.

리스크와 달리 예르겐 폴손은 정말로 예측 가능한 녀석이었다. 지난 3년 동안 그 녀석은 하지 축제 주간이 시작되는 전날이면 독일에 가서 맥주를 사 왔고, 올해도 어김없었다. 예르겐에 관한 계획은 그보다 쉬울 수는 없었다. 그저 말뫼로 가는 예르겐의 화려한 픽업트럭을 쫓다가 그 녀석이 뢰드뷔 다리를 건너 집에 갈 기름을 넣으려고 주유소에 섰을 때 우연히 만난 것처럼 꾸미기만 하면 됐으니까.

계획을 실행에 옮기기 전에 그가 유일하게 걱정한 것은 예르겐의 덩치가 문제가 되지는 않을까 하는 점이었다. 막상 마주 보고 서니 예르겐의 몸은 조금만 건드려도 터질 것처럼 거대했다. 하지만 그때는 이미 계획을 중지하기에는 너무 늦어버렸다. 게다가 보디빌더가 보이는 외관만큼 힘이 센 경우는 드물었으니, 해낼 수 있으리라 생각했다.

예르겐은 그를 기억하지 못했고, 그도 굳이 예르겐의 기억을 상기시킬 만한 일은 전혀 하지 않았다. 그저 자동차가 서버렸고 자신은 헬싱보리로 돌아가야 한다고 말했을 뿐이다. 예르겐은 미끼를 덥석 물었고, 그를 집까지 태워다주겠다고 했다.

가장 큰 문제는 헬싱보리로 오는 내내 쉬지 않고 떠드는 수준 낮은 예르겐의 수다를 참아내야 했다는 것이다. 그 일은 정말로 참기 힘들어서 그는 수차례나 가방에서 젖은 헝겊을 꺼내 그 망할 녀석의 얼굴에 덮어씌워 입을 막아버리고 싶었다. 하지만 간신히 자제하고 완벽한 순간이 될 때까지 기다렸다. 그 녀석이 살려달라고 울부짖을 프레드리크스달의 라름베겐에 도착할 때까지 말이다.

예르겐은 라름베겐에 도착할 때까지 자기가 운전하겠다고 했다. 마침내 목적지에 도착했을 때 그는 가방에서 헝겊을 꺼냈고 그 뒤로는 모든 것이 시계 태엽처럼 저절로 움직였다. 모든 작업을 진행할 동안 예르겐은 죽은 듯이 잠들어 있었다. 신문에 실린 내용을 그

대로 믿는다면 예르겐은 정해진 시간에 깨어났고 결국 탈출하지 못했다. 문손잡이에 발라놓은 초강력 접착제는 그가 정말로 좋아하는 재료였다. 그 생각을 할 때마다 그는 흥분을 주체하지 못했다.

하지만 글렌 그란크비스트는 그렇게 쉽지는 않았다. 분명히 예르겐의 운명을 신문에서 보고 바짝 경계했음이 분명했다. 하긴 예르겐의 손이 잘린 이유를 모르기는 어려웠을 테니까. 두려움에 사로잡힌 나머지 그다음 차례는 자신임을 알았을 테지. 하지만 글렌이 그렇게까지 안전장치를 철저하게 해놓았으리라고는 상상도 하지 못했다. 그 때문에 전체 계획을 완전히 망칠 뻔했다. 그래, 그로서는 인정할 수밖에 없었다. 글렌을 너무 얕잡아보는 바람에 글렌이 쳐놓은 함정에 빠져버렸다는 것을.

원래 계획은 엑시에에 있는 글렌의 집으로 들어가는 것이었다. 뒤쪽 미닫이문으로 들어가 곧바로 침실로 올라가는 것이었다. 분명히 글렌을 공격하는 일은 식은 죽 먹기라고 생각했다. 하지만 그는 미닫이문까지 다가가지도 못했다. 그러기는커녕 뒤뜰에서 어떤 경고 장치와 연결된 것이 분명한 가시철망에 엉켜버렸다.

그가 가시철망에 걸리고 15초도 되지 않아 글렌이 야구방망이를 들고 뒤뜰로 뛰어나왔다. 그는 몸을 바짝 숙이고 까치밥나무 덤불 뒤에 숨는 수밖에는 달리 선택의 여지가 없었다. 가시철망이 그의 목을 조이고 있었지만 그가 할 수 있는 일은 최선을 다해 비명을 참는 것뿐이었다. 그 순간 그가 생각할 수 있는 일이라고는 이제 모든 것이 끝났구나, 3년간의 준비가 수포로 돌아갔구나, 하는 것뿐이었다. 그 개가 아니었다면 분명히 그랬을 것이다. 갑자기 튀어나와서 가시철망에 엉켜버린 개가 아니었다면 말이다. 글렌이 풀어주려고 다가가기도 전에 그 개는 간신히 가시철망에서 벗어나 끙끙대면서 달아나버렸다.

5분 뒤에 글렌이 집으로 들어간 뒤에야 그는 목으로 파고드는 가시철망을 제거할 수 있었다. 피가 너무나도 많이 났기에 결국 글렌은 포기하고 물러날 수밖에 없었다. 집으로 돌아와 살펴본 목에는 몇 바늘 꿰매야 할 정도로 깊은 상처가 나 있었다. 그는 직접 상처를 꿰맸다. 예쁘게 꿰매지는 못했지만 깔끔하게 마무리했고 피가 멈췄다. 목에 울퉁불퉁 꿰맨 자국은 분명히 흉터가 되어 다시는 적을 과소평가하면 안 된다는 사실을 끊임없이 상기시키는 역할을 할 것이다.

담요에 누운 그는 마침내 비명이 잦아들었음을 깨달았다. 여기서는 모든 일이 계획대로 진행됐다. 일단 내일 푸조를 옮길 수만 있다면 모든 게 제자리를 찾을 테고 결국 평화롭고 은밀하게 다음 단계를 진행할 수 있을 것이다.

그는 눈을 감고 그가 낸 수수께끼를 풀려고 애쓰는 사람들을, 이 모든 사건이 어떻게 연결되어 있는지 알아내려고 노력하는 사람들을 생각했다. 그들은 이제 고작 시작인 것도 눈치채지 못했겠지.

잠에 빠져들기 직전에 마지막으로 한 가지 생각이 부드럽고 따뜻한 파도처럼 그의 온몸을 감쌌다. 이제 곧 반 친구들 모두 잠 못 드는 밤을 맞이하게 되리라는 생각이.

12

○

집으로 돌아온 파비안 리스크는 가능한 한 소리 나지 않게 조용히 문을 닫고 컨버스화를 벗고 거실로 들어갔다. 거실은 폭탄이라도 터진 것 같았다. 검은 쓰레기봉투가 여기저기 널려 있고 반쯤 빈 이삿짐 상자들이 활짝 열린 채로 사방에 놓여 있었다. 새벽 4시가 가까웠고 동이 틀 무렵이었으니 밤이라기보다는 아침이라고 할 시간이었다.

파비안은 가족들을 깨우지 않으려고 부엌에서 이를 닦고 세수를 했다. 몇 분 동안 수건을 찾으려고 애썼지만 결국 찾지 못하고 셔츠로 얼굴을 닦고 위층으로 올라갔다.

침대 한쪽 끝에 누운 소냐는 문과는 반대쪽으로 몸을 돌리고 있었다. 좋지 않은 징후였다. 잠들기 전까지 그에게 화가 나 있었다는 증거였다. 파비안은 살금살금 이불 속으로 기어 들어갔다. 소냐는 똑바로 누우면서 깊이 숨을 들이마셨다. 그것은 손을 내민 것으로 해석할 수도 있는 동작이었다. 그 동작을 받아들일 것인가 말 것인가는 전적으로 파비안의 몫이었다.

파비안은 한 손으로 소냐의 다리를 찾아서 조심스럽게 허벅지를 매만졌다. 소냐는 반응하지 않았다. 여전히 자고 있음이 분명했다. 파비안은 살짝 손을 올려 소냐의 엉덩이 아랫부분을 매만졌다. 소냐는 속옷을 입고 있지 않았다. 아내의 반응을 제대로 해석했다는 확신이 들자 파비안은 이불을 젖히고 소냐의 다리를 벌렸다. 소냐는 남편에게 협력하지 않았지만 그렇다고 밀어내지도 않았다. 파비안은 몸을 둥그렇게 웅크리고 아내의 허벅지를 가볍게 핥기 시작했다. 한쪽씩 번갈아 가면서. 위치를 바꿀 때마다 파비안의 혀는 아내의 은밀한 부위로 점점 더 가까이 다가갔다.

곧 아내의 호흡이 가빠지기 시작했다. 파비안의 움직임에 따라 몸을 비비 꼬며 반응하던 소냐가 잠시 뒤에 오르가슴으로 신음하면서 얼굴을 베개에 묻었다. 마침내 완전히 나른해진 소녀는 파비안을 밀어냈다. 잠에서 깬 적이 전혀 없는 것처럼 숨소리가 차분해졌다. 불만이 욱신거릴 정도로 가슴을 치고 들어왔지만 다시 시도해봐야 소용없다는 걸 잘 알기에 파비안은 눈을 감았다.

오랫동안 억누르고 있던 기억이 배구공처럼 파비안을 향해 똑바로 날아들었다. 체육 시간이었다. 아이들 모두 파비안을 부르며 빨리 번쩍 뛰어올라 공을 치라고 재촉했다. 파비안은 힘껏 공을 쳤고 공은 반대 팀에 있던 클라에스에게 곧바로 날아갔다. 클라에스가 쓰고 있던 안경이 부러졌고, 클라에스의 코에서 피가 흘러나왔다. 아이들은 모두 웃었고, 심지어 체육 선생도 웃었다. 파비안도 웃었다. 예르겐이 파비안에게 다가오더니 손바닥을 높이 들어 올리면서 잘했어, 파베, 라고 말했다. 파비안은 그 손바닥을 마주쳤다. 클라에스는 울음을 터뜨렸고 집에 가려고 했지만 체육 선생이 막았다. 체육 시간이 끝났으면 모두 씻어야 해! 아이들은 흰색 타일이 깔린 샤워실로 들어갔다. 뭘 그렇게 꼬나봐? 그 소리에 클라에스는 애원하는 눈길로 쳐다봤고 파비안은 눈에 비누가 들어간 척하며 그 눈길을 외면했다.

"안녕, 아빠! 엄마가 아빠는 엄청 피곤해서 자야 한댔어!"

아래층으로 내려간 파비안은 마틸다를 끌어안았다. 기억들이 밤새도록 그를 쫓아다녔다. 파비안의 기억들은 이런저런 사건이 맥락 없이 마구 섞여 점점 더 이해하기 힘든 악몽으로 바뀌었다. 땀에 흠뻑 젖은 채로 마침내 잠에서 깼을 때는 벌써 9시 30분이었다.

"마틸다, 출발하려면 빨리 이 닦고 와!"

소냐의 목소리가 들렸다.

"우리 덴마크에 갈 거야."

마틸다가 말했다. 파비안이 딸을 놓아주자 마틸다는 아빠를 지나쳐 조심스럽게 2층으로 올라갔다. 파비안이 부엌으로 들어가자 아침 먹은 그릇을 치우고 있는 소냐가 보였다.

"안녕, 잘 잤어?"

소냐의 말에 파비안은 고개를 끄덕였다.

"들었다시피 우리는 오늘 덴마크에 있는 루이지애나 박물관에 갈 거야."

"아, 멋진데? 무슨 전시회를 하는데?"

"테오는 가고 싶지 않대."

"왜?"

소냐는 어깨를 으쓱해 보였다.

"당신이 함께하지 않으면 뭐든지 안 하겠다고 각오한 거 같아."

"소냐, 당연히 그 누구보다도 내가 가족들하고…….."

"알아. 당신은 해야 할 일이 있으니까."

소냐는 파비안의 눈을 똑바로 봤다.

"하지만 니바가 다시 한번 여기에 전화할 생각을 한다면 그때는 당신 혼자 여기서 살아야 할 거야."

"허니, 그건 당신이 생각하는 것하고 달라."

파비안은 소냐에게 다가가 두 손을 잡았다.

"니바가 전화한 이유는 단지…….."

"내가 어떤 생각을 하는지 당신은 모를 거야."

소냐는 그에게 잡힌 손을 빼고 식기세척기를 채우기 시작했다.

파비안은 소냐가 어떤 생각을 하는지 정확하게 알았다. 그리고 자신으로서는 절대로 그 생각을 바꿀 수 없다는 것도 알았다. 여러 번에 걸친 해명이 결국은 실패한 뒤에야 파비안은 실제로 어떤 일이 있었는지를, 아니 그보다 더 중요한, 실제로 어떤 일이 전혀 일어난 적이 없다는 것을 알리기를 포기해버렸다.

"소피 칼."

"뭐? 뭐라고?"

"루이지애나 박물관에서 무슨 전시를 하는지 물었잖아. 소피 칼은 이제는 전 남자친구가 된 사람한테서 온 이별 통고 이메일을 가지고 예술을 만든 프랑스 여자야."

소냐가 말했다.

파비안이 합류했을 때는 이미 투베손, 몰란데르, 릴리아, 클리판이 사건의 세부 내용을 점검하고 있었다. 거의 텅 빈 과일 그릇으로 추론해보건대 네 사람은 아주 오랫동안 그곳에 있었음이 분명했다. 빈 의자에 앉자마자 파비안은 그곳 분위기가 매우 엄숙하고 심각하다는 사실을 눈치챘다. 무슨 일이 벌어진 것이 분명했다.

"드디어 우리와 합류할 생각을 한 걸 보니 적절한 설명을 할 준비가 됐나보군요."

투베손의 말에 그곳에 있던 사람들 모두 호기심 어린 시선으로 파비안을 쳐다봤다. 그제야 파비안은 그 무슨 일이 바로 자기임을 깨달았다.

"죄송하지만, 무슨 말씀인지 잘 모르겠군요."

"어제 단독으로 진행한 짧은 여행 이야기를 하는 거예요. 분명히 파비안은 그 사건에 관해 여러 가지 생각이 있기는 한데, 어떤 이유에선지 혼자서만 간직하기로 한 것 같아요. 아닌가요?"

"확신이 설 때까지, 어느 정도 수사가 진척될 때까지 기다리는 겁니다."

"파비안, 여러 번 말했지만 당신이 스톡홀름에서는 어떻게 일했는지 내 알 바 아니에요."

투베손은 꼬깃꼬깃 꾸겨진 은박지에서 니코틴 껌을 두 개 꺼내면서 말했다.

"하지만 여기서 우리는 한 팀으로 일해요. 확실하든 확실하지 않든 간에 그건 아무 차이가 없어요."

투베손은 껌을 입에 넣고 니코틴이 원하는 만큼 빠른 효과를 내지 않아 불만이라는 듯이 씹어댔다.

파비안은 어린 시절로 돌아가 학급 아이들 앞에서 발표라도 하는 듯한 기분이 들었다.

"내가 아주 강력한 범행 동기를 찾아냈다고 생각했습니다. 하지만 안타깝게도 그렇지 않았습니다."

"어쩌면 그게 맞을 수도 있어요."

"아직은 판단을 내릴 만한 근거가 없으니까······."

릴리아가 말했다.

이미 빠져나가기엔 너무 늦었음을 깨달은 파비안은 자리에서 일어나 예르겐의 사진에 원을 그린 화이트보드 벽 앞으로 걸어갔다.

"나는 여러 가지 이유로 예르겐 폴손은 받아 마땅한 대접을 받았다고 믿습니다."

파비안은 네 사람이 시선을 교환하는 모습을 곁눈질로 봤다.

"나중에야 어떤 삶을 살았는지는 모르겠지만 학교에 다닐 때 예르겐은 구제 불능 악당이었습니다. 주특기는 손으로 때리는 거였죠. 정확히는 주먹으로요."

"왜 그 이야기를 지금에야 하는 거죠?"

투베손이 물었다.

"예르겐이 나를 괴롭힌 건 아니니까요. 나는 모든 아이가 하는 행동을 했습니다. 그저 고개를 돌리고 아무 일도 일어나지 않은 것처럼 행동했습니다. 사실 지금까지는 그런 일이 있었다는 것도 거의 잊고 지냈습니다. 예르겐이 샤워실에서 누군가를 때렸다는 사실도 어젯밤에야 간신히 생각났습니다."

파비안은 샤워실 바닥에 떨어져 있는 손을 찍은 사진에 화살표를 그었다.

"예르겐이 공격한 사람이 누구죠?"

투베손이 물었다.

"클라에스 멜비크입니다."

파비안은 확대한 학급 사진에서 클라에스 위에 원을 그렸다. 모두 클라에스를 보려고 앞으로 나왔다.

"유일하게 안경을 썼어요."

릴리아가 말했다.

"그 정도면 충분하군요."

클리판이 과일 그릇에 남은 마지막 배를 집어 들면서 말했다.

"그러니까 당신 말은 예르겐이 살해된 이유가 복수일 수도 있다는 건가요?"

투베손의 말에 파비안은 고개를 끄덕였다.

"예르겐은 아무나 공격했어요?"

릴리아가 물었다.

"처음에는 몇몇 아이를 괴롭혔지만 나중에 그 애들은 멜비크만 괴롭혔습니다."

"그 애들이라고요? 예르겐 폴손 혼자서 한 게 아닌가요?"

투베손이 물었다.

"글렌 그란크비스트와 함께였죠."

파비안이 글렌의 얼굴에 동그라미를 쳤다.

"완전히 단짝이었습니다. 글렌은 언제나 예르겐이 시키는 일은 어김없이 했고요."

"그 녀석도 주특기가 있었나?"

몰란데르가 물었다.

"발차기였습니다."

"자네 가설이 옳다면 그 녀석도 위험하겠군그래."

파비안이 고개를 끄덕였다.

"나는 덴마크에 있는 푸조가 멜비크의 차였으면 했습니다."

"하지만 아니었지."

몰란데르가 말했다.

"네, 아니었습니다. 차 주인은 루네 슈메켈이더군요. 제가 기억하는 한, 우리 반에 그런 성은 없었습니다."

"일단 그 사실을 수사를 진행할 또 다른 단서로 삼아야겠군요."

투베손은 커피포트에 남은 커피를 머그잔에 털어 넣으며 말했다.

"이레네, 멜비크와 슈메켈에 관한 정보를 모두 찾아보는 게 좋겠어. 클리판, 그 반 나머지 학생들 정보는 어떻게 됐어요?"

"아주 솔직하게 털어놓자면, 뭐, 별다른 게 없네요. 이 나라 전체가 휴가 때문에 완전히 잠들어 있어서 졸업생 연락처가 적힌 학교 자료도 아직 확보하지 못했어요."

"파비안이 비상 연락망을 가지고 있겠죠."

투베손이 말했다.

"안타깝지만, 9학년 학급 앨범을 찾은 게 다입니다. 혹시 리나 폴손이 가지고 있는지 알아보겠습니다."

파비안이 말했다.

클리판이 웃으면서 파비안의 어깨를 잡았다.

"당연히 그럴 수 있겠지만, 그 문제라면 내가 벌써 알아봤어요."

"리나가 뭐라고 했습니까?"

"없다더군요. 하지만 몇 사람 이름과 전화번호는 가져왔어요. 대부분 공룡 시대 산물 같았지만."

"다른 말은 안 했습니까?"

"아니 없었는데, 어떤 말을 해야 했을까요?"

"그냥, 나를 만난 뒤로 뭔가 다른 생각이 난 게 아닌가 싶었습니다. 학교에 졸업생 정보가 남아 있지 않을까요?"

파비안은 자신이 난처해질 수도 있겠다고 생각했다.

"학교 비서 말로는 1988년 이전 자료는 남아 있지 않대요. 졸업생 연락처 같은 긴 말이에요."

클리판의 말에 릴리아가 물었다.

"왜 하필 1988년이에요?"

"그때 컴퓨터 시스템을 도입했대요. 1988년 이전에는 등사판으로 찍어서 파일로 보관해뒀고요."

"그리고 그 파일은 당연히 없애버렸고요?"

"그렇다고 하더군요. 서류는 오래전에 시청 공문서 보관소로 보내버렸답니다."

"공문서 보관소에는 다녀왔어요?"

투베손이 물었다.

"아니요, 하지만 곧 갈 겁니다."

"좋아요."

투베손은 말한 뒤 파비안을 돌아봤다.

"5분 뒤에 내 방에서 보죠."

투베손의 집무실은 파비안의 상상과는 전혀 달랐다. 담배 연기가 가득하던 자동차를 타본 적이 있기 때문에 투베손의 집무실이 드문드문 가구가 있고 중앙에는 커다랗고 깔끔한 책상이 있으며 구석에는 가죽 소파가 놓였고 흰색 벽에는 룬드 콘스탈의 작품이 몇 점 걸려 있으리라고는 꿈에도 생각하지 못했다.

파비안은 책장에 꽂혀 있는 책 제목을 재빨리 훑어봤다. 수많은 참고도서뿐 아니라 테이 조세핀의 《진리는 시간의 딸》부터 그레이엄 그린의 《제3의 사나이》까지 없는 게 없을 정도로 많은 범죄 소설이 꽂혀 있었다.

파비안은 창문으로 걸어가 바깥 풍경을 내다봤다. 고속도로 한쪽에는 〈헬싱보리스 다그블라드〉 신문사 건물이 있었고 그 건물에서 몇 킬로미터 떨어진 곳에 프레드리크스달 학교가 보였다. 파비안은 붉은색 벽돌로 지은 학교 건물의 쓰임새를 파악해보려 했지만 너무 멀었고 가까이 있는 건물들에 가려져 제대로 볼 수가 없었다.

파비안은 벽에 걸린 시계를 봤다. 약속 시간보다 1분 30초가 지나 있었다. 투베손이 늦는 이유가 고의는 아닌지 궁금했다. 다시 30초가 더 흘렀을 때 투베손이 이제 막 산 듯한 라테를 두 잔 들고 들어오더니 책상에 올려놓았다. 그녀에게서 담배 냄새가 났다. 파비안은 혹시 자기가 말도 없이 덴마크에 다녀온 것 때문에 그녀의 니코틴 의존도가 높아졌다는 비난을 듣게 되는 것은 아닌지 걱정됐다.

"여기 커피 마셔봤어요?"

"불행히도, 마셔봤습니다."

"엄청 비싼 기계예요. 아마, 버튼이랑 화면이 서른 개는 더 있을 거예요. 그 기계 쓰임새는 신만이 아실걸요. 그게 가지고 있지 않은 건 좋은 커피 맛뿐이라니까요. 그러니까 맛있는 커피를 마시고 싶으면 베르가베겐에 있는 스코네 카페에 가야 해요."

라테를 한 모금 마신 파비안은 투베손의 말에 동의했다. 너무 뜨겁지도 않고 우유가 너무 많이 들어가지도 않은 거의 완벽에 가까운 라테였다.

"파비안, 어제 우리가 나눈 얘기 중에 이해 못할 게 있었나요?"

투베손이 정색을 하고 물었다.

"그게 무슨, 죄송하지만……."

"내가 팀워크에 관해 제대로 설명하지 못한 부분이 있었나요?"

"아닙니다."

"아니, 내가 제대로 설명하지 못한 게 분명해요. 그러니 당신이 아직 팀워크가 뭔지 제대로 이해하지 못한 거겠죠."

투베손은 입을 다물고 대답을 기다렸지만 그는 무슨 말을 해야 할지 알 수가 없었다.

"우리가 일하는 방식을 제대로 소개해주지도 않고 이 사건에 덜컥 들어오게 했다는 건 미안하게 생각해요. 아직 우리가 서로를 거의 모르니까 어느 정도는 그럴 수 있다고도 보고요. 하지만 나는 아까 회의 시간에 당신이 알아낸 정보를 우리에게 모두 설명해줄 거라고 믿었어요. 아니, 적어도 그래야 한다고 생각했죠. 하지만 당신은 그러지 않았어요. 심지어 어젯밤에 통화했을 때도 집에 간다고 말했지만 아니었죠, 안 그래요?"

어떻게 알았지? 파비안은 생각했다.

"다시 주유소로 돌아갔어요. 왜 그랬죠?"

"그 차가 범인과 연결되어 있다고 믿을 만한 근거가 조금 있었습니다. 그래서 범인이 그 차를 주유소에서 가져가지 못하게 해야겠다고 생각했습니다."

"어떻게요?"

"차 뒷바퀴를 하나 떼어내 주유소 상점에 보관해뒀습니다."

투베손은 방금 들은 말을 잠시 생각해보는 것 같았다.

"지금 자동차 바퀴를 떼서 점원한테 맡겼다는 건가요?"

"그렇습니다. 그 점원이 누군가 자동차 바퀴를 찾으면 나한테 연락해주기로 했습니다."

투베손으로서는 파비안의 말에 적절하게 반응할 방법을 찾기가 힘든 것 같았다. 두 사람은 교차로에 서 있었다. 투베손이 어떤 길을 택하든지 앞으로 두 사람이 함께해나갈 작업 방식에 영향을 미칠 것이다.

"좋아요. 덴마크 경찰이 수사권을 넘겨주기 전까지는 범인이 차를 가만히 내버려두길 바랄 수밖에 없겠군요."

"아직 덴마크에 연락해보지 않았습니까?"

투베손이 고개를 끄덕였다.

"아, 이거, 당신 출입증이에요. 비밀번호는 5618이고요, 알았죠?"

투베손은 책상 위에 있는 플라스틱 카드를 파비안 앞으로 쭉 밀었다.

파비안은 고개를 끄덕이고는 카드를 집어 들고 반장실을 나섰다.

"한 소리 들었어요?"

방 안에서 들려오는 목소리의 출처를 찾으려고 파비안은 걸음을 멈추고 이레네 릴리아의 방문 앞에서 고개를 삐죽 내밀었다.

"조금요."

"당연히 그래야죠. 나는 사실 여자 상사는 그다지 좋아하지 않지만, 알 거예요. 우리 상사는 아주 좋은 사람이에요. 내가 당신 상사라면 이번 사건은 근처에도 못 오게 할 거예요."

"다행히 당신이 내 상사는 아니니까요."

"그렇죠, 나는 아니죠. 들어와요. 당신한테 줄 선물이 있으니까."

파비안은 릴리아의 방으로 들어갔다. 그녀의 방은 투베손의 방과는 정확히 반대였다. 그 작은 방에 어찌나 많은 물건이 빽빽하게 쌓여 있는지 흡사 떨어지지 말라고 서로 풀을 붙여놓은 것은 아닌가 궁금할 정도였다. 창문에는 황금 코끼리와 작은 거울들이 수놓인 오렌지빛 인디언 패브릭 커튼이 쳐져 있었다. 구석에는 매트가 깔려 있고 그 위에 침낭이 펼쳐져 있었다. 한쪽 벽에는 거대한 게시판처럼 테이프로 붙인 온갖 사진과 기이한 기호와 사방으로 뻗어나가는 화살표를 잔뜩 그어놓은 종이쪽지들이 붙어 있었다. 릴리아는 일반 책상보다 훨씬 작은 책상을 방 한가운데 놓고 앉아 있었다.

"왜 당신이라면 이 사건에 나를 가까이 못 가게 한다는 겁니까?"

파비안이 물었다.

릴리아가 웃음을 터뜨렸다.

"당연한 거 아니에요? 투베손은 당신이 아주 귀중한 정보를 제공할 수 있다는 생각으로 수사에 끌어들인 거예요. 하지만 사실 당신 동창들보다 당신을 덜 의심해야 할 이유는 하나도 없잖아요. 당신이 의심하고 있다는 멜비크는 물론이고요."

"전적으로 맞는 말입니다."

파비안은 시선을 둘 곳을 찾으면서 말했다.

"그런데 나한테 줄 게 있다고 하지 않았습니까?"

릴리아는 표정이 밝아지더니 마우스를 클릭했다. 그 즉시 프린터가 윙윙 소리를 내면서 작동하기 시작했다.

"저기 있어요."

릴리아는 책과 바인더 사이에 숨어 있는 프린터를 가리켰다.

파비안은 높게 쌓인 파일을 쓰러뜨리지 않으려고 조심하면서 프린터에서 나오는 종이를 잡아 뺐다. 그리고 종이를 들여다봤다.

"글렌 그란크비스트?"

"예르겐 폴손의 오른팔이죠. 당신 말을 믿는다면요. 그런 이름을 가진 사람은 세 명밖에 없어요. 한 명은 엘브스빈에 살고 한 명은 외레브로에 살아요. 그래서 난 내 달걀을 모두 세 번째 바구니에 담았어요. 외도크라에 살고 있는 사람한테요. 확실히 신한테 재능을 받고 태어난 사람은 아닌 거 같아요. 마지막 숙제는 9학년 때 했더군요. 졸업 후에 군 복무를 마치고 이제 곧 오스토르프에 있는 건설 자재 공급 창고 트럭 운전사가 된 지 25주년을 축하해야 하고요."

"전혀 놀랍지 않은 소식이군요."

파비안은 방을 나서면서 말했다.

"그 친구를 찾아낼 수 있는지 한번 보죠. 나중에 내가 점심을 사도 괜찮을까요?"

"좋아요, 아마도요."

"루네 슈메켈의 정보 같은 걸 또 찾아준다면 내가 수고비를 드려야 할지도 모르겠어요."

파비안의 말에 릴리아는 환하게 웃었고, 파비안은 그 웃음의 뜻을 정확하게 알 수 있었다.

"좋습니다. 여전히 내가 범인이라고 생각한다면, 할 수 없지요."

파비안이 말했다.

파비안은 후고 엘빈의 기이하고 미래지향적인 의자에 앉아 처음 생각과는 달리 이 의자는 분명히 아주 안락하다는 결론을 내리고서 글렌의 집에 전화하려고 수화기를 들었다.

"그래, 자네가 편안해할 줄 알았어."

파비안은 몸을 돌려 자신의 임시 방에 들어와 있는 몰란데르를 쳐다봤다.

"오늘 저녁에 바비큐 파티를 할 건데, 자네랑 자네 식구들을 초대하고 싶군."

"오늘 저녁에 말입니까?"

"갑작스러운 초대란 건 알아. 하지만 별다른 계획이 없다면 와. 아주 재미있을 거야. 모두 올 거야. 하늘에 구름 한 점 없는 아름다운 금요일이잖아."

"아주 근사할 것 같습니다. 아내와 상의해보겠습니다."

"물론이지, 그래야지. 나중에 보자고."

몰란데르가 파비안의 임시 방에서 나가면서 말했다. 파비안은 자신이 편집증에 사로잡힌 것인지 실제로 몰란데르의 눈에서 자신에 대한 의심을 엿본 것인지 궁금했다. 도대체 이런 초대를 하는 진짜 이유가 무엇일까? 몰란데르의 의도가 무엇이든 간에 파비안은 바비큐 파티에 반드시 가야 했다.

5분 뒤 몰란데르가 커피가 가득 든 찻잔을 들고 다시 나타났다.

"그래, 부인에게 승락은 받았나?"

"아닙니다. 하지만, 가겠습니다."

"좋아."

몰란데르가 다시 떠나려고 했다.

"음, 그런데 후고 엘빈은 어떤 사람입니까? 이 방 주인 말예요."

파비안이 물었다.

"후고라······."

몰란데르가 빙그레 웃었다.

"한마디로 설명할 순 없는 사람이지. 직접 봐야 어떤 사람인지 알 거야. 하지만 내가 자네라면 후고의 물건은 함부로 만지지 않겠 어. 특히 후고한테 꼭 맞춰놓은 그 의자는 말이야. 반드시 그래야 할 필요가 없다면 절대로 자극하면 안 되는 인물이지. 아무튼, 저녁 에 보자고."

그 말과 함께 몰란데르는 사라져버렸다.

파비안은 이미 모든 마디를 이리저리 비틀어놓은 의자를 내려다 봤다. 다시 원래대로 돌리기에는 늦었다. 후고가 휴가를 마치고 돌 아오면 파비안은 그를 진정시키려고 엄청난 노력을 해야 할 것이 분명했다.

파비안은 다시 글렌에게 전화했다. 신호가 여섯 번 울리자 수화 기 너머에서 로버트 드니로의 목소리가 들려왔다.

"지금 나한테 지껄이는 거야?"

13

알람이 울리기 전까지 그는 담요 위에서 매 순간을 즐기며 네 시간 동안 푹 잤다. 의도한 것보다 푹, 아주 푹 잤다는 이야기는 매우 평 온했고 안전하다고 느꼈다는 뜻이다. 이런, 안전해도 너무 안전하 다고 생각한 것 같은데. 몇 분 뒤에 짐을 싸면서 그는 생각했다.

자는 동안 손님이 찾아왔다. 손님은 애플파이를 넣어둔 종이를 찢고 부스러기 몇 개 외에는 완전히 끝내버리고 갔다. 똥도 조금 남기고. 쥐들은 그가 생각하던 것보다 훨씬 배가 고픈 것이 분명했다. 다시 한번 행운은 그의 편이었지만, 행운은 그가 의지할 수 있는 것이 아님을 상기해야 했다.

그는 창문으로 창고를 빠져나와 길 반대쪽 덤불 뒤에 숨겨둔 차로 걸어갔다. 주변에 생명체는 하나도 보이지 않았다. 그저 자신과 아침뿐이었다. 그는 평화롭고 고요하게 부츠를 벗고 시커먼 작업복을 벗었다. 트렁크에서 물이 든 깡통을 꺼내 대충 씻고 아주 큰 주머니가 달린 베이지색 반바지와 밝은 파란색 폴로셔츠를 입고 부바 굼프 쉬림프사의 로고가 찍힌 노란 모자를 쓰고 초록색 크록스 신발을 신었다.

왠지 새 옷을 입은 어릿광대가 된 느낌이지만 중요한 것은 맥주를 먹으러 덴마크에 온 선형적인 스웨덴 사람처럼 보여야 한다는 점이었다. 그는 배낭에 여분의 분홍색 셔츠, 물병, 장갑, 카메라, 밧줄, 푸조 열쇠, 손전등, 다목적 나이프, 프로포폴이 가득 든 주사기를 넣었다. 주사기는 그저 안전장치로 가져가는 것일 뿐 사용할 일은 없을 게 분명했다.

헬싱보리 중앙역이 있는 크누트풍텐까지 가는 여정은 매우 좋았다. 크누트풍텐만을 건너면서 그는 맥주와 마요네즈를 지나치게 많이 친 커다란 새우 샌드위치를 먹었다. 조금 과한 식사지만 다시 뭔가를 먹을 시간이 생길 때까지 아주 오래 굶을 수도 있기에 먹을 수 있는 만큼 충분히 먹어뒀다. 10시 55분에 헬싱외르에서 기차를 탔고 11시 41분에 코펜하겐에 도착했다. 코펜하겐역의 화장실은 너무 더러워서 링스테드로 가는 S기차를 거의 놓칠 뻔했다. 기차를 타고 34분 뒤에 링스테드역에 도착한 뒤 버스 정류장까지 걸어갔다.

태양이 점점 더 높은 곳으로 가면서 기온이 35도까지 올랐다. 가볍게 입고 온 것이 얼마나 다행인지. 크룩스 신발이 그렇게 편한지 미처 몰랐다. 13시에 버스에 올라서 가능한 한 앞자리에 앉았다. 원래도 버스 뒤에 앉는 건 좋아하지 않지만 이렇게 땀에 전 승객이 가득한 따뜻한 날에는 특히 싫었다.

13시 28분. 렐링에 학교 정거장에서 내리고 나서야 수많은 사람이 내뿜는 땀 냄새를 맡지 않고 깊이 숨을 쉴 수 있었다. 일주일 반 전에 차를 세워두고 온 주유소까지는 학교에서 300미터도 채 되지 않으니 걸어서 2분 정도면 도착할 수 있었다. 하지만 혹시 잠복한 경찰이 있을지도 몰라 확인도 할 겸 작은 골목길을 걸어 좀 더 돌아서 가기로 했다.

처음에는 마음이 놓였다. 하지만 몇 분도 지나지 않아 다시 불안해졌다. 도대체 왜 한 사람도 마주치지 않는 걸까? 어째서 마을 전체가 완전히 빈 것처럼 느껴지지? 혹시 뭔가 놓치고 있는 걸까?

이 마을에 이런 적막이 흐르는 이유를 도무지 이해하지 못하고 있을 때 문득 창문이 열린 집을 지나면서 안에서 들리는 텔레비전 소리를 들을 수 있었다. 스웨덴과 달리 덴마크는 월드컵에 열광하는 나라였다. 그리고 오늘은 남아프리카공화국에서 월드컵이 열리고 있었다. 그렇다는 것은 자동차를 수거하기에 아주 좋은 날이라는 뜻이었다. 그는 30센티미터 정도 되는 정원 요정상들이 서 있는 곳을 지나 나무 사이로 들어가 카메라를 꺼냈다. 50미터쯤 떨어진 주유소를 카메라 확대경으로 들여다봤다. 주유소에는 아무도 없었고 푸조는 그가 놓고 온 자리에 그대로 서 있었다. 달라진 점이라고는 앞유리 와이퍼에 종이가 끼워져 있다는 것뿐이었다. 당연히 있을 수 있는 일이었다.

그는 카메라를 내리고 활기차게 자동차를 향해 걸어갔다. 한 걸음 한 걸음 내디딜 때마다 맥박이 빨라졌지만 자동차에 올라 시동을 걸고 일단 주유소를 빠져나가기만 하면 맥박은 다시 가라앉을 것이었다. 지금은 아드레날린이 솟구치고 엄청나게 집중하고 있는 것뿐이었다.

하지만 자동차에 가까이 다가갈수록 뭔가 심각하게 잘못됐다는 느낌이 강하게 들었다. 푸조는 마치 고꾸라지기라도 할 듯 이상한 각도로 기울어져 있었다. 하지만 자동차로 다가가 쪽지를 집어 들 때까지 왜 그런 기분이 드는지 알지 못했다.

이 차는 사유재산입니다.

직접 연락해주시기 바랍니다.

14

이레네 릴리아는 1시가 조금 넘은 시간에 올손스 스카페리에서 만나 점심을 먹자고 했다. 그 식당은 스톡홀름으로 옮기기 전에 몇 번 가본 적이 있기에 파비안도 잘 알았다. 그때 당시에는 최신 유행하는 식당이었지만 이제는 오래된 유서 깊은 식당이 되어 있었다.

식당으로 가면서 파비안은 소냐에게 전화를 걸었다. 소냐는 마틸다와 함께 그곳 풍경을 보는 것만으로도 충분히 여행할 의미가 있는 루이지애나 박물관 노천 카페에서 점심을 먹고 있다고 했다. 파비안이 몰란데르가 초대한 바비큐 파티에 관해 말하자 놀랍게도 소냐는 정말 괜찮은 생각이라고 말했다. 소냐는 새로운 사람을 사귀는 일은 중요하다고 믿었다. 파비안에게 괜찮은 동료들이 있다면 그 사람들부터 시작하는 것도 괜찮을 거라고 말했다.

처음에 파비안은 소냐가 빈정대는 게 아닐까 생각했다. 지금까지 소냐는 파비안의 친구를 만나는 일에 결코 흥미를 보인 적이 없었고 동료들은 말할 것도 없었다. 하지만 어쩌면 두 사람의 약속을 실행하려는 의지를 보이는 것일 수도 있었다. 새로운 인생에 공정한 기회를 제공하자는 합의 말이다. 두 사람은 5시쯤에 집 근처에서 보기로 했고, 파비안은 와인을 몇 병 가져갈지도 모른다고 말했다.

파비안은 쉬스템볼라게트 건너편에 있는 헤스트묄레그렌덴 거리에서 주차 자리를 찾았다. 그는 쉬스템볼라게트로 가서 크리에이티브 와인을 몇 병 집어 들었다. 그리고 보통 가격보다는 조금 더 비싼 와인을 파는 선반에서 리오하 와인을 무작위로 몇 병 골랐다.

몇 년 전까지만 해도 와인을 전혀 모른다는 사실은 세탁소에서 막 찾아온 옷에 붙은 꼬리표가 목에 생채기를 내는 것처럼 파비안에게 상처를 냈다. 와인 목록을 살펴볼 때면 결정을 내려야 한다는 생각에 극심한 공포를 느꼈다. 파비안은 자신의 무지를 고쳐보려고 와인 시음회에 참석해 최대한 의욕을 끌어모아 와인을 마시고 빈티지 와인과 포도 품종에 관해 토의했지만 결국에는 와인에 관한 지식은 어디에서 자랑할 정도로는 쌓이지 않으리란 걸 인정할 수밖에 없었다.

파비안이 올손스로 들어가자 이미 창가 자리에 앉아 기다리고 있는 릴리아가 보였다.

"버터로 볶은 살구버섯이랑 스코네 노루 고기, 파스닙 퓌레, 감자

블리니, 월귤로 맛을 낸 송아지 고기, 어때요?"

릴리아의 말에 파비안은 고개를 끄덕이며 앉았다.

"다행이에요. 벌써 주문했거든요. 그게 메뉴에서 가장 비싼 코스였어요."

릴리아가 식탁에 서류철을 올려놓았다.

"슈메켈 건가요?"

파비안의 말에 릴리아가 고개를 끄덕였다.

"그리고요?"

"온라인으로 살펴본 거지만 분명히 흥미로운 사람이에요. 벽장에 뼈 몇 개쯤은 가지고 있을 것 같고요. 당신처럼 1966년에 태어났어요. 독신이고, 아이도 없고, 룬드 병원에서 일하고요. 이게 가장 흥미로운 점인데, 외과 의사고요."

"외과 의사라고요? 전문 분야가 있습니까?"

릴리이는 고개를 끄덕이면서 빵을 한입 베어 물었다.

"룬드 병원에서는 1997년부터 근무했어요. 그러고는 아주 빠른 시간에 이 나라에서 가장 뛰어난 전립선암 수술 권위자 가운데 한 명이 됐고요. 하지만 2004년에 사고가 있어서 12개월 동안 수술 금지 명령을 받았어요."

"어떤 사고였습니까?"

"몸 속에 플라스틱 외과 수술용 클립을 두 개 넣은 채 꿰맸어요."

"환자 몸에 말입니까?"

릴리아는 고개를 끄덕이면서 미네랄워터를 마셨다.

"방광에요. 토리뉘 쇨메달이라는 환자였는데, 소변으로 그 클립을 빼야 했대요. 그 사람 말이 살면서 자기한테 있었던 가장 끔찍한 일이라더군요. 슈메켈이라는 이름을 생각해보면 정말 아이러니 아니에요?"

"그게 답니까?"

"아니에요. 내가 이해한 바로는 대대적으로 수사를 벌였고 아주 큰 소동이 있었나봐요. 아무튼 루네는 잠을 제대로 자지 못했고 마이클 잭슨이 일정을 소화하려고 먹을 법한 엄청난 양의 약을 먹은 거 같아요. 하지만 효과는 없던 게 분명해요. 병원에서는 힘든 일이 다 지나갈 때까지 루네를 지원했고, 1년 뒤에 다시 수술을 할 수 있었어요. 하지만 요즘은 대부분 탈장이나 충수염만 수술해요."

"다른 사고는 없었습니까?"

"내가 찾은 건 없어요."

"어린 시절은 어땠습니까?"

"기록이 거의 없어요. 그게 내가 수상하다고 생각하는 이유예요. 1994년 이후로는 완전히 평범해요. 교육 과정, 경력, 다양한 집 주소, 전화번호, 소유한 차 등, 모든 게 정상적으로 다 있어요. 예를 들어 매년 헬싱보리 춘계 마라톤 대회에 나간 것처럼요."

"마라톤은 언제부터 나갔습니까?"

"1994년부터 기록이 있어요. 그게 다예요. 1994년 이전에는 거의 아무것도 없어요. 온갖 곳을 다 뒤져서 찾은 어린 시절 정보는 딱 하나예요. 그것도 위키피디아에서 간신히 찾았어요. 루네 슈메켈은 말뫼에서 자랐고, 그곳 중등학교에서 자연과학 프로그램을 우수한 성적으로 이수했다. 학교를 졸업한 뒤에는 크리스티안스타드에서 하사관으로 군 복무를 마쳤다. 이 사람의 인생 초기 정보는 이게 다예요. 1994년 이전에는 존재하지도 않은 것처럼 딱 이 두 문장밖에 없어요."

"그 정보를 믿지 않는 겁니까?"

"음, 적어도 하나는요. 기록을 찾아봤는데, 루네는 크리스티안스타드에서 군 복무를 한 적이 없어요. 아마 좋은 사람이라는 인상을 심어주려고 몇 가지 사실을 만들어낸 게 분명해요."

"어째서 그런 짓을 했을까요?"

그의 말에 릴리아는 표정이 밝아지더니 파비안 쪽으로 몸을 기울였다.

"그곳에 적어놓지 않은 사실을 감추려는 거겠죠."

릴리아의 가설은 이랬다. 1990년대는 이제 막 인터넷이 태동하던 시기였다. 하지만 아무리 인터넷 초기 시절이라고 해도 그 무렵의 정보를 찾으면 한 인물의 전체 모습을 충분히 구성할 수 있다. 구멍은 저절로 메워지는 법이니까. 그런데 루네 슈메켈의 경우에는 그런 가설이 들어맞지 않았다.

"사진은 있습니까?"

"여기 세 번째 칸에 있어요."

릴리아는 파비안 앞으로 서류철을 펼쳐 보였다. 루네 슈메켈의 사진을 보는 순간 파비안의 내면에서 꽉, 하고 스파크가 일었다. 지금까지 한 번도 보지 못한 남자였다. 하지만 분명히 어딘가 익숙한 얼굴이기도 했다. 그런 기분이 드는 이유를 알아내려 했지만 주문한 음식이 나와 생각을 멈춰야 했다.

몇 분 뒤에 릴리아가 침묵을 깼다.

"헬싱보리로 가족이 모두 옮겨온 건 변화를 주기 위해서예요, 아니면 스톡홀름에서 도망쳐 온 거예요?"

마침 파비안은 스코네 노루 고기를 한입 베어 문 터라 다 씹고 나서야 대답할 수 있었다.

"이해가 잘 안 되는군요. 그게 무슨 뜻입니까?"

"당신이랑 당신 아내요."

"소냐, 아내 이름은 소냐입니다."

"당신이랑 소냐 사이는 아무 문제 없어요? 아니면 여느 부부들하고 같은가요?"

파비안은 릴리아의 질문에 대한 답을 분명히 알고 있었지만 어떻게 말해야 하는지는 알 수 없었다.

"이런, 너무 민감한 질문을 했나보네요."

"아니, 괜찮습니다. 그냥 조금 놀란 것뿐입니다. 변화를 주려고 헬싱보리로 온 건 맞지만 모두가 그렇듯이 우리도 좋을 때도 있고 나쁠 때도 있습니다. 당신은 어떤가요? 언제부터 경찰서에서 지낸 거예요?"

"지난주부터요. 완전 엉망이라니까요. 사실 내 아파트인데도 나가지 않겠다고 거부하고 있어요."

"어쩌면 당신이 돌아오기를 바라는 건지도 모르죠."

파비안의 말에 릴리아가 콧방귀를 뀌었다.

"그런 건 생각도 안 할걸요. 그 사람이 얼마나 망할 놈인지는 상상도 못 할 거예요. 설사 여름 내내 경찰서에서 자는 한이 있어도 이번에는 완전히 끝낼 거예요."

릴리아는 말을 멈추고 다시 음식을 먹다가 고개를 들고 파비안을 쳐다봤다.

"지난겨울에 이스라엘 대사관에서 있었던 사건, 거기 당신 동료들이 관련된 거 맞죠?"

파비안은 이 질문이 나오기를 기다리고 있었다. 그는 조용히 고개를 끄덕였다.

"무슨 일이 있었던 거예요?"

"모릅니다. 정말로 무슨 일이 벌어진 건지 알 수가 없습니다."

"분명히 수사가 진행되고 있을 텐데, 그 사건을 다루는 언론이 거의 없다는 건 정말 이상하지 않아요? 내 말은, 경찰관이 둘이나 죽었잖아요. 그런데도 그렇게 조용하다니, 정말 이상하잖아요."

"모르겠습니다."

파비안은 어깨를 으쓱해 보였다.

"아무튼, 글렌 그란크비스트에게 연락을 해보려고 했는데……."

"뭔가 사건을 은폐하려는 시도가 느껴지지 않아요?"

"이미 말했지만, 모르겠습니다."

"미안해요. 내가 뭘 알겠어요. 어쩌면 당신은 함구 명령을 받았는지도 모르죠. 잊어버려요. 커피 마실래요?"

파비안이 고개를 끄덕이자 릴리아는 계산대 앞으로 걸어갔다. 릴리아가 호기심을 갖는 이유는 충분히 이해할 수 있었다. 파비안도 릴리아의 입장이라면 같은 의문을 가셨을 것이 분명했다. 물론 자신이라면 그런 의문을 품고 있음을 소리 내어 말하지는 않았겠지만. 하지만 릴리아는 대답을 원했고, 그저 질문하는 것으로 끝내지 않았다. 릴리아는 말벌처럼 맹렬하게 날아들어 파비안을 쐈다. 그런 릴리아가 파비안은 마음에 들었다.

"그란크비스트하고 연락해보려 했다고요?"

릴리아가 커피 두 잔을 내려놓으며 말했다.

"전화했는데 받지 않더군요. 그래서 집으로 찾아갈 생각입니다."

"나는 슈메켈이 도대체 뭘 가지고 있는지 보려고 국립 등기소에 갈 생각이에요."

릴리아가 벌컥 들이켠 찻잔을 내려놓으면서 말했다.

"가능한 한 빨리 슈메켈의 집을 압수 수색해야 할 겁니다."

"맞는 말이에요. 투베손 반장이 최대한 빨리 일을 처리한다고 했어요. 하지만 휴가 기간이란 게 수사에 발목을 잡네요. 최악의 경우 다음 주까지도 영장이 나오지 않을 수 있어요."

"되도록 빨리 나오기를 희망해야죠."

"희망이라니, 무슨 뜻이에요?"

릴리아가 일어나면서 말했다.

경찰은 절대로 희망을 품지 않는다. 경찰은 범인을 잡을 때까지 행동하고 조직적으로 수사하면서 기소할 충분한 증거를 확보할 뿐이다. 한가득 희망을 품고 돌아다니는 것은 가족의 일이지 경찰의 일은 아니었다. 그런데도 파비안은 희망을 품고 있다는 말을 한 것이다. 그는 릴리아의 질문을 곰곰이 생각하면서 자동차를 타고 드로트닝가탄으로 들어갔다.

전투에서 졌다고 생각하면서 이미 포기해버린 건 아닐까? 이미 완벽하게 무력해져서 결과를 바꿀 수 없다고 느끼는 건 아닐까? 일요일 밤에 방영하는 영화에서처럼 마지막 남은 에이스 한 장만이 결과를 바꿀 수도 있는 소박한 희망이라고 믿으면서? 실제로 그는 이 사건이 어떻게 끝날지 도무지 알 수가 없었다. 확실한 것은 단 한 가지, 오랜만에 또다시 범죄 사건 때문에 두려워졌다는 것뿐이다. 왠지 아직 끝나려면 멀었다는 생각이, 또다시 자신이 실패한다면 끔찍한 결과가 발생할지도 모른다는 사실이 두려웠다.

파비안은 헬소바켄부터는 달리는 동안 앞에 나타나는 녹색 신호등의 파도를 최대한 활용하려고 가속 페달을 밟았다. 시속 145킬로미터로 경찰 본부를 지났고, 벨라를 달리고 있을 때 투베손에게서 전화가 왔다.

"방금 스텐 함마르한테 말했어요. 슈메켈 집을 압수 수색할 영장을 발급해달라고요."

"그래서요?"

"안타깝지만, 그럴 필요가 없다고 하더군요. 뭐, 놀랍지도 않아요. 이제 우리한테 있는 건 피해자 차량과 동시에 외레순 다리를 건넜고 지금은 덴마크 주유소에 있는 그 차뿐이에요. 하지만 그걸로는 부족해요. 좀 더 확실한 물증이 필요해요."

투베손의 말이 옳았다. 문제는 슈메켈의 집에서 좀 더 확실한 물증이 발견될 것 같지는 않다는 점이었다.

파비안은 라디오헤드의 〈헤일 투 더 시프〉를 CD플레이어에 넣고 볼륨을 높였다. 〈2+2=5〉의 마지막 몇 소절이 흘러나올 때 외도크라를 빠져나왔다. 곧 그는 글렌 그란크비스트의 집이 있는 유피테르게텐에서 서서히 속도를 줄였다. 글렌의 집 앞에 차를 세운 파비안은 밖으로 나와 주변을 탐색했다. 동네 전체가 핵 사고가 난 뒤 주민이 모두 떠나버린 것처럼 적막했다.

글렌의 집은 그 골목에 있는 여느 집과 다르지 않았다. 2층인 데다가 회반죽을 칠한 정면이 보였고 삼각형 지붕에, 주택과는 따로 떨어진 차고가 있었다. 집은 안마당 없이 집터의 바로 앞부분에서 정면 벽이 시작됐다.

현관으로 걸어가던 파비안은 아직 해가 하늘 높이 떠 있는데도 현관 외부 등이 켜진 사실에 주목했다. 거실 불도 켜져 있었다. 혹시 저 전등불이 이미 늦었다는 신호는 아닐까? 글렌은 벌써 죗값을 치른 게 아닐까? 그도 아니라면 지금까지 한 모든 추론이 의미가 없다는 뜻일까?

파비안은 초인종에 손가락을 대고 길게 눌렀다. 손목시계를 들여다보면서 초바늘을 읽었다. 60초 동안 기다릴 생각이었다.

물론 글렌이 현관문을 열고 나와 완벽하게 문제없음을 보여주기를 바랐지만 마음 한편에서는 그와는 정반대 결과가 나오기를 비는 마음도 있음을 무시할 수 없었다. 글렌이 무사하다는 이야기는 범행 동기에 관한 추론이 틀렸다는 뜻일 테니까.

현관문은 열리지 않았다. 파비안은 다시 초인종을 누르고 이번에는 더 긴 시간 손을 떼지 않았다.

한 여인이 유모차를 밀고 가면서 의심스러운 눈길로 쳐다봤다. 파비안은 그 여인에게 웃어 보였다.

"안녕하세요! 말씀 좀 묻겠습니다. 여기 사는 글렌 그란크비스트 말입니다, 혹시 집에 있는지 아십니까?"

여인은 고개를 저었다.

"불이 켜져 있어서요. 요 며칠 새에 글렌을 본 적이 있으신가요?"

여인은 또다시 고개를 젓더니 황급히 가버렸다.

"음, 뭐, 좋습니다."

파비안은 전화기를 꺼내 릴리아가 건네준 쪽지에 적힌 글렌의 집 번호로 전화를 걸었다. 집 안에서 아주 분명하게 전화벨 울리는 소리가 들렸다.

"지금 나한테 지껄이는 거야?"

자동응답기에서 〈택시 드라이버〉에 나오는 로버트 드니로의 목소리가 들리자 이번에는 파비안이 음성사서함에 대고 이 번호로 되도록 빨리 연락해달라고 말했다. 집 전화를 끊은 뒤에는 글렌의 집 뒤로 걸어가면서 글렌의 휴대전화에 전화를 걸어 같은 메시지를 녹음했다.

뒷마당에는 1미터가 채 안 되는 산울타리로 둘러싸인 커다란 잔디밭이 있었고, 산울타리가 끝나는 곳에는 갑자기 방문할 계획을 세운 사람이라면 매우 좋아할 넓은 공터가 있었다. 하지만 파비안의 눈길을 끈 것은 공터가 아니었다. 가시철망이었다.

파비안은 이해할 수 없었다. 자기 집 뒷마당에 온통 가시철망을 쳐놓는 사람이 있다고? 그는 몸을 웅크리고 잔디밭 위로 여기저기 복잡하게 이어져 있는 가시철망을 조심스럽게 건드려봤다. 그 순간 멀리서 무슨 소리가 들렸다. 파비안이 미처 소리의 출처를 파악하기도 전에 소리는 사라졌다. 그는 엄지와 검지로 가시철망을 잡고 홱 잡아당겼다. 또다시 소리가 들렸다. 이번에는 그 소리가 2층에 있는 조금 열린 창문에서 난다는 것을 분명히 알 정도로 큰 소리가 났다. 파비안은 몸을 펴고 일어나서 조금 더 자세히 살펴보려고 집 쪽으로 걸어갔다. 파비안의 몸에 가시철망과 창문 안쪽에 매달려 있는 대나무로 만든 것이 분명한 풍경을 잇는 낚싯줄이 걸렸다.

그러니까 글렌도 파비안과 똑같은 결론을 내린 것이다. 예르겐이 당했으니 이제는 자기 차례라는 것. 글렌은 절대로 가만히 앉아서 당하지는 않겠다는 각오를 한 것이 분명했다. 글렌의 편집증은 타당했을까? 그렇다면 자신을 제대로 방어할 수 있었을까?

갑자기 전화벨이 울려 파비안은 생각을 멈출 수밖에 없었다. 그는 휴대전화를 꺼내 발신자 번호를 확인했다. 0765-261110. 화면에 찍힌 전화번호를 곱씹던 파비안은 방금 자신이 건 번호와 동일하다는 사실을 퍼뜩 깨달았다.

"네, 파비안 리스크입니다."

되도록 침착하고 차분하게 전화를 받았지만 전화기 너머에서는 아무 말도 들리지 않았다. 숨죽인 침묵만이 들려왔다. 파비안은 누군가 숨을 쉬는 소리만 들을 수 있었다.

"여보세요? 누구신가요?"

"그쪽에서 먼저 전화를 걸었습니다만."

"아, 글렌 그란크비스트?"

"그렇습니다만."

"아, 나를 기억하는지 모르겠는데, 우리 의무 교육 학교 때 같은 반이었는데."

"파베? 파베니?"

"그래, 맞아. 잘 지냈어?"

"뭐, 그럭저럭. 넌 어때? 경찰이 돼서 스톡홀름으로 갔다던데?"

"그랬지. 근데 다시 돌아왔어. 여기 헬싱보리 경찰서에서 일해."

"이런, 멋지다. 이제부터는 행동을 조심해야겠는걸."

파비안은 크게 웃으면서 곧바로 본론을 이야기하는 것이 좋겠다고 결정했다.

"내가 왜 전화했는지 알 것 같은데."

"예게 때문에?"

"맞아."

"정말 끔찍한 일이야. 신문에서 읽었어. 진짜, 빌어먹을. 그래, 범인이 누군지 짐작은 가?"

"지금…… 여러 명을 용의선상에 두고 수사를 벌이고 있어."

파비안은 좀 더 자세히 말하려다가 그만뒀다. 왠지는 알 수 없지만 이상한 기분이 들어서 대충 얼버무리고 말았다.

"나도 그 용의자 가운데 한 명이야?"

"어느 정도는 그렇다고 할 수 있지. 너희는 아주 친한 친구였잖아. 내 기억으로는 그런데. 계속 연락하고 지냈어?"

"예게는 내 최고의 친구였지."

"분명히 아주 끔찍한 기분일 거야. 내 생각에는 우리가 만나야 할 것 같은데. 범인을 잡으려면 너한테 몇 가지 질문을 해야 할 거 같아."

"물론이지. 만나야지. 하지만 지금은 때가 좋지 않아. 여기로 네가 오지 않는 이상은 말이야."

"여기로 오다니, 거기가 어딘데?"

"불가리아 서니 비치야. 진짜 멋진 곳이야. 이렇게 화끈한 여자들이 많은 해변은 처음 본다."

이 망할 휴가철 때문에 도무지 일을 제대로 해낼 수가 없었다. 파비안도 원래 계획대로 휴가를 떠났다가 8월 16일, 다른 사람들이 모두 출근한 뒤에 수사를 재개하는 게 나을지도 모르겠다는 생각이 들었다. 어쨌거나 서니 비치로 여행을 떠난 것이 글렌의 목숨을 살린 셈이었다.

"언제 떠났는데?"

"어제. 7월 1일에. 여기서 두 주 머물다가 15일에 돌아갈 거야."

살인 사건이 신문에 난 것은 바로 어제 일이었다. 글렌이 말한 대로 어제 신문을 보고 곧바로 출발했다면 잔디밭을 뒤덮을 정도로 복잡한 가시철망은 설치할 시간이 부족했을 것이다.

"예르겐 이야기는 언제 처음 들었어?"

"리나가 며칠 전에 전화했어. 왜?"

"살인 사건 이야기를 들었을 때 뭔가 위협을 느끼지 않았어? 그래서 떠난 거 아니야?"

"내가 왜 위협을 느껴?"

그 말을 들은 파비안은 글렌이 거짓말을 하고 있거나 전화를 하는 남자가 글렌이 아니라는 결론을 내렸다.

"이번 사건의 본질과 장소 선택 등을 생각하면 너도 조금은 걱정이 됐을 거 같은데."

파비안은 말해야 하는 것보다 더 많은 말을 했지만 어쩔 수 없었다. 자극을 주고 반응을 유도해 전화기 너머에 있는 사람이 본색을 드러내게 만들고 싶었다.

"욕하는 건 미안한데, 지금 무슨 개소리를 하는 거야?"

파비안은 좀 더 압박을 가하기로 했다.

"그럼 왜 집 뒤에 가시철망을 설치하고 2층 풍경이랑 연결해놓은 거야?"

전화기 너머에선 파비안의 의심을 완전히 무너뜨릴 만큼 충분히 오랫동안 아무 소리도 들리지 않았다. 그리고 통화는 끝났다.

10월 18일

오늘 나는 그 선생이 하는 말은 전혀 듣지 않았어. 그저 선생의 입만 쳐다봤어. 뒤에 앉은 요나스가 내 어깨를 두드렸어. 처음에는 뒤를 돌아보지 않았어. 아무 일도 없는 것처럼 그저 앞만 보고 있었어. 하지만 결국 뒤를 돌아볼 수밖에 없었어. 어쨌거나 요나스는 보통은 가장 친절한 녀석들 가운데 한 명이니까.

내가 돌아보자 요나스는 내 얼굴에 침을 뱉더니 '누가 전하는 침'인지 알 거라고 말했어. 그의 눈에서는 정말은 그런 짓을 하고 싶지 않다는 마음이 보였어. 내가 요나스였어도 같은 일을 했을 거야.

오늘은 엄마가 내 몸에 왜 멍이 있는지 물었어. 나는 체육관에서 넘어졌다고 했고, 엄마는 그 말을 믿는 것 같았어.

하지만 오늘 쉬는 시간에 그 녀석들이 또 같은 짓을 했어. 내가 하지도 않은 고자질을 했다고 하면서 코피가 날 정도로 때리더니 내 모자를 가져가서는 오줌을 누고 다시 내 머리에 씌운 거야. 집에 와서 나는 샤워를 하고 모자를 빨아서 엄마 헤어드라이어로 말렸어. 엄마가 알아챈 것 같지는 않아. 적어도 엄마는 몰랐으면 좋겠어.

맞서 싸워야 했지만 너무 무서웠어. 어쨌거나 그 녀석들은 둘이고 나는 하나니까. 게다가 주먹을 쓰는 건 안 되는 일인데도 녀석들은 주먹을 썼어. 주먹질은 영화에서나 제대로 먹히지 현실에서는 그럴 수 없는데도 말이야.

나는

1. 병신이야.

2. 아무 쓸모가 없어.

3. 약해빠졌어.

4. 추해.

추신: 내가 다른 아이였다면 나도 나를 놀렸을 거야. 나는 하찮은 인간 중에서도 가장 하찮은 인간이니까. 나는 지긋지긋한 괴물이야. 나도 내가 너무너무 싫어.

15
○

파비안은 적어도 30분 전에는 집으로 가서 소냐와 아이들을 데리고 몰란데르의 바비큐 파티에 갔어야 했다. 하지만 아직 집에 가지 못했다. 그런 식으로 낭비해버릴 시간이 없었다. 그는 투베손에게 전화를 걸어 음성사서함에 살인범과 나눈 이야기를 짧게 남겼다. 투베손은 주유소에서 푸조를 빼 오려고 덴마크인들과 힘겹게 싸우고 있을 것이다. 그녀로서는 파비안이 지금 갖고 있는 정보가 자기 일을 훨씬 쉽게 만들어주리라는 사실을 알 도리가 없겠지.

투베손의 전화를 기다리는 동안 파비안은 글렌의 집 뒷문으로 들어가 집 안을 조사했지만 특별히 관심을 끌 만한 것은 없었다.

글렌의 집에서는 어떠한 단서도 찾지 못했지만 파비안은 처음에 생각한 클라에스의 범행 동기가 옳았다는 확신이 생겼다. 글렌 그란크비스트는 불가리아 서니 비치에 있지 않았다. 그 동창은 이미 죽었다. 파비안은 방금 통화한 남자가 범인이라고 확신했다. 그도 파비안도 자기 역할을 잘했지만 두 사람 모두 정확히 어떤 일이 벌어지고 있는지 아는 것이 분명했다.

파비안은 경찰서 밖에 주차하고 서둘러 안으로 들어갔다. 로비가 텅 비어 있었기 때문에 처음으로 출입증을 사용할 수밖에 없었다. 놀랍게도 파비안은 비밀번호를 기억했고, 엘리베이터로 이동하는 시간을 집에 전화를 거는 데 활용할 수 있었다.

"안녕, 아빠. 엄마 말이 아빠가 30분 전에는 집에 왔어야 한대."

"그래, 우리 공주님, 엄마 말이 전적으로 옳아."

파비안은 엘리베이터 밖으로 나왔다.

"갑자기 아빠 직장에서 몇 가지 해야 할 일이 생겼어. 아빠는 그걸 처리해야 해."

"엄마도 정확히 그렇게 말했어. 전화벨이 울리니까 엄마가 아빠 전화일 거라고, 우린 오늘 밤에 바비큐 파티에 못 간다고 했어."

"엄마가 그랬어? 어떻게 그렇게 잘 알지?"

"나도 몰라. 하지만 아빠랑 우리 집에 전화하면 안 되는 아줌마만 우리 새집 전화번호 알잖아. 아빠가 엄마랑 진짜로 이야기하고 싶으면 엄마 휴대전화로 직접 해야 할 거야. 집 전화는 나랑 테오 오빠만 받을 거니까."

우리 딸은 정말 멋진 경찰관이 될 수 있을 거야, 파비안은 생각했다. 그리고 딸에게 바비큐 파티는 사실 완전히 취소됐다고, 몰란데르 아저씨도 오늘 밤 경찰서에서 일해야 할 거라고 말했다.

파비안은 부서로 들어갔다. 한 사람도 보이지 않았다. 모두 어디로 간 거지? 금요일 밤임은 이해했지만 어쩌면 헬싱보리 경찰서 사상 가장 끔찍한 사건으로 기록될지도 모를 살인 사건을 조사하는 중인데 모두 이렇게 자리를 비운다고? 그는 투베손의 집무실을 들여다봤다. 그곳도 다른 모든 곳처럼 텅 비어 있었다. 파비안은 밖이 훤히 보이는 큰 창문으로 걸어가 두베손에게 전화를 걸려고 휴대전화를 꺼냈다. 그때 전화벨이 울렸다. 몰란데르였다.

"어이, 지금 어딘가?"

"네? 경찰섭니다."

"거기서 뭐 하고 있나?"

"수사에 몇 가지 진척 사항이 있어서 당연히 오늘 바비큐 파티는 취소됐을 거라고 생각……."

"그게 무슨 소리야? 취소라니. 이미 바비큐가 지글지글 구워지고 있다고. 우리 사전에 취소란 없지."

몰란데르는 파비안이 알아냈다는 사실에는 조금도 관심을 보이지 않았다.

"미안하지만, 잉바르, 오늘은 일을 해야겠습니다. 아마도 다음 기회가 있겠지요. 그나저나, 투베손이 어디 있는지 아십니까?"

"당연히 여기 있지, 어디 있겠어?"

파비안은 천천히 귀에서 전화기를 뗐다. 마치 다른 행성에 온 것 같은 놀라운 기분이 들기 시작했다.

"우아, 어서 와요. 잘 왔어요. 여러분이 새로 오신 분들이군요!"

화려한 선탠을 극도로 자랑하는 것처럼 보이는 여자가 소리쳤다.

"우리를 마지막까지 기다리게 하신 분들이고요. 내 이름은 게르트루드 몰란데르예요. 빨리 들어와요. 마실 거 뭐 줄까요?"

소냐와 아이들이 게르트루드를 따라 집 안으로 들어가자 파비안은 안도했다. 집에서 몰란데르의 집까지는 고작 15분만 이동하면 됐지만, 그사이에 견뎌내야 했던 침묵은 참을 수 없을 정도로 고통스러웠다. 그는 가족에게 루이지애나 박물관은 어땠는지, 소문처럼 그렇게 아름다웠는지, 또다시 갈 생각인지 등을 물었다.

하지만 소냐는 파비안의 질문에 한마디도 대답하지 않았다. 그런데 지금 몰란데르의 집에 들어선 순간 소냐의 기분이 한결 나아졌음을 느낄 수 있었다. 게르트루드 같은 사람이 지금 이 순간 소냐에게는 가장 필요한 사람임이 분명했다.

집 안으로 들어가는 동안 파비안은 잉바르 몰란데르가 진짜 수집가와 결혼했음을 알 수 있었다. 거실 벽 한 면에는 지금까지 한 번도 보지 못한 엄청나게 커다란 접시들이 걸려 있었고 전등이 설치된 진열장 안에는 형형색색 크리스털 부엉이가 가득 들어 있었다.

"정말 아름답지 않나요?"

게르트루드가 파비안에게 다가오면서 물었다.

물론 살면서 크리스털에 매혹된 사람들을 단 한 번도 이해해본 적이 없지만 파비안은 고개를 끄덕였다.

"모두 직접 모으신 겁니까?"

"아니요. 하지만 처음 유럽을 한 바퀴 돌았을 때 사 모으기 시작했어요."

"그럼 잉바르의 것인가요?"

"잉바르요? 그 사람이 크리스털 같은 걸 모을 거 같아요?"

게르트루드는 그렇게 어처구니없는 말은 처음 들어본다는 투로 대답했다.

"정확히 말해서 누군가 한 사람이 모은 건 아니에요. 대부분은 내 친구들이 가져다 두죠. 가끔가다 작은 부엉이가 갑자기 뿅, 하고 나타나는 거예요."

"사람들이 부엉이를 사다가 말도 없이 저기 두고 간다고요?"

"그런 건 나한테 묻지 말아요. 자, 가서 뭐 좀 마셔요."

게르트루드는 파비안을 데리고 뒤뜰로 나갔다. 몰란데르의 뒤뜰은 집 안을 둘러보면서 상상한 그대로였다. 컴퓨터가 생성해놓은 것처럼 깔끔하게 정돈된 잔디밭, 정원 요정상들, 작은 풍차, 뒤쪽에 있는 분수들. 심지어 다리가 놓인 작은 못까지 있었다. 이곳이 진정한 천국이라고 생각하는 게 분명한 마틸다는 원하면 한 번에 모든 곳에 있을 수 있기라도 한 듯이 온 마당을 뛰어다녔다.

"아빠! 연못에 물고기가 완전 많아! 빨리 와봐!"

"아빠는 지금 안 돼. 오빠한테 보여주는 게 어때?"

마틸다에게 소리치는 파비안을 휴대전화 화면에서는 단 한 번만 눈을 뗄 능력이 있음이 분명한 테오도르가 지친 눈으로 흘긋 쳐다 봤다.

몰란데르의 뒤뜰에는 경찰서 사람들이 모두 와 있었다. 심지어 안내 데스크에 앉아 있던 플로리안 닐손도 그 밤을 기리며 옆에 단추가 달린 빨간 셔츠를 입고 있었다. 그 모습을 보자 파비안은 밋지 유르가 생각나면서 오랫동안 〈애프터 어 패션〉을 듣지 않았다는 사실을 깨달았다.

몰란데르는 생과 사를 가르는 중요한 임무를 맡기라도 한 것처럼 바비큐 그릴 앞에 서 있었다.

"파비안, 드디어 왔군요. 이리 와요, 소개해줄 사람이 있어요."

이레네 릴리아가 소리쳤다. 릴리아는 바싹 자른 머리에 청바지와 분홍색 셔츠를 입은 근육질 남자 옆에 서 있었다. 남자의 입술은 입담배 때문에 볼록하게 튀어나와 있었다. 파비안은 소개를 받으려고 두 사람 앞으로 걸어갔다.

"당신한테 무슨 일이 생긴 건 아닌지 궁금해하던 참이에요. 함판, 여기는 파비안, 새로 온 동료야."

"경찰이십니까?"

남자와 악수하면서 파비안이 물었다.

"아니, 남자친구입니다."

입담배를 반 이상 드러내면서 남자가 활짝 웃었다.

"아, 그렇군요."

파비안은 릴리아를 쳐다봤지만 어떠한 도움도 받을 수 없었다.

"그러니 내 여자는 건드리지 마십쇼. 안 그랬다가는 이거 맛을 보게 될 테니까."

함판은 팔을 구부려 근육을 볼록 세우면서 말했다.

"우아."

파비안은 웃으면서 말했지만 입에선 아주 공허한 소리가 나왔다.

"뭔가 좀 마셔야겠습니다."

파비안은 음식이 차려진 탁자로 걸어가 맥주를 따면서 과연 이 한 병으로 이곳에서의 음주를 끝낼 수 있을까, 하는 생각을 했다. 소냐는 이미 두 잔째임이 분명해 보이는 레드와인을 마시면서 자신의 예술 세계에 대해 게르트루드와 한창 이야기 중인 것 같았다.

파비안은 진토닉을 들고 있는 투베손과 클리판 옆으로 다가갔다. 그는 두 사람에게 범인임이 분명해 보이는 남자와 통화한 내용을 설명했다.

"그렇게 생각한 이유가 뭔데요?"

클리판이 물었다.

"글렌 그란크비스트의 휴대전화로 전화를 걸었습니다. 그래서 글렌이 죽었다고 확신할 수 있었고요."

"당신 말은, 그란크비스트가 살해됐다는 뜻인가요?"

투베손은 진토닉을 벌컥 들이켜고는 말했다.

파비안우 고개를 끄덕였다.

"글렌은 뒤뜰에 가시철망과 경고 장치를 엄청나게 설치해뒀습니다. 마치 우리 범인이 자기를 쫓고 있다는 걸 아는 사람처럼요. 내가 생각하던 그대로 말입니다."

"이런 세상에, 전화했을 때 뭐라고 하던가요?"

"내가 한 전화를 보고 다시 전화를 걸어온 겁니다."

"글렌의 휴대전화로요?"

클리판이 물었다.

파비안은 고개를 끄덕였다.

"그자는 자기가 휴가차 불가리아 서니 비치에 가 있다고 했습니다. 어제 출발했다고 하더군요. 예르겐 폴손의 살인 사건이 신문에 난 날 말입니다."

"가시철망을 치느라 그렇게 고생해놓고 불가리아로 떠나다니, 아주 쓸데없는 짓을 한 것 같은데요."

클리판이 말했다.

"글렌이 이 나라를 떠난 게 아니라는 가설을 확인하려면 항공사에 연락을 해봐야겠군요."

투베손이 말했다.

"내일 맨 먼저 처리하겠습니다."

클리판이 대답했다.

"집을 철저하게 살펴봐야 하지 않을까요?"

파비안이 물었다.

"당연하죠. 일단 획셀에게 연락해서 승낙을 받아야죠."

투베손이 잔을 비우면서 말했다.

"혹시 한 잔 더 하실 분 있어요?"

클리판이 텅 빈 잔을 들어 보이면서 말했다.

"술은 마다하는 게 아니죠."

투베손이 대답했고, 두 사람은 술을 가지러 갔다.

그 모습을 보면서 파비안은 웃어야 할지 울어야 할지 판단이 서지 않았다. 지금 한창 수사 중이고 여러 단서가 나오고 있는데 그 모든 걸 제쳐두고 바비큐 파티와 술이 먼저라니.

"왜 그렇게 심각한 표정으로 혼자 서 있어요? 가요, 보여주고 싶은 게 있어요."

릴리아가 파비안에게 맥주를 건네면서 말했다.

"글쎄, 그래도 될까 싶은데요?"

"함판이 한 말은 신경 쓰지 말아요. 그냥 농담한 거니까. 게다가 그 사람, 그릴 옆에서 절대로 멀리 벗어나지 않을걸요."

"어쨌든 시난 몇 시간 사이에 두 사람이 다시 함께 있기로 했나 보군요."

"너무 많은 의미를 부여할 필요 없어요. 내가 말해줄 수는 없지만 아무튼 이유가 있어서 몰란데르가 함판을 초대한 거예요. 내가 왔을 때는 이미 여기 와 있었고요. 하지만 지금 당장은 그런 건 잊어버려요."

릴리아는 파비안을 데리고 집 안으로 들어가더니 지하 저장고로 내려갔다.

"몰란데르를 몰랐다면 분명히 엄청 놀랐을 거예요."

저장고 불을 켜면서 릴리아가 말했고, 빛이 들어오자마자 파비안은 릴리아가 왜 그런 말을 했는지 이해할 수 있었다.

지하 저장고는 박물관 전시물처럼 다양한 범주로 분류한 물건들이 선반과 진열장, 유리로 된 작업대 위에 가득 놓여 있었다. 파비안은 고틀란드섬에서 본 적 있는 개인 박물관이 생각났다. 그 박물관은 단 한 사람이 수집한 물건으로 채워져 있었다. 몰란데르가 수집한 물건들은 마법사의 지팡이부터 타자기에 이르기까지 온갖 물건이 놓여 있던 고틀란드 개인 박물관처럼 다채롭진 않지만 더 화려하고 매혹적이었다. 몰란데르 박물관의 가장 큰 주제는 단 하나, 살인이었다. 살인 밑에는 사냥, 낚시, 독극물, 그리고 화기부터 칼, 지극히 평범한 공구를 포함하는 다양한 무기 같은 여러 하부 주제가 있었다.

몰란데르의 수집품을 찬찬히 살펴본 파비안은 마음을 바꿔 '낚시'를 '살인'과 동급인 큰 범주로 승격시켰다. 수집품의 절반 정도는 트롤링 스푼, 갖가지 그물, 물고기 탁본 같은 낚시 관련 물품이었다. 심지어 쿠션에 말린 파리를 침으로 쭉 꽂아놓은 진열함도 있었다.

"확실히 세세한 부분까지 신경을 쓰는 분이군요."

파비안이 수술 메스 컬렉션을 들여다보면서 말했다.

"그게 바로 몰란데르가 최고의 과학수사관이 된 비결이겠죠."

릴리아가 보통은 보석이 있으리라고 생각하는 붉은 벨벳이 깔린 진열장 서랍을 열었다. 서랍에는 일련번호가 적힌 총알이 쭉 나열되어 있었다.

"모두 사람을 죽인 총알이에요."

릴리아가 다른 서랍을 열었다.

"이건 모두 사람을 다치게 한 총알이고요."

파비안은 물리적 충격을 받아 일그러진 총알들을 물끄러미 바라봤다. 첫 번째 서랍에서 알 수 있는 소멸된 사람의 수는 모두 서른여덟 명이었다. 그 때문에 슬픈 사람이 분명히 셀 수도 없이 많이 생겨났겠지.

"클라에스 멜비크에 관해서 알아낸 게 있는지 안 물어봐요?"

"뭔가 알아냈습니까? 사실 월요일이 되기 전까지는 뭐든 물어보면 안 될 것 같아서 말입니다. 여기 있는 사람들 모두 휴가 중인 거같으니."

릴리아가 파비안을 보면서 어처구니없다는 듯이 웃고 있을 때 그녀의 전화벨이 울렸다.

"응? 왜? 지금 파비안이랑 있어. 몰란데르의 수집품을 보여주려고. 그렇게 못 믿겠으면 직접 내려와 보면 되잖아."

릴리아는 전화를 끊고 짜증 난다는 표정을 지었다.

"미안해요. 어디까지 말했죠?"

"멜비크 이야기요."

"맞아요. 멜비크는 의무 교육 학교를 졸업한 뒤에 티코 브라헤 학교에 갔고 4년 뒤에 우등으로 공학 학사 학위를 받았어요. 그 뒤로는 룬드대학에서 의학을 공부했고 1990년부터 헬싱보리에서 일반 가정의로 개업했어요."

"루네 슈메켈도 의사 아닙니까?"

"맞아요. 하지만 훨씬 레벨이 높아요. 루네는 외과 의사고, 이 나라에서도 으뜸가는 전문의예요. 아무튼 1993년에 사건이 벌어져요. 클라에스가 헬싱보리 응급실로 실려 왔어요. 이것 좀 들어봐요."

릴리아는 청바지 주머니에서 접힌 종이를 한 장 꺼내 펼치더니 읽기 시작했다.

"하악골 골절. 마치 발길질을 당한 것 같은 둔력에 의한 심각한 두부 손상. 갈비뼈 다섯 군데 골절. 내부 출혈. 이런 글이 줄줄이 쓰여 있어요. 이거 한번 봐요."

릴리아는 사진을 한 장 내밀었다. 사진에는 구타를 당해 부풀어 오른 얼굴이 찍혀 있었다. 보는 것만으로도 진저리가 쳐질 정도로 심하게 학대받은 사진이었다.

"폭행을 당했군요."

"아니, 죽이려고 했다는 게 옳은 표현 같아요. 수술을 서른여섯 번이나 해야 했어요. 이런 상태에서 살아난다는 건 정말 작은 기적이라고 해도 될 거예요."

"어쩌다 이런 거랍니까?"

"의사들이 물어봤지만 이야기하지 않았대요."

"그래서 어떻게 됐습니까?"

"몰라요."

"모르다니, 무슨 뜻입니까?"

"병원에 들어와서 수술을 받은 게 마지막 기록이에요. 그 뒤로는 어떤 기록도 찾을 수 없었어요. 물론 좀 더 조사해서 파낼 생각이지만 아직은 이게 전부예요."

"죽었을 수도 있을까요?"

파비안의 말에 릴리아는 어깨를 으쓱했다.

"그럴 수도 있겠죠. 이 나라를 떠났을 수도 있고."

고기를 한 점 입에 물고 나서야 파비안은 자신이 극도로 배가 고프다는 사실을 깨달았다.

"이 커틀릿, 내가 먹어본 것 중에 최고 같아요."

소냐의 말에 다른 손님들도 모두 동의했다.

"고맙군요, 소냐. 하지만 제대로 알고 있는 게 좋으니까 하는 말인데, 그거 커틀릿 아니에요."

몰란데르가 말했다.

"아닌가요?"

"그럼요. 그건 엉덩이 구이지요."

"잉바르, 제발, 또 시작하면 안 돼."

게르트루드가 말했다.

"하지만 엉덩이 구이가 옳은 말이라고. 커틀릿은 뼈에서 떼어낸 고기잖아. 어째서 정확한 명칭으로 부르지 않는 거지?"

"그렇게 말하면 입맛이 떨어지잖아."

게르트루드가 소냐를 쳐다봤다.

"이 사람 말은 신경 쓰지 말아요. 이 사람이 만든 양념장이 우리 고기 맛의 비결이에요. 아무도 잉바르처럼 양념장을 만들지 못해요. 잉바르는 양념장만으로도 요리책을 한 권 쓸 수 있을 정도라니까요. 아무튼 건배해요. 와주셔서 모두 고마워요."

게르트루드가 잔을 높이 들면서 말했다.

모두 건배를 하고 저녁을 먹기 시작했다. 술이 들어갈수록 사람들은 더 행복해졌고, 모두 한 가지 극단적인 이야기에서 다른 극단적인 이야기로 화제를 바꿔가며 떠들어댔다. 마이클 잭슨의 죽음은 그 스타의 주치의 때문인가 아닌가를 놓고 열띤 토론을 벌이다가 이내 스웨덴은 출전하지도 못한 월드컵 결승전 이야기를 했다.

"진짜 다행 아닙니까?"

클리판은 이번 월드컵이야말로 복통 없이 살벌한 본선 경기를 지켜볼 기회라고 했다.

심지어 소냐도 아주 좋은 시간을 보냈다. 식탁 건너편에 있는 파비안에게 여러 차례 웃어 보이기까지 했다.

"어떤 그림을 그리나요?"

투베손이 소냐에게 물었다.

"주로 물고기나 갑각류 같은 바다 생물 풍경을 그려요."

"나도 물고기 사랑해요."

몰란데르가 잔을 들어 올리면서 말했다.

"아니, 당신은 물고기 죽이는 걸 사랑하지."

게르트루드가 남편의 말을 정정했다.

"그림은 잘 팔리나요?"

투베손이 다시 물었다. 정말로 흥미가 있는 것 같았다.

"사실 조금 잘 팔려요. 그래서 새로운 주제를 개발할 시간이 없어요. 모두 그 망할 물고기 그림을 원하거든요."

"당신하고 같은 상황에 처한 예술가 친구가 있어요. 그 친구는 몇 년 전에 가운데 '거짓말쟁이'라고 새긴 콘크리트 벤치를 만들었거든요. 그런데 사람들이 그 벤치를 정말 좋아한 거예요. 그래서 지금은 거의 모든 시간을 주문받은 벤치만 만들어요. 가운데에 새길 문구는 주문한 사람이 직접 정하고요. 아마 빅토리아 공주랑 다니엘 왕자 결혼식에 납품하기도 했을걸요. 그런 경우 그 친구를 여전히 예술가라고 불러야 해요, 아니면 콘크리트 벤치 제작자라고 해야 해요?"

투베손이 물었다.

"그 질문에 대답하려면 적어도 아주 긴 시간 점심을 먹어야 할 거예요. 혹시 조금만 더 채워주시겠어요?"

소냐가 빈 와인 잔을 들어 올리면서 말했다.

"그럼요."

투베손이 소냐의 잔을 채웠다.

"그런데 왜 이곳으로 이사 온 거예요? 스톡홀름은 정말 환상적인 도시잖아요."

릴리아가 물었다.

"나라면 아주 엿 같은 도시라서 그렇다고 대답할 거야. 내가 거기 세 번 가봤거든. 그런데 거기서 사람들이 살고 싶어 하는 이유를 단 하나도 못 찾았어. 스톡홀름 사람들은 에스컬레이터에서 가만히 서 있지도 못할 만큼 완전 스트레스에 절어 살더구먼. 항상 1~2분 안에 새로 지하철이 도착하는데도 아주 지하철을 못 타서 안달을 떠는 통에, 밟혀 죽을 뻔했다니까."

함판이 말했다.

"음, 함판, 자기한테 안 물어봤어. 난 소냐한테 물은 거야."

릴리아의 말에 함판은 맥주를 단숨에 들이켰고 나머지 사람들은 소냐가 명확하고 간결한 대답을 해줄 거라는 기대를 안고 그녀를 쳐다봤다. 하지만 파비안은 소냐도 그 이유를 제대로 모르리라는 사실을 알고 있었다. 이곳으로 돌아와야 한다고 압력을 가한 사람은 파비안이었고 소냐는 그 압력에 굴복한 것뿐이니까. 파비안은 자신이 책임을 지고 그 질문에 직접 대답하려 했지만 릴리아가 그를 말렸다. 릴리아는 소냐에게서 그 이유를 듣고 싶은 게 분명했다.

"사실 난 항상 스코네를 좋아했어요. 봄은 한 달 먼저 오고 가을은 한 달 늦게 오잖아요. 게다가 환경을 바꾸는 게 내 그림에도 도움이 되기를 바라고요. 그래서 파비안한테 일자리 제안이 오자마자 마음을 정해버린 거예요. 우리, 스코네를 위해 건배해요."

소냐가 와인 잔을 높이 들었다.

모두 건배했고 파비안은 소냐에게 키스를 날렸다. 정말 좋은 대답이었다. 파비안조차도 완전히 믿을 정도로 멋진 거짓말이었다.

"난 쉽게 속는 바보는 아니에요."

릴리아가 웃으며 말했다. 소냐가 무슨 말이냐는 표정을 지었다.

"솔직히 말해서 여기 있는 사람들 모두 그럴 거예요. 우린 경찰관이잖아요. 변명을 듣는 데 익숙해요. 지금 막 들은 것보다 훨씬 기이한 변명들도요."

"난 아주 멋진 변명이었다고 생각하는데."

투베손이 말했다.

"맞아요, 분명히요. 특히 환경이 바뀌는 게 중요하다고 한 말은요. 그 말을 하면서 먼 곳을 보지만 않았어도 10점 만점에 10점을 줬을 거예요. 하지만 적어도 7점짜리는 되는 변명이었어요."

릴리아의 말에 모두 웃음을 터뜨렸다.

"좋아요, 좋아요, 좋아."

소냐가 웃는 사람들을 말리면서 말했다. 파비안은 소냐가 취한 것이 분명하다고 생각했다.

"진짜 이유가 듣고 싶어요?"

"네!"

모두 소리쳐 대답했다.

"진짜 이유는 이거예요. 지난 몇 년 동안 나랑 파비안의 관계는 점점 더 장거리 연애를 하는 사람들처럼 바뀌었어요. 늘 같은 침대를 쓰는데도요."

소냐는 잠시 말을 멈추고 조용히 앉아 다음 말을 기다리는 사람들을 쓱 훑어봤다.

"하지만 우린 그 무엇보다도 서로를 사랑하고 있었어요. 그래서 아주 큰 변화가 필요하다는 데 동의했죠. 완전히 새롭게 시작해서 다시 옛날처럼 돌아갈 방법을 찾아보려고요. 자, 건배해요!"

소냐는 와인 잔을 높이 들었고 찬사와 환호성을 받아들였다.

"이번에는 15점 줄게요."

릴리아가 말했다.

파비안은 소냐가 이야기한 내용 가운데 한 가지는 전적으로 옳다고 생각했다. 자신이 소냐를 정말로 사랑한다는 사실 말이다.

그때 파비안의 전화벨이 울렸다. 파비안은 자신이 범죄 사건을 수사하는 중임을 완전히 잊고 있었기에 원래는 전화를 받지 않으려 했다. 하지만 전화기 액정 화면에 뜬 번호가 덴마크 전화번호임을 알고 즉시 전화를 받았다.

"안녕하세요, 메테 로위세 리스고르예요. 주유소에 있는."

전화기 너머의 목소리가 자신을 소개했다.

"그 남자가 지금 왔어요."

그 말을 끝으로 전화는 갑자기 끊어졌다.

16

킴 슬레이스네르는 주머니 속에서 진동이 느껴졌지만 전화를 받고 싶지 않았다. 전화를 받을 수 있는 시간이 아니었다. 이 순간을 일주일이나 기다렸는데 바보 같은 전화 때문에 모든 것을 망칠 수는 없었다. 이 순간은 너무나도 소중했고 인생은 너무나도 짧았다. 터널이나 엘리베이터 안에 있어서 전화를 받을 수 없었다고 말하면 되겠지. 여기는 자신을 보호하는 장소였다. 어떠한 일로도 방해할 수 없는 그만의 작은 거품 방울 같은 곳이었다.

그는 비베가를 생각했나. 혹시 비베카에게라면 양심의 가책을 느껴야 하는지 고민해봤다. 하지만 그럴 필요가 없다는 결론을 내렸다. 비베카가 중요하게 생각하는 것은 요가와 자기 계좌에 돈이 있는지 없는지뿐일 테니까. 요즘 해치워야 하는 일을 생각해보면 아침마다 침대에서 빠져나올 수 있다는 사실이 용할 정도였다. 제대로 기능하고 만족하려면 그의 능력을 빌려야 하는 사람은 비베카만이 아니었다. 덴마크의 모든 시민이 킴에게 기대고 있었다.

킴이 자기 일에서 빠져나올 방법은 무정부 상태가 되는 것뿐이었다. 그는 다시 등을 기대고 앉아 스스로에게 준 상을 음미했다.

17

모르텐 스테엔스트루프는 경찰복 셔츠를 바지 안으로 쑤셔 넣고 허리띠를 매만지면서 덴마크의 코이에 마을 경찰서에 앉아 있었다. 평소와 달리 허리띠는 더 뒤틀리고 뻣뻣한 것 같았고 왠지 모르게 상당히 불편했다. 이미 권총, 손전등, 무전기가 제자리에 붙어 있는 것은 확인했다. 그러니 평소와 다를 이유는 하나도 없었다.

사실 모르텐은 자기가 왜 이렇게 견딜 수 없어 하는지를 잘 알았다. 오늘은 엘세가 떠난 지 정확히 한 달이 되는 날이다. 아무리 최선을 다해 이제는 점점 더 나은 기분을 느끼기 시작했다고 자신을 속이려 해도 사실은 완전히 반대 상황에 놓여 있었다. 그의 가슴을 압박하는 힘은 도무지 가라앉을 기미가 보이지 않았고 걸어 다니는 내내 숨을 쉴 수조차 없는 상황에 이르러 있었다.

의사는 친구에게 그런 이야기를 털어놓으라고 조언했지만 모르텐에게는 자신을 이해해줄 만큼 가까운 친구가 한 명도 없었다. 모르텐이 닐스에게 심정을 털어놓자 닐스는 둘이서 매춘업소에 가야 한다고, 자신이 지켜볼 수만 있게 해주면 돈도 지불하겠다는 말까지 했다.

엘세를 돌아오게 한다는 생각도 잠깐 해보기는 했지만 그럴 수 없으리라는 사실을 깨달았다. 엘세는 모르텐과는 완전히 수준이 달랐고 함께 있는 동안 두 사람 모두 그 사실을 분명히 알았다. 서로 말은 안 했지만 그 사실을 무시하자는 합의를 했고 두 사람 모두 동등한 척을 했고 가끔은 그런 척이 통하기도 했다. 그럴 때마다 모르텐은 이 세상에서 가장 행복한 남자가 된 듯한 기분을 느끼기도 했지만 사실 그런 순간은 짧게 지나갔다.

매 순간 아주 먼 곳에 있지만 끊임없이 거친 소리를 내는 위협처럼 두 사람은 동등하지 않다는 깨달음이 늘 마음속 한편에 웅크리고 있다가 다시 떠오르고는 했다. 하지만 결국 그런 위협은 익숙해지기 시작했고 거의 생각이 나지 않을 정도까지 됐다. 그는 그런 위협은 없다고 두 사람은 완벽하게 동등하다는 믿음으로 자신을 안심시켰다. 두 사람은 서로 사랑하고 있다고 스스로 믿게 만들었다.

이제 모르텐의 인생에서 행복은 없을 것이다. 앞으로는 팽팽한 긴장과 고지를 점령하려는 힘든 전투뿐일 것이다. 심지어 이제는 숨 쉬는 일마저도 의지를 갖고 해내야 했다. 새로운 사람은 절대로 만나지 못할 것이 분명했다. 엘세는 영혼의 동반자였다. 그녀는 모르텐의 언청이 입술도 지루성 피부염도 개의치 않았다. 온통 금이 가고 갈라진 그의 피부도 보송한 아기 피부인 것처럼 어루만져주던 그녀였다. 모르텐 외에는 그 어떤 사람도 원하지 않는다는 듯이 키스를 해주던 엘세였다.

모르텐은 의자에 기대고 앉아 커피를 마셔야 할지 차를 마셔야 할지 고민했다. 커피를 마시기로 한 그는 작은 부엌으로 들어가 더러운 자기 컵에 커피를 따랐다. 닐스는 아직도 탁자 앞에 앉아서 월드컵에서 패한 덴마크를 위해 비통해하고 있었다. 모르텐은 닐스가 비통함에서 완전히 헤어 나오기 전까지는 어떤 말을 걸어도 소용없음을 잘 알았다. 모르텐 자신은 덴마크 축구는 고사하고 축구 자체에 아예 관심이 없었다. 모르텐이 축구 때문에 유일하게 걱정하는 일은 월드컵에서 지면 싸움이 일어날 수도 있다는 점이었다. 통계 자료에 따르면 스포츠에서 패배하면 사람들은 매우 침울해져서 조용해지거나 술을 많이 마시게 되는데 그 때문에 가정폭력이 증가하고 무엇보다도 공공기물 파손 행위가 늘어난다고 했다. 하지만 축구 시합에서 이긴 뒤에도 가정폭력은 늘어난다.

모르텐은 컵을 들고 책상 앞에 앉았지만 엘세 생각이 멈추지 않았다. 엘세는 그가 싸움을 두려워하고 너무 소심하다고 했다. 마치 그가 겁쟁이라는 듯이 그렇게 말했다. 그녀의 견해에는 뭔가 다른 것이 있었는지도 모른다. 싸움을 피하려고 너무나도 많은 걸 포기하고 멈췄는지 모르지만, 그것은 모르텐의 본질을 이루는 일부였다. 그는 결코 논쟁을 좋아한 적이 없었다. 그리고 자신이 논쟁을 할 만큼 중요한 견해를 가지고 있다고는 생각조차 해본 적이 없었다.

모르텐이 매일같이 자리에서 일어나 샤워하고 옷을 입고 출근하게 만드는 것은 무엇일까? 그는 무엇을 기다리고 있을까? 그는 권총집을 풀러 권총을 꺼내 손으로 무게를 느꼈다. 모든 것은 간단하게 해결할 수 있었다. 그저 검지에 힘을 주기만 하면 모든 고통에서 해방될 수 있었다. 외로움도 슬픔도 숨 막히는 답답함도 단번에 없애버릴 수 있었다. 하지만 이 상황을 아무리 여러 각도로 들여다봐도 결국에는 애처로운 삶의 애처로운 끝에 지나지 않았다. 이런 삶을 끝낸다고 해도 어깨를 으쓱하는 것 말고 더한 일을 해줄 사람은 아무도 없었다.

그때 모르텐의 전화벨이 울리기 시작했다. 스웨덴 전화번호였다. 전화기에 대고 대답하는 순간 그는 자신이 바로 이 순간을 기다리고 있었음을 깨달았다.

7분 뒤, 모르텐 스테엔스트루프는 자동차 안전벨트를 매고 시동을 걸고 출발했다. 엔진이 포효하면서 내달리기 시작하자 모르텐은 사이렌을 울려야 할지도 모르겠다고 생각했지만 경찰서에서 조금 더 멀어지기 전까지는 참기로 했다. 사이렌 소리를 들은 닐스가 뛰어나와 무슨 일이냐고 물을 수도 있으니까. 모르텐이 닐스에게 해줄 말은 그냥 순찰을 나가려는 것뿐이다, 밖에 없었다. 그는 좋아하는 비발디의 〈사계〉 음반을 CD플레이어에 넣고 볼륨을 높였다. 비발디의 〈사계〉를 카를로 키아라파처럼 지휘할 수 있는 사람은 아무도 없을 것이다. 특히 〈봄〉의 1악장 알레그로는 정말 끝내줬다. 그 부분을 들을 때마다 모르텐의 몸은 긍정적인 에너지로 가득 찼다.

전화를 건 여자는 헬싱보리 경찰이었다. 모르텐은 그러잖아도 언제나 스웨덴어는 이해하기 힘들다고 생각했는데 스코네 남부 스웨덴어는 특히 알아듣기가 힘들었다. 그는 전화를 건 여자가 헬싱보리 경찰서 강력반 반장 아스트리드 투베손이라는 말을 간신히 알아들었다. 그 여자는 코펜하겐 경찰서 강력반 반장인 킴 슬레이스네르와 통화할 수 없어서 대신 코이에 경찰서로 전화를 건 것이라고 했다. 그 뒤로 이어진 스웨넨 말은 알아듣기가 더 어려웠다. 그 여자는 렐링에 주유소에 있는 자동차에 관해 뭐라고 했는데, 그 차가 스웨덴 경찰이 쫓고 있는 범죄와 관계가 있다고 했다. 그리고 주유소 상점에는 메테 로위세 리스고르라는 직원이 있는데, 그 직원이 스웨덴 경찰서에 전화를 걸어와 바로 이 순간 범인으로 추정되는 남자가 렐링에서 차를 가져가려 한다는 말을 했다고 했다.

그 뒤로는 어떤 말을 했는지 전혀 기억나지 않지만 그것은 문제가 되지 않았다. 스웨덴 범죄 수사반장이라는 여자의 말을 듣는 순간 자신이 한 건 크게 할 기회임을 분명히 알 수 있었으니까. 더구나 야간 근무를 설 때면 기름을 넣으려고 렐링에 주유소에 자주 갔고, 그 시간에는 메테 로위세가 근무를 섰기 때문에 그녀가 누군지도 잘 알았다. 1년 전쯤 모르텐은 입술에 피어싱을 한 메테를 보고 왜 입술에다 했는지 물은 적이 있었다. 그 아름다운 입술을 왜 그런 식으로 망쳤느냐고 말한 것이다. 그때 메테가 아주 역겹다는 표정을 지은 것을 지금도 기억하고 있었다. 심지어 메테는 이후에 모르텐이 그녀의 새로 염색한 머리가 정말 예쁘다고 칭찬했을 때에도 그를 거의 쳐다보지 않았다.

그리고 지금 메테가 위험에 처했을지도 몰랐다. 어째서 메테가 자신이 아니라 스웨덴 경찰에 전화했는지는 이해할 수 없었다. 심지어 모르텐은 메테가 경찰서로 직통으로 전화할 수 있도록 명함까지 남겨두고 왔는데. 메테는 그 남자가 스웨덴 경찰이 쫓는 사람이라는 걸 어떻게 알았을까?

마침내 경찰서에서 충분히 떨어진 모르텐은 사이렌을 울리고 차 속도를 높였다. 아드레날린이 솟구치기 시작했음을 느낄 수 있었다. 마침내 모르텐은 엘세에게 자신이 절대로 소심하지 않다는 것을 보여주게 됐다. 그는 이제는 〈봄〉의 라르고 악장으로 넘어간 음악 소리를 조그맣게 줄였다.

렐링에 주유소에 도착했을 때는 모든 것이 평범해 보였다. 평상시와 다름없이 고요했다. 심지어 누군가는 완전히 죽었다고 묘사할 수 있을 정도로 조용했다. 모르텐은 평화롭다는 표현을 선호했지만 어떠한 움직임도 없다는 사실에 조금은 실망스럽기까지 했다. 그는 천천히 주유소 주위를 돌았다. 정말로 생명의 움직임이 전혀 없었다. 모르텐의 눈에 보이는 사람이라고는 베이지색 반바지에 밝은 파란색 폴로셔츠를 입고 모자를 쓴 채 푸조 옆에 앉아 잭으로 차를 들어 올리고 있는 남자뿐이었다. 그 남자는 아주 큰 러그 렌치를 들고 있었고 그 옆 바닥에는 차바퀴가 놓여 있었다.

저 사람이 자기 차를 가져가려고 메테 로위세를 위험에 빠뜨린 남자일까? 메테 로위세는 보이지 않았고 저 남자는 특별히 위험해 보이지 않았다. 사실 멍청한 관광객처럼 보였다. 하지만 경찰로 근무하면서 모르텐이 한 가지 배운 게 있다면 나중에 후회하는 것보다는 지금 안전한 게 더 낫다는 점이었다.

저 남자가 떠날 준비를 마칠 때까지는 최소한 5분은 남아 있으리라 판단한 모르텐은 메테 로위세가 무사한지 살펴보기로 했다. 그는 남자의 주의를 끌지 않고 조용히 내릴 수 있도록 차를 한 바퀴 돌려 푸조가 있는 곳과는 반대쪽 주차장에 세웠다. 허리띠를 매만져 권총과 방망이가 있어야 하는 곳에 제대로 있는지 확인하고 상점으로 걸어갔다.

상점 안으로 들어가자마자 뭔가 잘못됐음을 느낄 수 있었다. 상점에는 아무도 없었다. 계산대 근처에도 아무도 없었다. 그는 메테 로위세를 불러봤지만 아무 대답도 들리지 않았다. 그는 재빨리 계산대 뒤에 있는 직원 전용 공간으로 들어갔다. 그곳에 들어가 본 것은 처음이었다. 직원 전용 공간은 생각보다 훨씬 작았다. 그곳에는 간이 부엌과 여기저기 접혀 있는 잡지가 한 무더기 놓인 탁자, 의자 몇 개, 벽에 걸린 미슐랭 연감, 자물쇠가 채워진 화장실이 있었다.

모르텐은 화장실 문을 두드리면서 안에 사람이 있는지 물었다. 그 침묵이 모르텐의 내면에서 더욱더 많은 경보음을 켰다. 도대체 메테는 어디로 간 거지? 그는 서둘러 상점으로 돌아가 화장실 문을 열 만한 도구를 찾았다. 스크루드라이버를 찾은 모르텐은 화장실 문을 비틀어 열었다. 화장실 안은 텅 비어 있었다. 그는 제대로 생각해보려고 노력했지만 갑자기 입안이 사포라도 된 것처럼 갈증이 밀려왔다. 모르텐은 냉장고에서 콜라를 하나 꺼내 기포가 올라오는 달콤한 음료를 입안 가득 머금고 있다가 꿀꺽 삼켰다. 다시 기운이

나는 것 같았다.

메테 로위세가 교대할 사람도 없는데 주유소를 떠났을 리 없었다. 그렇다면 메테는 푸조 옆의 남자와 함께 있는 것이 분명했다. 운전하는 동안 메테를 보진 못했지만, 재빨리 훑어봤을 뿐이니 놓쳤을 수도 있었다. 모르텐은 상점을 나와 등을 보인 채 푸조 옆에 꿇어앉아 있는 남자에게 다가갔다. 열심히 차바퀴 나사를 조이는 남자는 모르텐이 다가오고 있음을 전혀 눈치채지 못한 듯했다.

"꼼짝 마! 그대로 일어나서 다리를 벌리고 두 손을 머리에 얹어!"

모르텐이 덴마크어로 말했다.

차바퀴 나사를 조이던 남자는 아무 반응도 보이지 않았다. 혹시 귀가 먹었나? 내가 하는 말을 이해하지 못하나?

"이봐! 경찰이다. 즉시 일어서라고 했다."

모르텐은 텔레비전에서 본 스웨덴 경찰의 말투를 최대한 흉내 내려고 노력했다. 모르텐은 남자 곁으로 가까이 다가갔다. 차 안을 들여다봤지만 텅 비어 있었다. 메테 로위세는 차 안에도 없었다.

모르텐 스테엔스트루프는 거의 28년을 경찰로 근무하면서 무기는 세 번 꺼냈다. 하지만 총을 쏜 것은 단 한 번으로, 총에 맞은 사람은 마약을 하고 칼로 주변 사람들을 위협하던 남자였다. 모르텐은 남자의 다리를 쐈고 손을 뒤로 돌려 수갑을 채웠다. 모두 원칙대로 했다.

그리고 이제 네 번째로 권총을 뽑아야 할지도 모른다. 모르텐의 몸은 벌써 셀 수도 없이 집 안 거울 앞에서 해온 동작을 자동적으로 해내고 있었다. 일단 남자에게서 눈을 떼지 않고 오른손을 엉덩이로 돌려 권총집을 연다. 권총을 빼고 왼손으로 안전장치를 푼다.

"경찰이다. 당장 일어나라고 했다!"

모르텐은 영어로 소리쳤다. 그 뒤부터는 너무나도 빠르게 많은 일이 진행됐기 때문에 나중에 모르텐은 어떤 순서로 일이 벌어졌는지 도무지 기억해낼 수가 없었다.

그 남자가 갑자기 일어서더니 오른팔을 쭉 뻗어 반원을 그리듯이 휘둘렀다. 모르텐은 커다란 러그 렌치가 엄청난 힘으로 오른쪽 귀를 가격하는 소리를 듣기 전까지는 무슨 일이 벌어지는지 깨닫지 못했다. 갑자기 앞이 컴컴해지고 엄청난 고통을 느끼면서 크고 날카로운 소리가 들려왔다. 아스팔트 바닥에 머리를 부딪치기 직전에 모르텐이 생각한 것은 이제 다시는 〈사계〉를 즐길 수 없겠구나, 하는 것이었다.

귓속이 웅웅거리고 맥박 뛰는 소리가 들리는 것으로 보아 아직 살아 있음이 분명했다. 그는 손으로 귀를 만져봤다. 축축하고 끈적끈적했다. 시각은 천천히 돌아왔지만 모든 사물이 90도 각도로 기울어져 있었기에 앞에서 펼쳐지는 광경을 이해하는 데는 어느 정도 시간이 걸렸다. 약 20센티미터 앞에는 자동차 바퀴 안쪽 면과 크록스 신발을 신고 자동차 바퀴 옆에 웅크리고 앉은 남자가 있었다.

곁눈질로 모르텐은 그 남자가 계속해서 팔을 돌리는 모습을 볼 수 있었다. 그리고 그 행위가 지금 잭을 낮추는 과정임을 재빨리 깨달았다. 러그 렌치가 땅으로 떨어지고 크록스 신발이 사라졌다. 곧 자동차 배기 장치가 진동하기 시작했고 시동 걸리는 소리가 들렸다.

머리를 보호해야 해. 머리를 보호해야 해. 차가 후진하는 모습을 보면서 모르텐은 마음속으로 계속 되뇌었다.

먼저 뒷바퀴가 왔다.

최대한 가슴에 힘을 주고 등 근육을 바짝 긴장시켰지만 갈비뼈가 한 대씩 부러지면서 뜨거운 용암이 흘러내리는 것처럼 상체 위쪽에서 아래쪽으로 끔찍한 고통이 퍼져나갔다.

그리고 앞바퀴가 덮쳤다.

모르텐은 푸조가 멀어지는 모습을 봤다. 푸조는 왼쪽으로 돌아 링스테드바이로 향했다. 어쨌거나 분명히 머리는 부서지지 않았다. 아직 죽지 않았다는 사실에 희망이 생긴 모르텐은 볼 수 있고 생각할 수 있으며 정보를 인식하고 결정을 내릴 수 있음을 깨닫고 가슴 통증을 무시한 채 무릎을 세우고 앉았다. 그는 러그 렌치 옆에서 아직도 포장 바닥에 누워 있는 권총을 집어 들었다. 그리고 일어나 경찰차를 향해 걸어가려고 했다.

하지만 모르텐의 다리가 그의 명령을 거부했다. 그래서 두 손을 짚으며 이동할 수밖에 없었다. 불타는 것 같던 가슴 통증이 서서히 규칙적이면서도 둔탁한 통증으로 바뀌었고, 경찰복 사이로 점점 더 많은 피가 흘러나왔다. 분명히 닐스에게 연락해 사건을 인계하고 구급차를 불러달라고 하는 것이 옳았다. 하지만 그렇게 되면 그 스웨덴 녀석은 달아나버릴 테고, 엘세도 자신이 옳았다는 결론을 내릴 것이 분명했다.

모르텐 스테엔스트루프는 마지막 힘을 짜내 차에 시동을 걸고 후진으로 주차장을 빠져나와 링스테드바이가 있는 동쪽으로 향했다. 가속 페달을 밟으면서 자동변속기가 있음을 신에게 감사했다. 자동변속기가 없었다면 왼쪽 다리에서 느껴지는 통증을 생각했을 때 절대로 운전할 수 없었을 테니까. 가슴 통증은 거의 사라져서 이제는 그저 둔탁한 진동만이 느껴졌다. 셔츠는 피에 젖어서 온통 빨갛고 끈적끈적했다.

모르텐은 이제 다시는 밑을 내려다보지 않기로 했다. 그보다는 위에만 집중하면서 그 스웨덴 녀석이 어디로 갔을지 생각하는 것이 더 나았다. 그 남자가 출발하고 2분도 되지 않아 따라나섰는데도 그 남자가 탄 푸조는 보이지 않았다. 모르텐은 그 남자가 코이에로 가야 할 이유가 전혀 없다는 판단 아래 스웨덴으로 가는 다리가 있는 코펜하겐을 향해 북부 방향 E55 고속도로로 갔으리란 결론을 내렸다.

그는 몸에서 점점 감각이 사라지는 기분을 느꼈다. 계속 깨어 있기 위해 불을 켜고 사이렌을 울렸다. 앞의 차들이 서서히 속도를 줄이더니 안쪽 차선으로 이동했다. 모르텐은 가속 페달을 힘껏 밟았고 속도계 바늘이 시속 200킬로미터에서 220킬로미터를 향해 올라가는 모습을 지켜봤다. 마치 렐링에 모든 두려움을 남기고 온 사람처럼 모르텐은 조금도 두렵지 않았다. 그는 어떤 일이 일어나건 자신이 해결할 수 있다고 믿었다. 그는 모든 사람이 자신이 얼마나 용감한지 알았으면 했다. 이제 필요한 것은 온전히 깨어 있는 것뿐이었다.

속도계 바늘이 230을 가리키고 있었다. 이 속도로만 달린다면 몇 분 안에 그 스웨덴 녀석을 따라잡을 것이 분명하다고 생각하며 계속해서 그 속도를 유지했다. 10킬로미터쯤 달리자 푸조가 보였다. 모르텐은 경찰차 경광등을 껐다.

하지만 너무 늦었다. 모르텐을 발견한 스웨덴 녀석은 다음 출구에서 빠져나가려고 푸조의 속도를 높였다. 모르텐은 푸조 뒤를 바짝 쫓았다. 몸 위로 쏟아져 내리는 차가운 땀방울을 느끼면서 그는 이제 곧 모든 것이 끝나리라는 사실을 알았다. 푸조가 오른쪽으로 돌아 세멘트바이로 빠져나갔다. 모르텐은 조금 천천히 돌았다. 여기까지 와서 고작 도랑에 빠지는 위험을 감수하고 싶지는 않았다.

난데없이 푸조가 왼쪽으로 방향을 틀더니 자갈길로 들어섰다. 모르텐은 GPS를 확인했다. 공터를 지나 숲과 연결된 곳으로, 그곳으로 들어가면 숲을 따라 달리다가 다시 큰길로 나오게 된다. 저 스웨덴 녀석은 자기 발로 함정에 빠진 걸까, 아니면 GPS를 확인하고 잠복할 계획을 세운 걸까?

모르텐은 시동을 끄고 창문을 내렸다. 나무들 너머에 있는 푸조의 엔진 소리를 분명히 들을 수 있었다. 그는 눈을 감고 자고 싶다는 충동을 내쫓았다. 그 대신에 차에서 내려 왼발을 질질 끌며 나뭇가지를 목발 삼아 자갈길을 걷기 시작했다. 셔츠가 배와 가슴에 착 달라붙었지만 내려다보고 싶은 충동을 물리쳤다.

50미터쯤 앞에 푸조가 보였다. 시동을 켜둔 채 덤불 사이에 버리고 간 듯했다. 모르텐은 권총을 들고 절뚝거리면서 푸조를 향해 걸었다. 중간쯤 갔을 때 몸을 돌려 주위를 둘러봤다. 나무와 공터 외에는 아무것도 보이지 않았다. 마침내 푸조 옆으로 가서 허리를 숙이고 두 손을 컵처럼 만들어 관자놀이에 대고 자동차 안을 들여다봤다. 자동차는 텅 비어 있었다. 그리고 모든 것이 시커메졌다.

18

파비안이 메테 로위세 리스고르의 전화를 받은 뒤부터 파티 분위기는 사라졌다. 몰란데르의 바비큐 파티는 그 즉시 범죄 수사를 다루는 회의 시간으로 바뀌었다. 다른 점이라면 경찰들 가족이 모여 있고 경찰들 혈관에 알코올이 조금씩은 들어 있다는 것뿐이었다.

투베손은 지체하지 않고 코펜하겐 경찰서 강력 범죄 수사반장 킴 슬레이스네르에게 전화를 걸었다. 그가 전화를 받지 않았기에 투베손은 킴의 음성사서함에 상황을 설명하는 메시지를 남기고 코이에 경찰서에 연락할 생각임을 알렸다. 그런 다음 스웨덴 국제 경찰국장 베르실 크림손에게 전화를 걸어 지금 당장 덴마크 국제 경찰국장 헨리크 함메르스텐에게 연락을 해달라고 부탁했다. 스웨덴 경찰이 다른 나라 경찰과 협력해야 할 수도 있었기에 투베손은 상급자에게 그 사실을 알려야 했다.

이제 공은 굴러가기 시작했다. 몰란데르의 집에 모인 사람들은 그저 저녁을 먹으면서 앞으로 벌어질 일을 기다릴 수밖에 없었다. 소냐는 아무 말도 하지 않았지만 파비안은 이미 아내의 기분이 착 가라앉았다는 사실을 알 수 있었다. 그는 계속해서 다른 이야기를 해보려고 시도했지만 그 말에 대답하는 사람은 게르트루드뿐이었다. 다른 사람들은 모두 투베손의 전화기가 울리기만을 기다렸다.

한 시간 뒤에 사람들의 기다림은 끝이 났다.

전화를 건 사람은 킴 슬레이스네르였고 투베손은 몰란데르의 집에 있는 사람들이 모두 대화를 들을 수 있도록 스피커를 켰다.

"헨리크 함메르스텐의 말이 당신이 나한테 전화를 하려고 했다더군요. 하지만 유감스럽게도 당신은 나에게 전화를 건 적이 없는데요."

전화기 너머에서 강한 덴마크 억양이 들려왔다.

"한 시간쯤 전에 걸었습니다. 전화를 받지 않아서 음성 메시지도 남겼고요."

"그랬다면 전화가 뜨고 메시지도 녹음되어 있어야겠지요. 하지만 분명히 그런 기록은 없습니다. 아마도 이 나라 국제전화 코드를 헷갈리셨나봅니다. 뭐, 정확한 사정이야 나는 모르겠습니다만."

킴의 말에 투베손은 다른 사람들을 재빨리 훑어보면서 고개를 저었다.

"하지만 코이에에 있는 우리 자산이, 그러니까 모르텐 스테엔스트루프가 범인을 쫓았다는 건 압니다."

우리 자산이라, 파비안은 생각했다. 슬레이스네르는 자기 부하를 개인 재산인 것처럼 말하고 있었다.

"모르텐은 자신이 해야 할 일을 모두 했습니다. 심하게 부상을 당했고 엄청나게 피를 많이 흘렸는데도 말입니다. 내가 무슨 일이 벌어졌는지 듣자마자 차를 여러 대 보내지 않았다면 분명히 죽었을 겁니다."

파비안은 그 뒤에 이어진 침묵이 슬레이스네르가 현 상황에서 말할 수 있는 것은 다 말한 것인지, 아니면 일부러 말을 멈추고 투베손이 더 자세한 이야기를 들려달라고 부탁할 때까지 기다리는 것인지 판단을 내릴 수 없었다. 투베손은 슬레이스네르가 더는 참지 못하고 입을 열 때까지 침묵을 깨뜨릴 생각이 없어 보였고 결국 슬레이스네르는 자진해서 입을 열었다.

그는 모르텐 스테엔스트루프가 범인의 차에 치였고 지금 생과 사를 넘나들면서 집중 치료를 받고 있다고 했다. 모르텐은 진정한 영웅으로 모든 난관을 물리치고 결국 푸조를 경찰 손에 넘겼다고 했다. 하지만 범인은 달아나버렸다. 그 자동차 외에 범인이 남긴 단서는 오직 크록스 신발뿐이었다.

덴마크 경찰로서는 이제 푸조 자체가 아주 커다란 전리품이자 살인마에게 큰 타격을 줬다는 증거품이겠지만 파비안은 메테 로위세가 어떻게 됐는지가 더 궁금했다. 마지막으로 전화 통화를 한 뒤로 메테의 자취는 묘연했다. 범인이 그녀를 인질로 데려간 것일까? 만약 그렇다면 무엇 때문에?

리스크 가족이 집으로 돌아왔을 때는 이미 자정이 넘어 있었다. 저녁 내내 한쪽 구석에서 전화기만 들여다보던 테오도르는 집에 오자마자 자기 방으로 사라졌지만, 마틸다는 전혀 잠이 오지 않는다며 침실로 가지 않겠다고 고집을 피웠다. 마틸다는 《해리 포터》를 세 장이나 읽어줬는데도 잠이 들지 않았다.

"아빠, 아빠가 쫓는 범인은 연쇄 살인범이야, 단순 살인범이야?"

마틸다의 총명하고 발랄한 눈이 아빠의 눈을 똑바로 쳐다봤다. 파비안은 딸이 무슨 말을 하는지 알아듣지 못한 척하고 싶었지만, 마틸다는 진실을 들을 자격이 있다는 생각이 들었다.

"모르겠어, 공주님. 아직까지는 한 명밖에 죽지 않았지만, 아빠 생각에는 이미 두 명은 분명히 죽은 것 같아."

"분명하다는 걸 어떻게 알아?"

"아빠가 하는 일이 그런 걸 알아내는 거니까."

"그럼 연쇄 살인범이야?"

"아니야, 연쇄 살인범이라고 확정 지으려면 최소한 세 명은 죽어야 해. 그리고 아직은 연쇄 살인범이라고 규정할 수는 없어."

"왜?"

"연쇄 살인범은 사람을 죽이는 게 좋아서 살인을 하거든. 이번 범인은 전혀 다른 동기가 있어."

파비안은 딸에게 현재 수사하는 사건에 관해 설명했다. 처음에는 범인이 사람을 죽인 동기가 살인마에게 의미가 있는 사람들에게 복수하려는 것이라고 생각했지만, 지금은 그 어느 것도 확신할 수 없다고 말해줬다. 그 말을 마치고 딸을 내려다본 파비안은 마틸다가 기절한 듯 잠든 것을 알 수 있었다. 마틸다 방에서 나온 그는 부엌으로 내려가 깜빡하고 몰란데르에게 주지 않은 와인 가운데 한 병을 땄다.

소냐는 작업실에서 요즘 작업하는 작품 포장을 풀고 있었다. 파비안이 와인과 잔 두 개, 아이팟을 가지고 작업실로 들어갔을 때에도 그녀는 눈길조차 주지 않았다. 두 사람은 분명히 대화를 해야 했지만 그러기에는 둘 다 너무 피곤했다. 게다가 이미 서로에게 말하지 않은 것도 없었다. 파비안은 바닥에 앉아 와인을 따르고 두 사람의 노래, 프린스의 〈아이 우드 다이 포 유〉를 틀었다. 두 사람은 처음 만났을 때 이 노래에 맞춰 춤을 췄다. 그리고 오늘 밤은 이 노래에 맞춰 작업실에서 사랑을 나눴다.

다음 날 아침 아스트리드 투베손은 파비안이 즉시 전화를 받을 수만 있다면 주말 내내 집에 있어도 좋다고 허락했다. 그리고 자신은 정말로 급한 일이 있을 때에만 전화를 하겠다고 약속했다.

리스크 가족은 짐을 풀고 비닐봉지를 끌러 물건을 선반에 올리면서 평화롭고 고요하게 토요일 오전 시간을 보냈다. 파비안은 테오도르와 함께 스테레오를 설치했다. 네 사람은 늦은 점심을 먹고 오후에 밖으로 나왔다. 테오도르가 쓸 스노클링 장비를 사고 스토르토르게트에 있는 팔만스 콘디토리에서 커피를 마신 뒤 열대 해변이 있는 새로 생긴 선착장까지 걸어갔다.

일요일에는 그림을 벽에 걸고 책을 알파벳 순서대로 꽂고 마틸다가 방을 꾸미는 일을 돕고 테오도르가 기뻐할 수 있도록 가까스로 무선 통신 장비를 연결했다. 모두 힘껏 나서서 집 안을 정리했고 마침내 네 사람은 정말로 이사를 왔다는 기분을 느끼기 시작했다. 밤에는 이사를 마친 것을 축하하려고 폴시에 크로그에 가서 저녁을 먹었다.

파비안의 전화기는 주말 내내 한 번도 울리지 않았다. 문자도 그다지 많이 오지 않았다. 하지만 그는 메테 로위세 생각이 머릿속에서 떠나지 않았고 몰란데르가 푸조에서 무엇을 찾았는지 너무나도 궁금했다. 아직도 전화 한 통 없는 리나를 생각했고 자신이 먼저 연락해서 사과해야 하는 것은 아닌지도 궁금했다. 그는 열두 살 생일 파티 때 리나와 함께 보니엠의 〈리버스 오브 바빌론〉에 맞춰 춤을 춘 사실을 기억해냈다. 그때는 두 사람이 나머지 인생을 함께 보내리라 확신했는데.

침묵은 월요일 아침에 깨졌다.

"지금 딩장 와줘야겠어요."

19

구스텐 페르손은 이른 아침을 사랑했다. 오늘이라고 예외일 리는 없었다. 태양은 절대로 멈추지 않을 것처럼 빛나고 있었다. 하지만 그루브가탄으로 접어들어 오스토르프 건설 자재 공급 창고 주차장에 들어설 때 이미 기분이 좋지 않았다.

이제 휴가는 끝났고 지난 주말 내내 베란다를 고쳤지만 그의 아내 잉아는 그다지 웃어주지도 않았다. '부인이 나한테 키스해주지 않는군'이라는 페르손의 옛 농담도 아내와 함께 그 빛을 잃어버렸다. 친구들에게서 갱년기를 특히 힘들어하는 여자들이 있다는 말을 듣기는 했지만 남자들도 아주 고통스러울 수 있다는 사실을 말해준 사람은 아무도 없었다.

그는 오스토르프 건설 자재 공급 창고에서 가장 큰 창고 문을 열고 들어가 문을 잠갔다. 2주간의 휴가를 끝내고 가게가 공식적으로 문을 열 때까지는 아직 한 시간 이상 남았다. 페르손이 문을 잠그지 않는다면 건물은 개점 시간보다 15분 앞서 손님들로 가득 차게 될 것이다.

그는 태국을 생각했다. 글렌이 이번 겨울에 함께 태국에 가자고 했다. 그곳에는 생각 이상으로 기꺼이(그리고 무엇보다도 저렴한 가격에) 함께 시간을 보내줄 여자들이 있을 것이다. 하지만 섹스를 위해 돈을 내야 한다는 사실이 끔찍한 구스텐은 그 제안을 거절했다. 지금까지 한 번도 성매매를 해본 적이 없고 앞으로도 하지 않을 생각이었다.

하지만 어제 같은 주말을 보낸 뒤라면 더는 그런 각오를 유지할 수 있을지 자신이 없었다. 가끔 그런다고 문제 될 게 있을까? 남자에게 여자와 자고 싶다는 욕망은 잉아의 갱년기만큼이나 자연스러운 현상이 아닐까? 반대로 남자에게 폐경기가 있고 여자들이 성욕 때문에 힘들어한다면 여자들도 매춘을 받아들이지 않을까? 요가를 하는 주말이 섹스하는 주말로 바뀌지 않을까? 가십이 잔뜩 실린 잡지 대신에 포르노 잡지를 볼 테고. 어쩌면 잉아의 문제는 갱년기하고는 전혀 관계가 없을지도 모른다는 의심이 들었다. 요즘에는 갱년기라는 말을 변명처럼 활용하고 있다는 기분이 들 정도였다. 경보기를 끄러 걸어가면서 구스텐은 글렌에게 아직 자신과 함께 갈 생각이라면 그렇게 하자고 말하리라 결심했다.

문이 열린 뒤에 경보음이 울리기 전까지 직원에게 주어진 시간은 45초였다. 그 안에 경보기를 끄지 못한다면 경보음이 울리기 시작할 테고 다시 시스템을 복구하기 전에 이리저리 전화해야 하고 비밀번호를 바꿔야 한다. 그런 일이 발생하면 얼마나 많은 대가를 치러야 할지 구스텐은 생각조차 하기 싫었다. 처음에 출근했을 때는 도저히 제시간에 경보기를 끌 수 없으리라는 걱정에 문을 열고 들어서자마자 달렸다. 하지만 이제는 수년 동안 경보기를 꺼왔고, 결국 45초는 아주 긴 시간임을 확고하게 본능적으로 믿게 됐다. 그래서 이제는 느긋했고 결코 서두르지 않았다. 사실 구스텐에게 경보기를 끄러 가는 시간은 일종의 게임과 같았다. 최대한 45초에 맞춰서 경보기를 끄는 게임 말이다.

그런데 오늘은 이미 경보기가 꺼져 있었다. 이상한 일이었다. 구스텐은 모두 휴가를 떠나면서 창고 문을 닫을 때 자신이 경보기를 켜는 것을 잊었는지 아니면 오늘 아침에 그보다 먼저 들어온 사람이 있어 경보기를 껐는지 궁금했다. 주차장에서는 분명히 다른 사람의 차는 보지 못했다. 더구나 아침 근무는 인기가 없었다. 이곳에 취직한 뒤로 창고 문을 여는 것은 늘 구스텐의 몫이었다. 관상동맥 우회로이식술을 하고 한 달 동안 쉴 때에만 구스텐 대신에 다른 사람이 창고 문을 열었다.

구스텐은 좀 더 깊숙이 들어가 천장 불을 켜고 프레젠테이션 비디오를 켜고 상품을 제자리에 옮겨두는 등 출근하면 늘 하는 일을 했다. 그는 손님들이 어째서 물건을 살펴본 뒤에는 자기가 집어 든 선반에 되돌려놓는 법이 없는지 도대체 이해할 수가 없었다. 잉아의 뿌루퉁함만큼이나 이해할 수 없는 일이었다.

그는 멈춰 서서 창문을 쳐다봤다. 분명히 닫혀 있었지만 걸쇠가 제대로 걸리지 않았다. 구스텐은 창문으로 걸어가 만져봤다. 창문은 위쪽으로 열려 있었다. 경보기에 연결된 전기선은 문제가 없어 보였다. 수년 동안 창고를 침입한 사람은 많았지만 3년쯤 전에 수십만 크로나를 들여 경보기를 새로 설치한 뒤로는 단 한 건도 없었다. 경보기를 새로 설치한다는 결정을 내렸을 때 구스텐은 매우 회의적이어서 그런 비싼 장비를 설치하느니 도둑을 몇 번 맞는 게 더 싸게 먹힐 거라고 생각했다. 하지만 지난봄을 기준으로 설치비용은 모두 회수했고 그 뒤로는 흑자로 돌아섰다.

구스텐은 하던 일을 멈추고 사무실로 들어갔다. 컴퓨터가 켜지는 동안 그는 커피메이커의 전원을 켰다. 개인 보안 번호를 입력하고 컴퓨터에 들어가 작업 일지를 살폈다. 지난주 목요일 새벽 2시 33분에 글렌 그란크비스트가 경보기를 껐다는 기록이 남아 있었다. 구스텐은 당혹스러웠다. 다른 사람도 아니고 글렌 그란크비스트가? 그는 전화기를 들고 글렌에게 전화를 걸었다.

로버트 드니로가 음성사서함에 메시지를 남기라고 권유했지만 구스텐은 아무 말도 남기지 않았다. 글렌은 아직도 자고 있을지 모르니 깨우려면 전화벨이 몇 번 더 울리는 것이 나을 수도 있었다. 구스텐은 다시 전화를 걸었다. 하지만 신호가 여섯 번 울린 뒤에 수화기를 내려놓았다. 어쩌면 틀린 번호를 눌렀는지도 몰랐다.

글렌의 전화번호는 휴대전화에 저장되어 있지만 구스텐은 회사 전화로 걸었다. 어쨌거나 공적인 일이니 자기 돈을 쓸 이유가 없었다. 그는 다시 한번 전화번호를 구성하는 숫자들을 신중하게 꾹꾹 누르기 시작했다. 하지만 모든 번호를 다 누를 수는 없었다. 그는 숫자를 누르던 손을 멈추고 이제 막 살아나 이 카메라에서 저 카메라로 보안 카메라들이 비추는 장면을 보여주는 컴퓨터 화면에 눈을 고정했다.

문과 창문을 쌓아놓은 진열대 한가운데에 지게차가 떡하니 들어서서 통로를 완전히 막고 있었다. 저게 왜 저기 있지? 그곳은 C통로였다. 정확히 어디가 이상하다고는 말할 수 없지만 지게차가 놓인 각도도 이상했다. 그는 좀 더 자세히 보려고 화면 앞으로 몸을 숙였지만 화면은 재빨리 다른 모습을 내보냈다.

구스텐은 어디가 됐건 간에 자신이 언제 마지막으로 달렸는지 기억이 나지 않았다. 창고에는 어디든지 빠르게 갈 수 있는 스쿠터가 있었지만 균형을 잡기가 너무나도 힘들어서 그는 걷는 편을 선호했다. 그는 자신이 운동 삼아 걷는다고 생각했고, 그리고 지금은 자신이 쉽게 포기하지 않기를 바랐다. 문과 창문을 진열한 곳은 창고 반대편 끝에 있었고 구스텐은 이미 심하게 숨이 차올랐다.

쥐 한 마리가 시멘트 바닥을 납하게 달려가더니 사라졌다. 창고에는 물론 쥐가 많았다. 구스텐도 그 사실을 알았다. 하지만 이렇게 멀쩡하게 사람 눈에 띄는 경우는 거의 없었다. 곧 석고판 더미 밑에서 또 다른 쥐가 한 마리 나오더니 구스텐과 같은 방향으로 뛰기 시작했다. 도대체 무슨 일이 벌어진 거야? 혹시 몰래카메라를 촬영하는 걸까? 구스텐은 잠시 그런 생각을 했지만 곧 떨쳐버렸다. 이것은 장난칠 일이 아니었다.

그의 심장은 기관총을 쏘듯이 쿵쾅거렸고 40도 날씨에 괴로워하는 개처럼 헐떡거렸다. 마침내 모퉁이를 돌아 C통로 한가운데 떡하니 버티고 있는 지게차를 봤다. 구스텐은 강도가 어떤 물건을 훔쳐가려 했는지 알 수 있을 것 같았다. 당연한 일이었다. 문과 삼중창은 이 창고에서 가장 값나가는 물건이니까.

서로 다른 방향에서 쥐가 네 마리 더 나타나더니 지게차를 돌아 구스텐과는 반대 방향으로 사라졌다. 그는 사무실에서 지게차의 각도가 이상하다고 느낀 이유를 분명히 확인할 수 있었다. 지게차는 엎어져 있었다. 지게차의 앞바퀴는 바닥에서 15센티미터 떨어진 공중에 떠 있었고 지게차의 쇠스랑은 바닥에 닿아 있었다. 그때 구스텐은 지게차 바퀴와 땅 사이에 납작하게 찌그러져 있는 글렌의 부츠를 봤다. 글렌이 어디에나 신고 다니는 쇠로 만든 앞코가 박힌 튼튼한 닥터 마틴 부츠였다. 구스텐의 마음은 정신없이 휘몰아치기 시작했다. 그는 북극에 놓은 나침반만큼이나 혼란스러웠다.

그때 소리가 들렸고 그 덕분에 구스텐은 정신을 차릴 수 있었다. 그 소리는 지게차 반대편에서 나고 있었다. 처음에 그는 무슨 소리인지 알아챌 수 없었다. 삐걱거리는 소리 같기도 하고 찍찍거리는 소리 같기도 했다. 그러다가 바닥이 온통 쥐들 천지라는 사실을 깨달았다. 쥐들은 사방에서 몰려와 지게차 뒤로 달려가고 있었다.

그는 마음을 다잡고 반대편 상황을 보려고 지게차 뒤로 걸어갔다. 그리고 일평생 자신을 따라다닐 장면을 목격했다. 마음속 깊은 곳에서는 글렌은 이미 죽었다는 것을 알고 있었다. 구스텐을 경악하게 만든 것은 쥐들이 해놓은 짓이었다.

11월 26일

체육 시간이 끝나고 샤워를 할 때 그 녀석들은 내가 게이라며 내가 자기들 물건을 쳐다봤다고 했어. 나는 아무 말도 안 했지만 그 녀석들은 계속 내가 자기들 물건을 훔쳐본다고 했어. 라커룸으로 나간 녀석들이

웃는 소리가 들렸어. 나는 그 녀석들이 떠나기 전에 샤워실에서 나오기가 두려웠어. 내가 코트를 벗어둔 곳에서는 코트가 보이지 않았어. 엄마가 새로 사준 다운 코트인데, 엄마는 아주 비싼 거라고 했어. 코트는 화장실에 있었어. 정말 역겨웠어.

JC에는 똑같은 코트가 있었어. 나는 그 코트를 들고 계산대로 걸어갔어. 점원들이 코트에 붙은 경보 태그를 떼고 가방에 담는 모습을 지켜봤어. 그 사람들은 돈을 원했지만 나는 뒤도 안 돌아보고 뛰어나왔어.

오늘까지 며칠 동안 학교에 가지 않았어. 멍청한 선생이 집에 전화해서 그 사실을 일러바쳤어. 아빠는 집에 없었지만 엄마는 펄쩍 뛰었어. 무슨 말을 해야 할지 몰라서 나는 아무 말도 하지 않았어. 엄마는 내가 왜 아무 말도 하지 않는지 물었지만 절대로 아무 말도 하지 않을 생각이었어. 나는 아무 말도 하지 않는 걸 잘해.

엄마는 다음 주에 학교에 가서 교실에 앉아 내가 수업하는 모습을 지켜보겠디고 했어. 선생이 그러라고 했다고. 나는 오지 말라고 했어. 그러자 이번에는 엄마가 아무 대꾸도 하지 않았어. 엄마가 학교에 온다면 그 녀석들은 내가 엄마한테 일러바쳤다고 생각하고 나를 죽어라 팰 거야. 안 봐도 훤해.

저녁은 양배추 롤이었어. 엄마는 내가 양배추 롤을 얼마나 싫어하는지 알아. 하지만 먹어야 한다고 했어. 그때 아빠가 내려오더니 학교에 가는 게 얼마나 중요한 일인지 아느냐며 소리를 질러댔어. 세상에, 난 정말 그 사람들이 너무 싫어. 진짜 하나도 모르면서 지랄이야.

추신: 라반의 물통에 내 오줌을 넣었어. 처음에는 먹지 않겠다고 거부했지만 결국에는 먹었어. 진짜 역겨운 녀석이야.

20

파비안 리스크가 오스토르프 건설 자재 공급 창고에 도착했을 때는 이미 폴리스 라인이 쳐져 있었고, 직원으로 보이는 사람들이 옹그리고 모여서 호기심 어린 눈길로 경찰이 현장을 조사하는 모습을 구경하고 있었다. 문과 창문 진열대에서 자신이 본 모습에 충격을 받고 아직도 헤어 나오지 못하는 구스텐 페르손에게 클리판이 질문을 하고 있었다.

"분명히 저 사람이 매일 창고 문을 열었다는군."

몰란데르가 파비안을 데리고 폴리스 라인 밑으로 지나가면서 말했다.

"투베손은 어디에 있습니까? 여기 와 있어야 하는 거 아닌가요?"

"말뫼로 갔어."

"말뫼요?"

"덴마크 녀석들이랑 갈등을 어떻게 해결할지 의논하려고. 우리가 자기들한테 통고도 않고 상급자한테 연락해 자기네 경찰을 움직였다고 어깃장을 놓는 것 같아."

"분명히 연락했잖습니까? 자기들이 안 받았죠."

"뭐, 그쪽에서는 아니라니까."

몰란데르는 어깨를 으쓱하더니 창고로 걸어갔다. 파비안은 그를 따라 천장까지 물건이 쌓여 있는 창고 통로를 지나갔다. 두 사람은 창고 안에서 사방으로 이어지는 커다란 중앙 통로 앞에 섰다. 그곳에서 몰란데르는 맨 끝에 있는 통로를 향해 고개를 끄덕였다.

"저기야."

10미터 앞에 완전히 뒤집혀서 앞바퀴가 들린 지게차가 보였다. 파란 작업복을 입은 몰란데르의 조수들이 지게차 주위를 돌면서 사진을 찍고 증거를 수집하고 있었다. 글렌의 몸은 위쪽으로 똑바로 누워 있었고 다리는 지게차 쇠스랑에 찍혀 있었다. 파비안은 남은 부분은 그다지 많지 않겠다고 생각했다. 글렌의 나머지 몸은 검시관과 검시관의 조수들에 가려져 있었다.

"조사는 어느 정도 진행됐습니까?"

"상당히 진행됐을 거야, 분명히. 하지만 공식적으로 신원이 밝혀지기 전까지는 어느 정도 시간이 걸리겠지."

"내가 신원을 확인할 수 있습니다."

최근에 글렌의 사진을 본 적은 없지만 파비안은 어렵지 않게 그를 알아볼 수 있을 거라고 생각했다.

"그럴 수 없을 거야."

몰란데르가 파비안의 어깨에 손을 얹었다.

"아무튼 내 사람들이랑 저 갈래머리 녀석 쪽 사람들이 일을 끝내기 전까지는 더는 필요 없는 사람들은 저기 안 갔으면 좋겠어. 이미 쥐들이 아주 엉망으로 만들어놨으니까."

"쥐라고요?"

파비안의 말에 몰란데르가 고개를 끄덕였다.

"그런데 말이야, 그 녀석들이 쓸모 있는 일도 해놨어. 무슨 일인지 알려주지."

파비안은 몰란데르를 따라 살해 현장과는 반대쪽 구석으로 걸어갔다.

"쥐들은 먹이를 쫓기 마련이지. 그 녀석들 동선을 쫓다가 정말로 좋은 걸 발견했지."

몰란데르는 중앙 통로에서 벗어나 두 선반 사이로 걸어가다가 열려 있는 작은 창문 밑 구석 앞에서 멈춰 섰다.

"그 녀석은 여기서 밤을 보냈어. 그리고, 무엇보다도 중요한 건, 뭔가를 먹었다는 거지."

파비안은 콘크리트 바닥을 뚫어지게 봤지만 음식물은 흔적도 발견할 수 없었다.

"쥐들이 음식물 부스러기를 완전히 먹어치운 거 아닙니까?"

"한 가지는 남겨뒀지."

몰란데르는 맥도날드 포장지가 담긴 증거물 보관 백을 들어 보였다.

"내가 틀린 게 아니라면 이건 칠리 맥피스트 디럭스 포장지야. 아주 맛난 거지. 맥도날드치고는 말이야. 이 제품은 정해진 장소에서 일주일에 하루만 판매해. 아주 약간의 행운이 작용해서 그자는 이걸 근처에 있는 맥도날드에서 살 수 있었던 거야."

"이 머저리들아! 빨리 서두르란 말이다!"

몰란데르의 양방향 무전기 안에서 딱딱거리는 목소리가 튀어나왔다. 두 사람은 뒤집힌 지게차 쪽으로 고개를 돌렸다.

"어떤 사람입니까? 저 검시관이라는 사람?"

"에이나르 그레이데야. 축 늘어져 담배나 피우는 겨울잠 자는 히피같이 생겼지. 하지만 이 나라에서 제일가는 병리학자 중 한 명이야. 심지어 우리가 시체를 옮기기 전에 자기가 꼭 와야 한다고……."

몰란데르는 그레이데가 다가오는 모습을 보고 입을 다물었다. 그레이데의 긴 은발은 두 갈래로 나뉘었고 수염은 한 갈래로 붙어 있었다. 목에는 여러 개 다른 부적들이 매달려 있었고 비닐로 만든 보호 작업복 밑으로 보이는 화려한 코바늘 뜨개 바지는 마치 트위스터 팝시클(스크류바처럼 생긴 막대 사탕-옮긴이)처럼 보였다.

"아무튼 최고 병리학자 가운데 한 명이지."

몰란데르는 자기 조수 한 명과 함께 멀리 가버렸다.

"안녕하시오. 에이나르 그레이데요. 파비안 리스크, 맞지요?"

그레이데가 손가락마다 적어도 반지 하나씩은 낀 손을 내밀며 파비안에게 악수를 청했다.

"우린 아주 흥미로운 시간을 보낼 거요. 범인은 자기가 할 일을 아주 정확하게 알고 있었소."

그는 수염을 잡아당기면서 말했다.

"뭘 좀 찾으셨습니까?"

"한 번에 하나씩만 합시다. 이게 맨 처음 할 일이오."

그레이데는 쭈글쭈글한 파란색 신발 보호 패드와 머리망을 내밀었다. 파비안은 컨버스화에 신발 보호 패드를 붙이고 머리망을 쓰고 검시관을 따라 지게차 반대쪽에서 아무 미동도 없이 반듯하게 누운 글렌에게 다가갔다.

글렌의 두 팔은 허벅지에 착 달라붙은 채 끈에 묶여 있었다. 정강이는 지게차 쇠스랑 밑으로 사라지고 없었고 발과 부츠 외에는 콘크리트 바닥에 고인 채로 응고된 피보다 더 많은 게 남아 있을 것 같지는 않았다. 시체를 쭉 훑어보면서 파비안은 몰란데르가 쥐 이야기를 왜 했는지, 어째서 파비안도 글렌의 신원을 확인하지 못할 거란 말을 했는지 알 수 있었다.

사라져버린 것은 다리만이 아니었다. 피해자는 얼굴도 없었다. 먹혀버린 것이다. 얼굴에 있는 모든 것이 사라졌다. 눈도 입술도 입도 없었다. 남은 것이라고는 걸쭉해진 붉은 덩어리뿐이었다. 머리카락과 튀어나온 코뼈, 광대, 치아가 아니라면 앞에 놓인 시체가 사람이라는 증거는 어디에도 없었다. 그 덩어리는 얼굴하고는 너무나도 거리가 멀어서 역겹다는 느낌조차 들지 않았다.

파비안은 이 시체는 글렌이 분명하다고 생각하면서 자리에서 일어났다. 확신에 차 말할 수는 없어도 이곳이 글렌의 직장이라는 점, 글렌이 실종됐다는 점, 그와 예르겐이 클라에스를 공격할 때면 글렌은 늘 발을 사용했다는 점 등, 모든 단서가 이 피해자가 글렌임을 말해주고 있었다.

에이나르 그레이데가 고개를 끄덕이자 조수가 조심스럽게 사체를 옆으로 뉘었다. 그레이데는 사체 옆에 웅크리고 앉아 머리에 난 작은 상처를 가리켰다.

"여기, 보시다시피 뒤통수를 아주 세게 맞았어요. 그건 이미 엄청난 피를 흘렸다는 뜻이오."

그레이데는 상처 부위의 머리카락에 엉겨 붙은 피를 가리켰다.

"하지만 여기, 상처 밑에 있는 바닥을 보면 피가 전혀 없소."

"그러니까 여기 오기 전에 머리에 부상을 입었다는 말이군요."

파비안의 말에 그레이데의 표정이 밝아졌다.

"아주 좋은데, 이 새로 온 친구 말이야!"

그는 그곳에 있는 사람은 누구라도 들으라는 듯이 크게 소리치고는 조수들에게 사체를 시체 운반 가방에 넣으라는 시늉을 했다.

"따라오시오. 의사 말이 내가 충분히 운동하지 않는다고 하더군."

파비안은 그레이데를 따라 선반들이 늘어선 창고 안을 걸었다. 선반에는 새롭고도 더욱 아름다운 집을 꿈꾸는 사람들이 원하는 물건이 잔뜩 쌓여 있었다.

"그러니까 여기 오기 전에 사망했을 가능성도 있는 겁니까?"

"아니오, 그저 여기 오기 전에 머리를 크게 다쳤다는 것뿐이오."

그레이데는 페인트 코너 계산대에 있는 사탕 그릇에서 사탕을 한 움큼 집어 들면서 말했다.

"아마도 사망 시기는 사흘이나 나흘 전일 거요."

"지난주 목요일이나 금요일이라는 말씀입니까?"

그레이데가 고개를 끄덕였다.

"아직은 정확하게 부검해봐야 알겠지만, 얼굴에서 다량의 피를 흘린 게 사인일 거요."

그레이데는 사탕 봉지를 풀어 입에 넣었다.

"쥐들이 상처를 벌리지만 않았다면 아직 살아 있었을 테고."

"그렇다면 고마워해야 하는 걸까요?"

"그거야 당신이 어떻게 보느냐에 따라 다르겠지."

"범인은 피해자가 죽기를 원했을 겁니다. 그렇다면, 쥐는 우연히 찾아온 걸까요?"

"정확한 결론을 내리려면 좀 더 알아봐야겠지만, 쥐를 끌어들이려고 피해자 얼굴에 뭔가를 발라놓았다 해도 놀라지 않을 것 같소."

"뭔가라니, 어떤 거 말입니까?"

"꿀? 칼레스 캐비어? 간 페이스트? 쥐야 뭐든지 먹으니까."

그때 파비안의 전화벨이 울렸다. 투베손이었다.

"그 점원, 찾았어요."

21
○

왜 이랬냐고? 파베한테 물어봐.

파비안은 국장실에서 투베손 앞에 앉아 손글씨가 적힌 종이를 들여다보고 있었다. 파비안이 품고 있던 의문은 그저 옳았다는 것만으로는 부족했다. 어떻게 이렇게 바보 같을 수 있었을까? 무고한 여자를 수사에 끌어들이고 죽을지도 모를 위험에 처하게 했다. 그리고 지금 그녀는 죽었고, 살인자는 그녀의 죽음이 파비안 때문임을 분명히 밝혔다. 메테 로위세 리스고르는 살인마의 살해 계획에는 없던 인물이었다.

"덴마크 경찰이 푸조 트렁크에서 찾았어요."

투베손이 분노를 가라앉히려고 노력하면서 말했다.

"이 종이는요?"

"피해자 입에 물려 있었어요."

파비안은 눈을 감고 자신이 내린 결정이 불러온 결과를 온몸으로 받아들였다. 지난 주말 내내 걱정하던 일이 현실이 됐다.

"파비안, 수사에 아주 커다랗고 귀중한 진전이 있었음은 분명해요. 하지만 그 때문에 치른 대가를…… 정당화할 수는 없어요. 덴마크 경찰관이 사경을 헤매고 있고 어린 덴마크 여자가 죽었어요. 덴마크 경찰은 그 책임을 우리, 스웨덴 경찰에 묻고 있어요."

"스웨덴 경찰이라뇨? 이건 제 잘못입니다."

"분명히 그래요. 하지만 나는 우리 팀을 보호해야 해요."

투베손이 파비안의 눈을 똑바로 봤다.

"나에게 허락을 받지 않고, 심지어 알리지도 않고 단독으로 행동한 경우라고 해도 말이죠. 하지만, 맞아요. 그 사람은 당신 때문에 죽은 거예요. 내내 그 사실을 끌어안고 살아가야겠죠."

파비안은 고개를 끄덕였다. 그가 할 수 있는 일은 그저 투베손의 말에 동의하는 것뿐이었다. 앞으로 결과를 예측하는 능력이 더 나아질 수 있을까? 파비안은 궁금했다.

"덴마크 경찰의 불만을 어떻게 잠재울지 의논하고 지금 막 말뫼에서 돌아왔어요. 일단 우리는 물러나지 않고 우리 입장을 방어하기로 했어요. 어쨌거나 우리는 슬레이스네르와 접촉하려 노력했고, 모르텐 스테엔스트루프가 단독으로 행동하기로 결정했을 때는 규칙을 어기고 자기 마음대로 한 거니까, 그건 우리가 책임질 일이 아니죠."

파비안은 다음 일이 어떻게 벌어질지 알았다. 투베손은 파비안에게 경찰 배지와 출입증을 반납하고 모든 수사에서 손을 떼라고 할 것이다. 정당한 요구였다. 하지만 그를 멈추기에는 이미 늦었다. 이 사건은 더는 여느 사건과 같지 않았다. 이제는 파비안 개인의 문제가 됐다. 이 종이가 그 증거였다. '왜 이랬냐고? 파베한테 물어봐.' 나를 찾는 이 종이 말이다.

"분명히 수사에서 손을 떼고 휴가를 떠나라고 말해야 하는 게 옳아요. 하지만⋯⋯."

투베손은 말하기 전에 한 번 더 생각해야 하는 것처럼 잠시 말을 멈췄다.

"안타깝게도 이 수사에는 당신이 필요해요."

투베손이 의자에서 일어섰다.

"모두 기다리고 있어요."

파비안과 투베손이 회의실에 들어갔을 때는 이미 클리판과 몰란데르, 릴리아가 모여 있었다. 아무도 입을 열지 않았지만 그곳에 있는 사람들은 세 번째 희생자인 어린 덴마크 여자는 파비안 때문에 그 사건에 연루된 사람임을 아는 게 분명했다.

"자, 모두 모였으니, 일단 최근에 일어난 사건들에도 불구하고 파비안이 계속해서 함께 수사할 거라는 말부터 해야겠군요."

투베손이 입을 열었다.

클리판과 몰란데르는 고개를 끄덕이면서 파비안에게 살짝 웃어 보였지만 릴리아는 표정을 바꾸지 않았다.

"이레네? 이의 있어?"

투베손의 말에 릴리아가 고개를 흔들었다.

"좋아요. 이제는 그 어느 때보다 한 팀으로 일하는 게 중요해진 시점이에요. 서로 의지가 돼줘야 해요."

투베손은 파비안을 뺀 나머지 사람들과 눈길을 마주쳤지만 전하려는 메시지는 분명했다. 그 말은 다른 사람이 아닌 파비안에게 하는 게 틀림없었다.

"좋아요. 회의 시작하죠."

성인이 된 글렌 그란크비스트의 사진 몇 장과 범죄 현장 사진, 두 용의자 클라에스 멜비크와 루네 슈메켈의 사진을 수사 상황판으로 쓰는 화이트보드에 붙여놓고 다섯 사람은 최신 정보를 나누기 시작했다.

"잉바르, 아직 끝나지 않은 건 알지만, 맥도날드 포장지 외에 범죄 현장에서 새로 나온 단서는 없어요?"

투베손이 물었다.

"사실, 있었지."

몰란데르는 굵은 검은 마커가 들어 있는 증거물 보관 백을 들어 올렸다.

"안타깝지만, 완벽하게 깨끗해. 이것은 우리 살인자가 유머 감각이 뛰어나거나, 피해자가 생길 때마다 우리가 새로 사진을 인쇄하는 건 환경에 너무 부담된다고 생각한다는 증거로 삼을 수 있겠어."

몰란데르는 증거물 보관 백에서 마커를 꺼내더니 화이트보드로 걸어가 확대한 학급 사진에서 글렌 위에 줄을 그었다.

"우리를 갖고 노는 거예요."

투베손이 한숨을 내쉬면서 고개를 저었다.

"푸조는 어떻게 됐습니까? 오는 중인가요?"

파비안이 물었다.

"아마 조금 시간이 걸리지 않을까 싶은데. 슬레이스네르라면 분명히 자기 선에서 이 수사를 해결할 때까지 어떤 식으로든 차량을 넘겨주는 걸 미룰 거예요."

"뭐라고요? 이건 우리 관할이라고요."

클리판이 말했다.

"덴마크 입장에서 보면 이 수사의 관할권은 자기들한테 있어요. 젊은 여자가 살해됐고 경찰관이 거의 죽을 뻔했으니까. 〈엑스트라 블라데트〉는 벌써 그 경찰관이 2010년대 최고 영웅이라고 추켜세우고 있는걸요."

"뭐라고? 2010년대라고 해봐야 이제 막 시작인데?"

몰란데르가 어처구니없다는 듯이 말했다.

"그런 거에 연연해하지 맙시다. 그러기엔 날이 너무 짧잖아요. 맥도날드 전선은 어떻게 돼가나요?"

투베손이 물었다.

"오스토르프에서 반경 20킬로미터 안에 있는 맥도날드는 모두 여덟 곳이더군요. 그날의 특별 메뉴가 있는 곳은 엥엘홀름에 하나, 헬싱보리에 셋, 외도크라에 하나, 횔링에 하나 해서 모두 여섯이고요."

클리판이 대답했다.

"칠리 맥피스트 디럭스를 판매한 건 무슨 요일이지?"

몰란데르가 물었다.

"목요일이었어요. 범행 시점이랑 일치해요."

"가게를 돌면서 멜비크나 슈메켈을 기억하는 직원이 있는지 점검해봐야겠군요. 클리판, 해줄 수 있죠?"

투베손의 말에 클리판이 대답했다.

"물론입니다."

"이건 자기랑 파비안이 처리할 수 있을 거 같아."

투베손이 릴리아에게 서류철을 건넸다.

"이게 뭔데요?"

"슈메켈 자택 수색 영장."

"어떻게 받은 거예요? 분명한 동기나 사실 증거라 할 만한 것도 못 찾았잖아요. 슈메켈을 가리키는 건 아직 자동차밖에 없는데요."

클리판이 물었다.

"그것도 사실은 도난 차량일 수 있잖아."

몰란데르가 말했다.

"그렇다면 벌써 도난 신고를 했겠죠."

투베손이 대답했다.

"그렇다고 수색 영장을 발급할 정도는 아니죠. 스티나 획셀 검사장이라면 분명히 그렇게 말했을 텐데요."

클리판이 말했다.

"맞아, 그랬을 거예요. 검사장 전남편이 덴마크인만 아니었다면 말이죠."

파비안은 후고 엘빈의 의자에 털썩 주저앉았다. 무슨 생각을 해야 할지 도무지 알 수가 없었다. 너무나도 혼란스러웠다. 이번 사건은 그 어느 것도 서로 관련 있는 것처럼 보이지 않았다. 글렌과 으깨진 발에 관해서는 옳게 추론했다. 모든 단서가 클라에스 멜비크가 범인이라고 말하는 것 같았다. 클라에스야말로 두 사람을 살해할 가장 유력한 동기가 있는 사람이니까. 도대체 그는 어디로 가버린 걸까? 릴리아는 1993년 이후로는 그의 흔적을 찾을 수 없다고 했다. 마치 연기처럼 사라져버렸다.

루네 슈메켈은 또 누구인가? 정말로 휴가를 떠났는데 자동차를 도난당한 것일까, 아니면 예르겐과 글렌과 관계있는 사람일까? 동창은 아니라고 하더라도 말이다. 어쩌면 이 사건은 학창 시절과는 전혀 상관이 없는지도 몰랐다. 그저 수사에 혼선을 주려고 학급 사진을 떨어뜨리고 간 것일 수도 있었다. 파비안은 의자에 기대어 앉으면서 모든 상황을 종합해 분명하게 결론을 내리려 할 때마다 오히려 더욱 힘들어진다는 사실을 깨달았다.

파비안은 잠시 쉬기로 결정하고 후고 엘빈의 책상 맨 위 서랍을 열었다. 텅 비어 있었다. 서랍에 물건이 단 한 개도 없다는 사실에 당황한 파비안은 두 번째 서랍도 열어봤다. 역시나 텅 비어 있었다. 세 번째 서랍에도 아무것도 없었다. 네 번째 서랍은, 잠겨 있었다. 엘빈 선생은 다른 사람이 자기 물건을 만지는 상황을 절대로 허락하지 않겠다는 단호한 의지의 표현이었다. 파비안은 엘빈의 전화기를 집어 들고 집에 전화를 걸었다.

"리스크 집입니다. 전 마틸다예요."

"안녕, 마틸다, 아빠야. 다들 뭐 하고 있는지 궁금해서 전화했어."

"지하 저장고에 유령이 있어!"

마틸다는 마치 죽고 사는 문제라도 말하듯이 다급하게 소리쳤다.

"나랑 엄마가 페인트 붓을 찾으려고 거기 갔거든. 그런데 전구가 하나 나갔어. 전구를 갈았는데, 그 전구도 또 나갔어."

"합선된 것 같은데?"

"아니야, 우리가 퓨즈도 봤는데 아무 이상 없었어. 엄마가 진짜 유령이 있는 거 맞대."

"유령이 있다고 해도 아주 좋은 유령일 거야. 엄마 집에 있어?"

"어어, 엄마! 아빠야. 아빠가 유령이 있다는 거 안 믿어!"

"여보세요?"

파비안은 소냐의 목소리로 기분을 살펴보려 했지만 아무것도 느낄 수 없었다. 그가 집에 전화한 이유는 지금 수사 상황이 아주 짜증 난다는 것과 젊은 여자의 죽음에 양심의 가책을 느낀다는 사실을 말하고 싶어서였다. 파비안은 자신의 기분을 알아줄 사람과 이야기를 나눌 필요가 있었다. 하지만 지금 소냐와 이야기한다고 해서 나아질 것 같지도 않았다.

"창고에 유령이 있다며? 친절한 친구들이야?"

"당신이 초자연적인 걸 믿지 않는 건 알아. 하지만 창고가 너무 작단 말이야."

"너무 작다는 게 무슨 뜻이야?"

"적절하다고 생각되는 크기보다 훨씬 작단 말이야. 꼭 숨겨진 방이 있어야 할 것 같은데, 감춰진 문 같은 건 없어."

"이웃집에서 사용하는 공간 아닐까?"

"그럴 수도 있지. 그런데 오븐도 하나 찾았어. 당신, 오븐 있는 거 알았어?"

"아니? 어떤 오븐인데?"

"나무로 때는 빵 굽는 오븐이야. 벽에다 직접 구멍을 뚫은 거 같아. 마틸다랑 그 오븐으로 빵이 구워지는지 한번 해보려고. 재미있을 거야."

"확실한 건 아닌데, 그다지 좋은 생각 같지는 않아. 내가 잘못 기억하고 있는지는 모르지만 부동산 중개업자가 굴뚝이 막혔댔나, 뭐 그랬던 거 같은데?"

"이런, 속상하네."

파비안은 소냐가 어떤 오븐을 이야기하는지 알 것 같았다. 베름란드의 조부모 집에도 그런 오븐이 있었다. 오븐에 불을 켤 때는 정말로 즐거웠다. 오븐으로 빵과 피자를 구웠고 거실에 있는 커다란 돌 벤치를 데웠다. 할아버지가 직접 오븐을 설계하고 제작해 연기가 굴뚝을 타고 밖으로 나가기 전에 열기가 벤치를 돌게 했다. 그런 오븐을 만들었다는 사실이 할아버지의 자부심이자 기쁨이었다.

한번은 파비안이 여동생과 숨바꼭질하다가 그 오븐 안에 들어가 숨은 적이 있었다. 동생은 결국 오빠 찾기를 포기했고 파비안은 그 전날 오븐을 데웠던 희미한 열기를 즐기면서 가만히 누워 있었다. 나중에는 완전히 잠까지 들었다. 파비안의 가족은 한 시간 뒤에 할머니가 오븐에 불을 때기 직전에 우연히 그를 발견했다. 그날 자신이 얼마나 위험했는지는 어른이 된 뒤에야 깨달았다.

"그런데, 오늘 테오랑 이야기해봤어?"

소냐가 물었다.

"그럴 시간이 없었어. 또 피해자가 나왔거든."

"당신 반에서?"

"응, 글렌 그란크비스트라고, 예르겐 폴손하고 가장 친했어."

"이런 세상에, 그럼 자기가……."

"소냐, 아직 확실한 건 아무것도 없어. 지금으로서는 어떤 일이든 가능해."

"알아. 당신이 정말로 잘 해결했으면 좋겠어."

소냐가 한숨을 내쉬면서 말했다.

"우리가 선택할 수 있는 게 아니야."

"아니, 선택하지 않는 거라고 생각해. 오늘 자기 할 일이 많은 거 알아. 하지만 꼭 시간을 내서 테오한테 전화해. 인터넷이 연결되니 이제는 자기 방에서 나오려고도 하지 않아. 컴퓨터 앞에 못 박혀 있는 것 같아."

"전화하도록 노력해볼게."

"사랑해."

"나도 사랑해."

전화를 끊고 파비안은 테오도르가 그런 식으로 행동하는 이유를 생각해봤다. 소냐가 옳았다. 테오도르는 말이 거의 없었고 대부분의 시간을 침실에 틀어박혀 지냈다. 어제 해변에 갔을 때도 테오도르는 혼자 앉아 있거나 사람들이 없는 곳에서 스노클링을 했다. 하지만 열네 살 남자아이는 대부분 그렇지 않나? 파비안도 그 나이 때는 부모에게 비슷한 느낌을 가진 것 같은데?

소냐는 파비안과 의견이 완전히 달랐다. 아내는 테오도르가 사실은 아빠를 그리워한다고, 남자로서의 역할 모델이 필요하다고 생각했다. 저녁 10시 전에 집으로 돌아오는 아빠가 필요하다고 믿었다. 파비안도 아내가 옳다는 사실은 알았다. 하지만 자신의 부재만으로 테오도르의 행동을 모두 설명할 수는 없다고 생각했다. 그보다는 갑작스러운 이사가 테오도르의 마음을 더욱 닫게 한 이유는 아닐까 싶었다.

파비안은 테오의 전화번호를 누르면서 집에서 가져온 학급 앨범을 뒤적였다. 그는 마치 이상한 실험을 받은 사람들처럼 하나같이 이상한 머리 모양을 한 여드름 난 학생들을 차례로 훑어봤다.

"어."

전화기 너머에서 잔뜩 귀찮아하는 목소리가 들려왔다.

"안녕, 테오. 뭐 하고 있어?"

"아무것도 안 해. 〈콜 오브 듀티〉 하고 있었어."

그게 요즘 테오도르가 하는 게임 같았다. 몇 시간 내내 게임 속 인물들이 한 도시를 공습해 완전히 없애버리거나 다른 군인들을 사냥하러 다니는 것. 파비안은 아이들이 대부분 비디오게임과 현실을 구별할 수 있으리라 확신했다. 하지만 테오도르는 너무나도 많은 시간을 컴퓨터 앞에서 보냈기 때문에 걱정이 될 수밖에 없었다.

"아빠 생각에는 테오, 스톡홀름에서처럼 많은 친구가 한꺼번에 생길 수는 없겠지만 일단 8월에 개학하면 분명히……."

"엄마가 전화하랬지?"

"아니야, 하지만 네가 방에 틀어박혀서 아무것도 하지 않는다고 해서."

"여긴 할 일이 하나도 없단 말이야."

"아니, 그렇지 않아. 헬싱보리는 바람 부는 광장에 핫도그 가판대가 덩그렇게 있는 작고 별 볼일 없는 마을이 아닌걸."

"그럼 내가 뭘 해야 하는데?"

사실 파비안도 10대 아들이 헬싱보리에서 즐겁게 지내려면 무엇을 해야 하는지 잘 몰랐다. 헬싱보리는 파비안이 어릴 때와는 많이 달라져 있었다. 헬싱보리는 낡은 허물을 벗고 스웨덴에서 흔히 볼 수 있는 회색빛 도시에서 아름다운 해안과 카페, 산책로가 있는 작은 진주로 탈바꿈했다. 하지만 테오도르가 카페나 산책로에 흥미를 느낄 것 같지는 않았다. 혹시 엄마 아빠가 스웨덴 록 페스티벌에 가지 못하게 한 걸로 아직까지 화가 나 있는지도 모르겠다는 생각이 들었다.

"오늘 아빠랑 나가서 뭐 좀 할래? 우리 둘이서만."

파비안은 자기 입에서 단어들이 튀어나오는 동안 낙하산도 없이 절벽 아래로 곧장 뛰어내리는 기분이 들었다.

"뭘 해?"

"외식도 하고 영화도 보면 되지 않을까? 혹시 근처에 괜찮은 콘서트가 있는지도 보고."

"이미 찾아봤어. 이 근처에서 콘서트를 여는 곳은 소피에로밖에 없어."

"거기서 누가 연주하는데?"

"없어. 그냥 디 아크나 켄트, 로빈, 뭐 그런 사람들이 해."

"그럼 켄트가 할 때 가면 되겠네. 되게 열심히 부르잖아."

자신이 얼마나 멍청한 소리를 했는지를 깨닫고 파비안은 혀를 깨물었다.

릴리아가 엘빈의 방으로 들어오더니 파비안에게 따라오라고 손짓했다.

"아빠 가봐야겠다. 한번 생각해보고 나중에 이야기하자."

"알았어."

그게 테오가 할 수 있는 말의 전부였다.

파비안은 전화를 끊었다.

22

자물쇠 실린더는 단강 잠금장치를 채택해 안으로 들어가기가 매우 힘든 데다 스프링이 장착된 핀에는 단단한 크롬이 코딩되어 있었다. 이 자물쇠는 평범한 처브 자물쇠가 아니었다. 아주 강력한 보안용 자물쇠였다. 이런 자물쇠를 장착한 문을 열고 들어가려면 핀이 정확한 위치까지 올라간 뒤에 완벽하게 맞는 방향으로 돌릴 열쇠가 있어야 한다. 하지만 그들에게는 그런 열쇠가 없었다. 그래서 열쇠 수리공은 6밀리미터 수냉식 다이아몬드 드릴을 사용해 정확하게 핀을 절단하면서 100분의 1밀리미터 깊이까지 파고들었다.

몇 분 뒤에 열쇠 수리공은 실린더에서 드릴을 빼고 자물쇠 구멍 안으로 갈고리를 넣어 옆으로 돌려 문을 열었다. 파비안과 릴리아는 우편물, 광고 전단, 잡지가 마구 쌓여 있는 작은 현관 홀로 들어갔다. 종이 더미 맨 위에 있는 것은 깨진 두개골 사진과 함께 '400만 년 된 여인'이라는 제목이 적힌 〈내셔널지오그래픽〉 7월호였다.

개방형 설계를 한 집이어서 홀 오른쪽은 거실이고 왼쪽은 부엌이었다. 정면에는 2층으로 올라가는 계단이 보였다. 1700년대쯤에 지어진 집은 룬드의 구시가지에 있었다. 하지만 깔끔하게 수리를 해 새로 지은 현대식 건물이라는 느낌이 들었다.

파비안은 피해자(이 경우는 용의자지만)의 집을 처음으로 수색할 때는 혼자인 편을 선호했다. 다른 사람의 목소리를 듣지 않고 방이 자신에게 말을 거는 소리를 들을 수 있길 바랐다. 수사를 진전시킬 단서는 단 하나도 놓치고 싶지 않았다. 사건을 전체적으로 보려면 아주 작은 정보도 반드시 필요한 퍼즐 조각일 수 있었다.

릴리아도 같은 기분인 것 같았다. 그녀는 한마디 말도 없이 조용히 2층으로 사라져버렸다.

클리판이 지적한 것처럼 파비안도 루네 슈메켈이 살인마라는 확고한 증거는 없음을 알았다. 그리고 이제 슈메켈의 거실 한가운데 서 있으니 뭔가가 자꾸 잔소리한다는 느낌이, 뭔가 말이 되지 않는다는 느낌이 들었다. 도대체 루네 슈메켈은 누구지?

담갈색 빈티지 뉴포트 소파, 상당히 많이 사용한 게 분명한 브루노 마트손 의자, 창문 옆에 오토만이 있는 거실은 가구가 별로 없었다. 텔레비전은 보이지 않았고 뱅앤올룹슨 스테레오만 보였다. 벽에는 구릉진 시골 풍경과 집이 많은 오래된 도시의 모습을 담은 흑백 사진이 몇 개 걸려 있었다. 파비안은 스페인이나 이탈리아, 포르투갈 등지에서 찍은 사진들이라고 생각했다. 왜 그런 생각이 드는지는 정확하게 말할 수 없지만 스웨덴이나 덴마크에서 찍은 사진이 아님은 분명히 알 수 있었다. 창턱에는 화분 하나 없었고 애완동물의 흔적은 어디에도 없었다. 먼지가 조금 쌓인 것 말고는 깨끗하게 정돈되어 있었고 모든 물건이 정확히 있어야 할 장소에 있는 듯했다. 슈메켈은 계획적으로 사라진 것일까, 아니면 그저 휴가를 가기 전에 집 안을 깨끗하게 정리해둔 깔끔한 사람일까?

파비안은 벽에 붙어 있는 스테레오로 다가가 전원을 켰다. CD가 돌아가면서 아주 작은 스피커에서 클래식 음악이 흘러나왔다. 파비안은 클래식 음악은 거의 몰랐다. 클래식 음악을 들을 때면 언제나 골프나 사냥, 빈티지 와인처럼 클래식 음악도 자신을 위한 영역은 아니라는 확고한 생각이 들었다. 스테레오 위에 놓인 빈 CD케이스를 보고 지금 흘러나오는 음악이 프랑스 작곡가 베를리오즈의 〈환상 교향곡〉임을 알았다. 그는 조심스럽게 브루노 마트손 의자에 앉아 등을 기대고 작은 위성 스피커에서는 도저히 나올 수 없는 깊고 웅장한 소리에 사로잡혔다. 주위를 둘러본 파비안은 소파 뒤에서 서브우퍼를 발견했다.

파비안도 수년 동안 스테레오 장비를 갖추려고 엄청난 돈을 쏟아부었다. 새로 산 스피커 비앤더블유 802 다이아몬드를 보여줬을 때는 소냐를 거의 울릴 뻔했다. 나중에 파비안은 비앤더블유가 가장 아름다운 스피커가 아님을 인정했지만 소리만은 환상적이었다.

파비안은 오토만에 다리를 올려놓고 눈을 감았다. 클래식 음악을 제대로 즐기려면 이 방법밖에 없었다. 편안한 의자, 좋은 스테레오, 그리고 무엇보다도 완벽한 고독이 있어야 한다. 눈을 떴을 때 그는 이 방이 얼마나 적막한지 깨달았다. 슈메켈은 아마도 친척도 친구도 없을 것이다. 그저 자신의 시간을 뭔가를 읽고 음악을 듣고 자신을 더 나은 인간으로 만드는 데에만 사용했을 것이다.

파비안은 의자에서 일어나 반대쪽 벽으로 걸어갔다. 그곳에는 일고여덟 개 정도의 선반이 있는 천장까지 닿는 빌트인 책장이 있었다. 책장 한 곳에는 거의 오페라와 클래식 음반이고 재즈도 조금 섞인 CD가 꽂혀 있었지만 책장을 대부분 차지한 것은 책이었다. 슈메켈은 엄청난 독서가임이 분명했다. 문학으로 분류한 선반이 두 개 있었고 나머지는 '의학', '자기방어와 무술', '물리학과 생물학' 같은 하위 분야를 꼼꼼하게 나눠놓은 비문학 책이 꽂혀 있었다. 파비안은 심리학으로 분류해놓은 책들의 제목을 들여다봤다. 《나는 죽고 싶은 게 아니야, 그저 살고 싶지 않은 거야》, 《그건 내 잘못이 아니야—책임을 받아들이는 기술》, 《모욕과 용서》, 《분노 조절》 등 모두 의사들이 읽는 치료 지침서였다.

처음에 이 집에 들어왔을 때 파비안은 슈메켈이 외롭지만 인생의 좋은 점을 즐길 줄 아는 어느 정도는 조화로운 인물이라고 생각했다. 하지만 책장을 살펴볼수록 전혀 다른 인물이 떠올랐다. 이 인물은 자존감이 낮고 어쩌면 폭력의 희생자일 수도 있겠다는 생각이 들었다.

파비안은 앨범을 꺼내 펼쳤다. 처음 몇 장에는 남부 유럽에서 찍은 여행 사진이 있었다. 그 뒤로는 룬드 병원에서 찍은 할로윈 파티 사진이었다. 한 사진에서 슈메켈은 도살업자 분장을 하고 마지팬으로 만든 것 같은 손가락을 씹어 먹고 있었다. 파비안은 슈메켈이 환자의 방광에 외과용 클립을 넣고 잊어버린 사건을 무마하려고 이런 사진을 자신을 대표하는 모습으로 내세운 것은 아닌지 의심스러웠다. 앨범의 나머지 부분을 넘겨봤지만 더는 사진이 없었다.

기술이 발달해서 곤란한 점 하나는 이제 그 누구도 앨범에 사진을 정리하지 않는다는 것이다. 사람들은 대부분 하드 드라이브에 사진을 보관했다. 그러니 발견되는 것이라고는 손으로 추억을 적어 놓은 아주 오래된 낡은 앨범밖에는 없었다.

그때 갑자기 한 가지 생각이 떠올랐다. 파비안은 방을 쭉 둘러보면서 슈메켈의 어린 시절이나 10대 시절을 떠오르게 하는 물건이 하나도 없음을 깨달았다. 어린 시절의 향수를 불러일으킬 만한 소품, 혹은 파비안의 우상이던 듀란듀란 같은 옛 가수의 음반은 한 장도 없었다. 모두 고상한 취향이 완성된 뒤에 듣는 '성인'을 위한 음반뿐이었다. 책장에 꽂혀 있는 책도 마찬가지였다. 《은하수를 여행하는 히치하이커를 위한 안내서》라든가 《에이드리언 몰의 비밀 일기》 같은 책은 없었다. 슈메켈의 어린 시절은 한 번도 존재하지 않은 것처럼 완전히 지워져 있었다.

파비안은 거실을 떠나 부엌으로 들어가 살펴봤다. 부엌에는 지역과 생산 연도별로 프랑스 와인을 구분해놓은 와인 쿨러가 있었다. 루네 슈메켈은 철저하게 학자연하는 사람임이 분명했다. 파비안은 스테인리스 냉장고 문을 열었다. 그 순간 풍겨 나오는 악취에 깜짝 놀라고 말았다. 금방이라도 구역질이 나올 것만 같았다. 슈메켈의 냉장고는 당연히 깔끔하게 텅 비어 있으리라 생각했는데 현실은 완전히 반대였다. 잔뜩 썩은 채소, 오래된 우유, 반쯤 먹다 남긴 게 접시까지 들어 있었다. 접시에 놓인 상한 게는 죽었는데도 불구하고 누구라도 죽일 능력이 있어 보였다. 집 안에 놓인 모든 물건의 상태로 보아 신선한 게를 냉장고에서 썩게 만드는 것은 아무리 생각해도 슈메켈의 스타일은 아닌 듯했다. 냉장고 상태는 슈메켈에게 집을 떠날 계획이 전혀 없었음을 의미했다.

냉장고 안에서 썩은 음식에 어떤 의미가 있는지, 아니면 수사에 차질을 주려고 일부러 설정해놓은 것인지를 고민하면서 파비안은 좀 더 많은 단서를 찾아 부엌을 뒤지고 다녔다. 슈메켈의 부엌에는 찬장이라거나 식료품 보관실, 냉동고 같은 일반 가정에서 볼 수 있는 주방 시설은 전혀 없었다. 파비안은 마지막으로 서랍을 열어봤다. 첫 번째 서랍에는 은 식기류가 있었다. 두 번째 서랍에는 다양한 도구들이 있었다. 세 번째 서랍에는 사람들이 흔히 어떻게 해야 할지 몰라서 넣어놓는 펜, 지우개, 쓸모없는 동전, 고무줄, 테이프, 쓰지 않은 공책, 열쇠 같은 잡동사니가 들어 있었다. 열쇠 가운데 하나는 자동차 열쇠처럼 보였다. 파비안은 그 열쇠를 집어 들었다. 푸조 열쇠였다.

갑자기 한 가지 생각이 떠오른 파비안은 그 열쇠를 주머니에 집어넣었다.

23
○

그녀의 몸 왼쪽이 차가운 금속 벽에 바싹 붙어 있었지만 오른쪽에
도 여유는 많지 않았다. 기껏해야 3~4센티미터 정도? 그녀가 누워
있는 공간은 너무 좁았고 어둡고 추웠다. 정확히 말하면 영하 22도
였다. 누군가 전등을 켠다고 해도 조금도 밝아질 것 같지 않았다.
온몸이 꽁꽁 얼어붙을 날씨에 어둠에 감싸여 벌거벗은 채 똑바로
누워 있었지만 추위는 조금도 느껴지지 않았다.

　두냐 호우고르는 사람들이 늦는 걸 싫어했다. 약속 시간에 늦어
다른 사람 시간을 낭비하게 하는 것은 상대방을 자기보다 가치 없
다고 여기는 극도로 무례한 태도라고 여겼다. 오스카르 페데르센은
대부분 늦었으므로 두냐는 시체 안치실로 들어가 메테 로위세 리스
고르라고 적힌 냉동 보관함을 밖으로 꺼냈다. 두냐는 메테를 내려
다봤다. 벌거벗은 젊은 여인은 짙은 머리카락을 부채처럼 넓게 펼
치고 있었다. 아름다운 아가씨였다. 입에는 피어싱을 하고 오른쪽
어깨에는 다이아몬드 문신을 새겼지만 매우 순수해 보였다. 그녀의
인생은 그녀를 갉아먹으면서 흔적을 남길 기회를 갖지 못했다. 죽
음이 인생을 강탈해 여자를 앗아가버렸다. 메테 로위세는 마치 살
아 있는 것처럼 보였다. 그저 깊은 잠에 빠진 것 같았다. 이게 무슨
헛된 죽음이야, 두냐는 생각했다. 자기들에게 연락할 생각도 하지
않은 그 스웨덴 경찰을 도무지 이해할 수 없었다. 어쨌거나 이 일은
덴마크 경찰과도 관계가 있고 위험한 살인마가 주유소로 돌아오리
라는 걸 분명히 알고 있었을 텐데도 말이다.

두냐가 등을 지고 있는 문이 열리더니 예의 그 거만한 미소를 띠고 오스카르 페데르센이 들어왔다. 자신이 지각했다는 사실 따위는 조금도 신경 쓰지 않겠다는 듯이.

"안녕, 이쁜이. 자기가 두 손 놓고 기다리지 않으리라는 건 알았지. 그래 뭐, 찾은 거 있어?"

"오늘은 내 의견을 말하고 싶지 않아요. 오스카르의 의견을 듣고 싶어요."

"이런, 이거 진짜 안타까운데. 분명 10점 만점에 10점인데. 이 여자가 주변에 얼마나 많은 기쁨을 남기고 떠났는지 생각해보라고."

오스카르는 자기가 한 말이 웃겨 죽겠다는 듯이 깔깔대며 냉동 보관함 옆에 주저앉았다.

두냐는 단 한 번도 오스카르를 좋아한 적이 없으며, 그가 의학 검시관이 된 데에는 그릇된 이유가 있으리라 확신했다. 오스카르는 여자 피해자가 검시대에 오를 때마다 기분이 매우 좋았는데, 피해자가 젊은 여자일 때는 특히 더 그랬다. 안타깝게도 그는 덴마크 최고 병리학자 가운데 한 명으로 30년간 시체를 부검하면서 단 한 번도 단서를 놓치거나 사인을 알아내지 못한 경우가 없었다.

"이번 사건의 범인은 사람을 죽이는 법을 아는 게 분명해. 이것 좀 봐."

오스카르는 시체 머리를 목이 모두 드러나도록 젖히더니 이리저리 돌렸다.

"이거 보여?"

두냐는 고개를 끄덕였다. 목 양쪽에 작은 멍이 들어 있었다.

"이 남자는 흔히 펜서 홀드라고 부르는 기술로 여자를 질식시켰어. 엄지와 검지만 사용하면 되는 기술이지. 이렇게 하는 거야."

오스카르는 자기 손가락으로 두냐에게 직접 시범을 보였다.

"사람을 질식시킬 때 사용하는 아주 효과적인 기술이지."

두냐는 발톱 같은 오스카르의 손을 뿌리치고 뒤로 물러나지 않으려고 안간힘을 썼다.

"이게 목을 전체적으로 감싸는 것보다 훨씬 나아. 그건 아마추어들 방식이지. 양손을 다 쓰면 피해자가 죽는 데는 적어도 15분이 필요해. 사람들이 이 남자처럼만 해낸다면 이 세상 고통은 많이 줄어들 거야."

두냐는 그 말이 농담인지 아닌지 확신할 수 없었지만 진지하게 받아들이기로 했다.

"그 말은 범인이 다양한 살해 기술을 익혔다는 뜻인가요?"

"그럴 수도 있지. 하지만 이건 해부학 기본 지식과 냉혹함만 있으면 누구든 할 수 있는 기술이야."

두냐는 엘리베이터 안으로 들어가 녹색 버튼을 눌렀다. 올라간다고 느끼는 순간 숨 쉬기가 한결 편해졌다. 그녀는 지하를 좋아한 적이 없었다. 그리고 어째서 시체 보관실은 늘 지하에 만드는지도 이해할 수 없었다. 망자에게야 아무 차이가 없겠지만 시체 보관실을 위층으로 옮기면 병원에 근무하는 사람들의 삶이 개선될 텐데. 그녀는 지하에서는 아무리 오래 있어도 한 번에 30분 이상은 참아낼 수 없었다.

두냐는 몇 층 더 올라가서 모르텐 스테엔스트루프와 이야기를 나누고 싶었다. 하지만 그는 아직 수술대 위에서 의식을 회복하지 못하고 있었다. 지금 시점에서는 의사들도 예후를 판단할 수 없다고 했다. 두냐가 할 수 있는 일은 오직 희망을 갖는 것뿐이었다. 모르텐의 회복도 기원하지만 수사에 진전이 있기를 역시 기원했다. 지금으로서는 렐링에 주유소에서 일어난 일을 정확하게 알아내려면 모르텐과 이야기를 나누는 방법밖에는 없었다.

릭스 병원 편의점 옆을 걷다가 두냐는 모든 광고판마다 붙어 있는 모르텐의 사진을 봤다. 주말을 지나면서 모르텐은 엄청난 영웅이 되어 있었다. 혼자였는데도 불구하고 코이에의 그 작은 경찰관이 포기할 줄 모르고 흉악한 범죄자에게 당당히 맞서다가 심각한 부상을 입었다고 말이다. 두냐는 모르텐의 행동은 엄청난 멍청함의 상징이라고 생각했다. 그가 한 일은 경찰학교에서 배우는 모든 가르침에 어긋날 뿐 아니라 상식에도 철저하게 어긋났다. 하지만 사람들은 영웅을 원했고 그가 지금 생과 사를 오가고 있다는 사실은 그 같은 진실을 조금도 개의치 않게 했다. 그가 사실 아기 하마였다고 해도 지금의 그가 훨씬 더 큰 뉴스거리가 됐을 거라고 생각하면서 두냐는 병원 정문을 나섰다.

두냐가 자전거를 타고 라운스보르가데로 내려가 뇌레브로 극장을 지나 왼쪽으로 돌아 뇌레브로가데로 접어들 때 전화벨이 울렸다. 그녀는 그대로 달리면서 전화를 받았다.

"나와 통화하고 싶어 한다는 소리를 들어서."

과학수사팀의 키엘 리크테르였다.

"그랬지. 푸조는 어떻게 돼가?"

두냐가 물었다.

"잘될 거라고 확신해. 지금쯤이면 연구소에 와 있을걸. 푸조 열쇠를 주문하기는 했는데, 지금 휴가철이라 아마도 2주는 돼야 만들어질 거야."

"아직 조사를 시작도 안 했단 말이야?"

"그럴 시간이 어디 있었어? 아직도 렐링에야. 여기 와본 적 있어? 완전 엉망이라고. 주말 내내 일도 못했어. 아그네스와 말테가 장염에 걸리는 바람에 소피를 도와야 했거든."

"좋아, 알겠어."

조깅을 하면 담배 반 갑과 맞먹는 배기가스를 먹게 되는 곳이라고 사람들이 주장하는 드로닝 로위세 다리를 건너면서 두냐는 자신에게 아이가 없다는 사실을 신에게 감사했다.

"지금 바로 조사할 수 없다면 푸조를 스웨덴에 보내는 게 낫지 않을까? 내가 듣기로는 푸조를 당장 손에 넣고 싶어 한다던데."

"나도 슬레이스네르한테 그런 의견을 말했는데, 스웨덴하고 갈등을 풀지 않는 한은 어떤 것도 넘길 수 없음이 분명해. 너도 슬레이스네르가 그런 기분에 잠겨 있을 때는 어떤지 잘 알잖아."

두냐도 슬레이스네르의 '그런 기분'을 잘 알았다. 혹시라도 슬레이스네르의 미움을 받는다면 그 사람은 차라리 이민 가는 게 나았다. 슬레이스네르보다 완고한 고집쟁이는 없었다. 뼈가 부러지는 소리가 들리기 전까지는 절대로 물고 있는 희생자를 놓아주지 않는 분노한 오소리 같은 사람이었다. 슬레이스네르에 관한 소문은 경찰대학에서도 들었지만 그저 거짓말처럼 믿기 힘든 과장된 이야기라고 생각했다. 하지만 슬레이스네르 밑에서 일하는 동안 두냐는 그 이야기가 아주 완벽한 진실임을 알게 됐다.

"그렇다고 아무것도 하지 않고 2주를 흘려보낼 수는 없어. 스웨덴 사람들이 여기 와서 직접 조사해보게 하는 게 좋겠어."

"난 빠질게. 슬레이스네르를 화나게 할 생각이라면, 마음대로 해. 하지만 윗선에서 알게 된다고 해도 내 도움을 기대하지는 마."

전화를 끊을 무렵에는 그러잖아도 나쁘던 두냐의 기분이 최악이 됐다. 그럴 수가 있다면 말이지만 슬레이스네르가 고집을 부린다는 사실을 제외하면 스웨덴 경찰과 협력하지 말아야 할 이유가 하나라도 있는지 궁금했다. 쿨토르베트 광장을 지나면서 두냐는 경찰서에 도착하자마자 스웨덴 경찰에게 연락해야겠다고 결정을 내렸다. 분명히 그곳에도 자신과 똑같은 상황에 처한 누군가가 있을 거라고 확신했다.

24

"뭔가 흥미로운 걸 찾았습니까?"

2층 침실로 들어서면서 파비안 리스크가 물었다. 이레네 릴리아는 2층 침대 밑에 서서 나이트 스탠드 위에 쌓여 있는 책으로 몸을 기울이고 제목을 살펴보고 있었다. 그곳에도 뱅앤올룹슨 스테레오가 있었고, 거실에 있는 것과 같은 시골 풍경을 크게 확대한 사진들이 벽에 걸려 있었다.

"모르겠어요."

릴리아가 손을 번쩍 들었다.

"정말로, 솔직히, 이 남자가 어떤 사람인지 도무지 모르겠어요. 한편으로는 아주, 음, 뭐라고 말해야 할지 모르겠네. 아주 침착하게 자기 삶을 통제하는 사람 같아요. 취향도 괜찮고 책도 많이 읽는 것 같고, 너무나도 세심한 것이 어쩌면 거의 병적이라는 느낌마저 들어요."

릴리아의 말에 파비안은 고개를 끄덕였다. 릴리아도 자신과 똑같이 혼란을 느끼고 비슷한 결론을 내린 것이다.

"하지만 이런 걸 찾아내면 지금까지의 모든 추론을 버릴 수밖에 없죠."

릴리아는 '수면 일기'라고 적힌 파란색 공책을 내밀었다.

"수면 일기? 그게 뭡니까?"

"한번 읽어봐요."

파비안은 공책을 펼쳤다. 빽빽하게 적힌 글씨가 눈에 들어왔다. 첫 장부터 끝까지 모두 채워져 있었고, 각 장 오른쪽 위에는 날짜와 시간이 적혀 있었다. 파비안은 한 단락을 큰 소리로 읽었다.

"1994년 5월 20일. 나는 최선을 다해 달렸다. 하지만 여전히 행동은 굼뜨기만 했다. 그들은 점점 더 가까이 다가왔다. 날카로운 이빨을 가진 늑대들. 나는 엘리베이터로 뛰어가 버튼을 눌렀지만 문은 열리지 않았다. 나는 힘껏 버튼을 내리쳤다. 엘리베이터 문이 열리기 시작했지만 너무 느렸다. 결국 그들이 나를 붙잡았다. 나는 아무것도 하지 않았다. 하고 싶었지만 할 수가 없었다. 그건 마비돼버린 것과 같았다. 그저 가만히 서서 모든 걸 받아들였다. 그 녀석들 얼굴에 침을 뱉어주고 싶었지만 감히 그럴 수 없었다. 가장 작은 녀석이, 아마도 여덟 살쯤 된 녀석인데, 가까이 다가오더니 나를 밀었다. 전혀 준비되어 있지 않았기에 나는 휘청거리며 쓰러졌고 곧바로 낭떠러지 밑으로 떨어졌다……."

파비안은 읽기를 멈추고 고개를 들었다.

"그러니까, 이게 꿈을 적은 기록이란 말입니까?"

릴리아가 고개를 끄덕이더니 공책을 가져가 마지막 장을 펼쳤다.

"여기, 2001년 9월 12일 오전 5시 30분에 꾼 꿈을 읽어볼게요. 그 녀석이 쓰러졌다. 나는 내 나이키 신발이 빨갛게 변할 때까지,

그 녀석 얼굴이 완전히 사라질 때까지 발로 차고 또 찼다."

릴리아가 파비안의 눈을 빤히 쳐다봤다.

"어때요? 분명히 정신이 건강한 사람은 아니에요."

파비안도 릴리아의 말에 동의하고 거실에 있는 자기계발서에 관해 말했다. 두 사람은 몰란데르가 수색에 참여해 자신들이 놓쳤을지도 모를 단서를 찾도록 책장을 철저하게 분석해야 한다는 데 의견을 같이했다. 침실에서 나와 복도를 걷던 파비안이 갑자기 멈추고 말했다.

"다락은 살펴봤습니까?"

"아니요, 여긴 다락이 없는 것 같아요. 방은 모두 살펴봤어요."

"그렇다면 이런 건 왜 여기 있을까요?"

파비안은 문설주에 박힌 못에 걸린 길고 가느다란 강철 막대기를 집어 들었다. 흰색 페인트가 칠해진 막대기 끝에는 갈고리가 달려 있었다.

릴리아는 어깨를 으쓱했고 파비안은 천장을 살피면서 2층을 구석구석 살펴봤다. 릴리아가 옳았다. 2층 방 어디에도 다락으로 올라가는 문은 없는 것 같았다. 아무리 찾아도 다락문이 보이지 않자 파비안은 의자를 놓고 올라가 뒤집힌 우산처럼 생긴 천장 등을 살펴보기 시작했다. 막대기에 달린 갈고리로 등을 걸고 아래로 내리자 가파른 계단이 튀어나왔다.

두 사람은 다락으로 올라갔다. 어두운 다락은 천장이 매우 낮아서 몸을 구부려야 했다. 릴리아가 다락에서 불을 켜는 순간 파비안은 처음에 가졌던 슈메켈에 관한 생각이 완전히 틀렸음을 인정해야 했다. 바깥 풍경이 보이지 않고 소냐의 작업실보다는 상당히 작았지만 슈메켈의 다락도 파비안의 다락처럼 작업실로 쓰이고 있었다.

깨끗하게 빨린 붓이 털이 위로 향한 채로 깔끔하게 정리되어 있었고 물감이 색깔별로 분류되어 있었다. 혼돈 그 자체인 소냐의 작업실과는 완벽하게 대조되는 곳이었다.

"우아, 내가 찾은 것 좀 봐요."

릴리아는 캔버스 하나를 집어 이젤에 올려놓았다. 분명히 과감한 색채로 굵직하게 붓을 놀린 추상화였지만 그 작품이 심하게 난타당한 사람의 머리임을 아는 것은 조금도 어렵지 않았다. 소냐였다면 분명히 슈메켈이 소질이 있다고, 아주 흥미로운 그림을 그렸다고 말할 것이다. 하지만 파비안은 불쾌했다. 그림에서 머리는 어깨에서 떨어져 나와 하얀 배경 위를 둥둥 떠다녔고 목 밖으로는 힘줄과 혈관이 튀어나와 덜렁거렸다. 코는 짓이겨져 있었고 얼굴 왼쪽 피부는 뭉텅 뜯겨나가 힘줄과 뼈, 눈구멍 일부가 드러나 있었다.

"당신은 뭐라고 하고 싶은지 모르겠지만, 분명히 재능은 있는 남자네요."

릴리아가 캔버스를 몇 개 더 집어 들면서 말했다. 그림은 모두 엄청나게 구타를 당한 신체 일부분을 묘사하고 있었다. 피 묻은 도끼 옆에 두 발을 잘라놓은 그림도 있었고 찔린 상처가 스무 개는 있고 여전히 칼을 몸에 꽂은 채 상체를 90도가량 옆으로 비튼 몸통 그림도 있었다.

"당신 생각이 어떤지는 모르겠지만 나는 이런 창조 욕구가 우리가 찾는 남자의 특성에 잘 들어맞는 거 같아요."

릴리아가 말했다.

"어떻게 같은 사람이라는 걸 알 수 있죠?"

파비안이 물었다.

"무슨 뜻이에요?"

"나는 확신이 안 섭니다. 아래층에 사는 사람은 아주 조화롭게 느껴지지만 집은 너무나도 피상적이고 이 사람의 깊은 곳을 들여다 볼 개인적인 물건은 하나도 없어요. 그리고 다락으로 올라오니 아래층에서 만난 남자와는 완전히 다른 개성을 가진 인물이 있어요."

"혹시 하숙인 아닐까요? 차도 같이 쓸 수 있는?"

"침실이라고는 2층에 딱 하나 있는 집에요?"

파비안의 말에 릴리아가 고개를 끄덕였다.

두 사람은 각자 조용히 다락을 둘러봤다. 두 사람 모두 혼자서 생각하면서 이 상황을 이해할 시간이 필요했다. 두 사람은 다락을 돌면서 물감, 이젤, 기이한 그림을 뒤적였다. 붓통들 뒤에 금속 상자가 한 개 있었다. 가장자리의 파란색 페인트가 벗겨진 상자였다. 파비안은 조심스럽게 상자를 들어 열어봤다. 그곳에는 50장 정도 되는 즉석 사진이 들어 있었다. 사진 속 난타당하고 부풀어 오른 얼굴을 보는 순간 그는 모든 일이 어떤 식으로 연결됐는지 분명하게 파악할 수 있었다.

12월 16일

어제는 병원에 갔어.

그 녀석들은 우리 집 마당에서 나를 기다리고 있었어. 나는 도망쳤지만 곧 붙잡혀서 운동장으로 끌려갔어. 나는 나를 보호하려고 했지만 결국 엎어지고 발 세례를 받았어. 처음에는 매우 아팠어. 하지만 곧 아무것도 느껴지지 않았어. 그건 나 자신을 보살피기를 멈추는 것과 같았어. 그 녀석들이 웃으면서 여러 방법으로 발길질하는 걸 서로 시범을 보였어. 한 남자가 다가오더니 그 녀석들에게 고함을 질렀어. 그 녀석들은 달아나버렸어.

나는 일어나려고 했지만 일어날 수가 없었어. 온 세상이 빙글빙글 돌았어. 남자가 나를 일으켜 세우더니 이름을 물었어. 머리에서 피가 난다며 병원에 가야 한다고 했어. 그 남자는 계속해서 이름을 물었지만 나는 대답하지 않았어. 마침내 그 남자가 나를 내버려두고 떠났기 때문에 나는 집으로 돌아올 수 있었어. 하지만 너무 아팠어. 아주 오랫동안 아팠어.

나를 보자 엄마는 울기 시작했어. 엄마가 우는 건 딱 한 번 봤어. 아빠랑 싸웠을 때. 하지만 어제처럼 우는 건 처음 봤어. 나는 내가 잘못해서 싸움을 하게 됐다고 했어. 엄마는 같은 반 아이와 싸운 건지 궁금해했지만 나는 한 번도 보지 못한 녀석들하고 싸웠다고 했어. 엄마는 그 말을 믿는 것 같았어.

그 때문에 좋은 일도 생겼어. 갈비뼈가 두 대 부러지고 뇌진탕에 깊이 찢어진 상처도 몇 개 있어서 크리스마스 휴가 때까지는 집에 있을 수 있게 됐어!

추신: 집에 왔을 때 라반이 우리 안에서 자는 것처럼 누워 있는 걸 봤어. 하지만 자는 게 아니었어. 나는 그 녀석을 일으켜 세우려고 바늘로 등을 찔렀어. 처음에는 끽 소리를 내면서 도망치려 했지만 내가 강하게 눌러서 꼼짝도 못하게 했어. 그러니까 꼭 누가 쫓아오기라도 하는 것처럼 우리 안을 빙글빙글 돌기 시작했어. 진짜 엄청나게 재미있었어.

25

"확실해요?"

투베손이 탁자에 펼쳐놓은 구타당한 얼굴을 찍은 즉석 사진을 보면서 물었다.

"분명합니다."

파비안은 확신하면서 말했다. 룬드의 슈메켈 집 다락에서 사진을 보자마자 그는 알 수 있었다. 클라에스 멜비크는 루네 슈메켈과 동일 인물이었다.

"동기도 명확하고 예르겐과 글렌의 살인과 푸조는 관계가 있어요. 어째서 일찍 이런 생각을 하지 못했는지 모르겠습니다."

파비안은 투베손과 독대하고 있었다. 다른 사람들에게는 세부 사항을 좀 더 논의한 뒤에 투베손이 말하기로 했다.

"어째서 클라에스 멜비크는 루네 슈메켈로 이름을 바꿨을까요?"

투베손은 사진에서 시선을 떼고 파비안을 쳐다봤다.

"아마도 자신을 괴롭히는 사람들에게서 영원히 벗어나 다시는 같은 일을 겪고 싶지 않았기 때문일 겁니다. 기록에 따르면 1993년에 클라에스는 죽느니보다 못한 상태로 헬싱보리 병원으로 왔습니다. 서른여섯 번이나 수술한 뒤에 살아났어요. 그 기록에는 성형수술은 포함되지 않았고요."

"괴롭히는 사람이라면 예르겐과 글렌을 말하는 거겠군요."

파비안은 고개를 끄덕이며 화이트보드에 붙어 있는 클라에스 멜비크와 루네 슈메켈의 사진 앞으로 걸어갔다. 이제는 두 사람이 같은 사람임을 분명히 알 수 있었다. 슈메켈은 성형수술로 다른 사람처럼 보였지만 일단 두 사람이 같은 인물임을 깨닫고 나자 이제는 다른 사람이라고 생각하는 것이 불가능했다.

"경찰에는 신고하지 않았다고요?"

투베손이 물었다.

"그렇습니다. 권위자에게 알리는 대신 지하로 숨어서 신분을 바꾼 겁니다. 방해받지 않고 복수 계획을 짜기 위해서요."

"그건 확실히 강력한 동기가 되겠군요. 그렇다면 이제 끝이 난 건가요? 더는 위험한 동창은 없는 건가요?"

"클라에스를 괴롭힌 사람이 또 있는지 묻는 겁니까?"

투베손은 고개를 끄덕였다. 파비안은 예르겐과 글렌이 지워진 크게 확대된 학급 사진을 보면서 생각했다. 그는 클라에스를 외면했고 아무 일도 벌어지지 않은 것처럼 행동했지만 직접 괴롭히지는 않았다. 파비안은 투베손에게 클라에스와 관계있는 사람은 더는 없는 것 같다고 말했다.

투베손은 커다란 창문 너머로 헬싱보리를 바라봤다.

"기자 회견을 해야겠군요. 용의자를 발표해야죠."

파비안은 엘빈의 책상에 앉아 혹시라도 놓친 것은 없는지 고민하고 또 고민하면서 9학년 학급 앨범을 들여다보고 있었다. 정말로 클라에스를 괴롭힌 사람은 예르겐과 글렌뿐이었나? 교사들은 물론이고 반 전체가 그런 일이 계속 일어나게 내버려뒀으니 비난은 모든 사람이 받아야 한다.

사진 한 장에 있는 리나의 모습이 파비안의 눈길을 끌었다. 리나는 아직도 전화를 하지 않았고 앞으로도 할 가능성은 없어 보였다. 파비안은 두 사람이 달헴스베겐에 살던 시절을 생각했다. 그는

143C동에 살았고 리나는 아파트 마당을 사이로 마주 보는 141B동에 살았다.

파비안은 리나를 처음 본 순간을 기억했다. 1학년이 시작되는 여름이었다. 그때 그는 주차장에서 테니스 선생님과 함께 있었다. 라켓으로 공을 되도록 많이 치는 연습을 하고 있었다. 파비안은 리나가 다가오는 모습을 보지 못했지만 그녀는 그를 보고 연석에 앉았다. 길게 땋은 금발에 초록색 셔츠를 입고 무릎까지 오는 양말을 신은 리나는 마치 환영 같았다. 심지어 테니스 라켓까지 들고 있는.

두 아이는 아무 말도 하지 않았다. 파비안은 리나를 보지 않으려 애썼다. 그저 자신이 그녀가 있음을 모르는 것처럼 보이고 싶었다. 심지어 파비안은 리나도 공을 가지고 놀게 해줘야겠다는 생각은 나지도 않았다. 갑자기 공치기 기록을 세운다는 것이 너무나도 하찮게 느껴졌고 그저 자신이 힘이 세다는 것을 보여주기 위해 최대한 공을 힘껏 치는 것만이 하고 싶은 일의 전부였다.

파비안이 공을 힘껏 치자 갑자기 라켓 줄 여기저기에 묶어둔 파란색 고무줄이 끊어졌고 공은 큰 포물선을 그리며 저 멀리 거리로 날아갔다. 두 아이는 아무 말도 하지 않고 한참 동안 그대로 서 있었다. 파비안은 그때 자신이 멍하니 서서 얼마나 창피해했는지 지금도 분명히 기억했다. 그때까지도 파비안은 리나를 보지 못한 것처럼 행동하고 있었기에 어떻게 그 상황을 벗어나야 할지 도무지 알 수가 없었다. 그때 리나가 말했다.

"내가 공 같이 찾아줄까?"

리나의 말 한마디 한마디가 마치 백만장자로 만들어줄 로또 번호를 하나씩 하나씩 듣고 있는 기분이었음을 지금도 기억했다. 마침내 침묵이 깨진 것이다.

"아니야, 어쨌거나 하나 사려고 했어."

파비안은 그렇게 말하고 리나와 테니스 선생님을 내버려두고 몸을 돌려 걸어가버렸다. 나중에 몰래 돌아와서 몇 시간 동안 찾았지만 공은 찾을 수 없었다.

전화벨 때문에 파비안은 현실로 돌아왔다. 깜짝 놀란 그는 물을 엎질렀다. 작은 물줄기가 책상을 타고 흘렀고, 파비안은 재빨리 앨범과 서류를 옆으로 밀면서 전화를 받았다.

"리스크입니다."

덴마크 억양의 목소리가 대답했다.

"두냐 호우고르라고 합니다. 코펜하겐 경찰서 강력반 형사고요. 메테 로위세 리스고르 살인 사건과 모르텐 스테엔스트루프 살인 미수 사건 때문에 전화했어요. 내가 알기로는 우리 둘 다 같은 남자를 찾고 있는 것 같고요."

"두냐, 전화를 주신 건 고맙습니다. 하지만 나보다는 아스트리드 투베손 반장한테 연락하는 게 좋을 듯한데요."

"그거야말로 내가 완벽하게 피해야 할 일이에요."

그 순간 파비안은 가까스로 나머지 서류를 모두 작은 홍수에서 구해냈고 이제 홍수는 작은 폭포가 되어 책상 밑으로 떨어져 내리기 시작했다.

"왜 그렇습니까?"

파비안은 책상 밑으로 몸을 숙이고 오늘 자 〈헬싱보리스 다그블라드〉를 구출했다.

"왜인지는 묻지 마세요. 하지만 나의 상사 킴 슬레이스네르가 스웨덴 측과는 절대로 그 누구와도 접촉하면 안 된다는 명령을 분명히 했거든요."

"그렇다면, 다시 말해서, 이 전화는 비공식 대화라고 생각해야겠군요."

파비안은 신문 위로 물이 퍼져나가면서 오스토르프 건설 자재 공급 창고에서 찍은 엎어진 지게차의 흐릿한 사진이 점점 더 진해지는 모습을 지켜봤다.

"정확해요. 우리 둘이 서로 도울 수 있으면 좋겠어요."

"차는 어떻게 돼가고 있습니까? 뭐라도 찾았습니까?"

몸을 일으키려는 파비안의 눈에 책상 밑에 붙은 열쇠가 보였다.

"전화로는 할 수 없어요. 만났으면 좋겠는데요."

"그 문제는 생각해보고 연락드리겠습니다."

"좋아요. 내 연락처는 알 거라고 생각해요."

전화를 끊고 파비안은 두나의 제안을 곰곰이 생각해봤다. 투베손 몰래 또다시 단독으로 행동했을 때 벌어질 결과를 신중하게 생각해야 했다. 투베손은 그에게 두 번째 기회를 줬지만 분명히 그것이 마지막 기회일 테니까.

파비안은 조심스럽게 테이프를 떼어내고 열쇠를 손에 들고 무게를 가늠해봤다. 자리에서 일어나 아무도 보지 않는다는 사실을 확인하고는 한 번도 열어보지 않은 엘빈의 서랍 자물쇠에 열쇠를 끼워 넣었다. 열쇠는 쉽게 구멍으로 들어갔다. 파비안은 다시 한번 주위를 살펴보고 조심스럽게 서랍을 열었다. 서랍은 맨 위까지 꽉 차 있었다.

서랍의 맨 위쪽에는 연필 상자와 달력이 있었다. 그 밑에 있는 물건을 확인하려고 연필 상자를 드는 순간 파비안은 깜짝 놀랐다. 생각보다 무거웠기 때문이다. 그는 호기심에 굴복해 상자를 열어보는 것이 좋을까, 라는 생각을 잠시 했지만 얼른 떨쳐버렸다. 상자를 제자리에 놓고 서랍을 닫은 파비안은 자물쇠를 잠그고 다시 열쇠를 원래 있던 자리에 테이프로 붙였다.

26

카메라 셔터 누르는 소리가 들리고, 의자들이 가득 차고, 마이크들이 연단 위 천으로 덮은 탁자 뒤에서 스티나 휙셀 검사장과 함께 앉아 있는 아스트리드 투베손을 향했다. 기자 회견장 한쪽 구석에서 벽에 기대어 있던 파비안은 방금 다린 하얀 블라우스를 입고 립스틱을 몇 번 바르고 재빨리 머리카락을 빗고 눈 밑 거무스름한 부분을 파우더로 가리는 것만으로도 여자는 완전히 다른 사람이 된다는 사실에 감탄하고 있었다. 그렇게 빨리 변신할 수 있는 남자는 그다지 많지 않았다.

"진정하세요. 모두 들어갈 수 있습니다."

이미 기자 회견장은 사람들로 미어터질 것 같은데도 한 경비원이 소리쳤다. 스웨덴 전역에서 이 기자 회견을 위해 기자와 사진기자가 몰려들었다. 이웃 나라에서 온 언론인도 상당히 많았다. TV4나 SVT 같은 국영 텔레비전 방송국은 물론이고 덴마크의 DR과 TV2, 노르웨이의 NRK까지 나와 있었다. 파비안은 이번 사건에 이렇게 많은 관심을 두는 이유를 이해할 수 있었다. 정말로 엄청난 사건이었으니까. 그 누구도 흉내 내기 힘든 잘 짜인 계획과 교묘한 수법의 범죄였으니까.

"일단 와주셔서 고맙다는 말로 시작해야겠군요."

투베손이 웅성거리는 목소리들을 뚫고 큰 소리로 말했고, 이내 사람들 목소리는 가라앉았다.

"일단 모르는 분들을 위해 제 소개를 하겠습니다. 헬싱보리 경찰서 강력반을 이끄는 아스트리드 투베손 반장입니다. 저와 함께 있는 분은 스티나 획셀 검사장입니다."

"경찰관 한 명이 두 피해자와 동급생이라고 하던데, 맞습니까?"

기자석에서 누군가가 소리쳤다.

"질문은 나중에 받겠습니다."

투베손이 말했다.

"처음에 예르겐 폴손이 살해됐고, 곧바로 글렌 그란크비스트가 살해됐기 때문에 우리는 타당한 동기와 범인을 찾는 데 주력하고 있습니다. 일단 몇 가지 가능성을 놓고 수사를 진행해왔는데, 현재 그 가운데 한 가지 가능성이 유력합니다. 오늘 유력한 용의자 이름을 발표하려고 합니다."

투베손은 리모컨을 들어 천장에 설치해놓은 영사기를 켰다. 그러자 투베손 뒤로 루네 슈메켈의 얼굴이 커다랗게 나타났다.

"이 사진은 경찰청 웹사이트에서도 볼 수 있습니다. 기자 회견이 끝나는 즉시 24시간 풀가동하는 전화선을 열어놓을 것입니다. 시민들의 제보를 기다립니다. 이 남자 이름은 루네 슈메켈입니다. 이 이름을 사용한 것은 1993년부터이며 그 전에는 클라에스 멜비크라고 불렸습니다. 두 피해자와 같은 반이었고 학창 시절 내내 두 피해자에게 폭행을 당한 것으로 추정하고 있습니다. 또한 여러 자료에 근거해 성인이 된 뒤에도 수년 동안 지속적으로 폭행당했을 것으로 추정하고 있습니다."

"지금 폭행 피해자의 보복 살인이라고 말씀하시는 겁니까?"

"여러 수사 방향 가운데 하나입니다."

"범인이 또 다른 사람을 노리고 있다고 보십니까?"

"분명한 이유가 있기 때문에 그 질문에는 대답해드릴 수 없지만 지금 시점에서는 일단 살인을 끝내고 도주 중이라는 가설을 세우고 수사를 진행하고 있습니다. 심지어 스웨덴을 떠났을 가능성도 있어서 이웃 나라에도 이 사실을 알리고 용의자를 수배하는 바입니다. 범인은 매우 위험하며 덴마크에서 그랬던 것처럼 도주하려고 더 많은 인명을 살상할 수 있음을 명심해야 합니다."

"하지만 덴마크에서 벌어진 일은 전적으로 스웨덴 경찰의 잘못이 아닙니까? 살인자가 덴마크에 들어와 있는 것을 코펜하겐 경찰서에 제대로 알리지 않았기 때문에 벌어진 일 아닙니까?"

덴마크 기자가 말했다.

"그 점에 관해서는 우리가 한 노력이 잘못됐다고는 생각하지 않습니다. 하지만 현재 조사가 진행 중이라는 사실을 감안할 때 그 문제는 일단 더는 말씀드릴 것이 없습니다. 지금은 총력을 기울여 범인을 찾아 검거하는 것이 중요합니다. 이번 기자 회견에서는 그 부분에 중점을 둘 것입니다."

파비안은 차분하게 핸들을 잡고 덴마크에서 일어난 사건을 교묘하게 피해 가는 투베손의 능력에 감탄했다. 더구나 파비안의 이름은 거론하지도 않고 그를 방어하기까지 했다.

"파비안 리스크 형사에게 질문이 있습니다. 리스크 형사는 범인과 잘 아는 사이입니까?"

"파비안 리스크 형사는 지금 기자 회견장에 나와 있지 않습니다. 따라서 이곳에 있는 사람에 한정해서만 질문을 해주셨······."

"아니, 여기 있습니다. 저기 있어요."

기자석에서 한 사람이 파비안을 가리키며 말했다.

투베손이 파비안에게 고개를 돌렸다. 파비안은 고개를 끄덕이면서 손을 흔들었다.

"네, 여기 있습니다. 사실 용의자에 관해서는 전혀 모릅니다."

"그가 폭력의 희생자인 걸 알고 있었습니까?"

파비안은 잠시 생각하다가 고개를 끄덕였다.

"알고 있었습니다. 반 학생들 모두 알았을 거라고 믿습니다."

"그런데도 아무 일도 하지 않은 겁니까? 당연히……."

"이해하시겠지만 지금 자세한 이야기는 할 수 없습니다. 하지만 강력한 용의자를 찾았습니다. 현재 그 용의자가 아직 밖에서……."

투베손이 끼어들었다.

"괜찮습니다. 대답하겠습니다."

파비안이 말했다.

투베손이 의자에 등을 기대고 물러났다.

"분명히 나서서 멈추게 했어야 합니다. 하지만 우리 모두는 잘못 나섰다가는 그다음 목표는 내가 될 수 있다는 두려움에 사로잡혔습니다. 아마도 대부분이 학창 시절에는 같은 상황이 아니었을까요? 물론 전혀 자랑스러운 기억은 아닙니다. 내가 경찰이 된 것은 그 때문이기도 하니까요. 더는 등을 돌리고 눈을 감는 사람으로 살아가고 싶지 않았습니다."

투베손은 파비안의 말이 충분히 울림을 줄 때까지 기다렸다가 마이크에 대고 말했다.

"더 질문 없으십니까?"

"덴마크에서 발견한 자동차에 관해 질문하겠습니다."

기자석에서 강한 스웨덴 억양으로 누군가가 말했다. 스웨덴 사람처럼 보이고 싶은 덴마크 사람이 분명했다.

"현재 그 차는 덴마크 경찰 관할에 있으며, 그곳에서 별도로 수사를 벌이고 있습니다. 그러니 우리가 할 말은 없습니다."

"하지만 어쨌거나 질문을 드릴 테니 대답해주시기 바랍니다. 반장님 명령으로 파비안 리스크 형사가 자동차 바퀴 하나를 떼어내 얼마 전에 살해당한 주유소 젊은 여직원에게 건넸다고 하던데요."

파비안은 그 질문을 한 기자를 보려고 했지만 기자들 사이에 묻혀 보이지 않았다. 파비안은 당황한 채 서 있는 투베손을 쳐다봤다.

"미안하지만, 질문하신 분을 볼 수가 없군요."

"제가 했습니다."

한 남자가 손을 흔들면서 일어났다.

"〈시엘란스케〉 기자 스벤 묄레르입니다."

금발에 붉은 수염을 기르고 동그란 안경과 베이지색 아웃도어 복장을 한 남자였다.

"정확히 어떤 질문을 하셨지요?"

투베손이 물었다.

"제가 듣기로는 용의자 차량의 뒷바퀴를 떼어낸 뒤 바퀴를 찾으려면 주유소로 오라는 쪽지를 앞유리에 남겼다고 하던데요."

남자는 덴마크 억양이 짙게 밴 스웨덴어로 말했다.

"제가 이해한 대로라면 경찰에게 전화하라는 명령을 받은 주유소 직원이 살인마와 접촉할 수밖에 없는 계획인데요. 따라서 제가 궁금한 것은 반장님이 이 계획을 승인하셨는가 하는 점입니다. 무고한 덴마크 여인의 목숨을 담보로 한 계획을 말입니다."

침묵은 고작 몇 초 정도뿐이었다. 하지만 분명히 투베손으로서는 대답할 수 없는 질문임이 분명했다. 저 기자는 어디서 저런 정보를 들었을까? 경찰에서 새어나갔을까? 잘못하다가는 통제 못할 상황에 빠질 수도 있었기에 파비안은 자신이 나서서 책임지기로 했다.

"실례지만 누구에게서 들은 정보입니까?"

파비안의 말에 수염 난 기자는 자기가 한 일이 매우 흡족하다는 표정으로 그를 쳐다봤다.

"메테 로위세 리스고르의 동료들에게서 들었습니다. 주유소 직원들은 창고에 자동차 바퀴가 하나 있었다고 했습니다. 7월 1일 목요일부터 살인마가 주유소로 돌아온 7월 2일 금요일까지 말입니다. 증거로 이 종이도 줬습니다."

그 기자는 모든 사람이 볼 수 있도록 비닐백에 담긴 종이를 번쩍 들어 올렸다.

이 차는 사유재산입니다.

직접 연락해주시기 바랍니다.

기자들의 관심이 일제히 수염 난 기자에게 쏠렸다. 카메라 앞에서 환하게 웃으면서 종이를 들고 있는 그 기자는 동료들 질문에 〈시엘란스케〉 다음 호를 구입하라고 조언했다.

〈헬싱보리스 다그블라드〉 기자가 투베손에게 물었다.

"지금 나온 주장이 맞는지 확인해주실 수 있습니까?"

"한창 진행 중인 사건에 관해서는 어떠한 세부 내용도 확인해드릴 수 없습니다. 현재 우리 팀에서 상세하게 조사하는 부분이기도 하고 덴마크 경찰 역시 아직 조사를 진행하고 있기 때문입니다. 이 기회에 분명히 말씀드리고 싶은 것은 용의자를 찾는 과정에서 우리 경찰관이 한 모든 행동은 전적으로 제 책임이라는 점입니다. 수사하면서 무고한 인명 피해가 난 것은 진심으로 애석한 일입니다. 우리는 한 생명을 앗아간 범인을 결코 용서하지 않을 것입니다. 경찰이 아니라 말입니다."

"범인이 메테 로위세 리스고르를 죽인 이유는 파비안 리스크 형사 때문이라는 쪽지를 남겼다고 들었는데요."

아웃도어룩을 입고 수염을 기른 그 기자가 말했다.

범인이 파비안 리스크를 콕 짚어서 언급했다는 그 기자의 말은 마치 미사일 같은 효과를 냈다. 피 냄새를 맡은 기자들이 투베손에게 미칠 듯이 질문을 퍼부어댔다.

"더는 질문을 받지 않겠습니다."

투베손은 기자 회견이 끝났음을 선포했다.

파비안은 큰 소리로 질문을 퍼붓는 기자들을 헤치고 수염 난 기자가 서 있는 곳으로 갔다. 하지만 파비안이 도착했을 때는 그 기자는 이미 사라지고 없었다. 어디에서도 그 기자의 모습은 보이지 않았다. 파비안은 그 기자가 앉아 있던 의자를 밟고 올라가 기자 회견장을 둘러봤다. 이렇게 빨리 떠나는 일이 가능한가? 그는 연석을 돌아봤다. 이미 투베손은 기자 회견장을 빠져나가고 있었다.

27

두냐 호우고르는 엘리베이터 문이 열리기를 기다리고 있었다. 심장은 두방망이질 쳤고 모든 땀구멍으로 땀이 쏟아져 나오는 것을 느낄 수 있었다. 흘러나온 땀 때문에 셔츠가 등에 착 달라붙었지만 그녀는 자전거를 지나치게 빨리 달리는 실수를 계속 반복하고 있었다. 자전거만 타면 이상하게 서두르는 것 같았다.

오늘 두나가 서두른 이유는 전 국민이 걱정하고 있는 모르텐 스테엔스트루프의 상태를 알아보고 싶었기 때문이다. 언론은 모르텐이 왕족이라도 되는 것처럼 그의 상태를 예의 주시하고 있었다. 독일과 영국에서 날아온 의료진은 복잡한 수술을 여러 차례 한 끝에 간신히 내부 출혈을 잡았다. 현재 모르텐은 '어느 정도는 안정된' 상태가 됐다. 그 때문에 다음 수술을 받을 준비가 될 때까지 모르텐과 잠시 이야기를 나눌 기회가 생겼다.

엘리베이터 문이 열리자 두나는 안으로 들어가 4층 버튼을 눌렀다. 올라가던 엘리베이터가 2층에서 서더니 녹색 수술복을 입고 목에 마스크를 두른 두 남자가 탔다. 한 남자가 3층 버튼을 눌렀다.

"그 여자는 몇 살이라고 했지?"

"마흔두 살."

"아이는?"

"셋. 보통 나는 그런 거에는 반응하지 않거든. 하지만 그 여자 나이를 생각하고 아이가 셋이라는 사실을 생각해보면 그것들이 그렇게 완벽할 수 있다는 게 믿을 수가 없었어."

"진짜?"

"그래."

"그렇다고?"

"내가 언제 그런 말 하는 거 봤냐?"

"넌 언제나 그렇게 말하잖아."

"나를 믿어. 정말 자세히 봤다니까."

"그럼 할 일은 한 가지뿐이네."

그 남자는 두 손으로 공기를 움켜잡았다.

"그 여자가 지금 몇 호에 있다고?"

두 남자는 웃음을 터뜨리면서 3층에서 내렸다.

두냐는 두 남자를 쫓아가서 명찰을 확인하고 싶었지만 가까스로 참고 엘리베이터 문이 닫히고 4층으로 올라가도록 내버려뒀다. 그러잖아도 너무 늦었기 때문이다.

엘리베이터 밖으로 나오면서 두냐는 모르텐이 영웅 대접을 받지 못했다면 지금과 같은 치료는 받을 수 없었으리라는 어두운 생각 따위는 떨쳐버렸다. 지금은 집중하고 주어진 시간을 제대로 활용해야 할 때였다. 끈질긴 설득 끝에 모르텐의 담당의는 두냐에게 3분 의 이야기할 시간을 줬지만 그 이상은 단 1초도 안 된다고 못을 박았다.

얼마 전에 의식을 회복한 모르텐은 길게 조사를 받을 상태는 아니었다. 자신이 어디에 있는지조차 제대로 인지하지 못했고 자신의 노력이 야기한 일에도 크게 흥분한 상태가 아니었다. 하지만 그런 것은 아무 문제가 되지 않았다. 두냐는 자신이 정확히 무엇을 알아내야 하는지 알았고, 그 정보를 얻는 데는 30초도 걸리지 않을 게 분명했으니까.

두냐는 긴 복도를 걸어갔다. 복도 끝에 기자들이 가득 찬 대기실이 있었다. 노트북에 뭔가를 열심히 입력하는 기자도 있었고 체스를 두는 기자도 있었다. 〈윌란스 포스텐〉 기자와 〈폴리티켄〉 기자도 체스를 두고 있었는데, 안타깝게도 〈윌란스 포스텐〉 기자가 이기고 있었다.

한 기자가 두냐를 발견하더니 융단폭격처럼 질문을 퍼붓기 시작했다. 그 순간 다른 기자들도 살아났다. 기자들은 두냐가 범인이라도 되는 것처럼 사진을 찍어댔고 수많은 질문이 눈 뭉치처럼 공중을 날아 두냐를 맞혔다. 현시점에서는 어떤 대답도 할 수 없다는 두냐의 말을 귀담아듣는 사람은 아무도 없는 것 같았다.

기자들의 간청을 수없이 들은 뒤에야 두냐는 마침내 지금 의식을 차린 모르텐을 처음으로 아주 짧게 만나볼 생각이라고 말했다. 그녀는 경비원에게 경찰 배지를 보이고 병동으로 들어갔다. 뒤에서 문이 닫히기 전까지는 숨도 내쉴 수 없었다.

"두냐 호우고르 형사님?"

담당의가 말했다. 두냐를 쳐다보는 의사는 놀란 기색이 전혀 없었다. 두냐는 고개를 끄덕였다.

"제가 끝, 이라고 말하면 그만두셔야 합니다. 절대로 더는 할 수 없습니다. 알겠습니까?"

두냐는 벌써 그 의사가 싫어졌다. 그녀는 대답도 하지 않고 계속 긴 복도를 걸었다.

"당신을 위해서 특별히 엄청난 예외를 만든 것임을 분명히 알아두셨으면 좋겠습니다. 이 환자의 생명은 오로지 저에게 책임이 있을 뿐 그 누구도 대신 짊어질 수 없으니까요."

의사는 왼쪽으로 나 있는 복도로 들어갔다.

"나는 맡은 바 책임을 다할 생각입니다."

그는 제복을 입은 경비원 둘이 지키고 있는 문 앞에 서더니 두냐를 똑바로 봤다.

"이 상황의 중대성을 제대로 인지하고 계셨으면 좋겠습니다. 제 환자에게 필요 없는 질문은 하지 않으리라 믿겠습니다."

"그 사람이 알츠하이머에 걸리기 전에 이 문을 열어주시는 게 좋겠습니다만."

두냐가 말했다.

모르텐 스테엔스트루프는 영웅하고는 완전히 거리가 먼 모습으로 병실 끝에 누워 있었다. 두 발은 깁스를 하고 목에는 경추 보조기를 차고 머리카락은 상당 부분 밀어버렸다. 링거를 맞고 있었고 바이탈 사인을 재는 다양한 기계에 연결되어 있었다.

반쯤 입을 연 모르텐의 눈은 천장을 똑바로 보고 있었다. 두냐가 병실에 들어섰을 때에도 모르텐은 전혀 반응하지 않았다. 혹시 죽은 것은 아닌지, 자신이 병실에 들어오기 전에 이미 세상을 떠나 두냐를 감시하려고 따라 들어온 이 짜증 나는 의사에게 고맙다는 말을 할 기회조차 놓친 것은 아닌지 걱정이 됐다. 두냐는 의자를 끌어와 모르텐이 누운 침대 옆에 놓고 앉았다.

"안녕하세요, 모르텐. 두냐 호우고르입니다. 코펜하겐 경찰서 강력반 형사입니다."

헛기침을 하면서 손목시계가 있어야 할 자리를 손가락으로 톡톡 치면서 시간을 상기시키는 의사는 무시한 채 두냐는 모르텐의 반응을 기다렸다.

"시간이 몇 분밖에 없습니다. 당신을 지치게 하고 싶지는 않고요. 내가 지금 알고 싶은 것은 단 하나, 이 남자가 당신을 공격했는가, 하는 점입니다."

두냐는 루네 슈메켈의 현상 수배 사진을 꺼내 그의 눈앞에 가져갔지만 모르텐은 반응하지 않았다.

"모르텐, 사진이 보입니까?"

"네."

침대에 누운 경찰은 살짝 목이 쉰 소리로 대답했다.

"이 남자가 당신을 공격했습니까?"

"아닙니다."

모르텐의 대답은 너무나도 놀라웠다. 두냐는 모르텐이 범인의 얼굴을 알아보지 못할 수도 있다는 사실은 고려조차 하지 않았다.

"확실한가요? 이 사진을 좀 더 자세히, 아주 자세히 살펴보셨으면 좋겠습니다만."

"절대로 이 남자는 아닙니다."

"지금 당장 어떤 대답을 해달라고 재촉할 생각은 없습니다. 며칠 뒤에 다시 올 테니 그때 다시 한번……."

"이 사람은 아니에요."

"좋습니다, 모르텐, 어째서 아니라는 거죠? 머리카락이라든가, 뭔가 다른 부분이 있나요? 충분히 생각하고 대답해주셔도 됩니다. 빨리 대답하려는 부담은 갖지 않으셔도 됩니다."

의사는 헛기침을 하면서 상상 속 시계를 푹 찔렀다.

"모든 게요."

모르텐이 쇳소리를 내면서 대답했다.

"그게 무슨 뜻인가요? 모든 게요, 라니, 그게 무슨 말인지 이해할 수가 없군요."

"모든 게 다르다고요. 엉뚱한 사람을 짚은 거예요."

28

표지는 온통 루네 슈메켈의 사진으로 도배되어 있었다.

용의자!

파비안 리스크는 에스프레소를 홀짝 마시고 프린세스 케이크를 한 수저 떠먹고는 전화기로 신문사 홈페이지를 살펴보기 시작했다. 마을로 걸어 들어온 파비안은 팔만스 콘디토리 카페의 구석 자리에 앉았다. 사람들이 모두 인도로 늘어진 차양 밑에 모여 있는 동안 파비안은 카페 안쪽에서 느긋하게 시간을 보낼 수 있었다.

기자 회견이 끝난 뒤에 파비안은 곧바로 투베손의 방으로 갔지만, 그녀는 없었다. 투베손이 파비안에게 이번 사건에서 손을 떼라고 말하고 싶을지도 몰랐기에 그는 기다려야 했다. 잠시 투베손의 방에 앉아 있던 파비안은 경찰서에서 나와 산책이나 하자는 결론을 내렸다. 그는 투베손의 방에 걸린 깨끗한 상황판을 쳐다보면서 이 사건이 점점 더 마녀사냥 비슷해진다는 느낌을 강하게 받았다. 자신의 잘못된 판단이 범인을 찾는 일만큼이나 커다란 이야깃거리가 되어 있었다. 파비안의 사진을 실은 신문도 여럿 있었고 무고한 사람이 죽었다며 파비안을 비난하는 기사도 나왔다. 충분히 예상한 일이었다. 기자 회견은 완전 엉망이 됐고 모든 관심이 파비안에게로 쏠렸으니까.

수사에서 제외되면 무엇을 해야 할지 생각해봤다. 계획대로 가족과 휴가를 보내거나 단독으로라도 수사를 진행해야 할까? 결국은 마음속 깊은 곳에서는 혼자서라도 수사를 진행하리라는 사실을 알고 있었지만 일단 파비안은 가족과 휴가를 보내기로 마음먹었다.

〈크벨스포스텐〉은 지면을 대부분 파비안에게 할애했다. 그 짧은 시간에 옛 사진과 그를 아는 사람들을 찾아내 과거를 재구성해놓기까지 했다. 기사를 읽으면서 파비안은 자신이 가끔 경찰은 언론인을 스카우트해야 한다고 생각하던 이유를 알 것 같았다. 〈크벨스포스텐〉은 파비안을 가르쳤다고 주장하는 은퇴한 축구 감독까지 찾아냈다. 그 늙은 남자는 그가 공을 잡으면 언제나 혼자서 골을 넣으려고 운동장을 내달렸다며 파비안이 팀 플레이어는 아니라고 했다.

파비안은 축구를 오래 한 기억은 없었다. 공을 가지고 하는 운동에는 단 한 번도 흥미를 느낀 적이 없으니까. 하지만 팀 플레이어가 아니었다는 사실은 부정할 수 없었다. 늘 골을 넣는 방법보다는 골을 넣는 것 자체가 중요하다고 생각했으니까.

피해자의 아내를 사랑하다!

〈아프톤블라데트〉의 헤드라인이 날카로운 채찍처럼 가혹하게 파비안에게 날아들었다. 기사에서는 파비안이 의무 교육 학교 때 리나 폴손을 좋아했다고 하면서 파비안이 판단력을 잃은 이유가 아직도 남은 그 사랑 때문은 아닌지 묻고 있었다. 기자가 그 사실을 어떻게 알았을까? 그는 그 누구에게도 리나에 대한 감정을 털어놓은 적이 없었다. 바로 며칠 전까지만 해도 수년 동안 그 생각을 단 한 번이라도 해본 적이 없었다.

기자는 리나를 만난 것이 분명했다. 그것 말고는 이 기사를 설명할 방법이 없었다. 내가 리나에게 내 감정을 이야기한 적이 있던가? 파비안은 기억이 나지 않았다. 그녀는 에르손을 선택했고 파비안은 아무도 자신의 감정을 찾을 수 없도록 아주 깊은 곳에 묻어버렸다. 안타깝게도 그 감정은 지금 파비안이 통제할 수 없는 상태로 사람들에게 공개돼버렸지만.

아주 선정적인 이야기였으니 〈아프톤블라데트〉가 이 이야기에 그토록 공을 들인 것도 놀랍지 않았다. 리나와의 관계가 수사에 영향을 미칠까? 첫사랑과 결혼한 남자가 피해자라는 사실에 영향을 받지 않을 수 있을까? 파비안은 전화기를 꺼내 리나의 전화번호를 눌렀지만 벨소리가 울리는 순간 전화를 끊어버렸다. 무슨 말을 해야 할지 알 수 없었기 때문이다.

신문을 모두 살펴본 파비안은 카페에서 나와 오랫동안 걸었다. 헬싱보리 극장을 지나고 해변 산책로를 따라 계속해서 북쪽으로 걸어갔다. 바람이 부는 날이었다. 방파제 벽을 치는 파도가 차갑고 짭조름한 물을 파비안의 얼굴에 흩뿌렸다. 바닷물을 맞으며 그는 이 도시를 너무나도 그리워하고 있었음을 깨달았다.

파비안은 방파제로 올라가 그 길을 따라 집을 향해 걷기 시작했고, 점점 더 젖었다. 집 안으로 들어가 젖은 옷이 무겁게 내리누를 때에야 파비안은 자신이 매우 피곤하다는 사실을 깨달았다. 글렌이 죽었다는 소식으로 시작한 하루는 혼잡한 기자 회견을 지나 결국 파비안을 말려 죽일 것 같은 신문 기사로 끝이 났다. 왠지 일주일이 훅 지나간 듯한 시간을 보냈는데도 아직 저녁 7시밖에 되지 않았다. 부엌 조리대에는 빈 피자 상자가 세 개 있었다. 가족들이 파비안 없이 저녁을 먹은 것이다. 하지만 그 일로 가족을 나무랄 수는 없었다. 파비안이 올지 안 올지는 아무도 모르니까. 사실 지금은 배가 고픈지도 잘 모르겠다. 방금 먹은 프린세스 케이크가 벽돌처럼 위 속에 들어앉아 모든 감정을 억누르고 있었으니까.

파비안은 2층으로 올라가 마틸다의 방을 들여다봤다. 딸의 방은 놀라울 정도로 정리가 잘되어 있었다. 벽에는 〈그리스〉, 〈하이스쿨 뮤지컬〉, 〈더티 댄싱〉 포스터가 걸려 있었고 책장에는 책들과 마틸다가 모으는 작은 플라스틱 물건들이 정갈하게 놓여 있었다. 책상에는 8월에 시작할 학교생활을 위해 연필과 지우개를 담은 필통이 놓여 있었고 잘 정리된 침대 위 천장에는 어두운 별들 사이로 마틸다의 별자리인 물고기자리가 빛나고 있었다.

그 방에서 없는 것은 마틸다뿐이었다. 파비안은 부부 침실로 가 봤지만 그곳에도 아무도 없었다. 옷을 갈아입고 테오도르의 방문을 두드렸지만 아무 대답도 들리지 않았다. 방문을 열자 침대에 엎어진 채로 거의 움직이지 않는 테오도르가 보였고 방 안 어딘가에서 거친 소리가 흘러나오고 있었다.

"테오, 안녕? 아빠 말 들려?"

파비안은 소리를 거의 높이지 않은 채로 말했다. 테오도르는 살아 있다는 징후를 보이지 않았다.

"야, 테오도르."

파비안은 침대로 걸어가 아들의 어깨에 손을 올렸다. 깜짝 놀란 것이 분명한 테오도르가 몸을 돌리더니 한쪽 귀에서 이어폰을 뺐다. 방 안 가득 메탈리카가 울려 퍼졌다.

"왜?"

"아빠가 부르는 소리 못 들었어?"

"어."

테오도르는 어깨를 으쓱하더니 다시 이어폰을 꼈다. 파비안은 아들이 방금 귀에 낀 이어폰을 거칠게 잡아 빼고 다른 쪽 이어폰도 마저 뺐다. 양쪽 이어폰으로 전보다 더 거친 음악이 쏟아져 나왔다.

"아, 좀, 왜?"

"다른 사람들은 어디 있어?"

"내가 어떻게 알아?"

파비안도 10대가 되면 매우 거칠어질 수 있다는 것을 잘 알았다. 하지만 그가 기대한 것은 소리를 지르고 문을 거칠게 닫고 밤늦게 까지 돌아오지 않는 10대였다. 완전히 침묵하는 10대는 전혀 예상하지 못한 상황이었고, 도무지 어떻게 해야 할지 알 수가 없었다.

"음, 요즘, 정말로 어떻게 지내니?"

파비안의 말에 테오도르는 한숨을 쉬더니 음악을 껐다. 파비안의 귀에는 여전히 〈엔터 샌드맨〉이 들리는 듯했다.

"스톡홀름 친구들이 그립니? 만약에 네가……."

"무슨 친구들?"

"그거야, 나는 모르지. 너랑 놀던 애들?"

테오도르는 눈을 흘겼다.

"아니면, 같이 밖에서 어울리던 애들. 뭐가 됐건 간에 함께한 애들 말이야."

파비안은 서커스에서 줄을 타는 장님이 된 것 같은 기분을 느끼며 계속 말했다.

"하지만 이제는 새 친구들을 사귀어야지. 그러려면 여기 있으면 안 되지 않을까? 일단 이 방을 벗어나 집 밖으로 나가보면……."

"얘기 다 끝났어?"

테오도르의 말에 파비안은 고개를 끄덕이면서 지금 아들이 자신이 아버지에게 했던 그대로 행동하고 있는지도 모른다고 생각했다. 아들의 방을 나가면서 크나큰 안도감을 느낄 수밖에 없었다.

소냐는 작업실에 있었다. 새로 그리는 커다란 그림에 큼직하고도 과감하게 한 획을 긋고 있었다. 파비안은 문턱에서 아내를 지켜봤다. 아내는 그림을 그리는 동안 다른 사람이 자기 모습을 지켜보는 걸 싫어했지만 파비안은 그림 그리는 아내를 볼 수 있는 순간을 사랑했다. 그때가 아내가 가장 아름다운 순간이었다. 화장기 없는 얼굴에 물감을 잔뜩 묻힌 채 주변은 모두 잊고 그림에만 열중하는 순간 말이다.

소냐는 작업복 차림에 머리에도 붓을 몇 개 꽂은 채 양손에 붓을 들고 있었다. 여기저기 물감이 잔뜩 묻은 작업복은 그 자체로 예술 작품 같았다. 파비안은 아내가 2년 반 전 크리스마스 때 자신이 선물한 빨간색 브래지어를 차고 있음을 알았다.

"안녕, 여보."

"안녕."

소냐는 웃어 보였지만 눈은 전혀 웃고 있지 않았다. 소냐는 다시 캔버스로 몸을 돌리고 작업을 해나갔다.

"들어가도 돼?"

대답이 없자 파비안은 작업실로 들어가 소냐 뒤에 섰다.

"다시 작업을 하다니, 정말 근사한데."

소냐는 지금까지와는 전혀 다른 그림을 그리고 있었다. 수년 동안 해온 물고기 작업에서 벗어나 자신을 표현할 새로운 방식을 찾고 있음이 분명했다. 물고기 그림은 엄청난 성공을 거둬서 소냐의 수입은 파비안이 아무리 초과 근무를 해도 따라잡을 수 없을 정도로 늘어났다. 누구나 물고기, 문어, 게가 가득한 환상적인 소냐의 그림을 갖고 싶어 했다. 소냐는 예술가라면 누구나 꿈꾸는 일을 해냈지만 그 같은 상황은 결국 그녀에게는 악몽이 됐다. 가장 잘나갈 때 소냐는 1년은 훌쩍 넘겨야 모든 작업을 마무리할 수 있을 만큼 많은 주문을 받았다. 고객들은 자기 집에 장식할 수 있도록 그림의 크기와 색을 직접 결정했다. 소냐는 자신이 예술가라는 사실을 조금도 느낄 수 없었고 결국 벽에 부딪히고 말았다.

그것이 6개월 전쯤의 상황이고 그때부터 소냐는 계속해서 새로운 실험을 해왔다. 물고기를 버린 뒤로 한동안은 새를 그리는 것 같았다. 둥지와 새알, 하늘에 모여 있는 새를 그렸다. 하지만 오늘 이 그림은 완전히 달랐다. 난폭하고 혼란스러웠으며 마지막으로 그린 그림보다 훨씬 강렬한 붉은색이었다.

"제발, 나 일해야 해."

"신문 읽었구나?"

"읽었다고 다 믿는 건 아니야."

"그 어린 여자가 죽은 건 내 책임이 맞아. 내 잘못이야."

"리나 폴손은?"

파비안은 그 질문이 나올지 알고 있었다. 니바와의 일이 있고서 남편에 대한 소냐의 믿음은 완벽하게 깨져서 아주 가느다란 실 줄기에 간신히 매달려 있을 뿐이었으니까.

"맞아, 사랑했었어. 둘이 함께 살아가는 거 말고는 원하는 게 없을 정도로. 하지만 소냐, 그건 과거 일이야. 의무 교육 학교 때 일이라고. 우린 결코 함께 있은 적이 없고 지금 나는 완벽하게 행복해."

소냐가 고개를 돌려 파비안의 눈을 똑바로 봤다. 그녀가 들고 있는 붓에서 물감이 바닥으로 방울방울 떨어져 내렸다.

"그러니까 당신한테는 이제 아무 의미가 없다고?"

"남편이 잔인하게 살해당한 의무 교육 학교 동창 이상은 아냐."

"좋아."

소냐는 다시 그림을 그리기 시작했고 파비안은 아내를 안아주는 것이 맞는지 고민하면서 어정쩡하게 서 있었다. 그때 전화벨이 울렸다.

"여보세요?"

"지금 뭐 해요?"

이레네 릴리아였다.

"글쎄요, 어머니가 늘 말씀하시던 것처럼 내가 받아 마땅한 대접을 받고 있죠."

파비안은 소녀가 뿌리는 물감을 맞지 않으려고 몇 발짝 물러나면서 대답했다.

"지금 통화하기가 좀 그런데, 내가 나중에 다시 걸어도 될까요?"

"잠깐만요, 그게 정말이에요? 리나 폴손 이야기요."

릴리아가 퉁명스럽게 물었다.

"네."

파비안의 말에 릴리아는 아무 소리도 내지 않았다. 릴리아도 그와 같은 생각을 하는 것이 분명했다. 리나에 대한 그의 감정이 수사에 영향을 미쳤을까 하는. 파비안은 작업실을 나와 계단을 걸어 내려가기 시작했다.

"하지만 알아두셔야 할 것은 처음에는 그런 감정이 나에게 있었다는 사실조차도 잊고 있었다는 거예요. 어린 시절 기억을 완전히 억제해둔 것처럼요."

파비안은 릴리아가 이해하게 하려면 자신을 설명할 필요가 있다고 생각했다.

"그래서 내가 그런 이야기를 하지 않은……."

"그런 이야기는 투베손하고 하는 게 좋겠어요. 아마 설명할 게 많을 듯하네요."

릴리아가 빈정대고 있음은 모르려야 모를 수 없었다.

"아무튼 내가 전화한 건 그것 때문이 아니에요. 또 한 사람이 죽었어요."

파비안은 희생자가 누구일지 재빨리 생각해봤다. 내가 놓친 사람이 또 있었나?

"학생이 아니에요."

"학생이 아니라고요? 그럼 누가……?"

"모니카 크루센스시에르나. 당신 담임선생님이요."

파비안이 담임교사에 관해 기억하는 사실이라고는 언제나 무릎까지 오는 치마를 입었는데, 대부분은 격자무늬였고 절대로 웃는 법이 없었다는 것이다. 아이들을 가르칠 때에도 일정대로만 해야 한다는 식으로 수업을 했다. 수학은 풀어야 하고 지도에는 해당 지역 이름표를 붙여야 하고 책은 한 장 한 장 큰 소리로 읽어야 하고. 토론이나 깊이 생각해보는 시간은 없었다. 생각하면 할수록 모니카 크루센스시에르나 선생의 수업은 아주 긴 어휘 퀴즈를 풀던 시간처럼 느껴졌다.

"가사 도우미가 발견했을 때는 자기 아파트 안락의자에 앉아 있었대요. 몸에 특별한 흔적이 없어서 한참 동안 죽은 사실도 몰랐다고 하더군요."

"사인은 나왔습니까?"

"심장마비였대요. 갈래머리 양반이 방금 예비 조사 결과를 알려줬어요. 혈관이 오래 쓴 커피메이커보다도 심하게 막혀 있었대요."

"그러니까 살인은 아니군요."

"아니에요. 그저 신문 기사가 나오기 전에 미리 알아두는 게 좋을 듯해서 연락한 거예요. 기자들이 어떻게 이야기를 꼬는지 잘 알잖아요. 아, 한 가지 알아두면 좋을 정보가 있어요. 당신 담임선생님 무릎에 〈크벨스포스텐〉 최신 호가 놓여 있었대요."

"어떤 기사를 읽고 있었나요?"

"모든 게 엉망이 된 이유를 다룬 기사였어요."

파비안은 릴리아가 어떤 기사를 말하는지 정확하게 알 수 있었다. '알고도 눈감아버린 교사'라는 기사였다. 그 기사는 예르겐과 글렌이 조직적으로 클라에스 멜비크를 괴롭혔는데도 그 일을 막으려고 노력한 사람이 아무도 없었으며 심지어 어른들조차 전혀 신경 쓰지 않았다고 했다. 그 기자는 어째서 모니카 크루센스시에르나가 불량배들에게 경고하지 않았는지, 자기 반에서 옳지 않은 일이 일어나고 있다는 의심을 전혀 하지 않았는지 이해할 수 없다고 했다. 기사는 차마 읽기 힘들 정도로 심하게 담임교사를 비난하고 있었다. 그 기사가 직접적인 원인은 아니라 해도 간접적으로는 선생의 죽음에 영향을 미쳤음이 분명했다.

"전화, 고맙습니다."

"천만에요. 내일 봐요, 러버 보이 씨."

29

자신이 파비안 리스크를 과소평가했음을 깨달았을 때는 너무 늦은 뒤였다. 글렌의 뒤뜰에서 벌어진 사건 때문에 하루를 낭비하느라 리스크에게 덴마크에서 차를 찾아낼 시간을 주고 만 것이다. 그는 그 사건을 생각하고 또 생각하면서 세부 사항을 아무리 꼼꼼하게 점검해봐도 어떻게 그런 일이 벌어질 수 있었는지 이해할 수가 없었다. 리스크가 자동차 바퀴를 떼어냈다는 사실을 알았을 때는 정말로 크게 놀랐다. 파비안은 예상보다 훨씬 더 위험한 적수임이 밝혀졌다. 마음속 깊은 곳에서는 파비안의 능력에 감탄했다고 인정할 수밖에 없었다.

푸조는 옮길 수 없었다. 어쩔 수 없이 내버려두고 도망쳤다. 이제 푸조는 덴마크 경찰의 손에 있었다. 하지만 스웨덴 경찰이 가지고 있는 것보다는 나았다. 덴마크 경찰로서는 그다지 흥미로운 점은 찾아내지 못할 것이다. 문제는 언제까지 덴마크 경찰이 푸조를 가지고 있을 것인가였다.

그는 계획을 포기하고 로오스 항구에서 연료와 보급품을 가득 싣고 자신을 기다리고 있는 배를 타고 떠나버릴까 하는 생각도 진지하게 했다. 하지만 그보다는 계획을 수정하기로 했다. 모든 일을 마무리하려면 하루가 통째로 더 필요할지도 모른다. 여기서 멈춘다면 엄청난 패배를 하는 것과 같아서 도저히 그 같은 사실을 안고서는 더는 살아갈 수 없을 게 분명했다.

처음 계획을 짤 때 리스크는 아주 작은 부품일 뿐이었다. 사실상 여분의 표적일 뿐이었다. 하지만 그가 가족들을 데리고 이곳으로 돌아온 순간 리스크의 역할은 좀 더 커지고 분명해졌다. 상황은 통제하기 힘들게 바뀌었고 리스크는 원래 있어야 한 자리보다 훨씬 더 큰 자리를 차지해버렸다. 모든 계획을 망치기 전에 리스크를 원래 자리로 되돌려놓아야 했다. 어떻게 해야 그럴 수 있는지는 아직 모르지만 이미 약함을 강함으로 바꾼 경험이 있는 그였다. 이번에도 분명히 성공할 것임은 의심의 여지가 없었다.

지난 몇 시간 동안의 일은 철저하게 그에게 유리하게 진행됐다. 덴마크 기자 행세를 하며 기자 회견장에 간 일은 생각보다 훨씬 좋은 결과를 냈다. 모든 사람이 리스크에게 주목하게 됐을 뿐 아니라 수사를 방해했고, 어쩌면 전체 경찰 수사를 늦출 수도 있다. 더구나 덴마크 경찰은 자기들뿐 아니라 스웨덴 경찰이 해야 할 일까지도 막을 텐데, 아주 기쁜 일이었다. 리스크의 연립주택 앞에 있는 텅 빈 주차장에 차를 세울 수 있던 것은 그저 금상첨화일 뿐이었다.

그는 차의 사이드윈도 안쪽에 흡착 컵을 안테나에 고정하고 그 안에 작은 웹 카메라를 설치했고, 자동차 배터리와 전선을 연결해 작동하게 했다. 카메라 전원을 켜자 카메라의 다이오드는 비상등처럼 깜박이기 시작했다. 전화기를 꺼내 문자로 특별한 여섯 자리 숫자를 전송하자 10초쯤 뒤부터 전화기에서 카메라가 찍은 영상이 보이기 시작했다. 그는 카메라 방향을 리스크 집 현관으로 맞추고 초점을 조정했다.

그는 빌린 자동차에서 밖으로 나와 문을 잠갔다. 차 안에서는 내내 장갑을 끼고 있었다. 다시는 같은 실수를 하지 않을 것이다. 보도에서 왼쪽으로 걷기 시작한 그는 현관문 네 개를 지난 뒤에 모퉁이에서 오른쪽으로 돌아 브롬마가탄으로 향했다. 곧바로 스톡홀름에서 집을 팔고 이곳으로 온 사람들도 구입할 여유가 없을 것 같은 토지와 주택 광고를 잔뜩 내건 스칸디아 부동산 중개소들의 환한 진열창을 지나 오른쪽으로 돌아 자갈길을 따라 쓰레기통 여러 개, '거주자 외 출입 금지'라고 적힌 푯말 한 개를 지나쳤다.

연립주택 뒤에는 작은 뜰이 있었는데, 다음 집의 뒤뜰은 그 전 집의 뒤뜰보다 계속해서 화려해지고 있었다. 리스크의 집으로 돌아오는 동안 그는 이 집의 이전 주인들이 뒤뜰 꾸미기 시합에 참가하지 않기로 결심했음을 알 수 있었다. 그는 반쯤 썩어가는 담장을 넘어 공구 창고 뒤에 숨었다. 그곳에서는 곧장 파비안의 집을 볼 수 있었다.

파비안은 눈을 뜨고 있기 힘들 정도로 피곤했지만 잠들지 못하리라는 사실도 알았다. 파비안의 생각은 그를 아주 잠시라도 구원해주기를 거부했으며, 파비안은 자신이 이룰 수 있으리라고 생각한 모든 일이 산산이 부서지고 있다는 느낌을 떨쳐버릴 수 없었다. 그는 노트북을 펼치고 부엌 식탁에 앉아 계속해서 메테 로위세 리스고르의 블로그를 클릭하고 또 클릭했다. 메테의 블로그는 대부분 그다지 흥미롭지 않은 나날의 일을 적었기 때문에 파비안은 처음에는 특별한 것은 없다고 생각했다. 메테의 생각이나 고민을 적은 글은 별로 많지 않았다.

하지만 주유소에서의 일상, 친구들과의 만남, 새로운 문신 계획, DVD 감상평을 읽어나가는 동안 파비안은 메테의 인생을 점점 더 이해하게 됐다. 메테는 성장해가는 영리한 젊은 아가씨였다. 자기만의 생각과 아이디어로 가득 차 있지만 자신이 태어나 자라는 소박한 작은 도시에서는 아무것도 할 수 없는 젊은이였다. 그 무엇보다도 메테 로위세 리스고르는 렐링에를 싫어했다. 결국 렐링에서 늙어가야 한다면 스스로 목숨을 끊는 쪽을 선택했을 수도 있었다.

블로그만 봐서는 메테에게 남자친구가 있었는지 알 수 없었지만 파비안의 이야기는 읽을 수 있었다. 자동차 바퀴를 맡기고 간 스웨덴 남자에 관한 이야기. 메테는 그 일이 그 주에 있었던 가장 신나는 일이라고 했다. 그 뒤로는 글이 두 개밖에 없었다. 커피메이커가 고장 났다는 글과 포르노 비디오를 구입해 간 이웃 이야기. 그 뒤로 무슨 일이 일어났는지 모르는 사람은 며칠은 지나야 이 블로그가 버려졌다는 사실을 알아챌 것이다. 메테는 죽었다.

파비안은 다른 웹사이트도 방문했다. 그곳에는 이틀 뒤 오후 1시에 렐링에 교회에서 메테의 장례식이 열린다는 글이 올라와 있었다. 파비안은 투베손이 자신에게 계속 수사할 권한을 줄지 말지에 상관없이 이미 장례식에 참석할 생각이었다. 그게 최소한의 도리라고 생각했다.

파비안이 노트북을 덮고 손님방 욕실에서 이를 닦고 있을 때 초인종이 울렸다. 그는 손목시계를 봤다. 이제 막 자정을 넘긴 시간이었다. 파비안은 물을 잠갔다. 어쩌면 환청을 들었는지도 몰랐다. 입을 헹구고 있을 때 다시 초인종이 울렸다. 이번에는 환청이 아닌 것이 분명했다. 누군가가 문밖에 서서 초인종을 누르고 있었다.

파비안은 얼굴을 닦고 현관으로 걸어갔다. 복도를 걸으면서 도대체 누구일까 생각해봤지만 이 시간에 집에 올 사람은 단 한 사람도 떠오르지 않았다. 시간이 나면 곧바로 외시경부터 달아야겠다고 생각하면서 파비안은 현관 자물쇠를 풀고 문을 열었다.

30

무슨 일이 벌어졌는지를 이해하기까지 그는 기사를 여러 번 반복해서 읽어야 했다. 처음에는 도저히 받아들일 수가 없었다. 왠지 그 소식은 다른 평행 우주에서 날아온 것처럼 들렸다. 하지만 두 번째 읽을 때는 차가운 물이 한 양동이 날아오는 것 같은 기분을 느꼈다. 이게 사실일까? 다른 뉴스 사이트에서 기사를 읽어나가는 동안 점점 더 실감이 났다. 정말로 일어난 일이었다. 모니카 크루센스시에르나는 죽었다.

"이런 젠장."

그는 자신에게 버럭 화를 냈다. 리스크를 위한 계획을 모두 마무리 지은 뒤에 모니카를 태우러 가려고 두 번째로 자동차를 빌린 그는 최신 뉴스를 보려고 켠 전화기에서 모니카 소식을 읽었다. 그는 길옆에 차를 세우고 세 번째로 기사를 읽었다. 혹시 다른 모니카 크루센스시에르나일 수는 없을까? 인터넷 전화번호부에서 모니카를 입력하자 단 한 사람만이 검색창에 떴다. 더구나 여기는 헬싱보리였다. 그가 조사한 대로라면 헬싱보리에 사는 모니카 크루센스시에르나는 단 한 명뿐이었다. 이 상황이 리스크가 파놓은 또 다른 함정이 아니라는 사실을 확인하려면 직접 찾아가 보는 수밖에는 다른 방법이 없었다.

모니카 크루센스시에르나는 달헴스베겐 69번지에서 현재 유행하는 새로운 강철 외장이 높이 솟은 건물의 5층에서 살았다. 지금은 회색을 즐겨 사용하는 건축주들 때문에 노란색이 밀려나고 있었다. 그는 달헴 학교 옆에 차를 세우고 모니카의 집까지는 걸어서 갔다. 달헴스베겐강을 가로지르는 보행자 다리 위에 서자 건물 정면에서 반사되어 나오는 번쩍이는 파란 불빛을 볼 수 있었다. 건물 주차장에는 경찰차가 잔뜩 서 있었다. 그러니까 그의 모니카는 죽은 것이 틀림없었다.

그는 그 늙은 담임선생의 자리를 마련하려고 시간과 자원을 투자했다. 더구나 그 교사는 그의 영광스러운 승리를 보여주면서 모든 계획의 대미를 장식할 퍼즐의 마지막 조각이었다. 하지만 이제는 그 같은 멋진 결과는 기대할 수 없게 됐다. 다시 한번 모든 계획을 처음부터 짜야 할 수도 있었다.

가장 큰 문제는 시간이었다. 이미 어느 정도나 여유가 있는지 검토해봤다. 계획을 수정하느라 며칠을 쓸 여력은 없었다. 내일도 해야 할 일이 가득했다. 덴마크로 건너가서 시작한 일을 끝내야 한다. 도대체 왜 애초에 마무리하지 않고 왔는지 알 수가 없었다. 아무 상관도 없는 무고한 사람을 죽일 마음도 없었고 기습 공격을 받게 되리라는 생각도 하지 못했다. 그 어린 여자와 경찰관 말이다. 그는 주저했고, 일을 끝내는 대신에 도망친다는 선택을 했다. 다시는 그런 실수를 저지르지 않을 것이다. 지금부터는 그 누구도 계획을 방해하지 못하게 할 것이다.

그의 전화기에서 알람이 울리고 화면이 환하게 밝아졌다. 빌린 자동차에 설치한 카메라가 작동한 것이다. 그는 카메라에 시간 지연 설정을 해 사람이 리스크의 집 앞을 지나갈 때는 알람이 울리지 않게 해뒀다. 알람이 울리는 경우는 리스크의 집 현관 계단을 올라갈 때뿐이었다. 그는 비밀번호를 입력하고 전화기를 쳐다봤다.

리스크가 현관문을 열더니 손님을 집 안으로 들였다. 갑자기 모든 계획이 제자리를 찾아가기 시작했다. 모니카 크루센스시에르나가 맡았던 마무리 역할은 이제 파비안이 맡게 될 것이다. 이제부터는 파비안이 중심으로 나가 전체 계획에서 가장 중요한 역할을 할 것이다. 새로 찾은 해결책은 간단할 뿐 아니라 훌륭하기까지 했다. 일단 새로운 계획을 세우자 그는 왜 처음부터 이런 생각을 못했는지 스스로도 이해가 되지 않았다.

31

리나 폴손은 파비안과 나란히 소파에 앉아 있었다. 얼굴은 퉁퉁 부었고 눈은 벌겠다. 파비안은 리나가 얼굴을 닦을 수 있도록 손수건을 건넸고 뜨거운 차를 따라줬다. 신문 기사에 보인 소냐의 반응을 생각할 때 파비안은 현관 앞에 서 있는 사람이 리나임을 알자 집에 들이기를 주저했지만 리나는 들어오고 싶다고 했다. 파비안은 두 번이나 왜 왔는지 물었고, 리나는 사과하면서 울음을 터뜨렸다. 결국 파비안은 리나를 안아줄 수밖에 없었다.

시간은 새벽 1시 30분이었고 두 사람은 거실에 앉아 차를 마셨다. 파비안은 침묵이 거실을 가득 채우게 내버려뒀다. 그 침묵을 깨야 할 사람은 리나라고 생각했다. 30분쯤 전에 파비안은 소냐가 작업실에서 내려오는 소리를 들었다. 소냐는 아래층으로 내려오는 것 같았는데 계단에서 마음을 바꿨는지 다시 올라갔다. 20분 뒤에 소냐는 파비안이 매우 좋아한다는 것을 아는 일본식 가운을 입고 내려와 리나에게 인사하고 남편을 잃은 상실감을 위로하더니 파비안에게 잘 자라는 키스를 하고 올라갔다. 파비안은 곧 침실로 가겠다고 소리쳤고 소냐는 자신은 신경 쓰지 말고 충분히 이야기를 나누라고 대답했다.

"솔직히 말해서 나도 내가 왜 울었는지 모르겠어. 사실 내가 정말로 그 사람을 사랑한다고는 생각하지 않는데."

리나가 말했다.

"분명히 사랑할 때도 있었겠지."

파비안은 그 말을 내뱉는 순간 후회했다. 리나와 나눌 대화 내용은 아니라고 생각했다.

리나는 고개를 저었다.

"사실, 내가 왜 예르겐과 함께하게 됐는지는 지금도 이해할 수 없어. 솔직히 말해서 난 너랑 함께할 거라고 생각했거든."

리나는 웃으면서 뜨거운 차를 마셨다.

"그런데 왜 예르겐을 택한 거야?"

파비안은 그런 질문은 하고 싶지 않았지만 하지 않을 수 없었다.

"학급 파티 기억나? 우리가 살던 곳 근처에서, 7학년을 시작할 때 열린 파티 말이야."

당연히 분명히 기억하고 있었다. 가장무도회였기 때문에 파비안과 스테판 문테는 죄수복을 만들려고 정말 애를 썼다. 둘은 낡은 옷감을 가져와 마스킹 테이프를 붙이고 물감을 뿌리면서 줄무늬를 만들었고, 몇 시간을 공들여 바느질했다. 두 사람 모두 그럴듯한 가장무도회 복장을 만드는 것이 생과 사를 가르는 문제라도 되는 것처럼 열의를 가지고 임했다. 그때 파비안은 마침내 리나에게 데이트를 신청할 생각이었다. 이제는 그래도 되는 시간처럼 느껴졌다.

하지만 파티장에 갔을 때 파비안과 스테판은 유일하게 가장무도회 복장을 하고 온 사람이었다. 두 아이는 모든 사람이 자기들을 보면서 웃고 있다는 사실을 알았다. 모든 것이 잘못됐음을 느낀 순간 두 아이는 자전거를 타고 얼른 집에 가서 옷을 갈아입고 오기로 결정했다. 15분 뒤에야 아이들은 평상복을 입고 파티 장소로 돌아갈 수 있었다.

"그날 밤에 예르겐이 나한테 키스했어. 그리고 우리가 커플이라고 했어. 난 나에게 키스한 사람이 너이기를 바랐지만 넌 나한테 조금도 관심이 없는 것 같았어. 넌 떠나버렸고 한참 뒤에야 돌아왔잖아. 그리고…… 아무튼 난 예르겐하고 함께하게 됐고."

리나는 어깨를 으쓱해 보이더니 입을 다물었다.

그때 받았던 엄청난 상처가 다시 몰려와 파비안은 아무 말도 하지 않고 고개만 끄덕였다.

"리나, 혹시 수사에 도움 될 만한 얘기가 있어서 온 거 아니야?"

파비안의 말에 리나는 처음에는 아무 반응도 하지 않고 그저 차를 한 모금 마셨고, 찻잔을 내려놓으면서 잠시 가만히 있었다.

"글렌과 예르겐은 바보 같은 일을 참 많이 했어. 솔직히 말해서 나는 예르겐이 두려울 때도 있었어."

"널 때렸어?"

"아니, 하지만 상당히 거칠어지기는 했어."

"어떤 식으로?"

"사랑을 나눌 때면 너무 심한 경우가 있었어. 그러지 말라고 해도 내 말은 무시하면서 그게 재미있고 좋은 거랬어. 나도 분명히 좋아하고 있다고. 그 사람한테는 대부분이 그냥 게임 같은 거였어."

리나는 다시 조용해졌다.

"리나, 네가 그 이야기를 해야 한다는 사실은 이해해. 하지만 내가 그 이야기를 들어도 되는 사람인지는 모르겠어."

리나는 고개를 끄덕이더니 커피 탁자에 황동으로 만든 열쇠를 내려놓았다.

"글렌의 집에 있는 금고 열쇠야."

파비안은 열쇠를 집어 들고 가만히 쳐다봤다. 몰란데르 팀이 이미 글렌의 집을 조사했다. 그다지 흥미로운 점이 발견되지 않아 경찰은 글렌의 집을 더 조사하는 일은 우선순위에서 배제했다. 자물쇠가 달린 금고를 찾았다면 파비안이 그 사실을 모를 리 없었다.

"부엌에 있을 거야. 정확히 어디에 있는지는 모르지만. 하지만 거기에 있는 건 알아."

리나는 파비안의 눈을 똑바로 보면서 말했다.

"이 열쇠는 어떻게 얻은 거야?"

"글렌은 자기 집에 열쇠를 두고 싶어 하지 않았어. 금고를 가지고 있다는 것만으로도 충분히 위험하다고 생각했으니까."

"그걸 어떻게 알았어? 예르겐이 그냥 너한테 말해주지는 않았을 거 아냐."

"두 사람 모두 냉철하거나 신중한 타입은 아니었잖아. 예르겐이 멀리 갈 때를 대비해서 나한테 맡긴 거야."

"금고 안에 뭐가 들어 있는지 알아?"

리나는 지친 듯이 웃으며 소파에서 일어섰다.

"차, 고마워. 내 얘길 들어준 것도. 알아서 갈 테니까 나오지 마."

"데려다줄게."

"제발, 그럴 필요 없어. 차 가지고 왔어."

"그럼 차 있는 데까지 데려다줄게. 적어도 그건 해야지."

파비안도 소파에서 일어나 리나를 따라 복도를 걸었다.

"파베, 진짜 그럴 필요 없어. 차는 멀리 세워뒀어."

"그러니까 더더욱……."

"솔직히 말해서 너희 아내가 좋아하지 않을 것 같은데."

"그래, 그건 맞을 거야."

파비안은 웃으면서 현관문을 열고 리나와 함께 밖으로 나왔다. 사람이 다니지 않는 인도를 걸으면서 파비안은 리나의 팔을 잡고 있었다. 두 사람 모두 아무 말도 하지 않았지만 그 침묵이 너무나도 자연스럽게 느껴졌다.

차가 있는 곳에 도착하자 리나는 파비안을 보며 말했다.

"쉬는 시간에 구슬 놀이 하던 거 기억해? 네 걸 다 잃어서 하나 남은 내 거 빌려줬잖아."

파비안은 고개를 끄덕였다. 그 순간은 파비안의 인생에서 찬란하던 초기 기억들 가운데 하나였다. 리나가 빌려준 구슬을 가지고 파비안은 가까스로 상대 아이들을 차례로 쓰러뜨렸다. 그때 파비안은 손이 마술을 부리는 기분이었다. 반 친구들 대부분이 모여들어 파비안을 쳐다봤다. 심지어 다른 반 아이들도 파비안의 엄청난 실력을 지켜봤다. 사실은 실력이 아니라 운이었을 테지만. 운이건 실력이건 간에 그날 파비안은 구슬을 싹쓸이해서 리나에게 줬다.

"아직도 그 구슬 가지고 있어."

리나는 파비안을 안으며 볼에 입을 맞추고 자동차 문을 열고 들어갔다.

파비안은 최대한 소냐를 깨우지 않으려고 조심하면서 이불 속으로 기어 들어갔지만, 그녀는 이미 깨어 있었다. 소냐는 몸을 돌려 파비안을 껴안았다. 완전히 벗고 있는 소냐의 따뜻한 몸이 느껴지고, 파비안은 자신이 아주 피곤하다는 생각을 하지 않을 수 없었다.

"파비안, 나 사랑해?"

"물론이지."

"정말로?"

파비안은 소냐에게 키스하려고 아내 쪽으로 몸을 기울였지만 그녀는 손을 뻗어 그의 입을 가렸다.

"들어봐, 내가 생각하는 게 있어."

파비안은 한숨을 쉬면서 옆으로 누웠다.

"소냐, 무슨 말을 하고 싶은지는 알겠는데……."

"내가 말하게 해줘. 잠시 내가 아이들을 데리고 스톡홀름으로 돌아가는 게 좋겠어. 그냥 여기에 있으면 나는 점점 더 힘들어질 거야. 그건 우리한테 전혀 도움이 되지 않아. 이 사건을 끝낸 뒤에 다시 새롭게 시작하는 게 좋을 듯해."

파비안은 그렇지 않다고, 소냐가 헬싱보리에 머물러주기만 한다면 이제부터는 모든 일이 괜찮아질 거라고 약속해주고 싶었다.

"벌써 리센 언니랑 얘기했어. 여름 동안 베름데에 있는 게스트하우스에서 지낼 거야. 마틸다도 조카들이랑 놀 수 있고."

파비안은 고개를 끄덕이는 것 말고는 할 수 있는 일이 없었다.

"이 사건이 끝나자마자 당신이 우리에게 시간을 낼 수 있을 때다시 와서 함께 시작하자. 처음에 우리가 계획했던 대로."

"모든 게 끝나면 우리는, 그러니까 우리 둘만 어딘가 멀리 다녀올 필요가 있을 것 같아."

파비안이 말하자 소냐도 동의했다.

32

잎사귀를 타고 떨어지면서 조용히 내리는 비를 배반하는 물방울 소리는 지난주의 아름답던 날씨가 전혀 전형적인 헬싱보리의 날씨가 아님을 알려주고 있었다. 헬싱보리는 보통은 바람이 불고 비가 내리는 도시였다. 그 말은 지난주에 있었던 일 가운데 정상이라고 간주할 만한 일은 거의 없다는 뜻이라고, 아스트리드 투베손과 함께 폴시에 숲을 걸으면서 파비안은 생각했다.

아침에 파비안을 부른 투베손은 산책을 나가자고 했다. 두 사람은 걸으면서 온갖 이야기를 나눴지만 실제로 둘이 해야 할 말은 한마디도 하지 않았다. 투베손은 파비안의 가족이 헬싱보리를 좋아하는지, 아이들은 새로운 학교에 간다는 사실에 어떤 기분을 느끼는지 물어봤다. 파비안은 모든 질문에 가능한 한 정직하게 대답했지만 자신이 해야 할 말 이상은 절대로 하지 않았다.

폴시에 해변 숲길은 두 사람이 다가가고 있는 폴시에성으로 이어졌다. 몇 분 동안 두 사람은 아무 말도 하지 않았다. 파비안은 침묵이 스스로 숨막혀 죽으려 한다는 느낌이 들었다. 두 사람은 폴시에성 공원의 반대편을 돌고 미로를 지나 젖은 풀밭을 걸어 나무들이 길고 어두운 터널을 만드는 곳으로 갔다. 파비안은 어릴 때 이곳에서 술래잡기를 했다는 사실을, 어느 날 정원사가 전기톱으로 나무 자르는 모습을 보기 전까지는 나무들이 터널 모양으로 자란다는 사실을 아주 신기해했다는 기억을 떠올렸다.

"파비안, 파비안의 수사가 아니었다면 이 사건이 이만큼 진전되지 않았으리란 거 잘 알아요. 하지만 이 수사는 내 책임 아래 있고, 이제는 렐링에서 일어난 일을 더는 방어해줄 수 없어요. 내가 더 나섰다간 결국 나도 이 사건에서 손을 떼야 할 거예요. 그러면 말뫼에서 이 사건을 맡겠죠. 그럴 경우, 어떻게 될지 잘 알잖아요."

파비안도 투베손이 하는 말의 의미를 잘 알았다. 말뫼는 해마다 '미해결 사건'이 가장 많은 곳으로 유명했다.

"나도 당신만큼이나 이 사건을 빨리 해결하고 싶어요. 하지만 이제 더는 엄청난 위험부담을 감수하면서 진행할 수는 없어요."

"무슨 뜻인지 잘 압니다. 희생양이 필요한 거겠죠."

"이번 경우에는 희생양을 찾는 게 어렵지도 않고요."

함께 걷기 시작한 뒤로 투베손은 처음으로 웃었다.

"더구나 파비안의 10대의 열정 사건은 언급할 필요도 없겠죠."

파비안은 투베손에게 그 기사에 관해 해명하려 했지만 그녀가 손을 들어 막았다.

"나한테 설명할 필요 없어요."

두 사람이 나무 터널을 빠져나왔을 때는 비가 그쳤고 벌써 해가 나와 있었다. 투베손은 멋진 경치 앞에서 잠시 멈춰 서서 이미 햇살을 가득 받으며 번잡하고 활기찬 소리가 들려오는 크론보르성을 물끄러미 바라봤다.

"다시 휴가로 돌아가고 처음 일정대로 8월 16일에 출근요. 내가 당신이었다면 가족들을 돌보면서 푹 쉴 기회를 즐길 거예요. 이런 날씨를 즐길 수 있는 것도 이제 몇 주 안 남았으니까."

파비안이 고개를 끄덕이자 투베손은 몸을 돌려 걷기 시작했다.

"나는 휴가를 떠나야 하니 이건 반장님이 가지고 있는 게 좋겠습니다."

파비안은 투베손의 손에 작은 황동 열쇠를 쥐어줬다.

"글렌의 집에 있는 안전 금고 열쇠입니다."

투베손이 무슨 말이냐는 표정을 지었다.

"내가 아는 건 부엌 어딘가에 금고가 있다는 것뿐입니다."

투베손은 파비안에게 고맙다고 말하고 떠나갔다.

파비안은 아름다운 덴마크 쪽 풍경을 보면서 방금 들은 말을 다시 생각했다. 투베손이 자신을 수사에서 배제하리라는 사실은 알고 있었다. 지금까지 일어난 일을 생각해보면 그 외에는 다른 선택지는 없었다. 하지만 마음속 깊은 곳에서는 이 사건을 해결하려면 경찰 규정서를 그대로 따르기만 해서는 절대로 안 된다는 사실도 알고 있었다.

12월 24일

안녕, 일기장. 메리 크리스마스!

아무 일도 없는 것처럼 행동하려고 노력했지만 엄마와 아빠는 뭔가 잘 못됐다고 생각하는 게 분명했어. 내가 정말로 행복하다고 했는데도 엄마, 아빠는 내가 선물을 좋아하지 않는다고 생각하는 거야. 내가 받은 선물은 스탠드가 있는 키보드야. 아빠는 키보드 설치하는 걸 도와준다고 했지만 나는 그럴 기분이 아니었어. 그래서 11시도 안 됐지만 피곤하다고 말하고 방으로 들어왔어.

기차 앞으로 뛰어든 여자아이 이야기를 읽었어. 그 여자아이는 나와 동갑이었고, 그 녀석들도 나를 쫓아오는 것처럼 그 여자아이를 쫓아갔어. 그 여자아이가 남긴 유서 내용은 모든 것이 내 이야기를 떠오르게 해. 이런 이야기는 지금까지 그 누구에게도 한 적이 없지만, 너도 알다시피 나도 몇 번이나 뛰어내리려는 생각을 했어. 하지만 아직 그 정도로 용기가 나진 않아. 벌써 6개월째 계속되고 있어. 이제는 학생 식당에서 밥을 먹는 것도 쉬는 시간도, 교실에서 멍청한 짓을 하게 되는 것도 내 친구였던 아이들도, 집에 오는 길도 크리스마스 휴가가 끝나면 생길 일도 모두 다 두려워.

내가 혼자 있고 싶다고 말했는데도 엄마가 내 방으로 들어오더니 왜 키보드를 연주하지 않는지 물었어. 나는 대답하고 싶지 않았지만 엄마는 계속 날 다그쳤어. 그래서 울어버렸어. 울음을 멈추려고 애썼지만 멈추지 않아서 학교에 가기 싫다고, 학교에 있는 사람들은 모두 멍청이라고 말해버렸어.

엄마는 혹시 학교에서 나를 괴롭히는 사람이 있느냐고 물었어. 그래서 없다고 했지. 하지만 엄마는 그럴 수도 있다고 생각해 학교에 가서 선생을 만나고 왔다고 했어. 선생은 내가 정신이 다른 곳에 팔려 있고 말이 없고 시험 성적이 계속 내려간다고 했대. 내가 아무 말도 하지 않으니까 엄마가 방에서 나갔어. 나 몰래 내 뒤에서 욕을 하다니, 믿을 수가 없어.

이제 2주 후면 멍청하고 지랄 같은 학교에 가야 해. 처음에는 그냥 학교에 가지 말까 생각했는데, 그러지 않기로 했어. 다른 일을 하기로 마음먹었거든. 벌써 여러 번 고민했고 이제는 완전히 확신이 섰어. 나한테는 잃을 게 하나도 없으니까. 어쨌거나 더 나빠지지는 않을 거야.

잘 자.

추신: 라반한테 줄 크리스마스 선물을 사지 않았어. 라반은 신경 쓰지 않는 것 같지만. 라반의 털이 온통 빠지고 있어. 아마 계속 오줌을 먹어서 그런 것 같아. 진짜 멍청하고 추악하고 역겨운 녀석이야. 진짜 미워 죽겠어.

33

아스트리드 투베손이 향긋한 라테 네 잔과 크루아상 봉지가 놓인 쟁반을 들고 회의실로 들어갔을 때는 이미 릴리아, 몰란데르, 클리판이 자리에 앉아 있었다. 투베손을 보자마자 잔뜩 지쳐 있던 세 사람의 얼굴에 미소가 떠올랐고 클리판은 이 사건을 빨리 해결하지 못한다면 엄청나게 뚱뚱해질 거라며 농담을 던졌다.

"오늘 회의는 파비안 리스크를 지금 이 순간부터 수사에서 배제했다는 소식으로 시작해야겠군요."

사람들에게 커피를 나눠주며 투베손이 말했다.

"이런, 안됐어요. 그 사람, 능력이 아주 뛰어난 것 같은데."

클리판이 말했다.

"파비안이 함께한다면 더없이 좋겠지만, 도저히 방어해줄 수가 없군요."

"그 정도면 충분히 했어요. 사실 파비안도 그 학급 학생이었잖아요. 그 사람을 다른 사람들과 다른 식으로 대할 수는 없어요."

릴리아가 말했다.

"지금, 파비안을 의심하고 있는 건 아니지?"

몰란데르가 물었다.

"그렇게까지 생각하는 건 아니에요. 하지만……."

"그 이야기는 거기까지만 하죠, 알겠지?"

투베손이 끼어들더니 단호한 표정으로 릴리아를 쳐다봤다.

릴리아와 다른 두 사람 모두 고개를 끄덕였고 네 사람은 새로 얻은 정보를 검토하기 시작했다. 릴리아는 모든 항공사에 연락해봤지만 지난 며칠간 루네 슈메켈은 물론이고 클라에스 멜비크라는 승객이 비행기에 탑승한 기록은 전혀 없다고 했다.

"다른 차를 타고 계속해서 달리고 있다고 가정할 수도 있잖아요? 그랬다면 지금쯤 독일을 넘어갔을 거예요."

클리판이 크루아상을 한 개 더 집으면서 말했다.

"APB에 협조를 구해봤어요. 하지만 지금으로서는 범인이 스웨덴에 있다는 가정 아래 수사를 진행할 거고요. 아직 학급 전원의 신원을 확인하지 못했나요?"

"거의 끝났다고 하지 않았어요, 이레네?"

클리판이 말했다.

"할 수 있는 만큼은 한 것 같아요. 공식 명단이랑 이중으로 점검해보고 싶었지만 그건 불가능했어요."

릴리아가 말했다.

"불가능하다니? 공문서 보관소에 사본이 있지 않아요?"

투베손이 클리판을 쳐다보면서 말했다.

"분명히 있겠죠. 하지만 공문서 전자 기록 목록이 망가졌다고 하네요."

"망가지다니, 그게 무슨 뜻이에요?"

"5월에 시청이 사이버 공격을 받았다는 기사로 한동안 신문이 시끄럽던 거 기억하죠?"

"물론이죠. 이메일 공격을 받았다고 했잖아요."

릴리아가 대답했다.

"그랬죠. 아마 천 톤은 될 바이러스랑 트로이 목마 같은 게 공격을 가했죠. 그래서 공문서 보관소를 비롯한 서버가 완전히 멈춰버렸고요."

"그거 편리하네."

투베손이 한숨을 내쉬었다.

"아주 편리하다고 할 수 있겠죠."

클리판이 거들었다.

"이해를 못하겠어요. 학급 명단이야 공문서 보관소에도 있을 거 아니에요. 직접 가서 확인해보면 되죠."

릴리아가 말했다.

"문제는 전자 기록 목록이 없으면 문서 보관 번호를 알 수 없다는 거예요. 보관 번호를 모르면 건초 더미에서 바늘 찾기를 해야 한다는 거죠. 물론 해볼 수는 있지만 몇 주는 걸려야 찾을 거예요. 그것도 운이 좋아야 가능할 테지만."

투베손은 잠시 생각에 잠겼다가 고개를 저었다.

"아니, 그건 의미가 없어요. 스코네에 아직도 살고 있고 신원을 파악한 사람은 몇 명이나 되지?"

투베손이 릴리아에게 물었다.

"오슬로에 사는 한 명을 빼면 모두 여기서 살아요."

"하지만 지금은 휴가를 떠난 사람이 많아요."

클리판이 대답했다.

"일단 목록을 작성하고 연락해야 할 사람들 순위를 매겨봅시다. 혹시라도 위험할 수 있는 사람을 파악하는 게 최우선이니까."

"그건 이미 했어요. 몇 명하고는 연락도 했고요."

릴리아가 말했다.

"그래서?"

"지금까지는 모든 사람이 서로를 주변에 사랑과 온기를 퍼뜨린 성스럽게 반짝이는 작은 빛으로 묘사하고 있어요."

클리판이 웃으면서 고개를 흔들었다.

"예르겐과 글렌이 유일한 피해자이기를 바랍시다. 슈메켈의 집은 모두 조사했나요?"

투베손이 몰란데르에게 물었다.

"거의. 지문 몇 개랑 자잘한 물건들 말고는 특별히 흥미로운 건 발견 못했어. 혹시 자동차 열쇠가 또 있을까 기대했지만 없더군."

"시골에 별장 같은 건 없을까요?"

클리판이 물었다.

"그 사람 명의로 된 건 없었어요."

릴리아가 대답했다.

"별장이라니까 하는 말인데 슈메켈의 집에서 이런 사진을 찾았어. 만약에 이 집이 슈메켈의 해외 집이라면 스웨덴에서는 등록 자료를 찾을 수 없지 않을까?"

몰란데르가 슈메켈의 집에서 가져온 흑백 사진 사본을 세 사람에게 건네면서 말했다.

세 사람은 번잡한 도시와 구릉이 있는 사진들을 살펴봤다.

"이 사진 어디에서 찍은 건지 알아냈어요?"

클리판의 물음에 몰란데르의 표정이 밝아졌다.

"처음에는 카르카손이라고 생각했지. 항상 거기 프랑스 지역에 가보고 싶었거든. 카르카손이야 말할 것도 없이 내가 가장 좋아하던 보드게임이니까."

몰란데르의 말에 모두 영문을 모르겠다는 표정을 지었다.

"카르카손, 해본 적 없어? 전부?"

세 사람은 고개를 저었다.

"이런 세상에, 모두 아는 게 없구먼."

몰란데르는 짜증이 난다는 투로 말했다.

"그런데 이 사진을 찍은 장소가 분명 카르카손은 아니란 거죠?"

투베손이 물었다.

"분명히 아니야. 내가 분석해봤는데, 이 풍경은 그라스에서 찍은 거야. 프랑스 남부 지방인 건 맞지만 좀 더 동쪽에 있지. 사실 거긴 가봤어. 〈향수〉라는 영화 제목 들어본 사람?"

"알아요. 그거 혹시……."

클리판이 입을 열었다.

"그게 맞을 거라고 확신해요. 하지만 영화 얘긴 다음에 하죠?"

투베손이 클리판의 말을 막았다.

"그보다는 그라스에 슈메켈의 별장이 있는지 알아봅시다. 일단은 내 관심을 끈 또 다른 단서 이야기를 하고 싶군요. 이걸 리스크가 줬어요. 글렌의 부엌에 안전 금고가 있다면서요."

투베손이 파비안에게서 받은 열쇠를 들어 올리며 말했다.

"부엌은 이미 모두 살펴봤는데 금고는 분명히 없었어."

몰란데르가 말했다.

"어쨌든 확실한 게 좋으니까 몰란데르와 이레네가 다시 한번 살펴보면 좋겠어요. 맥도날드 수사는 어떻게 되고 있죠?"

투베손이 클리판에게 물었다.

"해당 맥도날드를 모두 돌아다녔는데, 아직은 아무도 슈메켈을 본 적이 없답니다."

"아직은?"

"직원들이 교대 근무를 하는데, 모두 만나본 건 아니거든요."

"좋아요. 다른 건 어떻게 되고 있죠? 용의자 사진을 배포한 뒤에 뭔가 흥미로운 제보가 있었나요?"

"정확히 그렇지는 않아요."

클리판이 대답했다.

"정확히 그렇지는 않다니, 무슨 뜻이에요?"

"아주 짧게 요약하자면 손자들한테 들려줄 만한 이야기는 아직 들려온 게 없다고 할 수 있죠."

클리판이 하나 남은 크루아상을 흘긋 보면서 말했다.

"그럴 수도 있겠지만, 이번에는 좀 더 긴 이야기를 듣고 싶군요."

"뭐 계속 평범한 전화들이 왔는데, 그 가운데 두 명, 슈메켈의 환자였다고 하는 사람들이 그를 파르스타, 볼모라, 그룹스 같은 아주 먼 곳에서 봤다고 했어요. 또 한 사람은 슈메켈이 수술할 때 자기 위에다 GPS 전송기를 넣어서 그가 자신을 찾아낼 수 있다고 했어요. 마치 슈메켈이 사람 살을 먹어치우는 것처럼요."

"근사하군요. 다른 환자는 뭐라고 하던가요?"

"그 사람 이야기가 완전 웃겨요. 그 사람은 자기가 의식을 잃고 수술대에 있을 때 슈메켈이 자신을 강간했다고 했어요."

"그게 웃겨요?"

릴리아가 클리판이 눈여겨보고 있는 마지막 크루아상을 집어 들면서 말했다.

"이야기 아직 안 끝났어요."

클리판이 릴리아가 들고 가는 크루아상을 보면서 말했다.

"그 사람은 아주 오래전에, 1998년에 강간을 당했다고 하더군요. 어째서 그때 신고하지 않았느냐고 물었더니 강간을 당한 뒤에 치질이 생겨서 경찰에 신고하기가 부끄러웠다고 하더군요."

그 말을 하고는 클리판은 배가 흔들릴 정도로 웃어댔다.

릴리아는 투베손과 몰란데르와 눈길을 교환했다. 세 사람 모두 웃음을 꾹 눌러 참았다.

"그런데 왜 갑자기 말해야겠다는 생각이 든 거죠?"

투베손이 물었다.

"내가 이해하기로는 지금에서야 나아지기 시작한 거 같아요."

"12년 된 치질이요?"

릴리아는 자기 질문에 클리판이 고개를 끄덕이자 더는 참지 못하고 웃음을 터뜨렸다.

"린셰르트 페르손한테서는 전화가 왔나?"

몰란데르가 물었다.

"린크요? 방금 통화했어요. 자기가 범인이 어디 있는지 정확히 안다던데요."

"어련하겠어요."

릴리아가 말했다.

"어떻게 알았대?"

"확신하던데요. 늘 그렇지만 그는 자신만의 독특한 가설이 있잖아요. 학교 벽의 낙서를 보면 클라에스가 학교 다닐 때부터 복수를 계획했다는 걸 알 수 있대요. 린크는 자기가 가서 프레드리크스달 학교 샤워실에 있는 낙서를 모두 해독해야 한다고 생각해요."

클리판의 말에 그 누구도 어떤 말을 해야 할지 몰랐다. 헬싱보리 경찰서에 있는 사람들은 누구나 68세인 린셰르트 페르손과 그가 가진 긴 장애 목록을 알았다. 사람들은 린셰르트를 보통 '린크'나 '페르손 신드롬'이라는 별명으로 불렀다. 누구보다도 경찰이 되고 싶던 사람이지만 경찰학교에 입학하지 못하는 바람에 프레드리크스달 학교 수위가 됐다. 하지만 여학생 샤워실 벽에 구멍을 뚫고 몰래 훔쳐본 혐의로 쫓겨나고 말았다. 검찰은 실형을 요구했지만 린셰르트는 벌금형과 정신과 치료 명령을 받고 풀려났다. 경찰서에서 근무하는 사람들은 거의 모두 그 치료가 정말로 얼마나 좋은가에 자신만의 의견이 있었다.

이제는 스스로 탐정이라고 말하고 다니는 린셰르트는 '린셰르트 페르손—풀리지 않는 범죄 해결사'라는 명함까지 만들어 다녔다.

지난 5년 동안 린셰르트는 투베손 팀이 맡은 수사에 자신의 가설을 제시하지 않은 적이 없었다. 그의 가설은 해를 거듭할수록 억지스러워졌고 터무니없어졌다. 쓸 만한 말은 전혀 하지 않는 린셰르트지만 투베손 수사팀은 모두 그를 좋아했고, 가끔은 경찰서로 초대해 의견을 제시해준 대가로 커피를 대접하기도 했다.

하지만 오늘은 아무도 웃을 수 없었다. 이번 가설도 많은 면에서 터무니없고 그다지 신뢰할 수 없는 전형적인 린크식 가설이었지만 그저 쉽게 무시해버릴 수는 없었다. 그 이유는 아마도 네 사람 모두 이번 사건은 어떤 일이든 가능하리라는 생각을 하고 있기 때문일 것이다. 범인이 학교 벽에 낙서로 단서를 남기는 일도 다른 모든 일처럼 충분히 가능하리라는 생각이 들었다.

"링크는 뭘 요구했나요?"

투베손이 물었다.

"늘 같죠, 뭐. 커피랑 푼슈롤이요."

클리판이 대답했다.

"보통 아몬드 타르트를 달라고 하지 않나?"

몰란데르가 물었다.

"그거야 페미니스트 정당이 여성 호르몬에 중독되어서 가부장제를 무너뜨리려 한다는 사실을 알기 전까지만 그랬죠."

"푼슈롤은 페미니스트하고는 상관이 없다는 거야?"

34

헬싱외르에서 기차에 올랐을 때 객실에는 그밖에 없었다. 하지만 코펜하겐으로 가까이 갈수록 승객이 점차 늘어났다. 헬레루프역에 도착했을 때는 전 좌석이 꽉 찼다. 승객들은 대부분 헤드폰을 끼고 덴마크 경찰이 그를 찾고 있다는 기사로 가득한 무료 신문을 뒤적이고 있었다.

이 사람이 스웨덴 살인마다!

이름: 루네 슈메켈.

그는 누군가 버리고 간 신문을 집어 들고 그가 예르겐과 글렌을, 그리고 얼마 전에는 메테 로위세 리스고르를 어떻게 죽였는지 아주 상세하게 묘사한 신문을 읽어나가기 시작했다. 두 페이지 정도 읽었을 때 아직도 스웨덴 경찰과 덴마크 경찰이 신경전을 벌이고 있다는 기사를 보고는 미칠 듯이 웃음을 터뜨렸고, 그 바람에 옆에 앉은 여자가 호기심 어린 표정으로 그를 쳐다봤다.

기차가 덴마크 골드 해변을 따라 달리는 마지막 15분 동안 그는 새로운 계획을 짜고 마무리하는 데에 전력을 다했다. 생각하면 할수록 모든 것이 정확하게 맞아떨어지는 듯했다. 새로운 아이디어는 리나 폴손이 리스크의 집 앞에 나타난 순간 떠올랐다. 이 계획은 사실 리나하고는 전혀 관계가 없었기 때문에 어느 시점에 생각하게 된 것인지는 그 자신도 정확히는 알지 못했다. 그때 그는 모니카 크루센시에르나의 죽음과 도무지 긴장을 늦출 수 없는 파비안의 수사 감각이라는 두 가지 장애 때문에 아무 생각도 못하고 있었다. 하지만 문제가 하나가 아니라 둘일 때 오히려 이득을 얻는 경우는 처음이 아니었다. 한 가지 문제가 다른 문제의 해결책이 되는 것은 예외가 아니라 거의 규칙에 가까웠다.

외스테포르역 밖으로 나온 그는 널따란 코펜하겐 거리에 끌렸다. 코펜하겐 거리는 양방향이 모두 3차선 아니면 4차선이었고 넓은 자전거 길과 보도가 있었다. 스톡홀름에는 이처럼 넓은 거리가 많지 않은데도 그 도시는 덴마크 사람들 눈앞에서 '스칸디나비아의 수도'라는 타이틀을 훔쳐 갔다. 그러니 덴마크 놈들이 그렇게 화를 내는 것도 당연했다.

외스테르브로로 이어지는 다그 함마르스셸스 알레로 걸어 올라가는 동안 거의 모든 게시판에 그를 현상 수배한다는 전단과 리스

크의 사랑 이야기가 붙어 있었다. 그러니까 이제 국제적으로 현상
범이 된 것이다. 나쁘지 않아, 전혀 나쁘지 않아. 다그 H 카페의 테
라스에 있는 탁자 앞에 앉으면서 그는 생각했다.

치킨 샌드위치를 다 먹고 물을 마셨다. 웨이터가 탁자에서 그릇
을 치우자 그는 더블 에스프레소를 주문했다. 그는 불만을 가지려
야 가질 수 없었다. 지금으로서는 모든 일이 뜻대로 진행되고 있었
다. 그는 테라스를 둘러보면서 사람들 목소리에 귀를 기울였다. 누
구나 그에 관한 이야기를 하고 있었지만 그 누구도 그를 알아보지
못했다. 과거의 그라면 며칠 동안 사람들의 이목을 끄는 데 만족하
고 말았을지도 모른다. 하지만 이제는 아니었다. 그는 더 많은 것을
원했다. 모든 일이 끝나고 나면 사람들은 다시는 그를 멸시하지도
잊어버리지도 못할 것이다.

그는 재빨리 에스프레소를 마시고 손목시계를 들여다봤다. 2시
30분이었다. GPS대로라면 목적지까지는 15분 정도 걸어가야 한다.
그는 팁을 풍족하게 남기고 릭스 병원으로 출발했다.

이제는 또 한 명의 무고한 생명을 거두러 갈 시간이다.

35
○

"숙녀분 먼저."

잉바르 몰란데르는 이레네 릴리아가 글렌 그란크비스트의 집 앞
뜰로 들어갈 수 있도록 폴리스 라인을 들어 올렸다.

"100퍼센트 확신할 수는 없지만 여기서 살인마가 범죄를 저지른 것 같아."

"여기서요?"

릴리아는 집 안으로 이어지는 좁은 현관 입구를 둘러봤다.

몰란데르는 고개를 끄덕였다.

"범인은 초인종을 누르고 피해자가 대답하기를 기다렸을 거야. 피해자가 문을 여는 순간 마취제로 쓰러뜨린 거지."

"예르겐한테도 그랬잖아요."

"그렇지."

몰란데르는 자꾸 끼어드는 릴리아에게 언짢은 기색을 분명히 드러내면서 말했다.

"아무튼 글렌은 쓰러지면서 여기에 머리를 부딪친 거야. 그래서 머리 뒤에 그런 상처가 난 거지."

그는 무쇠로 만든 신발장의 날카로운 모서리를 가리키며 말했다.

릴리아는 몰란데르가 가리키는 곳을 보려고 몸을 숙였지만 신발장 말고는 아무것도 발견하지 못했다.

"범인은 아무도 볼 수 없도록 집 안으로 글렌을 끌고 가 뒤로 나간 거 같아."

"머리도 다치고 복도를 끌고 다녔다면 분명히 피가 남아 있어야 하잖아요."

릴리아는 리놀륨 바닥을 살펴봤지만 피 비슷한 것도 없었다.

"여기를 봐봐."

몰란데르는 웅크리고 앉아 집게손가락으로 신발장의 모서리를 쓱 문지르더니 아무것도 묻지 않은 손가락 끝을 이미 인내심을 잃은 릴리아에게 내밀었다. 그는 초조해하는 릴리아를 내버려두고 이번에는 다른 쪽 모서리를 집게손가락으로 문질렀다. 그리고 먼지가 잔뜩 묻은 손가락을 내밀었다.

"이거 보이지? 범인은 글렌을 옮긴 뒤에 청소한 거야. 이 집은 어디에나 먼지가 쌓여 있어. 복도 일부를 빼고는 말이야."

그는 복도 바닥을 가리키더니 일어나 집 안으로 들어갔다. 릴리아도 쫓아갔다.

"범죄 현장에는 그 많은 피를 남기고 가더니 왜 고작 핏자국을 닦느라 그 많은 에너지를 소비했을까요?"

릴리아의 말에 몰란데르는 돌아보면서 씩 웃었다.

"나도 같은 질문을 스스로에게 해봤지. 그래서 찾은 답은 글렌의 살인은 처음 계획대로 되지 않았다는 거야. 범인은 피해자가 쓰러지면서 신발장에 머리를 부딪쳐 다칠 거라는 생각을 전혀 못한 거지. 자기 계획에 극도로 집착하는 녀석이 틀림없어. 이게 참 흥미로운 거야. 핏자국을 찾아낸다고 해서 우리한테 그다지 유리할 건 없거든. 하지만 살인마는 핏자국이 부를 결과를 분석할 시간이 없었던 거지. 그래서 가능한 한 빨리 핏자국을 지우고 간 거야."

"뭘로 지운 거죠? 그건 찾았어요?"

"내 생각에는 저 마루 걸레를 쓴 것 같아."

몰란데르는 계단 밑에 있는 청소 도구 보관실 문을 열었다.

"심지어 빨아서 짜기까지 한 것 같아."

릴리아는 청소 도구 보관실을 들여다봤다. 진공청소기, 양동이, 세제, 얕은 스테인리스 싱크대가 보였다. 릴리아는 고리에 걸린 마루 걸레를 만져보고 걸레 밑 바닥을 살펴봤다. 물이 떨어질 만큼 흠뻑 젖어 있었다는 증거는 어디에도 없었다.

"투퍼가 전화하기 전에 빨리 해치우자고."

몰란데르는 부엌으로 걸어가면서 말했다. 릴리아는 왠지 청소 도구 보관실에 분명 뭔가 있을 것 같은 예감 때문에 좀 더 머물면서 철저하게 살펴보고 싶었다.

"이레네!"

하지만 릴리아는 몰란데르가 부르는 소리에 포기하고 부엌으로 갔다.

"리스크한테 물어볼 수도 있겠지만, 굳이 안 물어도 이 친구는 가정 시간은 건너뛴 게 분명해. 먼저 들어가."

몰란데르가 부엌문을 열면서 말했다.

부엌에 들어서는 순간 릴리아는 몰란데르가 한 말을 알아들을 수 있었다. 조리대에는 씻지 않은 그릇이 잔뜩 쌓였고 식탁에는 피자 상자와 반쯤 먹은 피자(모두 하와이언 피자였다)가 쌓여 있었다. 스토브에는 냄비가 두 개 있었다. 한 냄비에는 초록색 곰팡이가 핀 파스타가 들어 있었고 다른 냄비에는 구더기가 기어 다니는 오래된 미트소스가 가득 들어 있었다. 파리 떼가 도대체 어디에서부터 파티를 시작해야 할지 모르겠다는 듯이 부산하게 날아다녔다. 사방이 죽음을 부르는 공기로 가득했기 때문에 릴리아는 가능한 한 숨을 멈추고 재빨리 창문으로 다가가 활짝 열었다.

"자, 이 쓰레기통에서 중요한 걸 찾아야 한다는 거군."

몰란데르가 부엌을 둘러보면서 말했다. 릴리아는 조심스럽게 냉장고 문을 열었다가 재빨리 닫았다.

"보이는 곳에는 금고가 없으니 숨겨둘 만한 곳을 뒤져봐야겠어."

"싫어요. 진심은 아니죠?"

릴리아가 어처구니없다는 듯이 말했다.

"내 말 안 끝났어. 설사 금고를 숨겨놓았다고 해도 쉽게 찾을 수 없고 쉽게 열 수도 없는 곳에 두고 싶지는 않을 거야, 안 그래?"

"당신 말이 맞아요. 자, 찾아보자고요."

릴리아는 냉장고를 앞으로 빼고 손전등으로 뒤를 비췄지만 특별한 것은 없었다.

"냉장고 뒤가 아닌 건 그냥도 보면 알 수 있어. 냉장고 뒤에 있었다면 바닥에 분명히 자국이 났겠지."

몰란데르가 말했다.

릴리아는 바닥을 내려다봤다. 방금 만들어진 끌린 자국이 보였다. 릴리아는 한숨을 내쉬면서 포기했다. 몰란데르가 저절로 이 나라 최고 과학수사관이 된 건 아니니까. 릴리아가 아는 한 몰란데르가 단서를 놓친 경우는 단 한 번도 없었다. 릴리아는 몰란데르의 웃음을 해석할 줄 알았다. 지금 저 얼굴에서 떠오르는 웃음을. 이 모든 것이 몰란데르에게는 게임일 뿐이었다. 자신이 얼마나 영리한지를 보여주는 게임 말이다. 몰란데르에게 그런 기쁨을 줄 수 있다는 건 행복한 일이었으니 릴리아는 크게 웃었다.

"좋아요, 어디 있어요? 당신은 알고 있는 거 맞죠?"

"아니, 몰라."

몰란데르는 두 손을 번쩍 들더니 짐짓 꾸민 체하고 가만있었다.

"하지만 방금 말한 걸 기억해. 분명히 쉽게 꺼낼 수 있는 장소에 숨겨놓았을 가능성이 크니까."

릴리아는 주변을 둘러봤다. 뒤를 살펴볼 그림은 없었지만 아름다운 해변 사진을 찍은 타이 항공 포스터는 있었다. 릴리아는 포스터를 찢었다. 하지만 포스터 뒤에도 금고는 없었다. 그때 한 가지 생각이 떠올라 찬장으로 걸어갔다.

"그렇지, 그럴 수도 있지."

몰란데르가 말했다.

릴리아는 서둘러 구석에 있는 턴테이블로 가서 여러 가지 냄비와 프라이팬, 여과기 한 개, 베이킹 접시 두세 개가 놓인 회전반 두 개를 치웠다. 몸을 웅크리고 손전등으로 찬장 안을 비췄다. 자신이 왜 굳이 이곳을 살펴보는지도 이해하지 못한 채 한참 손전등을 비추며 들여다보니 갑자기 작은 문이 보였다. 찬장 벽처럼 하얀색 문이었지만 검은색 열쇠 구멍이 있었다. 릴리아는 회전반 사이로 손을 뻗어 열쇠를 구멍에 넣고 작지만 두툼한 문을 열었다.

문 뒤의 구멍에는 검은색 네모 상자 말고는 아무것도 없었다. 릴리아는 장갑을 끼고 조심스럽게 그 작은 상자를 꺼내 손전등을 비췄다. 몰란데르가 단단하게 봉한 뚜껑을 열고 상자 안을 들여다봤다. 상자에는 집에서 만든 DVD가 가득 들어 있었다. 릴리아는 DVD를 하나씩 들어서 붙어 있는 라벨을 확인했다. 태국 97년. 드링크 칙 01년.

"이것 좀 봐."

몰란데르가 한 DVD를 들어 올리면서 말했다. '미엘레 방문 93년'이라고 적혀 있는 DVD였다.

36

"어땠어?"

좌석에서 일어서는 순간 파비안이 물었다. 그리고 그 즉시 그런 질문을 했다는 사실을 후회했다. 개인적으로 파비안은 영화를 보자마자 의견을 묻는 걸 싫어했다. 그는 스톡홀름 영화제에서 쿠엔틴 타란티노 감독의 〈저수지의 개들〉 무자막 상영 영화를 보고 나오자마자 TV4 기자가 마이크를 들이대면서 감상평을 말해보라고 했을 때를 떠올리면 지금도 얼굴이 벌게졌다. 그때 파비안은 속사포처럼 쏟아지는 대사는 이해하기 힘들었지만 어쨌든 음악은 좋았다며 '우가차카 우가사카'라는 말까지 덧붙였다.

"좋았어."

테오도르는 어깨를 으쓱하면서 대답했다. 그 정도 반응이면 영화를 즐긴 것이 분명하지만 파비안은 아무 말도 하지 않았다. 파비안은 〈인셉션〉을 매우 좋아했고, 이 영화를 같이 보려고 1년 이상 고대해왔다.

파비안은 자신이 기억하는 한 액션 영화는 그다지 좋아하지 않았다. 그보다는 그냥 스릴러가 아닌 훨씬 더 깊이 들어간 심리 영화를 좋아했다. 파비안이 좋아하는 영화는 그런 장르로 꼽을 수 있는 것들이었다. 예를 들어 〈스타워즈〉 같은 영화 말이다. 지금도 파비안은 끝없는 우주가 펼쳐지던 〈스타워즈〉의 시작 장면을 보면서 생애 처음으로 깜짝 놀라 숨이 막히던 순간을 생생하게 기억했다. 그 때까지는 그런 장면을 한 번도 보지 못했다. 그때부터 〈스타워즈〉 시리즈는 점점 더 좋아졌다. 데스 스타에서 마지막 전투가 끝난 뒤 떨리는 다리로 간신히 극장 밖으로 나온 열두 살 파비안은 그 전과는 영원히 다른 사람이 됐다.

극장에서 나온 파비안은 살짝 방향감각을 잃고 어리둥절했다. 두 사람이 정문이 있는 쇠데르가탄이 아니라 스메예가탄의 뒷골목으로 나왔음을 깨닫는 데는 조금 시간이 걸렸다.

"스핀 하러 갈래?"

파비안의 말에 테오도르는 영문을 알 수 없다는 표정을 지었다. 그게 바로 파비안이 바라던 반응이었다. 파비안은 스핀이야말로 헬싱보리를 이 세상에서 가장 근사한 도시 가운데 하나로 만드는 데에 일조한 활동이라고 설명했다. 스핀은 헬싱외르까지 편도로 여객선을 타고 가서 그곳에 머물면서 자신이 어느 나라에 있는지를 알지 못할 때까지 면세로 즐길 수 있는 음식과 음료를 먹고 마시는 것이다. 테오도르는 관심이 없는 것이 분명한데도 알았다면서 어깨를 으쓱해 보였다.

파비안과 테오도르는 식당가 창가 쪽에 있는 하얀 천으로 덮이고 양초가 올라가 있는 식탁에 앉았다. 파비안은 테오도르에게 먹고 싶은 걸 마음대로 시키라고 했고, 두 사람은 햄버거와 감자튀김, 커다란 콜라를 먹기로 했다.

파비안은 새로운 도시로 이사 온 기분이 어떤지 물었지만 아들의 기분을 거의 눈치챌 수 없는 간단한 단답형 대답만 들었을 뿐이다. 왠지 두 사람의 관계는 관에 들어가 못이 박혀버린 듯 활기도 없고 살아날 가능성도 없는 것처럼 느껴졌다.

음식을 다 먹고 나자 침묵이 젖은 담요처럼 식탁에 내려앉아 거의 모든 산소를 빨아들였다. 식당 직원이 다가와 식사를 끝냈느냐고 묻더니 식탁을 치우기 시작했다.

"디저트 더 드시겠습니까?"

직원이 물었다.

"테오, 어떻게 할래?"

"아니, 됐어. 배불러."

"뭐 마실 건? 콜라 더 마실래?"

"아니, 괜찮아."

"그럼 맥주 하나 부탁합니다."

파비안의 말에 직원은 고개를 끄덕이더니 걸어갔다. 저 사람은 분명히 내가 어떤 상황인지 눈치챘겠지, 파비안은 창문 밖을 바라보면서 생각했다. 헬싱외르 항구가 아주 천천히 다가오고 있었다. 그리고 아직 여행 일정은 반이나 남았다.

파비안은 테오도르를 데리고 나갔다 오라는 소녀의 압력에 굴복하지 말았어야 한다고 생각했다. 이건 모두 아버지와 아들이 재미있는 일을 하면서 서로 이야기해보라는 소녀의 계획이었다. 하지만 그 계획은 처참하게 실패하고 있었다. 파비안이 테오도르의 입장이라고 해도 분명히 아버지하고는 말하고 싶지 않을 것 같았다.

"혹시 스웨덴 록 페스티벌 때문에 아직도 화나 있는 건 아니지?"

테오도르는 눈을 부라리더니 어디론가 도망가고 싶다는 표정을 지었다.

"너도 알겠지만, 우리가 안 된다고 한 건 걱정이 돼서야. 내년이나 내후년에는 갈 수 있어."

"알았어."

테오도르는 텅 빈 콜라 잔을 뚫어지게 보면서 대답했다.

"그래서, 기분은 어때?"

"무슨 기분?"

"너도 알잖아. 이사도 했고, 다른 것도."

"그건 이미 물어봤잖아."

"알아. 하지만 대답을 거의 듣지 못했는걸. 방은 마음에 들어?"

테오도르는 아무 말도 하지 않고 어깨를 으쓱했다.

"음, 요즘 방에 틀어박혀서 나오지 않을 때가 많잖아. 그러니까 아주 마음에 안 드는 건 아닌가보네."

파비안은 한숨을 내쉬었다. 도대체 무슨 말을 해야 하는지 알 수가 없었다.

"친구들도 그렇고 모든 일이 힘들다는 건 알아. 하지만 아빠 생각에는 분명히……."

"제발 좀! 나 좀 그만 괴롭혀. 내가 힘들다고 했어? 어? 내가 그랬냐고."

"테오, 진정해. 아빠 그런 뜻으로 말한 거 아니야."

"그럼 어떤 뜻인데? 서로 힘든 건 엄마랑 아빠잖아. 애초에 그래서 우리가 이사 온 거잖아. 아빠는 내가 모를 거 같아?"

3분 동안 침묵이 흐른 뒤에 맥주가 왔고, 맥주를 보는 순간 파비안은 모욕을 느꼈다. 그 맥주는 파비안이 아버지로서 실패했음을 나타내는 증거처럼, 술을 마시지 않으면 아버지 역할을 전혀 할 수 없다는 증거처럼 여겨졌다. 맥주를 마시지 않기로 결정한 파비안은 집으로 돌아가는 긴 여행을 준비했다.

37

죽기를 거부한 경찰관 모르텐 스테엔스트루프는 처음 희망하던 것보다 훨씬 쉽게 찾을 수 있었다. 〈폴리티켄〉에서 나온 기자가 병원 1층 접수대 직원에게 모르텐이 있는 곳을 묻는 소리를 들었기 때문이다.

그는 〈폴리티켄〉 기자를 따라 기자 대기실로 들어가 다른 기자들 사이에 앉았고, 그곳에서 기회가 오기를 기다렸다. 세 시간 뒤에 그는 모르텐이 있는 병실 호수, 모르텐의 상태와 치료 방법, 그리고 무엇보다도 가장 중요한 어떤 경호를 받고 있는지 같은, 임무를 완수하려면 알아야 할 모든 정보를 알아냈다.

여자 경찰관이 도착하자 기자들이 모두 그 경찰에게 달려들었다. 한 시간 동안 읽는 척하던 건강 잡지를 내려놓고 〈폴리티켄〉 기자가 나온 화장실로 들어갔을 때에도 누구 하나 그를 신경 쓰는 사람은 없었다. 그는 화장실 문을 잠갔다. 화장실에 들어선 순간 그는 〈폴리티켄〉 기자의 위장에 문제가 있음을 바로 알았다.

그는 먼저 방광을 비우고 차가운 물을 몇 컵 떠서 물병 끝까지 채웠다. 스웨덴 밖으로 한 발짝만 나와도 수돗물 맛이 이렇게 끔찍하다는 사실은 놀라웠다. 그는 바지를 양말 속에 쑤셔 넣고 신발 끈을 졸라매고 배낭에서 한쪽 끝에 고리가 달린 밧줄을 꺼냈다. 얇은 장갑을 꺼내 제2의 피부처럼 느껴질 때까지 부드럽게 잡아당기면서 손에 꼈다.

이제 준비는 끝났다.

그는 한쪽 구석에 세워진 욕실 브러시를 잡고 한 발로 변기 뚜껑을 닫은 뒤에 장애인용 손잡이를 올라가 두 발을 벌려 균형을 잡고 섰다. 천장 타일 하나를 밀어내고 밧줄에 달린 고리를 전선 덕트에 매단 뒤 훌쩍 바닥으로 뛰어내려 브러시를 제자리에 놓고 화장실 문을 열었다. 물론 자신이 얼마나 위험한 행동을 하는지 잘 알았다. 하지만 화장실에 지나치게 오래 들어가 있다는 인상을 주면 필요 없는 관심을 끌 수 있었기에 문을 잠그는 것이 열어두는 것보다 훨씬 더 큰 위험을 감수해야 한다는 결론을 내렸다.

지난 2년 동안 강도 높은 운동으로 단련해둔 덕분에 밧줄을 타고 올라가는 데에는 아무 문제가 없었다. 그보다는 아주 좁은 공간으로 비집고 들어가는 일이 더 힘들었다. 천장 타일과 진짜 천장 사이는 생각보다 공간이 더 좁았기 때문에 공기 통로 안을 기어가려면 어쩔 수 없이 배낭은 벗어야 했다. 그는 밧줄을 끌어 올려 바깥 주머니에 쑤셔 넣고 천장 타일을 제자리에 돌려놓고 마스크를 썼다. 그러고는 자신의 무게에도 끄떡없이 버티는 공기 통로를 따라 두 손의 힘을 이용해 조심스럽게 앞으로 나아갔다.

화장실 천장을 빠져나온 그는 기자 대기실 천장 위에 도달했다. 대기실 천장의 높이는 좀 더 넓었기 때문에 몸을 세우고 팔다리로 기어서 윙윙 울리는 공조기 옆을 지날 수 있었다. 그는 자기 상급자들이 보인 반응을 되풀이할 수밖에 없는 여자 경찰관이 거의 정보를 내놓지 않는다는 사실에 화를 내는 기자들 목소리를 들으면서 짜증이 났다. 여자 경찰관은 "현재 진행하는 수사에 관해서는 아직 어떠한 말씀도 드릴 수 없습니다. 하지만 가능한 한 빨리 기자 회견을 열어……"라고 말하고 있었다. 그는 그 말이 무슨 뜻인지 정확히 알고 있었다. 그러니까 경찰들은 아무것도 모른다는 뜻이었다.

그는 직각으로 꺾인 두 길이 나올 때까지 먼지가 잔뜩 쌓인 공기 통로를 기어갔다. 갈림길에서 그는 이 세상에서 가장 강력한 손전등인 네오파브 리전 2를 꺼냈다. 구불구불한 통로는 손전등에서 나간 불빛을 대부분 반사했지만 오른쪽으로는 60미터, 왼쪽으로는 30미터 정도 뻗어 있음을 알 수 있었다. 그 말은 이제 오른쪽으로 가면 출구가 있고 왼쪽으로 가면 경비원이 지키는 병동으로 갈 수 있는 복도에 도착했다는 뜻이었다.

그는 병동으로 이어지는 공기 통로를 따라 기어갔다. 병동 입구 바로 위에 도착했을 때 그는 0.5미터 간격으로 테이프를 붙여 길이를 표시해둔 낚싯줄을 꺼냈다. 낚싯줄의 한쪽 끝을 병동 입구 위의 벽에 붙이고 있을 때 바로 밑에서 두 경찰관이 지나가면서 하는 소리가 들렸다.

"이봐, 도대체 어디 있는 거야?"

"잔소리 좀 그만해. 가는 중이니까."

지지직거리는 무전기에서 한 목소리가 대답했다.

그는 경찰들을 뒤로하고 계속해서 병동 쪽으로 기어갔다. 아주 좁은 통로에서는 몸을 비틀며 나아갔고 공조기를 타고 가야 할 때도 있었다. 낚싯줄을 바닥에 쭉 깔면서 기어온 거리를 점검했다. 23미터를 기어왔을 때 그는 멈춰서 손전등을 켰다. 그 어떠한 방해도 받지 않고 아무렇게나 뻗어나가는 덩굴식물처럼 천장 가득 가지를 뻗은 수많은 전선과 파이프가 보였다. 그러니까 지금 목적지에 도달한 것이 맞는지 그로서는 알 수가 없었다.

왼쪽으로는 더는 나갈 길이 없었다. 왼쪽에 다른 복도나 병실이 있었다면 왼쪽으로도 공기 통로가 있어야 했다. 기자 대기실에서 유리문으로 볼 수 있던 것은 경찰과 의사가 이 지점에서 왼쪽으로 돌아갔다는 사실뿐이었다. 병동 문으로 들어가 병실까지 걸어가는 사람들의 걸음을 재봤을 때 병실은 왼쪽으로 돈 뒤에 23미터쯤 걸어가는 곳에 있어야 했다.

그는 손전등을 끄고 공조기 위로 올라갔다. 그곳에서 손을 뻗으니 형광등이 만져졌다. 그는 형광등 덮개를 떼어내려 했지만 꿈쩍도 하지 않았다. 어째서 니퍼를 가져오지 않은 걸까? 길게 한숨을 내쉬던 그는 액체 방울이 턱을 타고 흐를 정도로 마스크가 축축해 졌다는 사실을 깨달았다. 빨리 생각하고 가장 좋은 방법을 택해야 했다. 그는 공조기 밑으로 내려가 똑바로 누워서 눈을 감았다.

천장 밑에서 경찰들 소리가 들려오기 전까지는 그는 자신이 잠들었다는 사실조차 깨닫지 못했다. 그답지 않은 일이었다. 경찰들 목소리를 따라 기어가면서 그는 자신이 왼쪽으로 돈 뒤에 가야 할 거리를 2~3미터 정도 잘못 계산했음을 알았다. 경찰들을 따라가자 통로가 제대로 갈라진 곳이 나와 그들이 멈출 때까지 10미터 정도를 더 기어갈 수 있었다. 공기 통로를 기어가는 동안 그는 경찰들이 모르텐의 영웅적인 행동을 평가하는 소리를 들을 수 있었다. 두 사람은 모르텐의 행동이 그 어떤 비교도 할 수 없을 정도로 멍청하고 바보 같았다는 데 동의했다.

"야야, 입 다물어. 회복만 돼봐, 여자들이 1톤은 넘게 줄을 설걸. 원하기만 하면 아마 여자들 속에 파묻혀 죽을 수도 있을 거야."

분명히 이 경찰관들은 모르텐의 병실을 지키려고 가는 중일 것이다. 하지만 모르텐의 병실이 있는 복도에는 병실이 여러 개일 테니 정확히 어디에 모르텐이 있는지 알아낼 가능성은 전혀 없었다. 공기 통로는 여러 갈래로 갈라져 있었다. 이제 그가 할 수 있는 일은 단서를 찾을 때까지 기다리는 것뿐이었다.

병동 밖에서 본 여자 경찰관이 한 병실 앞에 서는 소리가 들렸다. 그 경찰관은 의사의 지시를 어기고 두 번째로 모르텐의 병실로 들어가려는 것이 분명했다. 병실을 지키고 있던 경찰들은 여자 경찰관의 신원을 확인하고 병실 문을 열어 그 여자 경찰관과 의사를 안으로 들여보냈다. 그럴 의도는 조금도 없었겠지만 그 순간 두 사람은 자기 동료에게 사형 선고를 내린 것이다.

38

동료들이 기다리는 회의실로 들어가기 직전에 이레네 릴리아는 눈물을 훔쳐 닦았다. 정말로 법의 심판을 받아야 할 사람은 누구일까? 범인일까, 아니면 피해자일까? 릴리아는 누구든지, 무엇이든지 때려주고 싶었다. 그도 아니라면 목구멍에 손가락을 쑤셔 넣고 토하고 싶었다. 하지만 실제로 릴리아가 해야 하는 일은 눈물을 닦고 치솟아 오르는 감정을 한쪽으로 치워놓고 프로답게 행동하는 것이었다. 릴리아는 큰 소리로 사건을 요약하기 전에 재빨리 적어 온 내용을 살펴봤다.

비디오 1: 1980년대 중반

— 분명히 어떤 비디오테이프에서 전송한 내용으로 화질이 떨어짐. 휴대용 카메라로 촬영.

— 글렌과 예르겐은 많은 여성과 대부분 정상위로 섹스를 했음. 이 여성들이 여자 친구인지 매춘부인지는 알 수 없음. 모두 포르노 배우처럼 행동함.

— 글렌, 예르겐, 예르겐의 아내 리나가 그룹 섹스를 함. 모두 술에 취해서 낄낄거림. 다양한 자세로 모두 즐거워함.

— 예르겐이 자신의 물건을 리나의 입에 밀어 넣으려 함. 리나가 입을 벌리지 않자 얼굴을 가격함. 글렌은 크게 웃으며 자위함.

비디오 2: 1990년대 중반

— 삼각대를 사용하고 카메라 성능이 좋아짐.

— 더 많은 섹스와 폭력이 나옴.

— 태국인 듯한 곳에서 미성년자로 보이는 여자들과 섹스를 함.

— 마약에 취한 젊은 여자, 자신이 어디에 있는지도 모르는 듯한 여자는 쇠사슬에 묶여 있음. 여자 머리에 비닐봉지를 씌우고 담배로 유두를 지짐.

"이건 그저 시작에 불과해요."

읽기를 멈추고 고개를 든 릴리아가 말했다.

"그러니까 글렌과 예르겐이 조직적으로 여자들을 강간하고 폭행했다?"

투베손이 말했다.

릴리아가 고개를 끄덕였다.

"어떤 여자들이지? 매춘부인가?"

"그건 모르겠어요. 1990년대 초반 비디오에는 예르겐의 아내 리나도 있지만 예르겐이 폭력을 휘두르면서 구강성교를 강요한 뒤부터는 더는 비디오에 나오지 않아요. 두 사람은 아무나 집으로 데려와서 약을 한 뒤에 술을 깨려고 어디론가 나간 거 같아요."

"닥치는 대로 찍어놓은 건가요?"

클리판의 말에 릴리아가 고개를 끄덕였다.

"나중에는 비디오테이프를 DVD로 변환했고요."

"끔찍하네요."

클리판이 고개를 저으면서 말했다.

"뭐가 끔찍하다는 거지? 그냥 사건을 기억하고 다시 체험하는 방법일 뿐이야. 두 사람에게 비디오는 영광의 기억들인 거지."

몰란데르의 말에 클리판은 넌더리가 난다는 표정으로 말했다.

"잉바르, 아주 끔찍한데요."

"아무튼 여러분은 이 테이프를 봐야 해요."

릴리아가 DVD 한 장을 들어 올리면서 두 사람의 말을 막았다.

"이건 다른 테이프들하고는 달라요."

"어떤 점이?"

투베손이 물었다.

"첫째, 여긴 여자들이 나오지 않아요. 그저 우리 피해자, 음, 아니,
우리 살인마만 나와요."

릴리아는 DVD를 플레이어에 넣고 재생 버튼을 눌렀다. 회의실
흰 벽에 흔들리는 뿌연 화면이 나타났다. 휴대용 카메라로 찍은 게
분명했다. 첫 번째 화면에서는 벽에는 낙서가 되어 있고 천장에는
깜박이는 전등 하나가 전부인 계단통이 보였다. 오른쪽 밑에는 비
디오를 찍은 날짜와 시간이 보였다.

1993년 4월 13일 오후 6시 17분

화면 안으로 예르겐이 들어왔다. 청바지와 모자 달린 운동복 상의를
입은 예르겐은 취한 것이 분명했다. 한 손에 맥주를 든 예르겐은 한
아파트 초인종을 누르면서 카메라를 향해 맥주를 들어 보였다. 카메
라를 보면서 무슨 말인가를 했지만 카메라 음향이 꺼져 있어서 들리
지 않았다. 남은 맥주를 모두 마신 예르겐은 손가락으로 바닥을 가리
켰다. 손가락을 따라 카메라가 밑을 향했다. 맥주병의 라벨과 페니스
에 초점을 맞추려고 카메라가 이리저리 움직이는 동안 예르겐은 맥
주병에 오줌을 누었다…….

"정말 미친놈이구먼."

투베손이 고개를 저으면서 말했다.

"이건 그냥 시작에 불과해요."

릴리아가 말했다.

"그런데 왜 소리가 없지?"

몰란데르가 물었다.

"아마 소리를 녹음하는 걸 깜빡한 듯해요. 하지만 곧 알아채요."

네 사람은 계속해서 비디오를 봤다.

······예르겐이 씩 웃으면서 카메라 앞으로 맥주병을 내밀자 글렌의 손이 화면에 나타났다. 글렌의 손이 맥주병을 들고 가는 동안 예르겐은 손가락에 황동 너클을 끼면서 다시 초인종을 눌렀다. 이번에는 아주 오랫동안 초인종에서 손을 떼지 않았다. 몇 초 뒤에 클라에스 멜비크가 문을 열었다. 멜비크는 예르겐과 카메라를 번갈아 보면서 무슨 말을 했다. 두려움에 휩싸인 표정이었다. 다시 멜비크가 무슨 말인가를 했다. 예르겐은 멜비크의 얼굴에 트림하는 것처럼 반응하더니 멜비크를 밀면서 아파트 안으로 들어갔다. 두 사람을 따라 들어간 카메라는 아파트 문을 닫고 잠그는 동안 마구 흔들리면서 아파트 내부를 아무렇게나 찍어댔다. 마침내 복도 거울에 고정한 뒤에야 카메라는 안정적으로 촬영을 시작했다. 글렌이 머리부터 발끝까지 모습을 드러냈다. 그는 오줌이 가득 든 맥주병을 들어 올리더니 복도 탁자에 내려놓았다. 글렌이 카메라 위 버튼을 누르자 소리가 들리기 시작했다······.

이때까지는 그래도 냉정을 유지하던 세 사람도 그다음 화면이 나오는 순간 완전히 격앙하고 말았다. 이제 화면은 글렌과 예르겐, 클라에스를 모두 비추고 있었다. 네 사람은 수박을 부수는 듯한 예르겐의 강편치 소리가 들리는 와중에 간간이 가냘프게 들려오는 클라에스의 목소리를, 제발 그만해달라고 애원하는 소리를 들을 수 있었다.

……글렌은 카메라를 들고 아무 소리도 내지 않는 클라에스를 찾아 아파트 안으로 더 깊숙이 들어갔다. 클라에스는 황동 너클을 낀 예르겐의 주먹을 계속 받아내면서 죽은 듯이 누워 있었다. 점점 더 붉어지고 끈적해지는 얼굴은 그저 커다랗게 벌어진 하나의 상처처럼 변해갔다. 온통 땀에 젖은 예르겐은 거세게 숨을 몰아쉬었다. 손찌검을 멈춘 예르겐은 피 묻은 손을 클라에스의 셔츠에 닦았다. "젠장, 더럽게 끈질기네. 야, 이 자식 목마른 거 같은데 마실 걸 주자." 잔뜩 비웃는 목소리로 예르겐이 말했다. 카메라는 피에 젖은 클라에스의 얼굴을 비출 때까지 밑으로 내려갔다. 맥주병을 든 글렌의 손이 카메라 앞에 나타났다. 클라에스의 얼굴 위로 액체가 쏟아져 내렸다. 정신을 차린 클라에스가 기침을 하기 시작했다. "자, 여기. 똑똑한 친구. 마셔봐. 좀 더 마시라고."

1993년 4월 13일 오후 8시 03분
클라에스가 두 팔을 머리 위로 쭉 뻗은 채 펀칭백처럼 천장 전등 고리에 매달려 있었다. 클라에스의 손목은 덕트 테이프로 꽁꽁 감싸여 있었고 그 테이프를 붙잡고 있는 고리도 덕트 테이프로 칭칭 감겼다. 클라에스는 이미 곤죽이 된 머리를 똑바로 들려고 애썼지만 중력 때문에 자꾸만 가슴으로 떨어져 내렸다. 클라에스의 앞에서는 글렌이 가라테 시합을 하는 사람처럼 계속해서 통통 튀어 오르며 발을 차댔다. 그러다가 갑자기 뛰어올라 클라에스의 머리가 옆으로 완전히 돌아갈 정도로 강하게 올려 챴다. "머리를 똑바로 들고 있으라고 내가 말했을 텐데." 화면 밖에서 에르겐이 소리쳤다. 예르겐은 클라에스에게 다가가 귀를 몇 차례 철썩 때렸다. "와, 이거 왜 이렇게 역겹냐. 이 계집애 새끼야." 클라에스는 머리를 들려고 애썼지만 들 수가 없었다. 입을 열어 무슨 말인가를 하려 했지만 처음에는 목소리가 나오지 않았다. 그러다 간신히 거의 들리지도 않는 목소리가 새어 나왔다. "제발…… 그냥 나를 죽여…… 제발." 글렌이 화면에 들어왔다. "야, 뭐 좀 먹고 오자."

1993년 4월 13일 오후 10시 28분
클라에스는 거실 바닥에 전화기를 들고 죽은 듯이 누워 있었다. 손목은 아직도 덕트 테이프로 칭칭 감겨 있었다. "어떻게 여기까지 왔지?" 글렌의 말에 화면 가득 들어 있던 예르겐이 어깨를 으쓱했다. "알 게 뭐야. 어차피 전화선을 끊어놓고 나갔잖아." 예르겐이 끝이 잘린 전화선을 들어 올렸다. "신고하려고 했지, 너, 이 미친 역겨운 놈아." 예르겐이 전화기를 움켜잡고 클라에스의 머리를 때리고 또 때렸다. "야, 손이랑 발만 써야지." 화면 밖에서 글렌이 말했다. 예르겐은 전화기를 던져버리고 클라에스의 발을 잡더니 질질 끌고 방으로 들어갔다.

릴리아가 비디오를 끄고 다른 사람들을 돌아봤다.
"이런 식으로 다시 한 시간 이상 계속돼요."
아무도 그 말에 대답하지 않았다.
"이런, 미친놈들. 이젠 내가 누구 편을 들어야 할지 모르겠어요."
클리판이 간신히 입을 열었다.

"어떻게 살아남을 수 있었는지 모르겠군요. 미안하지만, 조금 쉬어야겠어요."

투베손이 일어나면서 말했다.

"다음 회의 시간을 정하고 갈까요?"

릴리아가 물었다.

"아니."

투베손은 대답하고 회의실에서 나갔다.

39

가슴속으로 톱니 같은 칼날이 들어오는 듯한 통증을 느끼며 그는 눈을 떴다. 옆에 있는 버튼을 눌러 모르핀이 몸 안으로 들어오기를 기다렸지만 아무 일도 일어나지 않았다. 그는 다시 한번 버튼을 눌렀다. 의사인 것 같은 흰색 옷을 입은 사람을 몇 명 본 기억이 어렴풋이 났다. 그 사람들은 그의 상태를 이야기하고 있었다. 아마도 분명히 살아남기는 할 터인데 다시 걸으려면 몇 년은 물리치료를 받아야 할 거라고 말한 것 같다. 다시 말하면 몇 년 동안 물리치료를 받아도 다시는 걷지 못하게 되리라는 뜻인지도 몰랐다.

깨어난 뒤부터 날짜를 세려고 노력했지만 쉽지 않았다. 모든 것이, 날짜와 간호사와 검사와 식사 들이 한데 뒤엉킨 안개 속으로 녹아들어 갔다. 심각하게 부상을 입었고 병원에 누워 있는데, 부상 정도로 봐서 코펜하겐의 릭스 병원 같다는 정도는 알고 있었다.

그날 밤 일도 어느 정도는 상세하게 기억이 났다. 푸조의 뒷바퀴를 끼우고 있는 범인에게 어떤 식으로 다가갔는지, 권총을 잡았지만 제시간에 꺼낼 수 없던 일, 귀에 렌치를 맞고 깜짝 놀란 감정 같은 것들은 기억났다. 하지만 모두 단편적으로만 생각날 뿐이었다.

오늘은 한 여자가 찾아왔다. 엘세였으면 하고 바랐지만 가까이 오는 여자를 보는 순간 자신의 바람과는 전혀 다른 여자임을 알 수 있었다. 그 여자는 아름다움하고는 거리가 먼 사람이었다. 이 세상에 엘세처럼 아름다운 여자는 없었다. 병원에서 눈을 뜨는 매일 아침 가장 먼저 생각하는 사람이 엘세였다. 엘세는 그에게 일어난 일을 알고 있는지, 그를 그리워하고 있는지 궁금했다. 사실 이 세상에 그를 그리워하는 사람이 있기는 할까?

오늘 온 그 여자는 사복을 입었지만 경찰임이 분명했다. 자기 말로는 이틀 전에도 왔었다고 했다. 지금 그 여자는 그를 다치게 한 남자를 쫓고 있다면서 그의 신원을 파악했다고 했다. 그 여자가 사진을 보여줬는데 그 남자가 아니었다. 적어도 그는 그 남자가 아니라고 생각했다. 하지만 여자가 가고 나자 갑자기 확신이 서지 않았다. 자기가 한 말에, 자신이 본 것에 확신이 서지 않았다.

그는 자신이 확실하게 아는 것이 무엇인지 파악하려고 온 힘을 집중했다. 여러 가지 작고 세밀한 기억들이 나머지 기억이 돌아올 수 있는 불꽃이 되기를 희망했다. 하지만 그가 알아낸 것은 전적으로 확신할 수 있는 일이 하나도 없다는 것뿐이었다.

혹시 이 기억들이 정말로는 일어나지 않은 게 아닐까? 그냥 꿈 아닐까? 자명종이 울리면 언제라도 끝날 꿈은 아닐까? 그의 자명종에서는 끔찍한 소리가 났다. 이게 정말로 꿈이라면 그 자명종은 갖다 버리고 자명종 기능이 있는 라디오를 구입하리라 다짐했다.

그는 다시 모르핀 버튼을 눌렀다. 찌르는 것처럼 날카로운 통증은 거의 사라졌지만 여기저기 쿵쾅거리는 둔한 통증은 사라지지 않았다. 머릿속에서 형체도 없는 수많은 질문이 마구 떠다녔다. 아주 오랫동안 숨을 참으면 숨을 멈출 수 있을지도 몰랐다. 정말로 가능할까? 엘세. 사랑스러운 나의 엘세도 나에게 무슨 일이 벌어졌는지 알고 있을까? 내 곁을 떠난 걸 후회하고 있을까? 나를 생각하고 있을까? 나를 신경 쓰기는 할까?

그의 눈에 천장에서 타일 한 개가 움직이면서 바로 위에 구멍이 생기는 것이 보였다. 어쩌면 저 타일은 애초에 없었는지도 몰랐다. 그는 동료들 생각으로 옮겨갔다. 혹시 동료들 앞에서 자신을 스스로 바보로 만든 건 아닐까? 그는 깊이 숨을 들이마셨다. 또다시 가슴에 칼로 찌르는 듯한 통증이 느껴졌다.

그때 천장 구멍에서 밧줄이 내려오더니 검은 옷을 입은 남자가 내려와 그의 옆으로 걸어왔다. 그가 기억하는 한 정말로 오랜만에 모든 의심이 눈 녹듯 사라졌다. 남자의 얼굴은 볼 필요도 없었다. 그 남자가 링거액에 주사기를 찔러 넣는 모습을 보면서 그는 그 남자가 러그 렌치를 자신에게 휘두르고 스웨덴 번호판을 붙인 푸조로 자신을 밟고 간 사람임을 100퍼센트 확신했다. 자동차 번호가 뭐였더라? 그 남자는 주사기를 빼고 링거액이 든 주머니를 문질렀다.

JOS 652였지. 모르텐은 생각했다. 평화의 물결이 모르텐의 몸으로 퍼져나갔다. 그가 마지막으로 기억하는 것은 기계가 내뱉는 엄청난 경보음이었다. 기계는 좁은 우리에 갇힌 엄청난 수의 원숭이들처럼 미친 듯이 아우성쳤다.

40

파비안 리스크가 도착했을 때 렐링에 교회에서는 모든 것이 끝나감을 알리며 종소리가 울려 퍼지고 있었다. 검은 양복을 도저히 찾을 수 없던 파비안은 검은색 청바지에 지나치게 따뜻한 짙은 회색 울 재킷을 입었다. 교회 안은 사람들로 가득 차 교회 벽에 붙어서 가만히 서 있으려면 사람들을 헤치고 한참을 들어갈 수밖에 없었다. 메테 로위세는 자기는 친구가 한 명도 없다고 했는데, 이 많은 사람을 보고 파비안은 놀랄 수밖에 없었다.

메테 로위세에게 세례성사와 견진성사를 해준 사제가 장례식을 이끌었다. 그는 메테는 활발하고 유쾌한 멋진 아가씨였다고 했다. 많은 사람이 울음을 터뜨렸고 심지어 사제까지 눈물을 쏟지 않으려 애써야 했다. 그는 메테가 세례를 받을 때 너무 울어서, 아니 정확히는 비명을 질러대서 교회 오르간 소리까지 파묻힐 정도였다고 말했다. 하지만 성수가 그 작은 머리에 닿자마자 갑자기 울음을 멈추더니 함께 있는 사람들에게 극관의 얼음도 녹일 정도로 아름다운 웃음을 지어 보였다고 말했다.

사제는 메테 로위세와 신이 서로를 보고 있으리라 확신한다면서 그 같은 믿음이 모든 사람 앞에 펼쳐진 슬픔을 극복할 수 있도록 내미는 손으로 작용하기를 원한다고 했다.

"주님이 하시는 일에는 모두 목적이 있습니다. 이런 사건에서조차도 말입니다. 우리가 그분의 뜻을 항상 이해할 수는 없지만 모든 일에는 나름의 목적이 있다는 사실을 아는 것만으로도 도움을 받을 수 있습니다."

이번 일의 목적이 그의 목구멍에서 덩어리가 자라게 하는 것이라면 신은 성공한 것이겠지, 파비안은 생각했다. 살인마가 옳았다. 메테 로위세의 죽음에 비난을 받아야 하는 사람은 파비안뿐이었다.

장례식이 끝나자 교구 위원이 나타나 모두 예배당 옆에 있는 넓은 방으로 건너가 다과를 들라고 했다. 장례식에 참석한 사람들은 대부분 서로 아는 사이인 듯, 15분도 지나지 않아 방은 대화 소리로 가득 찼다. 파비안은 커피잔을 들고 홀로 서서 가능한 한 빨리 이곳을 벗어나고 싶다고 생각했다. 하지만 죄의식 때문인지 뭔가가 도망가지 말라고, 이곳에 남아 있어야 한다며 파비안을 붙잡았다.

가만히 서 있기가 힘들어지자 파비안은 조문객들 사이를 걷기 시작했다. 휴대전화 주위에 몰려 있는 아이들도 보였고 둥근 탁자에 앉아 있는 노신사들도 보였다. 노신사들은 따뜻했던 여름에 관해 이야기하고 있었다. 한 노인은 이번 여름은 1930년대 여름과 비교하면 아무것도 아니라고 주장했다.

방에서 맨 안쪽에 모여 있는 사람들 가운데 파비안과 비슷한 나이에 키가 작고 동글동글한 여인이 계속해서 그를 쳐다보고 있었다. 그 사람의 시선을 느낀 파비안이 웃으면서 가볍게 고개를 숙여 인사했지만 그 여인은 웃지 않았다. 오히려 화가 난다는 표정을 지었다. 함께 있는 사람들에게 뭔가 이야기하는 동안 그 여인의 얼굴은 점점 더 상기됐다.

모든 상황을 종합해본 파비안은 그 여인이 메테 로위세 리스고르의 어머니임을 깨달았다. 잠깐 다가가서 인사를 할까 생각했지만 그 여인이 갑자기 파비안을 향해 맹렬하게 걸어오는 바람에 결정할 시간을 놓치고 말았다. 그는 손을 내밀었지만 여인은 잡지 않았다. 여인은 그에게 이름을 물었다. 파비안은 자기소개를 하고 어떤 일이 있어도 살인범을 꼭 잡겠다고 약속했다.

"살인범을 잡겠다고? 당신이 살인범이잖아. 당신 때문에 죽었어! 당신이 그 애를 죽인 거야. 당신이 그 애한테 사형 선고를 내렸어!"

여인이 악을 쓰기 시작했다. 여인은 주먹으로 파비안의 가슴을 치면서 살인자라고, 지옥 불길 속으로 떨어져야 한다고 부르짖고 또 부르짖었다.

파비안은 저항하지 않았다. 방에 모인 사람들 모두 입을 닫고 두 사람을 지켜봤다. 멜빵 바지를 입은 머리 짧은 남자가 두 사람에게 다가왔다.

"대체 무슨 일이야? 당신이 그 스웨덴 경찰이야?"

파비안은 고개를 끄덕였다. 그 남자는 파비안이 미처 반응하기도 전에 그를 거세게 밀쳤다. 중심을 잃고 넘어지면서 파비안의 흰색 셔츠로 커피가 쏟아졌다. 그 남자는 파비안 위에 걸터앉아 다시 한 번 주먹을 휘두르려고 손을 뒤로 뺐지만 이번에는 파비안이 더 빨랐다. 파비안은 남자의 팔을 잡고 바닥으로 내동댕이친 다음 남자를 타고 앉아 남자의 팔을 뒤로 돌려 붙잡았다.

"진정하시죠, 알겠습니까?"

파비안은 자신의 의지를 보여주려고 남자의 팔을 잡은 손에 힘을 줬다. 세 남자가 파비안을 붙잡아 멜빵 남자에게서 떼어내더니 가능한 한 빨리 떠나라고 했다. 파비안은 세 남자의 조언을 받아들여 재빨리 방 밖으로 나갔다. 뒤에서 망할 스웨덴 놈들은 단 한 놈도 덴마크에 발을 들이게 하면 안 된다고 고함 지르는 소리가 들려왔다.

자동차 안으로 들어간 파비안은 차 문을 모두 걸어 잠그고 시동 장치에 열쇠를 꽂으려고 했다. 하지만 부들부들 떨리는 손이 그의 의지에 따르기를 거부해 결국 두 손을 모두 사용해 열쇠를 꽂고 시동을 걸 때까지 몇 번이나 길게 숨을 들이마셔야 했다. 온몸이 격렬하게 떨렸다.

교회 주차장을 빠져나오면서 파비안은 사제가 한 말을 생각했다. 결국 메테 로위세의 죽음에 어떤 의미가 있다면 더는 무고한 사람이 희생되기 전에 살인범을 잡는 데 도움이 돼야 할 것이다. 자신이 어째서 그런 생각을 하는지는 알 수 없지만 파비안은 새로운 동료들이 아무리 열심히 수사한다고 해도 결국 사건을 해결할 사람은 자신뿐이라는 생각이 들었다. 파비안은 가속 페달을 밟으면서 교회를 빠져나와 코펜하겐으로 향했다.

41

두냐 호우고르는 화장실 물 내려가는 소리에 잠에서 깨어났다. 자신이 코펜하겐 경찰서 강력반 화장실에 있다는 사실을 깨닫는 데는 몇 초가 걸렸다. 지난 24시간 동안 두냐는 너무나도 바빴기 때문에 조금이라도 쉬는 방법은 근무 시간에 화장실에 들어가 잠시 눈을 붙이는 것뿐이었다.

모르텐 스테엔스트루프의 죽음으로 모든 것이 엉망이 돼버렸다. 모르텐이 죽었다는 소식은 오늘 새벽 2시 30분이 조금 지났을 때 들었다. 두냐는 매주 화요일 밤이면 밖으로 나갔다. 화요일 밤은 유일하게 밖으로 나가는 날이었고, 지난밤도 예외는 없었다. 7개월쯤 전 화요일 밤에 카르스텐을 차버린 뒤로 계속해서 지키고 있는 의식이었다.

그때 두냐가 스톡홀름으로 간 것은 순전히 노르디아 직원들과 무역 세미나에 참석한 카르스텐을 놀라게 해줄 생각이었다. 하지만 실제로 놀란 사람은 나쁜 영화에서나 나오는 것처럼 그녀가 함께 사는 남자친구이자 약혼자이며 미래에 그녀 아이들의 아버지가 될 남자가 스웨덴 동료와 함께 침대에 있는 것을 발견한 두냐였다. 두 사람 앞에서 한마디도 하지 않고 돌아서 나온 두냐는 복수를 해야 한다는 갈망에 곧바로 스톡홀름의 밤거리로 걸어 들어갔다.

두냐가 멈춘 곳은 쇠데르말름 중심부에 있는 오래된 맥주 홀 크바르넨이었다. 그곳에서 함께 잘 남자를 찾는 것은 일도 아니었다. 두냐는 그 남자 이름을 기억하지 못했다. 어쩌면 듣지 못했을 수도 있었다. 두냐가 기억하는 것은 빨간 머리였고 카르스텐보다 크다는 사실뿐이었다.

그리고 일주일쯤 지났을 때 두냐는 카르스텐을 극복했다는 기분이 들었다. 빨간 머리 스웨덴 남자와 잠을 잔 뒤로는 카르스텐 생각을 조금도 하지 않았다. 두냐는 자신과 같은 상황이라면 남자들은 누구나 같은 일을 하리라 생각했고 그런 생각은 효과가 있었다. 이전에 한동안 느껴야 했던 감정보다 훨씬 행복하고 가뿐해진 두냐는 화요일 밤의 외출을 자신만의 전통으로 만들기로 했다. 그런 생각이 정당하다는 사실을 입증하려고 매주 화요일 밤에 두냐는 스톡홀름으로 갔다.

그 뒤로 스톡홀름으로 가지 못한 화요일은 단 세 번뿐이었다. 두 번은 독감 때문이지만 세 번째는 오랫동안 폐암으로 고생하던 아버지의 새 아내가 죽었기 때문이다. 아버지가 밤늦게 전화를 걸어왔을 때는 그녀는 이미 술을 몇 잔 마신 상태였다. 전화를 건 사람이 누구인지 알자마자 두냐는 전화를 받았다는 사실을 후회했지만 그렇다고 끊을 수는 없었다. 이미 몇 년 동안 아버지하고는 대화를 해본 적이 없었고 아버지의 새 아내는 단 한 번도 만나본 적이 없지만 어쨌거나 아버지 곁에 있어주겠다고 약속했다. 20분 뒤에 두냐는 아버지가 영안실을 지키고 있는 릭스 병원에 도착했고, 아버지 옆에 앉아 손을 잡아드렸다. 두 사람은 밤새 아무 말도 하지 않았다. 날이 밝자 아버지는 딸에게 잡힌 손을 빼더니 이제는 도움이 필요하지 않으니 가도 좋다고 말했다.

그때부터 부녀는 한마디도 하지 않았다. 아직 아버지가 살아 있으며 어디에서 사는지는 알았다. 가끔 두냐는 아버지가 죽었다는 말을 전해 들으면 자신이 어떻게 반응할지 궁금했다. 두냐는 자신이 그저 냉정하게 어깨만 으쓱하고 말기를 바랐지만, 마음속 깊은 곳에서는 두 사람이 풀지 못한 모든 일 때문에, 한 번도 소리 내어 말하지 못한 모든 이야기 때문에 슬픔을 피할 수 없으리라는 사실도 잘 알았다.

이번 주 화요일에는 쾨드뷔엔으로 갔고 광고 촬영 감독이라는 미국인을 만났다. 덴마크어를 해보려는 남자 덕분에 두냐의 기분은 매우 좋아졌고, 모히토를 몇 잔 마신 뒤로는 풀리지 않는 수사 문제 따위는 유리잔에 응결된 물방울 때문에 흐릿하게 보이는 박하 잎만큼이나 흐릿하게 느껴졌다. 경찰서에서 두냐에게 전화를 걸었을 때 그 미국 남자는 두냐의 브래지어를 풀고 그녀의 가슴에 입을 맞추고 있었다.

25분 뒤에 도착한 병원은 완전히 아수라장이었다. 그 누구도 어떻게 된 일인지 알지 못했다. 사망 원인은? 자살인가, 타살인가? 타살이라면, 누가? 어떤 방법으로? 병동은 모두 삼엄한 경비를 서고 있었다. 그리고 전적으로 솔직하게 말하면 두냐는 그때 술이 완전히 깨지 않았다.

두냐는 전화기를 내려다봤다. 47분 동안 잠들어 있었다. 변기에서 일어나 화장실에서 나가기 전에 머리를 정리하고 립스틱을 발랐다. 책상으로 돌아오면서 다시 한번 범인이 어떤 방법으로 모르텐을 죽일 수 있었는지 고민했다. 지금까지는 상황을 짐작할 그 어떤 단서도 찾지 못했다. 키엘은 자기 팀과 함께 아직 현장에 있었다. 두냐는 단서를 찾기 전까지는 현장을 떠나지 말라고 두 번이나 신신당부했다.

마침내 들떴던 기분이 가라앉으면서 이제는 숙취가 느껴지기 시작했다. 두냐는 손바닥을 오므리고 입에서 나는 냄새를 맡아봤다. 오늘은 다른 사람들과 말하지 않아야겠다고 결심하는 순간 새로운 소식을 가지고 얀 헤스크가 다가왔다. 얀은 의학 검시관 오스카르 페데르센이 이제 막 전화해 모르텐의 사인을 알려줬다고 했다.

"질식사래."

얀이 말했다.

"질식사? 어떻게? 몸에 어떤 흔적도 없었어."

"눈에 보이는 건 없지만 혈액에서 보툴리누스가 다량 검출됐다는데."

보툴리누스의 독성이라면 두냐도 잘 알았다. 보툴리누스균은 보톡스를 만들 때 사용하는 신경 독성 물질을 분비한다. 이 독성 물질을 다량 주입하면 가슴 근육이 마비되어 질식할 수 있다.

"링거액을 검사했어?"

두냐의 말에 얀이 고개를 끄덕였다.

"덴마크 전체 인구의 절반을 죽일 수 있는 양이 검출됐어. 아, 그리고 이거⋯⋯."

안은 웃으면서 주머니에서 박하사탕 통을 꺼냈다. 두냐는 조금 짜증이 났지만 아무 소리 않고 박하사탕을 하나 꺼내 들었다.

"한 개 더 가져가. 두 개도 좋고."

두냐는 박하사탕을 두 개 더 꺼내 들고 자기 방으로 걸어갔다.

"이거 다 가져가도 돼!"

안이 뒤에서 소리를 질렀다. 두냐는 돌아보지 않고 안을 향해 가운뎃손가락을 들어 보였다.

두냐는 책상으로 걸어가면서 박하사탕을 전부 입에 넣었다. 한 남자가 손님 의자에 앉아 있었다. 한 번도 보지 못한 사람이지만, 그 남자를 보는 순간 누구인지 알 수 있었다.

42

투베손과 릴리아, 몰란데르는 타원형 탁자에 앉아 플라스틱 테이크아웃 용기에 담긴 치킨 샐러드를 먹으면서 회의를 소집한 클리판이 오기를 기다리고 있었다. 투베손은 고작 작은 치킨 세 조각, 말라비틀어진 양상추, 통조림 옥수수를 조금 넣고는 '미식가의 치킨 샐러드'라는 이름으로 이런 음식을 파는 요즘 식당들을 이해할 수 없었다. 그녀는 테이크아웃 음식 때문에 생긴 영양 불균형은 식후 흡연으로 보충해야겠다고 생각했다.

"리스크한테 무슨 소식 들은 사람 있나?"

몰란데르가 물었다.

투베손은 고개를 저었다.

"그럴 리가요. 휴가 중이잖아요."

몰란데르가 아무 말 없이 고개를 끄덕였다.

"잉바르, 그럼 내가 무슨 일을 할 수 있겠어요? 선택의 여지가 없다고요."

투베손이 설명했다.

"알아. 그냥 단지…… 안타까워서 그러지."

"당신만 그렇게 생각하는 거 아니에요."

"내가 조금 알아봤는데, 리스크가 스톡홀름에서도 하던 수사에서 배제됐었다는 사실을 아세요?"

릴리아가 말했다.

몰란데르는 고개를 저었고 투베손은 한숨을 내쉬었다.

"지금 우리 수사만으로도 정신없지 않아?"

"그냥 그 사람 배경을 조금 알아보고 싶은 거예요. 앞으로 함께 일할 테니까 알아두는 게 좋을 듯해서요."

"이레네, 도대체 무슨 말이 하고 싶은데? 리스크가 잘못 판단해서 너무 나간 건 사실이야. 하지만 자기라도 그런 상황이었다면 같은 일을 하지 않았을까?"

"내가 피해자 아내하고 사랑에 빠진다고요?"

"그건 10대 때 감정이고, 지금은 어떤 감정인지 전혀 모르잖아."

"바로 그게 문제라는 거예요. 우리가 모른다는 거. 더구나 이런 일이 처음도 아닌 거 같아요. 지난겨울, 스톡홀름 수사반 기록을 살펴봤거든요. 리스크는 그때도 제멋대로였던 거 같아요."

"도대체 무슨 일을 했길래?"

몰란데르가 물었다.

"첫째로……."

"이레네, 그만."

기회가 생기면 담배를 적어도 두 개비는 피워야겠다고 생각하면서 투베손이 말했다.

"하지만……."

"좋아요. 모두 와 있었군요."

클리판이 들어오면서 말했다.

투베손은 적절한 시간에 대화 주제를 바꿀 수 있게 해준 클리판에게 속으로 고맙다고 말했다. 물론 릴리아가 옳았다. 처음에 리스크에 관해 물었을 때 스톡홀름 경찰서도 바로 그 점을 조심하라고 했다. 파비안의 동료들은 거의 의견이 일치했다. 파비안은 최고 경찰관 가운데 한 명으로 아주 뛰어난 사람이다. 하지만 자기 방식이 뚜렷해서 그가 어떤 일을 할지, 그 때문에 어떤 결과가 생길지는 아무도 알 수 없다고 했다. 투베손은 바로 그런 특성을 가진 경찰관을 원했다. 결코 소리 내어 말하지는 않았지만 그래야만 다른 사람들이 훨씬 편안해진다고 생각했다.

투베손의 팀원들은 모두 프로고 믿을 수 있지만 더는 자신들의 능력을 증명할 필요는 없다는 식으로 행동했고, 파비안과 달리 위험을 감수하거나 자신을 가두고 있는 상자에서 걸어 나가 생각하는 법이 없었다. 실수를 거의 하지 않는다는 사실은 보고서를 쓸 때는 좋을 수도 있지만 현실은 그와 달랐다. 경우에 따라서는 위험도 감수해야 하고 한계를 밀어낼 수도 있어야 했다. 가끔은 경계선에서 완전히 잘못된 곳으로 가버릴 수도 있어야 했다.

클리판은 오스토르프에 있는 맥도날드 매장에서 범인에게 햄버거를 판 것 같다는 여자 직원을 찾아냈다고 했다. 그는 그 직원의 묘사대로 그린 몽타주를 세 사람에게 보여줬다.

"지난주 목요일 저녁에 근무했는데, 슈메켈도 멜비크도 보지 못했다는군요."

이 사람들은 슈메켈과 멜비크를 두 명의 인물, 두 명의 다른 살인자로 여기고 있다고 투베손은 생각했다. 그리고 이제는 제3의 인물이 용의선상에 떠오르고 있었다. 진범을 찾아내기 전까지 얼마나 많은 용의자가 나타날까?

"어째서 이 사람을 찾아내야 한다는 거지?"

몰란데르가 몽타주를 들어 올리면서 물었다.

"지난주 목요일 자정이 조금 넘은 시간에 맥도날드에 들른 게 분명하니까요. 칠리 맥피스트 디럭스 밀을 시켰는데, 그건 오직 목요일에만 판매하는 메뉴였어요. 그 남자가 그걸 사 간 시점에서는 벌써 금요일이었고요."

"그래서 맥도날드에서는 이 남자한테 칠리 맥피스트를 판매할 수 없다고 했고요?"

릴리아의 질문에 클리판이 고개를 끄덕였다.

"직원들이야 규칙을 따라야지."

몰란데르가 말했다.

"하지만 이 남자는 안 된다는 말을 받아들이지 않았대요. 자기는 자정이 되기 전에 줄을 섰으니까 당연히 원하는 걸 가져가야 한다고 했다네요. 내가 만난 계산대 직원은 그런 규칙은 자기가 만든 게 아니니까 자기로서도 어쩔 수 없다고 설명하려 했대요. 그 남자가 경고할 때는 이미 다른 손님 주문을 받고 있었고요."

"경고라니, 무슨?"

투베손이 물었다.

"자길 무시하면 가만두지 않겠다고 했대요."

클리판의 말에 세 사람은 시선을 교환했다.

"자기를 내버려두고 다음 손님을 받아서 화가 난 건가요?"

클리판은 고개를 끄덕였다.

"그래서 어떻게 됐대요?"

"결국 칠리 맥피스트를 사 갔대요."

"효과가 있는 작전이었군."

몰란데르가 씩 웃으면서 말했다.

"그 직원은 그냥 하는 소리로 들리지 않았대요. 정말로 큰일이 날 것 같았다는데요."

투베손은 몽타주를 들어 뚫어지게 봤다. 언제나 그렇듯이 클리판은 15년도 더 전에 은퇴하고 휠체어에 의지해 생활하는 반쯤 시력이 사라진 미술 교사 구드룬 셰엘레에게 부탁해 몽타주를 그려 왔다. 그 은퇴한 교사는 클리판의 어머니와 같은 퇴직자 전용 아파트에서 살았다. 우연히 그 은퇴 교사의 집을 방문했다가 그녀가 그린 초상화를 본 클리판은 폴시에 숲에서 조깅하는 여자를 쫓아가 강간한 남자의 몽타주를 그려줄 수 있는지 물었다. 구드룬이 그린 몽타주를 공개한 뒤 세 시간 만에 그 남자의 신원이 밝혀졌고, 경찰은 곧 그를 붙잡을 수 있었다. 그 뒤부터 헬싱보리 경찰서는 그녀를 정기적으로 고용했으며, 경찰들은 그 은퇴 교사가 언제라도 죽을 수 있다는 사실을 무시하도록 서로 도왔다.

구드룬은 보통 목탄으로 작업했는데, 이번 몽타주도 목탄으로 그렸다. 투베손은 구드룬의 실력에 감탄하지 않을 수 없었다. 그렇게 벌벌 떨리는 손으로 연필을 제대로 잡을 수도 없을 텐데 그림을 그려냈다. 그것도 대부분은 애매모호한 묘사 몇 마디만 듣고도 목탄을 쓱쓱 그어 그 사람의 특성을 정확하게 파악해냈다. 하지만 이번 몽타주는 지금까지의 몽타주와는 확실히 달랐다. 정말로 위협하고 있는 듯한 투베손을 똑바로 보는 두 눈 외에는 그 어떤 특성도 드러나지 않는 얼굴이었다. 그 남자는 너무나도 평범해 보여서 그가 바로 앞에 앉아 있더라도 분명히 알아볼 수 없을 것 같았다. 사실 이 문제는 몽타주라면 어쩔 수 없이 갖는 특성이었다. 몽타주는 아주 애매모호하게 그리기 때문에 충분히 노력한다면 그 안에서 누구든지 발견할 수 있다. 하지만 구드룬의 그림에서 이런 경험을 하는 것은 처음이었다.

"이 몽타주를 공개할 건가?"

몰란데르가 투베손에게 물었다.

"일단 획셀하고 상의해야겠어요. 하지만 개인적으로는 그러지 않는 게 좋을 듯해요. 너무 특징이 없어서 모두 다 이 사람처럼 보일 거예요. 게다가 지금 상황에서는 변수가 너무 많아요. 맥도날드 직원도 슈메켈이나 멜비크를 전혀 알아보지 못했잖아요. 그 직원도 그저 자기한테 위협을 가한 남자를 지목한 것뿐일 수도 있으니까요. 우리가 심각하게 생각할 필요가 없는 일일 수도 있어요."

"다른 사람이 아닐 수도 있지. 전에도 한번 얼굴을 바꿨잖아. 그러니까 이번에도 바꾼 거 아닐까?"

몰란데르가 말했다.

침묵이 탁자 위에 내려앉았다. 몇 분 뒤에 투베손은 구드룬의 몽타주가 지금 자신이 범인에게 느끼는 감정과 정확하게 일치한다는 사실을 깨달았다. 지금 그들은 유령을 쫓고 있었다. 팔만 내밀면 잡힐 듯하다가도 다음 순간에는 연기처럼 사라져버리는 포착하기 힘든 존재를 쫓고 있었다. 이 남자는 클라에스도 루네도, 그 어떤 이름으로도 불릴 수 있는, 그 누구라도 될 수 있는 사람이었다.

43
○

"천장 위는 살펴봤습니까?"

"뭐라고요?"

덴마크인 두냐는 그의 스웨덴어 방언을 제대로 이해하지 못했다.

"음, 천장은 점검해봤습니까?"

"그러니까 범인이 공기 통로를 타고 천장을 기어서 모르텐의 병실로 들어갔을 거라고요?"

"그럼 어떻게 들어갔을까요? 문으로 걸어 들어가지는 않았을 텐데요."

두냐 호우고르는 고개를 내저었다. 어떻게 그렇게 뻔한 사실을 생각해내지 못했는지 기가 막혔다. 너무나도 바보같이 느껴져서 바닥으로 꺼져버렸으면 싶었다. 뭔가 똑똑해 보이는 그럴듯한 말을 하고 싶었지만 두냐의 마음은 생각하기를 거절했다. 왜 이렇게 서툴게 행동하는 것일까? 물론 파비안은 아주 잘생겼다. 하지만 이미 결혼한 사람이니 그 생각은 하지 않기로 했다.

스웨덴 사람들 대부분이 그렇듯이 파비안 리스크에 대한 인상도 처음에는 좋지 않았다. 이 남자는 자기가 이 세상을 다 가진 것처럼, 특히 이번 수사는 자기에게 전적으로 권한이 있는 것처럼 행동했다. 사실은 이번 수사에서는 배제됐으면서도 자신이 그 문제를 계속 해결해야 한다는 듯이 행동했다. 그는 두냐가 수사를 돕는다면 자신도 도울 생각이 있다고 했다.

"혹시 누구 숙취 때문에 고생하는 사람 있습니까? 그럼 그걸 핑계로 뭔가를 좀 먹을 수 있을 것 같은데요."

파비안이 그 말을 하는 순간 두냐는 어쨌거나 아주 나쁜 녀석은 아닐지도 모른다고 생각했다.

"더구나 빨리 뭘 좀 먹지 않으면 내가 다음번 희생자가 될 것 같군요."

파비안의 말에 두냐는 크게 웃으면서 말했다.

"무엇보다도 당신은 셔츠를 갈아입어야겠어요. 커피 자국이 요즘 유행이 아니라면요."

신선한 공기는 두냐에게 도움이 됐다. 지나치게 친절한 직원 때문에 리스크가 아주 비싼 셔츠를 사게 된 일룸에서 나온 두냐는 그를 데리고 감멜 스트란에 있는 디아만텐 카페로 갔다. 일룸에서 가깝기도 했고 코펜하겐의 주요 쇼핑 거리인 스트뢰게트에서 몇 블록 떨어지지 않았는데도 보통은 사람이 그다지 많지 않은 곳이기 때문이었다. 왠지는 모르지만 관광객들은 햇살도 좋고 식당도 많은 감멜 스트란을 가볼 생각을 하지 않았다. 두냐가 즐겨 찾는 디아만텐 카페는 그 어떤 허세도 볼 수 없는 곳이었다.

두 사람은 파라솔이 달린 탁자 앞에 앉았다. 파비안은 시저 샐러드와 미네랄워터를 시켰고 두냐는 햄버거와 콜라 큰 잔을 주문했다. 콜라를 몇 모금 마시자 두냐는 살 것 같았다. 두 사람은 날씨에 대한 단상부터 덴마크 축구 선수가 한 큰 실수, 덴마크 사람들이 스코네 지역 스웨덴어를 알아듣기 힘들어하는 이유 같은 사소한 이야기를 하며 시간을 보냈다. 두 사람은 계속해서 진짜 해야 할 이야기를 미뤘지만 마침내 두냐가 총대를 메기로 했다.

"지금 내가 당신을 만나는 게 얼마나 큰 모험인지 알았으면 좋겠어요. 이번 수사를 진행하면서 최대한 스웨덴 경찰을 멀리하라는 절대명령이 떨어졌거든요."

"내가 수사에서 배제되고 휴가를 즐기고 있는 건 정말 잘한 일이군요."

두 사람은 잔을 들어 건배했고, 두냐는 웃음이 나오는 걸 참을 수 없었다. 왜 그런지는 모르겠지만 파비안은 아주 신기한 방법으로 두냐의 기분을 풀어주고 있었다.

"슬레이스네르가 왜 스웨덴 경찰과 협력하면 안 되는지 이유를 말해줬나요?"

"킴은 자기가 결정한 내용을 설명하느라 에너지를 낭비하는 사람이 아니에요. 그저 내 생각에는 당신들이 자기 발을 밟고 간 데 분노해서 철저하게 응징해주고 싶은 거 같아요. 이 세상에서 킴이 그 무엇보다 싫어하는 두 부류가 있거든요. 자기 머리 위로 기어 올라가는 사람들이랑 스웨덴 사람들. 코이에 경찰서에 연락하기 전에 킴한테 먼저 했어야 해요."

"했습니다. 투베손이 전화를 걸 때 나도 함께 있었으니까요. 당신 상사가 전화를 받지 않은 거예요."

"지금 킴이 거짓말을 했다는 거예요?"

"그냥 우리는 분명히 전화했고 당신 상사는 전화를 받지 않았다고만 말하는 겁니다. 우리는 음성 메시지도 남겼고요. 긴급 상황이었기 때문에 시간을 낭비할 수도 없었습니다."

두냐는 어떻게 생각해야 할지 알 수가 없었다. 원래 슬레이스네르는 내부 조직에서나 언론을 상대로 늘 자신을 방어하려고 설전을 벌이는 사람이었다. 그는 아무도 자신에게 연락하지 않았다며 야단법석을 떨었고 스웨덴 경찰 때문에 메테 로위세 리스고르가 죽었다고 비난을 퍼부었다. 그는 전적으로 스웨덴 경찰들과는 다른 말을 하고 있었다.

"이게 아스트리드 투베손 반장의 전화번호예요."

파비안이 숫자를 적은 냅킨을 내밀었다.

두냐는 냅킨을 물끄러미 내려다봤다.

"내가 왜 전화를 해봐야 하죠? 어차피 전화를 걸어도 당신이 한 말을 그대로 듣게 될 텐데요."

두냐는 접시에 있는 케첩에 감자튀김을 찍으면서 말했다.

"투베손에게 하라는 게 아닙니다. 투베손의 전화를 연결한 통신원한테 알아보라는 거죠."

이런, 물론 그래야지. 당혹해하면서 두냐는 생각했다. 오늘은 왠지 모르게 자꾸 이해력이 떨어졌다. 투베손의 전화번호만 있으면 스웨덴 경찰이 슬레이스네르에게 전화를 했는지, 했다면 정확히 언제 얼마나 길게 연락하려고 노력했는지 알아낼 수 있다. 결국 중요한 것은 스웨덴 경찰이 덴마크 상급자에게 전화했는지 안 했는지가 아니다. 한 소녀가 죽었고 이제는 경찰관까지 죽었다. 그러니 두 나라가 협력해서 범인을 찾는 것이 지금으로서는 최선이다.

"나는 뭘 해줘야 하죠?"

"차를 살펴볼 수 있게 해줘요."

"아니, 그건 안 돼요. 아직 우리 쪽에서 한창 조사 중이니까."

"잠깐만 살펴보면 됩니다. 아무리 길어도 5분을 안 넘길 겁니다."

"그럼 난 뭘 얻게 되죠?"

"내 상사 전화번호 말고 말입니까?"

두냐는 고개를 끄덕였고 파비안은 웃음을 터뜨렸다.

"콜라 한 잔 더 사드리죠. 그리고 이 사건에 관해 내가 아는 모든 정보도 드리고요."

두냐는 잠시 생각하는 척하다가 씩 웃었다.

"그 살인범에 관해 뭘 알고 있죠?"

"학교에 다닐 때 같은 반이었습니다. 그때는 클라에스 멜비크라는 이름이었고, 아주 심각하게 괴롭힘을 당했죠."

"모든 사람이 그 사람을 괴롭혔나요?"

"난 아닙니다. 하지만 괴롭힌 아이들이 있었죠. 특히 두 명이요."

"그 두 피해자?"

"네, 하지만 나라고 더 나은 것도 없었어요. 그냥 다른 사람들처럼 외면해버렸으니까요."

"어째서 클라에스를 괴롭힌 거죠?"

"솔직히 말해서, 모르겠습니다. 클라에스는 안경을 썼고, 놀리기 좋은 성이기는 하지만, 내 생각에는 그저 아무 이유 없이 뽑힌 거 같아요. 그냥 괴롭힐 사람이 필요했고, 클라에스가 우연히 선택된 거고요."

"그 사람이 살인범이라고 확신하는 거예요?"

"그럼 달리 누구겠어요?"

파비안의 말에 두냐는 어깨를 으쓱했다.

"글쎄요, 모르텐 스테엔스트루프는 당신이 준 사진 속 인물이 범인이 아니랬어요."

"그 사람이 여러 가지 이유로 클라에스를 제대로 알아보지 못했을 수도 있죠. 몸 안에 모르핀이 들어갔을 테고, 범인의 얼굴을 보지 못했을 수도 있잖아요. 충격을 받아서 기억이 어긋났을 수도 있고요."

"확신하던데요."

"범인의 인상착의를 말하던가요?"

"안타깝지만, 아니에요. 너무 피곤해했거든요. 오늘 다시 찾아가 볼 생각이었어요."

"그럼 범인이 또다시 모습을 바꾼 걸 수도 있겠군요."

"그렇다면 한 가지는 알겠군요."

두냐의 말에 파비안은 그녀의 눈을 똑바로 봤다.

"아직 끝난 게 아니라는 거요. 그 사람 살해 목록에는 몇 사람이 더 있다는 거요."

두냐는 자리에서 일어났다.

카페 안으로 사라지는 두냐를 보면서 파비안은 방금 그녀가 한 말을 곱씹어 생각했다. 지난 며칠 동안 계속해서 불안감이 사라지지 않았다. 그 불안한 감정을 떨쳐내려고 애썼지만 그 감정은 고집스럽게도 되돌아왔다. 그리고 이제 두냐가 아무렇지 않은 듯이 내뱉은 말을 들으니 분명히 확신할 수 있었다. 범인이 루네인지 클라에스인지 아니면 전혀 다른 누구인지는 모르지만 아직 자기 일을 끝내지 않았다는 거, 적어도 지금은 완벽하게 마무리하지 않았다는 사실을 알 수 있었다.

누가 봐도 명백한 목표였던 예르겐과 글렌은 이미 끝이 났다. 그렇다면 누가 더 남았을까? 누가 또 클라에스를 괴롭혔을까? 직장 동료가 괴롭혔을 가능성은? 파비안은 어린 시절에 괴롭힘을 당한 사람은 직장에서도 괴롭힘을 당할 가능성이 크다는 글을 읽은 적이 있다. 어디에나 한 사람이 평생 떨쳐내지 못하는 연약함을 기가 막히게 알아채는 사람이 있다.

파비안은 투베손에게 전화를 걸어 룬드 병원의 분위기가 어땠는지, 특히 환자의 방광에 클립을 넣고 잊어버린 시건이 벌어진 뒤에 동료들의 태도가 어땠는지 알아보게 해야겠다고 결심했다. 그리고 클립 때문에 고생한 환자를 만나봐야겠다고 생각했다. 하지만 일단은 푸조부터 살펴봐야 했다.

두냐는 그녀가 스웨덴 경찰과 함께 있는 모습을 그 누구에게도 들키면 안 된다는 사실을 분명히 했기 때문에 두 사람은 경찰서 뒷문으로 들어갔다. 푸조는 지하 4층에 있었다. 경찰서에서 전부 사용하는 지하 4층 보관소는 검사를 해야 하거나 재판 증거물로 쓰려고 압류한 물건으로 가득했다. 자동차부터 찢어진 속옷까지 없는 것이 없었다.

얼굴 높이쯤에 검은색 플라스틱 덮개기 붙어 있는 구멍을 낸 플렉시글라스 창 뒤로 휠체어를 탄 노인이 앉아 있었다. 노인이 등지고 앉아 있는 벽에 붙은 1980년대 벌거벗은 여인들의 모습이 이 노인이 얼마나 오랫동안 대낮의 햇살을 피해 이곳 지하에 있었는지 알게 했다. 두냐는 창문을 톡톡 두드렸다. 노인은 고개를 들지 않았다. 두냐가 다시 창문이 덜컹거릴 정도로 세게 두드리고는 구멍 사이로 신분증을 밀어 넣었다.

"저기요, 제가 시간이 없어서요. 며칠 전에 들어온 푸조를 보러 왔어요."

"아, 그 스웨덴 차. 내가 지금 소변 관을 손보느라."

두냐는 고개를 끄덕였다.

"이쪽은 누구신가?"

노인이 파비안을 가리키면서 말했다.

"파비안 리스크입니다."

파비안은 지갑을 꺼내 신분증을 보여주려고 했다.

"증인이 될 수도 있는 사람이에요. 혹시 그 차를 알아볼지 몰라서 함께 왔어요."

두냐가 파비안의 지갑을 밀어내면서 재빨리 말했다.

노인은 포커판에서 모든 것을 다 걸어야 할지를 고민하는 사람처럼 두냐와 파비안을 번갈아 한참을 살폈다. 그러고는 길고 무거운 한숨을 내쉬었다.

노인은 두 사람을 데리고 창고 깊숙이 들어갔다. 노인은 두 사람이 거의 뛰어야 할 정도로 능숙하게 휠체어를 몰았는데 자물쇠를 풀려고 가끔씩 멈춰 서기도 했다. 이케아 창고만큼이나 많은 물건이 높이 쌓였고 끝도 없이 미로를 이루는 곳에서 이렇게나 빠른 속도로 길을 찾아내다니, 더구나 닫힌 문 앞에서 조금도 망설이지 않고 맞는 열쇠를 찾아내다니, 파비안은 노인의 능력에 감탄했다. 노인은 창고에 어떤 물건이 있는지 정확하게 알았고, 세 사람은 마침내 자동차가 빽빽이 늘어선 창고 안으로 들어갔다. 그곳에는 그저 금속을 뭉친 것처럼 보이는 고철 덩어리에 가까운 자동차도 있었고 이제 막 출고한 듯한 자동차도 있었다. 푸조는 창고 깊숙한 곳 모퉁이에 놓여 있었다.

파비안은 비닐장갑을 끼고 운전석으로 들어가 푸조 문을 닫았다. 그는 혼자 있고 싶었다. 그 마음을 이해했는지 두냐는 멀찌감치 떨어져 있었다. 두냐는 푸조를 조사하는 중이라고 했지만 어디에도 조사한 흔적이 있다거나, 지문이나 머리카락을 찾았다는 표시를 해놓은 곳은 없었다. 이 상황을 설명해줄 단 한 가지 가설은 덴마크 경찰이 아직 푸조를 조사하지 않는다는 것뿐이었다. 잉바르 몰란데르를 잘 안다고는 할 수 없지만, 지금까지의 경험으로 보건대 몰란데르라면 이미 차량 조사쯤은 마치고도 남았을 것이 분명했다.

파비안은 조수석 보관함을 열어 그 안에 있는 물건을 꺼냈다. 룬드 병원 로고가 찍힌 볼펜, AAA 건전지 몇 개, 차량 헤드라이트 전구, 차 소유주가 루네 슈메켈로 되어 있는 차량 안내서와 보험 증서가 있었다. 특별히 이상한 물건은 없었다. 파비안은 차량 점검 기록을 살펴봤다. 루네는 정기 점검 권장 일정을 정확하게 지키고 있었다. 슈메켈은 경솔하거나 즉흥적이지 않은 아주 꼼꼼한 사람임이 분명했다. 파비안은 항상 전에는 듣지 못한 경보음이 울리고 나서야 정비소로 갔고, 너무 늦게 갔음을 깨달을 때가 많았다. 적어도 지출이라는 측면에서 보면 말이다.

파비안은 두나가 불안한 얼굴로 주위를 두리번거리며 손목시계를 연신 들여다보는 모습을 백미러로 봤다. 노인은 사라지고 없었다. 지금이야말로 파비안이 이곳에 온 목적을 달성한 시간이었다.

두통이 사라져가자 킴 슬레이스네르는 자기 몸이 서서히 내면의 평화에 자리 잡는 것을 느낄 수 있었다. 그는 집무실 창문 앞에 서서 바다를 바라봤다. 항구 저 멀리 브뤼헤섬과 항구에서 볼 수 있는 가장 웅장한 건물인 제미니 레지던스가 보였다. 커다란 콘크리트 저장고 두 개가 샴쌍둥이처럼 나란히 붙어 있는 제미니 레지던스의 내부 계단통을 볼 때마다 그는 《시계태엽 오렌지》(스탠리 큐브릭 감독이 영화로 만든 소설 제목-옮긴이)가 생각났다. 저 건물에서 가장 근사한 아파트에서 그는 아내와 딸과 함께 살고 있었다.

지난 24시간 동안 그다지 즐거운 일은 없었다. 오랫동안 앓고 있는 궤양은 스트레스 때문에 더 찢어질 듯 아팠다. 그가 사임을 해야 한다면 그들의 아파트에서 살 여유 따위는 사라지고 말 것이다. 하지만 이제 상황이 바뀌었다. 슬레이스네르의 불안은 사라졌고 궤양의 고통도 거의 느껴지지 않았다. 심지어 목과 어깨의 긴장도 풀리기 시작했다.

모르텐 스테엔스트루프를 죽인 범인은 슬레이스네르의 고민을 해결해줬다. 그 살인마 덕분에 누가 메테 로위세 리스고르의 죽음을 책임져야 하는가를 놓고 쏟아지던 수많은 질문이 잠잠해지고 모든 초점이 범인 그 자신에게로 돌아갔다. 이제는 스웨덴 놈들보다 먼저 이 사건을 해결하기만 하면 된다.

갑자기 MC 해머의 〈유 캔트 터치 디스〉가 온 방 안에 울려 퍼졌다. 그는 책상 위에서 전화기를 집어 들었다. 딸아이가 슬레이스네르의 전화기를 가져가서 다른 모든 음악은 지우고 MC 해머의 음악을 벨 소리로 저장해놓은 것이다. 이 노래는 최악이었다. 이 노래를 들을 때마다 기분이 안 좋아졌지만 안타깝게도 벨 소리 바꾸는 방법을 몰랐다. 그 때문에 벌써 1년도 넘게 이 음악을 들으며 고통받고 있었다.

아주 짜증 나는 '우우, 우, 우우' 소리가 들리기 전에 그는 재빨리 전화를 받았다.

"여보세요?"

"안녕하십니까? 닐스 페데르센입니다."

"누구라고요?"

슬레이스네르는 닐스 페데르센이라는 이름을 들어본 적이 없었고, 그 사실을 떠올리자 완벽하고도 순수하게 혐오하는 감정이 생겨났다.

"압류물 보관소에서 근무하고 있습니다."

"미안하지만, 내가 지금 회의에 들어가야⋯⋯."

"1초면 됩니다. 그저 이게 올바른 정보인지만 확인하려고 전화한 겁니다."

"무슨 정보 말입니까?"

슬레이스네르는 화가 난 것처럼 낮은 소리로 말했다. 다시 궤양이 도지는 것 같았다.

"분명히 반장님 허락 없으면 그 스웨덴 경찰한테는 푸조를 보여주지 말라고 하지 않으셨습니까?"

"잠깐만, 지금 이름이 어떻게 된다고 하셨죠?"

"닐스 페데르센입니다. 여기 압류물 보관소에서 근무하고요. 2003년 크리스마스 디너파티 때 마주 보고 앉은 적이 있습니다."

"지금 당신을 찾아온 사람이 있다는 말입니까?"

"예, 그 남자가 여기 와 있어요."

"누구 말하는 겁니까? 그 스웨덴 경찰이라니."

이런 젠장, 어떻게 나도 모르게 거기까지 갈 수 있었지? 슬레이스네르는 속으로 생각했다.

"자기 이름이 파비안 리스크라고 했습니다. 두냐 호우고르하고 함께 왔습니다."

두냐, 그래, 두냐일 수밖에 없지. 두냐가 그의 명령을 어긴 것은 이번이 처음은 아니었다. 수사반장이 되던 그 순간에 슬레이스네르는 두냐에게 자신을 친절하게 대한다면 자신도 친절한 사람이 될 거라는 사실을 분명하게 인지시켰다. 아주 간단한 일이었다. 공생 관계를 맺어야 한다는 그의 의도를 두냐 호우고르 같은 사람은 재깍 파악했을 테니까.

5년 전, 두냐를 처음 만났을 때 슬레이스네르는 그녀가 어떤 여자인지 단번에 알아봤다. 두냐의 눈을 보자마자 알 수 있었다. 하지만 그가 내민 손은 아무런 결과도 내지 못했다. 그때 두냐는 전혀 욕정을 드러내지 않았다. 하지만 남자친구와 헤어진 뒤에 그녀는 변했다. 경찰계에 종사하는 사람들은 모두 그녀의 새로운 삶을 아는 것 같았다. 두냐가 발정 난 토끼같이 이 남자 저 남자를 집어삼킨다는 소문이 경찰서가 있는 곳이면 어느 마을이건 바이러스처럼 퍼졌다.

하지만 두냐는 슬레이스네르는 거절했다. 심지어 크리스마스 파티 때에도 슬레이스네르 자신이 일주일에 세 번 체육관에 가고 35세의 몸매를 유지하고 있으며 상당한 돈도 벌고 그녀를 승진시키거나 좌천시킬 힘도 가지고 있으니 절대로 거절할 리 없다고 스스로 생각한 것을 우습게 만들면서 두냐는 그를 거부했다. 그 뒤로 슬레이스네르는 두냐를 치워버릴 방법만 생각했다. 가능하면 아주 멀리 있는 외지로 쫓아버리려 했다. 하지만 아무리 노력해도 그녀를 멀리 쫓아버리겠다는 이야기는 꺼낼 수조차 없었다. 두냐는 지독하게 뛰어난 경찰이었으니까.

"보지 못하게 할까요?"

페데르센이 물었다.

"아니, 그냥 내버려두시죠. 하지만 눈은 떼지 마세요. 특히 그 사람들이 뭔가 흥미로운 걸 찾아내는지 잘 보세요."

슬레이스네르는 운하를 따라 이동하는 예인선을 눈으로 좇으면서 말했다.

파비안은 헤드라이트가 자동으로 깜빡이지 않도록 끄고 새로 찾은 열쇠를 꽂고 조심스럽게 시동을 걸었다. 당연히 엔진이 가동되기를 원하지는 않았다. 대시보드 패널에 불이 들어오면서 GPS 시작 화면이 나타났다. 파비안이 찾는 것이 바로 이것이었다. GPS 화면에 지도가 나타날 때까지 시간이 차가운 벌꿀처럼 천천히 흘러갔다. 지도는 코이에 북쪽으로 10킬로미터쯤 떨어진 세멘트바이와 나무로 둘러싸인 들판으로 이어지는 기묘한 작은 길이 교차하는 곳에 멈춰 있었다. 이곳이 추격전이 끝난 곳이군, 파비안은 생각했다. 무고한 두 사람의 생명을 앗아가버린 탈선. 하지만 모르텐이 추격전을 끝낸 곳을 알아내려고 여기에 온 것이 아니었다. 파비안은 내비게이션 화면에서 설정으로 들어가 즐겨 가는 목적지를 검색했다. 화면에 목적지 세 군데가 나타났다.

집 – 룬드 아델가탄 5번지
직장 – 룬드 클리니크가탄 20번지
휴가지 – 그라스 투롱 길 15번지

파비안은 투베손에게 그라스에서 뭔가 흥미로운 단서를 찾을 수 있는지 알아보라고 해야겠다고 생각하면서 내비게이션 화면 왼쪽 상단부에 있는 최근 목적지 검색 아이콘을 눌렀다. 바로 이 기록을 살펴보려고 코펜하겐에 온 것이다. 화면에 다양한 주소와 시간이 나타났다. 파비안은 재빨리 화면 기록을 살펴보면서 6월 19일 이전까지는 대부분 직장과 집만 왔다 갔다 했고 가끔 식료품을 구입하러 간 것이 이동 경로의 전부임을 확인했다.

루네의 생활 패턴은 6월 21일 월요일까지도 달라진 것이 없었다. 하지만 그 뒤부터 흥미로운 점이 있었다. 6월 22일, 예르겐 폴손이 죽던 날 자동차는 외레순 다리 통행요금소를 지나 독일로 달려갔고 오직 렐링에 주유소에서만 차를 세웠다. 푸조의 내비게이션이 알려주는 6월 22일 정보는 이미 그도 아는 내용이었다. 파비안의 관심을 끈 것은 6월 21일이었다.

6월 21일 오전 10시 23분, 푸조는 이름 없는 거리에 섰다. GPS 가 그 지역의 지도를 보여줬다. 푸조는 일상적으로 움직이던 경로 를 크게 벗어나 헬싱보리에서 30킬로미터 동쪽에 위치한 스테네스 타드에서 북쪽으로 1킬로미터 떨어진 쇠데로센까지 갔고, 어딘지 특정할 수 없는 길 한가운데 멈춰 섰다. 몇 시간 뒤에 푸조는 적막 한 그 길을 떠나 예르겐 폴손이 사는 테가탄까지 달려갔다. 파비안 은 재빨리 푸조가 달려갔던 이름 없는 도로의 GPS 좌표를 적었다. 56.084298, 13.09021. 파비안은 정확히 찾아야 할 것을 찾았다.

주위를 둘러보면서 동료가 한 명도 없다고 확신한 두냐는 살며 시 숙직실로 들어갔다. 2년 전에 쓰임새를 결정해놓은 곳이지만 감 히 사용하는 사람은 없는 방이었다. 그녀는 간이침대에 누워 눈을 감았다. 쓸 만한 단서는 하나도 찾지 못했다고 했지만 두 사람이 헤 어질 때 파비안은 만족한 듯 보였다. 당연히 뭔가를 찾은 것이 분명 했다. 두냐가 간신히 알아낸 내용은 파비안은 단서를 확인하러 스 웨덴으로 돌아가야 한다는 것이며, 두냐가 받은 것은 흥미로운 사 실을 알게 되면 반드시 알려주겠다는 약속뿐이었다.

결국 입을 다물고 만 파비안에게 화를 내야 하는지 판단이 서지 않았지만 두냐는 자신도 그의 입장이었다면 같은 행동을 했겠다며 이해하기로 했다. 두냐도 모든 증거가 확실해지기 전까지는 입을 꾹 다물고 설익은 이야기는 하지 않는 편이었다. 몇몇 동료는 두냐의 그 런 특성을 상당히 짜증스러워한다는 사실도 잘 알았다. 그 사람들의 완벽한 세상에서는 단 한 가지 생각이라도 모든 팀이 나눠서 형체를 알아볼 수 없을 때까지 비틀고 돌려봐야 직성이 풀리는 듯했다.

두냐의 전화기가 울리기 시작했다. 전화기 화면에 '꼴 보기 싫은 놈'이라는 이름이 떴다.

"두냐 호우고르입니다."

"내 전화인 걸 알았을 텐데 모른 척하기는."

"안녕하세요, 킴. 반장님 전화야 늘 행복하죠. 그런데 왜 전화하셨어요?"

"내 방으로 와. 할 이야기가 있으니까."

"지금은 내가 조금 바빠서……."

"당장 와."

두냐는 문을 닫고 슬레이스네르의 깔끔한 책상 앞에 있는 손님 의자에 앉았다. 상사가 웃는 모습을 보니 예감이 좋지 않았다. 슬레이스네르는 화가 나 있거나 기분이 언짢을 때 훨씬 상대하기 쉬웠다. 저렇게 의기양양하게 웃고 있다는 것은 보통 자신이 아주 근사한 생각이나 계획을 떠올렸으니 이제 하찮은 부하들이 가서 그 일을 하라고 요구할 준비가 됐다는 뜻이었다. 그전에 저런 미소를 보고 해야 한 일은 미해결 사건을 끝까지 해결하고 오라는 명령이나 모든 사람이 매일 커피와 간식을 사가지고 와야 한다는 규칙을 지키는 일 등 아주 다양했다. 물론 그 모든 사람에는 꼴 보기 싫은 놈은 포함되지 않았지만.

"피곤해 보이는데? 어제가 그 늦게까지 쏘다니는 밤이었나?"

"생각만큼 늦게 쏘다니지는 못했어요. 아시겠지만 다시 살인이 있었으니까요."

"그랬지. 그래, 수사는 어떻게 돼가고 있지? 진전이 있나?"

"아직은요. 하지만 키엘이 병원에서 천장 윗부분을 조사하고 있어요. 범인이 그곳을 타고 병실에 들어갔을 가능성이 크니까요."

"그 말은, 지금 당장은 아무것도 없다?"

"네."

"나한테 다른 할 말은 없고?"

두냐는 슬레이스네르가 자신과 리스크가 만난 것을 알고 있을 가능성을 고민해봤지만 없다는 결론을 내리고 고개를 저었다.

"그래? 스웨덴 경찰이랑 반나절을 노닥거리다가 우리가 압류한 푸조를 보여줬는데도 나한테 말할 만큼 중요한 일은 아니다?"

꼴 보기 싫은 놈이 그 사실을 어떻게 알았지?

"뭔가 조금 이상하지 않나?"

슬레이스네르는 잠시 말을 멈추고 두냐의 반응을 기다렸지만, 그녀는 어떠한 반응도 할 준비가 되어 있지 않았다.

"자, 이렇게 설명해보자고. 그러니까, 이번 수사와 관계된 일은 내 승인 없이는 그 무엇도 외부에 알리지 말라는 지시가 명확하지 않았나보군. 특히 스웨덴 경찰한테는 말이야."

그 망할 노인이 알린 것이 분명했다. 두냐와 파비안이 만난 사실을 고자질할 사람은 그 노인밖에 없었다. 두냐는 당장이라도 뛰어가 소변 관을 노인의 입에 밀어 넣고 싶었다.

"킴, 당연히 지시 사항을 인지하고 있었어요. 하지만 무엇보다도 빠른 시일에 범인을 잡는 게 중요하니까, 그게 누구라고 해도……."

"자네 의견을 물은 사람은 아무도 없는 것 같은데? 물론 자네한테 실망하기는 했지만, 그렇다고 내 부하가 필요 없이 도를 넘어 경거망동한 사실을 여기저기에 떠들고 다니긴 싫군."

"도를 넘어 경거망동하다니요, 그건 아니에요. 내 생각엔……."

"입 다물어. 자네 생각 따위는 중요하지 않으니까. 자네는 지금

계약서 기밀 조항을 어긴 거야."

두냐는 자신이 처음 출근한 날 서명했던 서류를 슬레이스네르가 책상 위에 꺼내놓기 전까지는 계약서라는 말을 이해하지 못했다. 그는 니코틴에 변색된 손톱으로 자신이 말한 조항을 툭툭 치면서 큰 소리로 읽었다.

"고용인은 기밀 정보를 누설해서도 발설해서도 공개해서도 안 된다. 이 금지 조항은 소속 공공기관과 동일한 기준으로 고용인에게도 적용된다."

그는 계약서에서 눈을 떼고 두냐의 얼굴을 똑바로 보며 말했다.

"내가 자네를 해고해도 되는 충분한 이유가 있다는 걸 알았으면 좋겠군."

농담일 거야. 마음속 깊은 곳에서는 전혀 그렇지 않다는 사실을 알면서도 두냐는 그렇게 생각했다.

"반장님은 그럴 수 없어요."

두냐는 자기 입에서 흘러나오는 애처로운 목소리가 너무나도 싫었다. 그녀의 침착함이 무너져 내리기 시작했다.

"나는 내가 원하는 건 뭐든지 할 수 있어. 우리 화장실에 휴지가 떨어지면 나는 자네를 휴지 대신 사용할 권리가 있다고. 내 팀에 믿을 수 없는 인간을 내버려두는 일은 절대로 하지 않아, 알았어?"

"내가 한 일은 그저 스웨덴 동료를 들여보내준 것뿐이에요. 우리하고 같은 수사를 하고 있는……."

"나도 자네가 무슨 일을 했는지는 정확히 알아. 아무 권리도 없는 자를 안으로 데리고 들어와서 우리 증거물을 마음대로 들쑤시게 한 거야. 그 자식이 어떤 의도를 가졌는지 알지도 못하면서."

"세상에, 그 사람은 그저 사건을 해결하고 싶은 것뿐이에요. 우리처럼요. 아니, 적어도 나처럼요."

"이번 사건의 경우는 범인이 파비안 리스크일 수도 있다는 생각을 해야지. 그자도 결국 피해자랑 같은 반이었잖아."

"진심으로 하는 말이에요?"

"현재로선 확실하게 아는 건 하나뿐이야. 모르텐 스테엔스트루프는 사진 속 남자가 자기가 본 범인이 아니라고 했어. 파비안 자신이 직접 이리저리 퍼뜨린 그 사진 말이지. 사진을 확인하자마자 스테엔스트루프는 살해됐고, 같은 날 파비안 리스크가 우리 도시에 나타났어. 게다가, 그자는 첫 번째 피해자의 아내를 사랑했다고 했어. 지금도 사랑하고 있는지도 모르고. 물론 모든 게 우연일 수도 있지. 하지만 아니라면? 이 모든 상황을 자네는 신경도 쓰지 않았어. 그저 리스크가 우리 증거물에 마음 놓고 다가갈 수 있도록 레드카펫을 깔아준 거라고. 우리가 아직 살펴보지도 않은 증거물을 마음대로 보게 한 거라고. 그 차 안에서 그자가 무슨 짓을 했는지 어떻게 알지? 증거를 훼손했을지 어떻게 알아?"

두냐는 더는 슬레이스네르와 논쟁해봐야 소용없음을 알았다. 헤어 나오려 하면 더욱더 깊숙이 들어가는 모래밭에 이미 빠져버린 것이다. 두 사람은 서로를 보면서 아무 말도 하지 않았다. 슬레이스네르가 완전히 똥으로 차 있다는 사실은 잘 알고 있었다. 이런 개소리를 이렇게 논리적이고 의미 있게 할 수 있는 사람은 없었다. 바로 그 능력 때문에 슬레이스네르는 지금의 자리를 차지하게 됐을 것이다. 그가 훌륭한 경찰관이 아님은 의심할 여지가 없으니까.

슬레이스네르는 계약서를 다시 집어넣고는 씩 웃었다.

"다행히 나는 함부로 부하를 해고하는 사람은 아니지. 아무리 엉망이라도 일단은 좀 더 묵혀뒀다가 어떻게 될지 고민하는 사람이거든. 내가 그렇게 해주면 자네도 뭔가 줄 게 있어야 할 듯한데."

44

E6번 출구로 빠져나간 파비안은 삭스토르프를 지나 110번 고속도로를 타고 동쪽으로 계속 달렸다. 내비게이션에 푸조에서 알아낸 좌표를 찍고 자동차가 이끄는 대로 스코네 시골길을 달렸다.

마르크횝스베겐과 큰 농장 몇 곳을 지났다. 내비게이션의 여자가 에슬뢰브스베겐에서 오른쪽으로 돌아 몇백 미터쯤 달린 뒤에 헤드베겐에서 다시 왼쪽으로 가라고 했다. 파비안은 목적지에 가는 것은 어렵지 않으리라 생각했지만 그곳에서 자신을 기다리는 것이 무엇일지는 알 수 없었다. 지도에서 봤을 때 목적지에는 거의 숲밖에 없는 것 같았다.

구글 지도로 목적지를 살펴본 파비안은 그곳에 건물이 두 개인 목장이 있음을 알아냈다. 농장 소유주를 알아낼 수 없었기에 파비안은 릴리아에게 전화를 걸어 자신을 도와줄 수 있는지 물었다. 릴리아는 어째서 휴가를 가지 않고 특정 농장에 관심을 갖게 됐는지 물었다. 파비안은 사실대로 말했다. 루네 슈메켈의 집에서 여분의 푸조 열쇠를 발견했고, 코펜하겐으로 가서 차를 조사했으며, 차량 내비게이션을 살펴본 결과 예르겐이 살해된 날 푸조가 바로 그 농장에 다녀온 일이 있다고 말했다.

파비안이 말을 끝내자 릴리아가 전화를 끊은 것은 아닌지 확인해야 할 정도로 전화기 너머에서는 완벽하게 침묵이 흘렀다. 마침내 그녀가 말했다.

"당신은 이걸 휴가라고 불러요?"

그리고 혼자서 농장에 가는 것은 바보 같은 짓이라고 말했다. 파비안은 내비게이션이 가리키는 데가 틀림없이 텅 빈 한적한 곳일 거라고 말했지만, 릴리아는 속지 않았다.

"당신은 무서운 거잖아요. 그래서 우리에게 당신이 어디로 가는지 알리고 싶은 거예요. 그래서 나한테 전화한 거잖아요."

농장에 갔을 때 무엇을 찾게 될지 파비안은 알지 못했다. 코게뢰드를 지난 뒤로는 주변 풍경이 바뀌었다. 숲은 사라지고 넓은 하늘이 나타났다. 쇠데로셴 능선을 따라 구불구불한 길을 달리는 동안 길은 점점 좁아졌다. 시간이 흐르자 길은 간신히 차 한 대가 지나갈 만큼 좁아졌다. 물론 지난 15분 동안 오가는 차를 단 한 대도 보지 못했으니 좁은 길이 별다른 문제가 되리라곤 생각하지 않았다.

길은 다른 농장으로 이어졌다. 파비안은 내비게이션이 틀린 장소로 안내한 것은 아닌지 두 번이나 다시 확인했다. 지도대로라면 목적지로 가려면 농장을 가로질러야 했다. 파비안은 초대받지 않은 손님이 된 듯한 기분을 누르고 주위를 둘러보면서 건물들 사이로 들어갔다.

창고 문이 활짝 열려 있었지만 사람은 보이지 않았다. 버려진 농장 같았다. 창고 밖에는 녹슨 잔디 깎는 기계, 낡은 트랙터 바퀴들, 욕조, 발가벗겨진 더러운 마네킹 더미가 여기저기 흩어져 있었다. 파비안은 "전 세계 대도시에 사는 사람들은 자기 나라 시골에 사는 사람들보다 외국 대도시 사람들과 공통점이 더 많다"라는 로리 앤더슨의 유명한 말이 떠올랐다. 그는 자신에게 꼭 들어맞는 말이라고 생각했다. 정말로 파비안은 스웨덴 시골에서의 삶도, 스웨덴 시골 사람들에 관해서도 아는 것이 거의 없었다.

파비안이 다시 천천히 차를 출발시킬 때 오른쪽 사이드미러로 뭐가 움직이는 것이 보였다. 커다란 독일 셰퍼드가 10미터쯤 옆에서 차를 따라 뛰다가 갑자기 차 밑으로 사라졌다. 파비안은 브레이크를 세게 밟았다. 자동차가 급정거했다. 그는 본능적으로 차 문을 잠그고 개가 나올 때까지 가만히 기다렸다. 잠시 뒤에 몇 미터 후진했지만 개는 보이지 않았다. 왠지 아주 초현실적인 일을 겪은 것만 같았다.

푸조에서 확인한 장소에 도착한 것은 아닌지 살펴봤지만 내비게이션은 1킬로미터쯤 더 가라고 지시하고 있었다. 파비안은 조심스럽게 다시 앞으로 나아갔다. 그때 전화벨이 울렸다. 전화를 받으면서 파비안은 백미러를 들여다봤다. 그 개는 대체 어디로 간 거지?

"우어스 브루너."

전화기 너머에서 릴리아가 말했다.

"그게 누굽니까?"

"당신이 가고 있는 농장 주인이요."

"독일인인가요?"

"정확해요. 2001년에 거길 샀대요. 혹시 슈메켈의 또 다른 신분이 아닐까요?"

전화기 수신 감도가 점점 나빠지기 시작하더니 릴리아의 목소리를 분간할 수 없을 정도가 됐다.

"그럴 수도 있겠죠."

파비안은 한 건물의 모퉁이를 천천히 돌아가면서 말했다.

"혹시 독일에 정확한 주소지가 있을까요? 아니면 사서함 번호라도? 이레네, 내 말 들려요?"

"투베손이…… 우리가…… 할 때까지 당신은 아무것도……."

마침내 전화가 끊겼다. 파비안은 전화기를 조수석 의자에 던지고 개가 있건 없건 계속 앞으로 나아갔다. 오른쪽으로는 숲이 있었고 왼쪽으로는 공터가 보였다.

"300미터 앞에서 좌회전입니다."

내비게이션의 지시에 따라 파비안은 마지막으로 한 번 더 돌았다.

100미터쯤 가자 길이 끊겼다. 파비안은 차에서 내려 주위를 둘러 봤다. 구름 조각들이 해를 가려 마치 가을처럼 느껴졌다. 백조 세 마리가 커다란 날개를 펄럭이며 하늘을 날자 주변을 둘러싼 침묵이 깨졌다. 하지만 이내 다시 침묵이 무겁게 내려앉았다. 그곳에는 차가 지나가는 소리도, 멀리서 윙윙거리는 소리도, 나무 사이로 바람이 부는 소리도 들려오지 않았다. 불안할 정도로 고요한 곳이었다.

나무들 뒤로 조그만 호수가 반짝였다. 어디를 봐도 농장은 없었 다. 파비안은 무성하게 자란 라일락 그늘 밑에 버려진 외로운 우체 통 앞으로 걸어갔다. 우체통 뚜껑은 녹색 이끼로 덮여 있었다. 파비 안은 막대를 들고 뚜껑에 낀 이끼를 긁어냈다. 색이 바래 희미해진 파란색 '브루너'라는 글자가 보였다.

우체통 뒤로 라일락 밑에 숨어 있던 길이 보였다. 일단 그 길을 따라 라일락 덤불 뒤로 넘어가자 나무 위 하늘에 뭔가 떠 있는 모습 이 보였다. 좀 더 가까이 다가가자 그 물체는 빛을 번쩍이는 커다랗 고 둥근 렌즈임을 알 수 있었다. 렌즈는 건물 지붕마루 장대에 고정 되어 있었다.

파비안은 렌즈의 용도를 고민하는 데 많은 시간을 쓰지 않고 이렇 게 사방에 아무것도 없는 곳에서 계속 산다면 도대체 어떤 기분이 들 까 생각하면서 풀이 무성한 길을 따라 농가가 있는 쪽으로 걸어갔다. 아마도 이곳에서 살아야 한다면 그는 며칠도 되지 않아 도시의 공기를 그리워하며 미쳐버릴 것 같았다. 만약 그 누구의 방해도 받지 않고 혼자 살고 싶은 사람이라면 이곳은 정말로 이상적인 장소가 돼줄 것이다. 만날 이웃도 없고 사람이 찾아올 수 있는 길도 없고 자신을 지켜볼 사람도 없었다. 우어스 브루너는 도대체 뭘 원했던 걸까?

어쨌거나 우어스는 아주 오래전에 다녀간 것이 분명했다. 심지어 몇 년 동안이나 오지 않은 듯했다. 파비안은 높게 자란 풀을 헤치면서 한 건물 앞으로 걸어갔다. 이끼로 뒤덮인 회색 섬유 시멘트 사이딩이 있는 건물이었다. 건물 모퉁이를 돈 그는 걸음을 멈추고 자기 앞에 펼쳐진 광경을 이해해보려 노력했다. 지금 그는 꿈을 꾸고 있거나 아니면 살인자는 그가 생각하는 것보다 훨씬 수수께끼 같은 인물임이 분명했다.

100미터쯤 앞에는 지금 파비안 옆에 있는 건물과 똑같이 생긴 건물이 한 채 더 있었다. 하지만 두 건물 사이에 펼쳐진 장소는 너무나도 기이했다. 그곳에 있는 풀밭은 타이거 우즈가 역사적인 퍼트를 해도 좋을 정도로 잘 다듬어놓은 골프장처럼 보였다. 잔디밭 가운데에는 몇 센티미터 높이로 정리한 산울타리가 있었는데, 그 안에는 자갈이 깔끔하게 깔려 있었다. 가로세로 길이가 각각 3미터, 4미터쯤 되는 그 자갈밭은 마치 묘지 터 같았다.

파비안은 묘지 터처럼 보이는 곳으로 걸어갔다. 그리고 그곳에서 보게 된 모습은 지금까지의 수사 내용을 한 방에 날려버렸다. 수사팀이 알아낸 모든 사실이 한꺼번에 쓸모없는 쓰레기로 바뀌어버렸고, 이제는 처음부터 모든 것을 다시 시작해야 했다. 파비안은 지금부터는 어디로 가야 할지 도무지 감을 잡을 수 없었다.

구름 뒤에서 해가 나왔고 그 즉시 공기는 몇 도 정도 더 더워졌다. 파비안은 산울타리를 넘어 자갈밭에 선 채로 몇 센티미터 높이쯤 되는 금속 다리 네 개 위에 걸쳐진 3센티미터 두께의 유리판을 내려다봤다. 루네 슈메켈은 유리판에 똑바로 누워 있었다. 벌거벗은 그의 팔과 다리는 유리판 모서리 쪽으로 뻗은 채 묶여 있었다.

지난 며칠 동안 파비안이 쫓던 남자는 발가벗겨진 채 아무런 힘도 없이 햇볕에 그을린 상태로 바로 앞에 누워 있었다. 머리카락은 하나도 남지 않았고 두피에는 심각한 화상을 입었다. 두피가 벗겨져 두개골이 보이는 곳도 있었다. 파비안은 제대로 생각해보려 했지만 이곳에서 어떤 일이 벌어졌는지를 상상할 때마다 그저 더욱더 어리둥절할 뿐이었다. 슈메켈의 얼굴과 몸에는 누군가 용접기를 사용한 것처럼 길게 불을 지핀 자국이 남아 있었지만 사람의 손으로 했다고 하기에는 너무나도 곧은 자국이었다.

시체 주변으로 몰려드는 파리떼처럼 머릿속에서 윙윙대는 온갖 생각 때문에 파비안은 어지럽고 토할 것만 같았다. 이마에 송골송골 맺혀 있던 땀방울이 흘러내려 눈이 따끔거렸다. 어째서 물을 충분히 가져오지 않았지? 입안에서 느껴지는 끈적거림을 삼켜서 없애려 했지만 오히려 토할 것만 같았다. 그는 물을 마셔야 했다. 어쩌면 근처에 우물이 있을지도 몰랐다.

파비안이 물을 찾으러 가려 할 때 바로 뒤에서 타닥거리는 소리가 들렸다. 왠지 연기가 나는 것 같고 몸이 점점 더 뜨거워지는 것만 같았다. 그는 재빨리 몸을 돌렸다. 하지만 연기가 날 만한 것은 어디에도 보이지 않았다. 지금 꿈을 꾸고 있는 걸까? 혹시 지금 집에서, 침대에 누워서 잠을 자는 것은 아닐까? 타닥거리는 소리는 이제 그의 귀 바로 뒤에서 들렸고, 갑자기 찌르는 듯한 통증이 느껴졌다. 그제야 파비안은 자신이 불에 타고 있음을 알았다.

2부

....

"죽어갈 때 두려운 것은 죽는다는 사실이 아니야. 사람들에
게 잊힐 위험이 있다는 거지."

— I. M.

1월 8일

늘 그렇듯이 학교 운동장으로 들어가니까 모두 나를 보고 웃어댔어. 벙어리장갑 밑으로 그것들이 만져졌어. 나는 긴장하지 않기를, 두려워하지도 않기를 바랐지만 그럴 수 없었어. 그 녀석들이 이번 학기부터는 완전히 새로운 방법으로 나를 괴롭히지 않을까 두려웠어. 나머지 바보 멍청이들조차 웃게 만들 정말로 끔찍한 방법을 쓰지는 않을까 무서웠어. 하지만 그 녀석들은 늘 하던 대로 내가 게이라고, 나한테서 오줌 냄새가 난다고 소리쳤어. 나는 아무 말도 안 했고 도망치지도 않았어. 웃고 있는 녀석들 가운데 한 명한테 걸어가서 그 녀석 얼굴을 힘껏 쳤어. 황동 너클을 낀 벙어리장갑으로 말이야. 내 의도보다 훨씬 더 세게 쳤지만, 한 번으로는 충분하지 않다는 걸 알고 있었으니까 한 번 더 때렸어. 그 녀석도 나를 때리려고 했지만 그 녀석 주먹은 빗나갔어. 나는 그 녀석 모자를 잡고 쓰러뜨린 다음에 몇 번이고 계속해서 땅에다 그 녀석 머리를 박았어. 비명을 지르던 사람이 나였는지 그 녀석이었는지는 모르겠어. 아마, 우리 둘 다 질렀을 거야.

그건 지금까지 내가 한 일 가운데 가장 근사했어. 음, 레고랜드에 처음 갔을 때 이후로는 말이야. 그 녀석 눈에 공포가 서린 게 보였어. 그래서 난 더 화가 났던 거 같아. 하지만 매우 강해졌다는 느낌도 들었어. 그 녀석은 그냥 바닥에 퍼져서 저항도 하지 못했어. 아무도 나를 말리려 들지 않았어. 그 녀석 친구들도. 내가 그럴 생각만 있었다면 그 녀석 두개골을 부숴버렸을 거야. 정말이야.

추신: 학교에서 돌아오니까 라반이 죽어 있었어. 왜 그랬는지는 모르겠지만, 그냥 펑펑 울어버렸어.

45

○

파레에드 세루쿠리는 정말로 많이 생각해봤고, 지금은 확신할 수 있었다. 그는 의심할 여지 없이 세상에서 가장 따분한 일을 하고 있었다. 만약 그에게 선택의 자유가 주어진다면 TDC 고객 서비스 센터에 앉아서 '왜 내 인터넷이 안 되죠?' '구글 검색하는 것 좀 도와주세요.' 같은 갈수록 한심해지는 질문에 답하는 대신 체르노빌에 가서 청소라도 하고 있을 것이다.

그에게 다른 일을 할 자격은 차고 넘쳤지만 그는 돈이 필요해서 이 업무를 받아들였다. 세루쿠리라는 성을 가지고는 덴마크 같은 나라에서는 사실상 직업을 구하기가 불가능했다. 그들은 그의 직업 윤리를 평가하자마자 곧 승진시켜주겠다고 약속했다. 좋은 프로그래머는 항상 필요하다고 그렇게 말했다. 그때부터 3년이나 흘렀지만 그는 아직도 헤드셋의 묵직함에 눌린 채 이 조그만 상자 안에 갇혀 있었다. '변기에 전화기를 떨어뜨렸더니 작동을 안 해요, 도와주세요.' 같은 이야기를 들으면서.

하지만 오늘은 이곳에 앉은 이래로 처음으로 전혀 따분하지 않은 질문을 받았다. 그 대화는 시작하자마자 저절로 허리가 쭉 펴졌다. 정말로 신나는 대화였다.

그 여자는 자기 이름이 두냐 호우고르며 코펜하겐 경찰서 강력반 소속 형사라고 했다. 그 여자는 자신이 특별한 통화 기록을 찾으려고 하는데 사실 그러려면 특별 부서에 연락해야 하지만 그 방법을 택하면 서류 작업 때문에 너무나도 오랜 시간이 걸릴 테니 초동 수사에서는 그렇게 길고 복잡한 과정은 피하고 싶다고 말했다.

하지만 그가 하는 일은 고객 서비스지 통신 검색은 아니었다. 아무리 그 여자에게 그럴듯한 이유가 있다고 해도 그로서는 도울 방법이 없었다. 아무리 그럴 의지가 있다고 해도 경찰이 필요로 하는 정보를 줄 권한은 없었다. 적어도 회사에서 준 그의 직무 분석표에는 그렇게 적혀 있었다.

하지만 진실은 이 상자 안에서 근무하는 내내 그는 자신의 뇌를 훈련해왔고 방화벽을 뚫고 또 뚫어서 TDC 시스템을 해킹할 프로그램을 개발했고 마침내 성배(통화 기록, 문자 기록, 데이터 트래픽)에 도달할 수 있었다는 것이다. 작년에 이르러서는 TDC 통신망에 접속한 모든 전화를 도청할 수 있게 됐다. 전화를 건 사람이 마르그레테 여왕이건 카스페르 크리스텐센이건 쇠렌 핀이거 상관없이 모두 도청할 수 있었다.

사람들 전화를 엿듣는 일은 몇 달 동안은 세루쿠리의 하루를 밝게 해줬다. 하지만 곧 다시 그의 뇌는 죽은 것처럼 멍한 상태로 돌아갔다. 뭔가 끈적끈적한 스캔들이 일어나기를 바랐지만 정신이 번쩍 뜨이는 일은 하나도 일어나지 않았다. 사람들은 모두가 자신들이 도청당하는 걸 안다는 듯이 굴었다. 하지만 오늘은 달랐다.

그 경찰관은 7월 2일 금요일 저녁 어느 때인가에 특정한 스웨덴 전화기가 특정한 덴마크 전화기로 전화를 걸지 않았는지 물었다. 세루쿠리는 누구의 전화기인지 물었지만 그 여자는 말할 수 없다고 했다. 그는 자신이 무슨 일을 할 수 있는지 알아보고 가능한 한 빨리 연락을 주겠다고만 말했다.

경찰이 전화를 끊자마자 세루쿠리는 그 스웨덴 전화번호가 헬싱보리 경찰서 강력반 반장 아스트리드 투베손의 것이며 덴마크 전화 번호는 덴마크 경찰서 강력반 반장 킴 슬레이스네르의 것임을 알아냈다. 그 여자 경찰이 이런 요청을 공식적으로 하지 못하는 이유도 분명히 알 것 같았다.

상황은 더욱 좋아졌다. 슬레이스네르는 사실 유명인사에 가까웠다. 경찰이 뭔가를 발표할 일이 생기면 늘 킴 슬레이스네르가 카메라 앞에 섰다. 세루쿠리는 별다른 어려움 없이 여자 경찰관의 의문을 해결할 수 있었고, 몇 분 뒤에 곧바로 두냐 호우고르에게 전화를 걸었다.

"스웨덴 번호는 덴마크 번호로 지난주 금요일 오후 5시 33분에 전화를 했네요."

"덴마크 번호가 전화를 받았나요?"

"아니요, 하지만 스웨덴 번호가 음성사서함에 녹음을 해뒀어요. 틀어드릴까요?"

세루쿠리는 여자 경찰이 망설인다는 사실을 알았다. 당연한 일이었다. 지금 자기 상사에게 남긴 음성 메시지를 자신이 들을 권리가 있는지 고민하는 거겠지.

"좋아요."

여자 경찰의 말에 세루쿠리는 재생 버튼을 눌렀다.

"헬싱보리 경찰서 아스트리드 투베손입니다. 그쪽 관할 구역에서 긴급 상황이 발생해서 연락합니다. 지금 렐링에 주유소에 아주 극단적으로 위험한 범죄자가 있어요. 지금 직원을 인질로 잡았을 가능성이 있어 걱정됩니다. 스웨덴에서 이미 적어도 두 명을 살해한 자로 더 많은 인명 피해가 나기 전에 반드시 막아야 해요. 이 메시지를 듣자마자 빨리 전화 주세요. 일단 나는 코이에 경찰서에 연락해보겠습니다."

그러니까 파비안 리스크가 진실을 말한 것이다.

"그럼 덴마크 전화번호가 스웨덴 전화번호로 전화를 걸었나요?"

"아닌데요. 그 남자는 그다음 날에야 음성 메시지를 들었고 곧바로 삭제해버렸어요."

"삭제했다고요?"

"네, 하지만 우린 음성 파일은 1년 동안 보관합니다."

지금 이 사람이 '그 남자'라고 했지? 두냐는 생각했다. 덴마크 전화 가입자를 찾아본 게 분명하다는 생각이 들었지만 두냐는 그런 말은 하지 않았다. 찾고자 한 질문의 답은 찾았다. 그 답을 어떻게 찾았는지는 알 필요 없다.

"그리고 다른 것도 찾았어요."

두냐가 도움을 줘서 고맙다고 말하려 하는데 세루쿠리가 말했다.

"네?"

"음성 메시지를 들을 때 그 남자가 어디에서 전화를 사용했는지 알아냈어요."

"그래요?"

"릴레 이스테드가데와 할름토르베트 모퉁이에 있었어요."

두냐도 그 주소를 잘 알았다. 그곳은 매춘부들이 자주 방문하는 곳으로 유명했다.

"음, 분명히 우연이었을 거예요."

두냐는 대답하고, 도와줘서 고맙다고 인사하고는 전화를 끊었다.

46

하얀 태양 광선이 벌거벗은 남자의 배꼽 바로 밑을 강타했다. 햇빛
이 닿는 부위에서 가느다랗게 연기가 피어오르고 작은 달걀을 굽는
것처럼 조그맣게 부글부글 끓어오르는 소리가 들렸다. 오후 6시가
넘었는데도 한낮처럼 햇살이 빛나고 있었다. 공기가 가늘게 떨리고
타는 냄새가 났다.

그러니까 사람이 탈 때는 이런 냄새가 난다는 거군, 파비안은 지
붕 위에 있는 렌즈를 보면서 생각했다. 머리카락이 타는 냄새보다
는 돼지고기 타는 냄새와 비슷했다. 그 냄새는 재킷이 불에 타고 뒤
이어 머리카락이 타기 시작했을 때 이미 맡아봤다.

자기 몸이 타고 있다는 사실을 깨닫기까지는 몇 초가 걸렸다. 그
는 재빨리 땅에 쓰러져 뒹굴면서 불을 끄려 했지만 불은 쉽게 꺼지
지 않았다. 목 뒤쪽 머리카락에 붙은 불이 도무지 꺼지지 않을 때는
정말 공황 상태에 빠지고 말았다. 이제 불은 꺼졌지만 아픔 못지않
게 지독한 악취도 견디기 힘들었다. 머리에 붙은 불은 간신히 재킷
을 머리까지 뒤집어쓰자 꺼졌다.

그때부터 거의 한 시간이 흘렀다. 파비안을 태운 빛은 루네의 배
를 1센티미터가량 태우고 있었다. 루네를 옮겨야 하는 건 아닌지
고민했지만 등의 통증이 너무 심해서 그럴 엄두가 나지 않았다. 더
구나 몰란데르와 다른 사람들이 오기 전까지는 그 어떤 것도 건드
리고 싶지 않았다. 릴리아가 자신을 의심할 만한 일은 더는 하고
싶지 않았다. 그 대신에 그는 고통은 일단 무시하고 산울타리를 넘
어서 자갈밭을 빠져나갔고, 신발과 양말을 벗고 조심스럽게 풀밭

에 누웠다.

거의 현실 같지 않은 침묵이 흘렀다. 멀리서도 새 소리 하나, 나뭇잎 사이를 지나가는 바람 소리 하나 들리지 않았다. 이 모든 세상이 숨을 죽였고 오직 파비안만이 아직 살아 있는 것 같았다. 더는 눈을 뜰 수 없는 상태가 되자 마침내 주위를 감싸고 있던 잠이 그를 덮어 꿈조차도 없는 블랙홀 속으로 끌고 들어갔다.

47

두냐 호우고르는 엘리베이터 안으로 들어가 3층 버튼을 눌렀다. 30분 동안 받은 경락마사지 때문에 아직도 등이 얼얼했다. TDC 고객 서비스 센터에서 근무하는 남자가 준 정보는 일단 묵혀두기로 했다. 이번에는 경솔하게 행동하지 않을 것이다. 일단 행동을 취하기 전에 자신이 알아낸 정보가 모두 사실인지 확인해야 했다.

스웨덴 경찰은 킴 슬레이스네르에게 전화를 걸었음이 분명했다. 하지만 슬레이스네르가 그 시간에 릴레 이스테드가데와 할름토르베트 모퉁이에 있었는지는 아직 확실하지 않았다. 실제로 있었다고 해도 그곳에서 그가 어떤 일을 했는지는 알 수 없었다. 물론 그 꼴 보기 싫은 놈이 매춘부를 찾아다닌다고 해서 놀랍지는 않았다. 하지만 근무 시간에 매춘부에게 간 것이 분명하다면 두냐를 옥죄는 지옥은 상당히 느슨해질 것이 분명했다.

엘리베이터 문이 열리고 두냐는 교통단속반 팀이 있는 곳으로 걸어갔다. 물론 그곳이 목적지는 아니었다. 두냐가 가는 곳은 교통

단속반 팀 뒤에 있는 전산실이었다. 집에 가기 전에 마지막으로 확인할 일이 있었다.

"헤이, 섹시한 아가씨! 꼭 몸 팔고서 얻은 마약이라도 잃어버린 표정인데?"

꽉 끼는 흰 청바지, 번쩍이는 은색 아플리케가 달린 목이 깊게 팬 티셔츠 차림의 미카엘 뢰닝이 소리쳤다.

"그래, 내 기분이 지금 바로 그래."

"이 시간에 웬일이야? 또 포르노 보다가 컴퓨터가 헤르페스바이러스에 감염됐어?"

"진짜 말하는 본새 하고는."

미카엘의 책상으로 몸을 숙이면서 두냐가 말했다. 미카엘이 이성애자였다면 분명히 그의 언어 습관은 그녀를 화나게 했을 것이다. 하지만 왠지는 몰라도 게이 남자들은 훨씬 참을 만했다. 미카엘은 하고 싶은 말은 무엇이든 했는데 두냐는 크게 마음에 두지 않았고, 미카엘은 그 사실을 마음껏 활용했다. 그는 옷이건 머리 모양이건 입 냄새건, 두냐에게서 언제나 곤란한 부분을 찾아냈다.

"7월 2일 개인 근무 일지를 보고 싶은데."

"지난주 금요일?"

두냐는 그 이상은 질문을 받지 않겠다는 표정으로 고개를 끄덕였다.

"왜냐고 물어봐도 돼?"

"묻는 거야 자기 자유지만, 난 대답 안 할 거야."

미카엘은 뭐라고 알 수 없는 말을 중얼거리더니 컴퓨터 앞에 앉아 명령어를 입력했다. 곧 프린터가 경찰서에서 근무하는 모든 직원의 근무 일지를 토해내기 시작했다. 두냐는 종이가 채 마르기도 전에 프린터에서 빼내 재빨리 훑어봤다.

슬레이스네르의 근무 기록은 네 번째로 프린터를 빠져나온 종이에 있었다. 슬레이스네르는 오전 11시 43분에 주차장 남쪽 직원 출입구에서 출입 카드를 긁고 비밀번호를 입력한 뒤에 경찰서로 들어왔다. 그곳에서 강력반으로 들어가 컴퓨터를 로그인했다. 저녁 10시 46분까지는 그 어떤 기록도 없었다. 그는 저녁 10시 46분에 로그아웃을 하고 경찰서를 떠났다.

TDC 고객 서비스 센터 남자는 슬레이스네르가 오후 5시 33분에 경찰서에서 멀지 않은 릴레 이스테드가데에 있었다고 했다. 근무 일지대로라면 슬레이스네르는 경찰서를 떠난 적이 없었다. 그 말은 고객 서비스 센터 남자가 틀린 정보를 줬거나 슬레이스네르가 로그인이나 로그아웃을 하지 않고 경찰서를 나갔다는 뜻이었다.

"이거 집에 가져갈게."

두냐가 재빨리 전산실을 나가면서 말했다.

"나한테 빚졌어!"

미카엘이 두냐의 등에 대고 소리쳤다.

"자기가 원하면 언제라도 자기 침대로 갈게! 언제든 말만 해!"

문밖으로 사라지기 전에 두냐가 자기 엉덩이를 철썩 때리면서 말했다.

미카엘은 크게 웃으면서 벽장으로 기어 들어가는 것 같은 대책 없는 바보짓을 하게 된다면 분명히 두냐하고 할 거라고 생각했다.

48

○

그는 통제실인 '심장'에 앉아 있었다. 심장보다는 '뇌'가 더 적절한 이름일 테지만, 그는 심장이 좋았다. 심장이 더 친밀하게 느껴졌다. 사실 심장은 여러 해 동안 1층짜리 주택의 지하를 2.5미터 깊이로 파서 은밀하게 만들어놓은 여러 개의 방 가운데 한 곳일 뿐이었다. 지난 몇 달 동안 그는 이 지하 공간을 영구 거주지로 전환하면서 시간을 보냈고, 가끔 필요할 때만 위층 집으로 올라갔다. 만약 그래야 할 필요가 있다면 그는 지하에서 1년 이상 버티면서 살아갈 수 있었다.

그는 수돗물이 나오는 작은 부엌과 통조림과 마른 음식을 잔뜩 넣어둔 식료품 저장고도 만들었다. 침실에는 위층 침실에 있는 침대보다 훨씬 안락한 온수를 넣는 물침대를 넣어뒀다. 지하에는 창문이 없었기 때문에 만족스러운 결과를 얻을 때까지 엄청난 시간을 들여 조명을 설치해야 했다. 조명을 완전히 설치했을 때는 날씨가 흐렸기 때문에 바깥보다 훨씬 많은 빛을 받는다는 사실에 뿌듯하기까지 했다.

가장 큰 문제는 통풍이었다. 간단한 해결책은 마당 어딘가에 공기 출입구를 설치하는 것인데, 팬이 돌아가는 소리 때문에 들킬 위험이 있었다. 그래서 집 안을 지나 새로 만든 굴뚝으로 이어지는 공기 통로를 설치해봤지만 아무리 절연체를 덧붙여도 팬이 돌아가는 소리는 사라지지 않아서 1층 주택에 더 많은 공간이 있음을 명확하게 드러내고 말았다. 결국 그는 '집 안 누수 현상'을 고친다는 명목을 내세워 전기 배전함 옆에 있는 도로 옆 작은 공간에 환기 장치를 설치할 수 있었다. 정말로 아주 복잡한 과정을 거치기는 했지만 그만큼 힘을 들일 가치는 있었다.

하지만 뭐니 뭐니 해도 심장이 가장 마음에 들었다. 심장은 지름이 2미터가 조금 넘는 반구 모양이었다. 마치 조종실처럼 기능하는 심장은 그에게 필요한 모든 것이 손에 닿는 곳에 있었다. 심장의 콘크리트 벽은 붉은색으로 칠했고 반원형 제어반과 의자에는 금색 스프레이 페인트를 뿌렸다. 오른쪽에 있는 움푹 들어간 진열장에는 맞춤 제작한 컴퓨터가 세 대 있었다. 엄청나게 비싼 돈을 주고 제작한 그 컴퓨터들은 코모도어 64만큼이나 성능이 뛰어났다. 더구나 각각 8테트라바이트인 NAS 서버도 두 개 보유하고 있었다. 세 컴퓨터 모두 뜨겁게 가열되지 않았고 소리도 거의 나지 않았다. 각 컴퓨터는 양방향으로 초당 100메가바이트의 전용접속이 가능했다. 온라인에 접속할 때는 한 번에 프락시 서버를 여러 개 사용하기 때문에 그 누구도 실제 IP 주소를 추적할 수 없었다.

그는 앞에 있는 여섯 개 화면 가운데 하나에서 루네 슈메켈의 몸을 쳐다보며 서 있는 경찰관들을 볼 수 있었다. 그곳에는 화상을 치료하러 병원에 들어간 파비안 리스크를 제외한 모든 사람이 와 있었다. 불이 붙은 리스크를 보면서 얼마나 웃었는지, 정말 믿기 힘들 정도로 엄청나게 근사한 일이었다. 사실 그런 일은 계획해본 적도 없었다. 만약에 자신이 신을 믿는 사람이었다면 불에 타는 리스크는 신이 그에게 임무를 완수하라고 보낸 완벽한 계시로 받아들였을 것이다. 하지만 그저 우연히 일어난 일이라고 해도 그는 더없이 좋았다. 정말로 완벽한 우연이었다.

일정보다 며칠 앞서 리스크가 루네 슈메켈을 찾아낸 것이 우연인지 아닌지는 그로서는 알 수 없었다. 하지만 늘 그에게 달라붙어 떠나지 않는 잔소리는 슈메켈을 찾아낸 것이 우연이든 아니든 상관없다, 그저 리스크를 아주 위험한 적으로 간주하는 것만이 중요하다고 말했다. 이미 얼마 전에 리스크가 매우 위험한 적이라는 사실을 깨닫기는 했지만 이 사건은 그런 예감을 좀 더 확증해줬다.

어쩌면 푸조를 뒤에 남기고 왔을 때 이미 이런 일이 벌어지리라고 예견했다. 루네는 이제 시작일 뿐이다. 정말로 운이 나빠지고 있는 거라면 푸조는 생각보다 훨씬 더 큰 문제가 될 수 있었다. 하지만 모든 문제에는 해결책이 있기 마련이다. 그저 제시간에 문제를 예측할 수만 있으면 된다. 그리고 그에게 그 해결책은 이름이 있었다. 바로 리스크였다.

지금 당장 리스크를 죽여버리는 것이 더 간단할 수도 있었다. 하지만 누가 감히 간단이라는 말을 입에 담을 수 있을까? 그는 도저히 실현될 수 없을 것 같은 엄청난 계획을 현실로 만들려고 수많은 세월과 시간을 투자했다. 이미 원래 계획에서 크게 방향을 틀었다. 리스크는 플랜 B에서 대미를 장식할 것이다. 그러니 최대한 오랫동안 살아 있어야 한다. 그가 해야 할 일은 그저 모든 퍼즐이 맞아떨어지도록 정찰을 하고 오는 것뿐이다. 그것도 리스크가 병원에 있는 오늘 저녁에 해야 한다.

그는 사운드보드의 음향 조절기를 하나 올려 루네 슈메켈 옆에 서 있는 경찰들 대화 소리를 들었다.

"어쨌거나 가능한 한 오랫동안 이 사실이 외부에 알려지지 않도록 해야 해요. 범인이 우리가 아직 슈메켈을 찾고 있다고 생각하는 게 더 좋으니까."

수사반장이 말했다.

"그러니까, 지금 슈메켈이 범인이 아니라고 확신하는 거예요?"

귀여운 여자 경찰관이 시신을 내려다보면서 말했다.

"그럼, 지금 슈메켈이 자살을 했다는 거야?"

"그럴 수도 있지 않아요? 아주 극적인 자살이라고 생각할 수도 있잖아요. 여길 좀 봐요. 자갈이 고르게 깔려 있잖아요. 분명히 이건 우리한테 와서 보라는 뜻이에요."

"그건 그렇지만 내가 보기에는 범인이 계획한 시간보다 훨씬 빨리 찾아낸 게 분명해. 범인은 리스크가 이렇게 빨리 여길 찾아내리라는 생각은 못했던 것 같아. 솔직히 말해서 난 그 사람이 여길 어떻게 찾아냈는지 아직도 잘 모르겠어."

"게다가 이런 식으로 자기를 묶을 방법도 없잖아. 이 흔적을 보라고. 분명히 여기서 벗어나려고 아주 애를 쓴 거야."

과학수사관이 무릎을 꿇고 앉아서 슈메켈의 손목을 파고들어 간 끈을 기리키면서 말했다.

"여기에 얼마나 묶여 있었을까요?"

뚱뚱한 경찰관이 물었다.

"지금으로서는 뭐라고 말하기가 힘들어. 하지만 화상 자국을 살펴보면 알 수 있겠지."

"어떻게요?"

"지구가 태양 주위를 공전하면서 아주 독특한 화상을 만들어냈으니까. 화상은 매일 새로운 지점에서 시작해 천천히 몸을 따라 이동하는 거지."

그는 과학수사관의 추론에는 감탄하지 않을 도리가 없었다. 감정을 배제할 능력을 누구나 가지고 있는 것은 아닐 텐데, 저 과학수사관은 벌거벗은 남자를 앞에 두고도 조금도 흔들리지 않는 것이 분명했다. 그 앞에 누워 있는 시신은 죽음이 결국 고통을 감해주기 전까지는 형언할 수 없는 고통을 받았음이 분명했고, 지금까지 자신들이 쫓던 남자였으며, 살인자가 피해자가 되어 있는 상황이었다. 그런데도 그런 모든 일이 저 과학수사관에게는 조금도 영향을 주지 않는 것 같았다. 과학수사관은 그저 화상을 살피면서 슈메켈이 얼마나 오랫동안 풀밭에 누워 있었는지 알아내는 데에 여념이 없었다. 정말 놀랍군, 그는 생각했다.

그는 자신도 훌륭한 과학수사관이 될 수 있으리라 생각했다. 분명히 하는 일도 재미있을 것 같았다. 사실 전에는 과학수사관이 되어볼까 생각도 했지만, 그것은 다른 삶에서나 가능할 것 같았다. 그는 대신에 스스로 자신을 고용하는 길을 택했고, 자기 직업을 사랑했다. 작업실에서 시간을 보내면서 새로운 혁신적인 해결책을 찾는 것만큼 즐거운 일은 없었다. 먹지도 자지도 않으면서 몇 날 며칠을 일에 매달릴 때도 있었다. 일할 때면 시간이 어떻게 흘러가는지 자신이 어디에 있는지도 잊어버릴 때가 많았다. 일할 때면 자신이 얼마나 나약한 인간인지를 잊어버릴 수 있었다. 화면 속 과학수사관도 분명히 그럴 거라고, 그는 확신했다.

"가령, 이걸 좀 봐."

몰란데르가 엉덩이 왼쪽에서 시작해 가끔 끊어지기도 하면서 가슴을 지나 얼굴까지 이어진 화상 자국을 가리키면서 말했다.

"이게 하루 기록이야."

"이게 하루를 나타내는 선이라면, 어째서 여기랑 여기는 화상을 입지 않은 거예요?"

릴리아가 드문드문 끊어진 부분을 가리키면서 말했다.

"아마 나무나 구름이 햇빛을 가렸기 때문이겠지."

짜증 나. 지금 또 우쭐한 거 맞지? 릴리아는 생각했다.

"그래서 이런 선을 세기만 하면 된다고요?"

"그렇지."

"그리고 당신은 이미 그 선을 다 셌고요."

몰란데르는 고개를 끄덕이면서 안경을 매만졌다.

"17일."

"17일이라고요? 2주 넘게 여기 누워 있었다고요?"

투베손이 말했다.

"그럴 수는 없어요. 그 정도로 오래 누워 있었으면 훨씬 더 많이 부패했을 거예요. 특히나 이런 열기 아래에서는요."

클리판이 말했다.

몰란데르는 안경을 벗어 무슨 의식을 치르는 것처럼 천천히 닦았다.

"17일 동안 누워 있었다고 해서 17일 동안 죽어 있었다는 뜻은 아니지. 사람은 먹지 않아도 몇 달을 살 수 있어. 물이 없어도 10일은 살 수 있고."

"그건 알아요. 하지만 이런 열기 속에서는 어림도 없죠."

"그 말은 맞아. 분명히 어떤 형태로든 물을 마셨겠지."

몰란데르는 계속 말하면서 고개를 숙여 유리판 밑을 살폈다.

"그렇지, 바로 이거야."

몰란데르는 슈메켈의 목 뒤에 난 유리판의 작은 구멍으로 연결된 텅 빈 통과 투명한 관을 빼냈다.

"그럼, 언제 죽었나요?"

투베손이 물었다.

"감식반이 조사해봐야겠지만, 내 생각으로는 길게 잡아야 이틀이나 사흘 전이야."

　강력반 경찰들은 아무 말도 하지 않고 불에 탄 시신 옆에 가만히 서 있었다. 이제야말로 마지막 며칠 동안 루네 슈메켈이 얼마나 고통받았는지 깨달은 사람들 같았다. 이 사건은 너무나도 당혹스러웠다. 이제 수수께끼는 그전보다 훨씬 난해해졌다.

　구급대원들이 다가와 시신을 가져가도 되는지 물었다. 투베손은 아무 말 없이 고개를 끄덕였다. 구급대원들은 겸자 가위로 슈메켈을 묶은 끈을 끊어내고 시신을 들어 올렸다.

　유리판 밑으로 슈메켈의 몸 형태 그대로 자란 이끼가 보였다. 슈메켈의 그늘 밑에서 번성한 이끼였다. 이끼는 태양이 도달하는 모든 장소에서는 오그라들고 시들어버렸다. 이제 루네 슈메켈은 사망자 이송 백에 담겨 구급차로 가고 있었지만 웬지 아직도 유리판에 남아 있는 것처럼 보였다.

　"도대체 이게 다 무슨 의미일까요?"

　클리판이 물었지만 아무도 대답하지 않았다. 심지어 몰란데르조차도 침묵을 선택했다.

49

　남자의 등과 목에서 솟구치는 불길을 보고 파비안은 누가 자신인지 알아볼 수 있었다. 검은 옷을 입은 남자가 자기 몸에 비해 지나치게 큰 권총을 들고 있었고, 총알이 공중을 가르며 날아가고 있었다. 이게 첫 번째는 아니겠구나, 파비안은 생각했다. 왜냐하면 그 앞에 있는 검은 옷을 입은 남자가 이미 배에 총알을 맞아 큰 상처를 입고 바닥이 흥건해질 정도로 피를 흘리고 있었기 때문이다.

"이게 살인자야."

마틸다가 피를 흘리는 남자를 가리키면서 말했다.

"이게 아빠고."

"하지만 나는 아직 불에 타고 있잖아. 어떻게 내가……."

"아빠는 재빨리 물에 뛰어들었으니까 그렇지. 그것도 몰라?"

마틸다는 그림 한구석에 있는 깊고 푸른 바다를 가리키면서 말했다.

"아, 그렇구나."

파비안은 그렇게 말하고 그림을 내려놓았다. 그리고 침대 옆에 앉은 소나를 쳐다봤다.

"기분은 어때?"

소나가 물었다.

"좋아. 모든 상황을 생각해보면 의사 말이 2도 화상을 입은 것뿐이래. 그러니까 피부 이식 같은 건 안 해도 된대."

"잘됐네."

"아파?"

마틸다가 물었다.

"그렇게 아프지는 않아."

파비안은 소나의 눈을 쳐다보면서 대답했다.

"나도 화상 입은 적 있는데, 너무 아팠어. 봐, 여기."

마틸다가 셔츠를 올려 배에 있는 흉터를 보여줬다.

파비안은 그 화상 자국이 사라지기를 바랐지만 그 상처는 마틸다와 함께 자라나고 있었다. 그 일은 마틸다가 두 살 때 일어났다. 그때는 파비안만 마틸다 옆에 있었고, 그는 고무젖꼭지를 삶고 있었다. 그때 마틸다는 자기가 '뽁뽁이'라고 부르는 고무젖꼭지에 완전히 사로잡혀 있었다. 마틸다는 '뽁뽁이'를 달라고 애원하고 징징거렸다. 세균이 있다는 사실은 마틸다에게는 아무런 문제가 되지 않았다. 뽁뽁이 줘요. 아빠, 제발요. 뽁뽁이 지금 빨리 줘요. 아빠, 아빠, 아빠 빨리요! 내 뽁뽁이 줘요! 마틸다가 징징거리며 우는 소리가 들리지 않는 평온하고 조용한 침대를 만들려고 그는 침실 문을 닫아버렸다. 어린 딸아이가 의자를 끌고 가 올라서서 펄펄 끓는 냄비에 손을 대리라고는 생각도 못했다.

"의사 말이 내일이나 모레면 집으로 갈 수 있대."

"정말 잘됐네."

"내가 우리 휴가를 시작하는 문제를 생각해봤는데……."

"제발, 그만해."

"소냐, 나, 수사에서 배제됐어. 미리 말 못했는데, 투베손이 어제 수사에서 손을 떼라고 했어."

파비안이 소냐의 눈을 똑바로 봤다.

"그리고 지금 당신은 병원에 있고."

소냐 말이 맞았다. 수사에서 배제됐다는 사실도, 끔찍하게 화상을 입었다는 사실도 파비안에게는 문제가 되지 않을 것이다. 그전보다 범인은 훨씬 멀어졌지만 범인이 잡힐 때까지는 이 사건을 그대로 내버려둘 수 없었다.

"테오는 어디 있어?"

"오지 않겠대. 그나저나, 어제 여행은 어땠어?"

소냐의 물음에 파비안은 고개를 저었다.

"테오가 원하는 건 그저 다시 컴퓨터가 있는 자기 방으로 돌아가서 틀어박히는 것뿐이었어."

그 말을 듣자 소냐는 병원에 도착한 이래 처음으로 웃었다.

"자기는 문제 해결 능력이 탁월하잖아. 이 문제도 분명히 제대로 해결해낼 거야."

그 말에 파비안도 웃었다.

"그런 문제를 풀 수 있는 사람은 없어."

소냐의 얼굴에서 웃음이 사라졌다.

"마틸다랑 나는 오늘 밤에 기차 타고 스톡홀름으로 갈 거야."

"테오는 어쩌고? 테오 생각은 뭐래?"

소냐는 어깨를 으쓱했다.

"당신이 나한테 좀 알려줘. 같이 갈 거냐고 물어는 봤어. 하지만 새로운 테오는 내가 하는 질문을 늘 무시하고 마는걸."

소냐는 한숨을 내쉬면서 고개를 저었다.

"테오한테 문자는 보내봤어? 보통 헤드폰을 쓰고 있으니까 아무리 소리쳐도 못 들을 거야. 하지만 늘 전화기는 들고 있으니까 문자는 볼걸. 소냐, 그 앤 10대잖아. 테오 나이 때 애들은 부모가 세상에서 가장 짜증 나고 성가신 인간이라고 생각할걸. 우리랑 말하기 싫은 건 당연해."

"테오가 우리랑 함께 갈 생각이 아니라면 헬싱보리에 있는 것도 괜찮을 듯해. 그럼 당신이 두 가지 문제를 한꺼번에 해결할 수 있을지도 모르잖아."

소냐는 의자에서 일어나 몸을 숙이더니 파비안에게 입을 맞췄다. 이런 최악의 상황에서 나누는 입맞춤은 두 사람이 마음속 깊은 곳에서 지금도 얼마나 서로를 사랑하고 있는지 깨닫게 했다.

"나중에 봐."

소냐는 파비안의 귀에 대고 속삭이고는 마틸다를 봤다.

"이제 아빠한테 작별 인사해야지."

"안녕."

"뭐? 안 안아주고?"

"싫어."

마틸다가 소냐의 손을 잡으며 말했다.

"아빠가 뭘 해야 하는지 모르겠으면 그냥 그림을 봐."

두 사람은 문을 두드렸다. 제복을 입은 경찰관이 문을 열어주자 밖으로 나갔다.

50

두냐 호우고르는 창문 밖으로 황금색 깃털 같은 구름이 흩뿌려진 짙은 분홍색 하늘을 쳐다봤다. 그녀는 블로고르스 플라에 있는 블로고르스 약국 위, 침실 두 개짜리 아파트에서 소파에 누워 있었다. 그리고 바로 이 아파트 창문 옆에 놓인 할머니가 물려주신 이 낡은 소파야말로 세상에서 가장 근사한 장소라는 믿음이 옳음을 다시 한 번 확인했다. 맑은 날이면 이곳에 누워 햇살을 가득 받을 수 있었고 비가 오는 날이면 창문을 두드리는 빗방울 소리를 들을 수 있었다.

두냐는 직원 근무 일지를 천천히 체계적으로 두 번째로 살펴보고 있었다. 먼저 모든 직원의 컴퓨터 로그아웃 시간을 점검하고 곧바로 형광펜으로 모든 직원의 로그인 시간을 살펴봤다. 슬레이스네

르가 다른 사람의 ID를 이용해 로그아웃을 했다면 분명히 알아볼
수 있을 텐데, 아직은 일치하는 사람을 찾아내지 못했다. 슬레이스
네르는 오전 11시 43분에 경찰서에 도착했고 밤 10시 46분에 경찰
서에서 나갔다. 금요일치고는 아주 긴 시간 근무를 했지만, 특별히
이상한 점은 없었다. 상황이 좋지 않았다.

두냐는 근무 일지를 내려놓고 창문을 내다봤다. 멀리서 불빛을
깜빡이면서 날아가는 비행기가 보였다. 비행기 문을 열고 어딘지
모를 곳으로 뛰어내리는 스카이다이빙을 한다면 어떤 기분일까?
두냐는 서른 번째 생일에 자신에게 주는 선물로 스카이다이빙을 하
기로 했었다. 그러니 언젠가 한 번은 분명히 해봐야 한다. 하지만
벌써 서른다섯 살이 돼가고 있다.

두냐는 갑자기 백일몽에서 깨어났다. 혹시 비상구로 나간 건 아
닐까? 새빨리 근무 일지를 집어 들고 슬레이스네르가 릴레 이스테
드가데에 있었다고 추정되는 오후 5시 33분 이전 기록을 봤다. 세
번째로 살펴본 근무 일지에서 두냐는 드디어 그렇게 찾아 헤매던
증거를 발견했다.

—시간 : 오후 4시 27분. 23A 비상구
—시간 : 오후 4시 28분. 11A 비상구

슬레이스네르는 계단통에 있는 비상구로 빠져나간 것이다. 비상
구는 계속 열려 있으리라는 확신에 그는 비상구를 통해 경찰서로
들어왔고 밤 10시 46분에 로그아웃을 하고 경찰서를 나간 것이다.
두냐는 슬레이스네르가 비상구로 나갔다가 들어올 때까지 릴레 이
스테드가데에 있었음을 확신했다. 거의 모든 사람이 짐작할 수 있

는 볼일을 보러 간 것이며, 그 때문에 스웨덴 경찰의 전화를 받지 않은 것이 분명했다.

갑자기 전화벨이 울리기 시작했다. 모르는 번호였다.

"아, 여보세요?"

"안녕, 나야. 혹시 지금 자기 집에 가서 침대에 들어가도 되는지 궁금해서 전화했어."

미카엘 뢰닝이 최대한 이성애자 같은 목소리로 말했다.

두냐는 웃음을 터뜨렸다.

"당연하지. 자기 게 선다면 언제든 좋아."

"문제없어. 가짜 콧수염과 대머리 가발, 야구 모자를 가져갈게."

"우아, 곧바로 쳐들어올 것 같은데?"

"그건 그렇고, 〈엑스트라 블라데트〉는 봤어?"

"아니, 왜?"

"자기가 봐야 할 것 같은데."

두냐는 아이패드를 켜고 〈엑스트라 블라데트〉 홈페이지에 접속했다.

거짓말을 한 코펜하겐 경찰서 수장!

킴 슬레이스네르는 스웨덴 경찰의 전화를 받은 적이 없다고 주장했지만 이는 모두 거짓이었다. 본지는 스웨덴 경찰이 슬레이스네르와 접촉하려고 애썼을 때 그가 릴레 이스테드가데에 있었음을 확인했다. 본지 소식통에 따르면 스웨덴 경찰이 수사반장 킴 슬레이스네르에게 전화를 건 시각은 오후 5시 33분. 하지만 곧 음성사서함으로 넘어갔다고 전했으며, 이 같은 사실은 슬레이스네르의 주장과 명백하게 대치된다. 본지 소식통은 문제가 되는 그 시간에 슬레이스네르가 릴레 이스테드가데와 할름토르베트의 모퉁이에 있었다고 주장했다.

본지는 아직 킴 슬레이스네르의 입상은 확인하지 못했다.

젠장.

"전화 끊었어?"

"음, 아니……."

"자기가 찾던 게 이거, 맞지?"

"맞아."

"그래도 〈엑스트라 블라데트〉에 제보한 것은 현명하지 못했어, 달링."

"내가 한 게 아니야."

"그럼 누가 한 거야?"

"글쎄, 모르겠어."

물론 당연히 누가 그랬는지 알았다. TDC 고객 서비스 센터의 남자가 아니라면 이런 일을 할 사람은 또 없으니까. 두냐는 사실 이 정보를 이용해 슬레이스네르를 확실하게 곤경에 빠뜨리고, 그가 메테 로위세 리스고르와 마르텐 스테엔스트루프의 죽음에 책임이 있음을 간접적으로 비난할 방법을 고민하기는 했다. 하지만 이제는 그 꼴 보기 싫은 놈도 미카엘 뢰닝처럼 두냐가 언론에 제보했다고 생각할 것이 분명했다.

51

○

그는 빌린 자동차에 설치한 무선 카메라로 리스크의 아내와 딸이
밤 10시 13분에 집에서 출발하는 모습을 지켜봤다. 각자 여행가방
을 들고 나온 두 사람은 기다리던 택시에 올라탔다. 자정이 넘었지
만 리스크 아들의 방 불은 여전히 빛나고 있었다. 리스크의 아들은
다른 사람들이 떠나든 말든 자신은 집에 있기로 결정한 것이 분명
했다.

그는 리스크의 아들이 잠든 뒤에 집 안으로 들어갈 생각이었지
만 너무 오래 기다릴 수는 없었다. 이미 오랫동안 준비했고 그 어떤
것도 잘못되지 않아야 한다는 사실이 중요했다. 이제는 박차를 가
할 때였다. 그는 진행 속도를 높이고 무엇보다도 더욱더 극심한 혼
란을 야기하고 싶었다.

그는 미끼를 몇 개 던질 계획이었다. 하이에나 같은 언론이 덥석
물 맛있는 작은 간식을 두 개 던질 생각이었다. 그런 노력들이 그의
업적을 한 국가의 조그만 사건에서 국제적으로 중요한 사건으로 도
약하게 만드는 데 조금은 기여할 것이다.

그는 모퉁이를 돌아 리스크의 집 뒤쪽으로 이어지는 작은 자갈
길을 따라 걸었다. 리스크의 집 담장을 넘고 작은 마당에 들어선
뒤 공간을 차지하기에는 조금 버거워 보이는 트램펄린을 지나갔
다. 모습을 감추거나 조용히 다가갈 필요도 없었다. 집에는 거리
쪽 침실에서 컴퓨터 앞에 껌딱지처럼 붙어 있을 리스크의 아들밖
에 없으니까.

그는 뒤 베란다에서 창문으로 부엌을 들여다봤다. 난로에서 반짝

이는 불빛 말고는 어떠한 빛도 보이지 않았다. 뒷문은 당연히 잠겨 있었지만 그런 문을 따는 일은 그에게는 식은 죽 먹기였다. 30초 뒤에 그는 리스크의 집에 들어가 있었다. 소리가 날까봐 걱정할 필요도 없었다. 이미 리스크의 집 안은 데스메탈인가 뭔가 하는 2층에서 들려오는 엄청난 소리에 파묻혀 있었으니까. 2층 스피커에서 한 남자가 자기 자신으로 존재하지 못하고 동물이 돼가고 있다며 고함을 지르고 있었다.

그는 카메라를 꺼내 비디오를 찍기 시작했다. 아직은 무엇을 찾고 있는지 정확히 몰랐기 때문에 모든 것을 자세하게 화면에 담아두고 싶었다. 그가 확신하는 것은 단 한 가지, 이것이 마지막 퍼즐 조각, 자신이 원하는 곳에 리스크를 놓을 수 있는 크립토나이트라는 사실뿐이었다.

부엌을 모두 촬영한 그는 거실로 나갔다. 거실에는 아직도 풀지 않은 상자들이 있었다. 상자를 몇 개 열어 그 안에 들어 있는 내용물을 촬영한 그는 카메라를 켠 채로 2층으로 이어진 계단을 따라 올라갔다. 높이 올라갈수록 격렬한 타악기 소리와 정신없는 기타 소리가 점점 더 커졌다. 이제 가사가 정확하게 들렸다. 손에 막대기를 든 피해자에 관한 노래였다.

부부 침실 문이 살짝 열려 있었다. 그는 발가락 끝으로 문을 열고 팔꿈치로 벽에 있는 전등 스위치를 눌렀다. 침대는 헝클어져 있었고 벽에는 반쯤 찬 상자들이 쭉 늘어서 있었으며 여기저기에 옷이 널려 있었다. 정리가 안 된 방을 보니 왈칵 토가 나올 것 같았다.

하지만 딸의 방은 훨씬 깔끔했다. 머리맡에 빨간색 하트 모양 베개가 놓인 침대는 깔끔하게 정리되어 있었고 책상에는 같은 장면을 여러 가지 형식으로 그린 그림이 놓여 있었다. 불에 타고 있는 남자가 다른 남자를 총으로 쏘는 그림이었다. 그는 그림 가운데 가장 마음에 드는 것을 하나 골라 스탠드를 켜고 사진을 찍었다.

리스크의 딸 방에서 다시 복도로 나왔다. 이제 둘러볼 방은 두 개가 더 남아 있었다. 하나는 욕실이었고 다른 하나는 아들의 방이었다. 아들의 방문은 살짝 열려 있었다. 음악은 이제 천둥처럼 갈라지는 소리로 강간범을 강간하고 싫은 사람을 싫어한다는 말을 쏟아내고 있었다. 그는 아들의 방 앞으로 가서 문을 활짝 열었다.

리스크의 아들은 창문 앞 책상에 몸을 숙이고 있었다. 스피커는 바닥에 있었다. 어째서 이렇게 큰 소리가 나는지를 충분히 알게 해주는 크기였다. 이 10대 꼬마는 자기 용돈을 모두 사운드 시스템을 갖추는 데 소비했음이 분명했다. 그는 방 안으로 들어가 둘러봤다. 고작 일주일 전에 이사 왔으면서도 이 방은 수년 동안 청소를 한 번도 하지 않은 것처럼 엉망이었다. 벽에는 메탈리카, 슬럽낫, 마릴린 맨슨의 포스터로 가득했다. 엉망인 침대에는 더러운 세탁물, 아령, 피자 조각까지, 없는 것이 없을 정도로 쌓여 있었다. 이 아이의 부모는 규칙이라고는 세울 줄 모르는 느슨한 인간들임이 분명했다. 이 아이는 한동안 어른들의 세심한 관심을 받아보지 못한 것이 분명했다. 적어도 지금까지는 말이다.

만족감이 파도처럼 그의 온몸을 씻어내렸다. 너무나도 행복했다. 방금 마지막 퍼즐 조각이 맞춰졌다. 그는 공책에 미친 듯이 뭔가를 적어 넣으면서 완전히 음악에 빠져 노래를 부르고 있는 리스크의 아들 앞으로 걸어갔다. 리스크의 아들은 다른 사람에게 펜을 빼앗기기 전에 모든 내용을 적어놓아야 한다는 듯이 맹렬하게 손을 놀리고 있었다. 노래에서 뱉어내는 비속어는 이제 최고조에 달해 있었다.

그러다 리스크의 아들 손에서 맹렬하게 나아가던 펜이 문득 멈춰
섰고 한 지점에서 잉크를 뱉어내기 시작했다. 그와 동시에 리스크의
아들도 입을 다물고는 공책에서 눈을 뗐고, 고개를 들어 칠흑같이
어두운 바깥쪽 창문을 쳐다봤다. 그제서야 뒤에 서 있는 그림자를
발견했고, 비로소 누군가 방에 들어와 있다는 사실을 깨달은 듯했다.
리스크의 아들은 재빨리 뒤를 돌아봤다.

52

파비안 리스크는 초조하고 따분했다. 아파야 한다는 생각을 하면
늘 끔찍했다. 파비안에게 열은 집에 있을 충분한 이유가 된 적이 한
번도 없었다. 장염을 앓아 침대에 누워 있어야 했을 때도 파비안은
소냐가 이혼하겠다고 협박을 하는 바람에 어쩔 수 없이 집에 있어
야 한다고 계속 불만을 터뜨렸다. 물론 병원에 있는 다른 환자들이
지켜야 하는 규칙을 자신도 지켜야 하고 휴식을 취해야 한다는 사
실은 잘 알았다. 하지만 잠이 오지 않았다. 그를 편하게 해줄 방법
은 오직 하나, 몰란데르와 이야기를 나누는 것뿐이었다. 파비안은
몰란데르가 자신과 같은 결론에 도달했는지를 알아야 했다. 파비안
은 다른 사람들이 범죄 현장을 보고 각자 내린 가설을 들려주기 전
에 구급차에 실려 와야 했다.

파비안은 자정이 훨씬 지난 것은 알았지만 몰란데르에게 전화하
기로 마음먹었다. 전화기를 꺼냈지만 전원이 꺼져 있었다. 그는 병
실을 둘러봤다. 그리 멀지 않은 곳에 전화기가 보였지만 연결되어

있다고 해도 병원 내부용일 가능성이 컸다. 그는 고통을 무시하고 힘껏 팔을 뻗었지만 전화기에 손이 닿지 않았다. 벽에 기대놓은 목발을 하나 잡고 간신히 침대 빗장을 내린 파비안은 몸을 끌고 전화기 옆으로 걸어갔다.

그는 수화기를 들어 귀에 대고 발신음을 들었지만 곧 자기 예측이 맞았음을 알았다. 그는 0번을 눌러 병원 안내 데스크에 전화를 걸었다. 안내 데스크 직원은 놀랍게도 어떠한 질문도 하지 않고 파비안이 전화를 걸 수 있도록 조치를 취했다. 파비안은 전화번호 안내 서비스로 전화를 걸어 잉바르 몰란데르에게 연결해달라고 부탁했고 곧바로 소리가 들려왔다. "안녕하십니까, 잉바르 몰란데르의 음성사서함입니다. 지금은 전화를 받을 수 없으니 삐, 소리가 들리면 이름과 전화번호를 남겨주십시오. 내가 전화를 걸지요. 아, 그보다는 문자를 보내는 게 더 좋을 수도 있겠군요. 고맙소. 그럼 이만."

파비안은 전화를 끊었다. 확실히 너무 늦은 시간이었다. 하지만 몰란데르가 벌써 잠자리에 들었을 리는 없었다. 분명히 쇠데로센 범죄 현장에서 오늘 밤을 새우고 어쩌면 내일 늦게까지도 머물 수 있었다. 파비안은 눈을 감았고 자신의 몸이 드디어 피로에 굴복할 준비가 됐음을 깨달았다.

눈을 뜨자 투베손이 침대 옆에 서 있었다. 갑자기 벌떡 일어나는 바람에 파비안의 통증은 0에서 100으로 솟구쳤다.

"미안해요. 깨울 생각은 아니었는데. 사실 나는 당신에게 잠자는 능력이 있는지도 몰랐어요."

"나도 그렇습니다. 적어도…… 아, 지금 몇 시입니까?"

"아직 이른 시간이에요. 7시 30분이요. 아침을 좀 사 왔어요. 병원 음식이란 게 썩 훌륭하지는 않잖아요."

투베손은 침대 옆 협탁에 세븐일레븐 봉투를 내려놓았다.

"몸은 좀 어떤지 보러 왔어요."

"좋습니다. 자외선 차단제를 바르지 않았다는 것 말고는 그다지 불평할 일도 없고요."

파비안의 말에 투베손이 웃었다.

"태양은 항상 원래 생각한 것보다 강한 법이죠."

"그래, 수사는 어떻게 진행되고 있습니까?"

"그게, 확실히 조사해봐야 할 증거가 부족하지는 않아요. 그나저나 몰란데르에게 전화를 했다면서요."

"네, 했습니다. 하지만 전화를 받지 않았습니다. 몰란데르는 어디 있습니까?"

"어제가 몰란데르의 결혼기념일이었어요. 그래서 헬싱외르에 있는 마리엔리스트 호텔에서 묵는다고 했어요."

결혼기념일이라. 파비안은 속으로 그 단어를 음미해봤다. 아주 오래전부터 파비안과 소냐는 결혼기념일을 챙기지 않았다. 결혼 초기에는 두 사람은 어떤 일이 있어도 결혼기념일을 사수했다. 베이비시터를 고용하고 옷을 차려입고 둘만의 시간을 즐기러 나갔다. 극장이나 식당을 예약하거나 소풍을 가거나 열기구를 빌리는 등, 두 사람 중 한 명은 늘 상대방을 놀라게 했다. 파비안은 이 사건만 해결하면 소냐를 놀라게 해주고 그동안 흘려보낸 모든 기념일을 챙겨야겠다고 마음먹었다.

"어떻게 하실 생각입니까?"

파비안은 세븐일레븐 봉투를 열고 투베손이 가져온 음식을 보자 행복해졌다. 봉투에는 브라우니와 월남쌈, 커피가 들어 있었다.

투베손은 침대 옆으로 의자를 가져와 앉았다.

"질문은 내가 하게 해줘요. 내가 당신을 수사에서 제외한 건 분명히 이유가 있었다는 걸 알아줬으면 좋겠어요. 당신은 우리한테 모든 걸 맡기고 휴가를 보내기로 한 것 같은데요."

"나야 반장님에게 희생양이 필요했으니까 이 사건에서 배제된 거죠. 하지만 휴가 기간을 어떻게 쓰느냐는 전적으로 내 자유 같은데요. 불법만 저지르지 않는다면요."

투베손은 길게 한숨을 내쉬더니 두 손을 번쩍 들어 올렸다.

"사실 지금으로서는 아무런 생각도 나지 않아요. 루네가 범인이라는 당신 추론이 잘못된 것으로 드러난 뒤로는 그저 혼란스러울 뿐이에요. 모든 게 원점으로 돌아간 것 같아요."

"아직 어떤 설정도 하지 않았다고요?"

"정확하게 방향을 잡지는 못했어요. 누구든지 범인이 될 수 있을 것 같아서. 같은 해에 당신과 같은 반이던 사람들, 다른 반이던 사람들, 조금이라도 끔찍한 부분이 있던 교사나 심지어 학부모까지도 범인일 수 있어요."

투베손은 담배를 한 개비 꺼내더니 코 밑으로 쓱 문질렀다.

"담배는 안 피울게요, 약속해요. 클리판과 릴리아가 여행을 떠나지 않은 사람들한테 전부 연락해봤어요. 모두 클라에스 멜비크 말고는 딱히 떠오르는 사람이 없다고 하고요. 그래서 이제 당신한테 물어보려고요. 혹시 이런저런 이유로 당신 반과 접촉했던 사람은 없나요?"

"잠깐만요, 이해할 수 없군요. 어떻게 아무런 추론도 못할 수가 있습니까?"

"그냥 내 질문에 대답만 해주면 안 되나요?"

"쇠데로센 범죄 현장에는 분명히 새로운 단서들이 있었을 겁니다. 당연히 뭐든지 알아냈어야죠!"

투베손은 한 손을 주머니에 쓱 넣고 그곳에 라이디가 있다는 사실에 안심했다.

"우리가 아는 건 루네 슈메켈이 2주 이상 그곳에 묶여 있으면서 화상을 입었다는 것과 불과 며칠 전에 죽었다는 것뿐이에요. 유리판 밑에 물통이 있어서 빨대로 물을 마실 수 있었고요."

투베손은 잠시 말을 멈추고 고개를 흔들었다.

"그 가엾은 남자가 얼마나 힘들었을까요? 상상조차 힘들어요."

투베손의 말을 곰곰이 생각해본 파비안은 자신이 세운 가설에 더욱 확신이 생겼다. 그는 투베손의 눈을 똑바로 보며 말했다.

"범인이 자신과 자신의 범죄 동기를 동시에 알려줄 장치를 마련한 거라는 생각이 드는군요."

"그게 무슨 말이죠? 이해가 잘 안 돼요."

"그 장소 말입니다. 범인은 우리가 그 장소를 찾아내기를 바랐어요. 지금은 아니라고 해도 정해진 시간이 되면요. 범인은 그곳을 꾸미는 데 엄청난 시간과 노력을 들였어요. 그 장소는 단순히 슈메켈의 생명을 앗아가는 데만 목적이 있는 게 아닙니다. 장소를 통해서 우리에게 더 많은 걸 이야기하고 싶었던 겁니다."

"하지만 예르겐과 글렌이 죽은 건 범죄를 저지른 대가였어요."

"맞습니다. 아마 슈메켈의 경우도 같은 이유일 겁니다."

"하지만, 예르겐과 글렌의 희생자였다는 거 외에 슈메켈에게, 그러니까 클라에스 멜비크에게 어떤 죄가 있다는 거죠?"

"그건 나도 모르겠습니다. 그래서 몰란데르에게 혹시 찾아낸 게 있는지 묻고 싶은 겁니다."

"당신이 보고 간 것 말고는 그다지 많은 건 없었어요. 사실 딱 한 가지 더 있었어요. 시신을 유리판에서 들어 올렸을 때 발견한 거예요. 유리판 아래의 이끼는 모두 죽었는데 시신 밑에 있던 이끼만 무성하게 자랐더군요. 사람 모양 그대로 자라서 마치 유리판 밑에 사람이 누워 있는 것처럼 보였어요. 물론 그냥 이끼일 뿐이지만요. 무슨 말인지 알겠어요? 설명하기가 쉽지는 않아요."

파비안은 고개를 끄덕였다. 그리고 이해했다.

"그가 분명하군요."

"그라뇨? 범인 말인가요?"

"범인은 자화상을 만들고 있는 겁니다. 우리에게 보여주고 싶은 모습을 그리고 있는 겁니다."

53

지금까지 한 번도 경험해보지 못한 두통이 느껴졌다. 이런 게 바로 편두통이라는 걸까? 지금까지 편두통을 앓아본 적이 없지만 아주 끔찍하다는 사실은 알고 있었다. 이 두통은 심해질 것이다. 그것도 훨씬 더 많이.

이번에는 모나와 실라와 함께 보내는 밤을 정말로 고대했다. 원래는 두 사람과 하는 외출은 대부분 늘 어쩔 수 없이 해야 하는 허드렛일처럼 느껴졌다. 집에만 있으면 건강에 좋지 않다는 사실은 알았지만 정말로 그저 집에서 텔레비전이나 보고 싶었다. 그런데 왜 오늘 밤에는 그렇게 나가고 싶었는지 알 수가 없었다. 그저 술이

나 마시고 정신을 잃어서 내일 따위는 완전히 잊어버리고 싶었다.

언제나처럼 세 사람은 마지막 코스로 쿵스토르게트에 있는 S/S 스베아에 갔다. 남자들이 댄스·플로어에 있는 세 사람을 지켜봤고 모나가 그 가운데 한 명과 사라졌다. 모나는 남편이 있었고 가족이 있었다. 남편과 가족을 갖는 것이야말로 그녀가 원하는 일이었지만, 모나와 달리 그녀에게는 가족도 남편도 없었다. 모나가 사라지고 얼마 되지 않아 실라도 한 남자와 시시덕거리다가 소파를 찾아 떠나버렸다. 한 남자가 그녀를 어떻게 해보려고 애썼지만 그때는 이미 너무 아픈 상태여서 그녀는 그저 집으로 돌아가고만 싶었다.

친구들을 찾아 헤매다 결국 포기해버린 기억이 단편적으로 떠올랐다. 주위의 모든 것이 빙글빙글 돌아서 밖으로 나오는 문을 찾기까지 엄청나게 애를 먹어야 했다. 그녀가 기억하는 것은 오직 하나, 누군가 그녀를 자신의 차에 탈 수 있도록 도와줬다는 것뿐이었다.

이제 그녀는 디질 깃 같은 두통을 안고 도무지 어딘지 모를 곳에 누워 있었다. 눈을 뜨고 싶었지만 오직 왼쪽 눈꺼풀만이 그녀의 의지에 화답했다. 오른쪽 눈꺼풀은 얼굴 오른쪽을 누르는 축축한 뭔가 때문에 멈추고 말았다. 이게 뭐지? 한참을 고민하던 그녀는 자신의 얼굴을 내리누르는 것이 축축한 흙임을 알았다. 그러니까 바깥에 있는 것 같았다. 공원이나 숲 같은.

그녀는 몸을 똑바로 누이려고 했지만 아랫배를 관통하는 날카로운 통증 때문에 그만뒀다. 그녀는 훌쩍이기 시작했다. 도대체 나에게 무슨 일이 일어난 걸까? 한 손으로 조심스럽게 몸을 더듬던 그녀는 자신이 옷을 하나도 입지 않았으며 아래쪽이 뭔가 잘못됐음을 깨달았다. 그녀는 폐 안으로 공기를 가득 들이마시고 비명을 지르기 시작했다.

54

○

클리판과 릴리아, 몰란데르는 아무 말도 하지 않은 채 탁자 앞에 앉아서 투베손을 기다렸다. 수사를 시작한 지 일주일이 넘었고 잠은 분명히 부족했다. 세 사람 다 말할 기운조차 없었다. 그저 모두 조금이라도 눈을 붙이려 했다. 침묵을 깨뜨린 것은 클리판의 전화기였다. 재빨리 화면을 들여다본 클리판은 다시 눈을 감았다.

"전화 안 받아?"

몰란데르가 말했지만 클리판은 그를 쳐다보지도 않았다.

잠시 뒤 전화벨이 멈추고 바로 뒤에 있는 몰란데르의 전화가 울리기 시작했다.

"네, 잉바르 몰란데르입니다. 아, 알겠어요. 물론, 문제없어요."

몰란데르가 클리판에게 전화기를 내밀었다.

"베리트야."

클리판은 무겁게 한숨을 쉬고 전화기를 받았다.

"안녕, 여보. 일하는 중이었으니까. 지금 회의 중…… 맞아, 몰란데르도 일하고 있어. 전화를 건 사람이 여보란 걸 알았으면 몰란데르도 받지 않았을 거야."

클리판이 몰란데르를 노려봤다.

"아니야, 여보. 지금은 시간 없어. 그냥 퓨즈가 나간 게 아닌 거 확실해?"

투베손이 텀블러를 들고 회의실로 들어왔다.

"아니, 전혀 어렵지 않아."

클리판이 눈을 굴리면서 말했다.

"그냥 거기 빨간색 작은 금속판이 있는지만 보면 돼. 아니야? 아무튼, 이제 끊어야 해. 몰란데르가 전화기 달래."

"아니, 난 괜찮아."

몰란데르가 말했고 클리판이 무시무시한 표정을 지어 보였다.

"이웃 사람한테 물어보면 안 돼? 아무튼, 안녕."

클리판이 전화를 끊고 안도의 한숨을 내쉬면서 몰란데르에게 전화기를 내밀었다.

"진짜 고맙네요."

"무슨 말씀을."

"이제 시작해도 되죠? 알다시피 피해자가 또 나왔어요."

투베손이 말했다.

"신원은 확인했어요?"

릴리아가 물었다.

"마흔네 살 여자, 잉엘라 플록헤드라고 부르라고 했어."

"부르라고 했다고? 아직 살아 있나?"

몰란데르의 질문에 투베손이 고개를 끄덕이면서 커피를 마셨다.

"당분간은 진정제를 투여해야 해요. 내가 알기로는 아주 위중한 상태예요. 오늘 아침 8시에 람뢰사 브룬스파르크 부근에서 발견됐는데, 아무것도 입고 있지 않았어요. 심각한 저체온 상태인 데다가 피도 많이 흘렸고요."

"칼에 찔렸어요?"

클리판이 물었다.

"아니, 그게 이상해요. 외상은 분명히 없어요. 피는 생식기에서 난 거예요."

"이유는 알아냈나?"

몰란데르가 물었다.

"아직은요. 하지만 이 회의를 끝내는 대로 담당 의사를 만나볼 생각이에요."

"플록헤드라…… 다른 피해자들이랑 같은 반이었어요?"

릴리아의 말에 투베손은 고개를 끄덕이고는 커다랗게 확대된 학급 사진 앞으로 걸어가 사진 속 한 소녀를 가리켰다.

"이 사람이야."

"혹시 최근 사진 있어요?"

클리판이 물었다.

"클리판이 찾아주면 좋겠는데요."

"이번 피해자에 관해서는 뭘 더 알고 있죠?"

릴리아가 물었다.

"지금으로서는 많지 않아요. 혼자 살고 있다는 것 말고는요. 아이도 없고 남편도 없어요. 2002년에 자살하려고 수면제를 다량 삼켜서 위세척 시술을 받아야 했어요."

클리판이 수첩을 뒤적이면서 말했다.

"지금 상태에서 완전히 회복된다면 우리에게는 처음으로 증인이 생기는 거예요. 정말로 필요한 증인이요."

투베손은 잉엘라 플록헤드의 얼굴에 동그라미를 그리고 의문부호를 적어 넣으면서 말했다. 투베손은 사진 속 학생들 얼굴을 하나씩 쳐다보다가 파비안 리스크의 얼굴에서 시선을 멈췄다.

"오늘 아침에 리스크를 만나고 왔어요."

"그 사설탐정 상태는 어때요?"

클리판이 물었다.

"아마 한동안 침대에 누워 있어야 할 거예요."

"혹시 파비안한테……."

"네, 물어봤어요. 클라에스 멜비크 말고 또 생각나는 용의자는 없느냐고요. 그런데 다른 생각이 있다고 하더군요."

투베손은 세 사람 얼굴을 쳐다봤다.

"리스크는 범죄 현장이 살인자와 살인 동기를 보여주는 일종의 무대라고 생각해요."

투베손은 유리판 밑에서 사람 모양으로 자란 이끼 사진 가운데 하나를 골라 세 사람이 볼 수 있도록 높이 들었다.

"그는 이런 효과를 만드는 게 범인이 자화상을 만드는 과정이라고 했어요."

그 말에 클리판이 웃음을 터뜨렸다.

"도대체 그 사람한테 무슨 약을 먹인 거예요? 분명히 타이레놀보다 효과 좋은 걸 먹었나보네요."

하지만 다른 사람들은 아무도 웃지 않았고, 결국 클리판도 입을 다물었다. 회의실에는 체념 어린 침묵이 내려앉았다. 네 사람 모두 범인이 그저 몇 발짝 앞선 것이 아니라 훨씬 멀리 가고 있음을 깨달았다.

투베손은 샤워실에 떨어져 있는 예르겐의 손을 찍은 사진부터 50센티미터에 달하던 태양광 렌즈 사진, 사람 형태로 자란 이끼 사진까지 쭉 훑어봤다. 투베손은 지치고 피곤했다. 모두 자신의 상태를 짐작하리라는 것을 알았지만 그런 일을 신경 쓰기에는 너무나도 피곤했다. 투베손이 걱정하는 일은 단 하나, 자신이 패배를 받아들였다는 사실을 팀원들이 알아채지 않아야 한다는 것뿐이었다.

희망을 버린다는 것은 자신과 같은 직책을 맡은 사람에게는 엄청난 죄였다. 하지만 스스로도 절대 인정하지 않겠지만 마음속 깊은 곳에서는 이미 앞에 놓인 사건을 해결할 수 있으리라는 희망을 포기했다. 투베손은 언제나 팀원들을 믿었고, 어떤 문제든 반드시 해결하리라는 생각을 해왔다. 결국에는 팀원들은 자신들에게 주어진 임무를 완수하리라는 믿음을 가지고 있었다. 하지만 지금 투베손은 자신의 능력도 팀원들의 능력도 도무지 믿을 수가 없었다. 자신이 이런 생각을 품고 있음을 팀원들이 안다면 이제 나머지 수사는 완전히 재앙으로 바뀔 것이 분명했다.

경찰서로 오는 동안 투베손은 결국에는 이 사건을 종결한다는 결정을 내려야 할지도 모른다는 생각을 멈출 수가 없었다. 그렇게 되면 수사반장으로서 맡은 사건 가운데 최악의 실패로 간주하며 여생을 보내게 되리라는 사실도 잘 알고 있었다. 팀원들이 목표를 달성하지 못한다면 그것은 전적으로 투베손의 잘못이었다. 이 수사에서 파비안 리스크를 배제한다는 치명적인 실수를 한 사람은 바로 자신이었다. 투베손은 파비안을 복귀시키는 방법도 생각해봤지만 그런 결정은 다른 팀원들의 능력을 믿지 못한다고 선언하는 것과 마찬가지의 효과를 불러일으킬 것이 분명했다. 투베손이 할 수 있는 일은 그저 지금까지의 결과를 감당하고 앞으로 좋은 결과가 나오기를 바라는 것뿐이었다.

투베손은 단지 침묵을 깨기 위해 입을 열었다.

"여러분이 어떤 생각을 하고 있는지는 모르겠어요. 하지만 이 사건은 지금까지 내가 맡은 사건 가운데 가장 어렵고 끔찍한 것만은 분명해요. 왠지 문제를 해결하기는커녕 가까이도 못 갔다는 기분이 들어요. 하지만 우리가 그렇게 멀리 있는 건 아니라고 생각해요. 우리가 범인을 궁지에 몰아넣고 있다고 확신해요."

투베손은 릴리아와 몰란데르, 클리판의 눈을 차례로 쳐다봤다.

"하지만 사건 해결의 작은 실마리라도 얻을 수 있다면 당연히 다른 관점으로도 생각해볼 준비가 되어 있어야 해요. 그 생각이 아무리 어리석다고 해도요. 이끼가 범인이 자화상을 그리고 있는 증거라는 파비안의 생각도 어쩌면 범인과 범행 동기를 이해하는 열쇠가 될지 몰라요."

말을 마친 투베손은 다른 사람들이 자신이 한 말을 숙고해볼 시간을 줬다.

"범인이 남자인 건 확실해요?"

릴리아가 물었다.

"모르지. 현재로서는 여자일 가능성도 충분히 있어."

"다른 관점으로도 생각해보자고 해서 하는 말인데, 린크의 말을 확인해보는 건 어떨까? 프레드리크스달 학교 벽에 있는 낙서를 조사해보는 거지."

몰란데르가 말했다.

"왜 그래요? 벌써 30년이나 지난 일이라고요. 그 정도 시간이면 벌써 여러 번 페인트를 칠했을걸요."

릴리아가 말했다.

"아니, 그건 아니에요. 린크 말이 내년에 처음으로 벽을 보수할 거래요. 그러니까 린크의 추정이 옳을 수도 있어요. 확신할 수 있는 건 없어요."

클리판이 말했다.

"클리판이 가서 살펴봐요. 손해날 건 없으니까."

투베손의 말에 클리판이 조용히 고개만 끄덕였다.

"이레네는 나와 함께 가고 잉바르는 람뢰사 브룬스파르크로 가서 새로운 범죄 현장을 조사해줘요."

네 사람은 머그잔에 남은 커피를 모두 마시고 일어섰다.

"한 가지 더 생각해야 할 문제가 있어요. 사람을 폭행한 예르겐과 글렌이 첫 번째 피해자였어요. 하지만 이제는 클라에스와 잉엘라라는 사람도 표적이 됐죠. 도대체 무슨 연관이 있는 거죠? 혹시한 반 전체가 표적인 건 아닐까요?"

릴리아가 말했다.

투베손은 어떻게 대답해야 할지 몰랐다. 자신도 그런 생각을 하지 않은 것은 아니지만 곧 털어버렸다. 그 이유는 아마도 해답을 찾기 힘들 정도로 두려운 생각이기 때문인지도 몰랐다. 아니면 그런 생각을 하기에는 너무 지쳐 있기 때문인지도 몰랐다.

"그 반 사람들 모두 우리가 보호해야 하는 거 아닙니까?"

클리판이 말했다.

"그럴 여력이 없어요. 이미 리스크와 플록헤드가 입원한 병원에네 사람이 파견 나가 있고, 두 사람을 24시간 보호하려면 근무조도네 명이 더 필요해요. 일단 말뫼에 연락해서 우리를 도와줄 수 있는지 물어볼게요."

말은 그렇게 했지만 투베손은 충분한 인력을 확보하지 못하리라는 사실을 잘 알았다. 피해자가 될 수도 있는 사람들을 보호할 방법은 하나밖에 없었다. 살인마를 잡는 것뿐이었다.

55

끝이 없어 보이는 긴 병원 복도를 천천히 최선을 다해 움직였지만 아주 미약한 움직임마저도 천 개나 되는 바늘이 등에 와서 꽂히는 것만 같았다. 밤새 병실 밖을 지키던 두 제복 경찰관은 새로운 사람들로 교체됐고, 새로 파비안을 맡은 경찰들은 마지못해 그와 함께 응급실까지 걸어가고 있었다. 파비안은 잉엘라 플록헤드는 응급실에 있으리라 생각했다. 천천히 복도를 걷는 동안 두 경찰관은 한마디도 하지 않았다. 두 사람이 침묵 게임을 하고 있는지 아니면 그저 서로에게 화를 내고 있는지 파비안으로서는 알 수가 없었다.

40분 전, 파비안은 '악의 교실에서 또 다른 희생자가 나오다'라는 신문 기사를 읽었다. 나도 악의 교실의 일원이군, 파비안은 생각했다. 신문 기사 제목을 소리 없이 읽으면서 파비안은 뭔가 잘못됐다는 기분이 드는 이유를 알아내려고 애썼다. 처음으로 범인이 피해자를 죽이지 못했다. 어쩌면 일부러 살려둔 것인지도 몰랐다. 더구나 파비안의 기억으로는 잉엘라 플록헤드는 반에서 가장 친절한 축에 속하는 학생이었다. 다른 학생들에게 심한 말을 하는 모습을 본 적이 없었고, 사실 감히 용기를 내어 클라에스 편에 선 유일한 학생이기도 했다.

언젠가 수업 시간에 모두 자기 꿈을 발표해야 할 때가 있었다. 그때 잉엘라는 약하고 소외된 사람들을 돕는 변호사가 되고 싶다고 했다. 그 꿈을 이뤘는지는 알 수 없지만 소문에 따르면 아주 심각한 우울증으로 고생하고 있으며 심지어 자살까지 시도했다고 했다.

마침내 엘리베이터 앞에 도착했을 때 파비안은 침묵을 깨고 경찰들에게 어떤 버튼도 누르지 말아달라고 부탁했다. 파비안은 엘리베이터 버튼을 직접 누르고 싶었다.

소년일 때 파비안은 이 병원에서 엘리베이터를 타고 노는 것이 좋았다. 십자가 형태로 된 병원 건물의 중앙에는 엘리베이터가 네

대 있었다. 각 엘리베이터는 나침반의 네 방향을 가리켰다. 둥근 엘리베이터 승강구에는 가운데에 커다란 제어반이 있었는데, 그 때문에 엘리베이터 안으로 들어갈 때면 〈스타트랙〉에 나오는 엔터프라이즈호의 함교로 들어가는 느낌이 들었다. 네 엘리베이터를 조종하는 버튼도 모두 이 중앙 지대에 있었다. 심지어 가고자 하는 층의 버튼도 엘리베이터 안이 아니라 밖에서 눌러야 했다.

엘리베이터 구역으로 들어와 주위를 둘러보자 어릴 때와 똑같은 감정이 일었다. 세월이 흘러 〈스타트랙〉의 플라스틱 세트처럼 변한 엘리베이터 구역에서 없는 것이라고는 간호사 크리스틴 채플의 치유 레이저 빔뿐이었다. 파비안은 초록색 1층 버튼을 눌렀고 곧 엘리베이터 문이 열렸다.

"벌써 괜찮아진 거예요?"

응급실로 들어오는 파비안을 보면서 릴리아가 물었다.

"그건 잘 모르겠군요."

"어디, 화상 좀 봐요."

릴리아는 파비안의 뒤로 걸어가 환자복을 들치고 목 아랫부분을 내려다봤다.

"이런, 완전 끔찍하네요."

"고맙습니다. 바로 그런 소리가 듣고 싶었어요."

"휴가 중인데도 여길 찾아온 건 우리랑 같은 이유 같군요."

투베손의 말에 파비안은 아무 말도 없이 그녀를 쳐다봤다.

한 의사가 다가오더니 마스크를 벗고 투베손과 악수했다.

"잉엘라 플록헤드 때문에 오셨다고 들었습니다."

"상태는 어떤가요?"

"상황을 생각하면 좋습니다. 마침내 출혈도 잡았고요. 정확히 환자에게 어떤 일이 있었는지 알아내려면 시간이 조금 걸릴 겁니다."

의사는 말을 멈추고 주위를 둘러보면서 엿듣는 사람이 없는지 확인했다.

"의학 훈련을 받지 않은 사람이 환자에게 자궁적출술을 행했습니다."

"그게 무슨 뜻인가요?"

"외과적으로 자궁을 들어냈다는 뜻입니다."

투베손은 파비안이 무슨 말인가 하기를 기다리는 것처럼 몸을 돌려 그를 쳐다봤지만, 정작 파비안은 어째서 누군가가 잉엘라 플록헤드에게 자궁적출술 같은 잔혹한 일을 했는지 생각하느라 투베손의 반응에 신경 쓸 여유가 없었다.

"어떻게 의사가 아닌 걸 알죠?"

릴리아가 물었다.

"적절한 절개 부위를 택하지도 않았고 봉합하지도 않았습니다. 그리고 환자의 소변에서 벤조디아제핀이 다량 검출됐습니다. 그 약은 불안과 불면증을 치료하는 약입니다."

"그 말은 누군가 피해자에게 약을 먹인 뒤에 의식을 잃은 환자의 자궁을 빼냈다는 건가요?"

"그렇습니다. 그 전에 누군가에게 강간도 당했고요."

"뭐라고요?"

"서면 보고서를 제출하겠습니다. 일단은 회진을 돌아야 해서요."

의사는 경찰들이 더 많은 질문을 하기 전에 서둘러 그 자리를 벗어났다. 투베손은 고개를 저으면서 두 사람을 쳐다봤다. 강간이라는 말이 잔혹한 수술 행위를 모두 잊게 만드는 것만 같았다. 파비안으로 말하자면 강간이라는 단어가 그때까지 품고 있던 의심을 모두 사라지게 했다.

"그러니까 적어도 살인자의 성별은 알게 된 셈이네."

투베손이 말했다.

"그렇게 확증해도 될 것 같아요."

릴리아가 대답했고, 투베손은 고개를 끄덕였다.

"아니, 우리 범인이 아닙니다. 다른 사람이에요."

파비안이 말했다.

"어째서 강간을 한 사람이 범인이 아니라는 거죠?"

투베손이 물었다.

"지금까지의 범죄 패턴과는 맞지 않으니까요."

파비안은 두 사람에게 카페에 있는 의자에 앉으라는 몸짓을 해 보였다.

"나는 실제로 비슷한 점이 아주 많은 것 같은데요."

릴리아는 탁자에 있는 더러운 커피잔과 컵 받침을 치우고 냅킨으로 말라붙은 얼룩을 닦으면서 말했다.

"이번 피해자가 지난번 피해자들과 같은 반이라는 명백한 사실 말고도 아주 신중하게 계획을 세우고 진행했다는 공통점이 있잖아요. 타이밍은 말할 것도 없고요. 이젠 정말 끝이었으면 좋겠어요."

"맞아, 많은 사람이 다 그렇게 바랄 거야."

투베손이 주문한 음료가 든 쟁반을 내려놓으면서 말했다.

병원 측이 카푸치노라고 주장하는 음료를 한 모금 맛보자마자 파비안은 차를 선택한 투베손과 릴리아가 옳았음을 깨달았다.

"우리 범인은 피해자를 강간하지 않습니다."

파비안의 말에 투베손이 대답했다.

"그거야 알 수 없죠. 잉엘라는 여자로는 첫 번째 피해자니까."

"메테 로위세 리스고르 말고는요, 아시겠지만."

릴리아가 덧붙였다.

"잉엘라 플록헤드는 내가 만난 사람들 가운데서도 가장 친절한 축에 속합니다. 사실 클라에스 입장에서 그 친구 편을 들어준 거의 유일한 사람이고요. 그런 사람을 누가 해치려 들까요? 게다가 자궁은 왜 들어낸 걸까요?"

"하지만 클라에스 멜비크는 더는 용의자가 아니에요. 이미 죽었잖아요."

투베손이 말했다.

"혹시 범인은 같은 반 사람들을 차례로 모두 죽이려는 게 아닐까요? 너무 끔찍한 생각이지만, 그럴 수도 있잖아요."

릴리아의 말에 파비안은 고개를 끄덕였다. 파비안은 릴리아가 무슨 말을 하는지 정확하게 알았다. 그것이 바로 지난 몇 시간 동안 그가 줄곧 해온 생각이니까. 파비안을 비롯해 같은 반이던 사람들은 누구라도 다음번 희생자가 될 수 있었다.

"하지만 왜 플록헤드는 죽이지 않았을까요? 범인이 피해자를 살려둘 것 같지는 않은데 말입니다."

파비안이 물었다.

"그냥 실패한 것뿐이지 않을까요?"

"그럴 수도 있겠죠. 하지만 내 의견을 말하자면, 우리 범인은 실패할 사람이 아닙니다. 분명히 어떤 의도가 있기에 잉엘라를 살려둔 것이 분명합니다."

"아, 클라에스의 몸 밑에서 찾은 이끼를 범인이 남긴 자화상이라고 생각한다는 이야기는 들었어요."

릴리아가 말했다.

"자아상이 더 맞는 용어일 겁니다."

파비안은 갈색 구정물을 한 모금 더 마시려고 애써봤지만 결국 포기하고 컵을 밀어버렸다.

"어째서 잉엘라의 자궁을 들어낸 게 범인의 계획이 아니라고 하는 거죠? 어쩌면 아직 연결고리를 못 찾은 것뿐일 수도 있어요."

투베손이 말했다.

일리 있는 말이었다. 분명히 동일 인물의 범행일 수도 있었고, 시간상으로도 그런 추측이 가능했다. 하지만 파비안은 그렇지 않을 거라고 생각했다. 투베손과 달리 자신의 주장을 뒷받침할 근거는 없지만 범인의 범행 패턴과는 전혀 맞지 않는다는 생각이 들었다. 잉엘라에게 범행을 저지른 사람은 다른 사람들을 죽인 자와는 전적으로 다른 인물이라는 느낌이 들었다. 하지만 이미 클라에스 멜비크가 범인이라고 생각한 가설은 완전히 틀린 것으로 판명 났다. 이번 사건의 경우에는 그 어떤 일도 확신할 수 없었다. 그가 아는 것은 단 한 가지, 누가 이런 일을 저지르고 있는가에 상관없이 곧 또다른 공격이 있으리라는 예감이 든다는 것뿐이었다.

56

폭탄처럼 터져버린 신문 기사를 읽은 뒤로 킴 슬레이스네르는 단한숨도 잘 수가 없었다. 그때 그는 비베카와 함께 발코니에 나가서 와인을 마시며 바다와 브뤼헤섬으로 몰려든 사람들을 내려다보고 있었다. 두 사람은 이번 겨울에는 태국이 아닌 다른 곳을 여행하면 어떨까 하는 말을 했다. 비베카는 베트남이 어떠냐고 했다. 베트남은 손상되지 않은 태국처럼 느껴졌으니까. 킴은 기분이 매우 좋았기 때문에 비베카가 하는 제안을 모두 받아들일 수 있었다. 마침내 두냐를 엿 먹일 수 있었고 스웨덴 경찰과 갈등을 벌이고 있다는 기사들은 진정될 기미를 보였으니까. 이제 곧 장기간 무더위가 지속된다는 기사가 신문 1면을 차지할 것이다. 하지만 두 사람이 데 상갈 브뤼 로제 병을 따기로 했을 때 나나가 달려왔다.

"아빠! 〈엑스트라 블라데트〉에 아빠 기사가 나왔어. 아빠가 거짓말쟁이래."

처음에는 딸이 무슨 말을 하는지 이해할 수 없었다. 어째서 〈엑스트라 블라데트〉에 내 기사가 난 거지? 도대체 내가 무슨 거짓말을 했다는 거야? 하지만 몇 초 뒤 슬레이스네르의 땀구멍을 타고 공포가 기어 나오기 시작했다. 그는 비베카에게 샴페인 와인을 건네고 나나를 따라 컴퓨터 앞으로 걸어갔다.

그는 기사를 읽은 뒤 욕실로 들어가 얼굴에 물을 끼얹으면서 감정을 다스렸다. 이 사태에서 벗어날 방법을 찾아야 했다. 그가 다시 발코니로 돌아가자 비베카는 의자에 앉아 한 손에는 반쯤 빈 와인 병을 다른 한 손에는 전화기를 들고 어두운 밤하늘을 멍하니 바라보고 있었다.

"와, 샴페인 와인 맛을 보려면 엄청 서둘러야겠는데."

슬레이스네르는 자신이 농담하고 있다는 사실을 강조하려고 크게 웃음을 터뜨렸다. 하지만 호쾌하지 못한 그 웃음은 오히려 그가 무슨 일이 벌어졌는지 정확하게 안다는 사실만 드러낼 뿐이었다.

"나쁜 인간. 이 집에서 나가."

비베카가 말했다. 분노나 슬픔이 담긴 목소리가 아니었다. 그저 식료품 가게 점원이 구입한 물건이 모두 얼마인지를 말하는 것처럼 담담하게 선언하는 말투였다.

"당신 짐은 내일 내가 직장에 나가 있는 동안 가져가도록 해."

슬레이스네르는 아내가 이런 상황에 대비해 자신보다 훨씬 많은 준비를 해왔음을 깨달았다. 그러니까 이런 일이 표면에 드러나기만을 기다린 것이다. 지금까지 한마디도 하지 않았지만 모든 것을 알고 있었다는 생각이 들었다. 남편이 바지를 내리는 순간을 덮치려고 그저 그가 실수할 때를 오랫동안 기다려온 것뿐이었다.

슬레이스네르는 한마디도 하지 않고 집에서 나와 콩 프레데리크 호텔로 갔다. 킴이 들어간 방에서는 베스테르 볼가데가 보였다. 그는 침대에 누워 엄청난 일이 자신을 기다리고 있으리라는 생각에 신경이 곤두선 채로 텔레비전에서 자기 뉴스가 나오기를 기다렸다. 하지만 텔레비전에서는 그에 관한 이야기도 릴레 이스테드가데에 관한 이야기도 나오지 않았다. 아직 〈엑스트라 블라데트〉 외에는 그 어떤 언론도 슬레이스네르의 소식을 모르고 있었다. 하지만 그런 사실이 조금도 위안이 되지 않았다. 이제 지옥문이 열리는 건 시간문제일 뿐이니까. 그는 전등을 끄고 자려 했지만 잠이 오지 않았다. 결국 포기하고 일어나 미니바를 열었다.

다음 날 아침 슬레이스네르는 마지막 남은 감멜 단스크를 마신 뒤에야 더욱 발전한 극심한 두통을 느끼며 바닥에서 일어났다. 재빨리 샤워한 그는 체크아웃을 하고 호텔을 나섰다. 자동차를 향해 가는 동안 슬레이스네르는 자기 이야기가 이제 사방에 퍼졌음을 알았다. 모든 신문에서 자기 이름을 볼 수 있었다. 〈폴리티켄〉은 메테 로위세 리스고르가 슬레이스네르 때문에 죽었다며 비난했고, 〈엑스트라 블라데트〉는 릴레 이스테드가데에서 그가 무슨 일을 했는지에 집중하면서 슬레이스네르가 정확히 그 시간에 그곳에서 무엇을 했는지 입증해주는 사람에게는 5민 크로네를 주겠냐는 제안까지 했다.

브뤼헤섬에 있는 아파트까지는 무사히 이동할 수 있었다. 자동차를 운전할 상태는 아니었지만 어쨌거나 직접 운전해서 갔다. 택시는 말 많은 기사가 자신을 알아볼 수 있었기 때문에 선택 사항이 아니었다. 집에 도착하자마자 서재로 들어간 슬레이스네르는 최신 기사를 검색하려고 노트북을 켰다. 가장 최근 기사는 두 시간 전에 올라왔는데, 이런 상황에서 두 시간은 거의 영원에 가까운 세월만큼 외부에 영향을 줄 긴 시간이었다.

집으로 돌아오는 동안 그는 그냥 모든 걸 내버려두고 공항으로 달려가서 어딘가 따뜻한 곳으로 가는 편도 비행기 티켓을 끊는 것이 낫지 않을까 생각했다. 비베가가 그 남욕스러운 손길을 휘두르기 전에 재빨리 은행에 있는 돈을 빼 올 수만 있다면 가능한 한 오랫동안 태국에 머물 수 있을 테니까. 이미 다이빙 자격증도 있으니 잘하면 스킨스쿠버 강사가 될 수도 있을 터였다.

슬레이스네르가 심호흡을 하고 〈엑스트라 블라데트〉의 웹사이트를 클릭하는 순간 이미 5만 크로네의 임자가 정해졌음을 알았다. '촉촉한 예니'라는 예명으로 통하는 닐센이 언론이 궁금해하는 그 시간에 그가 릴레 이스테드가데의 자기 아파트에 있었음을 만인에게 선언한 것이다. 닐센은 고객들을 배려해 슬레이스네르가 자기 집에서 무엇을 했는지는 정확히 말할 수 없지만 어쨌거나 그는 자기 집을 정기적으로 찾아오는 고객이라고 했다.

그러니까 이 모든 것이 여우 같은 두냐 때문임이 분명했다. 두냐가 아니라면 이런 일을 벌일 사람이 없었다. 자신의 경고를 무시하고 지금 공개적으로 슬레이스네르의 얼굴에 침을 뱉고 전쟁을 선언한 것이다. 이제는 전쟁뿐이다. 아무리 그를 찾아와 무릎 꿇고 용서를 구해도, 슬레이스네르는 절대로 이 전쟁을 멈추지 않을 것이다.

하지만 그 전에 먼저 이 상황을 침착하고 평온하게 되짚어볼 필요가 있었다. 자신이 취할 수 있는 선택지를 저울질해보고 각각의 행동이 불러올 결과를 평가해볼 필요가 있었다. 지금까지 놀란 것으로 충분했다. 이제는 다시 상황을 통제하고 누구보다도 앞서 나가야 한다. 그런 생각을 하고 있을 때 슬레이스네르의 생각을 방해하는 전화벨이 울렸다. 경찰국장 헨리크 함메르스텐이었다.

두냐 호우고르는 책상 앞에 앉아 컴퓨터를 켰다. 코펜하겐 경찰서에 얼마나 오래 있을지 알 수 없었기에 서둘러야 했다. 그 꼴 보기 싫은 놈은 아마도 얼마간은 상처를 핥으면서 숨어 있을 것이다. 하지만 상처 입은 사자보다 위험한 것은 없었다. 일단 숨어 있던 동굴에서 나오기만 한다면 그때는 두냐가 숨어야 할 것이다.

두냐도 지금 하는 일이 어떤 결과를 불러올지는 잘 알았다. 하지만 이미 결심했다. 이번 사건을 해결하는 일이 직장을 지키는 일보다 중요했다. 두냐는 밤새 누워서 자신이 택할 수 있는 선택지를 점검하고 또 점검한 뒤에야 해답은 아주 간단하다는 사실을 깨달았다. 애초에 두냐가 경찰이 된 이유는 정확히 이런 사건을 해결하고 싶었기 때문이다. 그러니 절대로 물러설 수 없었다.

두냐는 경찰청 사이트로 들어가 이름과 비밀번호를 넣고 '양식' 란을 클릭했다. 지금까지 범죄 증거 특별 방출 신청서(H3-49U)를 출력해본 적은 없지만 어디에 있는지는 잘 알았다. PDF 아이콘을 클릭하자 H3-49U 양식이 컴퓨터 화면에 떴다. 두냐는 양식을 채워 넣었다. 푸조. 스웨덴 JOS 652, 증거 등록 번호 100705-B39C. 특별 수사를 위해 스웨덴 헬싱보리 경찰서로 이전. 두냐는 시명란에 '킴 슬레이스네르'라고 적고 인쇄 버튼을 눌렀다. 프린터에서 나온 종이를 자신이 가지고 있던 고용 계약서에 올려놓고 이리저리 돌려 방출 신청서에서 서명이 들어가야 할 부분에 슬레이스네르의 서명을 맞췄다. 두냐는 자신이 가지고 있는 가장 좋은 펜으로 메모지에 몇 번 그어본 뒤 조심스럽게 서명을 따라 그리기 시작했다.

이제 두냐는 모든 것을 잃을 것이다. 하지만 조금도 흔들리지 않았다. 조금도 긴장하지 않았다. 입김을 불어 잉크를 말린 두냐는 신청서를 접고 자기 방에서 나왔다. 복도를 걸어가면서 여기를 걷는 것도 오늘이 마지막일지 모른다고, 두냐는 생각했다.

버튼을 누르자 바로 엘리베이터 문이 열렸다. 두냐는 엘리베이터 안으로 들어가 신분증을 인식기에 내고 지하 4층 버튼을 눌렀다. 오늘 따라 엘리베이터가 왠지 느리게 움직인다는 기분이 들었다. 평소에는 붕 떠오를 것처럼 자유낙하 속도로 내려가는 것 같았는데, 지금은 두냐를 약 올리기라도 하는 것처럼 정말로 느린 속도로 내려가고 있었다. 두냐는 크게 심호흡을 몇 번 했지만 진정이 되지 않았다. 천천히 내려가던 엘리베이터가 1층에서 멈춰 섰다. 그리고 문이 열렸을 때 꼴 보기 싫은 놈이 걸어 들어왔다.

"안녕하세요."

두냐는 가능한 한 침착하게 인사했다.

꼴 보기 싫은 놈은 대답하지 않았다. 그저 두냐를 한번 쳐다보고는 6층을 눌렀다. 문이 닫히고 엘리베이터는 계속해서 내려갔다.

두냐는 사방이 막힌 벽에 갇힌 것만 같았다. 시선을 둘 곳을 찾던 두냐는 문 위에 난 작은 긁힌 자국에 집중했다. 뭐라고 말을 해야 하나? 아니, 그러지 않는 게 좋을 듯했다. 최대한 자연스럽게 행동해야 해. 하지만 이런 상황에서 자연스럽게 행동한다는 게 무슨 뜻이지? 땀이 나고 온몸에 열이 나면서 끈적거렸다. 침을 삼키려 했지만 목에 커다란 덩어리가 버티고 있는 것처럼 느껴졌다. 저기서 눈을 떼면 안 돼. 저기 저 자국만 보는 거야. 제발 이 끝없는 시간이 지나갈 때까지 눈길을 다른 곳으로 돌리면 안 돼.

슬레이스네르는 1미터쯤 떨어진 곳에 있었지만 몸을 관통할 것 같은 눈길을 보내고 있었다. 내가 지금 무슨 일을 하려는지 알고 있으려나? 두냐는 생각했다. 슬레이스네르는 껌을 씹고 있었지만 껌은 아무런 효과도 없어서 지독한 술 냄새가 가득 퍼졌다. 그 때문에 엘리베이터 안이 더욱더 좁게 느껴졌다.

마침내 지하 4층에 도착하고 엘리베이터 문이 열렸을 때 두냐는 도망치듯이 뛰어나오지 않으려고 최선을 다해야 했다.

"나중에 봐."

뒤에서 들리는 목소리에 황급히 돌아봤지만 두냐의 눈에 들어온 것은 닫히는 문 사이로 흘긋 보이는 슬레이스네르의 웃는 모습뿐이었다.

구멍 난 타이어에서 바람이 빠진 것처럼 온몸에서 기운이 빠져나간 킴 슬레이스네르는 무너지듯이 접이식 의자에 앉아 두 손으로 머리를 감쌌다. 이 순간, 가장 만나고 싶지 않은 사람이 두냐였지만 어쨌거나 위풍당당하게 맞섰고 유리한 고지를 차지했다. 이게 다 수년 동안 상사로 지낸 덕분이었다. 그는 즉시 선제공격을 가했고 두냐의 인사에도 반응하지 않았고 조금도 망설인다는 인상을 심어주지 않았다. 시선도 전혀 흔들리지 않았다.

두냐는 슬레이스네르만큼 잘해내지 못한 것이 분명했다. 두냐에 게서는 분명히 불확실함과 죄책감이 흘러나오고 있었다. 어젯밤 신문에 제보한 것이 누구라는 확신은 없었지만 이제는 아니었다. 새롭게 얻은 힘을 가지고 의자에서 일어난 슬레이스네르는 머리를 뒤로 넘기고 엘리베이터에서 나와 곧장 헨리크 국장실로 걸어갔다.

"음, 아주 엉망이야."

슬레이스네르를 맞으면서 함메르스텐 국장이 말했다. 언제나 올 때마다 느끼는 거지만 슬레이스네르는 국장실이 최소한 100년은 더 과거로 돌아간 곳처럼 느껴졌다. 사실 국장실은 얼마 전에 다시 단장했지만 함메르스텐 국장은 짙은 나무색 높은 판벽, 손으로 칠한 천장 장식, 체스터필드 의자, 칵테일 캐비닛으로도 쓰는 오래된 글로브는 버릴 수 없다고 버텼다.

"앉아."

함메르스텐 국장은 브루운 경매장에서 5만 5,000크로네라는 깔끔한 가격으로 구입해 온 커다란 마호가니 책상 앞에 있는 손님 의자를 가리키며 말했다.

그러니까 이번에는 안락의자에는 앉지 못한다는 뜻이군. 슬레이스네르는 속으로 결의를 다지며 생각했다. 이 개별 면담에서 직장을 사수할 아주 조그마한 기회라도 있다면 바로 붙잡아야 했다. 슬레이스네르는 손을 번쩍 들면서 털썩 주저앉았다.

"뭐, 제가 뭐라고 변명하겠어요, 국장님. 뒷문으로 빠져나가 잠깐 놀다 왔더니 갑자기 모두 저를 쫓아내기로 작정을 했는데요."

함메르스텐은 고개를 끄덕이더니 글로브로 가서 유리잔 두 개와 감멜 단스크 한 병을 꺼내 왔다. 슬레이스네르는 화제를 돌리지 않고 곧바로 정면승부했다는 사실에 만족했다. 함메르스텐은 의심할 여지 없이 가끔씩 여자를 찾는 일의 유용함을 잘 알았다. 애초에 예니 닐센에 대해, 또 고객의 요구에 부응하는 그녀의 특별한 능력에 대해 넌지시 가르쳐준 사람도 함메르스텐이었다. 하지만 지금 그런 사실을 국장이 인정할 리 없었다. 그것은 분명했다.

"누가 신문에 제보했는지는 아나?"

황색 액체를 잔 가득 따라주면서 함메르스텐이 물었다.

"호우고르죠. 그 여자 아니면 누구겠습니까? 제가 여기서 일하기 시작한 첫날부터 벼르고 있었을 텐데요."

함메르스텐은 고개를 끄덕이면서 잔을 들어 건배하자고 했다. 슬레이스네르는 술을 벌컥 들이켜고 처음에는 식도로, 나중에는 위로 내려가는 화끈한 감각을 즐겼다. 그래, 이게 바로 나한테 필요한 거야. 함메르스텐의 술잔이 아직 가득 차 있다는 사실을 깨달았을 때는 이미 너무 늦었다. 젠장.

함메르스텐은 슬레이스네르의 술잔을 다시 채웠다. 슬레이스네르는 술잔을 너무 세게 잡는 바람에 몇 방울이 책상으로 떨어졌다.

"이런, 죄송합니다. 어제 잠을 거의 못 자서요."

"괜찮아."

함메르스텐은 걸레를 가지러 가서 너무나도 빨리 돌아왔다. 국장은 슬레이스네르가 술을 쏟으리라는 사실을 알고 있었다는 듯이 행동했다. 젠장, 당연히 알고 있었을 거다. 그래서 술잔이 넘치도록 따른 걸 테니까.

"호우고르가 그런 일을 했다니, 유감이군. 아주 유능한 경찰관인데 말이야."

함메르스텐이 말했다.

"당연히 유능한 경찰관입니다. 물론 몇 가지 문제는 있지만요. 하긴, 문제가 없는 사람이 어디 있겠습니까?"

슬레이스네르가 이번에는 술잔에 손도 대지 않은 채 말했다.

"무슨 문제 말인가?"

"명령에 복종하는 태도 말입니다. 게다가 술 문제도 있는 것 같더군요. 한번은 뭐랄까, 지독한 숙취로 고생하는 걸 봤습니다."

함메르스텐은 감멜 단스크를 천천히 음미하며 고개를 끄덕였다.

"자기 일만 잘한다면야, 뭐."

"그것도 문제입니다."

슬레이스네르의 몸은 알코올을 더 달라고 아우성쳤지만, 그는 조심스럽게 술잔을 들고 아주 조금만 입 안으로 넣었다.

"비베카는 뭐라고 하던가?"

"저보고 나가라고 했어요. 솔직히 말해서 제가 뭐라고 할 처지는 아니죠."

"그게 오늘 우리가 할 일일세. 솔직하게 말하는 것 말이야."

함메르스텐이 슬레이스네르의 눈을 똑바로 봤다.

"국장님, 저는 우리가 언제나……."

"킴, 나도 이런 일을 해야 한다는 사실이 매우 유감일세."

함메르스텐이 슬레이스네르의 말을 막았다.

"무슨 말씀인지 이해를 못하겠습니다."

"내가 자네를 얼마나 좋아하는지 잘 알 거야. 게다가 자네가 수사팀에서 어떤 일을 해왔는지 잘 아네. 하지만 지금 상황이 너무 빠른 속도로 안 좋아지고 있어. 하나의 오점이 전체 경찰을 망칠 수 있어. 아주 솔직하게 말해서, 나에게는 선택의 여지가 없네."

정말로 기막힌 위선이었다. 이 늙은 능구렁이는 두 사람이 같은 배를 타고 있다고 믿게 만들어놓고 이미 마음을 정한 것이다. 슬레이스네르로서는 더는 잃을 것이 없었다. 그는 감멜 단스크를 벌컥벌컥 들이마시고는 술잔을 마호가니 책상에 세게 내려놓았다.

"지금 무슨 말씀을 하시는 겁니까? 선택의 여지가 없다고요? 국장님 말고 이런 일을 결정할 사람이 또 누가 있습니까?"

"킴, 화가 나는 건 이해하네. 하지만……."

"진심이십니까?"

슬레이스네르의 말에 함메르스텐은 한숨을 내쉬었다.

"킴, 자네나 나나 우리가 지금 어떤 상황인지 잘 알지 않나? 경찰이 신뢰를 잃으면 경찰 조직 전체가 곤란해질 거네."

"국장님, 이건 아무 근거 없는 언론의 마녀사냥일 뿐이에요. 좋습니다. 내가 전화를 받지 않았습니다. 하지만 그게 어떻다는 겁니까? 어쨌거나 그 여자는 죽었을 겁니다. 내가 전화를 받았다고 해보세요. 그러면요? 그래도 우리 팀을 제시간에 그곳에 보내지 못했을 겁니다. 그 코이에에서 온 제복 경찰관은 어쨌거나 범인을 쫓아갔을 거고요. 하지만 분명히, 제가 비난을 받겠습니다. 그래서 다른 사람들이 행복할 수 있다면요. 아무 문제 없습니다."

함메르스텐은 아무 말도 하지 않고 슬레이스네르의 말을 곰곰이 생각해봤다.

"국장님, 어처구니가 없습니다. 그래도 하루나 이틀만 제게 시간을 주시면 모든 일을 바로잡겠습니다. 약속합니다."

슬레이스네르는 가장 확실한 단추를 누르기 직전에 말을 멈췄다. 함메르스텐의 약점을 누르기 전에 말이다. 국장의 약점은 그저 밟고 지나가기를 기다리며 활짝 펼쳐진 레드 카펫처럼 그곳에 누워 있었다. 하지만 굳이 그런 약점을 언급할 필요도 없었다. 어쨌거나 두 사람 모두 같은 생각을 하고 있을 테니까.

"내일까지만 시간을 주겠네."

함메르스텐이 말했다.

57

가장 적절한 시간을, 가장 적당한 순간을 기다리면서 그는 차 안에서 거의 두 시간 동안 앉아 있었다. 뒤 유리창 위에 설치한 작은 카메라로 밖에서 노는 아이들을 볼 수 있었다. 그 아이들은 자전거를 두고 싸우면서 서로 자갈을 집어 던졌고 콧물을 질질 흘리면서 울었다.

그에게는 아이가 없었다. 아이는 한 번도 좋아한 적이 없었다. 심지어 아이 때도 그는 아이가 싫었다. 그때는 다른 아이들과 어울리려고 온갖 일을 다 했다. 적절한 옷을 입고 적절한 말을 했지만 그 누구도 그의 절실함을, 작은 노력들을 돌아보지 않았고 결국 평범해지고 싶다는 바람은 또래 인간들에 대한 경멸로 바뀌었다.

그리고 이제 아이들은 대부분 역겨웠다. 콧물, 여드름, 피부 딱지, 사마귀, 머릿니, 습진 등 아이들이 역겨울 수밖에 없는 이유는 끝도 없었다. 어린아이들은 비열하게 되는 일 말고는 존재 이유가 없는 작고 무기력한 감염 저장고였다. 아이들의 잔인함은 어른이 된 뒤에야 진정으로 이해할 수 있었다. 친절함과 달리 잔인함은 배우고 양육되고 개발돼야 한다. 악은 태어날 때부터 존재하며 자라면서 훨씬 더 교활해진다.

오후 4시 7분에 그는 차에서 내려 아이들을 태웠다. 이미 주변에 많은 부모가 있었고 유치원 교사들은 그에게 관심을 가질 여력이 없었다. 그는 페이스북에서 세 살 로비사와 다섯 살 마르크의 모습을 확인해뒀다. 그는 놀이터에서 두 아이를 곧바로 찾아냈고 아이들은 처음 보는 아저씨의 설명을 아무 저항 없이 받아들였다. 그는 아이들에게 자신을 엄마의 동료라고 소개했고, 엄마가 회의에 들어가서 유치원이 끝날 때까지 올 수 없어 아저씨를 대신 보냈다고 했다. 맥도날드에 데려가겠다는 약속도 믿음을 주는 데 한몫했다.

하지만 그 교사와는 쉽지 않았다. 그 몸집이 큰 교사는 의심의 눈초리로 아주 퉁명스럽게 누구냐고 물으면서 자신들은 낯선 사람에게 아이들을 맡기지 않는다고 말했다. 그는 상당히 모욕을 당했다는 투로 자신은 낯선 사람이 아니라고, 아이들의 아빠라고 말했다. 당연히 아이들이 곁에 없다는 사실이 얼마나 다행이었는지 모른다. 그의 말에 그 몸집이 큰 교사는 허둥대면서 당혹스러워했다.

그는 계속해서 자신이 출장을 많이 다녀서 아이들을 잘 데리러 오지 못한다고 이야기했다. 오늘은 깜짝 놀라게 해주려고 특별히 온 것이라고도 덧붙였다. 마침내 그 뚱보는 그의 설명을 받아들였지만 앞으로 아이들을 놀래주고 싶을 때는 자신에게 반드시 미리 알려주라고 다짐까지 하게 했다.

그리고 이제 아이들은 뒷좌석에서 약에 취해 자고 있었다. 그는 아이들의 엄마가 도착할 때까지 기다렸다. 뒤 유리창에 설치한 카메라로 언제나처럼 늦은 카밀라 린덴이 급하게 자동차 문을 닫고 유치원으로 뛰어 들어가는 모습을 봤다. 3분 뒤에 역시 다시 뛰어나온 카밀라는 결국 없는 번호라는 음성 안내를 받게 될 전화번호인지도 모른 채 전화기를 보면서 급하게 전화를 걸었다.

그는 카밀라가 다시 한번 같은 번호를 누르고 같은 안내를 받는
모습을 지켜봤다. 그녀는 조수석으로 핸드백을 집어 던지고 운전석
에 올라타더니 바퀴가 긁히는 소리가 날 정도로 급하게 출발했다.
그는 카밀라보다는 훨씬 느긋했다. 천천히 시동을 걸고 카밀라의
뒤를 따라 움직이기 시작했으며, 자동 얼굴 감지기의 전원을 켰다.
자동 얼굴 감지기에는 자신이 직접 프로그래밍한 대로 카메라 위에
서 회전하는 레이저가 장착되어 있었다.

모든 일이 그가 계획한 대로 진행된다면 그들은 절대로 무슨 일
이 벌어졌는지 알아내지 못할 것이다.

58

간호사가 아스트리드 투베손을 쳐다보면서 휴대전화 위에 커다란
×자가 그려진 표지판을 가리켰다.

"알았어요. 그렇게 하세요. 이제 가야 해요."

투베손이 전화를 끊고 릴리아를 쳐다봤다.

"몰란데르 전화야. 람뢰사 브룬스파르크에서는 찾은 게 없다네."

"아무것도요?"

"피해자를 찾은 곳에서 덤불에 붙어 있는 피해자 머리카락을 몇
가닥 찾았지만 쓸모 있는 단서는 없었대. 옷도, 지문도, 바퀴 자국도
없었대. 그래서 다시 클라에스를 찾은 곳으로 가보라고 했어."

"하지만 늘 뭔가가 있었잖아요. 몰란데르가 단서를 하나도 찾지
못한 적이 있었어요?"

릴리아의 말에 투베손이 고개를 저었다.

"범인이 범행을 저지른 뒤에 청소하는 능력이 아주 뛰어난 게 아닌가 싶어. 지금까지 우리가 찾은 단서는 모두 범인이 일부러 남긴 거잖아, 안 그래?"

투베손이 파비안을 보면서 반응을 기다릴 때 아까 다녀간 의사가 다가와 말했다.

"따라오시죠."

의사는 복도를 걷는 동안 잉엘라의 현재 상태를 알려줬다.

"상당히 많이 회복됐습니다. 하지만 여전히 아주 약합니다. 따라서 분명히 말씀드리지만 너무 오래 계시면 안 됩니다."

의사는 제복 경찰관 두 명이 지키고 있는 병실 앞까지 투베손을 안내했다.

"저는 10분 뒤에 돌아오겠습니다."

의사가 걸어가자 투베손은 병실 문을 열고 안으로 들어갔다.

"잠깐만요, 파비안이 함께 들어가는 게 과연 현명한 일일까요?"

릴리아의 말에 투베손이 그녀를 쳐다봤다.

"나는 파비안이 이 사건에서 빠진 걸로 아는데요."

릴리아의 말에 투베손이 이번에는 파비안을 쳐다봤다.

"릴리아 말이 맞아요. 휴가 기간에 당신이 하고 싶은 일은 마음껏 할 수 있겠죠. 하지만 잉엘라를 만나고 싶다면 일단 우리가 만난 뒤에 따로 보는 게 좋겠어요."

"알겠습니다."

파비안은 아무 말도 없는 두 경찰관과 함께 엘리베이터 쪽으로 이동하면서 대답했다. 이미 알고자 한 대답은 찾았다.

투베손과 릴리아는 잉엘라가 반쯤 앉을 수 있도록 세워놓은 침대 옆으로 걸어갔다. 불안해 보이는 잉엘라는 눈 밑에 드리운 짙은 다크서클 외에는 몸에 덮고 있는 병원 시트만큼이나 창백했다. 감지 않은 머리카락은 기름에 절어 지저분했고 담요 위에 놓인 두 손은 노파처럼 바들바들 떨렸다. 의사 자격증도 없는 사람에게 원치 않은 수술을 강제로 당하고 엄청난 피를 흘린 사람에게 대체 뭘 기대한 거야? 의자를 끌어와 침대 옆에 앉으면서 투베손은 생각했다.

"안녕하세요, 잉엘라. 헬싱보리 경찰서 강력계 반장 아스트리드 투베손입니다. 여기는 이레네 릴리아 형사고요."

릴리아가 살짝 손을 흔들어 인사했다.

"몇 가지 대답해주셨으면 하는 질문이 있어서 왔습니다."

투베손의 말에 잉엘라는 고개를 저었다. 파르르 떨리는 턱은 잉엘라가 울기 직전임을 말해줬다.

"대답할 말이 없어요. 죄송하지만, 하나도 기억나지 않는걸요."

"잉엘라, 너무나 엄청난 일을 겪어서 뭐라고 말씀드릴 수가 없군요. 정말로 끔찍했으리라 생각합니다. 하지만 다른 피해자들과 달리, 잉엘라는 살아남았어요."

"살아남았다고요? 이게 살아남은 거라고 할 수 있나요? 내가 선택할 수 있었다면 난 그 자리에서 죽었을 거예요. 한 사람이…… 칼을 들고…… 날 강간했어요. 그리고……."

잉엘라의 얼굴이 일그러지더니 눈물을 흘리기 시작했다.

투베손이 잉엘라의 손을 잡았다.

"힘드시리라는 거 잘 알아요. 하지만 우리는 당신을 이렇게 만든 사람을 꼭 잡고 싶어요. 범인을 잡으려면 잉엘라가 우릴 도와줘야 해요. 기억나는 걸 말해줘야 해요."

투베손의 말에 잉엘라가 고개를 끄덕였다. 마음을 가다듬고 눈물을 훔치면서 릴리아가 내민 물 잔을 받아 들고 한 모금 마셨다.

"수요일 밤에 마지막으로 기억하는 일은 무엇인가요?"

"모나랑 실라랑 외출했어요."

"그 사람들은 누구죠?"

"친구들이에요. 보통 매달 첫째 주 수요일에 만나요."

"그저께는 어디 갔었죠?"

"먼저 하세트에 가서 밥을 먹었어요. 그다음에는 S/S스베아에 가서 술을 몇 잔 마셨고요."

"그 뒤에는 어떤 일이 있었죠?"

잉엘라는 고개를 저으면서 어깨를 으쓱했다.

"뭘 마셨는지 기억해요?"

"카이피리냐와 화이트 러시안이요."

"거기, S/S스베아에서는 춤도 출 수 있나요?"

잉엘라는 고개를 끄덕였다.

"술은 두 잔인가 세 잔 마셨을 뿐인데 갑자기 너무 어지러웠어요. 레이디 가가 노래가 나왔는데 주위가 온통 빙글빙글 돌았어요."

투베손과 릴리아가 시선을 교환했다.

"친구들도 그랬나요?"

"모르겠어요. 그 애들은 찾을 수가 없었어요. 사람이 너무 많고 온통 빙글빙글 돌아서요. 그냥 거기서 나오고 싶었는데 출입구를 찾을 수 없었어요. 정말 아주 작은 곳인데도 마치 커다란 미로처럼 느껴졌어요."

"그래서, 거기에서 어떻게 나왔는지 기억할 수 있나요?"

잉엘라는 침착해지려고 엄청나게 애를 쓰는 게 분명했다. 그때 의사가 병실로 들어와 손에 차고 있는 시계를 가리켰다.

투베손이 한 손을 들어 의사에게 조금만 기다리라는 신호를 보냈다.

"거의 끝났어요. 모든 게 빙글빙글 돌아서 밖으로 나가려고 했지만 그럴 수 없었다고요? 그다음으로 기억나는 건 뭐죠?"

잉엘라는 잠시 생각해보다가 어깨를 으쓱했다.

"아마 정신을 차렸는데 무슨 일이 벌어지고 있는지 알 수 없었던 거 같아요. 어디에 있는지도 모르겠고, 심지어 내가 누군지도 모르겠던걸요."

잉엘라의 아랫입술이 파르르 떨렸고 투베손은 그녀의 손을 꼭 잡았다.

"깨어났을 때 고통을 느낄 수 있었나요?"

잉엘라는 고개를 흔들었다.

"모르겠어요. 아닌 거 같아요."

"어떻게 누워 있었는지 기억해요? 똑바로 누워 있었다거나 엎드려 있었다거나 아니면……."

"몰라요. 제발, 모르겠어요. 이거 언제 끝나요?"

"잉엘라, 중요한 일이에요. 깨었을 때 정확히 어떤 상황이었는지를 기억해내야……."

"몰라요, 모른다고 말했잖아요. 제발, 혼자 있게 내버려두세요. 그냥 떠나셨으면 좋겠어요."

잉엘라는 울음을 터뜨렸다.

"잉엘라."

"그냥 가버려요. 제발요."

잉엘라는 울면서 자기 배를 때리기 시작했다.

의사가 잉엘라에게 달려가 자기 몸을 때리고 주변 물건들을 잡아 뜯는 그녀를 진정시키려 애썼다.

"그냥 날 좀 내버려두라고!"

의사가 잉엘라의 넓적다리에 주사를 놓을 수 있도록 릴리아와 투베손이 마구 휘둘러대는 그녀의 팔을 붙잡았다. 잉엘라가 저항을 멈추고 흐리멍덩한 눈으로 경찰들과 의사를 쳐다봤다.

"제발, 그냥…… 나 좀…… 사라지게 해줘요."

잉엘라의 눈꺼풀이 무겁게 내려앉았다.

"이제는 끝난 거 같은데요, 아닌가요?"

의사가 병실 문을 열면서 말했다.

"언제 또 환자를 볼 수 있을까요?"

투베손이 복도로 나오면서 물었다.

"직접 보셔서 알겠지만 외상 후 스트레스 장애가 심각합니다. 아직도 쇼크 상태고요. 쉬어야 합니다."

투베손이 걸음을 멈추고 의사를 돌아봤다.

"그래서 지금 묻는 겁니다. 언제 또 볼 수 있을까요?"

의사는 아주 길게 으스대듯이 한숨을 내쉬었다.

"솔직히 말해서 왜 또 봐야 하는지 모르겠는데요. 제 생각에는 환자가 기억하는 일은 모두 말한 것 같습니다만."

"그건 내가 판단합니다. 언제쯤이면 회복할 수 있을까요?"

투베손의 말에 의사는 어깨를 으쓱했다.

"적어도 내일까지는 스스로 앉을 수 있어야 합니다."

"좋습니다. 우리가 환자를 데리러 올 겁니다. 자동차로 이동할 텐데 병원 측에서 동행해야 한다면 그렇게 하셔도 됩니다."

의사는 반론을 제기하려 했지만 투베손과 릴리아는 이미 저만치 걸어가고 있었다.

59

카밀라 린덴은 언제 마지막으로 했는지도 기억하지 못했다. 2년 전, 아니 3년 전, 어쩌면 4년 전인지도 몰랐다. 다시는 하지 않겠다고 엄숙하게 맹세했지만 혹시라도 믿을 수 없는 충동이 일거나 저항할 수 없는 경우를 대비해서 늘 핸드백에 한 갑을 넣고 다녔다.

이럴 때 한 대 피운다고 해서 뭐라고 할 사람은 없을 거야. 카밀라는 오른손으로 조수석에 있는 지갑을 뒤지면서 생각했다. 찾는 물건이 립스틱과 열쇠와 전화기와 이쑤시개와 탐폰 사이에 있으리라는 것은 알았다. 마침내 구겨진 부드러운 담뱃갑을 손가락 끝으로 집어 입으로 가져갔다. 이로 비닐을 벗기고 입술로 담배 한 개비를 물어 꺼냈다. 라이터는 이미 켜져 있었기 때문에 카밀라는 곧 아주 깊이 담배를 빨아들였다.

언제나 바로 이 첫 모금을 빨자마자 카밀라는 차분해졌다. 하지만 이번에는 그런 효과가 나타나지 않았다. 젠장, 다시는 이런 짓 안 할 거야. 카밀라는 왼쪽 차선으로 옮기고 액셀 페달을 밟고 앞에서 미적거리는 버건디색 볼보를 추월해 갔다. 그녀는 가장 작은 모세혈관까지 연기가 닿을 수 있도록 담배를 깊이 빨아들였다. 앞에서는 E6 고속도로가 3D 컴퓨터 게임처럼 흘러갔다. 터무니없을 정도로 빠르게 달리고 있었지만 카밀라는 상관없었다. 경찰이 따라온다고 해도 문제 될 것은 없었다. 오히려 그녀와 함께 가준다면 경찰의 도움을 받을 수 있을 터였다.

비에르네가 카밀라에게 말도 하지 않고 불쑥 나타나서 아이들을 데려간 것이 이번이 처음은 아니었다. 한번은 아이들을 데리고 코펜하겐의 티볼리에 갔고 또 한번은 벤섬에 소풍을 갔다. 하지만 지금까지 카밀라의 전화를 차단한 적은 한 번도 없었다. 이번이 처음이지만, 마지막이 될 거라고, 카밀라는 생각했다.

이제 충분했다. 이제는 화를 조금 낸 뒤 그냥 지나가게 내버려두지 않을 것이다. 이번에는 정말로 끝까지 갈 것이다. 재판도 하고 아이들을 찾아오지도 못하게 하고, 아무튼 뭐든지 다 할 거다. 분명히 사력을 다해 싸울 것이다. 비에르네가 심한 화상을 입고 감히 다시는 아이들 곁으로 다가올 엄두를 내지 못하게 할 것이다.

계속해서 왼쪽 차선으로 달리던 카밀라는 지금 시속 150킬로미터로 달리고 있음을 깨달았다. 속도는 문제가 되지 않았지만 그 망할 녀석이 사는 스트뢰벨스토르프 출구를 지나칠 수는 없었다. 카밀라는 담배를 마지막으로 길게 빨고 창문 밖으로 꽁초를 던져버린 뒤 다른 담배에 불을 붙였다.

어쩌면 이렇게 순진했을까? 그동안 내내 수많은 경고 신호가 있었고 떠나버릴 기회가 너무나도 많았는데, 그런데도 그녀는 그 모든 신호와 기회를 무시하고 모욕을 애써 참으면서 아무것도 잘못된 것은 없는 듯 행동했다. 일단 마음만 먹는다면 그 사람이 술을 끊을 수 있는 것처럼, 그가 기분이 나쁜 이유는 모두 자기 잘못인 것처럼 행동했다. 그 모든 것이 아이가 없을 때도 이미 시작됐는데 말이다. 정말로 멍청이 선발대회가 있다면 그녀는 별다른 노력을 기울이지 않고도 우승할 것이다.

길게 내뱉은 담배 연기가 목에 걸려 카밀라는 나이 든 여자처럼 기침을 해댔다. 버건디색 볼보가 오른쪽 차선에서 카밀라를 앞서가고 있었다. 카밀라의 차 속도계는 시속 140킬로미터를 가리키고 있었다. 카밀라는 오른쪽 차선으로 옮겨 볼보 뒤에 붙었다.

벌써 10년도 더 전의 일이지만 카밀라는 처음 비에르네에게 맞은 순간을 바로 어제 일처럼 생생하게 기억했다. 그때 두 사람은 카밀라의 어린 시절 친구 파블린의 집에서 저녁을 먹고 있었다. 예르케르와 결혼하면서 그 친구의 이름은 엘사 할린이 됐다. 지하실을 청소하다가 퐁듀 세트를 찾는 바람에 할린 부부가 카밀라 부부에게 퐁듀를 해 먹자고 초대한 것이다. 저녁을 먹으면서 네 사람은 이렇게 맛있는 음식을 먹지 못하게 퐁듀 세트가 그 누구도 알지 못하는 세월 동안 지하실에 파묻혀 있어야 했다니, 너무 불공평한 일이라는 이야기를 했다. 그 뒤로 네 사람은 1980년대에 자신들이 좋아했던 일들을 이야기했는데, 카밀라는 문득 비에르네가 아무 말도 하지 않는다는 사실을 깨달았다.

볼보의 브레이크 등에 불이 들어오자 카밀라는 남의 차 뒤를 박지 않으려고 브레이크를 세게 밟았다. 볼보를 추월해 갈 수 있을지 확인하려고 뒤를 돌아보자 트럭이 경사로에서 카밀라의 차를 추월하려고 기를 쓰고 있었다. 도대체 왜 저러는 거야?

비에르네는 1980년대라면 뭐든지 미워했다. 방금까지 먹어도 먹어도 성에 차지 않는 것처럼 퐁듀를 먹어치웠다는 것은 아무 상관이 없었다. 그는 80년대라면 어떤 것이든 경멸했다. 재고의 여지가 없었다. 나머지 세 사람은 80년대의 옷과 머리 스타일을 이야기하면서 90년대보다 80년대가 훨씬 재미있었다고 말했다. 파블린은 90년대에는 반드시 입어야 했던 탈색한 찢어진 청바지, 티셔츠, 플란넬로 대표되는 옷차림은 그다지 멋있지 않았다고 했다. 파블린은 비에르네가 단추를 잠그지 않은 격자무늬 럼버 잭 셔츠 안에 흰색 티셔츠를 입고 있다는 사실을 눈치채지 못한 것이 분명했다. 아니, 사실은 알고 있었는지도 모른다. 어쨌거나 문제를 일으키는 게 파블린다운 일이니까. 카밀라는 격자무늬 셔츠는 정말 멋있다며 파블린이 한 말을 무마하려 했다.

그때 20분 만에 처음으로 비에르네가 입을 열었다.

"80년대는 망할 호모들이랑 동성애자들이 빌어먹을 어깨 패드랑 똥만 들고 다니던 시대라고."

예르케르가 호모와 동성애자의 차이가 뭔지 모르겠다고 말하더니 비웃듯이 건배하자며 잔을 높이 들어 올렸다.

볼보가 다시 한번 브레이크를 밟았고 카밀라도 속도를 낮췄다. 이제 속도계는 시속 125킬로미터를 가리키고 있었다.

비에르네를 뺀 나머지 사람들은 모두 건배를 했다. 모든 징후가 비에르네의 기분이 빨간불이 켜지는 위험한 장소로 들어가고 있음을 나타냈다. 카밀라는 대화 주제를 일 이야기로 옮기려고 애썼다. 그녀의 노력을 알아챈 파블린은 자기 상사는 끊임없이 아동 문학을 하찮게 여긴다고 말했다.

"그러니까 너희는 정말로 그때 호모들이 만든 음악을 좋아한다는 거지? 소프트 셀이나 휴먼 리그 같은 녀석들은 진짜 악기를 다루는 법도 몰라. 화장품이나 처바른 망할 호모들은 노래 부를 줄도 모른다고."

비에르네가 잔뜩 역정을 내면서 빈정거렸다.

그 사람들이 할 수 있는 일이 있다면 노래 부르는 걸 텐데, 카밀라는 아직도 바로 앞에서 달리고 있는 볼보의 뒤 유리창에서 반짝이는 녹색 불빛을 바라보며 생각했다. 카밀라의 생각은 재빨리 그날 밤으로 돌아갔다. 그날 밤 비에르네를 자꾸 도발한 것으로 보아 예르케르는 잔뜩 취한 것이 분명했다.

"그거야말로 커밍아웃을 하지 않은 호모가 하는 말 아니야?"

예르케르는 소리를 지르더니 노래를 부르기 시작했다.

"나를 원하지 않아, 베이비? 나를 원하지 않아, 오!"

예르케르는 빌떡 일어나더니 비에르네 앞에 무릎을 꿇고 앉아서 자기 허벅지를 문지르기 시작했다.

"너를 만났을 때, 넌 칵테일바에서 종업원으로 일하고 있었지. 내가 너를 알아봤어. 내가 너를 흔들었고 너를 돌려세워서……."

카밀라가 그날 밤 일을 좀 더 분명하게 생각해내려 애쓰고 있을 때 앞의 차에 장착한 작은 카메라가 부지런히 카밀라의 얼굴을 찾으면서 앞유리를 따라 이동하는 녹색 광선을 안내했다.

파블린은 결국 웃음을 터뜨렸고 카밀라도 웃지 않으려고 엄청나게 애써야 했다. 예르케르는 비에르네의 발밑에서 현란하게 몸을 움직이면서 파블린과 카밀라가 배꼽을 잡고 웃어댈 때까지 계속 노래를 불렀다.

"너를 완전히 새로운 사람으로 바꿨지."

카밀라가 비에르네의 얼굴이 돌처럼 굳었다는 사실을 깨달았을 때는 이미 늦었다. 그는 의자가 뒤로 넘어갈 정도로 벌떡 일어서더니 이제 집으로 돌아가자고 했다. 그녀는 바보처럼 그 말을 그대로 따랐다. 집으로 들어오자마자 비에르네는 현관문 잠금장치를 걸고 자물쇠까지 잠갔다. 카밀라는 열쇠를 주머니에 넣고 깊이 숨을 들이마신 뒤 자신에게 돌아서는 비에르네를 멍하니 쳐다봤다.

카밀라는 왼쪽 눈이 터져버릴 것만 같은 고통을 느끼면서 비명을 질렀다. 마치 누군가가 그녀 눈에 염산을 뿌렸거나 바늘로 찌른 것 같은 통증이 느껴졌다. 그녀는 재빨리 눈을 감고 얼굴을 만졌지만 어떤 물질도 물체도 만져지지 않았다. 그저 끊임없이 눈을 태울 것 같은 극심한 고통이 느껴질 뿐이었다. 그녀의 차가 차선에서 벗어났지만 너무 늦기 전에 차를 똑바로 앞을 향해 달릴 수 있게 했다. 그녀는 비명을 멈추고 진정하려 애썼다. 도대체 이게 무슨 일이야? 혹시 뇌졸중이나 혈전이 생긴 걸까? 눈은 아직도 아팠지만 고통은 점점 사그라져 참을 수는 있을 정도였다. 땀에 흠뻑 젖었지만 으슬으슬 추웠다. 온몸이 딱딱하게 굳는 것만 같고 끈적끈적하게 느껴졌다. 그녀는 왼손으로 핸들을 잡고 왼쪽 눈이 보이는지 알아보려고 오른손으로 오른쪽 눈을 가렸다. 왼쪽 눈이 보이지 않았다. 이게 대체 무슨 악몽이야? 카밀라는 빨리 꿈에서 깨고 싶었다.

카밀라는 또다시 볼보의 뒤쪽에서 튀어나와 자신의 차 앞유리에 부딪히는 녹색 빛을 봤다. 이건 꿈일 리 없었다. 날카로운 광선이 그녀의 가슴을 지나 올라가고 있었다. 하지만 그녀는 오래는 생각할 수 없었다. 이내 또 눈이 불에 타는 것처럼 아팠기 때문이다. 이번에는 오른쪽 눈이었다. 주변의 모든 것이 뿌옇게 변하고 그녀는 그저 망막을 가로지르는 여러 개 총천연색 구(球)만 볼 수 있었다. 카밀라는 자신이 낼 수 있는 가장 큰 소리로 비명을 지르면서 차선에서 벗어나려고 애썼지만 그녀의 손은 그녀의 명령을 거부했고 핸들은 저절로 움직이는 것만 같았다.

카밀라의 BMW는 트럭 옆구리를 향해 돌진해 갔지만 핀볼처럼 팅겨서 원래 차선으로 돌아온 뒤에 풀밭으로 튀어나가 '스트뢰벨스토르프 500m'라고 적힌 도로표지판으로 돌진했다. 표지판의 한쪽 다리에 부딪힌 BMW는 오른쪽 헤드라이트가 깨지면서 다시 고속도로로 돌아가 세미트럭 앞으로 떨어졌고, 세미트럭은 재활용 분리수거 기계 속에서 납작하게 깔려버리는 깡통처럼 BMW 뒷부분을 눌러버렸다. 공중으로 붕 떠 한 바퀴를 돈 BMW는 지붕부터 착지하고는 한참을 앞으로 미끄러진 뒤에야 간신히 멈춰 섰다.

BMW와 함께 달리던 차들이 일제히 멈춰 섰고 그 뒤로 아주 긴 정체가 시작됐다. 트럭 운전사를 비롯해 많은 사람이 차 밖으로 나와 뒤집힌 딱정벌레처럼 바퀴를 하늘로 향한 채 토막 나버린 BMW를 쳐다봤다. 전화기를 꺼내 구급차를 부르는 사람도 있었고 가족에게 전화해 정말로 사랑한다고 말하는 사람도 있었다.

한 남자가 BMW로 걸어가 운전석 문을 열더니 불행하게도 카밀라의 목에서는 맥박이 뛰지 않는다는 사실을 확인했다. 그 남자는 자신의 버건디색 볼보로 돌아갔고 그대로 떠나버렸다.

60

지금까지 파비안은 24시간 동안 침대에 누워 있었고, 앞으로 하루만 더 쉬어도 자신은 살아남지 못하리라는 사실을 깨달았다. 몇 시간만 더 이런 상태로 있다가는 지루해서 죽어버릴 것이 분명했다. 병원 사람들이 아무리 휴식이 중요하다고 잔소리해도 소용없었다. 마지막 희생자인 클라에스 멜비크를 죽인 범인은 그에게 단 한 순간도 평화롭게 누워 있을 마음의 여유를 주지 않았다.

투베손 또한 파비안을 쉽게 해주지 않았다. 투베손은 정말로 최선을 다해 무력감을 숨기려고 했지만 그 눈은 진실을 말하고 있었다. 마음속 깊은 곳에서 투베손은 이 사건을 해결할 수 없다고 생각하는 게 분명했다. 이제는 파비안이 공식적으로 수사에서 배제됐으며 지금은 병원에 갇혀 있다는 사실도 중요하지 않았다. 모든 일이 어떻게 연결됐는지, 혹은 실제로 연결된 것인지를 알아낼 사람은 파비안밖에 없었다.

파비안은 정말로 병원에서 나가기를 간절히 원했지만 등 통증이 너무나도 심했다. 심지어 침대 밖으로 나갈 수도 없었다. 응급실까지 걸어갔다 온 대가를 혹독하게 치르는 중이었다. 결국 항복하고 진통제를 먹었고 그 때문에 온몸이 마비된 것처럼 나른해졌다. 운이 좋다면 이제는 업무에 집중할 수 있을 것이다. 왜냐하면 아무리 고통스러워도 어쨌거나 파비안은 일을 할 필요가 있었으니까.

배달원이 파비안의 집에 들러 컴퓨터와 전화 충전기, 속옷을 몇 벌 가져왔다. 파비안은 경찰서 안내 데스크를 지키는 플로리안 닐손을 간신히 설득해 자신이 쓰던 책상에서 자기 물건을 모두 챙겨 병원으로 보내게 했다. 그리고 간호사 한 명의 도움을 받아 멀티탭, 바퀴가 달린 선반, 스탠드, 접이식 탁자를 가지고 침대 위에 멋진 책상을 만들었다.

맨 먼저 파비안은 전화기를 충전기에 연결하고 전원을 켰다. 소냐에게서 문자가 와 있었다. *테오가 같이 안 간대. 테오한테 500크로나 줬어. 그러니까 당신이 병원에 있는 동안 굶어 죽지는 않을 거야. 테오한테 전화해서 잘 있는지 확인해줘. -소냐.*

파비안은 테오도르에게 전화를 걸었지만 받지 않았다. 그래서 대신 소냐에게 전화를 걸어 지금 자신이 느끼는 기분을 알리고 싶었지만 그녀는 그가 아들과 통화했는지에만 관심이 있었다. 파비안은 이제 막 전화기를 충전하기 시작했으니 전화를 끊으면 다시 테오에게 전화해보겠다고 약속했다.

"그럼 빨리 전화 끊어."

소냐가 말했다.

파비안은 정말로 전화를 끊고 싶지 않았기 때문에 마틸다와 소냐는 무엇을 하고 있는지 물었다. 두 사람은 소녀의 언니와 조카들과 함께 그뢰나 룬드 놀이공원에 가서 멋진 시간을 보내고 왔다고 했다.

"이제 가봐야 해. 테오한테 전화해."

"사랑해."

파비안은 그렇게 말하고 소녀의 대답을 기다렸다.

"테오하고 통화하자마자 나한테 전화해."

소녀가 대답했다.

파비안은 새로 생긴 집 전화번호를 누르고 신호가 울렸다가 천천히 사라지고 또 울렸다가 사라지는 소리를 듣고 있었다. 집 전화를 끊고 다시 테오도르에게 전화를 걸었지만 신호가 세 번 울린 뒤에 음성사서함으로 넘어갔다. 자기 방에서 게임을 하는 것이 분명했다. 퇴원하면 테오도르가 상상 속에서 살인을 저지르는 것 말고도 더 많은 일을 하도록 더 많은 시간을 자기 방에서 나올 수 있게 노력하리라고, 파비안은 다짐했다.

자기 치수보다 적어도 두 사이즈는 더 작은 제복을 입은 경찰관이 병실 문을 열면서 말했다.

"배달이 왔습니다. 경찰서에서 몇 가지 물건을 보냈군요."

배달원은 바인더와 서류가 가득 든 상자를 들고 와 서명해달라며 종이를 내밀었다.

"혹시 한 시간쯤 전에 우리 집에서 컴퓨터랑 몇 가지 물건을 가져온 사람 전화번호를 알 수 있을까요?"

종이에 서명하면서 파비안이 말했다.

"폴시에가탄 17번지 말입니까?"

파비안이 고개를 끄덕였다.

"한번 알아보지요."

배달원이 배달 기록을 뒤졌다.

"요케 로케르가 배달했네요."

배달원이 자기 전화기 화면에 뜬 요케 로케르의 전화번호를 내밀었고, 파비안은 그 번호를 자기 전화기에 입력하고 통화 버튼을 눌렀다.

"여보세요?"

"요케 선생님입니까?"

"그런데요, 무슨 일이시죠?"

"파비안 리스크라고 합니다. 아까 우리 집에서 컴퓨터랑 몇 가지 물건을 가져다주셨죠. 폴시에가탄 17번지에서요."

"저기, 오늘 일은 끝났습니다."

"그냥 한 가지 질문만 빨리 드리겠습니다."

전화기 너머에서 아주 묵직한 한숨 소리가 들렸다.

"우리 집에 가셨을 때 아들이 있었습니까? 열네 살인데, 검은 머리를 어깨까지 기른 아이입니다."

"나야 모르죠. 하지만 밖에까지 다 들릴 정도로 마릴린 맨슨 노래가 흘러나오기는 했어요."

"고맙습니다. 그게 제가 알고 싶었던 겁니다."

파비안은 전화를 끊고 갑자기 안도를 느꼈다. 그렇게 고음을 내는 마릴린 맨슨 때문에 이런 기분이 들 줄은 정말 한 번도 생각해보지 않았다.

20분 뒤에 파비안의 전화기에서 문자가 도착했음을 알리는 빛이 반짝였다. *안녕, 아빠. 전화했어? 지금 케밥 사러 왔어. 이제 계산하려고. 아빠는 집에 언제 와?*

파비안은 테오도르에게 답장을 보냈다. *의사가 내보내주면 곧바로 갈 거야. 아빠 전화는 이제 막 살아났어. 무슨 일이 있으면 바로 알려줘. 아빠한테 와주면 더 좋고.* ☺ 아들에게 문자를 보내고 파비안은 문자를 하나 더 보냈다. *허니, 테오하고 연락이 됐어. 양쪽 귀로 튀어나올 정도로 케밥을 먹고 있는 게 분명해. 키스를 보내. -F.*

파비안은 전화기를 내려놓았다. 드디어 일을 할 수 있게 됐다.

61
○

정말 큰일 날 뻔했다. 투베손은 피자값을 지불하면서 그렇게 생각했고 음식이 도착했을 때 릴리아와 몰란데르, 클리판에게도 그렇게 말했다. 혈당이 줄어들면서 네 사람의 집중력도 떨어졌고 당장 음식을 먹지 않으면 곧 그 어느 곳에서도 음식을 살 수 없는 상황이 벌어졌을 것이다. 네 사람은 밤낮없이 강도 높게 일했고 감당할 수 없는 극심한 수면 부족에 시달리고 있었다. 대책 없는 절망에서 벗어나려고 투베손은 큰 진전이 있을 때까지 아무도 집에 돌아갈 수 없다고 결정했다.

음식이 제 역할을 해준다면 모두 원기를 회복할 것이다. 투베손은 그 순간을 가장 좋아했다. 활력을 되찾은 동안은 팀원들 모두 엄청난 집중력을 발휘해 어떠한 대가를 치르더라도 문제를 해결하려고 노력했다. 사건을 해결하는 일 말고는 다른 일은 염두에 두지 않았다. 평소라면 모두 가족이 있는 집으로 돌아가겠지만, 지금은 이 네 명이 가족이었다. 이런 상황은 어린 시절 가장 친한 친구네 집에 자러 가서 주말 내내 병원 놀이를 하거나 레고를 만들던 기억을 떠오르게 했다. 그때 투베손과 친구는 결코 갈아입을 시간이 없을 테니 처음부터 끝까지 잠옷을 입고 놀았다. 그럴 때는 사실 뭔가를 먹을 시간도 없었다. 그저 노는 것만이 중요했다.

릴리아와 몰란데르가 음식이 있는 곳으로 달려와 2리터짜리 콜라병 뚜껑을 따더니 각자 한 잔씩 따랐다.

"평생 와인이나 콜라 가운데 하나만 마실 수 있다면 난 당연히 콜라를 고를 거예요."

릴리아가 콜라를 벌컥벌컥 들이켜면서 말했다.

"어떤 피자 먹을래?"

몰란데르가 쌓여 있는 피자 상자를 가리키면서 물었다.

"잉바르는 뭐 먹을 건데요?"

"나는…… 음…… 케밥 피자?"

"분부대로 하죠."

투베손이 몰란데르에게 피자 상자를 내밀면서 말했다.

몰란데르로서는 절대로 인정하고 싶지 않겠지만, 그는 열에 아홉은 적어도 케밥 피자를 절반은 먹고 싶었다. 자신에게 할당된 피자를 절반 정도 먹으면 보통은 그 맛에 질려서 다른 사람들 피자도 맛보고 싶다는 마음이 들었다. 투베손은 혹시 몰라서 피자를 여섯 상자 주문했다.

"클리판은 어디 있어요? 뭘 먹으려나?"

"회의실에 있어요. 낙서를 모두 분석하면 그때 나올 거예요."

릴리아가 대답했다.

"아, 그랬지. 그 가설."

몰란데르가 조금 어처구니없다는 듯이 말했다.

"터무니없는 일이라는 건 잘 알아요. 하지만 클리판이 많은 노력과 에너지를 들이고 있는 일이잖아요. 정말로 순수하게 기회를 주고 싶어요, 알겠죠?"

두베손이 말했다.

몰란데르와 릴리아는 고개를 끄덕이고 자신들의 생존이 피자에 달려 있다는 듯이 먹기 시작했다. 케밥 피자가 3분의 1쯤 남았을 때 몰란데르가 침묵을 깨뜨렸다.

"잉엘라 플록헤드한테서는 뭐 좀 알아냈나?"

"더 가관이에요. 그녀를 진찰한 의사한테서 서면 보고서를 받았는데, 아까 우리한테 말한 걸 정말 그대로 적어 보냈어요."

투베손이 대답했다.

"뭐라고 했는데?"

"진짜 의사도 아닌 사람이 잉엘라를 수술했다고요."

"그걸 어떻게 알지?"

"잉엘라의 자궁을 꺼낸 사람이 사용한 메스는 수술용이 아니라는 게 첫 번째 이유였어요. 게다가 살균도 안 했고요."

"세상에나."

릴리아가 말했다.

"더구나 복부를 절개하지 않고 메스를 질 안으로 직접 집어넣었대요."

"잠깐만, 생각해보자고. 질로 자궁을 꺼내는 게 더 어렵다고?"

"네, 그렇대요. 하지만 비전문가치고는 상당히 정확하게 해냈다고 하더군요."

몰란데르는 케밥 피자를 한 조각 잘라냈다.

"누구 바꿔 먹을 사람?"

투베손과 릴리아는 고개를 저었다.

"릴리아는 어때? 뭔가 알아낸 게 있나?"

릴리아는 고개를 끄덕이면서 콜라를 한 모금 마셔 먹고 있던 피자를 꿀꺽 삼켰다.

"완전히 솔직하게 말하면 난 잉엘라를 이해하지 못하겠어요. 프레드리크스달 의무 교육 학교도 완벽한 성적으로 졸업했고 상급 중등학교에서도 자연과학을 공부하면서 상위권으로 졸업했어요. 2년 반 동안 룬드에 있는 법률학교에서 공부했고요. 그런데 갑자기 법률학교를 그만둬버렸다고요."

"그만두고 뭘 했는데?"

"아무것도 안 했어요. 이게 가장 이상해요. 그냥 식료품점 계산대에서 일하기 시작했고, 지금도 여전히 같은 일을 하고 있어요. 한마디로 말해서 재능을 완전히 낭비하고 있다고요."

"그 밖에 다른 게 또 있나?"

"네, 1992년에 낙태를 했어요. 10년 뒤에는 1년도 되지 않아 부모님이 모두 암으로 죽었고요."

"범인이 자궁을 들어낸 게 임신중절을 했기 때문은 아닐까?"

몰란데르가 케밥 피자를 밀어내면서 계속 말했다.

"패턴을 생각해보면 말이야, 글렌은 발로 찼으니까 발을 잘랐잖아. 예르겐은 주먹을 썼으니까 손을 잘랐고. 그러니까 낙태를 한 사람은 자궁을 들어내는 게 당연하지 않을까?"

"그러니까 동일범 소행이라는 거죠?"

투베손이 물었다.

몰란데르는 피자를 씹던 입을 멈추고 이상하다는 표정으로 투베손을 쳐다봤다.

"당연히 동일범이지 누구겠어?"

"리스크는 아니래요. 그는 플록헤드의 경우는 패턴에서 벗어났다고 했어요."

릴리아가 말했다.

"패턴에서 벗어났다고? 어째서 그렇게 생각한 거지? 처음에는 손을 자르고, 두 번째는 발을 자르고, 세 번째는 자궁을 꺼냈고, 더구나 모두 같은 반이었잖아. 이게 패턴이 아니라면 내가 일을 그만둬야지."

"하지만 플록헤드는 살았잖아요. 강간도 당했고."

"그래서? 플록헤드는 계획에도 없던 덴마크 아가씨를 제외하면 여자로서는 첫 번째 피해자잖아."

"그건 그래요. 하지만 리스크는 플록헤드가 반에서 유일하게 클라에스 편에 선 사람이라고 했어요."

"클라에스가 범인이 아니란 건 이미 밝혀졌잖아. 누군가 다른 사람이……."

몰란데르는 말을 하다 말고 릴리아와 투베손을 번갈아 쳐다봤다.

"정말로 다른 사람일 수도 있다고 생각하는 거야?"

"솔직히 말해서 어떻게 생각해야 할지 모르겠어요."

투베손이 말했다.

"나도 그래요."

릴리아가 거들었다.

"하지만 일단은 모든 범죄를 동일범이 저질렀다는 생각에 좀 더 무게를 두고 있어요. 그래도 이 시점에서 모두에게 바라는 건 어떠한 가능성도 배제하지 말라는 거예요. 누구든지 범인이 될 수 있으니까요."

투베손이 말했다.

"더블 칼초네도 시켰어요?"

복도에서 클리판의 목소리가 들려왔다.

"물론이죠."

투베손이 방으로 들어오는 클리판 쪽으로 가장 두툼한 피자 상자를 쭉 밀었다.

클리판은 헛기침을 하고 나서 선언했다.

"모두 회의실로 초대하고 싶습니다만."

세 사람을 회의실로 안내하는 사람처럼 팔을 움직이는 클리판은 매우 즐거워 보였다.

세 사람은 회의실로 들어가 방을 둘러봤다. 클리판은 정말 엄청난 일을 해냈다. 회의실은 바닥부터 2미터 높이까지 낙서를 찍은 사진이 사방에 붙어 있었다. 심지어 각 사진 위에는 어떤 장소에서 찍은 낙서인지를 적은 포스트잇까지 붙어 있었다.

"우아, 이게 모두 프레드리크스달 학교에서 찍어 온 거예요?"

탄성을 터뜨리는 릴리아에게 클리판이 고개를 끄덕였다.

"이렇게 해놓는 게 낙서를 살펴볼 가장 좋은 방법 같아서요."

"꼭 거대한 공중목욕탕에 들어와 있는 기분이군."

몰란데르가 말했다.

"흥미로운 게 있나요?"

투베손이 물었다.

"아직 낙서는 살펴보지 못했어요."

클리판은 피자 상자를 열고 다른 사람들이 벽을 둘러보는 동안 피자를 먹기 시작했다.

"모두 함께 봐야 할 거 같아요. 한 사람이 한 벽씩 맡아서 보면 그리 오래 걸리지 않을 거예요."

클리판이 피자를 다 먹자마자 네 사람은 자신이 맡은 벽으로 가서 낙서를 살펴보기 시작했다. 15분쯤 지나자 회의실은 모두 단서를 찾는 데 집중하느라 침묵이 흘렀다. 단서가 될 만한 낙서는 하나도 놓치지 않으려고 기진맥진할 정도로 노력하는 것이 분명했다. 클리판이 해낸 엄청난 일을 조금도 낭비하고 싶지 않았다. 클리판은 학교 벽과 사물함에 있는 낙서뿐 아니라 책상 밑이나 의자 뒤에 적혀 있던 낙서까지 모두 사진에 담아 왔다.

'다른 대안이 있기를'은 화장지 걸이에서 찾았고 '세실리아는 창녀다', 'HIF가 최고다. 나머지는 모두 ×다', '슬립낫 규칙—헬스트룀이 거기를……', '예르겐♥리나', '록은 죽었다! 신시사이저여, 영원하라!' 같은 낙서도 있었다.

투베손은 낙서를 쭉 살펴봤다. 과거와 현재 10대 아이들의 마음이 자신을 뒤덮는 것만 같았다. 수년 동안 학생들이 남기고 간 나이테처럼 낙서 위에 또 다른 낙서가 층층이 쌓이기도 했다. 그런 경우는 맨 밑에 있는 낙서를 보려면 더욱더 집중해야 했다.

투베손의 눈길이 '죽어라, 미엘레!'라는 낙서에서 멈췄다. 사진에 붙어 있는 포스트잇에는 남학생 탈의실 벤치 뒤에서 찾은 낙서라고 적혀 있었다. 살짝 몸서리를 친 투베손은 낙서를 좀 더 가까이에서 들여다봤다. 나무 벤치에 거칠고 각이 지게 새겨 넣은 낙서는 칼로 판 것 같았다. 글자 가장자리가 부드럽게 마모됐다는 것은 거의 30년 전에 새긴 낙서라는 뜻이었다. 누가 그렇게 증오에 가득 찬 글을 새겨놓은 걸까? 예르겐? 글렌? 아니면 범인이?

"여기 흥미로운 걸 찾았어요."

릴리아가 말하더니 큰 소리로 읽었다.

"'내가 말했지만 듣는 사람은 아무도 없었다. 내가 물었지만 대답하는 사람은 아무도 없었다. 보이지 않는 사람이.' 이게 무슨 뜻일까요?"

"어디서 찾은 거지?"

몰란데르가 물었다.

"남쪽 복도에 있는 소화기 뒤에서요."

"나도 비슷한 걸 찾았어요. '이 망할 놈들 모두 싫다. 하지만 누가 상관이나 하겠어? 보이지 않는 사람이.'"

클리판이 말했다.

"범인이 낙서한 걸까요?"

릴리아가 다른 세 사람에게 물었다.

"그럴 수도 있겠지."

투베손이 대답했다.

네 사람은 살짝 뒤로 물러나 살인자가 벽 속에서 튀어나오기를 바라기라도 하는 것처럼 그 낙서를 뚫어지게 쳐다봤다.

30분 뒤 몰란데르는 자신이 맡은 벽에서 사진 한 장을 떼어 와 탁자에 놓고 돋보기로 들여다봤다. 나머지 세 사람은 끝까지 자신이 맡은 벽을 살펴본 뒤에 차례로 몰란데르의 뒤에 와서 섰다.

몰란데르가 살펴보고 있는 낙서는 글자를 분간하기 힘들었다. 오랜 세월 마모되어 글자는 다양한 길이의 선과 몇 개의 점만을 남겼다. 그나마 알 수 있는 것은 선이 이어진 각도뿐이었다. 몰란데르는 남아 있는 점과 선을 가지고 글자를 유추해내려 애썼다. 포스트잇에는 349번 사물함에서 찾은 낙서라고 적혀 있었다.

"사물함 자물쇠를 다 풀어본 건 아니죠?"

릴리아가 물었다.

"이미 열려 있었어요. 아마 여름휴가 때 청소하려고 모두 비운 것 같던데요."

클리판이 대답했다.

투베손은 몰란데르의 어깨 너머로 낙서를 들여다보며 무슨 내용인지 알아내려 했다. '아무도 나를 못 봐…… 아무도 내……' 그 뒤에 적힌 글자들은 잘 보이지 않았다. 몰란데르의 손이 그 부분을 가리고 있었기 때문이지만 그를 방해하고 싶지 않았다. 몰란데르가 이렇게 집중한다는 것은 곧 수사에 진전이 있으리란 뜻이니까.

투베손은 마음속으로 케밥 피자에 감사를 표하고 헬싱보리의 아름다운 밤 풍경을 보여주는 커다란 창문 밖을 내다봤다. 드물게 맑은 저녁이라 헬싱외르만까지 아주 선명하게 보였다. 심지어 크론보르성의 탑 가운데 하나에서 껌벅이는 빛까지 볼 수 있었다. 저 멀리 보이는 곳은 헬싱보리에 사는 사람들이 대부분 그렇듯 투베손도 가보지 못했지만 벤섬이 분명했다. 물론 벤섬의 불빛이라고 생각하는 것이 사실은 보트에서 밝힌 불빛일 수도 있었다.

"찾았어!"

갑작스러운 고함에 투베손은 몰란데르를 쳐다봤다.

"확실해요?"

"이 낙서가 우리 범인이 쓴 게 아니라면 이 자리에서 항복하고 다른 직업을 찾으러 갈 거야."

"뭐라고 적혀 있어요?"

릴리아가 자기 잔에 마지막 콜라를 따르면서 물었다.

몰란데르는 다른 사람들과 눈을 맞추면서 낙서를 읽었다.

"아무도 나를 못 봐. 아무도 내 말을 듣지 않아. 심지어 아무도 나를 괴롭히지도 않아. -I. M."

"자신의 존재를 아무도 신경 쓰지 않으니까 자기 자신을 보이지 않는 사람이라고 부른 거군요. 그게 이 모든 일을 시작한 동기고요. 무시당하고 버려졌다는 느낌이 사람이 느낄 수 있는 가장 끔찍한 감정 가운데 하나라고 하잖아요. 심지어 괴롭히는 사람마저 없는 상태가요. 마치 자기 자신이 존재하지 않는 듯한 느낌이 든다죠."

투베손이 말했다.

"그게 범인의 목표군요. 지도에 자기를 올려놓고 싶은 거예요. 유명해지기를 바라는 거예요."

릴리아의 말에 투베손이 고개를 끄덕였다.

"지금까진 보이지 않는 상태로 모든 걸 해낼 수 있던 거 같아요."

클리판이 말했다.

"어쨌거나 그 반 학생이었을 가능성이 매우 크군."

몰란데르가 말했다.

투베손은 크게 확대된 학급 사진 앞으로 걸어갔다. 예르겐, 글렌, 클라에스, 그리고 담임교사 모니카 크루센스시에르나의 얼굴은 지워져 있었고 잉엘라 플록헤드의 얼굴에는 의문부호가 그려져 있었다. 투베손은 빠르게 뛰는 심장을 느낄 수 있었다. 마침내 수사팀은 이 반 학생들 가운데 한 명이 범인이라는 사실을 확신할 정도로 큰 진전을 이뤘다.

"살아 있는 사람을 모두 만나보고 알리바이를 확인해봐요."

"릴리아와 내가 벌써 했습니다. 적어도 휴가를 가지 않은 사람들은요."

클리판이 대답했다.

"결과는?"

"안타깝지만 모두 알리바이가 분명했어요."

"모두 다?"

"네, 아무튼 내가 만나본 사람은 다 그랬습니다."

클리판은 그 말을 하고 릴리아를 쳐다봤다.

"나도 그래요."

"휴가를 간 사람들은 어떻지? 정말로 휴가 간 건 확실해?"

몰란데르가 물었다.

"아직은, 모르겠어요."

릴리아가 대답했다.

"휴가를 간 사람들도 모두 연락해서 알리바이를 점검해봐요. 보이지 않는 사람이라고 했는데, 범인을 남자라고 가정해도 될까요?"

투베손의 말에 몰란데르가 대답했다.

"당연히 남자지. 잉엘라 플록헤드를 강간했잖아."

"그렇다면 용의자는 일곱 명이에요."

"리스크도 포함한 거예요?"

릴리아가 물었다.

투베손은 눈을 가늘게 뜨고 사진 속 파비안을 뚫어지게 봤다. 가운데 가르마를 한 파비안은 다른 학생들처럼 폴로셔츠에 모직 카디건을 입고 있었다. 릴리아의 질문을 고민하고 있을 때 문이 열리고 한 번도 보지 못한 남자가 걸어 들어오면서 말했다.

"여기가 같은 반 친구들 살해 사건을 맡은 곳입니까?"

"실례지만 누구신데 함부로 들어오셨죠?"

투베손이 말하는 동안 밤 근무조인 경찰서 경비원 둘이 달려 들어와 남자를 붙잡았다.

"죄송합니다. 이 사람이 엘리베이터를 막아버려서 제지할 시간이 없었습니다."

남자를 끌고 나가려 애쓰면서 한 경비원이 말했다.

"이거 좀 놔요, 제발요. 나는 그저……."

남자가 소리쳤다.

"아내가 실종됐다고 신고하러 오신 건 압니다. 하지만 여기 들어오면 안 돼요. 일단 긴급 신고 요청을 하면 우리가 기꺼이 도와드리겠습니다. 아래층에서요."

경비원이 말했다.

결국 인내심을 잃은 두 경비원이 남자를 바닥에 누이고 팔을 뒤로 돌려 움켜잡았다. 남자는 온몸을 파르르 떨기 시작했다.

"진정하지 않으면 수갑을 채울 겁니다."

한 경비원이 남자의 귀에 대고 소리쳤다.

"잠깐만요, 놓아주세요."

투베손이 말했다.

두 경비원이 그게 무슨 말이냐는 표정으로 투베손을 쳐다봤다.

"괜찮습니다. 내가 책임질게요."

투베손의 말에 경비원들은 서로를 보다가 어깨를 으쓱했다.

"알겠습니다. 그럼 반장님께 맡기겠습니다."

두 사람은 남자를 풀어주고 일어났다. 엎드려 있던 남자는 일어나서 완전히 엉망이 된 옷과 머리를 정리했다. 남자는 체포될 수도 있었다는 생각에 두려운 듯 보였다.

투베손은 남자에게 걸어가 악수를 했다.

"이번 수사를 책임지고 있는 아스트리드 투베손입니다. 무슨 도움이 필요하신가요?"

"내 아내가…… 아내가 실종됐습니다. 뭘 어떻게 해야 할지 모르겠습니다. 내가 할 수 있는 게……."

남자가 울음을 터뜨렸고 클리판과 릴리아가 남자를 부축해 의자에 앉혔다.

"한 번에 하나씩만 합시다. 성함이?"

"예르케르…… 예르케르 할린입니다."

"부인 성함은?"

"엘사 할린입니다."

"할린이라…… 결혼 전에는 무슨 성을 썼죠?"

"파블린입니다."

"엘사 파블린. 그러니까 같은 반……."

예르케르 할린이 고개를 끄덕였다.

"그래서 온 겁니다. 오늘은 내가 직장에 나갈 수 있도록 아내가 저녁을 준비할 차례였거든요. 일을 마치고 전화기를 보니까 베아가, 우리 딸입니다, 베아가 왜 아무도 집에 오지 않느냐고 전화랑 문자를 엄청나게 보냈습니다."

"그래서 아내분께 전화를 해보셨겠군요?"

"그냥 음성사서함으로 넘어갔습니다."

"아내분 직장은 어디입니까?"

"시내에 있는 중앙 도서관에서 근무합니다. 거긴 벌써 전화해봤습니다. 없었습니다."

"아내분이 언제 도서관에서 나갔다고 하던가요?"

부들부들 떠는 남자는 그 질문을 듣지 못했다.

"제발, 실종 사실을 알리고 수색팀을 보내주세요. 뭐든지 좀 해주세요."

"당연히 그럴 겁니다."

투베손은 대답했지만, 이미 늦었음을 알았다.

62

두냐 호우고르는 한쪽 다리를 들고 정강이 털을 밀기 시작했다. 발을 이리저리 흔들어보면서 몇 달간 해온 필라테스 덕분에 다리가 몇 년은 어려 보인다는 사실에 행복해했다. 정말로 불평할 이유가 없었다. 사람들은 두냐의 실제 나이를 정확히 알아맞히지 못했다. 두냐가 서른다섯 살이라고 말하면 사람들은 모두 농담이라고 생각했다. 물론 그 사람들이 그렇게 생각하는 것도 무리는 아니었다. 사실 두냐의 몸이 이보다 좋은 적은 없었으니까.

지난 6개월 동안 두냐는 놀라울 정도로 바뀌었다. 두냐를 알아보지 못한 옛 친구들도 있었다. 머리 스타일을 바꿨고 더는 H&M 매장에서 옷을 사지 않았으며 강도 높게 운동한 덕분에 죽을 때까지 달고 살아야 한다고 체념하던 젖살을 마침내 태워버릴 수 있었다.

두냐는 면도칼을 내려놓고 머리를 물속에 푹 담가 헤어 마스크를 헹궈냈다. 이제야 긴장이 풀리기 시작했다. 따뜻한 물로 목욕하고 나니 종일 머릿속에서 떠나지 않던 생각을 조금은 밀어낼 수 있었다. 자신이 옳은 일을 했다는 생각이 들다가도 곧바로 바보 같은 일을 했다는 생각이 계속해서 번갈아 가며 통제할 수 없을 정도로 괴롭혔기 때문에 두냐는 결국 조퇴하고 집에 와서 쉴 수밖에 없었다. 그리고 지금은 비로소 완전히 마음을 정할 수 있었다. 두냐는 옳은 일을 한 것이다. 해고하려면 하라지. 두냐가 원하는 것은 수사가 진전되는 것이었다. 그 차가 스웨덴 경찰이 사건을 해결하는 데 도움이 된다면 자신의 경력 따위는 충분히 희생할 수 있었다.

두냐는 일어서서 발가락으로 욕조 마개를 빼고 샤워기를 틀었다. 몸을 헹구고 욕조 매트 위에 서서 새 수건 한 장을 꺼내 욕조 물이 배수구로 빠지는 소리를 들으면서 몸을 닦았다. 몸에 로션을 바르자 면도를 한 부분이 따끔거렸다.

두냐는 배수관으로 물이 빠져나가면서 내는 길게 늘어지는 쿨럭 소리를 들었다. 그것은 배수관이 도와달라고 외치는 소리라는 걸, 청소 좀 해달라는 소리라는 걸 잘 알았다. 오래전부터 청소해야지, 생각은 했지만 그때마다 중요한 일이 생겼다. 결국 물이 넘쳐흘러 얼마 전에 새로 칠한 거실 바닥을 적실 정도는 돼야 배수관 청소를 할 마음을 먹을 것 같았다.

두냐가 배수관 청소 비용을 입주자 보험으로 처리할 수 있을지 궁금해하고 있을 때 초인종이 울렸다. 선반에 올려놓은 손목시계는 지금이 밤 11시 40분임을 가리키고 있었다. 혹시 집을 잘못 찾아온 걸까? 또다시 초인종이 울렸다. 이번에는 아주 길고 고집스럽게 울렸다. 두냐는 가운을 걸쳐 입고 현관으로 나가는 동안 허리끈을 맸다. 혹시 최근에 사랑을 나눈 사람일까? 두냐는 늘 신중해서 집으로 남자를 데려오거나 성을 알려주는 법이 없었지만 남자들 가운데 세 명은 두냐를 찾아냈다. 처음 두 남자는 아무 문제가 없었기에 사실 기꺼이 집으로 들일 용의도 있었다. 하지만 세 번째 남자는 함께 자고 싶다고 했을 때 두냐가 상냥하지만 단호하게 거절하자 무너진 기색이 역력했다. 결국 차를 두 잔이나 마신 뒤에야 택시를 타고 집으로 간다는 데 동의했다. 두냐는 지금 초인종을 누르는 사람이 첫 번째나 두 번째 남자 가운데 한 명이기를 자신이 은근히 바란다는 것을 알았다.

두냐는 외시경에 눈을 대고 밖을 내다봤지만 아무것도 보이지 않았다. 밖은 칠흑처럼 어두웠다. 초인종이 또다시 울렸다. 이번에는 한바탕 폭풍이 불기 전에 잔뜩 경고하듯이 짧은 간격으로 계속 울렸다. 두냐는 자물쇠를 풀고 현관문을 열었다.

"음…… 방금 샤워했나? 좋군."

킴 슬레이스네르가 반쯤 마신 위스키병을 흔들면서 말했다.

"미안하지만, 벌써 12시가 다 돼가요. 무슨 일로 오신 거예요?"

두냐의 말에 슬레이스네르가 경고하듯이 손가락을 들어 올리면서 씩 웃었다.

"너랑 나랑…… 우리가…… 대화를 하려고 왔지."

슬레이스네르가 두냐를 밀치고 안으로 들어왔다. 지독한 술 냄새가 풍겼다. 거실로 들어간 슬레이스네르는 두냐의 아이팟 스테레오 옆에 서더니 샤데이의 〈유어 러브 이즈 킹〉의 볼륨을 높였다. 그는 다리를 쩍 벌리고 소파에 앉으면서 다시 위스키를 마셨다.

"내가 왜 여기 왔는지 궁금하겠지? 와, 내가 그 신발이면 좋겠군. 가운이거나. 아무튼 완전히 예뻐. 섹시해."

"킴, 왜 왔는지 모르겠지만 알고 싶지도 않아요. 그저 빨리 나가 줬으면 좋겠어요. 지금 당장요."

"이미 나한테 홀딱 넘어간 말투인걸. 분명히 내가 기분이 아주 나빠야 정상인데 말이야. 너는 정말 보기가 좋아. 특히 그 가운을 입고 있으니까 더 좋은데."

슬레이스네르는 위스키를 벌컥벌컥 들이켜고 손등으로 입을 닦았다.

"그럼 이제 물어볼게. 〈엑스트라 블라데트〉에 제보한 게 넌가?"

그러니까 바로 이것 때문에 온 것이다. 슬레이스네르는 두냐가 자기 서명을 위조해 푸조를 스웨덴으로 보내버렸다는 사실은 아직 모르는 거였다. 두냐가 운이 좋다면, 〈엑스트라 블라데트〉에서 이름 붙인 대로 '엄청난 스캔들'의 여파로 모든 사람이 예상하는 것처럼 사임 압력을 받을 때까지 푸조가 증거물 보관소에서 이미 떠났다는 사실을 그가 알지 못할 수도 있었다.

두냐는 커피 탁자 앞으로 몇 발짝 걸어가서 슬레이스네르를 내려다봤다. 앉으면 안 돼. 대화도 하면 안 되고. 약한 모습은 절대로 드러내면 안 돼. 두냐는 속으로 다짐했다.

"킴, 우리 두 사람이 잘 지내지 못한다는 건 비밀도 아니고, 수사 방식에 관해서도 의견이 일치한 적은 없잖아요. 하지만 절대로 당신의 치부를 신문에 제보할 정도로 막 나가지는 않아요."

슬레이스네르는 두냐의 말을 곰곰이 생각하더니 소파에서 일어나 복도를 향해 걷기 시작했다.

"그렇게 말을 하시겠다? 너는 아니라고? 흥미롭군."

그는 갑자기 멈춰서더니 몸을 돌려 두냐의 눈을 똑바로 봤다.

"그래서, 너는 이 일과 전혀 관계가 없다고?"

아주 짧은 시간 두냐가 어떻게 대답해야 할지 고민하는 동안 슬레이스네르는 그녀의 머뭇거림을 알아챈 것이 분명했다.

"킴, 나는……."

그는 두냐의 목이 돌아갈 정도로 세게 귀를 잡아당겼다. 그녀는 슬레이스네르가 고함 지르는 소리를 들었지만 무슨 말을 하는지는 알아들을 수 없었다. 뺨이 불붙은 것처럼 뜨거워졌고 곧 심장도 터질 듯 뛰기 시작했다. 그는 두냐의 가운을 움켜잡고 자기 쪽으로 끌어당겼다. 알코올 냄새가 그녀를 덮쳤고, 그때 다시 소리가 들리기 시작했다. 마치 누군가 볼륨을 높여준 것만 같았다.

"거짓말인지 내가 모를 줄 알아? 네가 했다는 거 알고 있다고!"

슬레이스네르가 두냐의 다리를 걸어 바닥에 쓰러뜨렸다. 얼마 전에 칠한 나무 바닥에서는 광택제 냄새가 강하게 풍겼다. 그는 두냐의 몸을 타고 앉아 한 손으로 그녀의 두 손을 잡아 머리 위로 거머쥐더니 다른 한 손으로는 그녀의 가랑이를 만지작거리기 시작했다. 헐떡거리며 내뱉는 지독한 술 냄새가 두냐의 얼굴을 덮었다.

"으음, 면도를 했군. 부드러워. 아주 좋아. 나 때문에 한 건가?"

슬레이스네르가 두냐의 귀에 대고 쉰 목소리로 말했다.

"내가 오리란 걸 알고 있었지? 그래, 네가 이걸 원한다는 거 알아. 그러니까 인정하라고. 처음 봤을 때부터 네가 어떤 여자인지 알았어. 하지만 상사랑 자면서 이런저런 이득을 취하고 싶진 않았겠지. 모든 게 공정해야 하니까."

두냐의 아랫부분을 문지르던 그가 그녀의 몸 안으로 손가락을 깊숙이 집어넣었다.

"하지만 내가 좋은 소식 하나 말해주지. 내가 네 상사이기는 하지만 나 때문에 이득을 얻는 일은 없을 거야. 너도 알겠지만, 난 널 빌어먹을 거머리처럼 취급할 거거든."

슬레이스네르는 손가락을 올려 두냐의 두덩뼈를 세게 잡아당겼다. 두냐는 너무 아파서 몸을 비틀어 손가락을 빼려 했지만 슬레이스네르는 더욱 세게 잡아당겼다.

"네가 말라비틀어질 때까지 절대로 그만두지 않을 거야. 내가 안 보인다고 안심하는 순간 어디에서건 튀어나올 거라고. 나는 네가…… 안심하는 그 순간, 나타날 거야."

슬레이스네르는 손가락을 빼고 혀로 쓱 훑더니 두냐의 뺨에 문질러 닦았다. 그러고는 일어나 밖으로 나갔다.

63

파비안은 시계를 쳐다봤다. 새벽 3시 18분이었다. 병원은 오래전에 잠들어 환풍구에서 나는 희미한 윙윙 소리만 들을 수 있었다. 그 외에는 아주 멀리서 들려오는 사이렌 소리를 세 번 들었을 뿐이다. 그는 오늘 밤이 드물게 조용하리라 생각했다.

그는 책상으로 사용하는 접이식 탁자에 놓인 학급 앨범을 쳐다봤다. 잠깐 잠이 든 몇 분을 빼면 파비안은 지난 세 시간을 9학년 학급 앨범을 세밀하게 살피며 보냈다. 앞표지에서 뒤표지까지 꼼꼼하고 체계적으로, 모든 반을, 모든 학생을 다 살펴봤다. 새로운 얼굴을 볼 때마다 어떤 아이였는지를 떠올려보려 애썼다. 기억해내는 데 어느 정도 시간이 걸리는 아이도 있었지만 대부분은 어떤 아이였는지 생각이 났다. 마음속에 있으리라고는 생각도 못 한 사람들이 기억 속에서 어슬렁거리던 유령처럼 하나씩 튀어나왔다.

하지만 아무리 생각해도 용의자를 찾을 수 없었다. 다른 사람들보다 두드러지게 튀어나오는 사람은 없었다. 몇 시간 전만 해도 앨범에서 범인을 찾을 수 있으리라 확신했는데, 이제 다시 의구심이 들기 시작했다. 완전히 헛짚은 것일까?

파비안은 마지막으로 한 번만 더 재빨리 앨범을 훑어보기로 했다. 그래도 단서를 찾지 못한다면 불을 끄고 잠이나 자야겠다고 생각했다. 이제 앨범은 가만히 두면 저절로 9C반이 펼쳐질 정도가 됐다. 지난주에 파비안은 몇 번인지도 모를 정도로 9C반 학급 사진을 보고 또 봤지만 아직까지도 자신이 놓치는 것이 있다는 느낌은 가시지 않았다. 9C반 학급 사진은 왠지 모르게 어떤 비밀을 감추고 있는 것만 같았다.

어째서 범인은 예르겐 폴손의 시신 옆에 그의 얼굴을 지운 이 사진을 두고 갔을까? 범인이 지금까지 우연히 남긴 단서는 없다는 사실을 생각하면 무슨 의미가 있음은 분명했다. 아무리 정신을 차리고 사진 속 얼굴과 사진 아래에 적힌 이름을 봐도 이제는 죽어버린 클라에스 멜비크 말고는 용의자가 될 만한 사람은 없었다. 파비안은 앨범을 내려놓고 관자놀이를 문질렀다. 도대체 무엇을 놓치고 있는 걸까?

클라에스가 희생된 장소로 다시 생각이 옮겨갔다. 어째서 다른 사람들이 도착할 때까지 한 시간 이상 그곳에 있었으면서도 클라에스 밑에서 이끼가 자란다는 사실을 발견하지 못했을까? 파비안은 범인이 설치해놓은 장치에서 가장 중요한 부분을, 사람 형태를 한 이끼라는 가장 중요한 메시지를 간과한 것이다. 범인이 클라에스의 그늘에 숨어 있던 자신을 드러낸 장치인데도 말이다. 클라에스의 그늘이라, 그는 자신의 생각을 다시 한번 되뇌었다.

그리고 깨달았다. 지금까지 파비안은 완전히 잘못된 방식으로 앨범을 들여다본 것이다. 사실은 모든 것이 사진 밖에 있는데도 파비안을 비롯한 모든 사람은 바보같이 사진 안을 들여다본 것이다. 검이경에 손을 뻗는 동안 파비안의 기력은 되살아났다. 검이경은 귀를 들여다보는 장비지만 지금은 돋보기 역할을 해줄 것이다. 파비안은 검이경의 불을 켜고 졸업 사진을 비췄다. 이번에는 어디를 봐야 하는지 정확히 알았다. 당연히 그는 그곳에 있었다. 살인자는 클라에스 멜비크의 그늘 속에 서 있었다.

그는 클라에스의 뒤에 완벽하게 가려져 있어서 얼굴은 거의 보이지 않았다. 그의 존재를 입증하는 것은 머리카락뿐이었다. 파비안과 경찰들은 모두 이 머리카락이 클라에스의 것이라고 생각했지만 검이경으로 들여다보니 클라에스가 아닌 다른 사람의 머리카락임을 뚜렷이 알아볼 수 있었다. 문제는 누구의 머리카락인가 하는 점이었다.

지금까지 기억해낸 사람 말고 다른 학생이 있었다는 기억은 없었다. 한 명이 더 있었다면 완전히 잊어버리는 일이 가능할까? 파비안은 앨범에 적힌 이름을 두 번 더 세어봤다. 사진은 없어도 이름은 있는 학생은 없었다. 앨범에는 스무 명의 사진과 이름이 있었다. 파비안은 자신의 반 학생이 모두 스무 명이라고 생각했다. 하지만 사진에 찍힌 사람은 스물한 명이었다. 누구도 주목하지 않고 심지어 학급 앨범에 이름도 실리지 않은 누군가 더 있었다. 이 사람은 누구일까? 실제로 존재하는 사람인가, 아니면 그저 착시 현상일 뿐일까?

64

아스트리드 투베손은 짜증 나는 파리라도 쫓듯이 뒤를 졸졸 쫓아오는 의사가 긴급 호출을 받고 어쩔 수 없이 자신을 내버려두기를 바라면서 재빨리 병원 복도를 걸어갔다.

"정말로 좋은 생각이 아닙니다. 어제 일을 생각해보세요."

의사는 벌써 여러 번 같은 말을 하고 있었다.

"이번에는 천천히 진행한다고 약속할게요."

"좋습니다. 하지만 제 견해로는 아직 환자가 충분히 회복되지 않았습니다. 환자를 보호하는 것이 제 의무……."

투베손은 걸음을 멈추고 의사를 똑바로 보면서 말했다.

"왜 자꾸 그 사실을 잊어버리시는지 모르겠지만 지금 범죄 사건을 수사하고 있는 겁니다. 계속해서 피해자가 나오는 범죄 사건을요. 이번에 처음으로 생존자가 나온 거예요. 피해자가 좀 더 분명하게 기억을 되살리도록 도울 수 있다면, 그렇게 하는 게 우리의 망할 의무란 말입니다."

"하지만 좀 더 회복한 뒤에 하는 것이……."

"언제라도 또 다른 피해자가 나올 수 있는 상황이에요. 피해자가 또 나온다면 의사 선생님이 책임지실 건가요?"

투베손의 말에 의사가 한숨을 내쉬었다.

"일단 형사님이 들어와서 질문을 해도 되는지 환자에게 물어보겠습니다. 싫다고 하면 포기하셔야 합니다. 알겠습니까?"

투베손은 대답하지 않는 쪽을 택한 뒤에 계속해서 복도를 걸었다. 이미 인내심은 바닥을 치고 있었고, 휴가를 떠났다고 주장하는 사람들이 진짜 헬싱보리를 떠났는지 클리판과 릴리아가 확인하는 몇 시간 동안 가까스로 잠을 자기는 했지만 정말로 뼛속까지 피곤했다. 클리판과 릴리아는 휴가를 떠났다고 주장한 사람 가운데 한 명만 빼면 모두 스웨덴을 떠난 사실을 확인할 수 있었다. 수사팀이 알아낸 정보에 따르면 세트 코르헤덴은 스페인에 있는 걸로 되어 있지만 아직까지 전화 통화는 하지 못했다. 그 역시 이혼하고 어느 정도는 혼자서 쓸쓸히 살아가는 것 같았다. 이 남자가 범인인지 아닌지는 속단할 수 없지만 어쨌거나 코르헤덴도 용의자 가운데 한 명이었다.

투베손은 병실 문 양옆에 앉아 있는 제복 경찰관 앞에 서서 두 사람에게 고개를 끄덕였다. 제복 경찰관 가운데 한 명이 일어나 병실 문을 열었다. 병실에서는 잉엘라 플록헤드가 침대에 앉아서 〈헴멕스 저널〉을 뒤적이고 있었다.

"안녕하세요, 잉엘라. 나 기억해요? 어제 만났는데."

잉엘라는 잡지를 계속 쳐다보면서 고개를 끄덕였다. 투베손은 침대 옆에 있는 의자에 앉았다.

"오늘은 훨씬 좋아 보이네요."

잉엘라는 어깨를 으쓱했다.

"어제 내가 여기 왔을 때 우리가 나눈 이야기 기억해요?"

잉엘라는 고개를 끄덕였다.

"어제 잉엘라는 친구들과 외출을 했다고 했죠. S/S스베아에서 술을 마시고 갑자기 술이 아닌 다른 물질의 영향을 받은 듯한 느낌을 받았다고 했어요. 그 밖에 또 기억나는 게 있나요?"

잉엘라는 잡지에 실린 뜨개질 본에서 눈을 떼지 않은 채로 고개를 저었다.

"나랑 같이 차를 타고 가보는 게 어떨까요? 그럼 기억이 더 잘 날 수도 있어요."

잉엘라는 고개를 들어 투베손의 눈을 똑바로 봤다.

"모르겠어요."

그리고 의사를 쳐다본 뒤에 다시 잡지로 눈을 돌렸다.

"잉엘라, 지금으로서는 유일한 희망은 아닐지 모르지만 당신이 당신에게 이렇게 끔찍한 짓을 저지른 남자를 찾아내 체포할 수 있는 가장 큰 희망이기는 해요."

"그 남자가 우리 반 친구들을 죽인 사람인가요?"

"아식은 몰라요. 모두 한 사람의 소행일 가능성이 크기는 하지만 완전히 단정할 수는 없는 이유들이 있으니까요. 당신이 도와주면 어쩌면 해답을 찾을지도 몰라요."

잉엘라는 고개를 숙였다. 다시 뜨개질의 세계로 사라질 것만 같았다. 하지만 곧 잡지를 덮더니 고개를 들었다.

쿵스토르게트로 접어든 투베손은 부두를 넓게 차지한 S/S스베아 바로 앞에서 주차할 곳을 찾았다. 조수석에 앉은 잉엘라 플록헤드는 무표정한 채 배를 이용해 만든 술집을 쳐다봤다.

"괜찮아요?"

투베손의 말에 잉엘라는 고개를 끄덕였다. 투베손은 차에서 나가 트렁크에서 휠체어를 꺼내 펴고 잉엘라가 차에서 내려 휠체어에 앉을 수 있도록 도왔다.

"여긴 한 번도 안 와봤어요. 괜찮은 곳이에요?"

"그럼요, 내 생각에는…… 훌륭해요."

"여기 자주 오나요?"

"아니요, 그 애들하고만 와요. 우리 아지트 같은 곳이에요."

투베손은 휠체어를 밀고 현문 사다리를 건너 식당으로 들어갔다. 주방장 복장을 한 남자가 다가오더니 식당은 아직 열지 않았다고 했다. 투베손은 경찰 배지를 보여주면서 잠시 둘러만 보겠다고 말했다. 남자는 너무 오래는 머물지 말라고 웅얼거리듯이 말하더니 주방으로 들어갔다.

잉엘라는 직접 휠체어를 밀어 마호가니 벽에, 번쩍이는 둥근 황동 천장이 있는 방을 둘러봤다. 천장에 형형색색 스포트라이트와 스피커가 장착된 곳은 댄스 플로어였다. 한쪽 벽에 술을 진열한 바도 있었고 구석에는 식탁보를 덮은 탁자도 하나 보였다. 낮에 보면 나이트클럽이 모두 그렇지만 이곳도 정말 초라하고 우중충하네, 투베손은 생각했다.

"여기 온 날 밤의 일 가운데 기억하는 게 있으면 말해줘요."

투베손이 말했다.

"벌써 기억하는 건 다 말했어요."

"알아요. 하지만 다시 한번 말해줄 수도 있잖아요."

"술을 마셨고, 잠시 뒤에 기분이 이상해지고 어지러웠어요."

"이제 여기에 왔으니까 뭔가 더 생각나는 게 있지 않을까요? 아주 작은 것도 상관없어요. 사소한 기억도 도움이 될 거예요. 작은 일 때문에 갑자기 모든 기억이 되살아날 수도 있거든요. 예를 들어, 입은 옷 같은 걸 떠올려보는 거예요."

"검은색 청바지랑 하얀 블라우스를 입었어요. 허리에 끈이 있어서 묶는 블라우스요."

"신발은 어떤 걸 신었죠? 하이힐?"

"하이힐은 안 신어요. 도대체 그런 걸 신고 어떻게 걷는지 이해를 못하겠어요. 언제나처럼 늘 신는 낮은 신발을 신고 왔어요."

잉엘라는 계속해서 나이트클럽을 둘러보며 말했다.

투베손은 조금 떨어진 곳에서 잉엘라를 살펴봤다. 리스크는 잉엘라가 자기 반에서 가장 마음씨 착하던 학생으로 유일하게 클라에스 편을 들었다고 했다. 그렇다면 잉엘라는 용기도 있고 투지도 있는 사람이었을 것이다. 하지만 지금 투베손 앞에 있는 사람은 용기나 투지와는 한참 멀어 보였다. 이제 막 겪은 사건을 감안하더라도 잉엘라의 분위기는 너무나도 무거웠고 침울했다. 외모는 괜찮았지만 관리를 전혀 하지 않은 듯한 칙칙한 갈색 머리카락과 투박한 신발, 화장기 없는 얼굴은 많은 것을 포기한 사람 같았다.

"그날, 재미있었어요? 문제가 생기기 전에는 말이에요."

"그걸 재미라고 해야 할지 모르겠어요."

잉엘라는 어깨를 으쓱하며 말했다.

"대부분은 친구들이 오고 싶어 하니까 따라오는 것뿐이에요. 어쨌거나 몇 명 남지 않은 친구들 바람은 맞춰줄 수밖에 없잖아요."

"친구를 많이 잃었나요?"

"잃은 건 아니죠, 정확히는. 하지만 어떤지 알잖아요. 거리가 멀어지고 서로 사는 방식이 달라지다 보면 자신도 모르는 사이에 괜히 전화해서 안부를 묻는 게 어색해지는 거요."

잉엘라의 말에 투베손은 고개를 끄덕였다. 투베손도 비슷한 고민을 한 적이 있기에 잉엘라가 하는 말을 정확하게 이해할 수 있었다. 차이가 있다면 사람들은 대부분 옛 친구를 떠나보낸 자리에 새로운 친구가 들어선다는 점이었다.

"이제 가는 게 좋겠어요. 아무것도 생각나지 않는걸요."

잉엘라가 몸을 돌려 문밖으로 나갔고, 투베손이 그녀가 현문 사다리를 지나갈 수 있도록 도왔다.

"여기에서 나왔을 때 어떤 일이 있었는지 기억나는 게 있나요?"

"아니요. 말했잖아요. 나는…… 어, 잠깐만요."

잉엘라는 휠체어를 멈추더니·현문 사다리 밑으로 흘러가는 물을 바라봤다.

"꼭 물에 빠질 것 같아서 두 손으로 난간을 붙잡았어요."

"이렇게요?"

투베손이 난간을 잡자 잉엘라가 고개를 끄덕였다.

"그래서요? 그 뒤에 무슨 일이 일어났죠?"

잉엘라는 대답을 하기 전에 잠깐 생각에 잠겼다.

"파란색, 파란색 차였어요. 저 차보다 좀 더 짙은 파란색이요."

잉엘라가 지나가는 차를 가리키면서 말했다.

"파란색 차가 여기 섰다고요?"

"아니에요, 이미 주차되어 있었어요. 누군가 다가와서 나를 도왔고요. 처음에는 아주 강하고 기댈 수 있는 사람 같았어요. 물에 떨어질까봐 무서웠으니까. 그런데 곧 그 사람이 너무 무서웠어요."

"어째서 그랬죠?"

"날 너무 꽉 잡았거든요. 그 사람한테서 벗어나려고 했는데, 나를 꽉 움켜잡고는 차 안으로 밀어 넣었어요."

"어떻게 생긴 사람인지 말해줄 수 있어요?"

"얼굴은 못 봤어요."

"몸은 어때요? 키가 컸다든가 뚱뚱하다든가……."

"잘 모르겠어요. 평범했어요."

"나이는요?"

잉엘라는 잠시 생각했다.

"중년 정도? 아니면…… 잘 모르겠어요. 파란색 차만 기억나요."

"차량 모델은 기억나지 않고요?"

"몰라요. 요즘에는 차가 모두 비슷하잖아요."

투베손은 전화기를 꺼내 클리판이 인터넷에서 찾은 세트 코르헤덴의 최근 사진을 잉엘라에게 보여줬다.

"이 사람인가요?"

"세트 코르헤덴이잖아요."

"맞아요. 그렇긴 하지만, 혹시 당신을 자동차로 끌고 간 사람이
이 사람은 아닌가 해서요."

"그걸 내가 어떻게 알아요? 난 못 봤다니까요."

투베손은 결국 포기하고 잉엘라를 자동차로 데려갔다. 이제 다른
장소로 이동할 시간이었다.

65

두냐 호우고르는 여전히 몸 아랫부분이 묵직하게 아팠고 두덩뼈 위
에는 슬레이스네르의 엄지손가락이 남기고 간 커다란 멍이 생겼다.
하지만 문제는 몸이 아픈 것이 아니었다. 진짜로 힘든 일은 모욕을
받았다는 당혹감이었다. 지금 자신이 당한 일이 궁지에 몰린 우두
머리 수컷이 거짓 권력을 사용한 비열함 그 이상도 이하도 아님을
알지만 수치심은 계속해서 그녀의 마음속을 파고들었다.

두냐는 이 모욕을 어떻게 되갚아야 할지 고민했다. 성폭력으로
신고하면 당연히 슬레이스네르는 두냐와는 다른 말을 할 테고, 그
녀가 자신을 자발적으로 집으로 들였다고 말할 것이다. 슬레이스네
르의 서명을 위조한 일도 두냐에게 유리하게 작용할 리 없었다. 그
렇다면 복수를 하는 것은 어떨까? 슬레이스네르의 아내나 〈엑스트
라 블라데트〉에 연락해 방금 벌어진 일을 말할 수도 있고 아니면
함정을 만들어 유인할 수도 있을 것이다.

하지만 두냐는 그 모든 생각을 지워버렸다. 지금으로서는 머리를
꼿꼿하게 세우고 적절한 때를 기다리는 것이 최선이었다. 슬레이스

네르의 목표는 두냐를 짓밟아 콧대를 꺾는 것이다. 따라서 그런 목표는 이룰 수 없음을 보여주는 것이 가장 효과적인 대처 전략이었다. 두냐는 슬레이스네르에게 그런 일로는 무너지지 않는다는 사실을 보여줄 필요가 있었다. 그녀가 그보다 더 강하다는 사실을 보여줘야 했다.

문제는, 슬레이스네르가 이미 목표를 이뤘다는 것이지만. 머리를 꼿꼿하게 세우고 아무렇지도 않게 행동할 생각을 하니 두냐는 벌써 지치고 약해지고 부서지는 것만 같았다.

주전자에서 물이 끓었다는 소리가 났다. 두냐는 찻주전자에 물을 따르고 거실로 가서 태블릿PC를 들고 소파에 앉았다. 태블릿PC를 켜자마자 슬레이스네르의 얼굴이 화면에 떠올랐다. 그는 두냐를 똑바로 보고 있었다. 마치 아직도 그녀의 아파트에 있는 것만 같았다.

킴 슬레이스네르, 마침내 입을 열다!

그 능구렁이 같은 남자가 드디어 자기 잘못을 인정한 거다. 두냐는 기사를 클릭했다. 기사에서 슬레이스네르는 깊이 회개하고 있으며 무엇보다 가족에게 미안하고 덴마크 국민에게 죄송하다고 했다. 그는 자신이 일탈한 이유는 업무량이 과중해서라며 그 때문에 가족의 마음을 신경 쓰지 못하고 다른 곳에서 위로를 찾았다고 했다. 사임할 것이냐는 질문에는 다음과 같이 말했다.

아직 저를 원하신다면 기꺼이 머물러야겠지요. 하지만 한편으로 생각해보면 조금 쉴 필요도 있을 것 같습니다. 이 사건 때문에 힘든 시간을 보내는 사람은 저뿐만이 아니니까요. 우리 가족도 아주 끔찍한 시간을 보내고 있습니다. 우리 가족이 세간의 관심에서 벗어나 서로를 돌볼 시간이 필요하다는 사실을 존중해주기 바랍니다. 사람들은 누구나 영웅이 되길 원하지만, 결국 우리는 모두 잘못과 결점을 지닌 보통 사람입니다. 모든 지도자는 이 사실을 기억해야 하지만 너무나도 자주 잊고 맙니다.

두냐는 태블릿PC를 껐다. 왠지 토할 것만 같았다.

66

"남편이 너무 지겨워서 떠나버린 걸 수도 있잖아요."

클리판이 중앙 도서관으로 가려고 여기저기 그늘이 진 공원을 가로지르면서 말했다.

"그저 사라져버리고 싶어서 편도 티켓 구입을 절실하게 원하는 절망한 여자가 아주 많을 게 분명해요. 가능한 한 멀리 가버리려는 여자들이요. 물론 절망한 남자들도 그럴 테고요."

"그럼 딸은 어떻게 하고요? 그 사람이 딸을 두고 그냥 도망가버렸다고요?"

"그거야 얼마나 절실하냐에 달렸겠죠."

두 사람은 고도의 질서가 존재하는 중앙 도서관 안으로 들어갔다. 릴리아는 깊이 숨을 쉬면서 도서관에서만 맡을 수 있는, 책들이 풍기는 것이 분명한 냄새를 한껏 들이마셨다. 책 냄새를 맡으니 왠지 어린 시절로 돌아가 자신이 있어야 할 자리로 되돌아온 것만 같았다. 어린 소녀일 때 릴리아는 이 도서관에서 시간을 보내는 것이 좋았다. 매주 토요일, 어머니가 예른벡스가탄에 있는 고급 옷가게 레플렉스에서 일하는 동안 릴리아는 몇 시간이고 이곳 도서관에 있었다. 이곳에서 어린이용 연극과 영화를 봤고, 거의 모든 어린이책을 읽었다. 시간은 화살처럼 지나갔고 릴리아는 단 한 순간도 지루하지 않았다.

가끔은 여러 건물이 연결된 커다란 도서관 단지로 모험을 떠나기도 했다. 도서관 단지에서는 예상도 못했고 한 번도 들어가 본 적 없는 방을 찾아내곤 했다. 한번은 선반 사이에 있는 문을 찾아냈다. 릴리아가 수없이 지나간 곳이지만 그런 곳에 문이 있으리라는 생각은 한 번도 하지 못했다. 문은 열려 있었고 릴리아는 그 안으로 들어갔다. 스터디룸이던 그곳에는 어른 둘 말고는 아무도 없었는데, 두 사람은 자기 일이 바빠서 릴리아가 들어왔다는 사실을 눈치채지 못했다. 그 장면을 실제로 본 것은 그때가 처음이었다. 엄마가 찰스 디킨스 술집에서 술을 마시고 온 날 하는 소리를 들은 적은 있지만 실제로 보는 것과 말로만 듣는 것은 천지 차이였다.

릴리아는 그 두 사람이 누구인지 알았다. 바지를 무릎까지 내리고 탁자를 잡고 있는 여자는 주로 대출 업무를 담당하는 사람이었고, 그 여자 뒤에서 아주 세게 율동적으로 부딪는 남자는 도서관 관리인이었다. 남자가 움직일 때마다 커다란 열쇠고리가 쨍그랑, 귀에 거슬리는 소리를 냈다. 두 사람의 모습이 역겹다거나 무섭지는 않았다. 그저 너무나도 흥미로워 좀 더 잘 보려고 조심스럽게 스터디룸 안으로 들어갔을 뿐이다.

그때 고개를 돌린 남자가 릴리아를 봤다. 릴리아는 자신이 그곳에서 나가야 하는지 아닌지 알 수가 없었다. 남자의 얼굴이 웃느라

일순간 일그러졌지만 그는 동작을 멈추지 않았고, 여자는 점점 더 크게 소리를 질렀다. 그렇게 어느 정도 시간이 지나자 남자도 신음을 내기 시작했다. 얼마 뒤 남자가 자기의 물건을 여자에게서 빼더니 아주 묵직한 고기처럼 자기 손바닥에 올려놓는 것이 보였다. 그러는 동안에도 남자의 시선은 릴리아에게서 떠나지 않았다. 마음속 어딘가에서는 빨리 도망치라는 소리가 들렸지만 릴리아도 눈길을 떼지 못했다. 지금도 릴리아는 그 남자의 물건이 얼마나 컸는지 생생히 기억했다.

"무슨 일로 오셨어요?"

여자 목소리에 과거의 기억에서 황급히 빠져나온 릴리아는 자기 앞에 서 있는 여자가 그저 25년이라는 세월이 흘렀고 몇 킬로그램쯤 살이 붙었지만 그 옛날 비밀스러운 방에서 본 바로 그 여자임을 알아봤다. 클리판이 여자에게 도서관에 온 이유를 설명하는 동안 릴리아는 그 관리인도 아직 이곳에서 근무하고 있을까 생각했다.

"엘사 할린이요? 네, 어제는 왔어요. 하지만 오늘은 못 봤네요."

여자가 대답했다.

"어제 그분은 몇 시까지 있었습니까?"

"보자…… 어제가 목요일이었죠. 목요일이면 4시 30분까지 근무하니까, 아마 그쯤에 떠났겠죠. 엘사는 화요일이랑 목요일에 일찍 가요. 보통 집으로 곧바로 가고요. 아, 집에 가서 저녁을 차리기 전에 얼굴 마사지를 받아요. 엘사랑 엘사 남편은 아주 공평하고 엄격하게 일정에 맞춰서 자기들 의무를 나누거든요."

"어제는 저녁을 차리러 집에 가지 않은 게 분명합니다."

클리판이 말했다.

"그분이 떠날 때 혹시 무슨 일이 있었습니까?"

릴리아가 물었다.

"글쎄요, 모르겠는데요."

"언제 그분을 마지막으로 보셨죠?"

"아마, 어제 3시쯤일 거예요. 둘 다 같은 시간에 쉬었으니까."

"혹시 평소와는 다른 점이 있었습니까?"

"그게 무슨 뜻이에요?"

"긴장해 있다거나 초조해한다거나 하지 않았나 싶어서요. 혹시 협박을 받고 있다고 말하거나 평소와 다른 점은 없었나요?"

도서관 사서는 잠시 생각하느라 입을 다물었다. 얼마 뒤에 다시 무슨 말인가를 하려고 입을 열었을 때 한 남자가 다가왔다.

"영어로 된 문학책들은 어디에 있습니까?"

"안으로 들어가서 계단을 올라가 오른쪽으로 가시면 돼요."

남자가 멀어지자 사서는 책상 위로 몸을 빼더니 아주 낮은 목소리로 말했다.

"엘사도 그 반 학생이었잖아요. 그래서 우린 엘사가 걱정이 아주 많겠다, 싶었거든요. 하지만 엘사는 그 이야기는 하고 싶어 하지 않았어요. 자기하고는 아무 관계가 없는 것처럼 그 이야기는 딱 차단했거든요. 하지만 신문에 나온 기사가 사실이라면요, 그러니까 그 예르겐이랑 글렌이란 사람이 폭력배였다면서요. 그럼 당연히 엘사도 걱정해야 한다고 생각했어요."

"그게 무슨 뜻입니까?"

"그게 무슨 말이냐면, 사실 엘사의 성격이 나쁘다고 말하는 건 아니에요. 사실은 완전 반대예요."

도서관 사서는 뒤를 흘끔 돌아봤다.

"하지만 그렇게 생각하지 않는 사람도 있거든요. 엘사랑 문제가 좀 심각한 사람도 있어요. 엘사 때문에 그만둔 사람도 있거든요."

"문제라니, 어떤 문제 말입니까?"

"음, 어떻게 말해야 하나…… 엘사 입이 좀 거친 편이거든요. 독설가예요. 가끔은 직장 내 가혹행위라고 해도 될 정도로요. 물론 내가 불만을 터뜨릴 일은 아니에요. 나한테는 그런 말을 한 번도 한 적이 없으니까. 아무튼 내가 아는 건 그게 다예요."

릴리아와 클리판은 서로의 얼굴을 흘끔 쳐다봤고, 두 사람 모두 같은 생각을 한다는 사실을 눈치챘다.

"직원들이 쉬는 공간이 있습니까?"

"그럼요, 제가 데려다줄게요. 저기 있어요."

도서관 사서는 '잠시 자리 비움'이라고 적힌 안내판을 책상에 올려놓고 도서관 안쪽으로 걸어갔다. 릴리아에게 이 도서관은 정말 친숙한 공간이었다. 컴퓨터실이 생겼고 커다란 유리 천장이 있는 아트리움이 새로 생겼다는 것 말고는 20년 전과 거의 바뀐 것이 없었다.

"여기가 우리의 소박한 공간이에요."

도서관 사서가 직원 휴게실 문을 열면서 말했다.

그곳은 릴리아가 예상한 것보다 작았다. 한쪽 구석에는 심하게 보풀이 인 줄무늬 소파가 놓여 있었고 다른 한쪽에는 커피메이커와 싱크대가 있었다. 여기저기 플로어 스탠드와 함께 안락의자가 몇 개 흩어져 있었고 벽에는 책상이 두 개 붙어 있었다.

"엘사는 개인 물품을 어디에 보관해둡니까?"

도서관 사서는 맨 끝에 있는 책상으로 걸어가 서랍을 하나 열었다. 릴리아는 서랍 안을 들여다봤다. 립스틱 몇 개, 치실, 코담뱃갑이 든 깡통, 껌, 펜 몇 개, 전화 충전기가 보였다. 릴리아는 알아낸 것이 하나도 없다고 생각하며 한숨을 내쉬었다. 더는 어떤 식으로 수사를 해나가야 할지 좋은 생각이 떠오르지 않았다. 릴리아는 너무 피곤했다. 어제는 두 시간도 자지 못했다. 지금 원하는 것이라고는 그저 저 더러운 소파에 누워서 눈을 감아버리는 것뿐이었다.

"혹시 여기 엘사의 옷이 있을까요?"

옷걸이 옆에서 클리판이 물었다.

도서관 사서가 옷걸이로 걸어가 코트를 살펴보더니 베이지색 재킷을 들어 올렸다.

"이게 엘사 거예요."

"어제 입고 온 걸 봤습니까?"

"네, 그런 것 같아요. 이게, 엘사가 출퇴근할 때 신는 신발이에요."

도서관 사서는 한 손으로 금색 샌들 한 켤레를 집어 들더니 갑자기 다른 손으로 자기 입을 막았다.

"세상에, 범인이 데려간 거예요?"

"아직 단정하기는 이릅니다."

클리판이 릴리아와 함께 충격받은 사서를 안락의자에 앉히면서 말했다. 클리판은 사서의 흥분이 가라앉기를 기다렸다가 전화기를 꺼내 세트 코르헤덴의 사진을 보여줬다.

"혹시 어제 이 남자를 보신 적 있습니까?"

도서관 사서는 아무 말 없이 사진을 뚫어지게 봤다. 30초가 지난 뒤에야 사서는 고개를 들어 클리판을 쳐다봤다.

"이 사람이에요? 이 사람이 살인자예요?"

"모릅니다. 우리가 말씀해주셨으면 하는 것은 어제 이 남자를 본 적이 있는가 하는 것뿐입니다."

도서관 사서는 어깨를 으쓱했다.

"모르겠어요. 어쩌면 봤을 수도 있고요. 확실하지 않아요. 매일 엄청나게 많은 사람이 다녀가는걸요."

클리판은 고개를 끄덕이고는 릴리아에게로 갔다. 릴리아는 옷걸이 옆에서 엘사의 재킷 주머니를 살펴보고 있었다. 현금이 조금, 버스 카드 하나, 신용카드 두 장, 신분증, 다양한 멤버십카드가 있었다. 클리판은 다른 주머니에서 오래된 노키아 휴대전화를 꺼냈다.

"이게 엘사 겁니까?"

클리판이 전화기를 보여주자 도서관 사서는 고개를 끄덕였다. 사서의 표정은 점점 더 불안해졌다.

릴리아는 클리판에게서 엘사의 전화기를 가져와 버튼을 눌러 화면을 켰다. 받지 않은 전화가 18통, 음성문자가 6건 와 있었다. 전화기는 잠겨 있지 않아서 발신자를 확인할 수 있었다. '예르칸'이 13통, 할리우드가 2통, 집에서 3통이 와 있었다.

"이만 가봐야겠습니다."

릴리아는 도서관 사서를 보면서 말했다. 직원 휴게실을 떠난 뒤 전화기에 222를 입력하고 스피커를 켰다.

"음성사서함에 오신 걸 환영합니다. 여섯 개의 음성 메시지가 있습니다……."

7월 8일 오후 4시 54분: "살롱 할리우드의 프레이아예요. 지금 오는 중인지 궁금해서 전화했어요."

7월 8일 오후 5시 13분: "안녕하세요, 또 프레이아예요. 지금 매니저가 당신이 오진 않았지만 비용은 청구해야 한다고 말씀하시네요. 알고 계셔야 할 것 같아서요."

7월 8일 오후 6시 7분: "안녕, 엄마. 나야, 베아. 왜 집에 없어? 집에 혼자 있으니까 무서워. 그리고 배고파. 곧 올 거지? 안녕! 쪽!"

7월 8일 오후 6시 11분: "안녕, 어디야? 베아가 전화했어. 집에 혼자 있다고. 난 아직 체육관이야. 이 메시지 듣자마자 전화해."

7월 8일 오후 6시 36분: "*엄마? 어디야?* (울먹이는 소리) *여보세요?
엄마······?*"

7월 8일 오후 9시 46분: "*지금 집이야. 피자 먹고 베아는 간신히
잠들었어*······ (한숨 소리. 감정이 점점 더 격앙되는 것이 분명했다.) *엘사, 도
대체 무슨 일이야?*"

7월 9일 오전 1시 3분: (침묵. 누군가 감정을 주체하지 못하고 끅끅거리다
가 울음을 터뜨렸다.)

"*더는 메시지가 없습니다.*"

"엘사를 도서관을 둘러싼 공원으로 유도했거나 협박해서 아무도
모르게 데리고 나간 게 분명해요."

클리판이 릴리아의 눈을 똑바로 보면서 말했다.

"아직 이곳에 있는 게 아니라면요."

릴리아가 대답했다.

67

두냐 호우고르는 담요를 덮고 소파에 누워 더 큐어의 〈위시〉를 듣
고 또 들었다. 두냐가 가장 좋아하는 노래 가운데 하나인 〈하이〉의
클라이맥스 부분이 나올 때 전화벨이 울렸다. 그 누구하고도 이야
기하고 싶지 않았기 때문에 전화를 꺼버리려 했지만, 전화기를 드
는 순간 화면에 뜬 키엘 리크테르의 사진을 보지 않을 수 없었다.
두냐는 로버트 스미스를 멈추고 전화를 받았다.

"어디야? 늦은 시간인데."

"신경 쓸 일이 좀 있어서. 내일까지 해낼 수 없을 것 같아. 무슨 중요한 일 때문에 전화한 거야?"

"그냥 공기 통로 조사를 끝냈다고 말해주려고 전화했어. 네 말이 전적으로 맞았어. 우린 진짜 냉혈한을 상대하고 있는 거야."

두냐의 뇌는 반응 속도를 높이려고 엄청나게 애를 썼지만 키엘의 말이 무슨 뜻인지는 이해할 수 없었다.

"분명히 천장으로 들어왔는데, 안타깝게도 그 어떤 흔적도 남기지 않았어. 물론 어디로 왔는지는 먼지 위에 자국으로 남아 있긴 했지. 분명히 마스크를 썼을 테고."

이번에도 리스크가 옳았다. 그는 현장에 와본 적도 없으면서 범인이 천장으로 침입했으리라는 사실을 정확하게 추론해냈다.

"그렇군. 어디에서 천장으로 들어간 거야?"

"기자 대기실 화장실 천장으로 들어갔어. 내가 완전히 냉혈한이라고 말했지? 필요 없이 주의를 끌지 않으려고 천장에 들어가는 동안 화장실 문도 잠그지 않은 거 같아."

"의심을 받지 않으려면 분명히 기자들하고 같이 대기실에 앉아 있었을 거야!"

두냐는 자신도 모르게 속으로 하던 생각을 큰 소리로 말했다.

"그렇겠지."

키엘이 대답했다.

두냐에게 한 가지 생각이 떠올랐다.

"운이 좋으면 사진을 구할 수도 있겠어."

"나도 그 생각을 했는데, 대기실에는 보안 카메라가 없었어. 상황을 감안하면 당연히 있어야 하는 곳인데 말이야. 그런 곳에서 사람들이 어떤 짓을 하는지는 신과 도둑밖에 모를 거야."

"글쎄."

"네가 생각하는 것보다 훨씬 심각할 수 있어."

"어쩌면 거기 있던 기자들이 도움이 될 수도 있을 것 같아. 그들은 사진을 찍는 데는 이골이 난 사람들이니까. 범인을 찍은 기자가 있을지도 몰라."

"물론, 그렇겠지."

"어쨌거나 나머지는 나중에 얘기해. 오늘 오후에 내가 갈게."

68

아스트리드 투베손은 잉엘라 플록헤드가 앉은 휠체어를 밀고 람뢰사 브룬스파르크의 자갈길을 힘들게 걸어갔다. 잉엘라는 아무런 도움도 줄 수 없었기에 투베손은 마치 가파른 언덕으로 휠체어를 밀고 올라가는 것만 같았다. 자신이 땀을 줄줄 흘린다는 사실은 느낄 수 있었다. 더구나 배가 고프고 목도 말랐다. 이제 곧 두통이 생길 게 분명했다.

투베손은 잉엘라를 범행 장소에 데리고만 가면 많은 기억이 되살아나리라 기대했다. 하지만 그런 행운은 누릴 수 없었다. 잉엘라는 그저 휠체어에 앉아 고개만 젓고 있었다. 더구나 이곳이 자신이 의식을 되찾은 장소라는 사실마저 기억하지 못했다. 범인이 파란색 차를 타고 있었다는 것 말고는 이번 현장 조사에서 건진 것은 없었다. 사실 수사팀은 가장 귀중한 자원을 너무나도 많이 잃었다. 시간 말이다. 초는 분이 되고 분은 시간이 되고 있었다. 곧 또 다른 하루가 손가락 사이로 빠져나갈 것이다. 그리고 지금 투베손에게는 담배도 없었다.

자동차로 돌아온 두 사람은 몇 분 동안 아무 말도 하지 않았다. 투베손은 자동차 문을 열고 잉엘라가 조수석에 올라탈 수 있도록 돕고 휠체어를 접어 트렁크에 넣었다.

"화난 거 아니죠, 그렇죠?"

잉엘라가 물었다.

"아니, 전혀 아니에요. 그저 피곤한 것뿐이에요."

투베손이 자동차 시동을 걸고 기어를 넣었다.

"기억도 못하고 도움도 못 드려서 죄송해요."

"잉엘라, 괜찮아요. 당신 잘못이 아닌걸요. 하지만 나중에라도 뭔가 생각나는 게 있으면 아주 사소한 일이라도 반드시 전화해줘요, 알겠죠?"

잉엘라는 고개를 끄덕이고 한때는 멋진 람뢰사 베르스후스 레스토랑이었지만 이제는 사무실로 바뀐 오래된 나무 건물을 쳐다봤다. 투베손은 라디오를 틀었지만 마음에 드는 방송이 없어서 다시 꺼버렸다.

침묵을 깬 것은 투베손의 전화기였다. 전화기 화면 위로 웃고 있는 몰란데르 사진이 보였다. 얼마 전 크리스마스 파티 때 찍은 것으로 자기 주량보다 한두 잔은 더 마신 게 분명한 얼굴이었다. 투베손은 스피커를 켜고 전화기를 무릎에 올려놓았다.

"안녕하세요, 잉바르. 어떻게 돼가고 있어요?"

"아, 좋아. 잠시 통화 괜찮을까?"

"지금 잉엘라 플록헤드하고 차에 있어요. 잠깐만요, 헤드셋 좀 찾고요."

투베손은 조수석으로 몸을 숙였다.

"잠깐만요."

투베손은 조수석 보관함을 열면서 말했다.

"어디예요?"

"쇠데로센."

"거긴 다 살펴봤다고 생각했는데요."

"나도 그랬지. 하지만 다시 와봤어. 헤드셋은 썼나?"

"잠깐만요……."

투베손은 한 손으로 핸들을 조작하면서 다른 손으로는 조수석 보관함을 뒤졌다.

"분명히 여기 어디 있는데. 잠깐만요, 차를 좀 세워야겠어요."

투베손은 자동차 속도를 줄이고 길가에 차를 세웠다. 그리고 잔뜩 긴장한 채 몸을 차 문에 바짝 붙인 잉엘라 쪽으로 다시 한번 몸을 기울였다.

"미안해요, 잉엘라. 내가 분명히…… 아, 찾았어요."

투베손은 잔뜩 엉킨 줄을 잡아당겨 헤드셋을 빼낸 뒤에 엉망으로 뭉쳐 있는 줄을 풀기 시작했다. 몰란데르가 코를 고는 척하는 소리가 들렸다.

"알아요, 안다고요. 쓸 일이 없어서 그래요."

"아, 나는 또……."

찻길과 나란히 놓인 철길에서 기차가 굉음을 내며 달려가자 몰란데르의 목소리가 묻혀버렸다.

"뭐라고 했어요? 못 들었어요."

"아, 별말은 아니었지. 그저 이 세상이 멸망하기 전에 헤드셋을 쓸 수 있게 될 거라고 말했을 뿐이야."

"세상에, 잠깐만 기다려요. 제발 인내심을 가지라고요. 이런, 무슨 일이에요? 잉엘라, 괜찮아요?"

잉엘라가 갑자기 기차가 사려져간 남쪽 다리를 뚫어지게 바라보며 가쁜 숨을 몰아쉬었다. 조금 뒤 그녀는 길게 숨을 내쉬고는 진정하려고 애썼다.

"관제탑, 우리 무슨 문제 있나?"

몰란데르가 물었다.

"맞아요."

투베손이 다시 헤드셋을 조작하고 간신히 전화기에 꽂았다.

"여보세요? 내 말 들려요?"

"아주 크고 선명하게 들리는군."

"무슨 일인지 말해봐요."

"음, 나는 우리가 그 지역을 모두 살펴봤다고 생각했거든."

"근데, 아니었어요?"

"물론 아니었지. 하지만 찾고 있는 게 뭔지 모를 때 좋은 점이 있는데, 그게 뭔지 아나?"

"새로운 걸 찾을 수 있다?"

"그렇지. 범행 장소에 가서 전파를 측정해봤어. 주위에 아무도 없어서 일단 내 전화기를 끄고 측정해봤더니 2.2기가헤르츠라는 엄청난 전파가 측정되더군."

"그게 무슨 뜻이에요?"

"가까운 곳에 3G 휴대전화 통신망이 작동하고 있다는 뜻이지."

"찾았어요?"

"그럼. 잔디밭에서 5미터 떨어진 새집에 마이크 달린 무선 핀홀 카메라가 있었어."

"이런, 그 말은 범인이 우리가 슈메켈을 찾았다는 걸 안다는 뜻이네요."

두통이 시작될 조짐을 느끼면서 투베손이 말했다.

"아마도, 그렇겠지. 그래서 항상 우리를 앞설 수 있었던 거야. 쇠데로센에 카메라를 설치할 수 있었다면 분명히 어디에든 설치해뒀을 가능성이 있지. 아마 우리 수사가 어느 정도 진행됐는지도 알고 있을 거야. 예를 들어, 지금은 내가 카메라를……."

이번에는 엄청난 속도로 북쪽으로 달려가는 기차 때문에 몰란데르의 목소리가 들리지 않았다.

"잠깐만요, 뭐라고 하는지 안 들려요!"

투베손은 소리를 지르다가 기차가 지나간 길을 보면서 울고 있는 잉엘라 플록헤드를 봤다.

"잉엘라, 괜찮아요? 무슨 일이에요? 저 기차 때문이에요? 기차가 왜……."

투베손이 잉엘라의 다리에 손을 올려놓았다.

"만지지 마요. 만지지 말라고 했잖아요."

끔찍한 전염병이어서 가능한 한 멀리 떨어뜨려야 한다는 듯이 잉엘라가 투베손의 손을 찰싹 쳐냈다.

"괜찮아요, 잉엘라. 괜찮아요. 만지지 않을게요. 약속해요."

투베손은 두 손을 번쩍 들어 올렸지만 공포는 열린 조수석 보관함과 투베손이 쓴 헤드셋, 투베손의 전화기 화면에 떠 있는 몰란데르의 명랑한 표정을 눈물에 젖어 번갈아 쳐다보는 잉엘라를 풀어주지 않았다.

"잉바르, 일단 끊어야겠어요. 다시 전화할게요."

투베손은 헤드셋을 벗고서 땀을 흘리며 숨을 잘 쉬지 못하는 잉엘라를 쳐다봤다.

"병원으로 돌아가고 싶어요."

"그래요, 잉엘라. 무슨 일 때문인지만 이야기해주면 당장 병원으로 데려다주겠다고 약속해요."

잉엘라는 고개를 저으면서 눈물을 흘렸다.

"제발, 그냥 병원으로 데려다줘요. 제발요."

"기차 때문인가요? 기차 때문에 힘든 거예요?"

바로 옆으로 또다시 엄청난 속도로 기차가 지나갔다.

"그냥 가요. 제발요."

잉엘라가 대시보드에 머리를 박으면서 소리쳤다.

더는 아무 말도 들을 수 없음이 분명했다. 투베손은 자동차에 시동을 걸었다.

69

손전등 불빛이 벽을 따라 쭉 늘어선 컴퓨터 본체, 먼지 쌓인 두툼한 모니터, 프린터, 키보드 등을 비췄다. 릴리아는 벽에 몇 미터 너비로 뚫린 부분을 가린 천을 들어 올렸다. 이 방은 원래 보일러 기름 탱크를 넣으려고 만든 공간이지만 지역난방을 설치하면서 기름 탱크가 필요 없어지자 베이직과 MS-DOS밖에는 이해하지 못하는 컴퓨터들이 모이는 무덤이 됐다. 아무튼 이곳에는 엘사 할린이 없었다.

릴리아는 아직도 엘사가 도서관에 있으리라 확신했지만 지하실을 모두 뒤졌는데도 사신의 추론이 옳다는 증거를 그녀도 클리판조차 눈곱만큼도 발견할 수 없었다. 어쩌면 살인자는 엘사를 도서관에 계속 두는 것은 위험하다고 판단했는지도 몰랐다. 어쨌거나 도서관은 매일같이 수천 명이 드나드는 곳이니까. 하지만 지금까지 있었던 일을 근거로 추론하건대 범인은 무엇이든 할 수 있는 자였다. 어떤 사건이 됐건 간에 이렇게 불확실하고 혼란스러운 적이 언제 또 있었는지 기억도 못할 정도였다.

그때 번뜩하고 한 가지가 생각났다.

릴리아와 클리판은 도서관 대출계 책상 앞을 뛰어서 지나갔다.

"다 끝났어요?"

도서관 사서가 두 사람 뒤에서 소리쳤다.

"거의요."

릴리아가 클리판보다 먼저 본관 건물로 뛰어가면서 대답했다.

"이레네, 도대체 어디로 가는 거예요? 이미 여긴 왔었잖아요."

혈당 농도가 무너져 내리는 징후를 온몸 구석구석에서 내보이고 있는 클리판이 투덜댔다.

릴리아는 상관하지 않았다. 그저 재빨리 2층으로 올라가 비소설 구역으로 달려갔다. 심장이 터질 것만 같았다. 이번에는 옳게 추론한 것임을 간절하게 소망했다.

그곳은 릴리아의 기억 속 모습을 그대로 간직하고 있었다. 그 문은 그곳의 존재를 알지 못하는 사람이라면 거의 찾을 수 없는 형태를 하고 기술 서적에 열광하는 사람들이 아니라면 찾아오지도 않을 선반 사이에 있었다. 뒤에서 클리판이 헐떡이면서 달려오는 소리가 들렸다.

릴리아는 차가운 문손잡이에 손을 얹었다. 그 상태로 잠시 가만히 있다가 문을 밀어 열었다. 릴리아가 어릴 때 그랬던 것처럼 문은 잠겨 있지 않았다. 문은 스스로 열리는 것처럼 스르르 열렸다.

스터디룸은 거의 변한 것이 없었다. 녹색 줄무늬 커튼이 창문에 드리워져 있었고 책상도 20년 전에 놓였던 바로 그 자리에 있었다. 20년 전과 달라진 점이라고는 사랑을 나누는 두 남녀가 없다는 것뿐이었다.

방에는 사랑을 나누는 두 남녀 대신에 외로운 여인이 의자에 앉아 있었다. 그 여자는 가슴까지 머리를 푹 숙였고 길고 검은 머리는 얼굴과 흰색 블라우스를 상당 부분 덮고 있었다. 두 사람은 여자 앞으로 다가갔다. 여자의 발과 손은 의자에 묶여 있었다. 의자를 중심으로 반경 1미터 정도까지 번들거리는 피가 흥건하게 고여 있었다.

릴리아는 피 웅덩이 가장자리에서 걸음을 멈췄다. 그녀는 웅크리고 앉아 끈적끈적한 피 웅덩이 표면을 손가락으로 가만히 건드렸다. 번들거리는 피 웅덩이 위로 파장이 퍼져나가면서 주름이 생겼다. 클리판이 벽에 세워진 빗자루를 들어 여자의 얼굴을 볼 수 있도록 이마를 밀었다.

의자에 앉아 있는 여자는 분명히 엘사 할린이었다. 하지만 그 때문에 릴리아가 고개를 돌린 것은 아니었다. 엘사는 턱부터 흉곽 위쪽까지 깊이 베어져 있었는데, 흰색 블라우스 위로 보이는 베인 상처 밖으로 꼭 피가 잔뜩 밴 저민 살코기처럼 보이는 뭔가가 튀어나와 있었다.

"그 망할 녀석이 혀를 밑으로 잡아당겼어."

클리판이 마침내 입을 열었다.

릴리아는 앞에 놓인 상황이 무엇을 뜻하는지 생각해내려 애썼지만 머리가 제대로 돌아가지 않았다.

"콜롬비아 넥타이. 직접 본 건 처음이네요. 도서관 사서가 한 말이 맞았어요."

클리판이 말했다.

"그게 무슨 소리예요?"

"엘사가 독설가였다고 했잖아요."

맞아, 그랬지. 릴리아는 생각했다. 엘사 할린은 독설가라고 했고, 살인자는 엘사의 혀가 피가 묻은 두툼한 넥타이처럼 보일 때까지 목에서 잡아내려 가슴에 매달아둔 것이다. 클리판은 콜롬비아 넥타이란 콜롬비아 내전에서 사람들을 처형할 때 많이 쓴 방법이라고 했다. 그런 처형법을 시행한 목적은 희생자를 발견했을 때 사람들이 입을 다물게 하려는 의도였다고 했다. 콜롬비아 넥타이를 만드는 방법은 희생자가 살아 있을 때 목을 세로로 가르고 혀를 가슴까지 빼내는 것이라고 했다. 그런 식으로 절개해놓으면 피를 많이 흘리거나 질식해 죽는데, 죽기까지는 한 시간 정도 걸린다고 했다.

"그러니까 한 시간이나 도와줄 사람을 기다리면서 여기 앉아 있었다는 거예요?"

릴리아의 말에 클리판이 어깨를 으쓱했다.

"지금으로서는 이 사람이 얼마나 오래 이 상태로 살아 있었는지는 알 수 없어요. 하지만 얼마나 오랫동안 도와달라고 외쳤는지는 문제가 되지 않아요. 이미 성대가 잘려나갔을 테니까."

릴리아가 일어섰다. 이제부터는 살인자가 한 반 학생들을 모두 죽일 때까지 멈추지 않으리라는 가정 아래 수사를 진행해야 했다. 릴리아의 전화벨이 울렸다. 투베손이었다.

"피해자가 또 나왔어."

"엘사 할린 말이에요?"

릴리아가 물었다.

"아니, 카밀라 린덴이야. 그런데, 잠깐만, 할린을 찾았어?"

릴리아는 균형 감각이 사라지고 있음을 느꼈다.

1월 9일

오늘은 새로운 인생이 시작되는 첫날이야. 나는 선생과 교장을 만나야 했어. 엄마와 아빠도 거기 왔어. 나는 모든 걸 고백하고 죄송하다고 말했지만, 천만에, 조금도 미안하지 않았어. 그냥 그 사람들이 내가 예전의 나라고 믿을 수 있도록 장단을 맞춰주는 게 나아. 나는 미안해하는 것처럼 보이기를 원했지만 사실은 그 사람들 앞에서 웃어주고 싶었어. 그 사람들한테 침을 뱉어주고 싶었어. 그 사람들은 그 녀석이 뇌진탕 때문에 일주일 동안 집에 있어야 한다고 했어. 하지만 어떻게 뇌진탕일 수 있지? 그 녀석은 뇌도 없는데?

점심시간에 몇 명이 나를 봤지만 뭔가를 해보려고 시도하는 용감한 녀석은 아무도 없었어. 내가 나를 보는 녀석들을 쳐다볼 때면 녀석들은 고개를 돌려버렸어. 멍청한 병신들. 그 녀석 친구도 거기 있었는데 날 아주 못마땅한 눈으로 쳐다봤어. 아마 자기가 뭔가를 해야 한다고 생각하는 게 분명했어. 나는 그 녀석한테 다가가서 귀를 때렸어. 그 녀석도 반격하려 했지만 내가 포크로 위협하니까 그만뒀어. 이제부터는 그 녀석이 내 쟁반을 나를 거야.

학교가 끝난 뒤에 옛날에는 내 친구들이던 녀석들이 다가오더니 말 좀 하자고 했어. 나는 지옥에나 가버리라고 말해줬어. 이제 친구는 없어.

그 대신에 나는 요나스와 한판 붙었어. 그 추한 옷 때문에 늘 짜증이 났으니까. 나는 요나스가 엎어질 때까지 배를 때렸어. 그 녀석 눈에 어린 공포심이라니. 진짜 기가 막히게 기분이 좋았어.

해야 할 일:

1. 운동하기

2. 스위치 칼 사기

3. 뇌진탕 걸린 녀석 병문안하기

70

파비안 리스크는 빠른 속도로 자갈길을 걸어갔다. 그의 뒤에서 소리치는 목소리들이 들려왔다.

"테오! 테오! 테오!"

파비안은 몸을 돌려 리나와 예르겐, 그 밖에 다른 동창 몇몇이 자신을 따라 달려오는 모습을 봤다. 모두 열다섯 살 정도로 보였다.

그는 어딘지 모를 곳에 있었다. 상반신은 벗었으며 태양 광선이 목 뒤를 태우고 있었다. 자신의 맥박 소리가 들렸고 불에 타면서 나는 타닥거리는 소리를 들으며 물을 한 모금 마시려고 했지만 물은 하나도 남아 있지 않았다. 이제 얼마 못 버틸 것이다. 뒤에서 들리는 목소리는 점점 더 커졌다.

"테오도르!"

파비안이 포기한다면 어떤 일이 벌어질까? 아니, 그는 포기할 수 없었다. 그런 일은 불가능했다. 어떤 대가를 치르더라도 포기란 있을 수 없었다. 바위벽으로 다가가자 살려달라고 간청하고 애원하는 목소리들을 들을 수 있었다. 그는 가능한 한 빨리, 점점 더 높은 곳으로 벽을 타고 올라가기 시작했다. 벽은 파비안이 올라갈수록 더욱더 가파르게 변했다. 문득 밑을 내려다보자 스톡홀름의 옛 동료들이, 토마스와 야르모가 보였다. 두 사람은 파비안을 따라 벽을 기어오르고 있었다. 두 사람은 고함을 질렀다. 만약 파비안이 균형을 잃고 떨어진다면 모든 것을 잃고 말 것이다.

그때 어딘지 모를 곳에서 불쑥 손이 나오더니 그를 벽 위로 끌어올려 커다란 지하 동굴로 데려갔다. 그곳에는 아주 커다란 공처럼 보이는 크고 둥근 머리 장식물을 쓰고 같은 옷을 입은 사람들(아니면 존재들)이 어디에나 있었다. 누군가 다가와 두툼하고 하얗고 주름진 수의를 어깨에 걸쳐주는 동안 그는 황금빛 갈색 피부의 소년이 다른 사람들도 쓰고 있는 머리 장식물을 자신에게 씌워줄 수 있도록 몸을 숙였다. 수의는 시원하면서도 기분이 좋았다.

한 노인이 다가와 파비안의 눈을 똑바로 보면서 무슨 말인가를 했지만 알아들을 수는 없었다. 하지만 무엇을 해야 하는지는 정확하게 알았다. 그가 왼손을 내밀자 노인은 파비안의 손등 위로 광선이 나오는 도구를 움직였다. 광선은 그의 피부를 뚫고 들어가 정맥을 부풀리면서 몇 센티미터밖에 안 되는 조그만 공작새처럼 그의 팔을 타고 달리기 시작했다.

파비안은 눈을 떴다. 모든 것이 밝아지기는 했지만 그다지 선명하지는 않았다. 천장 위로 길고 가는 빛이 두 개 보였다. 전등 가리개가 떨어져 나가 전선과 축전지가 밖으로 드러나 있었다. 밖으로 드러난 전구는 보기 싫은 빛을 뿜고 있을 뿐 아니라 그냥 보기에도 싫었기 때문에 파비안은 일어나 앉기로 했다. 그 순간 아주 강렬한 통증이 등을 타고 목까지 퍼져나갔다.

시간을 보려고 전화기를 놓은 곳으로 손을 뻗었지만 전화기는 만져지지 않았다. 전화기는 사라지고 없었다. 컴퓨터도 학급 앨범도 보이지 않았다. 파비안은 어리둥절했다. 학급 사진에서 클라에스 뒤에 숨어 있던 살인자를 찾지 않았었나? 아니면 그것도 꿈이었나? 그는 재빨리 호출 벨을 눌렀다. 처음 눌렀을 때 복도로 퍼져나가는 소리를 들었지만 재빨리 여러 번 눌렀다.

병실 문이 열리고 흑갈색 머리의 간호사가 들어왔다. 아주 협조적인 사람은 아니었다.

"이제 다시 일어날 시간인가요?"

간호사가 물었다.

"내 물건 어디 있습니까? 전화기랑 컴퓨터랑……."

"새벽 5시까지 일어나 있었죠."

내가 그랬나?

"그건 정확히 휴식을 취하는 거랑은 거리가 먼 행동이에요. 의사 선생님의 지시를 따르기만 했어도 지금쯤 집에 가셨을 거예요."

"하지만 지금 당장 전화를……."

"아니에요, 쉬어야 해요. 지금 당장요."

간호사가 다시 파비안을 누이며 말했다.

"지금 당신 몸은 나으려고 초과근무를 하는 데다 필요한 힘을 끌어모으려 애쓰고 있단 말이에요. 그래, 아침 식사 때는 차를 줄까요, 커피를 줄까요?"

"지금 몇 신지 알고 싶은데요."

"2시 조금 지났어요. 다시 물을게요. 차 드려요, 커피 드려요?"

파비안은 둘 다 마시고 싶지 않았다. 커피는 차만큼이나 묽었다. 병원에서는 커피머신을 물을 끓이는 데에만 사용하는 것이 분명했다.

"주스로 주시죠. 주스 두 잔이요. 토스트 조금하고 삶은 달걀도 주시면 정말 평생 고마워할 겁니다."

간호사는 턱도 없다는 듯이 웃었다.

"현재 병원 정책이니 삶은 달걀은 잊으세요. 하지만 토스트는 가져다드리죠."

이제 파비안은 9학년 학급 사진과 쇠데로센 범죄 현장이 어떤 관계가 있는지 밝힌 일이 꿈이 아님을 확신했다. 간호사가 병실을 나서자마자 파비안은 등의 통증을 무시하고 일어나 앉았다. 간호사가 주방으로 갔다가 병원 복도가 한눈에 보이는 접수대로 돌아올 때까지는 길어야 5분이면 충분했다. 미끄러지듯이 침대에서 병실 바닥으로 다리를 내린 파비안은 할 수 있는 만큼은 곧게 등을 폈다. 옷장에는 바지와 양말, 신발은 물론이고 심하게 불에 탄 셔츠와 재킷까지 들어 있었다. 이렇게 불에 탄 옷을 군이 옷장에 걸려고 시간과 노력을 들이다니, 파비안은 도무지 이해할 수 없었다.

병실 문을 열자 말이 없는 제복 경찰관 가운데 한 명이 〈휠스〉를 뒤적이는 모습이 보였다.

"접수대에서 뭘 좀 가져오려고요."

파비안의 말에 제복 경찰관은 고개를 끄덕이더니 다시 개조한 자동차 기사로 시선을 돌렸다.

늘 그렇듯이 간호사실에는 아무도 없었다. 바인더와 종이가 놓인 곳을 찾아봤지만 파비안의 물건은 보이지 않았다. 자기 물건이 접수대에 없다면 도대체 어디에 있을지 짐작이 가지 않았다.

흑갈색 머리 간호사가 쟁반을 들고 복도를 걸어오고 있었다. 파비안은 이를 앙다물고 접수대 뒤로 몸을 숙였다. 등의 통증이 너무나 심해서 이마에 땀이 송골송골 맺히기 시작했다. 접수대 밑을 들여다보자 구석에서 파비안의 노트북 가방과 전화기와 서류들이 들어 있는 가방이 보였다. 간호사가 접수대를 지나가자마자 파비안은 자기 물건을 들고 엘리베이터로 걸어갔다.

71

악의 교실에서 또 다른 희생자가 나오다!

투베손, 릴리아, 클리판, 몰란데르는 E6 고속도로에서 완전히 부서진 채 뒤집힌 자동차 사진을 표지로 실은 〈크벨스포스텐〉을 쳐다보면서 탁자 주위에 서 있었다.

"어떻게 이걸 모를 수 있었을까?"

플로리안에게 담배를 사다 달라고 부탁해야 하는 건 아닌지 고민하면서 투베손이 말했다.

"현장에 나간 사람들이 단순 교통사고라고 했으니까 그렇죠."

클리판이 대답했다.

"어째서 다른 사람들처럼 그 반 학생이었다는 사실을 아무도 모를 수 있었을까요?"

릴리아가 말했다.

"그거야, 그런 거까지 알아낼 책임은 없으니까. 그걸 알아내는 책임은 우리한테 있잖아. 하지만 우리는 카밀라가 죽었다는 사실조차 몰랐어."

"〈크벨스포스텐〉은 어떻게 알았을까?"

몰란데르가 신문을 대충 넘기면서 물었다.

"범인이 알려줬거나 기자가 알아냈겠죠. 이것저것 종합해서 추론해낸 거죠."

릴리아가 말했다.

"아직은 사고인지 살해인지 단언할 수 없어. 일단 차가 오는 중이라니까 몰란데르가 결론을 내릴 때까지 기다리도록 하죠. 하지만 일단은 우리 범인이 뒤에 있다는 가정 아래 수사를 진행합시다."

"어제 두 명이나 죽였다는 거예요?"

클리판이 말했다.

"정말로 평범한 녀석은 아니에요. 고속도로에서는 무슨 일이 있었는지 자세히는 모르지만, 도서관 범죄는 정말 쉽지 않았을 거예요. 아무도 모르게 피해자를 그 방으로 데려갔어야 하잖아요. 그리고 살해한 방법은……."

클리판은 점점 더 난감해하는 표정을 짓다가 고개를 저었다.

"정말 엄청나게 냉혹한 인간이에요."

"난들 알겠어요. 어쩌면 리스크의 두 범인 가설을 입증하는 증거일 수도 있겠군요."

투베손이 말했다.

"잠깐만, 우리 논리적으로 생각해보자고. 차에 관해서 우리가 분명히 아는 건 오후 5시 38분에 E6 고속도로에 있었다는 거야. 내가 조사를 해보면 범인이 거기 있었는지 고의로 사고를 일으켰는지 알수 있겠지. 도서관 말인데, 현장 조사팀이 실제 사망 시간을 알아냈나?"

몰란데르의 질문에 투베손이 대답했다.

"이제 오후 3시에서 5시 사이에 사망했다고 했어요."

"그렇다면 도서관 피해자가 죽을 때까지 걸린 시간이 범행 뒤 한 시간 내지 한 시간 반 정도 지나서일 테니까 범행을 저지른 시간은 1시나 1시 30분일 수 있어. 그렇다면 두 번 살인을 저지를 시간은 충분하지."

"어쨌거나 우리가 아는 건 범인이 다시 살인을 저지르기 시작했다는 거예요. 앞으로도 더 그럴 테고. 일단 예르겐과 글렌의 경우와 이 두 경우를 비교해봅시다. 예를 들어, 엘사 할린의 죄는 무엇이었을까요?"

투베손의 질문에 릴리아가 대답했다.

"그녀의 동료가 엘사는 독설가였다고 했어요."

"그렇다면 엘사도 남을 괴롭힌 사람일 수 있겠어. 언어로 말이야. 같은 반 사람들은 그녀에 관해 뭐라고 말했죠?"

투베손이 클리판에게 물었다.

"별 얘긴 없었어요. 아주 교만하다고 말한 사람은 있네요."

클리판이 수첩을 뒤적이면서 말했다.

"누군가요?"

"카밀라 린덴이요."

투베손이 한숨을 내쉬었다.

"그럼 엘사 할린이 카밀라에 관해 나쁘게 말한 건 없어요?"

"있어요. 엘사는 예르겐과 글렌이 클라에스를 괴롭힐 때 카밀라가 그 모습을 구경했다고 했어요."

"그러니까 학교 폭력이랑 자동차 사고를 연결 지을 것은 없다는 거네요?"

"지금까지는 없습니다."

"아직 세트 코르헤덴 소식은 없고요?"

보온병에 커피가 남았는지 들여다보면서 투베손이 물었다.

"없어요. 하지만 6월 15일에 팜플로나행 비행기를 탔다는 사실은 확인했어요. 오늘 밤 늦게 산티아고 데 콤포스텔라에서 돌아오는 비행기를 예약했고요."

"성 야고보의 길을 순례한 거 아니에요?"

클리판이 물었다.

"사람들이 그렇게 생각하기를 바란 걸 수도 있지. 하지만 팜플로나에 도착하자마자 차를 타고 돌아오는 것도 어렵지는 않아."

몰란데르가 말했다.

"사물함에 뭐라고 적혀 있었죠?"

투베손이 물었다.

"아무도 나를 못 봐. 아무도 내 말을 듣지 않아. 심지어 아무도 나를 괴롭히지도 않아, 라고 적혀 있었지."

"나를 괴롭히지도 않는다…… 리스크가 이끼에 관해 추론한 내용과 맞아떨어지네요."

투베손이 말을 멈추고 세 사람을 쳐다본 뒤 다시 말을 이었다.

"그러니까 그게 범인이 생각하는 거예요. 자기는 적어도 괴롭힘을 당하는 클라에스의 그늘에 가려져 있다고요."

"그러니까, 우리 범인은 자기 입장을 바꾸고 싶은 거군요. 탁 까놓고 말해서 뭐가 가장 나쁘겠어요? 괴롭힘을 당하는 거랑 완전히 무시되는 거. 실제로 존재하지도 않는 것처럼 취급받는 거랑요."

클리판이 말했다.

"정말로 범인이 무시당하지 않으려고 이러고 있다고 생각해요?"

릴리아가 물었다.

"응, 범인이 한 모든 행동을 생각해보면 그래. 범인은 누구도 무시 못할 사람이 되고 싶은 거야. 영원히 그 누구도 잊을 수 없는 사람이 되고 싶은 거지."

"그렇다면 왜 정체를 드러내지 않는 걸까요? 아무도 알아보는 사람이 없는데 무슨 수로 유명해져요?"

클리판이 물었다.

"얼마나 유명해지고 싶은가에 따라 다르겠지. 지금 당장 우리가 그 녀석의 정체를 밝히거나 그 녀석 스스로 정체를 드러낸다고 생각해봐. 물론 신문에 실리기는 하겠지만 몇 년 지나면 분명히 잊히고 사라지고 말 거야. 결국 형량을 선고받을 때가 되면 범인을 기억하는 사람이 한 명도 없을 수 있어. 그래서 계속 죽이는 거야."

몰란데르가 대답했다.

"나도 그렇게 생각해요. 범인은 스스로 신화를 만들어가는 거예요. 자기가 얼마나 영리하고 신출귀몰한지 보여주고 싶은 거죠. 아무도, 심지어 경찰도 자신을 막을 수 없다는 걸 보이고 싶은 거예요."

투베손이 몰란데르를 거들었다.

"자신이 영원히 살아남으려고 동창들을 죽이는 거예요."

릴리아의 말에 세 사람은 고개를 끄덕였다.

"그러니 자기 목적을 달성하기 위해 몇 명이나 죽이려 할까요?"

"콜로라도주 콜럼바인 고등학교 사건 기억하지? 학생 열두 명과 교사 한 명이 죽었어."

몰란데르가 말했다.

"그래서 열세 명을 죽일 거라고요?"

릴리아의 말에 몰란데르는 고개를 저었다.

"안타깝지만 그 정도로는 역사에서 사라지지 않을 안전한 명성을 쌓을 수 없을 거야. 비슷한 사건으로는 콜럼바인 고등학교 피해자 규모가 가장 컸지. 그 뒤에 벌어진 비슷한 사건들은 모두 6개월 뒤에 잊혔지. 우리 범인이 완전히 다른 방식으로 살인을 저지른다 해도 열세 명 정도로는 그저 예전에도 본 대량 학살자일 뿐이야. 하지만 살해된 사람이 열여덟 명, 스무 명이라면 완전히 다른 이야기가 되겠지."

"한 반 친구들을 모두 죽일 수도 있다고요?"

몰란데르가 고개를 끄덕였고, 네 사람은 침묵에 빠졌다.

"누가 여기 분위기 좀 살려야겠네요."

갑자기 들려오는 목소리 쪽으로 네 사람은 일제히 고개를 돌렸다. 파비안이 문가에서 벽을 잡고 몸을 앞으로 숙인 모습이 보였다.

"파비안? 여긴 어쩐 일이에요? 수행 경찰은 어디로 가고요?"

투베손이 다가가려 했지만 파비안이 손으로 막았다.

"누군지 알아냈어요."

몇 걸음 안으로 들어오던 파비안은 벽을 온통 차지하고 있는 낙서 사진을 봤다.

"우아, 누군지 아주 바빴겠어요."

"파비안, 도대체 왜……."

"찾았어요. 여기 있어요. 바로 우리 앞에, 늘 있었어요."

파비안이 집게손가락으로 화이트보드에 붙어 있는 확대된 학급 사진에서 클라에스 위를 짚으면서 말했다.

투베손과 세 사람이 다가와 사진을 봤다.

"그 사람은 클라에스잖아요. 파비안, 클라에스는 죽었어요."

클리판이 파비안을 보면서 말했다.

"아니, 클라에스 말고요. 클라에스 뒤에 있는 남자요. 자세히 들여다봐요. 클라에스의 머리카락이 아니니까."

"어디 보자."

몰란데르가 돋보기를 들고 화이트보드 앞으로 다가가 사진을 들여다봤다. 잠시 뒤에 그는 네 사람을 돌아보면서 고개를 끄덕였다.

"맞군그래."

"학교에서 이 남자 이름을 누락한 거예요."

파비안이 말했다.

"그렇게 놀랍지도 않아요. 정말로 놓치기 쉬운 사람이잖아요."

릴리아가 말했다.

"사진은 없어도 학생 출석부에는 있어야 하지 않아요?"

클리판이 물었다.

"논리적으로 생각해본다면 말이야, 분명히 저기 있잖아. 그러니까 어디에도 없다고 생각할 수는 없을 거야."

몰란데르가 말했다.

"그 말은 다른 학년 사진을 보면 있을 수도 있다는 뜻이군요."

투베손의 말에 파비안이 고개를 끄덕였다.

"그래서 내가 여기로 온 겁니다."

파비안은 손을 번쩍 들고 있는 클리판을 쳐다봤다.

"우리가 접촉한 사람들은 모두 자기 학급 사진을 살펴보겠다고 했어요. 하지만 아직까지는 별다른 게 없었습니다."

클리판이 말했다.

"어쩌면 아주 엉뚱한 곳에 이름이 적혀 있을 수도 있잖아요. 이 학급 앨범 어딘가에 있을 수도 있어요."

릴리아는 학급 앨범을 들춰보기 시작했다.

"사실 나도 그런 일이 있었어요. 정확히는 우리 반에요. 5학년 때인 것 같은데 우리 반 아이들 이름이 모두 3학년 애들이랑 바뀐 거죠. 갑자기 내 이름이 랑나르 블룸이 됐어요. 그래서 졸업할 때까지 친구들이 나를 '꽃'이라고 불렀다니까요. 그레타라는 이름이 적힌 녀석도 있었는데, 그 녀석은 아직도 '그레타'라고 불려요."

클리판이 낄낄 웃으면서 말했다.

"파비안, 괜찮아요?"

균형을 잃고 휘청거리면서 언제라도 기절해버릴 것 같은 파비안을 붙잡으며 투베손이 말했다. 몰란데르가 투베손을 도와 파비안을 의자에 앉혔다.

파비안은 피곤이 덮쳐오는 것을 느꼈다. 식은땀이 났고 속이 메슥거렸다.

"괜찮습니다…… 하지만 물은 좀 마셔야겠습니다."

투베손이 파비안 앞에 있는 탁자에 커다란 물잔을 놓았다.

"괜찮지 않아요. 당신은 다쳤어요. 병원에 있어야 한다고요. 의사 말이 모레까지는 침대에서 꼼짝도 하지 않아야 한다던데요."

"집에 가봐야 합니다. 테오…… 아들이 혼자 있거든요."

파비안은 잔을 들어 물을 한 모금 마셨다. 차가운 물이 온몸을 어루만지며 퍼져나가는 느낌이 들었다.

"병원에서 일을 못하게 해서 여기에 올 수밖에 없었습니다."

투베손은 그가 물을 다 마실 때까지 기다렸다가 파비안 앞에 무릎을 굽히고 앉아 눈을 쳐다봤다.

"파비안, 잘 들어요. 이 사건을 수사하는 사람은 우리예요, 우리. 당신이 아니라. 알겠죠?"

"나는 그냥 학교에 전화를 걸어서 클라에스 뒤에 있는 남자가 누군지만 알아내면 됩니다."

"아니, 안 돼요, 파비안. 당신은 더는 이 수사에 관여할 수 없어요. 병가를 내야 하는 건 물론이고 휴가 중이잖아요. 당신은 푹 쉴 걱정만 하면 돼요. 우리가 분명히 당신과 같은 반이던 그 남자 이름을 찾아낼 거예요. 그렇게 어렵지 않을 거예요. 중요한 건 당신은 의사의 지시를 따라야 한다는 거예요. 더구나 분명한 건 당신도, 당신 동창들도 모두 위험하다는 거죠. 그러니까 당신은 지금 당장……."

"349번이요? 이게 이 사물함 번호입니까?"

파비안이 사물함 내부에 적힌 낙서를 찍은 사진 위에 붙인 포스트잇을 가리키면서 물었다. 클리판이 고개를 끄덕였다.

"파비안, 내 말 들었어요?"

투베손이 물었다.

"우린 범인이 한 낙서라고 생각해."

몰란데르가 말했다.

파비안은 낙서 사진을 들고 문자를 해독하려 애썼다.

"아무도 나를 못 봐. 아무도 내 말을 듣지 않아. 심지어 아무도 나를 괴롭히지도 않아. -I. M."

몰란데르가 말했다.

"I. M.이요?"

파비안이 몰란데르를 쳐다봤다.

"보이지 않는 사람이라는 뜻이야. 거기 말고도 몇 곳에 그런 이름을 남겨놓았어."

"보이지 않는 사람이 더는 보이지 않기를 원하지 않는 거군요. 그는 앞으로 나서서 보이기를 원해요."

파비안의 말에 투베손이 고개를 끄덕였다.

"하지만 사람들을 더 죽이기 전까지는 자기 정체를 드러내지 않을 거 같아요."

"얼마나 더 죽일까요? 반 전체?"

"우린 그렇게 생각해요."

투베손의 말이 옳았다. 영원히 기억되고 싶다면 기발한 살인 몇 건 가지고는 어림도 없었다. 매일같이 쏟아지는 사건에 지쳐 있는 대중이 영원히 기억하는 살인을 저지르려면 최소한 희생자 수가 두 자리는 돼야 했다. 그 목적을 위해서라면 범인은 한 반 사람들을 모두 죽이려 할 수도 있었다. 어쨌거나 반 친구 모두가 그가 투명인간이 된 것처럼 느끼게 하는 데 기여했고, 그 때문에 그는 살인을 멈추지 않으면서 클리판을 비롯한 다른 사람들이 각자 맡은 일을 하도록 기다리고 있을 테니까. 파비안이 빨리 뭔가 조치를 취하지 않는다면 분명히 모든 일은 순식간에 끝나버릴 수도 있었다.

다시 기운을 차린 파비안이 의자에서 일어났다. 그에게는 한 가지 생각이 있었다.

"파비안, 이 사건은 우리한테 맡겨요."

"알겠습니다."

파비안은 회의실에서 나왔다. 더 이상은 기다릴 수 없었다.

투베손은 학급 사진 앞으로 걸어가 클라에스 멜비크 뒤에 있는 아무도 기억하지 못하는 소년의 머리카락을 뚫어지게 봤다. 이제 수사팀에 필요한 것은 이름뿐이었다. 단 한 사람의 이름.

십자말풀이에서 몇 개 남지 않은 글자 가운데 하나만 알아맞혀도 나머지 문제를 줄줄이 풀 수 있는 것처럼 범인이 누구인지만 안다면 나머지는 수월하게 풀릴 것이다. 이제 곧 수사 막바지에 들어설 테니 모든 일을 정확하게 처리하는 것이 무엇보다도 중요하고 또 중요했다. 정확하게 규칙을 따라야 했다. 무심코 간과해버린 조항 하나, 잃어버린 서명 하나, 틀린 방법으로 수집한 확증 하나가 수사를 방해하는 장애물로 작용해 결국 다 잡은 범인을 놓칠 수 있었다.

리스크가 이미 이 같은 상황에 처한 적이 있음을 투베손은 알았다. 이 사건만큼 엄청난 사건은 아니라고 해도 거의 비슷하게 심각했던 스톡홀름 사건을 수사할 때 그랬다. 리스크는 투베손이 그 일의 전모를 알고 있다는 생각은 하지 못할 테고 투베손도 굳이 언급할 생각은 없지만 말이다.

"이레네와 클리판은 그 반 사람들 모두에게 다시 한번 연락해봐요. 어쩌면 범인을 기억하고 이름을 말해줄 사람이 있을지도 모르니까. 다른 학년 때 학급 앨범도 살펴보게 하는 거 잊지 말고요."

"잠재 피해자들이 경찰 보호를 받는 건 어떻게 됐어요? 말뫼하고 상의해봤어요?"

클리판이 물었다.

"아니, 시간이 없었어요. 지금 당장 해봐야겠어요."

릴리아와 클리판이 회의실 문을 향해 걸어갔다. 투베손은 전화기를 들고 전화번호를 누르면서 아직 뒤에 남아 있는 몰란데르를 쳐다봤다.

"망가진 차를 조사해서 린덴한테 무슨 일이 있었던 건지 알아보세요."

몰란데르는 고개를 끄덕이고 회의실에서 나가다가 몸을 돌려 물었다.

"그런데, 잉엘라 플록헤드하고 나갔던 일은 어떻게 됐나?"

"아, 맞다. 그게 오늘 일이죠."

투베손이 릴리아와 클리판을 소리쳐 불렀다.

"미안해요, 말해야 할 게 있었는데 완전히 까먹었어요. 오늘 아침에 플록헤드하고 현장에 나갔어요."

"어떻게 됐어요?"

릴리아가 물었다.

"정확히 말해서, 나도 모르겠어. 그 식당으로 데려갔을 때 기억해 낸 건 파란색 차를 탄 남자가 자기를 데려갔다는 것뿐이었어."

"파란색이요? 차 모델이나 구형인지 신형인지 같은 건 기억 못하고요?"

"전혀. 그냥 파란색이라고 말했어."

"요즘 파란색 아닌 차를 모는 사람이 있나."

몰란데르의 말에 릴리아가 그를 쳐다봤다.

"몰란데르 차도 파란색은 아니잖아요."

몰란데르가 고개를 끄덕였다.

"그게 찾아낸 전부예요?"

"응, 람뢰사 브룬스파르크에도 갔는데 어떤 기억도 해내지 못했어. 자갈길에서 휠체어를 끄느라 땀이 나서 혼났는데 말이지. 그런데 다시 헬싱보리로 돌아오는데……."

투베손은 말을 멈추고 창문으로 걸어가 헬싱보리 시내를 내려다 봤다.

"길가에 차를 세워야 했어. 잉바르, 그때 기억하죠? 쇠데로셴에서 카메라를 찾았다고 전화했을 때요. 그때 우리 옆에 철로가 있었거든요. 철로에서 기차가 지나가니까……."

투베손이 다시 말을 멈췄다.

"그래서요?"

릴리아가 물었다.

"갑자기 잉엘라가 가쁜 숨을 몰아쉬면서 공포에 질렸어. 머리를 박으면서 빨리 병원으로 돌아가자고 소리를 질렀고. 진정시키려 했지만 불가능했어."

투베손이 한숨을 내쉬었다.

"혹시 기차 소리 때문에 뭔가 기억난 게 아닐까요?"

클리판이 물었다.

"혹시 범행 장소가 기차인 거 아닐까요?"

릴리아가 물었다.

"글쎄, 그럴 수는 없을 거 같아. 그건 너무 복잡하잖아. 하지만 철로 가까운 곳일 수는 있겠지."

"수술할 때 약 때문에 의식을 잃지 않았었나?"

몰란데르가 말했다.

"무의식에 새겨진 게 아닐까요?"

클리판의 말에 몰란데르가 콧방귀를 뀌면서 고개를 흔들었다.

"왜요? 충분히 가능해요. 기차 소리가 얼마나 큰데요. 언젠가 람뢰사 남쪽 철도 근처에서 버섯을 딴 적이 있거든요. 정말로 기차가 지나갈 때마다 저절로 귀를 막게 되더라니까요."

클리판이 항의했다.

"내가 한마디 해도 될까? 내 생각에는 완전히 틀린 추론을 하는 거야."

몰란데르가 말했다.

"어째서죠?"

투베손이 물었다.

"잉엘라가 소리에 반응한 것이 아니라 움직이지 않는 자동차 안에 있었기 때문에 그런 반응을 보였을 수도 있지 않을까?"

"당연히, 맞는 말이에요. 아주 복잡한 수술이었다는 걸 생각하면 분명히 그 누구의 방해도 받지 않는 곳에서 해내야 했을 테니까요."

릴리아와 클리판이 고개를 끄덕였다.

"근처에 이웃이 없는 개인 주택을 찾아봐야 할 수도 있겠어요."

투베손이 말했다.

"작업장일 수도 있고요."

클리판이 말했다.

"기찻길이 가까운 곳이고요."

릴리아가 마지막으로 말했다.

지금까지 나온 의견들을 곰곰이 생각하면서 투베손이 덧붙였다.

"좋아요, 모두 가능하겠죠. 일단 람뢰사 부근에 있는 마을들을 살펴봐야겠어요. 어쨌거나 손해날 건 없으니까."

"아니, 있지. 시간 말이야. 반장이야 어떻게 생각할지 모르겠지만, 내 생각엔 추가 살인을 막으려면 시간이 별로 없는 것 같은데."

몰란데르는 그렇게 말하고 회의실에서 나갔다.

릴리아는 밖으로 나가는 몰란데르를 보고 있다가 나머지 두 사람에게 시선을 돌렸다.

"도대체 왜 저러는 거예요? 왜 저렇게 부정적이고 짜증 나게 군대요?"

"피곤해서 그렇지. 모두 다 그렇잖아."

투베손이 대답했다.

"내가 짜증 나는 건 몰란데르가 직접 람뢰사 주변을 살펴볼 생각은 하지 않는다는 거예요."

클리판이 말하고 있을 때 투베손의 전화벨이 울렸다.

"네, 아스트리드 투베손입니다. 맞아요. 그래요…… 자살이라니,
지금 무슨…… 말을 하는 거예요?"

릴리아와 클리판이 투베손을 쳐다봤다.

"무슨 말인지 잘 모르겠어요. 뭐라고요? 당신, 지금 어디예요?"

72

두냐 호우고르가 엘리베이터에서 나와 범죄 수사반으로 걸어가면
서 오늘처럼 기죽지 않으려고 애쓴 적은 단 한 번도 없었다. 두냐는
단지 일을 마무리하려고 나왔다. 슬레이스네르는 어디에서도 보이
지 않았지만 그의 집무실 문이 닫힌 것으로 보아 그 안에 있는 것이
분명했다. 비상문으로 빠져나가지만 않았다면 말이다.

두냐는 컴퓨터를 켜고 메일함을 살폈다. 공문을 보낸 신문사들
대부분이 답장을 보냈다. 그녀는 모르텐 스테엔스트루프의 병실 바
깥에 있던 대기실에서 찍은 사진을 모두 보내달라고 요청했는데,
놀랍게도 신문사들은 거의 이의를 제기하지 않았다. 주요 일간 신
문 가운데는 〈월란스 포스텐〉이 자기들 사진에서 흥미로운 점이 발
견되면 알려주겠다는 약속을 해달라고 했다. 그 때문에 두냐는 〈월
란스 포스텐〉이 보낸 사진부터 살펴봤고, 사진 속 인물이 모두 아는
사람이라는 사실에 안도했다. 두냐는 신문사 담당 기자를 모두 알
고 있었다.

그다음으로 두냐는 〈폴리티켄〉을 살펴봤다. 엄청나게 많이 찍힌 두냐의 사진은 완전히 엉망이었다. 화장기 없는 얼굴에 눈 밑은 페인트로 칠해놓은 것처럼 까맸다. 그녀는 온갖 종류의 치료를 받아야 하는 사람처럼 보였다. 한 가지 좋은 점이라면 이런 끔찍한 사진을 신문에 게재한 기자는 단 한 사람도 없다는 것이었다. 그 이유는 아마도 기자들조차 이런 사진은 신문에 실으면 안 된다는 동정심을 지녔거나 이런 사진을 신문에 실었을 경우 두냐에게서는 다시는 어떠한 정보도 인터뷰도 따낼 수 없으리라는 사실을 알기 때문일 것이다.

한 시간 반 뒤에 두냐는 그를 찾았다. 위에서 내려다보는 사진 각도로 보아 기자가 카메라를 높이 들고 무작위로 찍은 것이 분명했다. 신문에 보도한다는 관점으로 봤을 때는 밑부분은 흐릿하고 기자들의 성긴 머리카락이 부분적으로만 나온 사진은 아무 쓸모가 없었다. 하지만 두냐에게는 거의 완벽한 사진이었다. 살인자의 사진을 찾아낸 것이다.

사진의 초점은 벽에 놓인 의자들에 맞춰져 있었다. 의자에는 한 남자가 잡지를 들고 앉아 멀리에서 펼쳐지는 난장판을 바라보고 있었다. 두냐는 그 남자를 뚫어지게 봤다. 남자의 얼굴은 뚜렷하게 보이지 않았지만 초점은 거의 완벽했다. 두냐는 이 남자가 아닐 수 없다는 확신이 들었다.

당연히 이 사진은 스웨덴 경찰에 보내야 하지만 슬레이스네르가 그 의견에 찬성할 리 없었다. 덴마크 경찰이 그 누구의 도움도 받지 않고 이 사건을 해결해야 하니까. 그 망할 킴 슬레이스네르는 이 사건을 직접 풀려고 할 것이다. 다른 사람에게 영광을 넘기기보다는 그저 미해결 사건으로 남긴다는 선택을 할 것이 분명했다.

두냐의 몸을 이루는 세포 하나하나가 슬레이스네르에 대한 미움으로 가득 찼다. 수년 동안 여러 번 슬레이스네르가 자신을 가지고 놀았다는 생각은 점점 더 확고한 사실로 굳어지기 시작했다. 두냐는 그에게서 벗어나야 했다. 두냐 자신을 위해서뿐만이 아니라 이 사건과 전체 덴마크 경찰의 명예를 위해서. 그를 물러나게 할 일이라면 온 힘을 다해 무엇이든 해야 했다.

두냐는 마음이 바뀌기 전에 재빨리 전화기를 들어 경찰국장 헨리크 함메르스텐에게 전화를 걸었다. 국장은 그날 늦게 만나달라는 그녀의 요청을 받아들였다. 두냐는 전화를 끊고 몇 차례 깊은 숨을 들이마셨다.

"여기 있었군."

뒤에서 목소리가 들렸다. 저 나쁜 자식이 언제부터 뒤에 서 있었지? 두냐는 몸을 돌려 슬레이스네르의 눈을 쳐다봤지만 그의 표정은 읽을 수 없었다.

"내 방으로 좀 올 수 있을까? 잠깐 이야기할 게 있는데."

슬레이스네르가 말했다.

"여기서 하면 안 되는 이유라도 있나요?"

"그럴 이유야 전혀 없지. 하지만 내가 자네라면 사방이 막힌 곳에서 이야기하고 싶을 것 같은데."

두냐는 슬레이스네르를 따라 반장실로 들어갔다. 두냐가 들어오자 슬레이스네르는 문을 닫았다. 두냐는 온갖 경고 사인을 무시하고 손님 의자에 앉았다. 꼴 보기 싫은 놈은 책상을 돌아가 자기 자리에 앉았다. 놀랍게도 늘 얼굴에서 떠나지 않던 비웃는 표정은 찾아볼 수 없었다.

"일단 어젯밤 일을 사과하지."

지금 꿈을 꾸고 있는 거야? 아니면 농담을 하는 걸까?

"솔직히 말해서 어젯밤에 무슨 일이 있었는지는 잘 기억나지 않아. 그리고 아마 기억하지 못하는 게 나한테는 가장 좋을 것도 같아. 하지만 조금 기억나는 것만으로도 내가 한 행동이 변명의 여지가 없다는 건 잘 알겠어. 내가 할 수 있는 말은 그저 술을 너무 많이 마셔서 나를 통제할 수 없었다는 거야."

그는 잠시 말을 멈췄다.

"그저 내가 정말로 끔찍하게 부끄러워하고 있다는 것만 알아줬으면 좋겠군."

두냐는 슬레이스네르가 거짓말하는 것 같지는 않았고, 자신이 무슨 말이든 해야 하는 게 아닌가 생각했지만, 솔직히 그를 편하게 해주고 싶은 마음은 없었다.

"두냐, 나는 자네가 〈엑스트라 블라데트〉에 기사를 넘긴 사람이라고 확신했지만 이젠 절대로 아니라는 걸 깨달았지. 그래서 무기는 거두기로 했어. 어젯밤에 내가 한 일을 보고하지 않는다면 나도 자네가 명령을 어기고 서류를 위조한 걸 보고하지 않겠어."

그러니까 슬레이스네르는 어제 두냐가 서명을 위조한 일을 알고 있었다.

"무슨 생각을 하는지 알아. 물론 답은 예스겠지. 지금까지 자네가 무슨 일을 했는지 잘 알고 있어. 하지만 이제 과거는 모두 잊고 다시 시작하지. 그리고 지금 맡은 사건은 하고 싶은 대로 마음껏 수사할 자유도 주지."

지금 진심으로 하는 말인가? 뒤로 물러나는 걸 선택해야 할 만큼 심하게 화상을 입은 거란 말이야? 자존심을 버리고 두냐가 하고 싶은 일을 할 수 있게 해주는 것 말고는 달리 선택의 여지가 없었다는 말인가? 완전히 안심하면 안 된다는 사실을 알 정도로는 슬레이스네르를 잘 아는 두냐지만 그가 진심으로 그녀에게 이 사건을 계속 맡길 생각이라면 굳이 긁어 부스럼을 만들 이유는 없었다. 더구나 풀어야 할 어려운 사건을 앞에 두고 괜한 힘을 쏟을 필요는 없었다. 두냐는 간신히 알아볼 수 있을 정도로만 고개를 끄덕였다.

"좋아, 그럼 그렇게 하자고. 수사는 어떻게 진행되고 있지? 내가 알아야 할 정보가 있나?"

사실 범인의 사진을 찾았다는 걸 슬레이스네르에게 알리는 것은 두냐의 의무였지만 그 사진은 지금까지 그가 접촉하지 말라고 명령을 내린 스웨덴 경찰에게 곧바로 보내야 했다. 두냐는 슬레이스네르를 시험해보기로 했다.

"범인 사진을 찾았어요."

슬레이스네르의 표정이 바뀌었다.

"그래? 어떻게 찾아냈지?"

두냐는 키엘 리크테르의 조사 결과를 이야기하고 범인이 천장을 타고 모르텐의 병실로 들어갔다고 말했다. 그 정보를 바탕으로 두냐는 범인이 기자 대기실에 있었음이 분명하다는 추론을 내렸다고 했다.

"멋지군, 두냐. 잘했어."

"이 사진은 스웨덴 경찰에 보내야 해요. 다른 일을 하기 전에 그 사람들이 무슨 말을 하는지 들어봐야 할 거 같아요."

"그렇게 해야 한다고 생각한다면, 그렇게 하도록 하지."

슬레이스네르는 책장 옆으로 나와 두냐 앞에 섰다.

"두냐, 내 말은 진심이야. 자네와 나, 처음부터 삐걱거렸지만 대부분은 내 잘못 때문이지. 자네는 언제나 훌륭한 경찰이었어. 이제부터는 자네가 더욱 돋보이도록 내가 돕기로 하지. 그 사진을 스웨덴 경찰에 보내야 한다고 생각한다면 그래, 그렇게 하자고."

두냐는 자리에서 일어나 문을 향해 걸어갔다.

"잠깐만, 한 가지 더."

슬레이스네르의 말에 두냐는 뒤를 돌아봤다.

"아마 내가 이해한 대로라면 나중에 국장을 만나기로 했지? 괜찮으면 나도 함께 갔으면 하는데, 어떤가?"

두냐는 어떤 대답을 해야 할지 알 수 없었지만 자신이 고개를 끄덕이는 것을 느꼈다.

73

○

서른일곱…… 서른여덟. 그녀는 잠시 쉬기 전에 서른여덟 계단까지 올라왔다. 이미 숨은 가빠졌고 얇은 블라우스는 땀에 흠뻑 젖었다. 목발을 짚고 있는데도 생각보다 훨씬 어려웠다. 타이레놀을 세 알 먹은 뒤로는 통증이 많이 약해졌다. 병원에서는 적어도 다음 주까지는 침대에 누워 있어야 다시 피가 나올 위험이 줄어든다고 했지만 그 문제는 환자용 기저귀와 생리대 세 장으로 해결했다. 그녀를 보호하는 경찰들은 처음에는 같이 오겠다고 우겼지만 한참 실랑이를 벌인 끝에 계단 밑에서 입구를 지키겠다는 데 합의했다.

그녀는 스토르토르게트에 있는 프레스뷔론에서 사 온 브렘홀트스를 마저 마시면서 나선형 계단을 계속해 올라갔다. 좀 더 큰 병으로 사 왔더라면 좋았을걸. 그녀는 큰 병으로 사고 싶었지만 리터당 가격이 같은데도 결국 바보처럼 작은 병을 골라 왔다. 물론 이제는 아무 상관 없는 문제였다. 곧 중요한 건 아무것도 없어질 테니까.

쉰아홉…… 예순. 이제 꼭대기까지 86계단 남았다.

예순하나.

그녀가 케르난 타워에 오른 것은 이번이 두 번째였다. 첫 번째는 8학년 소풍 때였다. 그때 아이들은 다양한 방을 구경하면서 그림을 보고, 이 35미터 높이의 탑은 1300년대 초에 덴마크 사람들이 외레순 해협을 지키고 외적을 감시하려고 크론보르성과 함께 건설했다는 설명을 들어야 했다. 하지만 그녀와 반 친구들의 관심은 온통 이 계단의 개수를 누가 가장 먼저 정확하게 세는가뿐이었다.

맨 먼저 계단을 올라간 사람은 글렌 그란크비스트였다. 글렌은 계단이 모두 139개 있다고 했다. 그때를 그녀는 마치 어제 일처럼 기억했다. 아마도 정확한 숫자를 맨 먼저 말한 사람이 그녀였기 때문일 것이다. 계단은 정확히 146개였다.

일흔넷.

고등학교는 그녀 인생에서 최고의 시절이었다. 고등학교 시절은 그녀의 전성기였다. 그녀는 상위권 성적을 내는 학생이었고 가장 인기가 많은 학생 가운데 한 명이었다. 그 시절에 그녀는 사람들의 말을 잘 들어주는 사람이었다. 그녀는 이 나라 최고 변호사가 되어 사회 최하층에 있는 약한 사람들을 돕는 데 모든 에너지를 쏟고 싶었다. 그녀는 아무 문제 없이 룬드 법률학교에 들어갈 수 있었고 정말로 행복한 학창 시절을 보냈다.

돌이켜 생각해보면 학교생활을 그렇게 잘할 수 있었다는 게 놀라웠다. 하루도 빠짐없이 파티에 초대됐고, 파티는 회가 거듭될수록 더욱 격렬해졌다. 베스트괴타 나숀에서 땀을 흘리고 춤을 춘 다음 날이면 마거릿 랜터맨처럼 차려입고 트윈 픽스 파티에 갔다. 하지만 2년 반 뒤에 낭만은 끝났다.

백열셋.

어느 날 밤늦게 말뫼 나숀에서 집으로 오는 길에 민법을 강의하는 게르하르드 켐페를 만났다. 그는 그녀를 집까지 데려다주겠다고 고집을 부렸고 오는 길에 두 사람은 상당히 차이가 나는 여자 변호사와 남자 변호사의 월급에 관해 이야기했다. 게르하르드는 남자 변호사가 돈을 더 많이 받는 이유는 협상을 잘하고 자기 가치를 잘 알기 때문이라고 했다. 그녀는 여자는 얼마나 협상을 잘하는가에 상관없이 남자보다 더 낮은 월급을 받아들일 거라고 대답했다. 하지만 지금 생각해보면 그녀는 그의 말에 맞장구를 쳐줘야 했다.

그녀가 묵고 있는 기숙사 건물 스파르타에 도착했을 때 그 강사는 밤술을 한잔 하자고 했다. 그녀는 거절했고, 오늘 밤은 더는 술을 마실 수 없을 것 같다고 했다. 그 뒤로는 모든 일이 너무나 빨리 일어났고 그녀는 드문드문 기억이 날 뿐이었다.

백스물여섯. 갑자기 주먹으로 얼굴을 세게 맞았다.

백스물일곱. 아스팔트에 머리를 부딪히며 쓰러졌다. 남자의 손이 온몸을 더듬었다.

백스물여덟. 비명을 지르고 손톱으로 할퀴면서 벗어나려고 했다.

백스물아홉. 주먹이 계속 날아왔다. 앞니가 부러지고 피 맛이 느껴졌다.

백서른. 속옷이 찢어지는 소리가 들렸다.

백서른하나. 두툼한 손가락이 거칠게 그녀 안으로 들어왔다.

백서른둘. 포기하고 그 남자가 하는 대로 내버려뒀다.

백서른셋. 남자가 그녀의 몸을 돌렸다.

백서른넷. 남자가 그녀의 머리를 잡아당겼다. 항문이 찢어지는 것처럼 아팠다.

백서른다섯. 아무에게도 말하지 말라고 경고했다.

백서른여섯. 급히 멀어져가는 발소리.

그녀는 남은 계단을 가능한 한 빠른 속도로 올라가 환한 빛이 비치는 밖으로 나갔다. 부드러운 산들바람이 땀을 식혀줬다.

그녀 말고 탑 꼭대기에 있는 사람은 아이가 둘인 네덜란드 가족밖에 없었다. 네덜란드어를 알아들을 재간은 없었지만 딸아이는 망원경을 보게 돈을 달라고 애원하는 게 분명했고 아들아이는 계속해서 고집스럽게 난간으로 기어오르고 있었다.

그녀는 네덜란드 가족과는 멀찌감치 떨어져서 경이로운 경치에 압도되어 있었다. 처음 여기에 왔을 때는 이렇게 감명을 받은 기억이 없었다. 그것은 참 이상한 일이었다. 아이일 때는 무엇이든 더 크고 선명하고 깊게 느끼기 마련이지만 그때 그녀에게는 다른 걱정거리가 있었다.

언제나처럼 예르겐과 글렌은 클라에스를 가만 내버려두지 않았다. 두 사람은 클라에스를 번쩍 들어 올려 난간으로 데려가더니 던져버리겠다고 위협했다. 그녀는 지금도 그만두라고 애원하고 간청하던 클라에스의 목소리를 들을 수 있었다. 다른 아이들이 계단을 센 결과물을 머릿속에 간직한 채로 숨을 헐떡이면서 한 명씩 전망대로 모습을 드러냈다. 하지만 그 아이들은 한 명도 빠짐없이 클라에스에게 벌어지고 있는 일을 보자마자 맞은편 전망대로 달려가 경치를 감상하는 척했다. 그녀는 예르겐과 글렌에게 다가가 클라에스를 내려놓으라고 말했다.

"어차피 내려갈 거야."

예르겐이 씩 웃으면서 말했다. 카밀라와 엘사가 거기 있었다. 카밀라는 두 사람이 클라에스를 괴롭힐 때면 언제나 옆에서 지켜봤다. 마치 클라에스가 고통받는 모습을 즐기는 것처럼. 당연히 엘사는 또 입을 함부로 놀렸다.

"빨리 해! 뭘 기다리는 거야. 바람 부니까 더럽게 비듬이 눈처럼 날리는 거 봐. 세상에, 진짜 역겹다."

마침내 모니카 크루센스시에르나가 나타나 계단의 정확한 숫자를 선언할 때까지는 영원이 흐른 것만 같았다. 선생은 클라에스가 흐느끼고 있다는 것에도, 울어서 눈이 벌겋게 충혈된 것에도 굳이 관심을 두지 않았다.

네덜란드 가족이 내려가고 마침내 그녀 혼자 남았다. 그녀는 목발을 벽에 기대놓고 샌들을 벗어서 시계와 머리띠, 목걸이와 나란히 놓았다. 난간으로 기어오르는 동안 다시 통증이 느껴졌지만 조금도 문제 되지 않았다. 그녀는 저 아래 있는 지붕과 나무를 바라다보면서 허공으로 다리를 내밀고 흔들어봤다. 분명히 어지럽고 메스꺼우리라 생각했지만 아니었다. 느껴지는 것은 자유뿐이었다. 이제 곧 모든 게 끝날 것이다.

처음에 강간을 당했을 때 그녀는 죽으려고 했다. 몇 차례 어설픈 시도도 했다. 자살에 실패한 사람들은 사실은 살고 싶어 하는 거라고, 자살 시도는 도와달라는 외침이라고 적은 글을 어디선가 본 적이 있었다. 하지만 그녀에게는 해당하지 않는 말이었다. 룬드에서 끔찍한 일을 당한 뒤로 그녀는 진심으로 죽기를 원할 정도로 자기 자신을 미워하기 시작했다. 이 마지막 몇 년은 그저 실패의 연속이라고 해도 과언이 아니었다.

그녀가 이번에 그녀를 강간한 범인을 지목한다면 그것은 또 다른 실패가 될 게 분명했다. 그녀는 그 남자의 신원을 밝힐 수 있었다. 경찰의 차에 앉아 있을 때 기억이 돌아왔으니까. 그 남자의 얼굴을 모른다고 생각했지만 아니었다. 하지만 그게 다 무슨 소용이란 말인가? 어쨌거나 그녀의 말을 아무도 믿어주지 않을 텐데. 누군가 다른 사람이었다면 어쩌면 무슨 말이든 할 수 있었을 텐데, 그 남자는 아니었다. 절대로 할 수 있을 리 없었다. 그것은 그 남자에게 반대하는 거니까. 약을 하고 절반쯤은 정신 나간 실패한 여자…….

잉엘라 플록헤드는 생각을 떨쳐버리고 눈을 감고 몸을 앞으로 숙였다.

74

○

파비안 리스크는 자기 집 바로 앞에서 빈자리를 찾았다. 자동차는 주차장에 있다는 쪽지와 함께 차 열쇠는 후고 엘빈의 책상 위에 놓여 있었다. 어떤 친절한 사람이 쇠데로센에서 경찰서까지 차를 몰고 와준 것이다.

차 문을 잠그고 파비안은 연립주택 쪽으로 걸어가기 시작했다. 집으로 돌아간다는 기분이 들기보다는 그저 다른 사람의 집을 방문하는 것만 같았다. 하지만 그런 기분이 아주 이상하다는 생각은 들지 않았다. 어쨌거나 그곳에서 살기 시작한 지 열흘밖에 되지 않았고 그나마도 거의 집에 들어간 적이 없으니까. 지금까지 사흘이나 집을 비웠으니 파비안이 아는 테오도르라면 분명히 그 시간 내내 피자나 배달시켜 먹으면서 메탈 음악을 크게 틀어놓고 컴퓨터 게임을 하고 있었을 것이다.

현관 계단을 올라가 문에 열쇠를 꽂았다. 벌써부터 아들이 사랑해 마지않는 데스메탈의 쿵쾅거리는 소리를 들을 수 있었다. 저런 소음이 뭐가 좋은지 파비안은 도무지 이해할 수 없었다. 데스메탈을 들으면 기분이 좋아지기는커녕 오히려 마음이 불안해졌다. 하지만 이미 맹세를 여러 차례 깨뜨리기는 했지만 아이들의 음악 취향을 가지고 다시는 불만을 터뜨리지 않겠다고 스스로 다짐했다. 파비안의 부모는 아들의 음악 취향에 관해 불평을 터뜨릴 뿐이었다. 그분들은 크라프트베르크, 디페쉬 모드, 헤븐 세븐틴의 음악 차이를 전혀 알지 못했고, 그저 '진짜 악기도 아닌 걸로' 계속 '쿵쾅, 쿵쾅' 거린다고만 했다.

"당신이 새로 온 이웃이군요."

뒤에서 목소리가 들렸다. 돌아보니 커다란 주머니가 달린 반바지와 티셔츠 차림에 벙거지를 쓴 먹는 배처럼 생긴 여자가 서 있었다. 여자는 빨간 건포도가 가득 든 유리병을 들고 있었다.

"울라 스텐함마르예요. 15번지에 살아요."

파비안은 다시 계단을 내려가 여자와 악수했다.

"안녕하세요. 파비안 리스크입니다."

"혹시 무슨 일을 하는 분인지 물어도 될까요?"

"제 일 말입니까?"

"네, 직업이 뭔가요?"

"지금은 휴가 중이라서 제 일에 관해서는 어떻게든 생각하지 않으려 노력하는 중입니다."

파비안은 자신이 가능한 한 좋은 이웃이라는 인상을 심어주려고 웃었고 자신이 느낀 울라 스텐함마르의 첫인상이 바뀌기를 바랐다.

"그냥 인사하려고 들렀어요. 모두 여기 누가 이사 올까 궁금해했거든요. 완전히 평범한 가족이 이사 와서 정말 다행이에요."

여자가 건포도가 든 병을 내밀면서 말했다.

"아, 원래 살던 분들은 무슨 문제가 있었습니까?"

"문제는 아닌데…… 물어보니까 하는 말이지만, 확실히 조금 이상하기는 했어요. 신년 파티도, 가을 파티도 오지를 않고…… 아유, 저기 뒤뜰 좀 봐요. 완전히 정글 같잖아요. 저기 덤불 때문에 우리 뒤쪽으로 햇빛이 오지도 않아요. 저기선 이끼밖에 못 자랄 거예요. 그건 좋지 않아요. 혹시 내 의견이 궁금할까봐 말하는 거예요."

안타깝게도 울라에 대한 파비안의 첫인상은 틀리지 않았음이 분명했다.

"시간이 나는 즉시 정원을 정리하겠습니다."

"뭐, 남의 집 일에 내가 왈가왈부하기는 싫어요."

그 뒤로는 서로 아무 말도 하지 않았기 때문에 파비안은 몸을 돌려 다시 현관으로 걸어갔다.

"오래된 집들은 벽이 정말 두꺼워서 이웃집 소리가 그다지 들리지 않을 거라고 생각하잖아요. 하지만 사실은 들려요. 소리가 어떻게 새는지는 모르겠지만, 아무튼 안에서 내는 소리는 밖으로 나갈 길을 찾는다니까요."

울라가 말했다.

"우리 아들이 음악을 아주 크게 틀었습니까?"

"그걸 음악이라고 해야 하는지는 모르겠지만, 아무튼 밤에만 소리를 좀 줄여주면 아무 문제 없을 거예요. 뭐, 그렇다고 팔딘스키네처럼 시끄러운 건 아니지만요. 여기 이전 주인 말이에요."

"그분들도 음악을 크게 틀었습니까?"

"아니요, 가끔 클래식을 틀기는 했지만 그게 문제는 아니었어요. 싸운다는 게 문제였죠."

"싸웠다고요?"

울라가 파비안 옆에 바짝 붙더니 혹시라도 누가 듣는 것은 아닌지 걱정하는 사람처럼 흘끔 뒤를 돌아봤다.

"두 사람이 서로 어떤 식으로 고함을 질러댔는지 상상도 못할걸요. 꼭 〈13일의 금요일〉을 보는 듯할 때도 있었다니까요. 게다가 밤에 자려고 누우면 얼마나 소리가 큰지 마치 그 사람들이 우리 침실에 들어와 있는 것 같았어요. 확실한 건 아닌데, 아무래도 남편이 아내를 때렸던 게 분명해요."

파비안은 여자에 대한 첫인상을 바꿔야겠다고 생각했다. 여자는 자신이 생각한 것보다 훨씬 끔찍했다.

"결국 아내가 떠났는데 누가 뭐라 그러겠어요? 궁금해할까봐 말해주는 건데, 그게 뭐 남편 곁을 떠나는 최악의 방법도 아니고, 사실 내가 신경 쓸 일도 아니지만요. 사실 남의 일에 두 눈 부릅뜨고 지켜보는 이웃만큼 끔찍한 것도 없잖아요."

"나도 그렇게 생각합니다. 건포도 감사합니다."

파비안은 다시 한번 집으로 들어가려고 시도했다.

"그 집 남편은 주말에는 꼭 나갔어요. 아마 베를린에 갔을 거예요. 거기 진짜 이상한 도시 아니에요? 나도 휴가 때 한번 간 적이 있는데 어찌나 피곤하던지 돌아오자마자 바로 또 휴가를 떠나야 했다니까요. 아무튼 남편이 집으로 돌아와보니 옷이랑 장난감이 모두 사라졌더래요. 아내가 몽땅 싸가지고 아이들이랑 갑자기 사라진 거예요. 하지만 나는 전혀 놀랄 일도 아니라고 대답하겠어요."

이제야 파비안은 부동산 중개업자가 말한 '개인 사정'이 무엇인지 알 수 있었다.

"이런, 좋은 상황은 아니었던 것 같군요. 그 집 아내분이 어디로 갔는지 알고 있습니까?"

"그게 이상한 거예요."

여자는 집게손가락을 세우면서 정말로 이상한 일이라는 듯이 한쪽 눈썹을 올렸다.

"어디로 갔는지 신경도 쓰지 않더라니까요. 어깨 한번 으쓱하고는 그냥 자기 삶을 살더라니까요."

"가족을 찾아볼 생각도 안 했습니까?"

"내가 알기로는 안 찾았어요. 나한테 물어본 거 같아서 대답하는데, 그 집 남편은 왠지 안도하는 것 같았다니까요."

여자가 고개를 저었다.

"나는 진짜 놀랐다니까요. 도무지 이해가 돼야 말이죠. 생각해봐요, 집에 돌아왔는데 가족이 모두 사라졌으면 어떨 거 같아요?"

"그러니까 가족이 어디로 갔는지 아무도 모른다는 겁니까?"

그 말에 여자가 표정이 환해질 정도로 밝게 웃었다.

"그게, 내가 호기심이 좀 많거든요. 가만히 있을 수 있어야지. 그래서 남편한테 직접 물어봤어요. 자기는 아내가 어디로 갔는지 정확하게 안다고 하더라고요. 그래서 그렇게 이상하게 행동한 거예요."

"그렇군요."

파비안은 이전 주인에 관해 좀 더 자세한 이야기를 들으려고 기다렸지만 울라는 더는 정보를 줄 마음이 없는 듯했다.

"그래, 어디에 있다고 했습니까?"

"그런 말은 안 했어요. 그저 자기 가족들이 어디에 있는지 정확하게 안다고만 했지. 나야 계속해서 캐묻고 싶은 생각은 없었어요. 아무리 나라도 정해놓은 한계는 있거든요."

이웃집 여자가 와락 웃음을 터뜨렸다.

"그런데 9일 전에 13번지 빙고르스 말로는 그 아내가 덴마크로 갔대요. 아마 거기서 다른 남자랑 사나봐요. 어쩌면 훨씬 전에 그 남자를 알고 있었는지도 모르지만, 어쨌거나 그건 그냥 내 생각이에요."

"언제 일어난 일입니까?"

"몇 달 전, 봄에요. 그리고 몇 주 안 돼서 당신한테 이 집을 판 거예요. 이해할 만하잖아요? 온갖 기억이 남아 있는 집에서 살고 싶지 않았겠죠."

집으로 들어가려는 몇 번의 시도 끝에 파비안은 드디어 현관 계단을 오르고 있었다. 만약에 소냐가 그랬다면 그는 어떻게 반응했을까? 파비안은 궁금했다. 열쇠를 돌려 문을 열면서 그는 아주 조금쯤은 자신도 안도할지 모른다는 사실을 인정할 수밖에 없었다.

위층에서 댄싱 데드에 관해 뭐라고 소리치는 목소리와 정신없는 기타 소리, 쿵쿵대는 드럼 소리가 들려왔다. 집에 들어서자마자 늘 피하고 싶은 쓰레깃더미처럼 파비안을 덮치는 저 정신없는 소리도 어느 정도는 가치가 있었다. 어쨌거나 아들이 집에 있다는 증거니까. 현관문을 닫고 돌아선 파비안의 눈에 수요일에 덴마크에서 열린 장례식에 가려고 출발했을 때와 조금도 달라지지 않은 집 안 모습이 보였다. 그 사흘이 3주처럼 느껴졌는데도 말이다.

그는 당연히 테오도르의 흔적이 많이 남아 있을 부엌으로 들어갔다. 하지만 부엌에는 테오도르가 들어왔다는 흔적이 거의 없었다. 거의 어질러진 곳이 없는 부엌에서 보이는 것이라고는 조금 남은 케밥 하나, 상자에 들어 있는 반쯤 먹은 피자, 거의 손대지 않은 코울슬로 몇 개, 텅 빈 콜라병이 전부였다. 테오도르가 마침내 정리 정돈을 하는 아이가 된 걸까?

이제는 마릴린 맨슨이 세계가 한 스타를 위해 다리를 벌리고 있다고 고함을 질렀다. 지난 몇 년 동안 마릴린 맨슨은 테오도르가 애정하는 가수였기 때문에 몇 번이나 되풀이해서 틀었다. 파비안은 그 이웃이 왜 항의했는지 알 것 같았지만 아직은 4시 45분밖에 되지 않았으니 올라가서 소리 좀 줄이라는 말은 하지 않을 생각이었다. 그 대신에 파비안은 아빠가 집에 왔으니 앞 베란다에 나가서 커피를 마시지 않겠느냐고 문자를 보냈다.

2분 뒤에 답장이 왔다. *지금 〈콜 오브 듀티〉 하고 있어. 한창 임무 수행 중이야. 커피는 안 마실래. 나중에 봐. -T.*

정확히 예상한 답변이었다. 그리고 마음속 깊은 곳에서는 원하던 대답이기도 했다. 커피를 마실 여유가 있다면 좋았겠지만 사실 파비안에게는 시간이 없었다. 오늘이 끝나기 전에 이름을 알아내야 했다. 분명히 수천 번은 봤을 테지만 기억에서 희미하게 사라져버린 이름, 그가 멈추지 않는다면 또다시 살인을 저지를 범인의 이름을 말이다.

범인의 이름을 찾을 방법은 있었다. 아주 오래 걸릴 테고 분명히 찾으리라는 확신은 없었지만 그 방법 말고는 없으니 시도해볼 가치는 있었다. 하지만 먼저 샤워하고 옷을 갈아입고 싶었다. 2층으로 올라가면서 사흘 이상 샤워를 하지 않은 때가 또 언제였는지를 기억하려고 애쓰다가 1995년 로스킬데 축제 때가 마지막이었음을 깨달았다.

그때는 엄청나게 맥주를 마신 탓에 제대로 걷지도 못했지만 마치 어제 일처럼 분명하게 기억할 수 있었다. 오아시스, 블러, 큐어, 스웨이드가 참가한 라인업이 매우 좋은 축제였다. 프린스, LCD 사운드시스템, 뱀파이어 위켄드가 참가한 올해 축제도 나쁘지 않았다. 파비안은 이사한 기념으로 가족끼리 로스킬데 축제를 보러 가는 게 어떠냐고 소냐에게 묻기까지 했다. 그런 그에게 소냐는 중년의 위기가 온 것이냐고 반문하기는 했지만.

파비안은 욕실 문을 잠그고 상체를 단단하게 조인 붕대를 조심스럽게 풀었다. 몇 시간 동안 찌르는 듯한 날카로운 통증을 잊고 있던 파비안은 붕대를 거의 다 풀어서야 자신이 얼마나 심각한 화상을 입었는지 기억해냈다. 피딱지 때문에 붕대가 상처에 달라붙어 샤워하면서 조심스럽게 조금씩 떼어내야 했다. 통증이 참을 수 있는 한계를 넘어서자 파비안은 자신의 비명을 감춰주는 마릴린 맨슨에게 고마워해야 할 정도였다. 붕대를 완전히 떼어낸 파비안은 찬물을 세게 틀고 화상 입은 곳을 물로 쓸어내렸다. 몇 분 동안 흘러내리는 물을 즐긴 뒤에야 그는 비누질을 하고 머리를 감고 물을 닦지 않은 채로 욕실 매트에 섰다.

새로 이사 온 집의 거울은 자기 나이보다 더 젊어 보이게 했다. 파비안은 거울에 비친 자기 모습을 쳐다봤다. 실제로 그는 마흔세 살이지만 외모는 그보다는 10년은 젊어 보였다. 비슷한 나이대의 사람들과 달리 그는 나이를 먹은 뒤에도 몸무게가 늘지 않았다. 머리가 벗어지는 부분도 없었고 흰머리 한 올 나지 않았다. 하지만 오늘은 왠지 적어도 10년은 늙어 보였다. 종이처럼 창백한 얼굴은 중력이 갑자기 두 배는 증가한 것처럼 축 늘어졌다. 그는 몸을 돌려 상처를 볼까 하는 생각을 했지만 곧 그러지 않는 편이 좋겠다고 결정했다.

테오도르의 재생 목록 음악들이 흘러나오기 시작했다. 파비안은 일단 옷을 입고 소리를 줄이러 가야겠다고 생각했다. 그의 옷은 여전히 침대 옆에 놓인 이삿짐 상자에 들어 있었다. 그는 깨끗한 속옷과 양말, 붕대 역할을 대신해줄 느슨한 빨간색 리넨 셔츠, 주름진 리넨 바지 등을 찾을 때까지 한참 동안 상자를 뒤졌다.

부엌으로 간 파비안은 전화기를 충전기에 꽂고 남은 피자를 가지고 녹색 서류함이 있는 지하실로 내려갔다. 하지만 녹색 서류함은 파비안이 기억하는 위치에 없었다. 이삿짐을 옮기던 날, 서류함은 지하 저장실 가운데 벽 옆에 붙여뒀는데, 지금은 그곳에 있지 않았다. 소냐가 배치를 바꾼 것인지 원래 있던 자리를 그가 기억하지 못하는 것인지는 알 수 없었다. 하지만 모든 물건이 자리를 바꾼 것처럼 지하실은 어딘지 모르게 달라진 듯했다.

지하실은 소냐가 허락만 한다면 곧바로 쓰레기통으로 향해도 좋을 물건으로 가득했다. 소냐는 물건을 버릴 수 있는 사람이 아니었다. 어떤 물건이든 전혀 기대하지 않은 순간에 갑자기 유용함이 입증될 수도 있다고 믿었다. 소냐는 자기 부모는 무엇이든지 아끼는 법이 없어서 주방 기구도 이미 유행이 지나 가치가 줄어들었다고 생각되면 곧바로 버렸는데, 그렇게 버린 물건은 꼭 나중에 다시 크게 유행한다고 했다. 하지만 파비안은 망가진 자전거, 끈적끈적한 자동차 시트, VHS 비디오테이프를 가지고 도대체 무슨 일을 할 수 있을지 상상이 되지 않았다.

20분 뒤에 파비안은 입구가 좁은 큰 병 세 개가 놓인 낡은 갈색 소파 뒤에서 녹색 서류함을 찾아냈다. 가운데 서랍을 열어 옛날에 찍은 사진을 모아둔 앨범을 꺼내서는 병 사이에 앉아 앨범을 휙휙 넘겼다. 사진이 몇 장 떨어진 곳에는 버려진 크리스마스트리의 잎힌 장식품처럼 철자가 틀린 문구만이 덩그러니 남아 있었다.

앨범에 있는 사진은 모두 열 살 때 생일 선물로 받은 인스터매틱 카메라로 찍은 것이었다. 색이 바래고 형태도 흐릿해졌지만 사진을 보고 있자니 트래커 트럭과 빨간 크립토닉스 바퀴를 단 램프라이더 스케이트보드를 타고 누구보다 빨리 달리던 일, 코펜하겐으로 소풍 가서 티볼리 공원 건너편에 있는 맥도날드에서 치즈버거를 세 개나 먹은 일, 첫눈을 쌓아 큰 산을 만들고 잡동사니로 작은 언덕을 만들어 스키장으로 활용한 일 등이 떠올랐다.

사진은 거의 4학년에서 6학년까지 방학 때 찍은 것이었다. 7학년이 되자마자 파비안은 더는 사진을 찍지 않았는데, 8학년 때는 단 하루 예외가 있었다. 그날 파비안은 학교에 카메라를 가지고 가서 미칠 듯이 셔터를 눌러댔다. 서른여섯 장짜리 필름 한 통에 들어 있던 사진은 모두 한 가지 피사체를 담고 있었다.

그 오랜 세월 동안 파비안은 그날 찍은 사진을 까맣게 잊고 있었다. 클리판이 찍은 사물함 사진을 보고서야 그는 다시 그 사진들 생각이 났다. 그 사진들은 파비안의 학급 앨범 가운데 한 곳에 잘 숨겨져 있었다. 그리고 모든 사진에는 같은 글자가 적혀 있었다.

리나.

그날 찍은 사진에는 모두 리나가 있었다. 전부 중심에 있는 것은 아니고 초점에서 벗어나 있다고 해도 사진에는 모두 리나가 있었다. 그 사진을 보는 사람들은 누구나 사진을 찍은 사람이 리나를 사랑한다는 사실을 알 것이다. 파비안은 예르겐이 리나 곁에 없을 때면 리나를 찍으려고 애를 쓴 기억이 났다. 그 모든 사진을 리나가 전혀 모르게 찍었다고 확신했다. 그때 그가 절대로 바라지 않은 일이라면 예르겐이 자기 뒤에 서 있게 되는 상황뿐이었다. 하지만 이제 그는 리나가 카메라를 분명히 의식했음을 알 수 있었다. 리나의 눈은 카메라가 아닌 먼 곳을 보는 척했고 사진이 찍힌다는 사실을 애써 모른 척하는 미소를 짓고 있었다. 리나는 파비안이 사진을 찍는 상황을 즐겼고, 예르겐에게는 절대로 말하지 않은 것이다. 사진은 두 사람만의 비밀이었다.

파비안은 앨범에서 눈을 떼고 번쩍 고개를 들었다. 분명히 누군가 소리치는 것을 들은 듯했다. 주변에는 그런 소리를 낼 만한 물건이 하나도 없었지만 그는 잘못 들은 소리는 아니라고 확신했다. 분명히 어디선가 목소리가 들렸다. 정확히 무슨 소리였는지는 분간할 수 없었다. 그저 누군가 외치는 소리였다.

파비안은 소파에서 일어나 목소리를 따라 뒤에 있는 벽돌 벽으로 다가갔고, 곧 안심했다. 이웃집과 맞닿은 벽에서 나는 소리였다. 따라서 아까 만난 여자의 목소리가 분명했다. 파비안은 다시 소파에 앉아 앨범을 뒤졌고 곧 찾던 사진을 발견했다. 그가 기억하는 것처럼 리나가 사물함에 책을 집어넣고 있는 사진이었다. 리나의 사물함 옆은 닫혀 있었지만 사물함 번호만은 뚜렷하게 보였다.

349번. 리나의 사물함 바로 옆에 살인마의 사물함이 있었다.

75

최신 기술을 장착한 화려하고 경이롭던 은회색 BMW I 시리즈 M 쿠페는 단 몇 초 만에 고철 덩어리로 변해버렸다.

독일 자동차라면 언제나 그 모든 차를 사랑해온 잉바르 몰란데르는 1990년대 중반 이후로는 BMW가 아닌 다른 차종은 거들떠보지도 않았다. 끔찍하게 망가진 BMW를 조사하는 일은 몰란데르에게는 고통스러운 일이었다. 망가진 BMW를 보는 것만으로도 고통스러운데 충돌 이유를 전혀 찾을 수 없자 그는 자신이 놓친 것은 없는지 확인하려고 기록한 내용을 다시 한번 살펴볼 수밖에 없었다.

왼쪽 측면: 원형으로 긁힌 자국들과 움푹 들어간 자국들. BMW는 트럭 옆으로 돌진해 트럭 가운데 바퀴를 들이받았다. 몰란데르는 트럭 바퀴의 큰 너트에서 은색 페인트를 확인했다. *BMW 바퀴는 네 개 모두 풀과 흙이 묻었는데 특히 앞과 뒤의 오른쪽 바퀴에 많이 묻어 있다.* 트럭에 부딪힌 뒤 튕겨 나간 BMW는 도로를 벗어나 풀밭에 떨어졌다. 오른쪽 헤드라이트가 산산조각이 났다. 오른쪽 앞 범퍼가 도로표지판에 부딪히면서 몇 차례 빙글빙글 돈 뒤 BMW는 다시 고속도로로 들어갔다. *BMW의 절반 뒷부분은 거의 짓눌렸다.* 트럭이 달려와 BMW를 덮쳤다. *BMW 여기저기에 긁힌 자국과 움푹 들어간 자국이 있는데, 주로 지붕에 있다.* 고속도로를 구르던 BMW는 뒤집힌 채로 멈췄다.

몰란데르는 좌절했다. 벌써 몇 번이나 모든 정보를 샅샅이 다시 읽었지만 살인임을 유추할 증거는 하나도 없었다. 잘린 브레이크 라인 하나, 풀린 나사 하나 찾을 수 없었다. 스티어링 칼럼 락도 서보도 잘못된 부분은 하나도 없었고 자동차 안에 다른 사람이 있던 흔적이나 멀리서 리모컨으로 조작한 흔적도 없었다. BMW는 정확하게 트럭에 치여서 시속 140킬로미터로 구른 차처럼 보였다. 그는 벌써 세 시간째 BMW를 들여다보고 있었고 그 어떤 흔적도 발견하지 못했다.

몰란데르는 15년 동안 거의 담배를 피우지 않았다. 아주 특별한 경우에만 한 대씩 피웠을 뿐이다. 지금 이 상황을 특별한 경우라고 생각해도 좋을진 모르겠지만 차 안에서 풍기는 담배 냄새를 맡으니 끔찍한 실패 또한 담배 한 대 피울 상황은 되리라는 확신이 들었다. 그는 작업대 맨 위 서랍을 열고 피셔맨스프렌드 깡통에서 존 실버스 담배를 한 개비 꺼내고는 차고 밖 의자에 앉아 석양을 바라봤다. 담배에 불을 붙이고 패배 속에서도 기쁨을 찾으려고 노력하면서 폐 깊숙한 곳까지 듬뿍 빨아들였다.

그때 전화벨이 울리기 시작했다. 그는 언제 또 담배를 피울 수 있을지 기약이 없는 상태에서는 방해받고 싶지 않았다. 하지만 짜증 나는 전화벨 소리는 멈추지 않았다. 전화기 배터리가 떨어져도, 제3차 세계 대전이 일어나도 끝나지 않을 것만 같았다.

"에…… 여보세요?"

"안녕하세요, 이레네예요. 차는 어떻게 되고 있는지 궁금해서요."

"아주 나빠."

"아직 안 끝났어요?"

"아니, 끝났지."

"그 말은……."

"살인이라는 정황 증거는 어디에도 없었어."

두 사람은 잠시 아무 말도 하지 않았다. 몰란데르는 전화기를 귀에서 떼고 담배를 한 모금 빨 기회를 얻을 수 있었다. 견인차 한 대가 경찰서 주차장으로 들어오는 모습이 보였다.

전화기 너머에서 한숨 소리가 들렸다.

"그럼 나는 여기 있는 게 훨씬 더 중요하겠네요."

"거기가 어딘데?"

"부검실이에요. 갈래머리가 엘사 할린의 부검 결과를 보여주겠

다고 해서요. 일단 여기 왔으니까 카밀라 린덴도 좀 봐달라고 졸라
봐야죠."

"그 사람들이 벌써 보지 않았을까?"

"갈래머리는 아니에요. 카밀라는 일반 교통사고 사망자로 들어
왔으니까."

이제는 몰란데르가 한숨을 내쉬었다.

"부검해도 별다를 게 없으리라 생각하는 거예요?"

"이제는 뭘 생각해야 하는지도 모르겠어."

"당신이 카밀라 린덴이 살해당했을 거라고 했잖아요."

"자동차 충돌 사고가 났지. 아마 범인이 그 소식을 듣고 언론에
자기가 한 일이라고 흘렸을 수도 있어. 우리가 있지도 않은 증거를
찾느라 시간을 소비하는 동안 다음 살인을 준비할 시간을 벌려고
말이야."

"할린은 어떻게 생각해요?"

"범인이 한 일일 수도 있고, 누군가 다른 사람이 했을 수도 있겠
지. 결국 우리가 세울 수 있는 가설은 단 하나, 반 전체 사람들을 안
치소에 정어리처럼 빼곡하게 채워 넣을 때까지는 살인을 멈추지 않
으리라는 것뿐이야."

"그 말이 맞을지도 몰라요. 하지만 그렇다고 변하는 건 없어요.
우리가 할 수 있는 건 그저 계속 수사를 해나가는 것뿐이니까요.
아, 가봐야겠어요. 갈래머리가 왔어요."

릴리아가 전화를 끊었다. 몰란데르는 주머니에 전화기를 넣고 마
지막으로 빨고 남은 담배를 아스팔트에 문질러 껐다. 그제야 견인
차가 덴마크 번호판을 달고서 푸조를 끌고 왔음을 눈치챘다.

"몰란데르 씨?"

덴마크인 운전사가 물었다.

몰란데르가 고개를 끄덕이고 인수자 이름에 서명했다.

"이것도 함께 전해달라더군요."

덴마크 운전사가 손으로 적은 쪽지를 내밀면서 말했다.

잉바르 몰란데르 씨에게

파비안 리스크가 몰란데르 씨의 능력이 매우 뛰어나다고 하더군요.
이곳 덴마크에서는 전혀 찾은 게 없으니, 몰란데르 씨가 명확한 증거
를 찾아주시길 희망합니다.

행운을 빕니다.

코펜하겐 경찰서 강력반

두냐 호우고르

몰란데르도 두냐 호우고르가 누구인지는 알았다. 유능한 형사
라는 소리도 들었다. 하지만 범죄 증거물을 스웨덴으로 보낼 권한
은 없는 것이 분명했다. 두냐는 분명히 아주 큰 위험을 감수한 것이
리라. 몰란데르는 견인차가 포장도로 위로 천천히 내려놓는 푸조
를 바라봤다. 저 차는 어떤 비밀을 감추고 있을까? 저 차에 장착된
GPS는 이미 리스크를 쇠데로센 범죄 현장으로 이끌었다. 그 외에
다른 단서가 또 있을까?

범인은 이 차를 빼돌리려고 엄청나게 애를 썼다. 그것은 몰란데
르가 찾아낼 단서가 더 있을 수 있다는 뜻이었다. 클라에스를 죽인
범죄 현장은 푸조의 GPS가 있건 없건 간에 어차피 발견되도록 계
획이 세워져 있었다. 리스크는 그저 범인이 계획한 시간보다 일찍
범행 장소를 찾아낸 것뿐이다. 하지만 어쨌거나 그 장소는 발견될

수밖에 없었다. 범인은 적당한 시간이 되면 수사팀이 그 장소를 찾게끔 단서를 미리 심어놓았다. 범인은 쇠데로센 범행 장소를 이용해 자기 힘을 과시할 생각이었다. 수사관들이 그보다 훨씬 뒤처졌음을, 무엇보다도 아주 무능하다는 사실을 보여주려 한 것이다.

하지만 그 정도만으로는 범인이 모르텐과 추격전까지 벌이면서 엄청난 위험을 감수한 이유를 설명할 수 없었다. 분명히 푸조 안에는 뭔가가 있었다. 어떤 대가를 치르더라도 경찰 손에 넘겨주고 싶지 않은 증거가 있는 것이 분명했다.

이레네 릴리아는 그가 마음대로 하도록 내버려뒀다. 특별한 날을 기념하며 머리를 네 가닥으로 땋은 에이나르 그레이데는 그 어떤 방해도 받지 않고 엘사 할린의 턱에서 흉골까지 범인이 얼마나 정확하게 절개했는지 자세하게 설명했다. 범인이 피해자를 가능한 한 오랫동안 살려두려고 대동맥은 전혀 손대지 않은 상태로 절개했다는 사실을 검시관이 지나칠 정도로 상세하게 묘사하는 동안에도 릴리아는 꾹 참고 있었다. 심지어 범인이 어떤 식으로 엘사의 혀를 당겨 가슴 밖으로 나오게 했는지까지 설명하게 내버려뒀다. 폭탄은 설명이 다 끝난 뒤에 터뜨릴 생각이었으니까.

"에이나르, 사실 여긴 엘사 할린 때문에 온 게 아니에요."

"응? 뭐라고?"

그레이데는 멋진 재주를 부렸는데 주인이 간식을 주지 않아 황당해하는 훈련을 잘 받은 강아지 같은 표정을 지었다.

"콜롬비아 넥타이가 피해자가 아주 오랫동안 많이 고통받기를 원할 때 하는 놀라운 살해 방법이라는 건 알아요. 아마도 당신은 이런 식으로 살해당한 사람을 못 봤을 거예요. 나도 처음 보거든요.

하지만 오늘 온 건 다른 사람 때문이에요."

"다른 사람이라니, 이 사람이 아니라면 대체 누구 때문에 왔다는 거야?"

"카밀라 린덴이요."

"카밀라 린덴이라니, 그가 누군데?"

그레이데는 그냥 개도 아니고 화가 난 잡종 개처럼 보였다.

"어제 E6 고속도로에서 죽은 사람이에요. 그 사람도 우리가 쫓는 범인이 죽인 게 아닌가 싶어서요."

"그 사람도 같은 반인가?"

릴리아가 고개를 끄덕였다. 그레이데는 머리카락 한 가닥을 만지작거렸다. 인생이 자기 뜻대로 풀리지 않는다고 생각한다는 의미였다. 그럴 때는 절대로 그를 몰아붙이면 안 된다는 사실을 릴리아는 잘 알았다. 자기 뜻을 관철하겠다고 어설프게 시도했다가는 그레이데는 그녀의 소망과는 전혀 다른 반응을 보일 것이 분명했다. 절대로 도와주지 않겠다고 고집을 부릴 것이 분명했다.

릴리아는 정확히 2분 뒤에 원하는 반응을 얻었다. 그레이데는 연극배우처럼 단 한 번 고개를 젓고는 지쳤다는 듯이 커다란 한숨을 내쉬더니 릴리아가 보조를 맞추려면 거의 뛰어야 할 정도로 빠른 걸음으로 긴 지하 통로를 걸어가기 시작했다.

"분명히 아르네 담당일 거야. 그 자식 모토가 뭔지 알지?"

그레이데가 내뱉듯이 말했다.

"무엇 때문에 그래야 하는가보다 얼마나 더 일을 복잡하게 만드는가, 이지."

그레이데는 그 말을 액면 그대로 믿지 말라는 듯이 두 손을 허공에 대고 인용부호를 만들면서 말했다.

"하지만 그 녀석 말의 진짜 의미는 이거지. 도대체 일해야 할 이유가 어디 있어?"

"에이나르, 사실 지금으로서는 살인이라고 확신하는 건 아니에요. 어쩌면 그냥 사고일 수도 있어요."

릴리아의 말에 그레이데는 머리를 가로저었다.

"어떻게 아닐 수 있어? 아르네가 단서를 놓친 게 이번이 처음이 아니란 말이지. 그 녀석 휴가는 다음 주에나 시작하는데 이미 2주 전부터 곰팡이 잔뜩 긴 행주처럼 생각이 영 흐리멍덩해졌어. 보통은 내가 그 녀석 일을 다시 한번 살펴보는데, 이번에는……."

"콜롬비아 넥타이 때문에 흥분하셨겠죠."

그레이데는 릴리아를 흘긋 쳐다보더니 시체 보관실 앞에 서서 출입증을 전자 인식기에 댔다. 시체 보관실로 들어간 릴리아는 곧바로 시체 보관함으로 걸어갔지만 그레이데는 부검 기록을 살펴보기 시작했다.

"여기 있네. 블라 블라 블라…… 머리 왼쪽 뒤쪽에 강한 충격, 블라 블라 블라…… 두개골 골절, 수막 출혈, 뇌 종창, 대뇌 출혈, 뚜렷한 두개강내압 상승 징후…… 음."

"그다지 특별한 건 없는 듯하네요, 그렇죠?"

릴리아가 '카밀라 린덴'이라고 적힌 시체 보관함을 잡아당겨 꺼내면서 물었다.

"그렇지. 하지만 이건 두부 외상의 기본 중의 기본이라고. 이렇게 끔찍한 사고를 당했는데 완전히 햄버거가 되는 걸 피할 수 있었다고 해도 분명히 머리를 아주 세게 부딪혔을 테니 대뇌 출혈로 죽은 건 확실해. 이런 보고서는 시체를 살펴보지 않고 써도 열에 여덟은 맞아떨어질 거라고. 문제는 이 보고서에는 가장 기본적인 사실 말고는 아무것도 적혀 있지 않다는 거야."

그레이데는 보고서를 엄지손가락과 집게손가락으로 잡고 경멸스럽다는 듯이 흔들어댔다.

"그 몸에 남아 있을 독특한 흔적에 관해서는 그 어떤 묘사도 없잖아. 어떤 의견도 어떤 통찰력도 보이지 않아. 당연히 그래야 하는 사실 외에 직접 관찰해서 알아낸 사실이 하나도 없잖아."

"그럼 아르네가 시체를 살펴보지 않았다고 생각하는 거예요?"

"생각하는 게 아니야, 아는 거지."

그레이데는 부검 보고서를 쓰레기처럼 바닥에 던져버리고는 릴리아의 반대편으로 가서 시체 옆에 섰다.

카밀라의 눈은 감겨 있었다. 카밀라의 얼굴은 한눈에 봐도 강한 충격을 받았음이 분명했다. 그레이데는 비닐장갑을 끼고 시신을 옆으로 돌려 머리 뒤쪽을 봤다. 심각한 상처와 금발에 달라붙은 피딱지가 보였다. 그레이데는 시신을 똑바로 누이고는 다시 머리 타래를 만지기 시작했다.

"아르네가 놓친 걸 찾았어요?"

릴리아는 입을 열자마자 곧바로 후회했지만 질문은 금이 간 문틈으로 파고들어 온 생쥐처럼 입술을 뚫고 나가버렸다. 그 질문을 붙잡고 있을 재간이 그녀에게는 없었다.

그레이데는 릴리아가 새벽에 총을 맞아도 싸다는 듯이 노려보더니 손으로 카밀라의 감긴 눈꺼풀을 들어 올렸다. 카밀라의 두 눈은 누군가가 담뱃불로 지진 것처럼 보였다.

76

"6시 30분에 공 치러 가기로 했으니까 아주 짧게 효율적으로 끝내자고."

책상 의자에 앉으면서 헨리크 함메르스텐이 말했다.

두냐는 고개를 끄덕이고 슬레이스네르가 앉은 손님 의자 옆에 앉았다. 두냐로서는 이 방을 나간 뒤에도 스웨덴 경찰과 협조해 수사를 계속해나가는 것 외에는 아무런 바람이 없었다.

"두냐, 만나자고 한 사람은 자네니까, 자네가 먼저 말해봐."

"알겠습니다."

두냐는 헛기침을 하고 입을 열었다. 목이 바짝 말라 있었다.

"제가 만나자고 말씀드린 이유는 반장님 사생활로 인해 일어난 최근 사건들이 수사반 전체에 영향을 미쳐서 우리를 제대로 이끌어 수사를 진행하는 데 차질을 빚고 있다고 생각하기 때문입니다."

함메르스텐은 고개를 끄덕이더니 슬레이스네르를 봤다.

"그래, 킴 자네는 무슨 할 말 없나? 두냐의 비난에 뭐 변명할 거라도?"

슬레이스네르가 고개를 끄덕였다.

"전적으로 맞는 말입니다. 지난 며칠 동안 정말로 엄청난 일이 일어났으니까요. 사생활은 완전히 엉망이 돼버렸습니다. 공개적으로 목이 달려서 말라비틀어지고 있는 거나 다름없습니다. 아내는 딸을 데리고 떠나버렸습니다. 사실 이제 저에게는 일밖에 남지 않았습니다. 최선을 다해서 최상의 결과를 낼 생각입니다. 그건 그렇고 정말 오랫동안 함께 필드에 나가지 못했네요. 요즘 핸디캡이 얼마나 되십니까?"

"18.7이지."

"우아, 연습을 정말 많이 하셨군요."

슬레이스네르만큼 아부를 극적으로 할 수 있는 사람은 없을 거라고 두냐는 생각했다. 자기한테 이득이 된다면 신발에 묻은 똥도 핥으라면 핥을 인간이었다.

함메르스텐이 두냐를 쳐다보며 말했다.

"그래, 지금은 어떤가? 여전히 같은 의견인가?"

두냐는 함메르스텐의 말을 잠시 생각해봤다. 고개를 끄덕이고 싶었지만 결국 가로저었다. 그녀는 빨리 모든 걸 끝내고 다시 일로 돌아가고 싶었다.

"그럼 지금 자네 의견을 철회한단 뜻으로 받아들여도 되겠나?"

"제 일에 집중할 수만 있다면, 그렇습니다."

"이제는 집중할 수 있겠나?"

"그러길 희망합니다."

함메르스텐의 시선이 슬레이스네르에게로 옮겨갔다.

"킴, 자넨 어떤가? 기분은 괜찮나? 더 할 말이 있는가, 아니면 이걸로 오늘 만남은 끝을 내도 좋은가?"

슬레이스네르는 두냐의 침묵이 선물임을 알아야 했다. 그 선물을 받아 들고 두 사람이 의견 차이가 있다는 사실은 덮어버리고 함메르스텐에게 더 좋은 구경거리를 제공하는 일은 하지 말아야 했다. 하지만 슬레이스네르는 그렇게 하지 않았다. 그 대신에 자리에서 몸을 고쳐 앉더니 할 말이 있다는 듯이 한 손을 번쩍 들어 올렸다.

"안타깝지만 저로서는 두냐를 거의 신뢰할 수 없다는 말씀을 드려야겠군요."

"어째서 그런가?"

"두냐도 할 말은 있겠지만, 솔직히 말해서 저로서는 절대로 이해할 수 없는 일이 있습니다. 저는 항상 두냐가 아주 뛰어난 경찰이라고 생각했습니다. 우리 강력반의 소중한 자산이라고 늘 생각했습니다. 하지만 안타깝게도 이제는 더는 두냐를 신뢰할 수 없습니다. 동료를 신뢰할 수 없는데 좋은 결과가 나올 리도 만무합니다. 저는 진심으로 그렇게 믿습니다."

"어째서 신뢰할 수 없다는 말인가?"

두냐는 알고 있었다. 분명히 느낄 수 있었고 경보음을 들었는데도 이렇게 꼴 보기 싫은 놈이 친 함정에 빠져든 것이다.

슬레이스네르는 길게 숨을 내쉬었다.

"도대체 어디서부터 말씀드려야 할지 모르겠습니다. 첫째로 상황이 이렇게 된 것은 거의 전적으로 두냐 책임입니다. 제 전화기 사용 내역을 뒤져서 제가 릴레 이스테드가데 근처에 있었다는 걸 알게 되자 〈엑스트라 블라데트〉에 제보하고 제가 마치 제 일을 제대로 하지 않는 것처럼 비난을 받게 했습니다."

두냐는 그 말에 반박하고 버럭 고함을 지르고 싶었지만 그래봐야 아무 소용이 없다는 사실을 알았다. 그런 행동을 하면 오히려 인상만 더 나빠지고 한심하다는 평가를 받을 것이 분명했다. 슬레이스네르는 계속해서 말했다.

"더구나 수사에 관해서도 말씀드리자면 두냐는 몇 번이나 저를 속이고 제 지시를 무시하고 자기 멋대로 행동했습니다. 아직 우리 감식반이 조사를 끝내지도 않았는데 제 서명을 위조해 중요한 증거를 스웨덴으로 보내버렸습니다. 그리고 바로 전까지만 해도 범인 사진을 확보했다는 사실을 감추려 했습니다. 이 모든 상황을 고려

해볼 때 두냐가 제 밑에서 수사하는 것이 과연 옳은 일인지 확신이
서지 않습니다."

"두냐, 킴의 서명을 위조했다는 게 사실인가?"

두냐는 고개를 끄덕였다.

"모두 수사를 위해서였습니다. 킴은 스웨덴 경찰이 수사를 진행
하지 못하도록 온갖 방해를 했으니까요."

하지만 두냐는 함메르스텐이 자기 말을 듣지 않고 있음을 알았
다. 그는 이미 결정을 내린 것이다.

"킴이 자네가 전화 기록을 뒤졌다는데, 그 말도 사실인가?"

두냐는 다시 고개를 끄덕였다.

"전화 기록을 찾아본 건 맞지만, 킴이 생각하는 그런 이유 때문
은 아니었습니다. 제가 확인하려고 한 건……."

"됐네, 그만하지."

함메르스텐이 손을 들어 손목시계를 봤다.

"두냐, 정말 유감이야. 난 항상 자네가 아주 유능한 경찰이라고
생각했어. 하지만 솔직히 말해서 무슨 생각으로 그런 일을 한 건지
도통 모르겠군. 나로서는 어쩔 수 없이 킴의 의견을 받아들일 수밖
에 없네."

함메르스텐은 기쁜 얼굴로 서류 한 장을 책상에 내려놓는 슬레
이스네르를 쳐다봤다.

"자, 여기 사직서. 3개월 치 월급이 나갈 거야. 그저 서명만 하면
돼. 이번에는 자기 걸로 서명하라고."

"내가 거절하면 어떻게 되는 거죠?"

"페로제도에서 사람이 필요하다더군."

두냐는 점선 위에 서명하고 국장실을 나왔다.

77

아스트리드 투베손은 계속해서 잉엘라 플록헤드를, 잉엘라가 케르난 타워에서 뛰어내린 이유를 생각하고 또 생각했다. 수많은 질문이 머릿속에서 바글거리면서 사라지지 않았다. 나 때문에 죽은 걸까? 내가 그 여자에게 너무나 많은 압력을 가했기 때문에? 잉엘라가 정말로 우리가 쫓는 범인에게 당한 걸까? 아니면 리스크의 추론이 옳은 걸까? 잉엘라를 해친 사람은 전적으로 다른 사람이 아닐까? 실제로 어떤 일이 있었는지를 알아내는 것보다는 이런 질문들이 훨씬 중요하게 느껴졌다.

투베손은 일단 컴퓨터 화면에 구글 지도를 띄우고 범인이 아무 방해도 받지 않고 잉엘라 플록헤드의 장기를 적출할 정도로는 떨어져 있지만 무의식 상태에서 기차 소리를 들을 정도로는 철로가 가까운 건물을 찾아봤다. 그 뒤, 몇 시간 동안 부지런히 움직였지만 살펴보기로 마음먹은 스물일곱 개 장소 가운데 간신히 열 곳만 둘러볼 수 있었다.

보는 즉시 범행 장소 후보에서 지워버린 주택 세 곳을 제외하면 나머지 건물은 사무실과 작업장으로, 대부분 여름휴가를 떠나 잠겨 있었다. 그 때문에 투베손은 여러 차례 담장을 타고 창문으로 안을 들여다보고 쓰레기통을 뒤져야 했지만 찾아낸 것은 더러운 손톱, 냄새나는 옷들뿐이고, 괜히 머리만 근질근질해졌다.

몰란데르가 옳았다. 범인은 벌써 또다시 교묘한 범죄를 저지를 계획을 세우고 있을지도, 어쩌면 범행을 실행에 옮기고 있을지도 모르는 상황에서 투베손은 문을 닫은 사업장의 더러운 창문 안이나

기웃거리고 있었다.

투베손은 감라 라우스베겐에서 왼쪽으로 꺾었다. 무성하게 자란 식물들 사이로 차가 동시에 두 대는 지나갈 수 없을 듯한 좁고 구불구불한 길이 이어져 있었다. 그녀는 차를 세우고 부지 안을 들여다보려고 닫힌 정문 앞으로 걸어갔다. 구글 지도에는 이 부지에 물웅덩이가 몇 개, 다양한 크기의 건물 몇 채가 있는 것으로 나오지만 지도만으로는 이곳이 주택인지 회사 소유의 땅인지는 알 수 없었다. 부지 쓰임새가 무엇이건 간에 투베손으로서는 들어가서 확인해볼 방법은 없을 것 같았다. 이 장소는 '들어오지 마시오. 감사합니다. 아니, 천만에, 전혀 감사하지 않습니다'라는 분위기를 풍기고 있었다. 담장 위에는 철조망이 설치되어 있었고 자물쇠가 잠긴 정문에는 '관계자 외 출입 금지'라고 쓰인 푯말이 걸려 있었다. 투베손은 자동차로 돌아가 가능한 한 정문에 가깝게 차를 가져와 댔다. 차에서 내린 투베손은 차 지붕을 딛고 담장으로 올라가 엉덩이가 다치지 않도록 조심스럽고 부드럽게 땅으로 훌쩍 뛰어내렸다.

일자로 쭉 뻗은 자갈길 왼쪽 옆에는 수영해도 될 정도로 넓은 수영장이 세 개 있었고, 오른쪽 옆에는 왼쪽에 있는 수영장 세 개를 모두 합친 것만큼이나 넓은 수영장이 하나 있었다. 그 수영장은 거의 작은 호수처럼 보였다. 자갈길 옆에는 버려진 낚싯배가 있었는데, 낡은 낚싯대, 그물, 트롤링 스푼이 여기저기에 흩어져 있었다. 투베손은 건물이 모두 다섯 채 있음을 확인한 뒤에 구글 지도로 볼 때 가장 시선을 끌던 건물, 즉 문에서 왼쪽으로 가장 멀리 있는 건물부터 살펴보기로 했다. 부지 끝에서 철도까지의 거리는 불과 30미터밖에 되지 않았다. 가까이 다가가자 20제곱미터 정도의 넓이에 막사를 닮은 건물이 보였다.

파란색 문 앞에는 흰색 에나멜 도료로 '크리그스함마르'라고 적은 푯말이 붙어 있었다. 푯말 주변부 녹색은 나머지 부분과 달리 햇빛에 심하게 변색되지 않았고, 오래전에 뚫은 나사 구멍이 몇 개 보이는 것으로 미루어 푯말은 바꾼 지 얼마 안 됐으며 번쩍이는 자물쇠 역시 푯말을 바꿀 때 새로 설치했음이 분명했다. 투베손은 한 손에 장갑을 끼고 손잡이를 돌려봤다. 문은 잠겨 있었다.

투베손은 건물 옆으로 돌아가 급수관과 배수관이 설치된 좁은 틈을 손전등으로 비췄다. 물관은 욕실과 부엌에 설치되어 있었다. 건물 뒤쪽에는 녹슨 베스파 오토바이가 창문 밑에 놓여 있었다. 투베손은 오토바이에 올라가 건물 안을 들여다봤다. 창문에는 커튼이 처졌지만 충분히 안을 들여다볼 공간은 있었다. 건물 안에는 작업대가 몇 개 놓여 있었고 단지와 병 여러 개, 가정집이라면 당연히 갖추고 있을 연장들이 여러 개 보였다.

문제는 수술용 메스도 있다는 사실이었다.

그때 투베손의 전화벨이 울리기 시작했다.

"네, 나예요."

"클리판입니다. 이쪽으로 오셔야 할 것 같아요."

"왜요? 무슨 일 있어요?"

"그런 거 같아요. 아니면 전화하지 않았을 테니까요. 일단 여덟 명하고 연락이 됐습니다."

"범인을 아는 사람이 있나요?"

"아니요, 하지만 적어도 학급 앨범은 찾아보고 있을 거예요."

"아직 연락이 안 된 사람이 몇 명이나 남았죠?"

"다섯 명이요. 리스크를 빼면요. 리스크는 릴리아가 맡을 거예요. 릴리아는 갈래머리랑 카밀라 린덴을 다시 보고 있어요. 원래는 아르네라는 친구가 분명히 부검을 했다는군요."

"그래서요?"

투베손은 자기 목소리에 짜증이 묻어 있음을 알아채고 재빨리 털어버렸다. 물론 짜증은 났다. 만약에 투베손에게 무슨 일이 생긴다면 클리판이 강력반을 맡아야 했다. 물론 그렇다고 큰 문제가 생길 리는 없었다. 클리판은 경험도 많고 유능한 형사니까. 신중했고 체계적이었고, 어떤 임무건 간에 크거나 작다고 구별을 두는 법이 없었다. 그러니까 바로 그것이 문제였다. 클리판은 다른 사람들과 달리 아주 세세한 상황에 집착했다. 그 때문에 자기 시간은 물론이고 다른 사람의 시간까지 잡아먹었다.

"클리판, 길게 들을 시간이 없어요. 아르네가 놓친 게 뭔데요?"

"눈이요. 내가 들은 바로는 두 눈이 완전히 불타버렸대요."

"불타다니, 그게 무슨 소리예요?"

"나도 몰라요. 릴리아는 불타버렸다는 말만 했어요."

"불에요?"

"나도 잘 모르겠어요. 아마 당분간은 눈이 왜 그렇게 됐는지는 갈래머리도 모를 거 같아요. 중요한 건 눈이 멀어서 사고가 난 듯하다는 거예요."

"피해자가 클라에스가 폭행을 당할 때 지켜보던 사람이라고 하지 않았어요?"

"그랬죠."

"그 사람들이 사고 때문에 눈이 그렇게 된 건 아니라고 확신한다는 거고요?"

"네, 그렇답니다."

투베손은 어떻게 생각해야 할지 알 수가 없었다. 이번 사건을 수사하면서 투베손은 이런 느낌을 너무나도 많이 받아야 했다. 카밀라 린덴이 차에 탔을 때 이미 눈이 먼 것이 아니라면 범인은 분명 본인이 사고 나지 않게 조심하면서 달리는 차 안에서 카밀라의 두 눈을 태워야 했을 것이다. 생각하면 할수록 어리둥절하기만 했다. 범인은 도저히 설명할 수 없는 초인적인 힘을 보유한 게 분명했다.

"더 알아낸 사실은 없어요?"

"시간이 있으시면 말해주지요."

"시간은 없어요. 하지만 말해봐요."

"카밀라 린덴은 두 아이를 혼자 기르고 있었답니다. 세 살과 다섯 살 아이요."

"아이들이요? 하지만 차 안에 아이들은 없었잖아요."

"분명히 그랬죠."

"그럼 아이들은 어디에 있죠?"

"나도 그게 궁금하더라고요. 그래서 유치원에 연락해봤습니다. 유치원 원장 말이 비에르네 히에르트라는 전남편이 사고가 나기 30분 전에 데려갔다고 하더군요."

"전남편이라는 사람한테 연락해봤어요?"

"전화를 받지 않아요. 사고 지점에서 몇 킬로미터만 가면 있는 스트뢰벨스토르프에 살고 있답니다. 일단 경찰 두 명을 보냈으니 어떻게 된 건지 알 수 있겠죠."

"잘했어요. 다른 건요?"

"아직도 시간이 더 있어요?"

투베손은 두 눈을 감고 폭발하지 않도록 온 힘을 끌어모았다.

"아스트리드? 전화 끊었어요?"

"아니요."

"덴마크 경찰이 드디어 푸조를 보냈어요. 잉바르가 지금 조사하고 있는데, 아마 뭐든 찾기 전에는 멈추지 않을 거 같아요."

"좋아요. 분명히 찾기를 바랍시다."

"반장 일은 어떻게 돼가고 있어요?"

"정확히는, 나도 잘 모르겠어요. 하지만 잉엘라 플록헤드의 자궁을 꺼낸 곳을 찾은 거 같아요."

"정말요?"

"아직 안으로 들어가 본 게 아니니 단정할 수는 없어요. 획셀에게 압수 수색 영장을 신청하려고 해요. 뭐든지 발견되면 법정에 세워야죠."

"물론이죠. 아무튼 빨리 만났으면 좋겠는데요. 할 말이 있어요."

"우리, 지금까지 말한 거 아니에요?"

투베손은 전화기 너머에서 길게 한숨을 내쉬는 소리를 들을 수 있었다.

"범인과 같은 반 사람들을 보호할 방법을 의논해야 해요. 전화로 말하고 싶지는 않아요. 이레네도 함께 있는 게 좋겠고요."

"전에도 말했지만, 말뫼에 물어볼게요. 그 사람들을 보호할……."

"아스트리드, 말뫼를 기다리면 늦어요. 그 사람들 모두 연락할 때마다 우리가 어떻게 보호해줄 건지 물어요. 우린 그 사람들이 위험하다는 걸 뻔히 알면서도 어떻게 대답해야 할지 모르고요. 정말로 위험할 수도 있는 상황이잖아요. 분명히 범인은 우리가 알 수 없는 대상을 공격할 거란 말입니다. 반장 생각이야 어떤지 모르겠지만, 내 생각에는 분명……."

그때 어딘지도 모를 곳에서 엄청난 굉음이 벽돌 수만 장이 날아오는 것처럼 투베손을 강타했다. 그녀는 균형을 잃고 오토바이에서 떨어졌다. 그녀가 미처 땅에 닿기도 전에 기차는 멀어져갔고 다시 침묵이 찾아왔다. 투베손은 전화기를 귀에 댔다.

"여보세요? 클리판?"

전화는 끊겨 있었다.

78

리나 폴손의 집 밖에는 벌써 차가 여러 대 서 있었다. 파비안은 리나의 집을 지나쳐 두 집을 더 간 뒤에 차를 세웠다. 마지막으로 다시 한번 전화를 걸었지만 바꾼 전화번호를 전화국에 등록하지 않았을 수도 있다는 설명과 함께 또다시 연결할 수 없는 번호라는 안내 음성만 흘러나왔다.

미리 알리지 않고 불쑥 찾아가는 일을 싫어하는 파비안이지만 이번에는 선택의 여지가 없었다. 그는 리나의 집 앞에 빽빽하게 세워진 차들을 뚫고 문 앞으로 걸어가 초인종을 눌렀다. 양복을 입고 향수를 진하게 뿌린 말쑥한 남자가 문을 열었다.

"열렸습니다, 들어오시죠. 이거 잊지 마시고요."

향수를 잔뜩 뿌린 남자가 파란색 신발 보호대를 들어 보였다.

"필요한 게 있으면 소리치시고요."

파비안이 미처 대답하기도 전에 남자는 집 안으로 사라져버렸다. 그러니까 리나는 집을 팔려고 하는 것이다. 사실 조금도 이상한 일은 아니었다. 지금이야말로 이곳을 떠날 기회니까. 파비안은 리나의 마음을 충분히 이해할 수 있었다.

자신이라면 외도크라에 있는 1980년대 주택에서는 절대로 살아남지 못하리란 생각이 들었다. 그저 잠시 방문한 것만으로도 아주 우울한 기분이 들었으니까. 많은 사람이 동시에 도시로 몰려가는 시대에 시골에서 사는 것이 어떤 의미인지를 파비안은 결코 이해하지 못했다.

예르겐이 죽으면서 보험금이 나왔을 테니, 주택 대출금만 많지 않다면 리나는 학대하는 남편 없이 새로운 삶을 시작할 수 있을 것이다. 전화번호를 등록하지 않은 건 그 때문이 아닐까? 아니면 살인마에게서 도망가고 싶은 것일까?

파비안은 신발 보호대를 발에 끼고 부동산 중개업자를 불렀다.

"실례지만, 사실 나는 리나 폴손을 만나러 왔습니다. 이 근처에 지금 있습니까?"

중개업자가 호기심이 동한다는 표정으로 그를 쳐다봤다.

"우리가 전에 만난 적이 있던가요?"

"어, 아닙니다……."

"좋습니다. 지난주 수요일에 못 본 것이 분명하군요. 이런, 내 정신하고는. 에드 페르손입니다."

두 사람은 악수했다.

"파비안 리스크입니다. 하지만……."

"리스크라…… 왠지 아주 흥미로운 투자를 하실 것만 같은 이름이군요. 하지만 적절한 조언을 하나 해드리지요. 요즘은 이자율이 어떻게 될지 아무도 모른다니까요."

부동산 중개업자는 파비안의 어깨를 한 대 찰싹 때리더니 그의 손에 투자 설명서를 푹 찔러 넣었다.

"집을 보러 온 게 아닙니다. 리나 폴손을 만나러 왔습니다."

파비안이 투자 설명서를 돌려주면서 말했다.

"그건 안 됩니다. 리나와 제가 쌍무계약을 맺었거든요. 그 말은 아무리 리나가 원하더라도 직접 계약할 수 없다는 뜻입니다. 계약은 나하고만 해야지, 다른 사람하고는 할 수 없어요. 알겠습니까?"

"이미 말했지만, 집은 관심 없습니다. 그저 바뀐 전화번호만 알면 됩니다."

"뭘 도와드릴까요?"

부동산 중개업자는 그를 내버려두고 중년 부부에게 다가갔다.

"음, 이 집은 1980년대 초에 토대판 위에 지은 거잖아요. 그럼, 장선은 어떤 모양인가요? 우리 집은……."

"그런 내용은 여기 검수 보고서에 자세히 나와 있습니다. 하지만 지금 당장 말씀드리지만 장선은 정말로 이 집보다 좋은 곳은 없습니다. 보세요, 곰팡내가 전혀 나지 않잖아요?"

중년 부부가 서로 시선을 교환했다.

"왜냐하면 곰팡이가 생기지 않았기 때문이죠. 분명히 말씀드리지만 제 코는 스트루프 공항 세관에서 일해도 될 정도로 엄청난 개코랍니다."

"실례지만 그 검수 보고서에 이 집이 같은 반 학생들 살해 사건의 첫 번째 피해자가 살던 집이라는 사실은 적혀 있습니까? 아마도 예르겐 폴손인가, 하는 이름일 텐데요."

파비안이 부동산 중개업자와 중년 부부 사이로 끼어들며 말했다.

"여기가 그 사람 집이에요?"

중년 부인이 물어보는 순간 부동산 중개업자는 파비안을 한쪽으로 데려가더니 종이 한 장을 손에 푹 찔러줬다.

79

잉바르 몰란데르는 자신이 살아온 날들에 순위를 매길 수 있다면 오늘은 '가장 최악의 날' 목록에서 거의 최상위를 차지하리라는 데 의문의 여지가 없다고 생각했다. 단지 오늘과 리우스네 케팅이 파산해 저금한 돈을 몽땅 잃어버린 날 가운데 어떤 날을 최악 중의 최악으로 꼽아야 할지 결정을 내리지 못할 뿐이었다. 오늘 몰란데르는 자동차를 두 대 받아 조사를 시작했다. 두 차 모두 증거와 단서를 무더기로 간직하고 있어야 할 터인데, 지금까지 그 무엇도 발견하지 못한 상태였다.

릴리아는 BMW 운전자의 두 눈이 불에 탔다고, 그 때문에 사고가 났을 가능성이 있다고 말했다. 하지만 아직도 두 눈이 어떻게 불에 탔는지를 설명할 증거는 찾아내지 못했다. 푸조의 상황도 다를 것이 없었다. 아주 꼼꼼하게 살펴봤지만 단서 하나 찾아내지 못했다. 범인이 푸조를 빼돌리려고 엄청나게 애를 썼음을 생각해보면 파비안이 찾아낸 GPS 흔적 말고도 더 많은 증거가 남아 있어야 했다. 푸조 안에는 경찰이 손에 넣으면 범인의 계획을 모두 엉망으로 만들 크립토나이트가 들어 있어야 했다.

이제 들여다봐야 하는 부분은 아주 사소한 곳밖에 남지 않았다. 너무나 하찮아서 그저 마지막에 한번 살펴봐야지 하고 남긴 한 곳밖에 없었다. 그곳을 지금까지 조사하지 않고 내버려둔 이유는 그곳에 증거를 남길 바보는 절대로 없으리라 믿었기 때문이다. 지금까지 범인이 보여준 그 많은 영리함을 생각하면, 그 범인이 거의 몰란데르 자신만큼이나 똑똑하다는 사실을 생각하면 그런 흔적을 남겼을 리 없었다. 실제로 몰란데르가 그곳을 조사하기로 한 이유는 단 하나였다. 그저 모든 것을 다 살피고 깔끔하게 마무리 짓기 위해서였다. 누군가 와서 그의 조사에 의문을 제기하거나 그가 의무를 게을리하고 모든 곳을 샅샅이 살피지 않았다고 비난을 퍼붓는 일은 없기를 바랐기 때문이다.

몰란데르는 운전석에 올라 핸들과 대시보드에 하얀 가루를 바르기 시작했다.

"여기 일은 어떻게 되고 있어요?"

아스트리드 투베손이 물었다.

"완전 엉망이야. 사실 말도 하고 싶지 않아."

"그럼 말하지 말아요. 그 대신에 오늘 내가 어떻게 지냈는지 말해줄게요."

몰란데르가 투베손을 똑바로 봤다.

"뭘 좀 찾았어?"

투베손이 고개를 끄덕였다.

"아마도 그런 거 같아요. 하지만 그렇게 걱정하는 표정은 짓지 않아도 돼요. 뭐라고 하지 않을 테니까."

"뭐라고 한다고?"

몰란데르의 말에 투베손이 활짝 웃었다.

"내가 아무것도 찾아내지 못할 거라고 했잖아요. 완전히 시간 낭비일 거라고."

몰란데르가 푸조 밖으로 나와서 허리를 쭉 폈다.

"아스트리드, 정확하게 뭘 찾은 거야?"

"내 생각이 맞는다면, 잉엘라 플록헤드가 자궁 적출을 당한 곳을 찾은 것 같아요. 막다른 길에 있는 완전히 고립된 장소였어요. 철도에서는 고작 20미터나 25미터 정도만 떨어져 있고요. 기차가 지나가는데 그 소리가 어찌나 크던지 놀라서 쓰러졌다니까요. 내가 제대로 찾아왔구나 히는 느낌이 들었어요. 플록헤드가 그런 반응을 보인 것도 완전히 이해할 수 있었고요."

몰란데르는 투베손이 하는 말을 곰곰이 생각하면서 턱을 긁었다. 까칠하게 수염이 자란 것이 지난 며칠 동안 쉬지도 않고 일했음이 분명했다.

"주소가 어떻게 되지?"

"감라 라우스베겐에 있어요. 작은 수영장이 몇 개 있는데, 정말 섬뜩한 곳이에요."

"거기가 어딘지 알 것 같군. 몇 년 전에 가봤어."

"정말요? 왜요?"

"낚시하러. 물고기 양식장이었는데 낚시를 할 수 있었지."

몰란데르가 입을 다무는 바람에 투베손은 완전히 망가진 BMW를 봤다.

"눈이 멀어버렸대요."

"그렇다는군."

"그게 어떻게 가능하죠? 혹시 괜찮은 생각 있어요?"

"아직은. 차 안에는 눈을 멀게 할 만한 건 아무것도 없었어. 범인이 피해자와 같은 차를 타고 있었다는 생각을 할 만한 단서도 하나도 없었고."

"그럼 차 외부에서 눈을 멀게 했다는 거네요."

"아까도 말했지만, 지금으로서는 분명하게 말할 수 있는 게 없어. 다시 감라 라우스베겐으로 돌아가 보자고. 거기, 들어가 봤나? 뭐가 있었지?"

"그냥 창문으로 들여다봤어요. 획셀에게 영장도 받기 전에 들어갈 수는 없었어요."

"영장이 나오려면 주말이 끝날 때까지는 기다려야 할 거야."

"아니, 전혀요."

투베손이 영장을 들어 올리자 몰란데르가 받아서 읽었다.

"오늘은 영 맞히는 게 없구먼."

"무엇보다도 시급한 일이니까요. 말뫼에서 과학수사관을 파견해준다고 했지만 나는 몰란데르가 가줬으면 좋겠어요. 가능하면요."

투베손의 말에 몰란데르가 웃었다.

"벌써 며칠이나 못 자고 있는데 몇 시간 더 안 잔다고 큰일이야 나겠어? 여기서 한 가지만 더 살펴보면 되니까 집에 가는 길에 라우스베겐에 들르지."

투베손이 몰란데르를 와락 끌어안는 바람에 그는 어찌할 바를 몰랐다. 그저 딱딱한 통나무처럼 어떻게 반응해야 할지 모른 채 가만히 서 있기만 했다.

"고마워요, 잉바르. 당신이 없으면 난 어쩔 뻔했어요?"

"그거야 나는 모르지. 하지만 빨리 날 풀어주지 않으면 직장 내 성희롱으로 고소할 거야."

투베손이 고양이 소리를 내고 엉덩이를 크게 흔들면서 차고 문을 향해 걸어갔다. 몰란데르는 다시 푸조 운전석으로 들어가 혹시라도 지문이 남아 있을 만한 곳에 계속 흰색 파우더를 칠했다.

과학수사관은 대부분 황금색과 은색이 섞인 파우더를 쓰고 투명한 젤라틴 테이프로 지문을 채취하지만 몰란데르는 검은색 바탕에 흰색 지문만이 쓸모 있다는 듯이 옛날부터 사용한 흰색 파우더와 검은색 테이프를 사용했다. 몰란데르의 방법은 지문을 채취하는 즉시 확인할 수 있다는 장점도 있었다.

하지만 핸들에도 대시보드에도 지문은 없었다. 두 곳에는 극세사 천으로 닦은 자국밖에 없었다. 그래도 연료 주입구 누르는 곳, 조수석 보관함 주변, 햇빛 가림막, 창문 개폐 버튼에는 지문이 있었다. 범인은 강박적으로 청소를 했지만 덜 명확한 곳은 놓친 것이다. 하지만 몰란데르의 심장을 빠르게 뛰게 한 원인은 이런 지문들이 있다는 사실이 아니었다. 전적으로 다른 이유 때문이었다. 몰란데르의 직감을 분명하게 확증하려면 현미경으로 지문을 검사해봐야 할 것이다.

몰란데르는 젤라틴 테이프의 커버를 벗기고 한쪽 모퉁이를 잘라 위쪽을 표시한 뒤에 지문에 테이프를 올리고 공기가 들어가지 않도록 조심스럽게 누른 다음 천천히 떼어냈다. 지문이 훼손되지 않도록 다시 젤라틴 테이프에 커버를 씌웠다. 모든 지문을 채취할 때까지는 98분이 걸렸다. 몰란데르는 지문을 스물두 개 확보했고 그의 등은 추간판탈출증에 걸리기 직전이었다.

거의 20년 동안 과학수사관으로 일하면서 몰란데르는 수많은 지문을 봤기 때문에 한번 쳐다보기만 해도 몇 번째 손가락 지문인지, 왼손인지 오른손인지, 여러 지문이 모두 한 사람의 것인지를 구별해낼 수 있었다. 물론 이번 경우에는 찾아낸 지문이 여러 사람의 것인지를 판단하는 일이 중요했지만.

몰란데르는 지금 채취한 것이 두 사람의 지문이라고 생각했다. 그 생각은 현미경으로 보자 확실해졌다. 지문 20개는 루네 슈메켈의 것이었지만 각각 오른손 엄지손가락과 집게손가락 지문인 나머지 두 개는 다른 누군가의 지문, 그것도 단 한 사람의 지문일 가능성이 높았다.

이 지문 두 개 때문에 범인이 그렇게 큰 위험을 감수했다고? 정말로 이 지문 두 개가 무고한 여성과 경찰을 죽일 정도의 이유가 될까? 스웨덴은 자동차를 훔친 일과 살인을 저지른 일은 전적으로 다른 처벌을 받는다. 따라서 범인에겐 다른 동기가 있음이 분명했다. 그러니까 살인마의 지문은 범죄 기록 지문 보관소에 들어가 있음이 분명했다.

몰란데르는 채취한 지문을 서류철에 넣고 늘 지문을 보관하는 데에 두고는 릴리아에게 범죄 기록 지문 보관소에 등록된 지문인지 알아봐달라는 메일을 보냈다. 지금 당장은 해야 할 일이 너무 많았다.

80

파비안 리스크는 테가탄에서 나와 프로스트가탄으로 접어들었다. 몇 차례 방향을 튼 파비안은 빠른 속도로 벨라를 통과하고 속도를 높여 E4 고속도로 남행 차선을 달렸다. 놀랍게도 리나 폴손이 전화를 받은 것으로 보아 그 부동산 중개업자는 맞는 번호를 준 듯했다. 리나가 전화를 받았다는 사실에 왜 놀랐을까? 사실은 리나가 살인과 관계가 있고 그 때문에 숨은 거라고 생각한 걸까?

파비안은 리나에게 전화번호를 바꾼 이유를 물었다. 리나는 선택의 여지가 없었다고 했다. 예르겐이 죽은 뒤로 리나가 분명히 어떤 인터뷰도 하지 않고 말할 생각도 없다고 했는데도 기자들이 밤낮 없이 쫓아다녔다고 했다. 지금은 노라 함넨으로 이사했는데, 파비안이 시간도 있고 그럴 마음이 있다면 자신을 만나러 와달라고 부탁할 생각이었다고 했다. 파비안은 지금 당장 갈 수 있다고 말했고, 그 말에 대답하는 리나의 목소리는 당혹스럽지만 거절할 방법이 없다는 사실을 분명히 드러냈다. 조금 망설이던 리나는 와도 된다고, 도착하면 초인종을 누르라고 말했다.

파비안은 뭔가 아주 잘못됐다는 느낌을 지울 수 없었다. 처음에 리나는 절대로 가까이 오지 말라고 쌀쌀맞게 행동했지만 그다음에는 과도할 정도로 친절했다. 마치 파비안이 무엇을 쫓고 있는지 아는 것처럼, 파비안이 자신의 도움을 청하러 전화를 걸어올 것을 아는 듯이 행동했다. 리나는 주소도 전화번호도 바꿨다. 리나가 어디에 있는지 아는 사람은 파비안 자신뿐이었다. 지금 파비안은 리나가 쳐놓은 함정으로 걸어 들어가는 건 아닐까? 투베손과 다른 사람들에게 자신이 어디로 가는지 알려야 하는 건 아닐까?

하지만 파비안은 리나가 범인일 리 없다고 생각했다. 범인은 클라에스 뒤에 숨어 있던 남자가 분명했다. 아니, 적어도 자신은 확신했다. 하지만 그 남자가 아닐 수도 있었다. 그 신비로운 동창생에 관한 기억이 하나도 없는 건 왜일까? 어쩌면 사진 속 남자는 또 다른 거짓 단서일 수도 있었다. 사실상 그 사진이 조작된 것일 수도 있었다. 범인이 파비안의 학급 앨범을 바꿔치기할 수 있었을까? 어쩌면 이삿짐센터 인부 가운데 한 명이 그랬을 수도 있었다.

파비안의 생각은 자유전자처럼 모든 방향으로 튀어나갔다. 헬소바겐으로 진입한 뒤에야 간신히 통제력을 되찾은 파비안은 오브 몬트리얼의 〈디스커넥트 더 닷츠〉에 감사하면서 자신이 편집증 환자같이 생각하는 이유는 전적으로 잠을 자지 못했기 때문이라는 결론을 내렸다. 파비안은 이전에는 샌드류 영화관이던 건물의 입구 맞은편에 있는 시티 극장 뒤에 차를 세웠다. 샌드류 영화관은 파비안이 열두 살 때 영화 〈할로윈〉을 보려고 간신히 들어가기는 했지만 결국 영화가 끝난 뒤에는 영사기사에게 엄마에게 전화해 자신을 데려가게 해달라고 부탁할 수밖에 없던 곳이다.

로스킬데가탄을 건넌 파비안은 아직도 카페레페트 베이커리가 그곳에 있는 것을 보고 기뻤다. 이 지역은 거의 바뀐 것이 없었다. 하지만 외레순 해협과 가까운 곳은 사정이 달랐다. 한때는 철도와 추레한 창고, 녹슨 사일로가 즐비하던 도시 뒷골목 산업 지구가 파비안이 헬싱보리를 떠난 사이에 널을 깐 보도와 식당, 카페가 가득 찬 매력적인 산책로로 바뀌어 있었다.

리나의 아파트 입구에는 카메라가 있었다. 파비안은 무심하게 보이려고 노력했다. 그가 들어갈 수 있도록 아파트 입구 문이 찰칵, 소리를 내면서 열렸다. 리나의 아파트 문은 열려 있었고 이제 막 내린 커피 냄새가 복도로 흘러나왔다. 파비안은 아파트 안에 대고 인사했지만 아무 대답도 들리지 않았다. 그는 바닥을 보호하려고 깐 비닐을 밟으면서 안으로 걸어 들어갔다. 버스럭거리는 비닐을 밟으며 조금 더 들어가자 부엌과 거실이 함께 있는 넓은 공간이 나왔다. 거실에 가구는 없었다.

부엌에 있는 커피메이커가 검은 독을 툭툭 뱉어내고 있었고 발코니 문은 활짝 열려 있었다. 파비안은 발코니로 나가 수많은 배가 지나다니는 해협을 바라보면서 자신은 배와 바다가 있는 곳 가까이에서는 살아갈 수 없으리라고 생각했다. 자동차는 충분히 참을 수 있었다. 이 아파트는 분명히 비쌀 텐데, 이 정도 경치를 확보한 아파트라면 분명히 100만 크로나는 넘겠다는 생각이 들었다.

"아, 왔구나."

뒤에서 들려오는 목소리에 파비안은 재빨리 몸을 돌렸다.

"아, 미안. 놀라게 할 생각은 아니었는데."

리나기 컵과 커피포트를 담은 쟁반을 내려놓으면서 말했다. 파비안은 사 온 커피브레드를 봉투에 꺼내놓았다.

"으음, 카페레페트 거?"

리나의 말에 파비안은 고개를 끄덕였다.

"전망, 끝내준다."

"고마워. 이곳이 개발될 때부터 정말 여기서 살고 싶었어. 하지만 예르겐이 외도크라에서 절대로 떠날 수 없다고 해서. 항상 자기가 죽으면 자길 밟고 가라고 했거든. 우유 넣을까?"

리나가 커피를 따르면서 말했다.

"그래, 고마워."

드립커피치고는 놀라울 정도로 맛이 좋은데, 파비안은 생각했다.

"리나, 정말로, 어떻게 지내?"

리나는 자리에 앉아 해협 너머를 멍하니 바라봤다.

"솔직하게 말해서 지금처럼 좋은 적은 정말 오랜만이야."

"알겠지만, 아직 범인이 잡히지 않았어. 게다가 범인이 추가 범죄를 저지를 거라는 근거는 셀 수 없이……."

"나도 알아. 하지만 난 클라에스를 괴롭힌 사람이 아닌걸. 파블린처럼 폭력을 부추기지도 않았고 카밀라처럼 구경하지도 않았어."

"하지만 리나, 이제 범인의 동기를 더는……."

"파베, 예르겐이 죽은 건 나에게 일어날 수 있는 가장 좋은 일이었어. 물론 그런 식으로 고통받고 죽기를 원한 건 아니지만, 중요한 건 이제 내 인생에서 예르겐은 사라졌다는 거야. 넌 내가 어떤 지옥에서 살았는지 몰라. 언제였는지도 모르지만 오랫동안 참고 있던 숨을 드디어 쉬게 된 것 같아. 너무나도 오랫동안 나로서는 어찌해 볼 수 없는 공포 속에서 살아왔어. 그게 무슨 뜻인지 알아? 더는 그렇게 두려워하면서 살 수는 없어."

리나가 파비안을 보면서 말했다.

"어째서 계속 함께 산 거야?"

파비안의 말에 리나가 웃음을 터뜨렸다.

"예르겐 폴손은 그냥 떠나버릴 수 있는 남자가 아니야."

리나는 자신이 아닌 다른 사람의 이야기를 하는 것처럼 고개를 가로저었다.

"내 도움이 필요한 거지? 그럴 거 같은데."

리나의 말에 파비안은 학급 앨범과 사진 앨범을 꺼냈다.

"범인이 누군지 알 것 같아."

리나는 파비안의 눈을 쳐다봤다. 리나는 그의 입에서 그런 말이 나오리라고는 상상도 못했다는 표정을 지었다. 파비안은 학급 앨범을 펼쳐 클라에스 뒤로 보이는 머리카락을 가리켰다.

"여기, 클라에스 뒤에 누군가 서 있는 거 보여?"

리나는 앨범을 받아 들고 자세히 들여다봤다.

"어머, 세상에…… 이건 누구야?"

파비안은 어깨를 으쓱해 보였다.

"네 도움을 받을 수 있지 않을까 싶어서 온 거야. 혹시 학급 앨범 가지고 있어? 9학년 전에 받았던 거?"

"미안, 그런 거 없어. 예르겐이 모두 태워버렸거든."

"태웠다고?"

리나가 고개를 끄덕였다.

"아주 오래전에. 1990년대 초반일 거야. 예르겐이랑 글렌이 밤새

밖에 있더니 아침에 들어왔어. 안키가 전화해서 두 사람이 어디 있는지 물어봐서 분명히 기억해. 늘 그랬지만, 그날도 난 몰랐어. 하지만 아주 끔찍한 짓을 하고 다닌 게 분명해. 집에 왔을 때 술에 잔뜩 취해서 책장을 마구 헤집는 소리를 들었거든. 그때 나는 이미 침대에 누워 있었고, 감히 일어나서 나가볼 생각은 못했어. 예르겐이 그런 기분일 때는 절대로 좋은 생각이 아니니까. 아침에 보니까 예르겐은 학교에서 받은 건 모두 태워버렸어. 사진이랑 성적표, 연습장, 학급 앨범 모두 말이야. 모두 그릴에서 재로 변해 있었어."

"왜 그랬는지 알아?"

리나는 고개를 흔들었다.

"물어볼 수가 없었어."

리나는 다시 학급 앨범으로 시선을 돌렸다.

"그러니까 계속 여기 있었던 거구나."

"혹시 이런 말을 들으면 기분이 좀 나아질까 해서 하는 말인데, 나도 어젯밤까지는 있는지도 몰랐어. 아마 우리 반 누구도 몰랐을 거야. 이 앨범을 만든 사람들도 이 사람이 있다는 사실을 눈치채지 못했어. 명단에도 없거든. 직접 확인해봐."

"네 말이 맞겠지. 이 사람이라고 확신해?"

리나의 말에 파비안은 고개를 끄덕였다.

"이제 이름만 알아내면 돼. 그래서 네 도움이 필요한 거야."

"내가 어떻게 도움이 된다는 건지 모르겠어. 우리 반에 이런 애가 있었는지도 모르겠는걸. 정말로 내가 도움이 된다고 생각해?"

리나는 커피잔을 들어 떨리는 손으로 어떻게 해서든지 커피를 한 모금 마시려고 애썼다.

"리나, 네 사물함 옆이 이 사람 사물함이었어."

"정말? 어떻게……."

"범인 사물함을 알아냈거든. 이 사진을 좀 봐."

파비안이 직접 찍은 사진 앨범을 펼쳐 리나가 카메라에 등을 지고 있는 사진을 가리켰다. 리나는 사물함에 책을 넣고 있었다. 리나는 그 사진을 들여다보다가 앨범에 붙어 있는 사진들을 봤다. 모두 리나를 다양한 각도로 찍은 사진으로 그녀도 사진 찍는 것을 거의 알고 있는 그런 사진들이었다.

"이걸 모두 가지고 있었던 거야?"

리나의 말에 파비안이 고개를 끄덕였다.

"알겠지만, 이걸 보여주는 사람은 네가 처음이자 마지막이야."

리나가 파비안의 눈을 쳐다봤다.

"뭐라고 말해야 할지 모르겠어, 파비안. 미안."

"미안해할 필요 없어. 그때는 너를 위해서라면 뭐든지 할 수 있던 시절이잖아. 하지만 과거는 과거지. 지금은 행복하게 결혼 생활을 하고 있고 이제는……."

"아니, 그거 말고."

리나가 파비안의 말을 막았다.

"내 사물함 옆자리가 누구 건지 모르겠다고. 그 사물함 주인하고는 정말로 한마디도 안 해봤어. 그 사람이 진짜 우리 반 맞아?"

"맞아."

"미안, 하지만 전혀 생각이 나지 않아."

"확실해? 정말로 아무것도 생각나지 않아?"

리나가 고개를 끄덕였다. 파비안은 온몸에서 힘이 빠져나가는 것만 같았다. 물론 리나의 집 안으로 들어서자마자 그녀가 그 이름을 말해주리라는 기대는 전혀 하지 않았지만 이런저런 이야기를 하다

보면 기억이 날 수도 있고, 최상의 경우에는 이름이 떠오를 수도 있
으리라 생각했다. 하지만 아무 일도 일어나지 않았다. 리나의 기억
은 파비안의 기억만큼이나 텅 비어 있었다.

"잠깐 봐도 돼?"

리나는 앨범을 넘기면서 노랗게 바랜 사진들을 봤다.

"이 순간은 정말 잊지 못할 거야."

리나는 평평한 브렌볼 배트로 테니스공을 치기 직전의 사진을
가리키면서 말했다. 리나 옆에는 예르겐이 라운드 배트를 내밀면서
서 있었다.

"왜?"

"기억 안 나? 예르겐이 완전히 열 받았잖아. 예르겐은 맨날 나한
테 라운드 배트로 치라고 했지만 난 플랫 배트 아니면 공을 칠 수
없는걸. 이 사진 찍고 곧바로 내가 공을 쳤잖아. 정말 어처구니없이
멀리 날아갔는데. 어떻게 친 거냐고 묻지는 마. 아무튼 모두 홈으로
들어갔고 난 심지어 더블 라운드까지 했잖아."

"그래, 그랬지."

대답은 그렇게 했지만 파비안은 전혀 기억나지 않았다.

리나는 자신이 지루한 표정으로 책상 앞에 앉은 사진을 봤다.

"맞아, 이거, 독일어 시간이야. 세상에, 독일어가 세상에서 가장
싫었다니까. 아우스 아우서 바이 미트…… 그리고 뭐더라?"

"나흐 자이트 폰 추."

"하긴, 독일어가 네가 가장 좋아하는 과목이었지."

"그게 무슨, 아니야. 그냥……."

"아니긴, 맨날 맨 앞에 앉아서 번쩍번쩍 손을 들면서 잘난 체하
던 모습이 눈에 선한데?"

"잘난 체라니, 그냥 관심이 있던 것뿐이야. 사실 재미는 있었어."

"재미있었다고? 독일어가? 농담이지?"

"나인, 이히 셈텐 니히트. 퓌어 미히 바르 도이치 이머 필 슈파스! 이머! 이머!"

리나가 웃음을 터뜨렸다.

"이름이 뭐였지?"

"누구 이름?"

"우리 독일어 선생님."

"헬무트인가 뭔가 아니었나?"

"맞아, 헬무트. 크룰……?"

"아니야! 잠깐만, 크로펜이었나? 크로펜하임. 맞아, 헬무트 크로펜하임."

파비안은 아주 길게 이어진 보드게임에서 마침내 이긴 사람처럼 뿌듯한 기분이 들었다. 하지만 리나는 그 기분에 맞장구치지도 칭찬해주지도 않았다. 그저 해협 쪽으로 다시 고개를 돌렸을 뿐이다.

"맞아."

"뭐가?"

"사물함 있는 곳은 늘 정신이 없었잖아. 기억나지?"

파비안은 고개를 끄덕였다. 그도 분명히 기억하고 있었다. 사물함이 있는 곳은 늘 아이들로 붐벼서 물건을 꺼내고 넣으려면 한참을 기다려야 했다. 하지만 파비안은 아무 말도 하지 않았다. 지금 리나에게서 무슨 일이 일어나고 있는지 분명히 알기에 어떠한 일이 있어도 그녀가 집중하는 상황을 방해하지 않을 작정이었다. 그 때문에 이곳에 온 거니까.

"그 애가 거기 있는 걸 전혀 몰랐기 때문에 몇 번 나도 모르게 부덮친 적이 있어. 그다음 시간에도 또 그랬고. 세상에, 그때 생각을 하니까 정말 끔찍하다."

리나는 계속해서 먼 곳을 보면서 고개를 흔들었다.

침묵은 고작 몇 분간 지속됐을 뿐이지만 파비안은 그 순간이 영원처럼 느껴졌다. 파비안은 리나가 다시 말할 수 있게 만들 방법을 찾으려고 엄청나게 머리를 굴렸다.

"아, 맞아. 그 애, 항상 클라에스랑 앉았지? 어쨌든, 클라에스랑 앉으려는 사람은 없었으니까."

리나가 갑자기 생각난 듯 파비안을 보면서 말했다.

파비안은 고개를 끄덕였지만 클라에스는 보통 가능한 한 선생님 책상과 가까운 곳에 앉으려고 애를 썼다는 것 말고는 생각나는 게 없었다. 하지만 리나 말이 옳았다. 그 사람 말고는 클라에스와 앉을 사람은 없었을 테니까.

"잠깐만, 나, 알겠어. 토리뉘…… 그게 그 애 이름 아니었어?"

리나가 파비안을 보면서 계속 말했다.

"토리뉘 쉴메달."

파비안은 그 이름을 속으로 되뇌었고, 이번 수사에서 그 이름이 처음으로 튀어나온 게 아님을 깨달았다.

81

클리판은 그가 전화기에 대고 아주 다양한 어조로 내뱉는 '음, 음' 소리의 의미를 파악하려고 애쓰면서 조용히 앉아 있는 릴리아와 투베손에게 이름 없는 햄버거와 감자, 콜라를 나눠줬다. 세 사람은 경찰서에서 엎어지면 닿을 것처럼 가까운 룬드공엔에 있는 식당 밖에 앉아 있었다. 클리판이 밖에서 만나야 한다고 고집을 부렸기 때문이다. 쇠데로센에 카메라가 설치되어 있다는 사실을 알게 된 뒤로 클리판은 범인에게 도청 기회를 주고 싶지 않았다.

"좋아, 그런 일이 벌어지면 전화할게."

클리판은 셔츠 주머니에 전화기를 쑤셔 넣고 햄버거를 한입 크게 베어 물었다. 투베손과 릴리아는 클리판이 햄버거를 씹어 삼키기만을 기다렸지만 햄버거를 꿀꺽 삼킨 그는 또다시 크게 한입 베어 먹었다.

"지금 우리한테 무슨 말을 해야 할지 고민하는 건 아니죠?"

투베손이 물었다.

클리판이 한참 애를 쓰고 있는 자기 입을 가리키면서 말했다.

"죄송해요. 하지만 엄청 배가 고파서요. 카밀라의 아이들은 아빠랑 있어요."

"이런, 정말 다행이에요."

"그게, 다행이기는 한데, 문제가 있어요. 아이들을 유치원에서 데려간 사람이 아이들 아빠가 아니에요."

클리판이 또다시 햄버거를 베어 물면서 말했다.

투베손과 릴리아는 어쩔 수 없이 클리판이 햄버거를 다 먹을 때까지 기다릴 수밖에 없었다.

"그러니까 제대로 정리해봐요. 아이들은 지금 비에르네 히에르트하고 함께 있는데, 그 아이들을 유치원에서 데려간 사람은 아니다? 유치원에서는 아이들 아빠가 데려갔다고 했는데, 그 말이죠?"

릴리아가 말했다.

클리판은 그렇다는 듯이 고개를 숙이고는 씹던 햄버거를 잔뜩 문 채 말하기 시작했다.

"아이들 아빠한테 양육권이 없어서 아마 유치원에는 한 번도 안 갔거나 갔어도 한 번 정도가 다인 거 같아요. 그래서 범인이 아무 문제 없이 아빠 행세를 할 수 있었고요. 내일 유치원 원장한테 아이들 아빠 사진을 보낼 생각이에요."

투베손과 릴리아가 서로 얼굴을 쳐다봤다.

"그럼 아이들은 어떻게 아빠한테 갔다는 거예요?"

"그게 참 독특해요. 우리 범인이 아이들 아빠 집에 데려다줬어요."

클리판이 입에 감자튀김을 욱여넣으면서 말했다.

"뭐라고요? 살인자가 거기 갔었다고요?"

클리판이 고개를 끄덕였다.

"처음에는 아주 혼란스러웠던 것 같아요. 당연히 아이들 아빠는 아이들이 온다는 사실을 몰랐으니까요."

"살인자가 왜 아이들을 데려왔다고 했대요?"

"아이들 아빠한테, 고속도로에서 사고가 났고, 자기는 아이들의 유치원 친구 아빠라고 소개했대요. 그래서 아이들을 아빠한테 데려다주러 온 거라고."

"왜 굳이 그 많은 시간을 들여서 피해자 아이들을 아빠한테 데려다줬을까요?"

투베손이 물었다.

"그것도 그렇지만 왜 아이 엄마가 유치원에 가지 않고 북쪽으로 가는 고속도로를 달린 거죠?"

릴리아가 물었다.

"유치원에 갔대요. 그런데 아이들이 거기 없었던 거죠. 유치원

교사가 우리한테 한 말을 카밀라에게 했고요. 아이들 아빠가 이미 데려갔다고요. 범인은 아이들이 없으면 카밀라가 E6 고속도로로 스트뢰벨스토르프로 가리란 걸 안 듯해요."

클리판이 대답했다.

"그럼 범인은 유치원에서부터 카밀라를 따라갔겠군요."

릴리아가 말했다.

"하지만 그걸로는 범인이 카밀라의 눈을 태운 방법을 설명할 수 없어요."

투베손이 말했다. 세 사람은 모두 입을 다물고 점점 식어가는, 원래 있었는지도 모를 맛도 점점 사라져가는 음식을 먹는 일에 집중했다. 하지만 투베손은 결국 햄버거를 반쯤 남기고 접시를 밀어냈다.

"하지만 일단 사망 원인을 밝히는 일은 보류하고 범인을 잡는 데 집중해야 해요. 지금까지 그 반 사람들 몇 명과 연락이 됐죠?"

"나는 여덟 명이요."

클리판이 대답했다.

"나는 네 명이에요."

릴리아도 대답했다.

"그럼, 한 명 빼고 모두 연락이 된 거네요."

"네, 리스크를 뺀다면요."

릴리아가 말했다.

"응, 뺄 거야. 연락이 안 된 사람이 누구지?"

투베손이 물었다.

"세트 코르헤덴이요."

릴리아가 대답했다.

"맞아요, 그 순례자. 그 사람 오늘 카스트루프 공항에 내린다고 하지 않았어요?"

릴리아가 고개를 끄덕이면서 마지막 남은 콜라를 마셨다.

"아직 새로 등장한 친구를 기억하는 사람은 없었고요?"

투베손의 말에 클리판이 고개를 저었다.

"스테판 문테와 아니카 닐손은 어렴풋이 한 사람이 기억난다고
했어요."

릴리아가 대답했다.

"그걸 왜 지금 이야기하는 거야? 이름은 알아냈어?"

"안타깝지만, 아니에요."

릴리아의 말에 투베손은 한숨을 내쉬었다. 모든 단서를 모든 각
도에서 살펴보고 모든 가능성을 논리적으로 점검하고 모든 사람이
놓친, 어쩌면 존재하지도 않을 단서를 연결하느라 애쓰는 동안 투
베손은 식욕을 완전히 잃고 말았다. 투베손 팀은 그 누구도 기억하
지 못하지만 곧 그 누구도 잊을 수 없는 사람을 찾아내야 했다.

"아스트리드, 포기할 수는 없어요."

클리판이 말했다.

"당연히 멈추지 않을 거예요. 누가 포기한다고 했어요?"

투베손은 릴리아와 클리판이 눈짓을 교환하는 모습을 곁눈질하
고는 다시 물었다.

"하지만 어떻게 앞으로 나가야 하죠?"

"할 수만 있다면 나는 반 전체 사람들을 보호할 방법을 강구해야
할 의무가 있다고 생각해요. 확실히 그 사람들은 위험하단 말이죠.
그 사람들을 내버려두는 건 무책임한 일이에요."

클리판이 말했다.

"지금 해외에 나가 있는 사람이 몇 명이죠?"

투베손이 물었다.

"내가 연락한 사람은 네 명인데, 두 명은 내일 돌아와요."

클리판이 대답했다.

"내가 맡은 사람은 그 순례자만 외국에 있는데, 곧 돌아오고요."

릴리아가 대답했다.

"스웨덴에서 휴가를 보내는 사람은 있나요?"

"아니요. 하지만 크리스티네 빙오셰르는 뤼세실에서 가족이랑 집을 빌렸대요."

"그럼 이제 열한 명 남았네요. 스코네에서 400킬로미터 이상 떨어진 곳에 사는 사람이 있나요?"

"로타 팅이 오슬로에 살아요."

릴리아가 말했다.

"내가 담당한 사람은 없어요."

클리판이 고개를 흔들었다.

"그럼 열 명 남네요. 그 사람들을 모두 보호하려면 스무 명이 필요해요. 교대 인원까지 생각하면 마흔 명이 필요하고. 우리 경찰서에서 인원을 최대한 끌어모은다면 몇 명이나 확보할 수 있을 것 같아요? 다섯 명? 뭐가 문제인지 알겠죠?"

"말뫼는 어때요? 아직 연락 안 해봤어요?"

클리판이 물었다.

"했어요. 하지만 열 명밖에 못 보내준대요. 그것도 내가 가능하리라고 생각한 인원보다는 많은 거예요. 월요일에 올 거예요."

클리판이 길게 한숨을 내쉬었다.

"그렇다고 그 녀석이 계속해서 한 사람씩 차례로 공격하게 내버려둘 수는 없어요. 그 녀석은 계속 범행을 저지를 거예요. 지금도…… 젠장, 그 사람들은 지금 아주 취약한 상태란 말이에요."

투베손도 동의할 수밖에 없었다.

"사람들을 한데 모아놓는 건 어때요? 그 반 사람들을 모두 한곳에 모으는 거예요. 그럼 우리 경찰서 소속 다섯 명만 있으면 충분히 보호할 수 있잖아요, 안 그래요?"

릴리아의 말에 클리판은 고개를 끄덕였고 투베손은 어깨를 으쓱했다.

"모은다면 어디에 모을 건데?"

"나도 잘 몰라요. 호텔 같은 덴 어때요? 누군가의 집일 수도 있고…… 아무튼요."

"맞다!"

갑자기 클리판이 소리쳤다. 투베손과 릴리아가 그를 쳐다봤다. 클리판은 Z와 Q 사이에 세 글자가 들어가는 낱말을 맞힌 사람처럼 의기양양한 표정을 지었다.

"왜 거기 생각을 빨리 못했을까요? 이제 그 사람들이 함께 있는 게 좋다는 걸 설득하기만 하면 돼요."

"거기가 어딘데요, 클리판?"

투베손이 물었지만 너무 늦었다. 클리판은 이미 햄버거를 한입 크게 베어 물고 있었다.

82
○

파비안 리스크는 자동차 문을 잠그고 재빨리 길을 건넜다. 심장이 그 어느 때보다 빠르게 뛰었다. 마침내 터널 끝에서 빛이 보이기 시작했다는 느낌이 들었다. 리나 폴손은 파비안이 원한 것처럼 범인의 이름을 기억해냈다. 이제 살인자의 이름을 알아냈고 동료들이 나머지 일을 처리할 수 있도록 빨리 그 정보를 알려주고 싶었다. 토리뉘 쉴메달이라는 이름만 있으면 주소를 찾는 일은 어렵지 않을 것이다.

파비안이 폴시에가탄 17번지의 문을 열었을 때 시간은 이미 9시가 지나 있었다. 집 안은 아주 조용했다. 마릴린 맨슨도 파비안을 맞아주지 않았다. 테오도르가 드디어 방에 틀어박혀 자기 귀를 망가뜨리는 일에는 진력이 난 것일까? 아니면 이웃집 여자가 찾아와서 불만을 터뜨린 것일까?

부엌은 그날 오후 일찍 파비안이 집을 나섰을 때랑 거의 달라진 것이 없었다. 그것은 테오도르가 몇 시간 동안 아무것도 먹지 않았다는 뜻이다. 〈콜 오브 듀티〉에 완전히 빠져서 배고플 여가도 없는 것 같았다. 컴퓨터 게임 때문에 10대 아이들이 살이 찐다는 이야기는 도무지 이해할 수 없었다. 그가 보기에는 완전히 반대인데. 파비안은 큰 소리로 자기가 돌아왔다고 말했다. 하지만 테오도르는 대답하지 않았다. 파비안은 문자를 보냈다. 안녕, 테오. 아빠 집에 왔어. 넌 어딨니? 30분 뒤에 폴시에 크로그에 가서 맛있는 저녁 먹자.

지금부터 30분 동안 파비안은 무엇보다도 먼저 소냐에게 전화를 걸어 첫차를 타고 돌아오라는 말로 휴가를 시작할 수 있을 것이다. 전화를 끊으면 테오도르를 방에서 빼 와 새로 이사 온 동네를 구경시켜줄 것이다. 이렇게 따뜻한 여름밤에는 언덕을 내려가 숲을 지나 폴시에 크로그까지 산책하는 것보다 근사한 일은 없으니까.

노트북을 켜자마자 전화기에 테오도르의 문자가 도착했다. 집이

야. 아직 게임해. 헤드폰 쓰고 있어. 폴시에 크로그는 갈래. 거기 햄버거 있어?

문자를 보고 파비안은 크게 웃었다. *당연히 있지. 하지만 맥도날드보다 100배는 더 맛있을 거 같아서 걱정이다.*

테오가 답장을 보냈다. *완전 좋아.*

파비안은 다시 컴퓨터에 집중했다. 에니로로 들어가 검색창에 '토리뉘 쉴메달'이라고 쳤다. 파비안이 예상한 대로 토리뉘 쉴메달은 단 한 사람뿐이고 헬싱보리에 살고 있었다. 후센시에 모탈라가 탄 24번지. 구글 검색창에 이름을 치자 몇 가지 검색 결과만 나오리란 예상을 깨고 놀랍게도 검색 결과가 879건이나 나왔다.

맨 위에 뜬 검색 결과는 회사 광고였다. 쉴메달 엔지니어링 AB. 혁신, 설계, 건설. 우리가 해결할 수 없는 기술 문제는 없다!

그래, 당연히 엔지니어링 회사를 운영하고 있겠지. 나머지 검색 결과를 쭉 내려 보면서 파비안은 생각했다. 대부분은 작은 기계 부품부터 전자 장비 운영 체계까지 다양한 기술로 특허를 받은 내용이었다. 몇 페이지를 넘기자 흥미로운 내용이 나왔다. 'T. 쉴메달에 관해 더 알고 싶은 분은'이라는 글을 누르자 페이지는 다시 쉴메달 엔지니어링 AB 사이트로 넘어갔다.

토리뉘 쉴메달은 1966년 8월 12일 에케뷔에서 태어났다. 땅에서 185.42센티미터 높이로 올라와 있으며 72.57킬로그램이 안 되는 몸무게로 지구에 부담을 주고 있다. 지능 검사 방식에 따라 IQ는 131 이상으로 나오며 양손잡이다. 어릴 때 크리스마스 선물로 메카노 세트를 받은 뒤부터 만들기를 좋아했다. 1986년에 '풀 수 없는 문제는 없다'라는 모토로 쉴메달 엔지니어링 AB를 설립했다. 회사를 운영하면서 쉴메달은 수많은 특허를 따냈고 경제적으로 자립했다. 지금도 회사를 운영하고 있는데, 그의 말에 따르면 '재미있기 때문'이란다.

"재미있기 때문이라고?"

파비안은 소리 내어 중얼거리면서 웃어야 할지 울어야 할지 알 수가 없었다. 몇 가지 검색 결과 뒤에 또다시 그의 흥미를 끄는 기사가 보였다. 루네 슈메켈이 환자의 방광에 플라스틱 클립을 남겨두고 봉합한 사고에 관한 기사였다. 환자인 토리뉘 쉴메달은 현재 고소할 생각은 없다고 했다. 이거 때문에 클라에스를 주요 피해자로 선택한 것일까? 학교에 다닐 때는 모든 관심을 뺏어가더니 나중에는 끔찍한 수술을 했기 때문에?

갑자기 2층에서 이상한 소리가 들려왔기 때문에 파비안은 생각을 멈췄다. 그 소리는 점점 더 커졌는데, 마치 누가 확성기에 대고 이야기하는 것만 같았다. 1분쯤 지나 관중이 휘파람을 불면서 환호하는 소리가 들렸다. 파비안은 마릴린 맨슨이 돌아왔음을 알았다. 미국 대표 가수라는 소개와 함께 귀를 찢을 듯한 기타 소리와 드럼 소리가 엄청나게 울려대기 시작했다.

9시 13분이었다. 그렇게 늦은 시간은 아니지만 온화하게 표현했다고 해도 이미 이웃 사람이 불만을 표시한 데다 마릴린이 종일 목이 터져라 외쳐댔을 걸 생각하면 이제는 충분하다는 생각이 들었다. 파비안은 2층으로 올라가기 시작했다.

마릴린이 계속해서 같은 욕을 하고 또 하고 있었다.

2층에 올라오자 음악 소리는 한층 더 커졌다. 참을 수 없을 정도였다. 방에서 저런 소리가 나는데 어떻게 있는 건지 이해할 수가 없었다. 그래서 헤드폰을 쓰는 걸까? 그런데 뭔가 이상했다. 문이 조금 열려 있었다. 파비안이 테오도르의 방문을 열려고 할 때 주머니에서 전화기가 부르르 떨렸다. 소냐의 전화였다. 아마도 여기 일이 궁금해서 전화했을 것이다. 그가 먼저 전화할 생각이었지만 지금까지 그럴 여유가 없었다. 파비안은 재빨리 아래층으로 가 가능한 한 음악이 들리지 않도록 현관 앞으로 나가 문을 닫고 전화를 받았다.

"안녕, 달링."

"전화 늦게 받네. 지금 통화할 수 있어?"

"그럼, 문제없어."

"그냥 어떤지 궁금해서. 몸은 괜찮은지도 모르겠고."

"아, 나도 잘 모르겠네. 뭐, 다 그렇지 뭐."

파비안은 지난 몇 시간 동안 화상을 입은 사실을 까맣게 잊고 있었음을 깨달았다.

"아직 병원이야?"

"아니야, 막 집에 왔어. 소냐, 있잖아……."

"그럼 테오 봤겠네. 혼자 잘 있었대?"

"어…… 그게, 그런 거 같아. 사실 아직까지는 문자밖에 못 봤거든. 하지만 계속 답장은 오고 있어. 지금 음악 소리가 너무 커서 내 귀가……."

"파비안, 나 그 사람 만났어."

"어? 뭐라고? 누구를 만나?"

"니바 에켄히엘름. 오늘 같이 커피 마셨어. 마틸다는 언니가 봐줘서 아주 오랫동안 이야기를 나눴어."

파비안은 뭐라고 대답해야 할지 알 수가 없었다.

"그 사람이 모두 말해줬어. 아주 작은 것까지 상세하게. 당신도 알고 있어야 할 것 같아서."

그러니까 그냥 포기할 수 없었던 거군, 파비안은 생각했다. 니바는 파비안도 파비안의 가족도 그냥 평화롭게 놔둘 수 없었던 거다. 파비안은 그녀가 소냐에게 정확히 무슨 말을 했는지, 얼마나 끔찍한 상상의 나래를 펼쳤는지, 이번에는 얼마나 많은 소망을 품었는지 궁금했다. 파비안은 항의하고 싶었다. 니바가 우리 사이를 벌어지게 만들려고 엄청나게 과장한 거라고 말하고 싶었다. 하지만 결국 그런 말들이 중요하지 않다는 사실을 알기에 파비안은 아무 말도 하지 않았다. 이미 이 싸움에서는 오래전에 지고 말았으니까.

"기분은 나아졌어?"

"모르겠어. 아마도?"

"혹시 하고 싶은 말 있어?"

"지금은 없어."

파비안은 소냐가 무슨 말이든 더 하기를 기다렸지만 아무 말도 없었다. 왠지 파비안이 말하기를 기다리는 것 같아 그가 말했다.

"사랑해. 내가 사랑한다는 것만 알아줬으면 좋겠어."

"다 끝나면 전화해. 테오한테 누구든지 전화가 오면 꼭 받아야 한다고 말해주고."

"소냐, 사실 이제 기차표를 예매하고……."

찰칵, 전화 끊기는 소리가 들렸다. 실망한 파비안은 길게 한숨을 내쉬면서 전화기를 주머니에 넣고 다시 집으로 들어갔다.

마릴린 맨슨이 여전히 강간범을 강간하는 노래를 울부짖었다.

2층으로 올라가는 동안 파비안의 마음속에서는 집에 들어온 순간부터 느껴지던 한 가지 기운이 점점 더 강해졌다. 그는 테오도르의 침실 앞에 섰다. 뭔가 잘못됐다고, 그것도 끔찍하게 잘못된 것이 분명하다고 확신했다. 파비안은 테오도르의 침실 문을 벌컥 열고 뛰어 들어갔다.

마릴린 맨슨은 극도로 흥분하고 있었다.

파비안은 스테레오의 버튼을 이것저것 마구 눌렀지만 마릴린 맨슨은 아주 꿋꿋하게 계속해서 파비안의 귓속으로 엄청난 욕을 쏟아부었다.

파비안은 스테레오 코드를 모두 잡아빼 바닥에 내동댕이쳤다. 마침내 조용해졌지만 조금도 기분이 나아지지 않았다. 아무 의미가 없음을 알면서도 파비안은 침대 밑을, 커튼 뒤를, 옷장을 뒤졌다. 테오도르는 그곳에 없었다.

파비안은 대답을 듣지 못하리라는 사실을 알면서도 아들의 이름을 목청껏 외쳐 불렀다. 한참을 미친 듯이 소리치던 그는 침대 가장자리에 주저앉아 생각을 가다듬으려 했지만 할 수가 없었다. 마치 모든 것을 잃었으며 그것은 전적으로 파비안 자신의 잘못이라는 것을 아는 듯이 마음속에서 뭔가가 계속해서 공포에 질려 소리를 질러대라고 강요하고 있었다.

파비안은 눈을 감고 천천히 숨을 들이마셨다. 몇 초 뒤에 눈을 뜬 파비안은 아들의 방을 둘러봤다. 오후에 집에 왔을 때 테오도르가 여기 있었을까? 그때도 마릴린 맨슨이 끔찍한 소리를 질러대고 있었다. 파비안은 생각하기 시작했다. 그리고 테오도르를 마지막으로 본 것이 영화를 보고 나와 여객선을 타고 덴마크에 다녀온 날임을 깨달았다. 그러니까 화요일에 마지막으로 본 것이다. 오늘은 금요일이었다. 두 사람은 사흘 동안 한마디도 나누지 않았다.

소냐는 아들에게 전화하라고 잔소리를 했다. 물론 그는 전화를 했다. 하지만 테오도르는 단 한 번도 전화를 받지 않았고 두 사람은 문자만 주고받았다. 파비안은 그 정도로 만족했다. 아들 목소리를 한마디도 듣지 못했는데 아들이 문자를 보낸다는 사실에만 안도하고 있었다. 파비안의 머리에는 온통 수사 생각밖에 없었다.

파비안은 두 손으로 머리를 감싸고 테오도르가 그저 가출한 것이기를 바랐다. 그건 이해할 수 있는 일이니까. 파비안이었어도 이런 상황에서는 가출했을 것 같으니까. 하지만 그는 아들이 가출하지 않았음을 분명히 알 수 있었다. 뭔가 다른 이유가 있어 테오도르가 이곳에 없다는 사실을, 가출보다 훨씬 끔찍한 일이 벌어졌음을 확신할 수 있었다.

파비안은 침대에서 일어나 방을 뒤지며 단서를 찾았다. 테오도르의 물건은 대부분 아직 이삿짐 상자에 있었다. 옷 몇 벌 외에는 제대로 푼 이삿짐은 컴퓨터와 스테레오가 전부였다. 책상에는 파비안은 처음 보는 검은색 공책이 있었다. 공책을 여민 끈에는 펜이 꽂혀 있었다. 파비안은 펜을 빼고 끈을 풀어 공책을 펼쳤다.

이 일기장은 테오도르 닐스 리스크의 것임.
이 공책을 펼친 사람이 위에 적힌 사람이 아니고, 위에 적힌 사람의 허락도 받지 않았다면 지금 즉시 공책을 덮을 것.

테오도르가 일기를 쓴단 말이야? 파비안은 재빨리 훑어봤다.

엄마한테 너를 받은 건 2년 전 크리스마스야. 하지만 너한테 글을 쓰는 건 오늘이 처음이야. 엄마는 항상 생각을 적어두는 게 좋다고 했어. 그래야 뭐든지 잊지 않는다고. (…) 나는 겨드랑이 냄새를 맡아봤어. 냄새는 나지 않는 것 같았어. 하지만 내가 추악하다는 건 알아. 난 똥처럼 추악해. (…) 나는 학교가 싫어. 정말 싫어! 나를 보면서 게이라고 하는 소리를 들었어. 배를 치더니 나 때문에 맞는 거라고 했어. 내 얼굴에 침을 뱉었어. 나는 그 자식들이 너무 싫어. 그 자식들은 어떤 깃도 이해하지 못해. (…) 내 모자를 가져가서는 오줌을 누고 다시 내 머리에 씌운 거야.

나는 내가 미워. (…) 집에 왔을 때 라반이 우리 안에서 자는 것처럼 누워 있는 걸 봤어. 하지만 자는 게 아니었어. 나는 그 녀석을 일으켜 세우려고 바늘로 등을 찔렀어. 처음에는 끽 소리를 내면서 도망치려 했지만 내가 강하게 눌러서 꼼짝도 못하게 했어. (…) 진짜 엄청나게 재미있었어. (…) 웃고 있는 녀석들 가운데 한 명한테 걸어가서 그 녀석 얼굴을 힘껏 쳤어. (…) 지금까지 내가 한 일 가운데 가장 근사했어. 음, 레고랜드에 처음 갔을 때 이후로는 말이야.
이 지긋지긋한 곳으로 이사 온 지 일주일 됐어. 모두 멍텅구리 같은 아빠 때문이야. 여긴 모든 게 끔찍할 정도로 좋고 아주 기가 막히게 훌륭해야 하는 거야. 꼭 지옥 같아. 아빠는 약속 하나는 기가 막히게 잘해. 천천히 질질 끄는 지옥 같아. 미워하면서 나는 그냥 여기 앉아 있어. 〈콜 오브 듀티〉나 하면서. 아빠가 날 데리고 이상한 영화를 보여주더니 대화를 하려고 했어. 진짜 애처롭고 감동적이었어. 그냥 누군가를 아주 세게 치고 싶어. 그냥 끌고 나가서…….

마지막 문장은 갑자기 방해를 받은 것처럼 마무리하지 못하고 끝나 있었다. 아들의 일기장을 어떻게 받아들여야 할지 판단을 내릴 수가 없었다. 테오도르가 학교생활을 제대로 못했고 아이들과 싸웠다는 사실은 알고 있었다. 하지만 일기장에 적힌 내용은 파비안으로서는 상상도 못한 일이었다. 소냐는 알고 있었을까? 파비안은 그 뒤로는 적은 내용이 없음이 분명한 페이지를 펼쳤다.

네가 사랑해 마지않는 아무 짝에도 쓸모없는 아들을 보고 싶다면 왼 쪽 이삿짐 상자 위의 모자를 쓰고 내 지시를 따르도록 해.

-I. M.

파비안은 숨을 쉴 수가 없었다. 테오도르의 방에 들어온 순간부터 마음속 깊은 곳에서는 이미 알고 있던 일이지만 이제는 의심할 여지가 없었다. 주위가 온통 빙글빙글 돌아 파비안은 쓰러지기 전에 털썩 침대에 주저앉았다. 살인마가 여기, 파비안의 집으로 들어와 아들을 데려갔다. 살인자가 범행 패턴을 바꿨다. 지금까지는 같은 반 사람들만 표적으로 삼았지 아이들까지 건드리지는 않았다. 하지만 이제는 상황이 바뀌었다. 파비안은 전화기를 꺼내 테오도르의 전화기로 문자를 보냈다. 내려와. 가자. 햄버거 먹으러…….

손이 너무나도 떨렸기 때문에 답장을 기다리는 동안 전화기는 내려놓을 수밖에 없었다. 답장은 예상보다 빨리 왔다. 시도는 좋았어. 하지만 내 충고를 따르는 게 좋을 거야.

선택의 여지가 없음을 깨달은 파비안은 모자를 찾아봤다. 모자는 쉽게 찾을 수 있었다. 챙이 죽 둘린 검은 모자였다. 전에도 본 적이 있는데 모자 앞쪽에 LED 전구가 다섯 개 있어 버튼을 누르면 불이 켜지는 모자였다. 클라스 올슨에 갔을 때 파비안도 이 모자를 살까 하는 생각을 잠시 했지만 소냐가 놀리는 목소리가 들리는 듯해 놓고 왔다.

파비안은 모자를 집어 들었다. 가운데 전구가 있어야 할 곳에 카메라가 설치되어 있었다. 파비안은 모자를 쓰는 것 말고 다른 방법이 있는지 잠시 생각해봤지만, 결국 그런 방법은 없음을 깨닫고 모자를 머리에 썼다. 모자는 파비안의 머리에 맞춘 것처럼 딱 맞았다. 전화기에 또 다른 문자가 도착했다. *http://89.162.38.99:8099/cam12를 볼 것. 패스워드: aLmos1oVer*

파비안은 하라는 대로 했다. 뿌연 화면 속에서 테오도르가 손이 묶인 채로 좁은 공간에 누워 있는 모습이 보였다. 팔과 손에 피가 배어 나오는 상처가 있는 것으로 보아 테오도르는 밧줄을 풀려고 애쓰는 것이 분명했다. 머리를 들어 카메라를 응시하는 아들의 표정은 공포에 질려 있었다. 살려달라고 외치는 것이 분명했다.

"테오, 거기 어디야? 아빠한테 말해! 아빠가 구해주러 갈게!"

파비안이 전화기에 대고 소리쳤다.

네 말은 안 들려.

"너는? 너는 들리나?"

산소가 얼마나 갈지는 아무도 몰라. 한 가지 확실한 건 산소가 사라지고 있다는 거지. 아마 내일까지는 괜찮을지도. 아니면 다음 주까지도? 물론 두 시간 뒤에 끝날 수도 있지.

"왜 아이를 끌어들인 거야? 아들하고는 아무 상관이 없잖아. 아이는 돌려주고 나를 데려가."

살아 있는 아들을 보고 싶다면 내 과제부터 완수해야 할 거야.

파비안은 전화기를 쳐다봤다. 테오도르를 보고 싶어서 로그인 정보를 또다시 입력해 넣었다. 하지만 카메라 화면 대신 '틀린 패스워드를 입력하셨습니다. 로그인할 수 없습니다'라는 안내 문구만 떴다. 파비안은 다시 패스워드를 입력했지만 같은 안내만 받았다.

차를 타고 경찰서로 가서 차를 세워. 누구 눈에도 띄지 말고.

미처 어떤 임무가 올지 예상할 사이도 없이 또 다른 문자가 도착했다.

째깍, 째깍⋯⋯.

83
○

"현재 분명한 것은 내일 오전 10시에 열린다는 사실뿐입니다. 하지만 그와 관련해 온갖 추측이 난무하고 있습니다. 어떻게 생각하십니까?"

줄무늬 넥타이를 맨 남자가 역시 줄무늬 넥타이를 맨 남자에게 말했다.

"네, 그렇습니다. 분명히 완벽하게 결론이 날 겁니다. 어제 폭로된 사실을 생각해보면 킴 슬레이스네르 반장은 곧바로 기자 회견을 열 거라고 예상했지만, 오히려 〈엑스트라 블라데트〉하고만 단독 인터뷰를 했습니다. 경찰의 신뢰를 다시 구축하기에는 턱없이 부족한 조치였습니다. 따라서 내일 기자 회견이 전적으로 중요하다고 하겠습니다."

두냐 호우고르는 조금도 놀라지 않았다. 슬레이스네르에 관한 한 더는 놀랄 일이 없었다. 바로 전에 맛본 슬레이스네르의 비열함 때문에 두냐는 온몸의 기가 모두 빠져나간 듯 느껴졌다. 두냐는 리모컨 버튼을 눌러 뉴스를 젊은 줄리아 로버츠가 매춘부 친구와 함께 할리우드 대로에서 빨간 페라리 옆에 서 있는 화면으로 바꿨다.

"생각 없이 지껄이면 안 돼. 부자들 그거 진짜 싫어해."

적어도 백 번은 본 장면이었다. 〈귀여운 여인〉은 스웨덴 텔레비전에서 가장 많이 틀어주는 영화임이 분명했다.

정말로 내키지 않았지만 두냐는 다시 뉴스로 채널을 돌렸던.

"결국 이렇게 되리라고 보십니까?"

"사임하겠다고 하지 않겠습니까? 그래도 자신이 직접 결정을 내렸다는 인상을 주려고요."

"그 말은 사실상 해임될 것이다, 그렇게 생각하시는 거군요?"

"네, 거의 그러리라 생각합니다. 하지만 슬레이스네르 정도 되는 경험과 능력이 있는 사람은 어디서든 쓰임새가 있기 마련입니다. 심지어 차기 법무부 장관으로 거론되고 있을 정도입니다. 그러니 어떤 비장의 무기를 감추고 있을지는 아무도 모릅니다."

"만약 내일 기자 회견에서 사임할 생각이 없다고 하면 어떻게 될까요?"

"그렇다면 분명히 이번 수사에서 확실한 결과를 낼 단서를 확보하고 있어야 할 것입니다. 수사에 진전이 있고 아직 경찰 조직을 장악할 힘이 있음을 보여줘야 할 겁니다."

"하지만 그럴 가능성은 없다고 보신다?"

"네, 그렇습니다."

두냐는 텔레비전을 끄고 리모컨에서 건전지를 빼낸 뒤 다시는 텔레비전을 켤 마음이 들지 않도록 저 멀리 구석으로 던져버렸다. 두냐는 슬레이스네르가 기자 회견 때 어떤 단서를 제시할지 분명히 알았다. 범인의 사진을 보여줄 테지.

범인의 사진이라.

슬레이스네르는 가슴을 팍팍 치면서 자신이 수사를 맡는 한 경찰은 잘해낼 수밖에 없다는 메시지를 전달할 것이다. 스웨덴 경찰이 아니라 덴마크 경찰이 사건을 해결하고 범인을 잡을 것임을 분명히 전달할 것이다. 킴 슬레이스네르야말로 이 사건에 그 누구보다도 신경을 쓰고 있었다는 듯이.

기자 회견은 슬레이스네르 자신의 사건에서 시선을 돌리게 할 속임수, 미끼일 뿐이었다. 그는 스웨덴 경찰과 협력해 단서를 찾거나 수사를 진전시킬 추론을 세우는 데는 전혀 관심이 없었다. 그저 자기 자랑을 하는 데만 관심이 있었다. 결국 어떤 대가를 치르건 간에 내일 기자 회견은 슬레이스네르에 관한, 슬레이스네르만을 위한 회견이 될 것이다.

슬레이스네르는 눈 하나 깜빡하지 않고 두냐의 면전에서 거짓말을 하고 그녀의 일과 그녀를 망가뜨렸다. 사직서에 적은 서명이 마르기도 전에 곧바로 두냐를 찾아와 열쇠, 배지, 보안 카드, 권총을 반납하라고 했다. 2분 안에 짐을 싸서 경찰서에서 나가라고 요구하고 두냐가 짐을 갖고 나올 때까지 모든 과정을 매가 사냥감을 지켜보듯 뒤에 서서 지켜봤다.

두냐도 파비안 리스크처럼 차갑게 내쳐졌지만 파비안과 마찬가지로 그녀도 손 놓고 가만있을 수는 없었다. 사건이 미해결 상태인 한 그녀를 수사에서 완전히 떼어낼 방법은 이 세상에 없었다.

내일 아침에 열릴 슬레이스네르의 기자 회견이 어떤 결과를 불러올지는 알 수 없지만 두냐는 최악의 사태를 염두에 두고 준비해야 했다. 어쩌면 살인마는 그 누구도 찾을 수 없는 지하 깊은 곳으로 숨어들 수 있었다. 범인이 경찰의 수사 진행 상황을 모르면 모를수록 좋았다. 그래야 결국 지나치게 확신에 찬 범인이 경솔해져서 실수할 가능성을 최대한 높일 수 있으니까.

가만히 손을 놓고 있을 수는 없었다. 슬레이스네르가 사진을 공개하는 일까지는 막지 못할 테지만 스웨덴 경찰이 그 사진을 먼저 확보하게 해줄 수는 있었다. 두냐는 전화기를 들어 파비안 리스크에게 전화를 걸었다. 신호가 갔지만 전화를 받지 않았다. 아직 9시 20분밖에 되지 않았다. 아주 이른 시간은 아니지만 그렇다고 전화를 걸 수 없을 만큼 늦은 시간도 아니었다. 두냐는 다시 한번 전화를 걸어 이번에는 꼭 봐야 할 물건이 있어서 지금 스웨덴으로 그를 보러 가겠다는 메시지를 남겼다.

파비안의 전화기를 다른 사람이 볼 가능성도 있었기 때문에 두냐는 자신이 어떤 물건을 보여줄 생각이라는 말은 정확하게 하고 싶지 않았다. 처음에는 스웨덴에 갈 생각도 없었지만 일단 가자는 생각을 한 순간 그렇게 나쁜 계획은 아니라는 생각이 들었다. 물론 이메일로 사진을 보낼 수도 있었지만 전화기처럼 다른 사람이 이메일을 공유할 수 있으니 직접 가는 게 더 나으리라는 생각이 들었다.

두냐는 컴퓨터를 켜고 이메일을 열었다. 하지만 메일 수신함이 화면에 뜨지 않고 패스워드를 입력하라는 요구를 해왔다. 두냐는 'Shawarmapie55'라고 입력했다. 너무 많은 사이트에서 썼기 때문에 곧 바꿔야 하는 패스워드였다.

틀린 패스워드입니다.

화면에 뜬 문장을 보고 두냐는 다시 패스워드를 입력했다.

틀린 패스워드입니다.

그 나쁜 놈이 벌써 두냐의 패스워드를 바꾼 것인지도 몰랐다. 그렇다면 두냐가 연락할 수 있는 사람은 단 한 명뿐이었다.

"네, 뢰닝입니다."

"내 패스워드 바꿨어?"

"우아, 안녕, 섹시한 언니. 나, 지금 정말 바빠. 지금 다른 사람이 랑 함께 있는데 우리가 스시를 거의 다……."

미카엘이 조용히 속삭였다.

"미카엘, 정말 중요한 일이야. 자기가 내 패스워드 바꿨어?"

두냐는 〈타이타닉〉 주제곡 사이로 새어 나오는 한숨 소리를 들을 수 있었다.

"그만뒀다고 들었어."

"그 꼴 보기 싫은 녀석이 선택할 여지를 주지 않았어. 그래서 지 금 내 메일로 들어가 봐야 해."

또 다른 한숨 소리가 들렸다.

"자기가 가자마자 그 사람이 오더니 몽땅 바꾸라고 했어. 그러니 까 엄밀하게, 법적으로 말해서 이제 그건 자기 메일 아니야."

"미카엘, 지금 당장 이메일에 접속하는 게 나한테는 엄청나게 중 요하단 말이야. 나중은 안 돼. 지금 해야 해. 무슨 말인지 알겠어?"

"왜?"

"자긴 적게 알수록 좋아. 그러니까 그냥 나를 믿어주면 돼. 자기 가 할 일은 나한테 새 패스워드를 알려주는 것뿐이야."

"미안하지만 나는 정말로 할 수 없어. 지금 이 순간에도 슬레이 스네르가 네 메일함을 들여다보고 있을 거란 말이야. 그러니까 다 른 컴퓨터로 접속하는 순간 그 사실을 알게 될 거야. 그게 자기란 것도 알고 자길 도와준 게 나라는 것도 알 거라고."

미카엘 말이 옳았다. 젠장.

"하지만…… 분명히 자기가 나한테 전화할 거 같아서 슬레이스네르가 자기 하드 드라이브를 가져오라고 하기 전에 몽땅 복사해놨어. 그거 드롭박스에 넣어줄 수 있는데."

"좋아, 완벽해. 지금 넣어주면 좋겠어."

"그럴게. 우리가 통화하는 동안 내 손님이랑 짐볼이 함께 노는 방법을 찾은 거 같네."

5분 뒤에 두냐는 범인 사진을 USB에 저장했다. 그로부터 15분 뒤에는 카트리지에 말라붙은 잉크를 청소하고 범인 사진을 인쇄했다. 그리고 10초 뒤에는 블로고르스가데에 있는 아파트에서 나와 서둘러 뇌레포르트역으로 갔다.

84

"감옥이라고요?"

투베손이 클리판의 말을 따라 했다.

"안 될 게 뭐 있어요? 어차피 일주일 정도만 들어가 있으면 돼요. 거긴 벌써 지켜줄 사람이 있고 굳이 말뫼에서 보내줄 사람을 기다릴 필요도 없잖아요. 월요일쯤이면 더 나은 해결책을 찾아내겠죠."

클리판이 말했다.

세 사람은 식당에서 나와 룬드공엔 거리를 따라 오른쪽으로 걸어갔다. 길 건너편에 있는 감옥과 경찰서가 보였다. 투베손은 잠재적 피해자 모두를 감옥으로 보낸다는 의견에 자신이 어떤 생각을 하는지 쉽게 결정할 수 없었다. 분명히 과감한 해결책이고 논쟁의 여지가 없지는 않겠지만 사실 그렇게 끔찍한 생각은 아닐 수도 있었다.

"까놓고 말해서 한 가지는 명확하잖아요. 다른 방법이 있어요?"

클리판이 투베손의 마음을 읽기라도 한 것처럼 말했다.

"그 방법이 얼마나 굴욕적일지는 알고서 하는 소리죠?"

"아무 일도 하지 않고 손 놓고 있다가 사람들이 한 명씩 죽어나 가는 것보다는 훨씬 낫죠."

클리판의 말이 옳았다. 범인이 언제 어느 때라도 또다시 누군가 를 죽일 수 있다는 것, 같은 반 사람들을 모두 죽일 때까지 범행을 멈추지 않으리라고 추론해도 좋을 이유는 넘쳐났다. 사실 이 계획 에서 가장 중요한 것은 시간이었다. 지금 시작하는 모든 일이 아무 문제 없이 잘 마무리된다면 그날 밤에 사람들을 모두 감옥으로 모 을 수 있을 것이다. 이 계획의 가장 큰 문제는 이 계획 자체였다.

"리스크가 자기 차를 두고 집에 갔을까요?"

릴리아가 리스크의 차를 가리키면서 말했다.

"그랬을 거 같은데. 아직 차를 운전할 수는 없을 거예요."

클리판이 대답했다.

"좋아요, 이렇게 합시다. 이번 주말에는 잠재적 피해자를 모두 데 리고 있읍시다. 이 작전이 먹히려면 가능한 한 사람들 시선을 끌지 않고 잠재적 피해자들에게도 아주 최소한의 정보만 말해줘야 해요. 어떤 일이 있어도 언론이 눈치채지 못하게 해야 하고요. 그래야 성 공할 수 있어요."

투베손이 말했다.

어딘가에, 아들이 손과 발이 묶인 채로 언제라도 산소가 사라져 버릴 상황에서 관보다도 좁은 공간에 누워 있었다. 어쩌면 벌써 산소가 다 떨어졌는지도 몰랐다. 계속해서 그 방에 갇혀 있던 테오도르의 모습이 떠올랐다. 지금뿐만이 아니라 학교에서 아이가 겪어야 했을 일들이 계속해서 그의 마음을 괴롭혔다. 어떻게 모를 수 있었을까? 어떻게 아빠라는 자가 자기 일에만 몰두할 수 있었을까? 소녀는 알고 있었을까? 소녀가 알고 있었다면 파비안에게 당연히 말하지 않았을까?

파비안은 언젠가 소녀가 테오도르가 갈비뼈가 두 군데 부러졌고 뇌진탕을 당했다고 걱정한 적이 있었다. 그때 파비안은 소녀가 너무 호들갑 떤다고, 그런 일은 정상적인 성장 과정 중 일부일 뿐이라고, 남자아이들은 다 싸우면서 큰다고 생각했다. 자신은 감기에 심하게 걸렸을 때 기침을 하다가도 갈비뼈가 부러진 적이 있다며 비웃기까지 했다.

하지만 소녀는 가만히 있지 않았다. 학교에 찾아가 담임교사와 진지하게 대화를 나눴고 아들이 학교생활을 어떻게 하는지 보려고 수업에 참관하기도 했다. 소녀가 보기에 학교생활은 파비안과 테오도르의 말처럼 아무 문제가 없는 것 같았다. 결국 소녀도 두 사람 의견에 동의하고 모든 걸 흘려보내기로 했다.

그러니까 파비안이 틀린 것이다. 그것도 끔찍하게 틀린 것이다.

이제 그 대가를 지불해야 했다. 그리고 오직 파비안만이 그 대가를 지불할 사람이었다. 어떤 불이익을 감수하더라도 파비안은 그 빚을 갚아내야 했다. 범인이 시키는 일은 무엇이든 할 생각이었다. 테오도르를 구할 가능성이 조금이라도 있다면 어떤 희생이든지 치를 각오가 되어 있었다. 이제는 수사도 자신의 생명도 중요하지 않았다. 늦는다는 것은 절대로 있을 수 없었다.

파비안은 범인이 내린 지시를 모두 따랐다. 경찰서까지 가장 빠른 길로 달려왔고 다른 차들과 떨어진 곳에 차를 세웠고 절대로 야구모자를 벗지 않았다. 이제는 토리뉘 쉴메달이라고 불러도 되는 범인은 파비안이 보고 듣는 모든 일을 동시에 보고 들을 수 있었다. 하지만 두 사람은 오직 문자로만 대화했다. 덴마크 경찰이 전화를 걸어왔지만 범인은 전화를 받지 말라고 했다.

어둠 속에서 빛나는 경찰서 정문으로 걸어 들어가는 동안 동료들은 한 명도 보이지 않았다. 접수대에는 플로리안 닐손도 없었기 때문에 파비안은 출입증 인식기에 카드를 대고 비밀번호를 입력하고 경찰서 내부로 들어갔다. 파비안은 잉바르 몰란데르의 조사실로 가야 했다. 한 번도 가본 적은 없지만 지하 맨 아래층에 있다는 사실은 알았다. 몰란데르가 조사실에 있으면 어떻게 해야 하는지 묻자 범인은 재빨리 답을 보내왔다.

조심해.

제1과학수사실—몰란데르. 닫힌 문 옆에 몰란데르의 조사실임을 알리는 푯말이 붙어 있었다. 파비안은 주머니에 손을 넣어 권총이 들어 있음을 확인하고 문을 열고 안으로 들어갔다. 바닥과 벽은 콘크리트로 덮여 있고 작업대 역할을 하는 조명 달린 아일랜드 식탁이 여러 개 있는 몰란데르의 방은 거대한 차고 같았다. 몰란데르는 실험실에 없었다.

가운데 서서 한 바퀴 돌아. 천천히.

범인이 하라는 대로 하면서 파비안은 범인도 이곳에서 무엇을 찾아야 하는지 정확히 모른다는 것을 깨달았다. 범인은 몰란데르가 단서를 찾았을지도 모른다고 의심했기에 그 의심을 확인하려고 파비안을 이곳으로 보낸 것이다.

천을 들고 푸조로 가.

파비안은 비참하게 구겨진 BMW를 보느라 정신이 없었기 때문에 문자를 받기 전까지는 그곳에 푸조가 있다는 사실을 깨닫지 못했다. 덴마크 경찰이 드디어 이성을 되찾고 푸조를 보내준 것이다. 파비안은 푸조로 걸어가서 앞유리 위에 붙은 쪽지를 읽었다.

잉바르 몰란데르 씨에게
파비안 리스크가 몰란데르 씨의 능력이 매우 뛰어나다고 하더군요.
이곳 덴마크에서는 전혀 찾은 게 없으니, 몰란데르 씨가 명확한 증거를 찾아주시길 희망합니다.
행운을 빕니다.

코펜하겐 경찰서 강력반
두냐 호우고르

그러니까 이 덴마크 경찰이 힘을 쓴 것이다. 이 일이 모두 끝나면, 그러니까 파비안이 결국 살아남는다면 반드시 고맙다는 인사를 하리라고 다짐했다. 해협 건너편에서 이렇게까지 수고해주는 걸 절대로 과소평가하면 안 되니까.

운전석에 들어가서 살펴봐.

파비안은 운전석 문을 열고 의자에 앉아 자동차 내부를 둘러봤다. 대시보드와 조수석 보관함 주변, 기어 변속장치 위에 몰란데르가 지문을 찾았다는 사실을 화살표와 숫자로 적어둔 작은 테이프들이 붙어 있었다. 범인에게는 이 자동차가 왜 이렇게 중요한 걸까?

테이프를 모두 떼고 깨끗하게 닦아서 흔적을 없애.

파비안은 테이프를 모두 떼고 테이프 자국을 닦기 시작했다. 때때로 범인은 제대로 닦지 않는다고 나무랐고 다른 방향으로 고개를 돌려보라고 지시했다. 22분 뒤에 범인은 이제 차에서 나가도 된다고 했다.

지문을 가지고 나와.

"안타깝지만, 어디 있는지 몰라."

찾아.

아마도 9시에서 10시 사이 같았다. 9시 30분일 수도 있지만 분명히 45분은 아닐 거라고 투베손은 생각했다. 하지만 시간은 아무 상관이 없었다. 그들이 무엇을 하건 간에 왠지 한 걸음 물러난다는 생각을, 그것도 이해할 수 없는 방법으로 이렇게 될 수밖에 없도록 미리 계획하고 예정되어 있었다는 생각을 떨쳐버릴 수 없었다. 하지만 클리판이 옳다. 지금 당장 잠재적 피해자들에게 안전하게 머물 장소를 제공하지 않는다면 그것은 심각한 직무유기가 될 것이다.

투베손은 커튼을 내리고 모든 불을 끈 뒤에 소파에 누웠다. 하지만 안타깝게도 원하는 만큼 어두워지지는 않았다. 계속해서 깜빡이는 열다섯 개 다이오드 때문이었다. 그녀는 전자제품 제조업체들이 어째서 아직도 사방에 다이오드를 설치해야 한다고 우기는지 이해할 수 없었다. 그저 어릴 때 과학소설을 너무 많이 본 것이 틀림없다는 결론을 내렸다.

아까 투베손은 교도소장 랑나르 팔름에게 현재 상황을 설명했다. 팔름은 방은 두 개만 제공할 수 있으며, 기껏해야 한 방에 네 명에서 열 명 정도 들어갈 수 있을 거라고 했다. 단체로 들어갈 방이 있다면 좋을 텐데, 투베손이 아는 한 스웨덴에는 그런 방이 있는 감옥은 없었다. 그 대신에 팔름은 정치범을 수용하는 구역을 막아주겠다고 했다. 침대 열 개 정도는 충분히 집어넣을 수 있고 텔레비전실, 부엌, 작은 도서관에도 갈 수 있으니 죄수가 됐다는 기분은 많이 들지 않을 거라고 했다.

릴리아와 클리판이 잠재적 피해자들에게 전화를 걸어 계획을 설명하는 동안 투베손은 조금이라도 쉬기로 했다. 왠지 쉴 수 있는 마지막·기회라는 기분이 들었기 때문이다. 하지만 불행하게도 투베손의 뇌는 쉬기를 거부했다. 몸의 나머지 부분은 급하게 브레이크를 밟으려 하는데 뇌는 속도를 높이려고 마음먹은 것처럼 느껴졌다.

잉엘라 플록헤드가 투베손의 생각 속으로 소용돌이치면서 들어왔다. 그 연약한 작은 여자는 기분이 나빴고 차를 타고 움직이고 싶지 않다고 했다. 사실 병원 밖으로 나오는 걸 거절하려 했지만 투베손이 잉엘라 플록헤드의 말도 의사의 말도 듣지 않은 것이다. 투베손은 잉엘라가 병원 밖으로 나오도록 있는 힘껏 몰아붙였고 철도 옆에 있을 때 잉엘라의 기억이 돌아왔음을 느낄 수 있었다. 기차가 그 여인의 무의식을 자극한 것이 분명했다. 어둠 속에서 밝은 주황빛이 켜진 것이 분명했다.

태양이 땅을 흐르게 했다. 온기가 투베손의 온몸으로 퍼져나가, 그 때문에 맥박이 세차게 내달려 주황빛을 사방으로 퍼뜨렸다. 투베손은 열을 사랑했다. 투베손에게 충분한 열이란 있을 수 없었다. 30도, 35도의 온도, 긴 의자, 태국 코창 해변에 부딪히는 파도. 그보다 좋은 게 있을까? 할 수 있게 되는 순간 투베손은 북유럽의 어둠에서 영원히 탈출할 것이다. 어느 곳에서 나이를 먹게 될지는 모르지만 아주 상쾌하고 쾌적한 기후가 있는 곳이라면 어디든 좋았다.

하지만 스텐에게 이 집에서 떠나자고 하는 일은 불가능할 것이다. 그는 모든 일에 거부권을 행사하는 늙고 까다로운 개복치 같았다. 투베손은 병째로 한 모금 더 마셨고, 자신이 집중하기 힘들다는 사실을 깨달았지만 자신을 향해 똑바로 다가오는 스텐이 보였다. 저 망할 나쁜 놈이…… 뻔뻔하게도 그녀에게 병을 내려놓으라고 말했다. 대화를 해야 한다고. 투베손은 정말 미워 죽겠다고 소리 지르면서 잔을 집어 던졌다. 잔은 벽에 부딪혀 산산이 부서졌다. 그는 투베손을 말리려 했지만 그녀는 그를 향해 병을 휘둘렀다. 병이 깨지는 소리가 들렸지만 투베손은 계속해서 병을 휘둘러…….

투베손의 전화벨 소리가 깊은 잠 속으로 침투해 그녀는 자신이 태국 해변에 있는 것도 자기 집 부엌에서 스텐과 함께 있는 것도 아님을 깨달았다. 지금 투베손은 집무실 소파에 누워 있었다.

"드디어 받는구먼. 자고 있었나보군?"

몰란데르의 목소리가 들렸다.

"아니, 아니에요. 뭘 좀 찾았어요?"

"아주 조금. 하지만 흥미로운 건 없었어."

투베손이 일어나 앉았다.

"확실해요?"

"아스트리드……."

"알아요. 하지만…… 지금 정확한 장소에 나가 있는 거 맞죠?"

"문에서 왼쪽으로 가장 멀리 떨어진 곳이라고 하지 않았나? 문에 크리그스함마르라고 적혀 있는?"

"맞아요, 거기서 수술용 메스를 봤어요."

"맞아, 있었어. 하지만 그건 자궁을 들어낼 때 사용한 게 아니야. 전쟁 망치를 조각하고 수정할 때 사용한 거야."

"전쟁 망치? 그게 뭔데요?"

"현존하는 가장 지질한 게임이지. 하지만 그걸 이해하기에는 아스트리드는 가슴이 너무 크고 페니스는 너무 작아. 너무 자세히 설명하면 다음 달부터 통신사 고정 요금 할인을 받지 못할 수도 있으니까 설명은 다음 기회에 하자고."

"건물을 모두 살펴봤어요?"

투베손은 전화기 너머로 한숨 소리를 들었다.

"뭐, 그렇게 넓은 곳은 아니니까."

"다른 건물은요?"

"수색 영장으로 들어갈 수 있는 곳은 그 건물뿐이야. 다른 곳을 보고 싶으면 검사장을 다시 만나봐."

"맞아요, 멍청한 소리였어요."

"그건 그렇고, 릴리아가 데이터베이스를 검토할 시간이 있었나 몰라."

"네? 뭘 검토해요?"

투베손은 또다시 한숨 소리를 들었다.

"푸조에서 지문을 찾았거든. 범죄 기록 지문 보관소에 있는지 확인해보라고 릴리아한테 메일을 보냈어."

"아직 이메일을 들여다볼 시간이 없었을 거예요. 우리 모두 잠깐 나가 있었거든요. 지금 릴리아는 클리판하고 있어요. 사람들한테……."

"좋아, 그렇군. 지금 릴리아한테 빨리 이메일을 확인해보라고 말해줄 수 있나? 나는 몇 시간은 자야 할 거 같아."

"잠깐만요, 무슨 지문인데 그래요?"

"이메일에 있어. 그럼 잘 있어."

찰칵, 전화가 끊어지는 소리가 났다. 몰란데르가 다른 사람이 말하는 도중에 전화를 끊다니, 놀라운 일이었다. 투베손이 그런 경우는 셀 수도 없이 많았지만 몰란데르는 처음이었다.

투베손은 집무실에서 나와 밝은 형광등에 눈이 부셔 눈을 가늘게 뜨고 릴리아의 방으로 갔다. 릴리아는 매트리스에 앉아 전화하고 있었다.

"네, 알겠습니다. 지금으로서는 대답하기가 힘듭니다. 하지만 더 많은 걸 알게 되면 곧바로 전화드릴게요. 우리한테 연락할 일이 있으면 이 번호로 하면 됩니다."

릴리아는 전화를 끊고 투베손을 올려다봤다.

"몇 명이나 연락했어?"

릴리아는 여봐란듯이 손가락 두 개를 들어 올렸다.

"그게 전부야?"

릴리아가 고개를 끄덕였다.

"자파르 우마르하고 세실리아 홀름은 전화를 안 받아요. 이제 스테판 문테한테 전화할 차례고요. 니클라스 베크스트룀이랑 헬레네 나크만손은 해외에 있고요. 클리판은 어때요?"

"몰라. 몰란데르가 자기한테 중요한 메일을 보냈다고 확인해보래서 온 거야."

릴리아가 기묘한 표정을 지으며 매트리스에서 일어섰다. 물건이 정신없이 쌓인 책상으로 걸어가 컴퓨터를 켰다.

보낸 사람: ingvar.molander@polisen.se

제목: **중요!**

차에서 범인의 지문을 찾은 것 같아. 분명히 범죄 기록 지문 보관소에 그 지문이 있을 거야. 지금 당장 지문이 있는지 확인해줘. 투퍼가 나한테 람뢰사에 가보라고 했어. 그러니까 릴리아를 믿고 갈게. 지문은 늘 두는 곳에 있을 거야. 내가.

"지금 당장 가보는 게 좋겠어. 전화는 내가 할게. 먼저 스테판 문테한테."

투베손이 말했다.

릴리아는 고개를 끄덕이고 낡은 컨버스화를 신었다.

"마지막으로 한 가지만 더요. 20분쯤 뒤면 세트 코르헤덴이 비행기에서 내릴 거예요. 그때 전화를 받는지 확인해봐야 해요. 전화를 받지 않으면 그가 집에 가서 집 전화를 받을 때까지 적어도 두 시간은 걸릴 거예요."

투베손이 고개를 끄덕였다.

"세실리아와 자파르는 어떻게 하지?"

"일단 영화 관람이나 뭐 그런 걸 하러 나갔기를 빌어야겠죠."

"좋아, 잠깐 있다가 다시 시작할게."

"나크만손이 직접 감옥으로 찾아가야 하는지 누군가 데리러 올 건지 물었어요."

"클리판과 내가 데리러 갈 거야. 필요 이상으로 많은 사람이 관여하면 안 되니까."

투베손의 말에 릴리아는 고개를 끄덕이면서 문을 향해 걷기 시작했다.

"그런데 잠깐만, 투퍼라니? 그게 내 별명이야?"

릴리아는 씩 웃으면서 사라졌다.

파비안 리스크는 뒤져볼 수 있는 상자는 모두 뒤졌다. 오래전에 해결한 사건만 보관해둔 서류함도 다 확인했다. 심지어 몰란데르의 작업복이 걸린 옷장과 과학 장비가 가득 든 커다란 철제 보관함도 살펴봤다. 하지만 지문 비슷하게 생긴 것도 없었다.

"여기 없을 수도 있잖아. 집으로 가져갔거나 다른 사람한테 줬을 수도 있잖아."

파비안의 전화기가 울렸다.

전화를 해봐. 만나야 한다고 해.

파비안은 이 상황을 빠져나갈 방법을 찾으려고 뇌를 쥐어짰지만 뚫고 갈 수 없는 거대한 벽 말고는 보이는 것이 없었다. 몰란데르와 직접 대면하는 일 말고는 할 수 있는 게 없었다. 파비안이 전화를 걸려고 할 때 조사실 문이 열렸다.

파비안은 재빨리 숨을 곳을 찾았지만 너무 늦었다. 이미 릴리아가 파비안을 봤다.

"파비안? 여기서 뭐 해요?"

파비안은 어떤 대답을 해야 할지 몰라 조용히 있었다.

"주차장에서 차를 본 것 같았어요. 왜 집에 가서 쉬지 않고요?"

"사건을 해결하기 전까진 쉬지 않을 겁니다. 알잖아요, 나란 사람, 아니, 정확히는 잘 모르시겠지만, 아무튼, 나란 사람이 그렇습니다."

파비안은 자신은 조금도 긴장하고 있지 않다는 듯이 크게 웃어 보였지만 릴리아의 표정을 보건대 그의 의도가 성공한 것 같지는 않았다.

"파비안, 솔직하게 말해요. 여기서 뭐 하는 거예요?"

파비안의 전화기가 또다시 울렸다.

몰란데르가 범죄 기록 지문 보관소에서 지문을 찾아보라고 했다고 해.

파비안은 릴리아의 눈을 똑바로 보면서 몇 걸음 앞으로 나갔다.

"왜인지는 설명할 수 없지만 몰란데르가 하필 다른 사람은 모두 놔두고 나한테 부탁한 게 있어서요. 아마 여러분은 모두 바쁘고 내가 가만히 쉬고 있지는 않을 테니까 그랬겠죠. 나도 그 이유는 잘 모르겠군요."

자신이 주절주절 떠들고 있음을 느낀 파비안은 황급히 입을 다물었다. 누가 봐도 명백한 사실을 필사적으로 숨기려다 보니 말이 쏟아져 나온 것이다. 파비안은 릴리아가 입을 열기를 기다렸지만 그녀는 아무 말도 하지 않았다. 그저 계속해서 파비안을 쳐다보고만 있었다. 침묵은 너무나도 불편해서 파비안은 결국 다시 말할 수밖에 없었다.

"나한테 푸조에서 범인의 것일 수도 있는 지문을 찾아서 지문 보관소에 있는지 확인해달라고 했어요."

릴리아는 믿을 수 없다는 표정으로 파비안을 쳐다봤다.

"이상하네요. 몰란데르가 나한테 부탁한 게 바로 그건데."

파비안은 어깨를 으쓱했다.

"아마 확실히 처리하고 싶었나보죠. 문제는, 어디 있는지 모르겠다는 거예요."

"늘 두는 장소에 뒀을 거예요. 하지만 분명히 당신은 그곳이 어딘지 모를 거고요."

"물론이죠. 내가 어떻게 알겠어요? 여기서 근무한 지 얼마 되지도 않았는데."

"맞아요, 그렇죠."

파비안의 전화기가 다시 울렸다.

ALmost2oVer

파비안은 전화기 브라우저를 띄워 새 패스워드를 입력했다. 테오도르가 묶여 있는 방이 보였다. 이번에는 테오도르는 고개를 들지 않았다. 더는 고개를 들 힘도 없는 것 같았다. 하지만 아직 살아 있었다. 파비안은 아들의 가슴이 위아래로 오르내리는 모습을 봤다. 하지만 이번에는 훨씬 빠르게 움직이고 있었다.

"파비안, 왜 자꾸 전화기를 들여다보고 그래요? 이제 집으로 가요. 여긴 내가 알아서 할 테니까요."

릴리아의 말에 파비안은 고개를 저었다.

"아니, 그건 내가 하는 게 좋겠어요. 그래야 릴리아는 릴리아가 맡은 일을 할 수 있죠. 분명히 할 일이 산더미일 텐데요."

"도대체 왜 이래요? 무슨 일 있어요?"

"천만에요, 몰란데르가 우리 두 사람한테 같은 일을 부탁했으니까 내가 하는 게 더 낫겠다는 것뿐이에요."

"내가 당신한테 그 일을 맡기지 않으리란 건 우리 둘 다 잘 알잖아요."

"그게 무슨 말이에요?"

파비안은 가능한 한 도무지 이해할 수 없다는 표정을 지었다. 그런 파비안에게 릴리아는 관대하지만 거의 슬픈 듯해 보이는 미소를 지었다.

"왜냐하면 몰란데르가 당신한테 연락한 적이 없으니까요. 몰란데르가 그런 부탁을 했다면 분명히 그 지문이 어디 있는지 알겠죠, 안 그래요?"

오른손을 재킷 주머니에 넣고 권총을 움켜잡으면서 파비안은 그저 고개를 끄덕이면서 잘못을 시인할 수밖에 없었다. 릴리아는 뒤로 물러나려고 했지만 벽 말고는 공간이 없었다. 그녀는 자신을 보호하려고 팔로 머리를 감쌌다. 파비안은 릴리아의 손을 잡아 머리에서 떼어내려 했지만 그녀는 놀라울 정도로 힘이 셌다. 파비안은 갑자기 다리에 아주 강한 힘을 느끼고 균형을 잃고 쓰러졌다. 그러자 릴리아가 재빨리 파비안 위에 올라타면서 진정하라고 소리쳤다.

하지만 파비안의 권총이 정확한 부위를 가격했다. 릴리아는 파비안 위로 쓰러졌다. 총으로 맞은 곳에서 피가 튀어 그의 셔츠에 묻었다. 파비안은 릴리아를 바닥에 누이고 일어섰다. 이제는 어디를 찾아봐야 하는지 알았다. 릴리아가 천장 조명을 쳐다보면서 비밀을 드러냈기 때문이다. 파비안은 의자를 가져와 조명 기구 안쪽을 더듬어 서류철을 찾아냈다. 지문은 서류철 맨 앞에 있었다.

파비안은 지문을 허리띠 안에 집어넣고 의자에서 내려와 주위를 둘러보면서 남기고 가는 것은 없는지 확인했다. 마침내 그는 이렇게 하면 완벽하게 자연스러워 보일 거라고 생각하면서 고개를 릴리아 쪽으로 돌렸다. 그리고 카메라가 보이지 않는 지점까지 팔을 뻗어 작업대에 놓인 봉투에 재빨리 몇 글자를 적었다. 그때 또다시 전화기가 울렸다.

오른손이 하고 있는 걸 보여줘.

파비안은 명령을 받은 대로 고개를 봉투로 돌렸다. 미안해요. 아들이 납치됐어요. 범인 이름은 토리뉘 쇨메달입니다. 봉투 위로 마구 흘려 쓴 글씨가 보였다.

곧바로 문자가 날아왔다.

아들을 조금이라도 생각한다면 뭘 해야 할지 알 텐데.

85

완전히 잠에서 깼다는 사실을 믿을 수가 없었다. 여전히 꿈을 꾸고 있는 것만 같았다. 자신이 보고 느끼는 이 어두움과 딱딱함과 무엇보다도 옥죄는 느낌이 정말로 꿈이 아니라는 의심을 하기까지는 몇 분 정도가 흘렀다. 일어나 앉으려고 했지만 머리를 세게 부딪혔다. 오른쪽 눈으로 피가 흘러들었다. 피를 닦으려 했지만 손이 묶여 있었고 다리도 밧줄로 꽁꽁 묶여 있었다.

그러자 공포가 밀려왔다. 1초도 안 되는 극히 짧은 시간에 체온이 몇 도나 내려가고 온몸이 땀에 젖었다. 있는 힘껏 내지르는 비명이 어둠으로 퍼져나갔다. 폐 속에 들어 있는 공기를 모두 비운 뒤에야 입을 다물고 생각할 여유가 생겼다.

책상에 앉아 일기를 쓰고 있었다. 온몸에서 솟구쳐 오르는 분노를 단 한 점까지 남김없이 쏟아붓고 있었다. 마릴린 맨슨의 노래를 들으면서 소리가 너무 크다는 사실은 무시해버렸다. 어쨌거나 아빠는 집에 없었으니까. 그때 옆눈으로 뭔가가 보였지만 신경 쓰지 않았다. 창문 위로 그림자의 그림자처럼 아주 눈에 띄지 않는 뭔가가 움직이는 모습이 보였다. 고개를 들자 누군가 방 안으로 들어오는 모습이 보였다.

처음에는 아빠라고 생각했다. 아빠가 방으로 들어와 음악 소리를 줄이라고 하고 또다시 애처로운 '대화'를 시도할 거라 생각했지만, 왠지 아빠가 입은 옷이라고 하기에는 이상한 점이 있었다. 여름이면 아빠는 보통 밝은 옷만 입었다. 하지만 창문에 비친 옷은 군복처럼 어두웠다. 몸을 돌리자 그 남자는 벌써 뒤에 와 있었고 갑자기 얼굴을 천으로 눌렀다.

가끔씩 이 작은 방이 눈을 뜨지 못할 정도로 밝아질 때가 있었다. 그럴 때마다 출입문이 열리는 것이라고, 이제 이 감옥에서 나가게 되는 것이라고 생각했다. 하지만 그 누구도 엉킨 손을, 엉킨 발을 풀어주는 사람은 없었다. 같은 일이 몇 번 되풀이되자 문이 열려서 밝아지는 것이 아님을 깨달았다. 그저 누군가 밝은 조명을 켰다가 끄는 것이 분명했다.

한번은 가까운 곳에서 목소리를 들었다. 적어도 들었다고 생각했다. 그 목소리는 벽 너머 멀리서 낮은 목소리로 중얼거리는 것처럼 들려왔다. 가능한 한 아주 힘껏 소리를 지르면서 고함을 치고 팔꿈치로 벽을 쿵쿵, 쳤다. 하지만 벽 뒤에 있는, 누군지도 모르는 사람들은 반응하지 않았다. 그 누구도 이 감옥에서 꺼내주지 않았다. 군복을 입은 남자가 이곳에 가둔 것인지 궁금했다.

그 뒤로는 자신의 심장 소리와 맥박 외에는 아무 소리도 들리지 않았다. 산 채로 땅에 묻히면 이런 기분일까? 이럴 때는 그저 눈을 감고 잠을 자버리면 되는 거 아닐까? 하지만 그럴 수는 없었다. 다시 잠들 수는 없었다. 다음에 소리가 들려오는 순간이 (그러니까 또다시 소리가 들려온다면) 풀려날 수 있는 마지막 기회일지 몰랐다.

그때는 좀 더 준비가 되어 있을 것이다. 그저 고함이나 지르고 팔꿈치로 피가 날 정도로 벽을 치지는 않을 것이다. 몇 시간 전에 꿈틀거리며 몸을 움직였고, 결국 차가운 금속에, 그러니까 출입문에 발이 닿았다.

희망이 마음속에서 불꽃처럼 일었다. 결국에는 살 수 있으리라는 희망이 생겼다. 있는 힘껏 발로 문을 때렸다. 문은 잠겨 있었지만 베이스드럼처럼 깊게 울리는 소리를 가까이 있는 사람이 듣지 못할

리 없었다. 하지만 아무도 대답하지 않았다. 다시 시작된 침묵은 영원히 계속해서 흐를 것만 같았다. 산소량이 줄어드는 만큼 희망도 줄어들고 있었다.

처음에는 깨닫지 못했다. 어째서 점점 더 생각하는 일이 힘들어지는지, 어째서 계속해서 깜빡깜빡 졸게 되는지 그 이유를 알 수 없었다. 마치 10킬로미터를 줄곧 뛰어온 사람처럼 숨을 가쁘게 쉬고 있다는 사실을 깨달은 뒤에야 자신이 천천히 질식해간다는 것을 알았다.

자신이 이런 일을 하게 되리라곤 단 한 번도 생각해본 적 없지만 지금 그 일을 하고 있었다. 두 손을 깍지 끼고 기도를 하고 있었다.

86

머리 위에서 내리쬐는 눈이 멀 것 같은 불빛 때문에 그녀는 고개를 돌려야 했다. 머리를 돌리는 동안 왼쪽 관자놀이에서 둔탁한 통증이 느껴졌다. 손가락으로 귀 위에 생긴 혹을 만지자 머리카락에 엉겨붙은 피가 만져졌다. 통증이 심하지는 않았지만 동료한테 맞고 쓰러진 것은 이번이 처음이었다. 리스크 때문에 정신을 잃다니. 스톡홀름에서 있었던 사건 기록을 읽은 뒤로 리스크를 고운 시선으로 볼 수는 없었지만 맞고 쓰러지게 되리라고는 생각해본 적이 없었다.

그리고 지금, 리스크는 지문을 가지고 사라져버렸다.

리스크가 범인일 리는 없었다. 그렇지 않은가? 리스크가 살인마일 수는 없었다. 그렇지 않나?

그녀는 작업대를 잡고 일어나 조사실에서 나왔다. 수사반으로 돌아가는 동안 리스크에게 전화를 걸었지만 곧바로 음성사서함으로 넘어갔다.

"아니에요, 스테판. 물론 체포되는 게 아닙니다. 지금으로서는 그게 여러분을 보호할 유일한 방법이기 때문이에요."

투베손이 전화기를 귀에서 멀찌감치 뗀 채로 통화를 하고 있었다. 투베손은 바로 앞에서 통화하고 있는 클리판을 보면서 어처구니없다는 표정을 지었다.

"좋습니다. 조금 뒤에 데리러 가겠습니다. 정확히 몇 시라고는 말하기 힘들지만 미리 전화하고 가겠습니다. 네, 안녕히 계세요."

클리판이 전화를 끊으면서 기지개를 켰다.

"아니, 절대로 포기한 게 아닙니다. 지금 아주 신속하게 수사가 진행되고 있습니다. 하지만 지금으로서는 여러분이 매우 위험한 상황이라는 판단을 내렸기 때문에…… 맞습니다, 네, 정확합니다. 도착할 시간을 알게 되면 곧바로 전화하겠습니다. 안녕히 계세요."

투베손은 전화를 끊고 아주 길게 한숨을 쉬었다.

"진짜 멍청해요. 우리가 도우려고 하는 걸 고맙게 생각하지는 않고 말이에요."

"뭐, 어디나 말 안 통하는 인간은 있게 마련이니까요."

클리판이 하품을 하고 있을 때 릴리아가 들어왔다.

"뭐야, 왜 그래? 이레네, 무슨 일이야?"

투베손이 재빨리 릴리아에게 걸어가 관자놀이를 살펴봤다.

"몰란데르 방에서 리스크를 만났어요."

"리스크를? 거기서 뭘 하고 있었대?"

"나처럼 지문을 찾고 있었어요. 몰란데르가 자기한테 데이터베이스에 기록이 있는지 알아봐달라고 했다면서요."

"뭐라고? 도대체 무슨 이유로?"

"나도 그걸 알고 싶어요. 그러다 이렇게 된 거예요."

릴리아가 상처를 가리키면서 말했다.

"리스크가 때렸다고?"

"네, 그래요."

"하지만…… 괜찮아?"

"잠깐 정신을 잃었는데, 지금은 괜찮아요."

"도대체 이해할 수가 없어. 이게 무슨 일인지 알겠어요?"

투베손의 말에 클리판이 고개를 저었다.

"전화해봤어?"

"안 받아요."

"이거, 도무지 말이 안 될 것 같지만요, 하지만 이게 참, 뭐라고 해야 할지. 그럴 수는 없어요. 그렇지는 않겠죠. 설마……."

클리판의 말에 투베손과 릴리아는 아무 말도 없이 서로 얼굴만 쳐다봤다.

"이유가 있겠지. 이유가 있을 거야."

투베손이 의자에 앉으면서 말했다.

"나는 촉이 왔어요."

릴리아가 말했다.

"아니, 그건 아니에요. 그건 아니죠."

"왜요? 리스크가 첫 번째 살인을 저지른 뒤에 학급 사진을 두고 왔을 수도 있잖아요? 그래서 우리가 리스크를 수사에 끌어들여서 수사 진행 상황을 노출한 걸 수도 있어요. 우리가 자기가 원하는 방향으로 나갈 수 있게요. 심지어 자기가 하는 일을 우리한테 정확하게 알려주지도 않고 단서를 찾아냈잖아요. 수사에서 배제된 뒤에도 계속해서 수사하다가 갑자기 루네 슈메켈을 '찾아냈어요'. 모든 걸 완벽하게 알아낼 굉장한 능력이 있는 것처럼, 의심스러울 정도로 굉장한 능력을 지닌 것처럼요."

"그럼 학급 사진에 있던 남자는 어쩌고요? 그 남자는 누구예요?"

클리판이 물었다.

"그 머리카락이요? 누가 알겠어요. 하지만 그 머리카락을 지적한 사람이 누군지 생각해봐요. 우리가 누구 학급 사진을 복사한 건지 생각해봐요. 그냥 그렇다고요."

릴리아가 어깨를 으쓱하며 말했다.

한동안 아무도 말하지 않았다. 세 사람 모두 수사 과정을 처음부터 복기해보면서 릴리아의 의심이 타당한지 생각해볼 시간이 필요한 듯했다. 몇 분 뒤에 고개를 든 투베손은 다른 사람들과 눈이 마주쳤다.

"아니, 그럴 수는 없어."

"왜요? 이미 오래전에 이 사건은 어떤 일도 가능하다는 걸 알았잖아요."

클리판이 말했다.

"클리판, 누가 범인인지는 모르겠지만, 리스크라는 사실은 못 믿겠어요. 그럴 시간이 없었잖아요. 주유소에서 전화를 한 피해자를 생각해봐요. 그 피해자가 전화했을 때 리스크는 우리와 함께 몰란데르 집에 있었어요."

"그건 맞아요. 하지만 리스크가 전화를 받았잖아요. 그때 정말로 그 여자가 전화한 건지, 이미 죽었는지 우린 모른다고요."

"리스크가 우리와 있을 때 덴마크 경찰이 누군가를 만났잖아요. 적어도 그건 확실해요."

"그럼 둘이 공범일 수 있겠죠."

클리판이 대답했다.

"이유가 있겠지. 이레네, 자길 때린 것 말고 뭔가 이상한 점은 발견하지 못했어?"

"리스크가 어땠다라고 말할 수 있을 정도로 잘 아는 건 아니지만, 사실 그 사람답지는 않았어요. 눈에, 뭐랄까, 거의 공포라든가 두려움이라고 할 만한 게 서려 있었거든요. 정확히는 어떻게 표현해야 할지 모르겠어요. 계속 전화기를 들여다봤어요. 마치……."

"마치, 왜?"

"뭐라고 콕 짚어서 말할 수는 없어요."

"범인하고 연락하는 걸 수도 있겠죠. 리스크가 공범이 아니라 해도 분명히 지문을 훔쳐 와야 할 정도로 범인에게 꽉 붙잡힌 걸 수도 있어요."

클리판이 말했다.

"어쨌거나 적어도 한 가지는 확실해요. 몰란데르가 지문 보관소에 범인의 지문이 있으리라고 추론한 건 옳다는 거. 그러니까 범인이 그 지문을 가지려고 그 애를 쓰는 거겠죠. 부주의하게 자동차에 지문을 남겼다는 건 다른 곳에도 그럴 수 있다는 뜻이고요."

투베손이 말했다.

"실수한 곳이 또 있을 거라고요?"

클리판이 물었다.

"완벽한 사람은 없으니까."

릴리아는 투베손의 말이 옳다고 생각했다. 그리고 범인이 지문을 남겼을 만한 곳이 최소한 한 곳은 있었다. 그리고 그곳이 어디인지 그녀는 알았다.

87

7월 중순밖에 되지 않았지만 해가 지는 시간이 날이 갈수록 빨라졌다. 아직 눈에 띄게 걱정할 필요는 없지만 이제 곧 여름이 상당히 멀어져버린 추억이 되리라는 사실을 실감할 정도로는 어두워졌다.

파비안 리스크는 시동을 끄고 시간을 봤다. 10시 13분이었다. 명령은 모탈라가탄의 교차로에 있는 외스트함마르스가탄에 주차하라는 것이었다. 토리뷔 쉴메달이 사는 24번지가 있는 곳이었다. 지금 파비안은 건물 대부분이 20세기의 첫 반세기에 지은 개인 주택인 후센시에에 있었다. 어릴 때 이곳 이야기를 들은 적은 많지만 이곳에 사는 사람은 한 명도 알지 못했고, 이곳에 올 이유도 전혀 없었다. 이번이 처음 오는 것이다.

파비안은 오른쪽으로 고개를 돌려 모자에 설치한 카메라가 조수석에 있는 폴더를 찍을 수 있도록 밑을 내려다봤다. 곧바로 문자가 날아왔다. 하지만 이번에는 명령이 아니었다. 선물이었다. 행동을 취할 기회였다.

어디야? 카메라에 무슨 짓을 한 거야?

"여기 있어. 그저 차 안에 있는 것뿐이야."

파비안은 의심이 맞는지 확인하려고 시험했다.

명령을 따르지 않으면 어떻게 될지는 잘 알 텐데?

파비안은 재빨리 문자에 답했다.

거의 다 왔어. 카메라 배터리가 다된 것 같아.

파비안은 모자를 벗어 뒷좌석 바닥에 집어 던졌다. 조수석 보관
함을 열어 자동차 매뉴얼 밑에 숨겨둔 시그 사우어 P228 탄창을 꺼
냈다. 파비안은 무기를 들고 다니는 걸 좋아하지 않았기에 어떻게
해서든 무기를 손에 들지 않으려고 했다. 지금까지 그 누구도 총으
로 쏴본 적이 없었다. 일반인들 생각과 달리 경찰이 총을 쏘는 상황
은 거의 생기지 않는다.

총을 쏴야 하는 상황을 마지막으로 맞닥뜨린 것은 지난겨울이었
다. 그때 파비안은 총을 쏴야 했지만 그러지 않았다. 지금도 자신이
왜 총을 쏘지 않았는지 설명할 수 없었다. 동료 두 명이 죽었고 그
비난은 오롯이 파비안의 몫이었다. 지금도 파비안은 동료들이 지르
던 비명을 생생하게 기억했다. 헬싱보리에 온 뒤로는 그 비명은 길
에서 벗어난 것처럼 잠시 사라졌지만 이제는 다시 파비안의 냄새를
맡은 하이에나처럼 끈질기게 따라다녔다. 절박하게 목이 멘 소리로
살려달라고 애원하면서 내지른 비명이 그를 계속해서 따라다녔다.

비명과 함께 지하실에서 무릎을 꿇고 있던 동료들 모습이 보였
다. 그놈들은 파비안이 어디에 있는지 물었지만 동료들은 대답하
지 않았다. 동료들은 파비안이 얼마나 가까이에 있는지 몰랐고, 파
비안이 손에 든 무기로 상황을 바꿀 수 있다는 사실도 몰랐다. 하지
만 파비안은 방아쇠를 당길 수 없었다. 파비안은 영어로 너무 깊이
들어왔으며 너무 많은 것을 봤다고 고함 지르는 소리를 들었다. 그
놈들은 권총을 들어 파비안의 동료들을 겨냥했다. 파비안도 겨냥을
하고 총을 쏘려 했다. 동료들을 구하려고. 하지만 방아쇠를 당기지
못했다. 총소리가 울려 퍼지고 동료들이 새로 깐 번쩍이는 타일 위

로 쓰러졌다. 잠시 비명이 사라졌지만, 곧 다시 들려왔다. 비명은 점점 더 커져만 갔다.

이번에도 실패할 것인가?

기억을 쫓아버리려고 파비안은 자기 머리를 세게 때렸다. 총에 탄알을 장전하고 시동 장치에 열쇠를 꽂아둔 채로 자동차 밖으로 나와 외스트함마르스가탄 거리를 따라 모탈라가탄으로 걸어갔다. 모탈라가탄에서 오른쪽으로 꺾어 길을 건너 짝수 번지 집들이 있는 쪽으로 갔다. 보도를 따라 몇 미터쯤 걷다가 울퉁불퉁한 길에 걸려 거의 머리부터 곤두박질칠 뻔했다.

"조심해야 해요. 여긴 정말 울퉁불퉁하거든요."

개와 함께 산책하던 추리닝 바지를 입은 남자가 말했다. 남자를 보며 어색하게 웃던 파비안은 정말로 새로 깐 보도에는 여기저기 개선해야 할 곳이 많다는 사실을 알아챘다.

"정말로 그렇군요."

파비안은 계속 걸으면서 말했다.

"그 사람들이 왜 메울 데 다 메우고 고칠 데 다 고쳤다고 주장하는지는 묻지 마십시오. 분명히 인턴을 시켜서 한 거 같으니까요."

파비안은 문자가 도착했음을 알았다.

시간이 부족한 건 내가 아니야.

"작년 겨울에는 5번지에 사는 셰르스틴이 넘어져서 엉덩이가 골절됐어요. 그런 비용까지 모두 계산하면 그냥 이 길 전체를 바꾸는 게 더 싸게 먹힐 텐데요."

파비안은 의무적으로 고개를 끄덕이고 서둘러 걸어갔다. 26번지 뜰에는 거리에서 보면 전체 시야를 효과적으로 차단할 정도로 무성한 식물이 자라고 있었다. 그 식물들 뒤에 있는 집을 보기란 사실상 불가능했다. 쉴메달이 사는 24번지는 파비안의 예상대로 옆집과는 모든 면에서 완전히 반대였다. 불쑥 찾아오는 손님을 기다리기라도 하는 것처럼 탁 트인 정원은 매력적이었다. 깔끔하게 정리된 잔디밭을 낮은 흰색 담장이 둘러싼 집은 완벽하게 잘 보였다. 집의 오른쪽에는 차고가 있었고 왼쪽에는 크고 두툼한 산울타리가 있었다.

파비안은 이해할 수 없었다. 여기가 정말로 그 녀석의 집이란 말인가? 완전히 개방된 집은 양쪽 이웃집과도 매우 가까웠다. 우체통에는 쉴메달이라고 적혀 있었고 거리를 바라보는 창문에는 밝은 전등불이 켜져 있었다. 파비안은 주변을 좀 더 자세히 살펴보려고 걸음을 멈추고 신발 끈을 매는 척했다. 그리고 재빨리 첫인상 몇 가지를 정정했다. 모든 손님을 환영하는 것 같은 부분은 정면이 다였다. 나머지 부분은 완전히 다른 모습이었다. 담장과 높은 산울타리 때문에 그 누구도 집 안을 들여다보는 것은 불가능했다.

파비안은 몸을 일으켜 세우고 벡시에가탄 왼쪽 길로 계속 걸어갔다. 왼쪽 첫 번째 집은 불이 켜져 있었고 금요일 밤에 손님들이 찾아와 와인을 마시는지 움직이는 그림자들을 볼 수 있었다. 두 번째 집은 어두웠고 자동차 진입로는 텅 비어 있었다. 파비안은 두 번째 집 옆을 지나 뒤뜰로 걸어갔다. 뒤뜰에는 빗물이 잘 빠지도록 배열된 테라스 가구와 한 달 월급은 족히 들였을 바비큐 장비가 있었다. 파비안은 뒤뜰 잔디밭을 대각선으로 가로질러 장미 덤불이 있는 곳까지 갔다. 손을 재킷 소매 안으로 밀어 넣고 장미 가시덤불을 밀어젖히면서 헤치고 나아갔다.

파비안은 쉴메달의 집 모퉁이에 도착했다. 쉴메달의 집은 파비안이 처음에 생각한 것보다 컸다. 뒤쪽은 여러 차례 확장해 처음보다 두 배는 더 커진 것이 분명했다. 파비안은 장미 덩굴의 어둠 속에 숨어서 뒤뜰 가장자리를 따라 살금살금 걸어가 창고에 닿았다. 더러운 창문으로 잔디 깎는 기계, 크로스컨트리 스키 장비, 돌돌 말린 걸레 몇 장, 치과 도구들이 보였다.

또다시 파비안의 전화기가 울렸다. 이번에는 문자가 아니었다. 이레네 릴리아가 건 전화였다. 그것은 릴리아가 정신을 차렸다는 뜻이었다. 이제 투베손과 다른 사람들도 파비안이 한 일을 알게 될 것이다. 그는 전화가 음성사서함으로 넘어가게 내버려두고 창고 뒷면을 따라 걸어갔다. 모퉁이에 도달한 파비안은 창고에서 집까지 거리가 5미터쯤 된다는 사실을 확인했다. 그러니까 눈에 띄지 않고 5미터를 걸어가야 하는 것이다.

이제 곧 100미터를 전력 질주하려는 사람처럼 아드레날린이 솟구쳤다. 앞에 무엇이 기다리고 있을지 알 수 없었기에 주저되긴 했지만 몸은 이미 결정을 내렸기 때문에 그로서는 잔디밭을 질주하는 수밖에는 다른 도리가 없었다. 잔디밭을 가로지른 파비안은 집 뒤쪽에서 모퉁이를 돌아 데크 의자가 몇 개 놓인 테라스 밑에 도달했다. 권총을 꺼내 잠금장치를 풀고 계단으로 올라갔다.

테라스로 올라갔을 때는 혈관으로 뿜어져 나오는 피를 느낄 정도로 심장이 큰 소리를 내면서 요동쳤다. 그 심장 소리는 파비안이 아직 살아 있다고, 다른 결과를 낼 수 있다고 말하는 것 같았다. 유리 슬라이딩 도어 앞으로 몇 발짝 걸어갔다. 안에 불이 켜져 있었기 때문에 파비안은 거실을 들여다볼 수 있었다. 거실 한가운데에는 그랜드 피아노가 있었고, 한쪽 벽을 가득 메운 책장은 파비안의 부모님 집을 떠오르게 했다. 거실 끝에는 ㄱ자형 소파가 있고 그 앞에는 아주 커다란 평면 텔레비전이 있고…….

그때 소리가 들렸다. 거의 들리지 않는 삐걱 소리, 거의 눈치채기 힘들지만 인생을 바꿀 수 있는 소리가 들렸다. 평소라면 그 어떠한 것도 낼 수 있는 소리였다. 이런 특별한 상황만 아니라면. 파비안은 재빨리 데크 의자 쪽으로 몸을 돌렸다.

"요즘은 일부러 늦는다는 말은 들어봤지만 뒤로 몰래 숨어드는 게 유행한다는 소린 못 들은 것 같은데. 새로워."

"내 아들 어디 있어? 난 그저 내 아들만 돌려받으면 돼."

파비안이 의자에서 일어나는 그림자를 향해 총을 겨눴다. 그림자는 소음기를 단 권총을 파비안에게 겨누고 있었다.

"커피가 식기 전에 들어가는 게 좋을 듯한데."

"내 아들에게 무슨 짓을 한 거야?"

"그거야 차차 알게 되겠지. 일단은 당장 처리해야 할 일이 몇 가지 있어. 지금 시간을 끄는 건 내가 아니라는 건 알겠지?"

그림자는 총을 들지 않은 손을 앞으로 내밀면서 파비안에게 다가왔다.

"그러니까 우리 문명인처럼 굴자고. 자, 일단 권총을 나한테 줘. 모두 끝나면 다시 돌려줄 테니까."

파비안은 주저했다. 어둠 속에 가려진 남자에게서 눈을 뗄 수가 없었다. 이 남자를 전에도 본 적이 있던가? 아니면 지금 처음 보는가? 두 사람은 정말로 같은 반이었을까, 아니면 그저 이자의 설정일 뿐일까?

"어쨌거나 작은 테오도르를 찾기 전에는 나를 쏠 마음이 없을 거 아니야."

파비안의 기억에는 없는 남자였다. 아니, 그렇지 않은가? 분명히 처음 만난 것처럼 느껴지지만 그와 동시에 아주 익숙하다는 기시감도 분명히 있었다.

파비안은 기억을 불러내려는 시도를 포기하고 남자를 따라 거실로 들어갔다. 바그너의 〈발키리의 기행〉이 흘러나오고 있었다. 두 사람은 식탁에 머그잔 두 개와 프렌치 프레스, 쿠키 접시가 놓여 있는 부엌으로 들어갔다.

"앉아."

온몸이 남자를 공격하라고, 식탁에 남자의 머리를 박고 테오도르를 숨긴 곳을 자백하게 만들라고 부르짖고 있었지만 파비안은 남자의 말대로 의자에 앉았다.

토리뉘 쉴메달은 파비안의 맞은편에 앉아 권총을 무릎에 내려놓더니 커피를 우리는 프렌치 프레스 봉을 꾹 누르기 시작했다.

"왜 그러는지 이유가 궁금하겠지."

"아무것도 궁금하지 않아. 내가 원하는 건 테오도르를 풀어주는 것뿐이야. 그 애는 이 일과 아무 관계도 없어."

"물론 가장 중요한 동기하고는 상관없지만 우리 반 친구들 몇 명을 죽이면서 세상을 이롭게 할 때는 말이야, 그건 우리 모두 즐겁게 감수해야 할 아주 사소하고 긍정적인 부작용일 뿐이지."

쉴메달은 프렌치 프레스 거름막을 계속해서 내리면서 웃었다.

"내 아들, 어디 있어?"

"한 사람 한 사람 계획을 짤 때마다 진짜 그 녀석들 멍청함 때문에 구역질이 날 것 같았어. 내가 과장하는 거라고 생각할지 모르지만, 예를 들어서 예르겐을 차에 태운 것만 해도 그래. 정말 내 인생에 그렇게 끔찍한 일은 거의 없었다고. 맹세하건대, 아메바도 그 녀석보단 머리가 좋을 거야."

마침내 프렌치 프레스 거름막이 바닥에 닿자 쉴메달은 머그잔에 커피를 따랐다.

토리뉘 쉴메달의 얼굴을 밝은 곳에서 쳐다본 파비안은 너무 놀라 쓰러질 뻔했다. 왜 아무도 그를 기억하지 못하는지 알 수 있었다. 쉴메달의 얼굴은 지나치게 평범했고 그를 기억할 만한 특징이 하나도 없었다. 코도 뺨도 입도 눈도, 모든 것이 세세한 곳 하나하나까지 정말로 평범했다.

"그래, 계속해서 쳐다봐. 그래도 나에 관해서는 기억나는 게 없을걸. 일주일에 한 번씩 쿨라가탄에서 서로 지나쳐 갔대도 넌 나를 알아보지 못할 거야."

쉴메달은 지금 진실을 말하고 있는지도 몰랐다. 하지만 그런 이야기는 중요하지 않았다. 지금 중요한 것은 그런 게 아니었다. 파비안은 지문이 들어 있는 폴더를 꺼내 식탁에 놓았다. 땀에 젖은 손가락 때문에 폴더에 움푹 들어간 검은 자국이 남았다.

"자, 여기 지문. 아들을 돌려줘."

토리뉘 쉴메달은 폴더를 쳐다보지 않았다.

"우유?"

"우리 아이가 이 일과 무슨 상관이 있다는 거지?"

"우유 넣을 거야, 말 거야?"

"대답해."

파비안은 주먹으로 식탁을 내리쳤다. 머그잔에 들어 있던 커피가 사방으로 튀었다.

토리뉘 쉴메달은 파비안을 흘긋 보더니 꽃무늬 냅킨으로 커피를 닦았다.

"우유는 필요 없다는 대답으로 들을게."

쉴메달은 블랙커피를 파비안에게 건네고 쿠키를 집어 들었다.

"안타깝지만, 맞아, 진짜로 안타까워. 하지만 네가 너무 늦게 도착했어. 계속 얘기했지만 산소가 얼마나 남아 있는지는 나도 몰랐지. 그런 거야 실제로 떨어져봐야 아는 거니까. 하지만 사실 내가 예상한 것보나는 오래 갔어. 그렇게 비좁은 곳에서 산소가 46시간 33분이나 버틴 건 나쁘지 않은 기록이야. 10시 17분에 포기했어."

쉴메달은 식탁 위로 태블릿PC를 쭉 밀었다. 화면에 파비안이 봤던 방이 보였다. 한 가지 다른 점이라면 테오도르가 꼼짝 않고 누워 있다는 것이었다.

테오도르의 가슴은 더는 움직이지 않았다.

88

잉바르 몰란데르는 자신이 잠든 적이 없다고 확신했다. 게르트루드를 깨우지 않으려고 들어온 지하실 보조 침대에서 며칠 동안의 일을 생각하고 또 생각하면서 깨어 있었다고 생각했다. 그런데도 지금 막 전화벨 소리에 잠에서 깼다.

릴리아였다. 전화를 받고 싶지 않았다. 그저 못 들은 척, 계속해서 자는 것만이 유일하게 하고 싶은 일이었다. 하지만 그럴 수는 없었다. 동료들은 누구나 몰란데르가 잠귀가 밝다는 사실을, 아무리 피곤해도 아주 작은 소리에도 반응한다는 사실을 잘 알았다.

"몰란데르입니다."

"안녕하세요, 이레네예요. 내가 깨웠어요?"

"중요한 일 때문이겠지."

"당신이 푸조에서 찾은 지문이 사라졌어요. 리스크가 가져갔는데, 아마 범인에게 넘긴 것 같아요."

몰란데르가 벌떡 일어났다.

"그게 도대체 무슨 소리야?"

릴리아의 말을 분명히 들었는데도 몰란데르는 그렇게 되물었다.

"나중에 설명할게요. 중요한 건 지문이 사라졌으니 우리가 할 일은……."

"잠깐, 범죄 기록 지문 보관소에 지문이 있었어?"

"몰라요. 사라지기 전에 알아볼 시간이 없었어요."

"도대체 어쩌다 사라진 거야?"

"아까도 말했지만 리스크가 가져갔어요. 하지만 그건 이제 중요하지 않아요. 우리가 해야 할 가장 중요한 일은 가능한 한 빨리 더 많은 지문을 찾아내는 거예요."

"도대체 그걸 어떻게 찾는단 말이야."

몰란데르는 독일군이 밀려드는데 맞설 방법이 하나도 없는 사람처럼 매우 불쾌해졌다. 간절히도 바라는 잠에서 깨어났을 뿐 아니라 범인의 정체를 밝혀줄 지문도 사라졌다. 덴마크 동료가 쫓겨날 각오를 하고 자신에게 보내준 증거가 사라져버린 것이다.

"자동차 안에다 증거를 흘릴 정도로 엉성하다면 다른 곳에서도 실수할 수 있잖아요, 안 그래요?"

"물론이지. 하지만 아닐 수도 있어. 게다가 다른 곳에서 실수했다고 해도 사소하지만 아주 중요한 문제가 남아 있잖아. 도대체 어디서 실수를 했는지 어떻게 알아?"

"글렌의 집이요."

"뭐라고?"

"글렌 그란크비스트의 집 말이에요. 알잖아요, 두 번째 피해자."

"물론 알지. 누군지는 나도 알아. 하지만 어째서……."

"음, 글렌이 뒷머리를 신발장 모서리에 부딪히면서 피를 흘린 거 기억하죠?"

릴리아의 말이 옳았다. 몰란데르는 냉동 수면 상태에서 서서히 깨어나기 시작했다.

"범인이 걸레로 복도를 닦았다고 당신이 말해줬잖아요. 걸레를 빨아서 물이 떨어지지 않게 짜냈잖아요."

"그랬지. 그게 왜?"

"걸레를 빨아서 짤 때 장갑을 벗지 않았을까요?"

릴리아의 말이 옳았다. 범인이 걸레를 빨면서 장갑을 벗었다면 청소 도구 보관실에 지문을 한두 개쯤 남겼을 가능성이 높았다.

"지금 당장 가보자고."

89

추위 때문에 부들부들 떨었지만 옷은 땀에 절어 몸에 찰싹 들러붙었다. 수축된 혈관은 가장 중요한 기관에만 간신히 피를 나르고 있었다. 쇼크 상태에 빠진 몸은 그에 걸맞게 행동했다. 이전에는 중요하게 느껴지던 것들이 모두 장황하고 의미 없게 느껴졌다. 그저 몸을 웅크리고 울고 싶었지만 그럴 수는 없었다. 적어도 지금은 그럴 때가 아니었다.

파비안은 의자에서 일어나려는 것처럼 식탁에 손을 댔지만 곧 자신에게는 그럴 힘이 없다는 것을 깨닫고 마음을 바꿨다.

"그 애는 어디 있지?"

"갑자기 아들 이야기를 잔뜩 물어보다니, 놀라운데."

"놀랍다고?"

"당연하지. 갑자기 아들한테 관심이 생긴 것 같으니까 말이야. 나야 아이가 없으니 잘은 몰라도 말이야, 그런 반응은 좀 늦은 것 같은데. 너도 아들 일기장은 조금 읽어봤을 거 아니야. 아이가 그런 일을 겪으면 보통 '대체 부모는 뭐 하고 있었던 거야?'라는 질문을 하지 않나? 너도 남의 아이가 그랬다면 당연히 그런 질문을 했을 것 같은데, 안 그래?"

토리뉘 쉴메달은 동의를 구하듯이 그의 얼굴을 살폈지만 파비안은 눈썹 하나 까딱하지 않았다.

"뭐, 아무튼 네 사랑하는 아들이 30분 전까지는 도대체 자기 부모는 어디에 있는지 궁금해했을 거라는 데는 이견이 없겠지."

파비안은 식탁으로 뛰어 올라가 조롱을 퍼붓는 녀석의 얼굴을 곤죽이 되도록 패주고 싶었다. 하지만 그런 충동을 꾹 눌러 참았다. 어떤 일이 있어도 평정을 유지하고 싶었다.

"그러니까 그냥 애초에 왜 네가 여기에 와 있는지 그 이유나 이야기하자고. 넌 사실 원래 계획에는 들지도 않았어. 넌 스톡홀름에 살고 있었고, 결국 끝에 가서야 사망자 수에 포함될 예정이었지. 너랑 로타 팅 말고는 모두 아직도 헬싱보리에서 살고 있으니까. 하지만 너는 돌아왔지. 왜냐고는 묻지 마. 나도 범죄 현장으로 돌아가기 전까지는 결코 이해하지 못했으니까. 갑자기 넌 돌아왔고 난 내 계획에 널 깊이 끌어들이는 게 낫다는 걸 알게 됐지. 사실 솔직하게 말해서 난 네 걱정은 전혀 하지 않았어. 그다지 업적이라고 할 만한 걸 낸 적이 없으니까. 내 계획을 위태롭게 할 걱정거리가 되리라고는 생각하지도 않았지. 물론 아주 심각한 오판이었다는 게 드러났지만 말이야. 정말 큰 실수였어. 잘못하면 내가 계획한 일이 수포로 돌아갈 정도로 큰 위협이었지. 그래서 말이야, 나는 너랑 너의 그, 뭐라고 해야 할까? '수사 감각'을 아주 높이 평가하는 바야."

쉴메달은 잠시 말을 멈추고 커피를 마셨다.

"자동차에서 한 일은 정말로 인상적이었어. 도대체 어떻게 그걸 찾았는지 알아내려 했지만 아직도 모르겠어. 그렇다고 말해줄 필요는 없어. 결국 내가 알아낼 테니까. 그건 그렇고, 커피 식어."

"내버려둬."

"다 너 때문이야. 그 작은 성공 때문에 내가 전체 계획을 수정해야 했으니까. 솔직히 말해서 이 계획이 훨씬 낫다는 걸 인정해야겠지만. 이제 대미를 장식할 영광은 모니카 크루센스시에르나가 아니라 너에게 돌아갔어. 우리 담임, 기억하지? 격자무늬 치마만 입고 불편한 일이 생길 때마다 고개를 돌리던 사람. 사실, 어느 정도는 너랑 비슷한 면이 있지. 분명 아들이 뭔가 잘못됐다는 걸 알 기회가 여러 번 있었을 텐데, 너도 담임처럼 그냥 무시하고 말았겠지."

파비안은 더는 참을 수가 없었다. 그는 벌떡 일어나 식탁을 뒤집어엎고 토리뉘 쉴메달에게 몸을 던졌다. 쉴메달은 중심을 잃고 땅바닥으로 떨어졌다. 파비안은 바닥으로 미끄러져가는 자신의 권총을 가까스로 한 손으로 잡았다. 그 순간 경련이 일었고 불에 타는 듯한 통증이 배부터 시작해 온몸으로 퍼져나갔다.

"문명인이 이러면 안 되지."

토리뉘 쉴메달이 전자총을 끄고 자신을 움켜잡은 파비안의 손을 떨쳐냈다.

파비안은 아무 반응도 할 수 없었다. 그저 바닥에 누워 몸만 부르

르 떨었다. 정신은 또렷했지만 운동 기능은 마비됐다. 곁눈으로 쉴
메달이 총을 집어 조리대에 올려놓는 모습을 봤다. 쉴메달은 부엌
서랍을 열어 고기 자르는 가위를 꺼내고 냉장고에서 주사기를 하나
가져왔다. 파비안은 말을 하려 했지만 입에서는 약한 신음만 흘러
나왔다.

쉴메달은 파비안의 셔츠 깃에 가위를 밀어 넣고 목이 보이도록
셔츠에 커다란 구멍을 냈다. 파비안은 저항하려 했지만 몸이 말을
듣지 않았다. 쉴메달은 아무 문제 없이 경동맥을 찾아냈다.

90

잠들어 있는 주민들을 깨우지 않으려고 이레네 릴리아는 아주 천천
히 자동차를 몰았다. 이번에는 릴리아가 현장에 먼저 도착했다. 릴
리아는 차를 길가에 세웠다. 이번이 아마도 몰란데르를 기다리는
첫 번째 시간이 될 것이다. 몰란데르는 언제나 시간에 늦지 않게,
그 누구보다도 빠르게 현장에 도착해 해결책을 준비해놓고 있었다.

하지만 오늘은 릴리아가 먼저 왔다. 릴리아에게 내일로 미루기
에는 너무나도 근사한 생각이 떠올랐다. 어쩌면 그래서 몰란데르가
이렇게 꾸물거리면서 그녀를 기다리게 만든 것인지도 몰랐다. 그냥
안으로 들어가 지문을 채취해볼까 하는 생각도 들었지만 그것은 너
무 위험한 생각이었다. 몰란데르가 정말로 짜증 내고 화를 낼 수도
있으니까. 게다가 글렌의 집 열쇠도 그가 가지고 있었다.

자동차 시동을 끄자 와이퍼가 앞유리 한가운데에서 멈춰버렸다.

릴리아의 자동차가 보유한 몇 가지 짜증 나는 특성 가운데 하나였다. 시동을 끄기 전에 와이퍼부터 끄는 것이 그녀가 들인 습관이지만 이번에는 잊어버렸다. 피곤한 것이 분명했다. 사실 릴리아에게는 짜증 낼 기운조차 남아 있지 않았다.

그 대신에 릴리아는 운전석을 뒤로 젖히고 비가 내리는 바깥 풍경을 바라봤다. 비는 불과 몇 분 전부터 오기 시작했다. 전혀 예상하지 않은 비는 정말로 부드러웠고 정말로 필요했다. 구름 한 점 없는 뜨거운 여름을 보내느라 릴리아는 비라는 물질이 하늘에서 내릴 수도 있다는 사실을 거의 잊고 있었다.

빗방울이 앞유리로 떨어져 내리면서 가끔씩 커다란 물방울로 합쳐졌다. 곧 밖을 볼 수 없을 정도로 거센 비가 내리고 하나 있는 가로등 불빛이 일그러져 자동차 밖은 마치 최면에 걸린 것처럼 여러 가지 빛과 색이 뒤섞여 보였다. 릴리아는 지난주에 휴식을 취한 게 몇 시간이나 되는지 세어보려고 애쓰다가 깊은 잠 속으로 빠져들었다.

12분 뒤에 릴리아는 눈을 떴다. 주위를 둘러봤지만 차에 자국을 남길지도 모른다는 걱정이 들 정도로 세게 부딪히는 빗방울 외에는 아무것도 보이지 않았다. 하지만 빗방울 때문에 잠에서 깬 것 같지는 않았다. 몇 초 뒤에 릴리아는 뭔가를 두드리는 소리를 들었다고 생각했다. 두드리는 소리는 한 번 더 났다. 바로 옆에서 났다. 누군가 자동차 밖에 서 있는 것 같았지만 창문을 타고 흘러내리는 빗줄기 때문에 그 사람이 누구인지는 보이지 않았다.

릴리아는 자동차 창문을 내렸다. 흠뻑 젖은 몰란데르의 얼굴이 그녀를 쳐다보고 있었다.

"여기 서서 내가 기다리는 게 재미있을 거 같아?"

"이런, 지금 기다리고 있는 게 당신이란 말이에요?"

릴리아가 되물었지만 몰란데르는 벌써 글렌의 집으로 걸어가고 있었다. 릴리아는 자동차 밖으로 나와 우산을 펴고 황급히 몰란데르를 따라갔다.

"우산은 왜 안 가지고 왔어요?"

몰란데르는 열쇠 구멍에 계속해서 열쇠를 바꿔 끼면서 투덜댔다.

"이 망할 열쇠 표시는 누가 해놓은 거야?"

"잠깐만요, 내가 한번 찾아볼게요."

릴리아는 열쇠 꾸러미를 몰란데르에게서 받아 들었고 그는 조금도 주저하지 않고 릴리아의 우산을 들고 가더니 그녀가 비를 흠뻑 맞을 수밖에 없는 각도로 우산을 들었다.

"여기 있네요. GG, 글렌 그란크비스트."

릴리아가 문을 열면서 말했다.

몰란데르는 한마디도 없이 우산을 그녀에게 돌려주더니 집 안으로 들어가버렸다. 현관 매트 위에서 비 맞은 몸을 털면서 릴리아는 몰란데르가 지금 효율적으로 움직이는지 단지 기분이 좋지 않은지 궁금했다. 어느 쪽이든 크게 상관은 없었지만.

릴리아가 청소 도구 보관실로 갔을 때는 이미 몰란데르가 전등 스위치에 지문 채취 가루를 묻히고 있었다. 몰란데르는 최선을 다해 숨기려 애썼지만 입가에 떠오른 웃음을 숨길 수는 없었다.

"확실히 운이 좋았군. 지문이 몇 개 남아 있었어. 수도꼭지랑 스위치에."

"운이라고요? 내가 '정확히' 맞힌 게 아니고요?"

릴리아가 물었지만 몰란데르는 아무 반응도 하지 않았다.

"그리고, 범인 건지 글렌 건지 확실히 구별할 수 있어요?"

몰란데르는 피곤하다는 듯이 릴리아를 쳐다보면서 지문을 채취하는 테이프를 꺼내 들었다.

91

그는 바닥에 쏟아진 커피를 닦았다. 머그잔은 무사했다. 그저 머그잔 두 개를 씻고 말려서 다시 찬장에 넣으면 됐다. 그는 쿠키를 하나 집어서 입에 툭 넣고 나머지는 쓰레기봉투에 넣어서 봉해버렸다. 다시는 돌아오지 않겠지만 어쨌거나 집을 깨끗하게 정돈해두는 일은 중요했다. 그는 냉장고 전원을 끄고 토스터와 커피메이커 플러그를 빼고 모든 불을 끄고 부엌에서 나왔다. 다른 방은 이미 모든 정리가 끝났다. 이제 할 일은 작별 인사뿐이었다.

그는 이곳에서 거의 18년을 살았다. 좋은 집이었고, 이곳에 있는 대부분의 시간이 정말 즐거웠다. 하지만 이제 이 집은 팔아야 했다. 한 시대가 끝나버린 것이다. 10월이면 새 주인이 이 집에 들어올 테니 경찰이 수사를 진행할 시간은 차고도 넘쳤다. 그는 세심하게 심어놓은 증거들을 경찰들이 찾아내는 모습을 벌써 훤히 그려볼 수 있었다.

그는 경찰들을 맞이해줄 〈발키리의 기행〉을 크게 틀고 현관문을 열고 밖으로 나갔다. 밖에는 비가 내리고 있었다. 아직은 흩뿌리는 정도지만 점점 더 세게 쏟아질 것이 분명했다. 그는 우산을 펴고 문을 걸어 잠그고 걷기 시작했다.

자동차는 14분 떨어진 거리에 있는 쾨핑에베간의 맞은편인 말뫼가탄에 있었다. 급할 일이 없었기에 느긋하게 걸어갔다. 지난 몇 시간 동안 많은 일을 했고 며칠 만에 처음으로 일정이 제자리를 찾았다. 그가 발걸음을 재촉한 이유는 단 하나, 우산을 때리는 비가 점점 거세졌기 때문이다. 정말로 비에 젖는 건 싫었다. 차 안에 갈아입을 옷은 있었지만 지금 입은 것은 오늘 밤을 위해 특별히 선택한 옷으로 모든 일을 끝내고 배에 오르기 전까지는 갈아입고 싶지 않았다.

집 열쇠를 빗물 배수관에 떨어뜨리고 오른쪽으로 돌아 옌쾨핑 스가탄으로 올라갔다. 티코 브라헤 학교에서 매우 가까운 곳이었다. 자신이 다닌 중등학교 근처를 지날 때면 그는 어떻게 반에서 가장 뛰어난 평점 5점이라는 완벽한 점수를 받고 졸업할 수 있었는지, 어째서 평점이 4.63점밖에 안 되는 클라에스 멜비크가 장학금을 받는 모습을 보고만 있어야 했는지 궁금했다. 그 생각을 하면 그는 지금도 화가 났다. 누구나 클라에스가 얼마나 힘든 삶을 사는지 분명하게 알았기에 위로금으로 장학금을 준 거였다.

의무 교육 학교에서 엘사와 카밀라는 말할 것도 없고 예르겐과 글렌은 클라에스에게 잔혹하게 굴었고 그들이 받을 만한 대가를 받았다는 사실은 부정할 수 없었지만, 그가 1학년 때부터 클라에스를 싫어했다는 사실은 변함이 없었다.

클라에스는 말 그대로 모든 아이의 관심을 가져갔다. 의무 교육 학교에서는 어쩔 수 없이 폭력을 감내해야 했지만 상급 학교로 올라간 뒤에는 자신이 당했던 폭행을 자기에게 유리한 쪽으로 이용했다. 중등학교에서는 그 누구도 클라에스에게 손을 대지 않았다. 그런데도 모든 사람이 클라에스가 얼마나 힘든 시간을 보냈는지 알고 있다고 확신했고, 모두 클라에스에게 끔찍하게도 미안한 감정을 품어야 한다는 사실을 상기시켰다.

장학금 수여식이 마지막 한계였다. 장학금이 수여되는 날 그는 결심했다. 다시는 클라에스의 그늘에 가려지지 않겠다고. 그 결심은 불과 몇 주 뒤에 실행해야 했다. 룬드 공과대학교에 합격하고 하루인가 이틀이 지났을 때 클라에스도 룬드대학교에 가게 될지 모른다는 사실을 알았다. 그는 대학을 다닌다는 계획을 포기하고 사업을 하기로 했다. 학부생 수준의 공학 기술로 사업을 하기로 한 것이다.

그는 주문 설계 방식의 기계를 생산하는 일종의 발명가 작업실을 운영할 생각이었다. 사업을 시작한 초기에는 그다지 많은 주문이 들어오지 않았지만 작업실 비용을 낼 정도는 벌어들일 수 있었다. 일단 마이크로프로세서를 대량으로 확보한 뒤에는 필요한 책을 모두 섭렵하고 하루에 15시간씩 일했다. 그는 일하는 게 좋았다. 나중에는 이케아에서 세계 전역에서 판매하는 칼갈이 기계와 병 수거 기계 공급 장비 같은 여러 개의 특허를 따냈고, 재정적으로 안정됐다.

나중에 그는 그때처럼 행복한 적은 없었다는 사실을 깨달았다. 그때는 클라에스조차 생각하지 않았다. 그때는 몇 년 뒤에 다시 클라에스가 불쑥 튀어 올라와 생각하는 것만으로도 고통스러운 인생으로 돌아가리라고는 생각지도 못했다. 그때도 그를 괴롭힌 문제는 어린 시절 내내 그를 괴롭히던 문제와 다르지 않았다.

외로움 말이다.

비가 점점 더 거세게 내리기 시작했다. 그는 젖지 않도록 두 손으로 우산을 꼭 쥐었다. 왼쪽으로 돌아 말뫼가탄으로 들어서자 자동차가 보였다. 흘끔 손목시계를 보고 아직도 시간이 충분하다는 사실을 확인했다. 모든 일은 수월하게 진행되고 있었고 심지어 누군 가를 절실하게 만나고 싶어서 온라인 데이트 사이트에 등록했던 시 간을 비웃을 정도로 기운이 남아 있기도 했다. 그건 정말 얼마나 애 처로운 일이었는지.

온라인 데이트 사이트를 통해 여자를 몇 명 만나보기는 했다. 하 지만 여자들 모두 커피를 마시는 시간 이상은 함께 있을 수 없었다. 여자들이 서둘러 떠나야 하는 이유를 설명할 때마다 그는 언제나 굴욕을 느껴야 했다. 여자들은 선의를 가지고 하는 거짓말이었지만 그런 배려 때문에 더욱더 모멸감을 느껴야 했다.

특히 한 여자의 경우는 극복하기가 힘들었다. 그 여자는 거짓 변 명도 늘어놓지 않고 말하는 도중에 화장실에 다녀오겠다고 하더니 다시는 나타나지 않았다. 어떤 일이 벌어졌는지를 깨닫고 여자 몫 까지 계산해야 할 순간이 오기 전까지 그는 43분이나 여자를 기다 리며 앉아 있었다. 지금 생각해보면 왜 그런 일을 그렇게까지 심각 하게 받아들였는지, 그저 자존심을 버리고 앞으로 나가지 못했는지 이해할 수 없었다.

그는 제대로 끝내고 싶었다. 그래서 여자에게 연락해 사과해달 라고 요구했다. 하지만 여자는 그가 연락하지 못하게 차단해버리는 것으로 응수했다. 그래서 다시 온라인 데이트 사이트에 광고 기획 사에서 일하는 기획자이자 모델로 일하고 있다는 완전히 새로운 프 로필을 올리고 스텐스트룀스 셔츠 광고에 나오는 모델 사진까지 등 록했다. 머지않아 그 여자는 만나자는 연락을 했고 두 사람은 르 카 르디날에서 보기로 했다.

그는 약속 시간보다 15분 먼저 도착해 출입구는 훤히 보이지만 눈에는 띄지 않는 자리에 앉아서 그 여자가 르 카르디날로 들어와 데이트 상대를 찾는 모습을 지켜봤다. 그는 느긋하고 조용하게 여자가 탁자에 앉아 레드 와인을 한 잔 주문한 뒤 시계를 쳐다보는 모습을 바라봤다. 혼자 앉아 있다는 사실이 점점 더 불편해지는 게 분명해 보이는 여자는 세 번째로 종업원에게 아직 주문할 준비가 되지 않았다고 말했고, 그저 견과류와 와인을 한 잔 더 시켰다. 그는 오래된 난파선에서 구출한 고급 샴페인을 한 방울씩 음미하는 사람처럼 그 모든 순간을 즐겼다.

58분 뒤에 와인 값을 지불하고 르 카르디날에서 나온 여자는 자신이 미행당하고 있음을 눈치채지 못했다. 그 여자는 짜증 날 정도로 빠른 걸음으로 또각또각 소리를 내면서 크누트풍텐까지 걸어가 버스를 탔다. 그 여자 뒤에 앉는 일은 조금도 힘들지 않았다. 다른 모든 사람이 그렇듯이 그 여자도 그에게 조금도 신경 쓰지 않았다. 여자는 아돌프스베리에서 내렸고, 그는 어느 정도 거리를 유지하면서 여자 뒤를 따라갔다. 여자가 집으로 들어가고 5분이 지났을 때 그는 여자 집으로 가서 초인종을 눌렀다.

그는 자동차에 도착했다. 비가 너무나도 세게 내렸기 때문에 차 안으로 들어간 다음에야 우산을 접었다. 우산은 조수석 바닥에 놓고 문을 닫았다. 시동 장치에 열쇠를 꽂고 차 안에 낀 습기를 제거하려고 자동차가 잠시 공회전하게 내버려뒀다.

여자는 1분쯤 뒤에 문을 열었지만 그는 그 1분이 인생에서 가장 긴 시간 가운데 하나였다고 기억했다. 여자는 영문을 모르겠다는 표정으로 그를 쳐다봤는데 그로서는 그런 표정을 짓는 이유가 까칠하게 자란 수염 때문인지 특색이 없는 자기 얼굴 때문인지 알 수가 없었다. 여자는 그가 누구인지 왜 왔는지 물었고 그는 두 사람이 했던 하찮은 데이트를 상기시켰다. 여자는 문을 닫으려 했지만 그는 재빨리 문을 붙잡고 안으로 들어갔다. 그리고 여자를 강간했다. 복도에 깐 양탄자 위에서 했다. 그 여자를 원했기 때문이 아니라 그 여자에게 수모를 주고 싶었기 때문이다. 그 여자가 그에게 준 모멸감을 느끼게 하고 싶었기 때문이다.

그 여자는 당연히 그를 신고했고 그는 조사를 받아야 했다. 경찰은 그의 지문을 채취해 갔고 고백하라고 강요했고 그는 단호하게 강간은 하지 않았다고 주장했다. 조금 난폭한 부분은 있었지만 여자가 원하지 않은 일은 절대로 하지 않았다고 맞섰다. 결국 며칠 동안 감옥에 있기는 했지만 경찰로서는 어찌해볼 도리가 없었기에 그를 풀어주고 말았다.

그는 내비게이션에 주소를 입력하고 기어를 넣고 말뫼가탄을 떠나 쇠드라 스텐보크스가탄으로 출발했다. 18분 뒤에 그는 첫 번째 집에 도착했다.

92

○

"여기보다 더 나은 곳은 없습니다."

랑나르 팔름은 마음대로 이용할 수 있는 교도소 내 공동 구역을 소개하는 것처럼 팔을 앞으로 내밀면서 말했다.

투베손은 방을 쭉 둘러봤다.

"그래도 여전히 감옥 같은데요."

"그거야 정말로 감옥이니까 그렇죠."

팔름의 말에 투베손은 한숨을 쉬었다.

"쓸 수 있는 욕실은 몇 개나 되죠?"

"두 개입니다. 남녀 성비가 어떻게 되죠?"

"5 대 5예요."

두 벽을 따라 침대 열 개가 놓였고 각 침대 사이는 몇 미터씩 떨어져 있었다. 침대 사이에는 협탁으로 쓸 수 있는 의자가 놓였다. 한 침대 위에 앉아서 투베손은 자신이라면 아무리 주말만이라 해도 이곳에서 자야 한다는 데 동의했을지 의문이 들었다. 사실 솔직히 말해서 이런 상황이 언제 끝나리라고 장담할 수도 없었다.

팔름이 투베손의 맞은편 침대에 앉으면서 물었다.

"효과가 있을까요?"

"있어야죠. 이 방법 말고는 다른 대안도 없으니까."

"혹시라도 이 사실이 알려진다면 당신이……."

"랑나르, 범인이 잡히기 전까지는 절대로 어떤 상황에서도 이 사실이 알려지면 안 돼요. 여기 사람들 몇이나 이 사실을 알고 있죠?"

"꼭 필요한 사람들만 알죠. 내 상사와 알아도 아무 문제가 없을 직원 몇 명만요. 그 사람들은 분명히 입을 다물 겁니다. 하지만 수감자들은 아니죠."

그때 투베손의 전화벨이 울리기 시작했다. 클리판이었다.

"모두 전화했고, 이제 곧 데리러 가려고요."

"다들 동의했나요?"

"네, 하지만 내가 대답하지 못할 질문들을 잔뜩 하고 있어요. 거기 상황은 어때요?"

"지금 감옥 안이에요. 그리고…… 아무튼 아주 오래 머물지는 않게 되기를 빌자고요."

"반장은 모두 연락했어요?"

"세트 코르헤덴 빼고는요. 그 사람은 두 시간 반 전에 카스트루프 공항에 내렸을 테니까 곧 집에 도착할 거예요."

"여전히 휴대전화는 꺼져 있고요?"

"네, 그런 것 같아요."

"어디 사는데요?"

"돔스텐에요. 일단 다른 사람들을 데려오면서 계속 전화해볼 생각이에요. 전화를 안 받으면 직접 가보려고요."

투베손은 전화를 끊고 침대에서 일어나 출구를 향해 걷기 시작했다.

파비안 리스크는 학급 친구들처럼 자신도 곧 죽으리라고 확신했다. 하지만 머리가 깨질 듯이 아프긴 해도 그는 이제 막 여기에 왔고 아직은 차례가 되지 않은 것처럼 보였다. 파비안은 잠에서 깨는 것이 죽음보다 더 가혹한 형벌처럼 느껴졌다. 자신은 살았지만 테오도르는 죽어버린 악몽 속에 있는 것 같았다.

파비안은 희미하게 윙윙거리는 소리를 들었고 머리에서 살짝 진동을 느꼈다. 그러다가 진공과 같은 침묵이 돌아왔다. 그는 움직여보려 했지만, 곧 자신이 오래된 치과 의자에 묶여 있다는 것을 깨달았다. 팔과 다리가 끈으로 고정됐고, 머리는 어떻게 된 건지 움직이려 하면 관자놀이에 통증이 느껴졌다. 마치 정면만을 보게 하려는 듯이 눈 양 옆으로 튀어나온 도구가 그의 얼굴을 고정해놓고 있었다. 그가 볼 수 있는 것이라고는 앞 벽에 걸려 있는 오른쪽으로 틀어진 어두운 화면뿐이었다.

희미하게 윙, 하는 소리가 들리기 시작했고 다시 머리가 움직이는 것 같았다. 그와 동시에 앞에 있는 화면이 켜지더니 어린 토리뉘 쉴메달의 흑백 사진이 나타났다. 4학년에서 6학년 사이쯤에 찍은 사진이 분명했다. 그때 파비안의 학교 학생들은 조명을 갖춘 전문 스튜디오에 가서 사진사가 찍어주는 사진을 찍었다. 단정하게 가운데 가르마를 한 쉴메달은 자기가 가진 셔츠 가운데 가장 좋아 보이는 옷을 입고 따뜻하게 웃으면서 카메라를 똑바로 보고 있었다.

어째서 그가 있다는 사실을 알지 못했을까? 파비안은 이해할 수 없었다. 반에서 아무도 그의 존재를 알지 못했다는 사실을, 심지어 담임교사인 모니카 크루센스시에르나조차 쉴메달의 존재를 알지 못했다는 사실을 이해할 수 없었다. 이제 파비안은 화면에서 나오는 빛 말고는 다른 빛은 하나도 들어오지 않는, 창문 하나 없이 굴곡지고 어두운 커튼이 달린 작은 벽 안에서 모니카 선생의 역할을 대신해야 하는 처지에 놓였다. 다시 희미하게 윙, 하는 소리가 들리기 시작했다. 이번에는 아주 조금이긴 하지만 자신의 시야가 오른쪽으로 이동했음을 알 수 있었다.

파비안은 무슨 일이 벌어지고 있는지 알았다. 토리뉘 쉴메달이 옳았다. 파비안은 모니카 선생과 같은 죄를 저질렀다. 단지 피해자가 그의 아들일 뿐이었다.

이레네 릴리아는 몰란데르의 뒤에 서서 범죄 기록 지문 보관소에서 지문을 검색해 대조하는 작업을 지켜보고 있었다. 릴리아의 피곤함은 사라진 것 같았고 몰란데르의 나쁜 기분 역시 사라져버린 듯했다. 두 사람 모두 이제 곧 돌파구를 마련하리라는 예감이 들었다. 그러기까지 답을 얻으려면 몇 분이 걸릴 수도 있고 몇 시간이 걸릴 수도 있다는 사실은 알았다.

"검색 속도를 높이는 방법은 없어요?"

릴리아가 물었다.

"없어. 1965년에서 1967년 사이에 태어난 남자만 검색 중이야."

"얼마나 오래 걸릴 것 같아요?"

"릴리아가 말해보지?"

몰란데르는 대답하더니 바닥에 쿠션을 떨어뜨려 머리를 베고는 몸을 쭉 뻗은 채로 눈을 감았다.

릴리아는 자신도 몰란데르처럼 눈을 붙이는 것이 옳다는 사실은 알고 있었다. 하지만 이렇게 해답을 가까이 두고는 절대로 잠들 수 없으리라는 사실도 알았다. 릴리아는 결코 멈추지 않을 것처럼 계속해서 깜빡이는 지문 검색 화면을 뚫어지게 봤다. 하지만 느낄 수 있었다. 릴리아는 분명히 느낄 수 있었다.

저 깜빡이는 화면은 언제라도 멈출 수 있다는 것을.

93

○

그는 오전 1시 15분에 집에 도착했다. 집에 온 지 50분도 되지 않았는데 벌써 적어도 대여섯 번은 전화벨이 울렸다. 물론 전화는 받지 않을 생각이었다. 모르는 번호는 질색이었으니까. 그가 생각하기에 신원을 확인할 수 없는 전화를 건다는 건 통화할 마음이 없다는 분명한 의사 표현이었다.

그래서 그는 전화를 받는 대신에 샤워를 하고 면도를 했다. 휴가 기간에 수염이 제멋대로 자라게 내버려뒀으니 면도를 하기 전에 다듬을 필요가 있었다. 그는 계속 콧수염을 길렀다. 자신이 기억하는 한 콧수염이 없는 적이 없었고 이 콧수염이 정말로 자랑스러웠다. 인중에만 얇게 기르거나 턱과 인중이 다 덮일 정도로 무성하게 기르는 식으로 수년에 한 번씩 유행이 바뀔 때에도 그는 일주일에 두 번 수염을 다듬는 정도였지 수염 모양을 절대로 바꾸지 않았다.

전화를 건 사람은 셰르스틴일 것이다. 그가 자기 전화번호를 차단했음을 아는 사람은 그 여자밖에 없으니까. 그 여자는 이런 행동을 몇 년 전부터 하기 시작했다. 마치 이제는 그가 전화를 받을 가능성이 생기기라도 한 것처럼, 전화를 받지 않으니까 계속해서 전화하는 거였다. 그는 그저 셰르스틴이 이제는 전화를 그만하고 멈추기를, 그가 집에서 평화롭고 조용하게 쉴 수 있게 해주기를 바랐다.

그는 셰르스틴 생각은 떨쳐버리려고 애썼다. 잠옷을 입고 벽난로 앞으로 걸어가 오래된 신문과 목재칩을 구기고 동그랗게 뭉쳐 벽난로에 넣고 그 위에 장작을 세 개 가지런히 올렸다. 언제나 그렇듯이 성냥 하나만 있으면 해낼 수 있었다.

그는 조금도 피곤하지 않았기에 이제 곧 현관 밑으로 들어올 〈헬싱보리스 다그블라드〉를 읽을 순간만 고대하고 있었다. 아마도 여행을 가 있는 동안 가장 그립던 일이 바로 이것일 것이다. 모든 사람이 잠들어 있는 동안 불 앞에 앉아서 아침 신문을 읽는 일. 셰르스틴은 이 습관을 결코 용납하지 않았다. 자신이 마침내 침대에서 나왔을 때 이미 '낡은' 신문을 읽어야 한다는 사실에 항상 짜증을 냈다.

셰르스틴은 휴대전화로도 전화를 걸었을 것이다. 그가 휴대전화를 없애버렸다는 사실을 절대로 모를 테니까. 그는 순례하는 동안만 꺼놓을 생각이었는데, 놀랍게도 휴대전화를 사용하지 않는다는 사실이 조금도 문제 되지 않았다. 오히려 완전히 반대였다. 도저히 도달할 수 없을 것 같은 행복을 느꼈다. 그래서 어느 날, 피레네산맥의 깊은 계곡을 내려다보다가 그 일을 해버렸다. 휴대전화를 던져버린 것이다. 그 뒤로 순례 기간 내내 그는 유일한 동반자인 침묵을 마음껏 즐겼다.

그에게 다가와 대화를 시도하는 순례자도 있었지만 그는 대답하지 않았다. 사람들 생각은 신경도 쓰이지 않았다. 그저 침묵을 깨지 않는 것, 그것만이 매일같이 더욱더 중요하게 느껴졌다. 그리고 얼마 뒤에 드디어 나타났다. 이제 막 새로 부화한 연약한 그만의 생각이. 상사나 셰르스틴이나, 아무튼 다른 사람의 방해를 받지 않고 그만의 생각을 할 수 있던 때가 언제였는지 기억도 나지 않았다.

다시 그를 부르는 소리가 들렸다. 하지만 이번에는 전화기가 아니었다. 현관문이었다. 이 시간에 도대체 누가 온 걸까? 전화라면 쉽게 무시할 수 있었다. 플러그만 빼면 되니까. 하지만 초인종은 달랐다. 그는 현관으로 가서 문을 열었다. 현관문 밖에는 한 번도 보지 못한 남자가 우산을 쓰고 서 있었다.

94

숨을 쉬어봤지만 공기가 들어온다는 느낌은 없었다. 아니, 어쩌면 숨을 쉬는 것이 아닐 수도 있었다. 어쩌면 이제 몸은 기능하기를 멈춰버렸는데 몸에서 잘려나간 거미 다리가 부르르 떠는 것처럼 뇌가 완전히 멈추기 전에 마지막으로 착각을 하는 건지도 몰랐다.

물에 잠겨 익사할 때도 이런 느낌일까? 물에 빠져 죽는 건 가장

고통스러운 방법 가운데 하나라는 말을 들은 적이 있는데, 지금 상황은 그렇게까지 힘든 건 아니었다. 거의 아무것도 느껴지지 않았다. 발에 닿은 금속 문조차도 느껴지지 않았다. 그저 시름시름 앓으며 사라져가고 있다는 느낌만 희미하게 들었다.

며칠 만에 찾아온 기회일까? 아니면 몇 시간 만에? 알 수가 없었다. 시간 감각은 이미 오래전에 사라져버렸다. 벽 너머로 둔탁한 소리가 들렸다. 멀리서 문이 열리고 닫히는 소리가 들렸고 누군가 고함치는 소리가 들렸다. 무슨 말을 하고 있는지는 알 수 없지만 분명히 누군가 소리를 치고 있었다. 물론 소리가 들리는 이유가 현실을 받아들이고 싶지 않은 필사적인 회피의 결과라면, 자신을 속이고 싶은 망상의 결과일 수도 있었지만.

하지만 아무 상관 없었다. 이미 죽은 거라면 망상이든 아니든 문제가 아닐 테고 정말로 소리가 들린 거라면 이번이 진짜 마지막 기회일 테니까. 온 힘을 끌어모아 다리를 들어 올렸다. 아니, 적어도 다리를 들어 올렸다고 생각했다. 중요한 것은 다리로 문을 쳐서 가능한 한 큰 소리를 내는 것이었다. 비명을 지르고 싶었지만 입에서 나오는 것은 속삭임뿐이었다. 다리로 친 금속 문은 둔탁하고 힘없는 소리를 냈다.

가까스로 문을 세 번 찼지만 아무리 애를 써도 문은 조금도 움직이지 않았다. 다시 질식할 것 같은 침묵이 찾아왔고 오랫동안 숨을 참고 있는 것처럼 느껴졌다.

오랫동안 숨 쉬지 않기 세계 신기록은 7분 이상이라는 소리를 들은 적이 있다. 나는 얼마나 오랫동안 참을 수 있을까? 몇 분이나 숨을 쉬지 않고 버틸 수 있을까? 정말로 죽고 싶지 않았다. 적어도 지금 죽고 싶지는 않았다. 지난 몇 년 동안 언제나 포기해버린다면,

싸움을 끝낸다면, 아무것도 없는 곳에서 둥둥 떠다닐 수 있다면 얼마나 좋을까 하는 생각을 했다.

주변을 가득 메운 어둠이 따듯하고 포근하게 몸을 감쌌다. 이 사실을 미리 알았다면 좋았을 텐데. 그랬다면 맞서 싸우려고도 하지 않고, 이렇게 두려워하면서 몸에 피가 날 정도로 애쓰지는 않았을 텐데. 점점 더 깊은 곳으로 빠져들었고, 마침내…… 마침내 그 빛을 봤다.

95

그 남자 얼굴이 화면을 가득 메웠다. 아주 잘 정돈한 수염이 가득 덮고 있지만 아무런 특색 없는 얼굴을 보면서 릴리아는 마침내 그 누구도 이 남자를 기억하지 못하는 이유를 알 수 있었다. 릴리아는 꼼짝도 하지 않고 앉아서 눈물이 차오를 때까지 눈 한번 깜빡하지 않고 남자를 응시하면서 그 남자를 기억할 수 있는 특징을 하나라도 찾으려고 지독하게 애썼지만 찾을 수가 없었다. 남자의 얼굴에서는 대칭이 아닌 부분을 단 하나도 찾을 수 없었고 코조차도 크지도 작지도 않았고 눈동자조차 특별한 색을 띠지 않았다. 수염 너머에 있는 얼굴을 마음속으로 추정해보려 애썼지만 그저 눈 두 개, 코하나, 입 하나라는 사실 말고는 그 어떤 모습도 그려낼 수 없었다. 남자는 스쳐 지나가는 순간 완전히 잊힐 만큼 완벽하게 평범하고 평균적인 모습이었다.

남자는 피해자가 살아 있는 동안 손을 잘라내거나 목을 갈라 콜롬비아 넥타이를 만들 사람처럼은 안 보였다. 그보다는 오히려, 아니, 어떤 사람처럼 보이면 뭐 할 거야? 릴리아는 포기했다. 어떻게 해도 수염을 길렀고 믿을 수 없을 정도로 평범하다는 사실 말고는 그 남자를 규정할 방법은 없을 테니까.

하지만 왠지 모르게 토리뉘 쉴메달이라는 이름이 낯설지 않았다. 분명히 어디선가 들어본 이름이었다.

"뭐야? 컴퓨터가 찾아낸 거야?"

릴리아는 고개를 끄덕였다. 몰란데르가 바닥에서 자고 있다는 사실을 까맣게 잊어버렸다. 릴리아의 생각은 그 이름을 들은 순간을 기억해낼 때까지 계속해서 기억 속으로 파고들고 또 파고들었다.

그사이에 몰란데르는 일어나서 컴퓨터 화면에 떠 있는 정보를 큰 소리로 읽었다.

"토리뉘 쉴메달. 2005년 강간 혐의로 구금……."

"하지만 증거 부족으로 풀려났어요. 당연히 이 사람은 조사 기관에 일찍 나타났고요. 2004년에 클라에스 멜비크가, 그때는 루네 슈메켈이었죠, 전립샘 수술을 하다가 클립을 두 개 방광에 넣고 꿰매 버렸어요. 그건 아시죠. 신문에서 아주 크게 다루는 바람에 클라에스는 얼마간 직장을 떠나 있어야 했잖아요."

"아, 맞아. 기억나. 생각만 해도 끔찍하구먼."

아스트리드 투베손은 빗속에서 급히 서두르면서 레나 올손이 뒷좌석에 타는 걸 도와주고 휴대전화를 귀에 대고 말했다.

"그 사람인 게 확실해?"

"분명해요. 전화번호부에는 그 이름이 단 하나뿐이었어요. 후센시에 모탈라가탄 24번지에 살아요."

"헬싱보리에 있는 거?"

"네, 몰란데르랑 내가 10분 안에 도착할 거예요."

"경찰특공대 없인 가면 안 돼. 말뫼에 지원을 요청하고 기다려."

투베손은 레나 올손의 큰 가방을 트렁크에 밀어 넣으려고 애쓰면서 말했다.

"아스트리드, 그게 무슨 말예요. 말뫼, 못 기다려요. 말뫼에서 지원이 오려면 한 시간 반은 더 걸릴 거라고요. 지금 당장 가야 해요."

이레네 말이 옳아, 투베손은 속을 썩이는 가방을 뒤로 확 잡아 빼고 트렁크를 쾅 닫으며 생각했다. 하지만 위험이 도사리고 있을지도 모르는 곳에 가장 유능한 동료 두 명을 보내 잃을 수는 없었다.

"여보세요? 아스트리드?"

"좋아, 가봐. 하지만 정말 조심해야 해."

투베손은 젖은 가방을 조수석 바닥에 놓고 차 문을 닫았다.

"조금이라도 이상한 기미가 보이면 그 즉시 밖으로 나와야 해, 알았지?"

"네, 네."

"이레네, 그냥 흘려듣지 말고."

"네, 알았어요. 그건 그렇고 반장 일은 어떻게 돼가요?"

"레나 올손이랑 스테판 문테는 태웠고 지금 리나 폴손을 태우러 갈 거야."

"그 외로운 순례자요? 연락은 됐어요?"

"아니, 마지막으로 한 번만 더 걸어보려고. 그래도 안 받으면 직접 가봐야지."

전화를 끊고 자동차 운전석으로 걸어가면서 투베손은 코르헤덴의 집으로 전화를 걸었다. 전화가 걸리는 소리가 들렸다. 운전석 문을 열 때 누군가 전화를 받았다.

"코르헤덴입니다."

전화기 너머에서 남자가 말했다.

"안녕하세요, 전화를 안 받을 줄 알았는데요. 아스트리드 투베손이라고 합니다."

투베손은 차 안으로 들어가야 할지 빗속에서 통화해야 할지 고민했다. 그리고 어차피 이미 충분히 젖었다는 판단을 내렸다.

"실례지만, 제가 아는 분인가요?"

"아닙니다, 헬싱보리 경찰서 강력계 반장입니다."

"예?"

"밤새 전화를 했습니다."

"아, 이제 막 스페인에서 돌아와서요."

"그렇게 알고 있습니다. 떠나 있는 동안 이곳에서 일어난 일을 들은 적이 있습니까?"

"아니요, 전혀요. 휴가를 갔는데 왜 이곳 소식을 들어야 합니까? 하지만 카스트루프 공항에 있는 광고판은 봤습니다. 그게 정말입니까? 한 반이던 사람 모두를 노리고 있다고요?"

"그건 모릅니다. 하지만 안타깝게도 그렇게 추론해야 할 많은 이유가 있습니다."

"끔찍하군요. 범인이 누군지는 알아냈습니까?"

"그렇습니다. 하지만 자세한 말씀은 드릴 수가 없군요. 지금 전화를 드린 이유는 지금으로서는 여러분을 보호할 방법이 같은 반 친구분들과 함께 감옥에서 지내는 것뿐이기 때문입니다. 잠시 뒤에 데리러 가려고 하는데 괜찮을까요?"

"지금 말입니까?"

"네, 30분이면 도착합니다."

전화기 너머에서 아주 긴 한숨 소리가 들려왔다.

"좀 더 뒤나 내일 오시면 안 될까요? 이제 막 집에 왔는데요. 한 달 이상 떠나 있었습니다."

"상황을 분명히 말씀드려야겠군요. 지금 코르헤덴 씨는 아주 위험한 상황에 처해 있다고 생각합니다. 물론 선택은 선생님 몫입니다만. 우리가 강제로 감옥에 들어가라고 할 수는 없으니까요."

전화기 너머에서 침묵이 흘렀다.

"좋습니다. 알겠습니다."

투베손은 전화를 끊고 운전석에 올라 시동을 걸었다. 충분히 예상할 수 있는 긴장이 뒷좌석에서 느껴졌다. 투베손은 백미러를 봤다. 뒷좌석의 사람들은 모두 시선을 회피하며 멍하니 창밖만 바라보고 있었다.

저 사람들이 어떤 느낌일지, 투베손은 충분히 알 수 있었다.

96

희미하게 윙, 하는 소리가 들리고 파비안은 또다시 머리가 흔들리는 것을 느꼈다. 90도, 혹은 그보다 더 큰 각도로 고개가 돌아가 있었다. 또 다른 화면이 시야에 들어왔다. 또다시 토리뉘 쉴메달의 흑백 사진이었다. 이전 사진처럼 머리를 단정하게 빗고 다정하게 웃었지만 이번에는 아이가 아닌 어른 사진이었다.

그는 이런 식으로 보이고 싶은 것이다. 모든 일이 다 끝났을 때

이 사진이 온 세상에 퍼지기를 바라는 것이다. 그리고 치과 의자에 파비안의 머리를 고정해놓은 것처럼 그 누구도 저 사진에서 고개를 돌리지 못하게 하고 싶은 것이다.

그런데 갑자기 사진에 무슨 일이 생겼다. 아니, 그저 상상인지도 몰랐다. 아니, 아니었다. 분명히 무슨 일이 생겼다. 눈과 눈 사이의 공간이 좁아졌고 코도 다르게 보였다. 머리카락도 마찬가지였다. 머리카락은 점점 더 짙어지고 길어졌다. 저 사진이 쇨메달인지 다른 사람인지, 이제는 확신이 서지 않았다. 확실한 것은 단 한 가지, 파비안의 눈앞에서 쇨메달의 얼굴이 바뀌고 있다는 사실이었다.

다시 윙, 하는 소리와 함께 고개가 돌아갔다. 아직은 정말로 아픈 것은 아니라는 듯이 파비안의 목은 상당히 뻣뻣해진 상태로 쭉 늘어나 있었다. 어느 정도나 더 목이 돌아갈 수 있는지, 갑자기 목이 부러져 죽게 되는지, 여러 차례 고통스러운 과정을 거쳐 서서히 죽게 되는지 궁금했다. 어떤 결과가 기다리는지 전혀 추측할 방법이 없었고, 어떤 결과가 더 나은지도 판단을 내릴 수 없었다. 죽는다는 생각은 살게 되리라는 생각만큼 불확실하지는 않았다.

눈앞에서 화면 속 얼굴은 계속 바뀌었고 이제 파비안은 그 얼굴이 점점 더 자신의 아들 모습을 닮아간다는 사실을 알 수 있었다. 지난봄에 찍은 사진임이 분명했다. 그날은 테오도르의 생일이어서 가족들은 하드록 카페에서 밥을 먹으며 아들의 생일을 축하했는데, 파비안이 그 식당에 관해 기억하는 것은 음악이 짜증 날 정도로 시끄러웠다는 것뿐이었다.

다시 윙, 하는 소리가 들리고 아까도 그랬던 것처럼 목이 조금 더 돌아갔다. 하지만 이번에는 달랐다. 파비안은 목뼈에 금이 가고 있음을 소리로도 느낌으로도 알 수 있었다.

97

누군가 수도꼭지를 잠근 것처럼 마침내 비가 그치면서 빗방울만 드문드문 떨어지고 있었지만 홈통에서는 아직 흘러넘치지 않은 빗물이 배수관을 찾아 물줄기를 거세게 뿜어냈다. 이레네 릴리아는 부츠를 신고 몰란데르에게 다가가 방탄조끼를 입을 수 있게 도왔다. 몰란데르는 아무 말도 하지 않았지만 함께 가고 싶은 생각이 눈곱만큼도 없는 게 분명했다.

나는 과학수사관이지 망할 경찰특공대 녀석들이 아니라고. 몰란데르의 눈은 그렇게 말하고 있었다. 몰란데르가 무기 비슷한 물건에 가장 가까이 가는 순간은 아마도 낚시를 할 때일 것이다. 몰란데르에게 방탄조끼를 입히고 릴리아도 자기 방탄조끼를 입었다.

"좋아요, 가자고요."

두 사람은 자동차 문을 잠그고 몰란데르의 장비 가방을 하나씩 들고 아무도 보이지 않는 모탈라가탄 거리를 따라 걷기 시작했다. 조금도 이상한 게 아니야, 릴리아는 생각했다. 이렇게 늦은 밤에, 더구나 비까지 지독하게 쏟아졌으니 아무리 올빼미족이라고 해도 밖에 나돌아다니지 않는 것은 당연했다. 24번지에 도착한 두 사람은 그 집이 그 거리에 있는 다른 집과 조금도 다르지 않다는 사실을 확인했다. 도대체 뭘 기대한 걸까? 미치광이 남자가 오르간으로 기이한 환상곡을 연주하는 다 쓰러져가는 낡은 저택?

"저길 어떻게 들어가야 하지?"

몰란데르가 물었다.

릴리아도 그 점을 생각하고 있었다. 집 안에는 불이 몇 개 켜져 있었지만 거의 모든 신호가 그가 집에 없음을 나타냈다. 하지만 한편으로 생각해보면 시간이 많지 않다는 것 말고는 확실한 사실은 아무것도 없었다.

"가장 빠른 길로 가요."

릴리아는 곧바로 현관으로 다가가 잠긴 문을 확인하고 몰란데르가 열 수 있도록 옆으로 비켜섰다.

두 사람은 권총의 안전핀을 빼고 집 안으로 들어갔다. 거실 전등이 복도까지 빛을 발산하고 있었고 두 사람은 클래식 음악을 들을 수 있었다.

"바그너군. 바그너의 〈발키리의 기행〉이야."

몰란데르가 릴리아 뒤에서 속삭였다.

두 사람은 복도를 지나 거실로 다가갔다. 전등불은 켜져 있었고 음악 소리는 매우 컸다. 릴리아가 거실로 들어가려 하자 몰란데르가 그녀의 팔을 잡아 세웠다.

"우리가 들어오기를 바라는 거야. 저 불이랑 음악 소리를 들어봐. 우리가 몇 명이나 왔는지 보고 싶은 거라고."

"저 음악 좀 끄면 안 돼요? 미칠 것 같은데."

몰란데르는 고갯짓으로 두꺼비집을 가리키면서 뚜껑을 열었다. 두꺼비집 안에는 어떤 방 퓨즈인지를 적은 라벨이 가지런히 붙어 있었다. 몰란데르는 거실이라고 적힌 퓨즈를 뽑았지만 음악 소리는 사라지지 않았다. 다시 퓨즈를 몇 개 뽑았지만 여전히 음악 소리가 들렸다.

"전체 두꺼비집을 우회해서 연결해둔 것 같은데. 내 생각에는 그냥 음악을 참아내야 할 것 같아. 사실 바그너 작품 중에서도 아주 뛰어난 곡이잖아."

"우리가 거실로 들어가지 못하게 할 생각이었다면 저런 불안한 음악을 틀어놨겠어요? 분명히 저 음악 소리로 가리려는 게 있을 거예요. 거실에 카메라가 설치됐다면 다른 곳이라고 없을 이유가 없잖아요."

릴리아의 말에 몰란데르는 거실로 들어가 곧바로 스테레오의 정지 버튼을 눌렀다.

"자, 이제 만족해?"

릴리아는 몰란데르를 따라 들어가 가구가 거의 없는 거실을 둘러봤다. 거실에는 가죽 소파, 레이지보이 안락의자, 유리 탁자, 스테레오 말고는 아무것도 놓이지 않은 책장뿐이었다. 일단 몰란데르가 거실을 살펴보고 카메라도 마이크로폰도 설치되지 않았다는 사실을 확인한 뒤에는 다른 방도 살펴보기 시작했다. 집은 모두 깨끗하게 정리되어 있었고 거의 완벽하게 비어 있었다. 사소한 부분까지 태고의 순수함을 간직한 것처럼 깨끗했다. 부엌에서도 욕실에서도 지문 하나 발견할 수 없었다. 오직 하나 부엌 바닥에 떨어진 작은 자기 조각이 그 순수함을 훼손했지만 지하실도 다락도 티끌 하나 없이 완벽하게 비어 있었다.

몰란데르의 참을성은 점점 더 바닥이 나고 있었다. 그는 이곳을 떠나 쉴메달 명의의 작업실로 가야 한다고 생각했지만 릴리아는 아직 이 집을 떠날 준비가 되지 않았다. 분명히 뭔가 놓치고 있다는 기분이 들었지만 어디를 살펴봐야 하는지는 알지 못했다. 이 집에는 수사에 도움이 될 만한 단서는 아주 작은 것 하나 남지 않은 것은 분명했다.

물론 살인마는 경찰이 올 것을 알고 철저하게 준비해뒀다. 릴리아는 몰란데르가 청진기로 침실 벽을 살피는 동안 침대에 앉아서 기다렸다. 이미 몰란데르는 이번이 마지막 점검이라고 선언했다. 릴리아도 이번에도 단서가 나오지 않으면 이 집을 떠나겠다는 데 동의했다.

몰란데르가 릴리아를 쳐다봤다.

"아무것도 없어요?"

몰란데르는 고개를 흔들었다.

"없어. 환기구 소리도 안 들려."

"이 인간은 대체 어디에 있는 걸까요?"

"누구 말이야? 리스크? 쇨메달?"

몰란데르의 말에 릴리아는 어깨를 으쓱했다.

"둘 다요."

"어디든 있을 수 있겠지. 일단 쇨메달의 작업실부터 가보자고."

릴리아는 고개를 끄덕였다. 몰란데르가 옳았다. 당장 작업실부터 가봐야 했다. 릴리아는 일어나서 침대 맞은편에 있는 옷장으로 가서 문을 열었다.

"음, 결정을 내리지 그래?"

릴리아가 옷장에 걸린 평범한 베이지색 옷들을 들쳐 보는 동안 몰란데르가 말했다.

"좋아요, 작업실로 가요. 작업실이 어디죠?"

"프레이아가탄 2번지. 로오 북쪽 공업 지구에 있어."

두 사람은 침실에서 나와 복도를 걸어갔다. 〈발키리의 기행〉이 갑자기 다시 들려오기 시작했다. 두 사람은 서로 얼굴을 쳐다본 뒤 집에서 나와 자동차가 있는 곳으로 걸어갔다. 릴리아는 몸속에서 좌절감이 부글부글 끓어오름을 느낄 수 있었다. 왠지 쇨메달이 경찰이 내는 손을 이미 훤하게 아는 가위바위보를 하고 있다는 기분이 들었다. 경찰이 보자기를 내면 쇨메달은 가위를 냈다. 쇨메달은 언제나 전혀 예상도 못한 방법으로 경찰을 놀라게 했다.

릴리아는 쇨메달이 집이나 작업실에 있으리란 생각은 들지 않았다. 하지만 그곳에 가서 무엇이든 찾아내는 수밖에는 다른 방법이 없었고, 경찰이 할 일을 범인은 알고 있을 게 당연했다. 경찰은 바위를 냈고 범인이 할 일은 보자기를 내는 것뿐이었다. 하지만 그 보자기에는 무엇이 적혀 있을까? 다른 사람의 이름이 적힌 또 다른 주소? 아니, 이미 범인은 명백했다. 범인이 경찰을 놀라게 하려면 다른 사람 이름이 아닌 전혀 다른 것이 필요했다. 완전히 다른 뭔가가…….

외스트함마르스가탄 교차로에서 갑자기 걸음을 멈추고 전봇대 하나를 뚫어지게 쳐다보는 몰란데르 때문에 릴리아는 생각을 멈춰야 했다.

"왜 그래요?"

몰란데르는 대답하지 않았다. 그 대신에 그는 인도 쪽으로 튀어나와 있는 전기 배전함 앞으로 걸어갔다.

"잉바르, 왜 그래요? 무슨 일이에요?"

"그거, 여기 있는 거야."

몰란데르는 몸을 숙이고 전기 배전함 옆에서 윙윙거리는 공기 흡입구에 귀를 댔다.

"제발 좀 친절하게 나한테 무슨 말인지 설명을 좀…….."

"여기다 이렇게 해놨으니 집에서는 안 들릴 수밖에."

몰란데르는 쇨메달의 집까지 이어지는 새로 깐 30센티미터 너비의 포장도로를 가리키며 말했다.

그래, 알아, 나는 알고 있었어. 이미 쇨메달의 집으로 돌아가고 있는 몰란데르를 보면서 릴리아는 생각했다.

98

투베손이 도착했을 때 리나 폴손은 노라 함녠의 자기 집 앞 현관에서 기다리고 있었다.

"안녕하세요, 아스트리드입니다. 뒤에 앉으면 가방은 내가 넣어줄게요."

투베손이 트렁크를 열면서 말했다.

리나는 여행가방을 투베손에게 내밀었다.

"우리를 모두 데리러 온 걸 보니 아직 범인을 못 잡았나봐요. 하지만 범인이 누군지 알았으니까 수사에 진전이 좀 있지 않나요?"

"미안하지만, 범인이 밝혀졌다는 사실은 어떻게 알았죠?"

투베손의 질문에 리나는 그날 오후에 파비안이 찾아왔고 두 사람이 어떻게 그 이름을 떠올렸는지 말해줬다.

투베손은 어떤 말을 해야 할지 알 수가 없었다. 파비안이 그렇게 이상하게 행동한 이유가 그 때문이었을까? 투베손은 수많은 생각이 날아다니는 머릿속 때문에 어지러울 지경이었다. 투베손은 너무나도 극심한 스트레스 때문에 리나가 알고 있는 정보가 어떤 영향을 미칠지 계산할 능력이 지금 자신에게는 없다는 사실을 재빨리 깨달았다. 그래서 리나에게 아직은 범인이 누구인지 사람들에게 말하지 말라고 부탁했다.

12분 뒤에 투베손은 세트 코르헤텐의 집 밖에 있는 자갈을 깐 작은 진입로로 들어갔다. 세 동창은 이동하는 내내 한마디도 하지 않았다. 커지는 풍선처럼 자동차 안의 모든 공기를 빨아들이는 침묵에 구멍을 내보려고 투베손은 몇 차례 시도했다. 그들이 동창회는 하는지 묻기도 했고, 자신이 말뫼에서 다닌 학교 친구들 이야기도 했다. 투베손은 정기적으로 동창회가 열린다는 이야기를 들은 적이 있었다. 심지어 라디오도 켜봤지만 곧바로 꺼버렸다. 비지스의 〈스테이 인 얼라이브〉는 지금 듣기에는 적절한 노래가 아니니까.

세트 코르헤덴은 다리 사이에 가방을 하나 끼고 순례 기간 내내 함께했음이 분명한 낡고 바랜 로우캡을 쓰고 있었다. 투베손은 코르헤덴에게 조수석에 앉으라고 손짓했다. 비는 그쳤지만 그녀는 바지를 말리려고 열선을 작동한 운전석에서 일어나고 싶지 않았다. 코르헤덴은 자동차 앞을 돌아 조수석 문을 열고 좌석 밑바닥을 거의 차지한 레나 올손의 너저분한 가방을 최대한 피하면서 차 안으로 들어왔다.

"안녕하세요. 아스트리드 투베손 씨죠?"

투베손은 코르헤덴과 악수하고 인사를 하면서 온라인에서 찾은 사진보다 실물이 훨씬 낫다고 생각했다. 끔찍한 콧수염만 빼면 매우 잘생긴 얼굴이었다. 코르헤덴은 뒷좌석을 돌아보면서 말했다.

"잠깐만, 아무 말도 하지 마. 너, 레나 올손이지?"

레나가 고개를 끄덕였다.

"진짜 옛날 일이지만 네가 사방치기를 매우 잘했다는 건 생생하게 기억해. 맞수가 없었지."

코르헤덴의 말에 레나가 웃기 시작했다.

투베손의 전화벨이 울렸다. 투베손은 후진으로 진입로에서 빠져나오면서 전화를 받았다. 릴리아였다. 릴리아는 몰란데르가 쇨메달의 집에서 몇 채 떨어진 곳에서 공기 출구를 발견했고, 다시 쇨메달의 집으로 돌아가는 중이라고 말했다. 투베손은 릴리아가 하는 말이 무슨 뜻인지 완전히 알아듣지는 못했다. 몰란데르의 직감은 전적으로 신뢰했지만 두 사람이 어떤 일을 하려는지 분명히 알고 싶었다. 하지만 물어볼 기회가 없었다.

"이제 가야 해요. 몰란데르가 뭔가 찾아낸 거 같아요."

전화기 너머에서 릴리아가 말했다.

"조심해."

전화가 끊어지는 소리가 나기 전에 투베손은 간신히 그렇게만 말할 수 있었다.

"그리고 우리 반 광대, 스테판! 잘 지냈어? 몇 년 전에 사업을 시작했다는 말 들었는데?"

스테판 문테는 고개를 끄덕이면서 여러 회사에 직원들의 소통을 개선하도록 조언하는 컨설팅 회사를 운영한다고 말했다.

"우아, 그렇구나. 나는 3주 동안 누구하고도 소통을 안 했더니 말이 좀 많을 거야. 모두 이해해줘. 말하고 싶은 충동에 억눌려 있었나봐."

"나는 어때? 나는 기억나는 거 있어?"

리나 폴손이 물었다.

세트 코르헤덴이 리나를 보면서 웃었다.

"가장 끝내주는 기억은 맨 나중에 풀어야지. 우리 반에서 제일 예쁘던 애를 어떻게 잊겠어?"

코르헤덴의 말에 리나가 키득키득 웃었고 투베손은 안도감에 웃음이 나왔다. 적어도 교도소에 갈 때까지 아주 고통스러운 시간을 참을 필요는 없을 것 같았다. 시티 극장 밖에 있는 드로트닝가탄에서 신호를 받아 차를 멈춰 세웠다. 어둠이 젖은 담요처럼 새벽 2시를 넘긴 드로트닝가탄 거리를 덮고 있었고 파티에서 나와 갈 길을 잃은 사람들이 마지막으로 들어갈 술집을 찾아 배회하고 있었다.

공식적인 보고서는 모두 읽었지만, 법으로 규정한 영업 종료 시간은 인류에 대한 범죄이며 좋은 점보다는 나쁜 점이 더 많다는 의견을 바꿀 생각은 전혀 없었다.

직진 신호를 받은 투베손은 헬소베겐을 따라 쭉 달려가 택시 몇 대 외에는 텅 비어 있는 엥엘홀름스베겐으로 들어갔다. 신호등조차 자기편임을 행복해하면서 투베손은 가속 페달을 세게 밟았다.

투베손과 클리판은 동시에 주차장에 도착했다. 랑나르 팔름이 사람들을 맞으려고 감옥 현관에서 걸어 나왔다. 투베손은 주위를 둘러봤다. 기자도, 호기심 어린 구경꾼도 보이지 않았다. 이보다 더 좋은 시간에 도착할 수는 없었다. 이제 해야 할 일은 가능한 한 빠르게 사람들을 데리고 감옥 안으로 들어가는 것뿐이었다.

투베손은 클리판의 차 뒤에 차를 세우고 사람들에게 차에서 내려 짐을 들고 다른 사람들을 따라 감옥 안으로 들어가라고 말했다. 사람들은 순순히 그 말을 따랐지만 뾰족한 칼날이 솟아 있는 철조망 담장과 그들이 들어가자 육중하게 닫혀버린 전동 문, 제복을 입고 무기를 차고 근엄하게 서 있는 랑나르 팔름을 보면서 회의감이 가득한 얼굴이었다. 교도관들이 사람들이 가져온 짐을 모두 풀어 한 가지씩 점검할 때는 표정이 더욱 나빠졌다.

"아니, 손톱깎이는 가져갈 수 없습니다. 여기서 빌릴 수 있습니다. 아니, 샴푸는 제가 가져가겠습니다. 안 됩니다."

그런 말 뒤에는 으레 "죄송합니다"라는 말이 붙었다.

교도관들은 이제 막 감옥에 들어온 동창들에게 특별 손님이라는 명칭을 붙이긴 했지만 워낙 깊숙이 몸에 밴 태도 때문에 평상시 모습을 버리지는 못했다. 교도관들은 '안전을 위해서'라는 명목으로 특별 손님들도 재소자처럼 속옷 아래까지 샅샅이 살펴보려 했다.

그 때문에 몇몇은 자신은 범죄자가 아니라고 항의하고 나섰다.

세트 코르헤덴은 특히 목소리를 높이며 자신에게 이래라저래라 하지 말라고 했다. 자신은 보호를 받으러 온 것이지 벌을 받으러 온 게 아니라며 집에 가겠다고 으름장을 놓았다. 그런 으름장은 효과가 있어서 교도소 담당의가 아직 살펴보지 않았는데도 인슐린 주사기를 들고 들어갈 수 있었다.

투베손은 클리판도 정확히 자신과 같은 기분이라는 것을 알 수 있었지만, 투베손처럼 클리판도 최선을 다해 자기감정을 드러내지 않으면서 이 모든 일이 철저한 계획 아래 진행하는 일이라는 듯이, 이렇게 해야 하는 중요한 이유가 있다는 듯이 행동했다.

두 사람은 잠재적 피해자들에게 수감자처럼 갇히는 것이 아니라는 확신을 심어줄 필요가 있었다.

99

또다시 아주 희미하게 딸깍거리는 소리가 들렸고 윙, 하는 소리와 함께 다시 고개가 돌아갔다. 처음에 어떤 일이 벌어지고 있는지 알게 됐을 때 그는 목 근육에 잔뜩 힘을 주고 가능한 한 버텨보려 애썼지만 이제는 가장 좋은 대처 방법은 목에 힘을 빼는 것임을 알았다.

이미 목뼈는 여러 차례 금이 갔지만 파비안은 생각보다는 더 오래 살아남았다. 하지만 이제 곧 끝날 것이 분명했다. 많아야 네 번만 더 돌아가면 끝이 날 것이다. 기계가 돌아가는 간격은 3분이 조금 넘었고, 다섯 번마다 한 번씩 조금 더 큰 각도로 돌아갔다. 이제 또다시 조금만 더 큰 각도로 목이 꺾이면 살아남을 수 없을 것이다.

앞에 있는 화면에는 테오도르의 다른 사진이 나타났다. 테오도르는 눈을 감고 새로 이사 온 집의 자기 방 바닥에 앉아 있었다. 몇 년 전에 쿵엔스 쿠르바 이케아에서 사 온 줄무늬 양탄자가 보였다. 테오도르는 민무늬 양탄자를 원했지만 소냐는 여러 색 줄무늬가 있는 양탄자를 사야 한다고 고집했다. 사진에서 테오도르는 십자가에 못 박힌 예수처럼 두 팔을 활짝 펴고 누워 있었다. 의식을 잃었기 때문인 것 같았다.

바로 그때 파비안은 오래전에 자신이 알았어야 할 사실을 깨달았다. 테오도르는 결코 집을 떠난 적이 없었다. 테오도르는 계속 집에 있었다. 10대 소년을 옮기는 일은 분명히 쉽지 않을 터였다. 더구나 이웃이나 지나가는 사람들 눈에 띄어 의심을 살 것이 분명했다. 도대체 왜 지금까지 이 생각을 못한 걸까? 지하실에서 들은 소리는 이웃집 소리가 아니었다. 그것은 테오도르가 낸 소리였다.

테오도르는 이사 온 날 소냐가 찾아낸 오븐에 들어가 있는 것이 분명했다. 아들은 소리를 냈지만 아버지는 그 소리를 듣지 못했다. 아니, 그것은 사실이 아니었다. 소리는 들었지만 무시했다. 언제나 그렇듯이 다른 생각에 빠져 있었다.

다시 딸깍 소리가 났다. 이제 세 번쯤 남았다.

"저기야. 보여?"

몰란데르는 굽도리 판자를 가리키면서 말했다.

릴리아는 갈색 받침목을 천천히 훑어봤지만 특별히 이상한 점은 발견하지 못했다.

"갈색 얼룩이 진 받침대만 보여요."

"그 위는?"

"전선이 있네요."

"바로 그거야. 전선도 얼룩진 갈색이지. 옷장으로 들어가고 있고, 안 그래?"

몰란데르의 말에 릴리아가 고개를 끄덕였다.

"저게 어디서 끝이 날까?"

몰란데르는 계속해서 말하며 베이지색 옷이 걸려 있는 옷장을 열었다.

"여기는 전구도 없고 전선이 들어와야 할 기계도 없어."

"침대랑 연결이 되겠죠."

릴리아의 말에 몰란데르가 고개를 저었다.

"아니, 이 뒤쪽 어딘가로 넘어가고 있어. 이거 좀 밀게 도와줘."

두 사람은 옷장 양 끝에서 벽에서 떼어내려고 힘껏 잡아당겼지만 꿈쩍도 하지 않았다.

"이거, 바닥이랑 벽에 붙어 있는 거 같은데."

몰란데르가 옷장 뒤를 보려고 애쓰면서 말했다.

릴리아는 다시 한번 베이지색 옷을 들쳐 봤다. 뭔가 계속해서 마음에 걸리는 것이 있었지만 그게 무엇인지는 분명하게 생각해낼 수 없었다. 두 번째로 옷장을 들여다보고 있자니 처음 옷장 안을 봤을 때도 같은 기분이 들었다는 사실을 깨달았다. 옷장의 옷들은 모두 아무 특색 없는 베이지색이었다. 코듀로이 바지, 치노 바지, 일반 셔츠와 폴로셔츠 몇 장. 옷은 아무 문제가 없었다.

릴리아는 왜 이렇게 묘한 기분이 드는지 알 수 없었다. 그때 셔츠 커프스에 붙어 있는, 단추가 든 작은 비닐봉지를 발견했다. 릴리아는 바닥에 엎드려 옷장 밑을 손전등으로 비춰 보는 몰란데르를 내려다봤다.

"이 옷들, 새거예요."

"그렇군……."

"내 말은 전부 다 새거라는 거예요. 한 벌도 입은 적이 없어요. 그저 보여주려고 걸어놓은 거예요."

릴리아는 옷을 모두 한쪽으로 치우고 옷장 뒤판을 만져봤다. 이음새는 만져지지 않았다. 몰란데르도 일어나 손전등으로 옷장 뒤판 가장자리를 이리저리 비췄다. 그러다가 아주 작은 이음새를 하나 발견했다. 두 사람은 옷장을 모두 비우고 뒤판을 밀었지만 꼼짝도 하지 않았다. 몰란데르는 옷장 여기저기를 두드려봤다. 어디서나 똑같이 둔탁한 소리만 들렸다.

"리모컨 같은 게 필요해."

몰란데르는 옷장에서 물러나 주위를 살펴봤다.

"저 전선을 끊어봐요."

릴리아가 말했다.

몰란데르가 펜치로 전선을 끊었다. 옷장 뒤판에 귀를 대고 있던 릴리아는 그 즉시 공기가 변한다는 느낌을 받았다. 살짝 움직임이 느껴졌다. 옷장으로 돌아온 몰란데르는 릴리아를 도와 뒤판을 밀기 시작했고, 30센티미터쯤 뒤로 물러나자 그때부터는 슬라이딩 도어처럼 스르르 열렸다. 두 사람 앞에서 일렬로 늘어선 전구가 갑자기 켜졌고, 두 사람은 지하로 연결된 계단 앞에 서 있었다.

파비안은 어떻게 하든지 다른 생각을 하려고 애썼다. 소냐와 마틸다 생각을 하려고 했다. 지금 두 사람은 무엇을 하고 있을지 궁금했다. 아직도 깨어 있을까, 아니면 자고 있을까? 스톡홀름을 생각해보려고 애썼다. 스톡홀름의 겨울이 얼마나 매서웠는지, 특히 마지막으로 스톡홀름에서 겨울을 보내야 했을 때는 얼마나 힘들었는지를 생각하려고 애썼다. 몇 년 선에 휴가를 다녀온 태국을 생각하고, 새로 이사 온 집을 떠올려보려고 애썼다. 하지만 그 어떤 시도도 소용이 없었다. 파비안이 생각할 수 있는 것은 오직 하나 지금 느끼는 고통뿐이었다. 이 고통은 파비안의 모든 생각을 장악하고 모든 의식이 그쪽으로 쏠리게 했다.

그때 3분 내내 기다리던 조그마한 딸깍 소리가 들렸다. 1초 뒤에 윙, 하고 기계 돌아가는 소리가 들렸다. 이번이 네 번째이고 다음번이 훨씬 큰 각도로 돌아가는 다섯 번째일 것이다. 그리고 그 또다시 찾아오는 다섯 번째에 파비안의 고통은 끝날 수도 있었다. 이제 3분쯤 남았다.

릴리아와 몰란데르는 권총을 빼 들고 가파른 계단을 내려갔다. 계단을 끝까지 내려가자 더러운 지하실일 거라는 생각은 완전히 사라졌다. 두 사람이 도착한 곳은 마치 1960년대 우주선처럼 보였다. 희미한 전등이 켜진 천장 아래로 경사진 파이프 같은 복도를 이루고 있었고, 복도 바닥은 거친 털로 만든 양탄자가 깔려 있었다. 복도 한쪽 벽에는 슬리퍼가 놓인 신발장이 있었고 고리에 매달린 흰색 코트도 보였다.

두 사람은 천장에 머리가 부딪치지 않도록 몸을 구부리고 복도를 걸어갔다. 몇 미터쯤 걸어가자 복도는 T자 형태로 양쪽으로 갈라졌다. 두 방향 모두 5미터쯤 되는 것 같았다. 두 사람은 똑바로 몸을 일으킬 수 있었다. 양쪽 복도에는 서로 마주 본 문이 각 벽에 두 개씩, 모두 여덟 개가 있었다.

"자넨 왼쪽으로 가봐. 오른쪽은 내가 볼 테니까."

몰란데르가 오른쪽 첫 번째 문을 열면서 말했다. 온통 빨간색으로 칠해져 있고 천장에서 다이오드 몇 개가 깜빡이는 그 방에는 운동 기구가 놓였고 오목한 스피커에서는 경음악이 흘러나왔다.

릴리아는 왼쪽 첫 번째 문을 열고 들어갔다. 방 안 가득 가지런하게 놓인 옷이 보였다. 한쪽 구석에는 조명이 설치된 화장대가 놓였고 화장대 선반에는 가발을 쓴 마네킹 머리가 여러 개 있었다. 조사할 내용이 산더미 같았지만 자세한 검사는 일단 뒤로 미뤄야 했다. 릴리아는 다시 복도로 나왔다.

몰란데르의 눈은 아파트처럼 보이는 또 다른 방을 훑고 있었다. 깔끔하게 정리한 침대와 나이트 스탠드가 한쪽에 있고 다른 쪽에는 텔레비전 같은 전자제품과 가구가 있었다. 고풍스러운 아르데코 벽지로 도배가 되어 있었고 책과 LP판으로 가득 찬 책장이 한쪽 벽을 완전히 차지하고 있었다. 이 방에는 문이 더 있었다. 하나는 분명 욕실 문 같았고 다른 문은 무늬가 있는 벽지에 숨어 있었다. 그 뒤로 이어지는 양탄자가 아니라면 문이라는 사실도 눈치채지 못하고 지나갔을 것이다. 문을 열자마자 생각지도 못한 열기가 그를 덮쳤다. 어둠 속에서 깜빡이는 수천수만 개 다이오드를 보면서 몰란데르는 이곳이 자신이 찾던 방임을 정확하게 알 수 있었다.

릴리아는 다른 방문 손잡이를 잡았다. 문은 잠겨 있었다. 릴리아는 최대한 뒤로 물러나 아주 세게 두 번 발로 찼지만 문은 꼼짝도 하지 않았다. 세 번째 찼을 때에야 가까스로 문을 쓰러뜨릴 수 있었다. 완전한 어둠 속에서 전등 스위치가 있는 벽을 찾았지만 문은 세 겹 커튼이 막고 있었다. 커튼을 하나씩 옆으로 밀어젖힌 릴리아는 재빨리 반원형 방을 둘러보고는 옛날 치과에서 쓰던 것 같은 의자에 앉아 릴리아에게 등을 보이고 있는 남자에게 총을 겨눴다.

릴리아는 남자에게 머리에 손을 얹고 천천히 일어나라고 했지만 남자는 반응하지 않았다. 죽었거나 대답할 수 없는 이유가 있는 것 같았다. 릴리아는 의자 앞으로 걸어가 그 남자를 내려다봤다. 파비안 리스크였다. 지금까지 릴리아의 머릿속에는 파비안 리스크가 위험해졌을지도 모른다는 걱정과 사실은 범인일 수도 있다는 우려가 공존하고 있었다. 하지만 이런 모습을 보게 될 줄은 상상도 못했다. 리스크의 머리는 단단한 판 두 개에 고정되어 있었고, 고개는 보는 것만으로도 끔찍한 각도로 심하게 꺾여 있었다.

릴리아는 괴이하게 돌아간 리스크의 목을 손으로 짚었다. 아직 맥박이 뛰고 있었다. 이미 고통을 느낄 능력은 상실한 것 같았다. 릴리아는 최대한 큰 소리로 몰란데르를 불렀지만 리스크의 머리를 고정하는 판이 살며시 떨리고 있음을 느끼는 순간 입을 다물었다. 이 특별한 장치는 리스크의 목을 비틀어 떼어버리도록 고안된 것이 분명했다.

릴리아는 권총을 허리띠에 꽂고 팔걸이에 몸을 실은 채 기계가 돌아가지 못하도록 리스크의 머리를 고정한 판을 힘껏 잡았다. 하지만 기계는 속절없이 돌아가고 있었다. 너무나도 화가 난 릴리아는 기계를 힘껏 내리치고 싶었지만 그랬다가는 상황이 더욱 악화될까 두려웠다.

그때 갑자기 윙, 하는 소리가 멈추더니 모든 전구가 꺼졌고 릴리아는 아무 문제 없이 리스크의 목을 원래 자리로 돌릴 수 있었다. 칠흑 같은 어둠 속에서 릴리아는 떨리는 손으로 리스크의 맥박을 짚어봤다. 릴리아는 엄청나게 쏟아붓고 싶은 수많은 질문의 파도 속에서 익사해버릴 것만 같았다. 그때 아치를 이룬 벽을 따라 한

줄기 빛이 춤을 추듯이 다가왔고, 몰란데르의 목소리를 들을 수 있었다.

"두꺼비집을 찾은 거 같아!"

100

목은 지독하게 아팠고 머리는 깨질 듯했다. 목이 말랐고 심하게 땀이 흘렀다. 꿀꺽 침을 삼키려 했지만 사포처럼 까칠한 입으로는 아무것도 삼킬 수 없었다. 밝아서, 너무 밝아서 눈을 뜨기도 힘들었다. 생각을 모아보려고 애썼지만 결국 어떤 일이 있었는지, 지금 자신이 어디에 있는지도 생각해낼 능력이 없음을 인정해야 했다.

그래서 기억할 수 있는 가장 최근 일을 생각해보기로 했다. 모든 기록을 갈아치울 정도로 끔찍한 여름이었기에 파비안과 소냐와 아이들은 어딘가 따뜻한 곳으로 마지막 여행을 떠나기로 했다. 네 사람은 마요르카섬으로 갔다. 사실은 이예타스로 간 것이지만. 파비안이 마지막으로 기억하는 것은 자신이 수영장 옆 접이식 의자에 앉아 있었다는 것이다.

목을 움직여보려 했지만 뻣뻣한 목은 움직이기를 거부했다. 아마도 엉뚱한 자세로 잠을 잤거나 화상을 입은 것이 분명했다. 아마도 그래서 이렇게 혼란스러운지도 몰랐다. 사실 파비안은 진심으로 해변에서는 휴가를 보내고 싶지 않았다. 해변의 뜨거운 열은 두통만 더 심하게 만들 뿐이었고 사방에서 들려오는 아이들 소리는 조금도 도움이 되지 않았다. 수영장만이라도 아이들 연령 제한을 두면 안 되는 걸까? 그가 호텔 주인이었다면 아이들은 절대로 들어오지 못한다는 규정을 만들었을 거다.

잠깐 수영을 하는 게 좋겠다는 생각을 했다. 수영이야말로 그에게 필요한 일일 수 있었다. 그런 다음에는 맥주를 한잔 마시면 평온해질 것 같았다. 주변이 너무 밝아 살짝 실눈을 떠봤다. 모두 어디에 있는 거지? 가족들이 앉아 있던 접이식 의자와 젖은 수건이 보였다. 소냐의 의자에는 셰르스틴 에크만의 《블랙워터》가 펼쳐져 있었다. 벌써 반 넘게 읽은 것 같았다. 그러면 그 정도 읽을 때까지는 훨씬 오랜 시간이 걸렸을 것이다.

의자에서 일어난 그는 갑자기 머리가 핑 돌아서 잠시 기다렸다가 수영장으로 걸어갔다. 계속해서 아이들이 수영장으로 살금살금 다가가 풍덩 뛰어들면서 일광욕을 하는 호텔 손님들에게 물을 뿌리고 있었다. 하지만 이번에는 그 차례였다.

다이빙할 때는 너무 애쓰는 티를 내지 않아야 없어 보이지 않았다. 사람들이 다이빙하는 그를 쳐다볼 것이 분명했다. 그는 배에 힘을 잔뜩 주고 손을 머리 위로 쭉 뻗고 수영장으로 뛰어들었다. 쭉 뻗은 다리는 가지런히 모았다. 차가운 물이 온몸을 감쌌다. 손이 단단한 물체에 부딪혔고 곧 이마도 부딪혔다. 목뼈가 우두둑 부러지는 소리가 났다. 수영장 물이 벌겋게 변했다.

독일어를 쓰는 남자가 그를 수영장 밖으로 끌어내려고 애를 썼다. 그 남자는 그를 바깥에 누이고 싶어 했다. 하지만 그는 어떤 도움도 원하지 않았다. 물속에서 피를 흘리고 싶지도 않았다. 수영장에서, 끈적거리는 따뜻함 속에서 도망치고만 싶었다. 소냐에게서, 아이들에게서, 모든 것에서 벗어나고만 싶었다.

누군가 그의 입술에 물이 든 유리잔을 갖다 댔다. 그는 눈을 떴다가 감았다. 모든 것이 정신이 없을 정도로 빙글빙글 돌았다. 그리고 어디선가 본 듯한 여자 얼굴이 나타났다. 멋지게 생긴 여자였다. 분명히 어디선가 만난 적이 있는 여자였다. 이 모든 것이 그저 꿈일 뿐일까? 아니, 수영장으로 뛰어들었다가 머리를 부딪쳤고, 독일 남자에게 끌려 나와 수영장 밖에 누울 때 바닥을 적시던 엄청난 피를 본 기억이 생생했다. 손으로 이마를 짚었지만 상처는 만져지지 않았다.

아직 살아 있는 걸까? 왠지 목에 뭔가가 있는 것 같았다. 그때 한 목소리가 들렸다. 전에도 들은 적이 있는 것 같지만 누구의 목소리인지는 생각나지 않았다. 파비안…… 파비안…… 목소리가 또 들려왔다. 그는 다시 눈을 떴다. 아까 그 여자가 보였다. 모든 것이 그 여자 뒤에서 움직이고 있었다. 이 여자 이름이 뭐더라? 릴리아. 이레네 릴리아. 두 사람이 동시에 죽은 것이 아니라면 릴리아가 보인다는 건 아직도 그가 살아 있다는 뜻이었다. 맞다, 테오도르. 그는 당장 집으로 돌아가 테오도르를 구해야 했다. 몸을 일으키려 했지만 릴리아가 딱딱한 이동 침대 위에서 그를 일어나지 못하도록 꾹 눌렀다.

"도착할 때까지 누워 있어야 해요."

"도착하다니, 어디로 말입니까?"

"응급실에요. 곧 도착할 거예요. 그때까지 푹 쉬어요."

하지만 파비안은 쉬고 싶지 않았다. 응급실로 들어가면 도움을 받을 때까지 몇 시간이고 기다려야 할 텐데, 그는 도움을 받을 필요가 없었다.

"난 괜찮습니다. 빨리 집에 가서 테오를 봐야 해요."

"마취약을 주사했어요. 그러니까 맘 푹 놓고 쉬도록 해요."

릴리아가 파비안의 이마를 톡톡 두드리면서 말했다.

파비안은 고함을 지르면서 지금 릴리아가 잘못하고 있는 거라고, 자신은 빨리 집으로 가서 자신의 아들, 테오를 봐야 한다고 소리쳤지만 릴리아는 듣지 않았다. 릴리아는 치분하게 웃으면서 또다시 푹 쉬라고, 모두 잘될 거라고 말했다. 파비안은 보면 안 되는 것을 보고 말았다. 릴리아가 구급차 운전석 창문에 대고 뭐라고 말하고 있었다. 그 순간 파비안이 릴리아를 다시 때렸다. 24시간 동안 릴리아의 얼굴을 두 번이나 때린 것이다.

그제서야 릴리아는 입을 다물고 빨개진 뺨을 손으로 어루만졌다. 그리고 마침내 릴리아가 파비안의 말에 귀를 기울였다.

파비안은 어떻게 구급차 밖으로 나와 계단을 올라갔는지 기억나지 않았다. 릴리아가 자신을 말리려고 했는지, 문이 잠겨 있었는지도 생각나지 않았다. 기억나는 것은 자신이 갑자기 지하실에 서 있었고, 바닥에 누워 있는 테오도르를 발견했다는 것뿐이었다.

죽은 것처럼 누워 있는 테오도르를.

한 여자가 테오도르에 올라타 입을 맞추고 있었다. 저 여자는 누구지? 지금 무슨 일을 하는 거야? 테오도르는 죽었다. 몸을 일으킨 여자는 두 손을 테오도르의 갈비뼈에 얹더니 규칙적으로 내리누르기 시작했다.

"열다섯, 열여섯, 열일곱……."

여자는 덴마크어로 숫자를 셌다.

그제야 그 여자가 코펜하겐 경찰서에서 온 사람임이 생각났다. 저 여자가 우리 집에서 뭘 하고 있지? 파비안은 지금 뭐 하고 있는 거냐고 물었지만, 여자는 대답하지 않았다.

"지금은 저 사람, 대답할 수 없어요."

릴리아가 파비안의 뒤에서 말했다.

파비안은 고개를 돌려 릴리아를 봤지만 그녀는 벌써 위층으로 가고 있었다. 덴마크 경찰이 죽은 아들을 되살릴 때까지 얼마나 오랫동안 지켜보고 있어야 하는지 파비안은 감도 잡을 수 없었다.

시간이 멈춰버린 것만 같았는데, 갑자기 응급 구조대원들이 보였다. 파비안은 구조대원들이 가방을 열고 장비를 꺼내 형형색색 전선과 튜브를 연결하는 모습을 지켜봤다. 구조대원들은 압축백에 달린 튜브를 테오도르의 입에 밀어 넣더니 옷을 찢고 가슴에 뭔가 끈적끈적한 것을 발랐다. 기진맥진한 덴마크 경찰은 테오도르 옆에 누워 있었고, 릴리아가 그 옆에 쭈그리고 앉아 여자에게 마실 것을 건넸다.

테오도르의 작은 가슴에 패들을 두 개 올려놓자 삐삐, 소리가 아주 크게 들렸다. 테오의 몸이 바닥에서 크게 솟구쳐 올랐다가 털썩 내려앉았다. 하지만 생명은 돌아오지 않았고 맥박은 뛰지 않았다. 구급요원 한 명이 전선 연결을 다시 확인했고 다른 한 명이 압축백을 다시 꾹 눌렀다.

언제까지 계속하는 걸까? 파비안은 알 수가 없었다.

파비안이 분명히 아는 것은 단 하나, 모두 자기 잘못이라는 것뿐이었다.

101

아스트리드 투베손은 랑나르 팔름이 그녀가 마지막으로 다녀간 뒤로 교도소 분위기를 바꾸려고 최선을 다했음을 인정할 수밖에 없었다. 팔름은 창문이 없다는 사실을 가리려고 바깥쪽 벽에 커튼을 달았고 모든 벽에는 루이지애나 박물관 전시회에서 가져온 포스터가 담긴 액자를 걸었다. 포스터는 모두 팔름 개인 소장품이 분명했다. 그는 전시회라면 놓치는 경우가 없었으니까.

하지만 애쓴 보람도 없이 이곳이 감옥임은 분명히 알 수 있었다. 보호받고 있다는 기분을 느끼면 좋을 텐데, 임시 손님들이 자신이 잘 침대를 고르는 동안 투베손은 생각했다.

투베손의 예상대로 사람들은 침대를 골랐다. 남자들은 한쪽 벽으로 몰렸고 여자들은 다른 쪽 벽으로 몰렸다. 투베손이 예상하지 못한 일은 사람들 입에서 흘러나온 질문들이었다. 순진하게도 투베손은 다른 사람들도 모두 자신만큼이나 지쳐 있기 때문에 침대를 고르면 곧바로 잠이 들리라 생각했다. 하지만 사람들은 잠들 생각은 하지 않고 투베손이 대답할 수 없는 질문들을 던졌다.

"여기에 얼마나 있어야 하는 거예요?"

"와이파이는 되나요?"

"우리 애들이 일요일에 돌아올 거예요. 아이들도 여기 와 있어야 하나요?"

"이게 효과가 있을 것 같아요?"

투베손은 아주 큰 목소리로 '이제 그만!' 하고 소리 지르고 싶었다. 이 계획은 면밀하게 심사숙고해서 내린 결정이 아니었다. 사실은 완전히 그 반대였다. 공황 상태라고 불러도 좋을 상황에서 아주 급하게 내린 결정이었다. 조금이라도 시간을 낭비하면 피해자 명단만 길어질 테고, 그 누구도 하지 못한 방식으로 경찰을 골탕 먹인 무적의 살인마라는 신화를 만들며 신나게 떠들어댈 언론을 저지하려고 서둘러 내린 결정이었다.

하지만 그 상황을 막을 다른 방법은 없다고, 더 나은 방법은 없다고 생각한 이유는 무엇일까? 어쩌면 투베손은 너무나 피곤해서 명확하게 생각하지 못하는 것뿐일 수도 있었다.

투베손은 모든 질문에 다 대답할 수 없는 그럴듯한 이유를 제시하고 지금 머무는 장소를 최대한 비밀로 유지하는 일이 얼마나 중요한지 제대로 알려줄 수 있기를 바라면서 조심스럽게 입을 열었다. 하지만 투베손의 입에서 여러 말이 떠나가는 순간, 그녀는 그런 말들이 얼마나 공허하게 들릴지 알 수 있었다.

"무슨 말이 하고 싶은 겁니까?"

"아이들 데리러 가야 해요."

"일하러 가야 합니다. 여긴 잠만 자러 온 거예요."

이 같은 말들이 튀어나왔다.

결국 클리판이 의자에 올라가 폭탄을 투하했다.

"이제는 분명히 알고 계시리라 생각합니다. 이 계획이 성공하려면 수사가 더 진전되기 전까지는 아무도 이곳을 떠날 수 없습니다."

"어쨌거나 우리가 떠난다면요?"

스테판 문테가 물었다.

"말씀드렸듯이 수사가 진전될 때까지는 아무도 떠날 수 없습니다. 가장 중요한 건 그 누구도 여러분이 여기에 있다는 사실을 알면 안 된다는 겁니다. 따라서 제가 휴대전화를 모두 가져갈 겁니다. 수사가 종결되는 즉시 돌려드릴 테고요. 내일 낮 근무를 서는 분들이 필요한 전화는 몇 통 할 수 있도록 도와드릴 겁니다. 알겠습니까?"

클리판은 의자에서 내려와 한 사람씩 다가가 전화기를 수거했다. 그 누구도 말을 하지 않았다. 투베손은 사람들이 크게 충격을 받았는지 아니면 너무나 피곤해서 싸울 여력이 없어졌는지 궁금했다.

마음 한구석에서는 클리판에게 달려가 그러지 말라고, 모두에게 전화기를 돌려주고 집으로 돌려보내라고 외치고 싶었다. 하지만 클리판이 옳다. 가족에게, 친구에게, 기자에게 거는 단 한 통의 전화가 모든 계획을 망칠 수 있었다.

"정확한 대답을 못하리라는 건 알지만, 그래도 언제까지 여기 있어야 한다고 생각하는지 말씀해주십시오."

세트 코르헤덴이 침묵을 깨고 말했다.

"맞아요, 나도 알고 싶어요. 우릴 영원히 가둬두려고 데려온 건 아닐 거 아니에요. 우리 집에 있으면 제대로 보호하지 못하니까 데려온 거잖아요."

세실리아 홀름이 말했다.

"네, 영원히 여기 있을 수는 없죠. 너무 오래 끌지 않기를 바랄 뿐입니다."

투베손은 무슨 말을 해야 할지 고민하면서 대답했다.

"바란다고요?"

투베손은 소리가 나는 쪽으로 고개를 돌렸다. 레나 올손이 풀죽은 얼굴로 투베손을 쳐다보고 있었다. 그 얼굴은 항의하는 사람들의 표정보다도 오히려 마음을 아프게 했다. 투베손은 경찰이 이 사람들을 돕고 있다는 인상을 분명하게 심어주지 않는 한 이들이 자신과 클리판을 놓아주지 않으리라는 사실을 깨달았다. 사람들이 안심하고 침대에 누울 이유를 만들어줘야 했다.

"사실 일반인에게 공개하고 싶은 내용은 아니지만 일단 여러분이 외부 세계와 단절돼 있으니 말씀드립니다. 이 수사는 외부에서 보이는 것과 달리 그렇게 오래 끌지는 않을 겁니다. 전적으로 이렇게 하겠다 저렇게 하겠다는 약속을 할 수는 없지만 기껏해야 며칠

만 계시면 해결될 겁니다. 만약 수사가 지지부진하다면 원하시는 분은 반드시 귀가조치하겠습니다. 경찰의 보호 아래 말입니다."

놀랍게도 같은 반 동창들은 대부분 그 설명을 이해한 듯 보였다.

"그럼, 공개하지 않는다는 내용이 뭡니까?"

다른 사람들보다 미끼를 무는 데 더 힘든 시간을 보내는 것이 분명한 코르혜덴이 물었다.

"분명한 이유 때문에 지금은 말씀드릴 수 없습니다. 적절한 시기가 오면 말씀드리겠습니다. 오늘은 이만 주무시죠. 몇 시간이라도 주무시는 게 좋겠습니다."

더 많은 질문이 나오기 전에 빠져나갈 수 있도록 투베손은 서둘러 출구를 향해 걸어갔다.

102

테오도르는 언제나 아름다웠다. 심지어 조산원도 아이가 태어나자마자 그 사실을 알 수 있었다. 조산원은 자기가 받은 그 어떤 아이보다도 테오도르가 아름답다고 말했다. 그 때문에 파비안은 정말로 기뻤지만 마음속 깊은 곳에서는 그 조산원이 새로 부모가 된 사람들에게는 모두 그렇게 말할 것이라고, 그런 말을 해야 한다는 교육을 받는 것이 분명하다고 생각했다. 그 조산원이 동료에게 전화할때 테오도르 이야기를 하는 것을 듣고서야 파비안은 자기 아들에게는 뭔가 특별한 것이 있다는 사실을 깨달았다. 테오도르는 자랄 때도 아름다움을 유지했다. 곱슬한 금발은 언제나 수줍은 듯 신비한 파란 눈까지 내려왔고, 광대뼈는 뚜렷하고 피부는 부드러웠다. 파비안이 기억하는 한 테오도르는 뾰루지 하나 나지 않았다.

하지만 요즘은 언제나 검은색으로 머리를 염색했고 그나마도 모자로 머리카락을 완전히 가려버렸다. 눈썹은 양쪽 모두 피어싱을 했고 완벽하게 성공한 적은 없지만 어쨌거나 추하게 보일 수 있는 일이라면 무엇이든지 했다. 하지만 파비안에게는 아직도 테오도르가 자신이 본 가장 아름다운 사람들 가운데 한 명이었다.

몇 년 전에 소냐는 테오도르에게 모델 에이전시에 등록해 돈이라도 조금 벌어보면 어떻겠냐고 물었다. 하지만 테오는 투덜거리기만 했다. 아름다움이란 이 세상에서 가장 수치스러운 특성인 것처럼, 자신은 절대로 아름다워지고 싶지 않은 사람처럼 반응했다.

그런 테오도르가 지금 침대에 누워 있었다. 눈을 감고 아주 편안하게 쉬고 있었다. 파비안은 아들이 죽음의 문턱까지 갔다 왔다는 생각을 지울 수가 없었다. 그것도 가장 아름다운 시기에. 지금 당장 펑펑 울고 싶었지만 무엇 때문인지 눈물 한 방울 나오지 않았다.

천만다행으로 아들은 죽지 않았다. 하지만 심장이 다시 뛰기로 마음먹기 전까지 사망 선고를 내려도 전혀 이상하지 않은 상태까지 갔고, 지금은 약에 취해 자고 있지만 온갖 기계들이 아들이 다시 죽음의 문턱에 다가가지 않도록 눈을 부릅뜨고 감시하고 있었다.

두냐 호우고르가 아니었다면 테오도르는 죽었을 것이다. 두냐의 응급조치 덕분에 테오도르의 온몸으로 산소가 돌 수 있었다.

두냐는 스웨덴 경찰을 돕다가 해고됐는데도 파비안에게 토리뉘쇨메달의 사진을 건네주려고 해협을 건너왔다. 하지만 파비안은 집에 없었고 그녀의 전화도 받지 않았다. 파비안은 문을 잠그지 않고 집을 나선 것이 분명했다. 그래서 두냐는 집으로 들어가 파비안을 불렀다. 자정이 넘은 시간이라 큰 소리로 다시 파비안을 부르기 전에 잠시 망설여야 했다. 하지만 두 번째 부를 때는 좀 더 큰 소리로 불렀고 세 번째는 더 큰 소리로 불렀다. 집에서는 아무 소리도 들리지 않았지만 두냐는 지하실에서 나는 소리를 들었다.

파비안과 달리 두냐는 그 소리가 이웃집에서 들려오는 소리가 아님을 알았다. 벽 너머에서 들려오는 소리임을 알았다. 두냐가 테오도르를 간신히 밖으로 끌어냈을 때는 아이는 이미 숨을 쉬지 않았고 심장도 멎어 있었다. 하지만 두냐는 포기하지 않았다. 서둘러 응급조치를 했고 구급대원이 도착할 때까지 거의 한 시간 이상 멈추지 않고 심폐소생술을 실시했다. 도대체 파비안은 두냐에게 어떻게 은혜를 갚을 수 있을까?

파비안은 테오도르의 침대에 바싹 붙어 앉아 아들의 손을 꼭 잡고 있었다. 그에게 결정할 권한이 있다면 테오도르가 깨어날 때까지 절대로 곁을 떠나지 않을 생각이었다. 하지만 그가 받고 있는 위협이 워낙 커서 이 병원에는 머물 수 없다는 지시가 내려왔다. 파비안은 목에 부상을 입어 어디로도 갈 수 없다고 항의했지만 X선 촬영 결과 목이 부러지지 않았다는 결론이 나오자 의사들은 목 보호대를 하고 진통제를 가지고 병원을 떠나도 좋다는 허락을 내렸다.

간호사가 병실로 들어오더니 파비안에게 전화기를 내밀었다. 그는 전화를 건 사람이 누구인지 분명히 알 수 있었다. 무슨 말을 해야 할지 생각해내려 했지만 한마디도 생각나지 않았다.

"안녕."

"안녕."

"이레네한테 전화 받았지?"

"응."

그 외에는 파비안은 아무 말도 할 수 없었다. 그녀도 아무 말도 하지 않았다. 하지만 이번에는 그 침묵이 전혀 불편하지 않았다. 그는 그녀가 숨을 쉬고 있음을 느꼈고, 그녀가 숨을 내뱉는 소리에 마음이 평온해졌다. 그는 눈을 감고 그녀가 자기 곁에 있다는 상상을, 나란히 함께 누워 자기 귀에 대고 숨을 쉬고 있다는 상상을 했다. 지금 그녀가 너무나도 그리웠다.

"소냐, 나는…… 전혀 모르겠어."

"우리, 내일 갈 거야. 그때 어떻게 할지 이야기해."

"그래."

파비안은 전화가 끊어지는 소리를 듣고 간호사에게 전화기를 건넸다. 전화기를 받은 간호사는 릴리아를 지나쳐 밖으로 나갔다.

"준비됐어요?"

릴리아의 말에 파비안은 고개를 끄덕이면서 의자에서 일어났다. 그는 아들의 손에 입을 맞추고 릴리아를 따라 병실을 나섰다.

103

블랙스버그, 카우하요키, 베일리, 몬트리올, 잭스보로, 레드 레이크, 콜드 스프링, 레드 라이언, 에어푸르트…… 학교 총기 사건이 일어난 곳은 무궁무진하게 많았다. 모두 저마다 주목받고 각광을 받던 시기가 있었지만 현재 이들의 운명은 같았다. 심연으로 가라앉아 사람들 뇌리에서 사라져버린 것. 피해자들의 가족 외에 이런 학교 목록을 기억하는 사람은 없었다.

하지만 이번 일은 모든 면에서 달랐다. 절대로 잊힐 리가 없었다. 수억 명의 마음속에 각인되어 누구도 그의 이름을 잊을 수 없을 것이다. 영원을 향한 행진은 이미 수월하게 진행되고 있었다. 기상천외한 살인마에 관한 기사는 스웨덴을 넘어 지난 24시간 동안 CNN에서 중요하게 다루는 10대 뉴스 안에 들었다.

한 반에서 고작 여섯 명 죽었다는 사실만 가지고도 이 정도 호들갑을 떨고 있는 거다. 이제 곧 현실이 될 추가 다섯 명의 사망 소식을 들으면 어떻게 될까? 스코네를 떠나 오슬로에 정착한 사람도, 외국에서 휴가를 즐기고 있는 사람도 사실은 안전한 사람은 아무도 없음을 알게 되면 과연 어떤 반응을 보일까?

그는 이제 감히 꿈꿨던 목표에 도달하고 있었다. 지난 몇 년 동안 성공 말고 다른 대안은 없다는 사실을 자기 자신에게 설득해왔다. 이 모든 것이 세심하게 준비했기에 얻은 결과였다. 아직까지는 자신이 아주 순진했다는 생각은, 사실 해낼 가능성은 그리 높지 않았다는 생각은 하고 싶지 않았다. 지금 상황으로는 완벽하게 성공하리라는 것은 기정사실에 가까웠다. 이제 마지막 직선 코스만 남았고 결승선이 바로 앞에 있었다.

이제는 아홉 명만 남았다. 처음 계획대로라면 밤에 느닷없이 손님을 맞이한 채로 한 사람씩 차례로 죽어갈 아홉 명만 남은 것이다. 그는 아홉 명을 모두 처리하는 데는 이동 시간까지 계산해 다섯 시간이 걸리리라 생각했지만 갑자기 상황이 완전히 바뀌어버렸다.

그 아홉 사람은 모두 한 방에 모여 있었다. 그것도 그와 함께.

그는 잠이 든 것처럼 보이려 노력했지만 웃음을 억누르기가 쉽지 않았다. 실제 일어난 일이라고 믿기 힘들 정도로 좋은 상황이었다. 그의 인내심을 시험해온 신이 드디어 그를 위해 레드 카펫을 펼쳐준 것같이 느껴졌다.

그 누구도 그가 스스로 소개한 사람이 아님을 의심하지 못하는 것 같았다. 콧수염이 훌륭하게 제 역할을 해냈고, 접촉성 접착제와 응고된 피는 바라던 것보다 훨씬 나은 효과를 냈다. 임무도 멋지게 해냈는데, 준비할 시간이 거의 없었다는 사실을 생각하면 그토록 쉽게 해냈다는 사실이 놀라울 정도였다.

차를 타면서부터 그가 해야 할 일은 명백해 보였다. 납작하게 엎드려서 가능한 한 소리를 내지 않는 것. 그늘에 머물면서 언제나처럼 다른 사람이 떠들게 내버려두는 것. 하지만 차에 올라타자마자 그는 정반대 행동을 하고 싶다는 충동을 느꼈다. 말하고 싶었다. 그러자 생애 처음으로 그들이 그의 말에 귀를 기울였다. 학교에 다닌 모든 시간을 합친 것보다 더 많은 말을 지난 몇 시간 동안 동창들에게 했다.

그때는 동창들은 그가 하는 말에 대답할 정신이 없었다. 하지만 이제는 달라졌다. 이제 그들은 신나게 자기 이야기를 떠들어댔다. 아이들과 결혼생활 이야기, 이혼하고 바람피운 이야기, 에릭슨에서 최고 위치까지 다가갔다가 결국 해고통지서를 받고 학교로 돌아가 이력서 쓰는 법을 다시 배워야 했던 이야기, 산산이 부서진 희망과 우울증, 새로 산 실외 욕조, 주택 담보 이자율 같은 이야기를 뱉어내고 있었다.

모두 자신이 아는 사람들에게 이야기하고 있다고 생각했지만 사실은 거의 남이나 마찬가지인 사람들이었다. 그는 그 이야기들을 듣는 일이 즐거웠다. 그들이 살아오면서 겪어야 했던 작은 실패들이 그의 귀에는 음악처럼 들렸다. 그 이야기들은 수년 동안 그가 가지고 살아야 했던 질투심을 치료해줬다. 자신은 결코 가질 수 없는 성공과 여러 삶의 요소들을 다른 사람들은 가지고 있다는 생각에 느껴야 했던 질투심 말이다.

그는 언제나 자신을 제외한 모든 사람이 그렇게 확고하게 자기 역할을 해내고 있다는 사실이 믿기지 않았다. 하지만 이제는 모든 것이 바뀌었다. 배역은 뒤집혔다. 이제 이 사람들은 그의 전기 영화에서 엑스트라 이상은 될 수 없었다. 그저 실패한 무리. 그에게는 그런 삶을 살아가고 있을 뿐 아니라 다른 사람에게 말할 용기가 있다는 사실이 너무나도 놀라운, 하나도 흥미로울 것 없는 삶을 살아가는 지루하고 칙칙한 인간들일 뿐이었다.

그러니까 그는 동창들에게 지구에서의 마지막 날을 멋지게 장식하도록 호의를 베푸는 셈이었다. 이 가운데 몇 명은 모든 것이 끝난 뒤에 할 수만 있다면 그에게 고맙다는 말을 하고 싶을 수도 있었다. 어쨌거나 그 싱겁고 재미없는 소박한 삶을 의미 있게 끝내게 해줬으니까. 저들은 상자에 들어 있는 또 한 장의 수표, 전체 합을 크게 만들어줄 또 하나의 숫자가 되어 그 누구도 깨지 못할 기록, 한 반 사람들을 모두 죽인 유일한 범죄의 기록이 되어 영원히 존재할 것이다.

유일한 범죄.

아홉 명만 더 처리하면 그는 그 누구도 해내지 못한 업적을 달성하게 된다. 스무 명 가운데 스무 명을 완벽하게 처리한 사람이 된다. 대부분은 어떠한 느낌조차 없을 것이다. 그저 아주 작은 구멍 하나면 몇 초 뒤에 모든 일이 끝날 것이다. 맞서 싸우려는 사람도 있겠지. 하지만 변할 것은 없었다. 끝은 결국 모두 같을 테니까. 스무 명 가운데 스무 명 모두.

몇 시간 정도는 스무 명 가운데 열아홉 명이 죽은 것처럼 보이기는 할 것이다. 살인범에게 맞서 싸워 가까스로 그를 제압하고 살인 자에게 주사를 놓고 살아남은 사람이 있는 것이다. 이 영웅의 이름 은 세트 코르헤덴이 될 수도 있다. 경찰이 혼돈을 어느 정도 정리하 고 코르헤덴도 역시 죽었음이 밝혀졌을 때는 이미 그는 멀리 떠나 버린 뒤일 것이다. 사실 아직 누구를 가짜 범인으로 만들지는 결정 하지 않았지만……

모두 침대 옆에 있는 전등을 껐다. 하지만 작은 상자를 여닫는 소리, 양말을 벗는 소리, 블리스터 팩에서 알약을 꺼내는 소리가 들렸다. 모두 15분 안에 잠들 것이다. 손목시계는 3시 20분을 가리키고 있었다. 초바늘이 한 번씩 움직일 때마다 그는 다시 힘이 솟아오르는 것을 느꼈다.

갑자기 열쇠가 쨍그랑거리는 소리가 났지만 그는 왜 그런 소리가 들리는지 이유를 알 수 없었다. 그때 육중한 금속 문이 덜컹 열리는 소리가 났다. 그는 눈을 뜨고 침대 하나를 들고 들어오는 교도 관 두 사람을 쳐다봤다. 두 사람은 그 침대를 그가 누운 침대 맞은 편에 놓았다. 누가 한 명 더 들어오나? 그는 이해할 수 없었다. 이미 모든 사람이 여기에 다 있는데?

그는 교도관들이 침대를 정리하고 침대 옆에 의자를 놓는 모습을 지켜봤다. 두 사람 가운데 한 명이 이 방에서 자려는 걸까? 그렇다고 큰 문제가 될 일은 없었다. 그저 30분만 더 기다리면 되니까.

하지만 그의 추론은 틀렸다. 교도관 대신에 한 남자가 들어왔다. 너무 어두워서 남자의 모습은 제대로 보이지 않았다. 그 남자가 재 킷을 벗고 목 보호대를 밖으로 드러냈을 때에야 그는 그 남자의 정 체를 추측할 수 있었다. 파비안 리스크가 저 침대 끝에 앉아 이 방 을 둘러보는 일이 과연 가능할까?

파비안 혼자서 치과 의자를 빠져나오는 일은 거의 불가능했다. 그렇다면 경찰이 자신의 은신처를 찾아낸 것이고, 지금은 자신의 신원을 파악했다는 사실을 의미했다. 경찰이 어떻게 알아냈을까? 그로서는 이해할 수 없었다. 자동차에 찍힌 지문은 분명히 수거했는데. 어쩌면 다른 곳에도 지문이 남아 있었는지도 몰랐다.

그는 눈을 감고 자신이 완전히 깨어 있다는 사실을 숨기려 했다. 심장이 두 배 이상 빠르게 뛰었다. 그저 당장 뛰어가 저 망할 놈에게 주사를 놓고 이번에는 정말로 영원히 끝을 내고 싶었지만, 그럴 수 없다는 사실을 잘 알았다. 아직은 할 수 없었다. 그 대신에 그는 눈을 꼭 감고 이 사태를 수습할 방법을 고민했다. 결승선 앞에서 발에 걸려 넘어질 수는 없었다. 지금은 아니었다. 절대로 물러날 수 없었다.

어차피 몇 시간 후면 스스로 정체를 드러낼 생각이었으니 경찰이 그를 알아냈다는 사실이 크게 문제 될 일은 없었다. 이미 과정은 진행되고 있었고 이 순간에도 적어도 100명이 넘는 사람이 애를 쓰고 있었다. 논평에 관해서라면 걱정할 이유가 하나도 없었다.

하지만 문제는 그가 모르는 일이 있다는 점이었다. 지금 상황에서 경찰이 어떤 단계까지 수사를 진행했는지 모른다는 것은 가장 바람직하지 않은 일이었다. 경찰은 어디까지 알게 됐을까? 그가 감옥에 있다는 사실을 알고 있을까? 그렇다면 그가 코르헤덴 행세를 하고 있다는 것도? 그래서 리스크를 여기에 데려온 걸까? 아니면 리스크도 보호를 받을 필요가 있다고 생각했기에 데려온 걸까?

하지만 경찰은 모르고 있는 것이 분명했다. 그가 다른 동창들과 함께 감옥에 들어왔을 수도 있다는 의심을 했다면 벌써 오래전에 경찰특공대가 들어와 한 사람 한 사람 심문했을 것이다. 아무리 생각해도 자신의 추론이 옳다는 생각이 들었다.

경찰은 아무것도 모르고 있음이 분명했다.

적어도 투베손과 그 동료들은 모르는 것이 분명했다. 하지만 리스크가 어떤 생각을 하는지는 완전히 다른 문제였다. 파비안 리스크는 자기 동료들과는 전적으로 다른 자연의 법칙 아래에서 행동하고 살아가고 있었으니까.

리스크는 분명히 두 시간도 전에 죽어야 했다. 하지만 지금까지도 살아서 건너편 침대에 앉아 잠든 열 명을 둘러보고 있다. 리스크에 관해서라면 이제는 더는 놀랄 일도 없었다. 어쩌면 불가사의한 힘으로 지금 벌어지는 일을 눈치채고 여기서 밤을 보내겠다고 결정했을 수도 있었다.

하지만 그랬다면 분명히 동료들에게 그 사실을 알렸어야 했다. 의무적으로 말이다. 그러나 리스크가 반드시 했어야 하는 말을 하지 않은 건 이번이 처음이 아니다. 어쩌면 이번에도 미심쩍은 부분을 혼자서만 간직하기로 했는지도 모른다. 아니면 정말로 아무런 의심 없이 그저 안전한 감옥에서 몇 시간이라도 자고 싶었는지도 모른다.

그는 잠결에 뒤척이는 것처럼 옆으로 누웠다. 시계의 타이머가 작동하기 시작했을 때 그의 얼굴에 떠오른 웃음을 본 사람은 아무도 없었다. 30분 남았다. 단 1초도 더 걸리지는 않을 것이다.

그리고 그는 살인범을 결정했다.

104

사진은 거의 완벽했다. 지문 보관소 사진과 달리 무성하게 수염이 자라 있지도 않았고 아무 특징이 없는 것은 분명했지만 이목구비가 뚜렷하게 보였다. 그러니까 이 모습이 현재 토리뉘 쉴메달의 얼굴인 것이다.

"이 사진을 우리한테 보내려다가 해고당했다고요?"

투베손의 말에 두냐는 고개를 끄덕였다.

"네, 그리고 그 차를 보냈기 때문에요."

두냐는 되도록 스웨덴 억양으로 말하려고 애쓰면서 대답했다.

투베손은 고개를 흔들면서 릴리아와 클리판, 몰란데르와 눈길을 주고받았다. 투베손은 무슨 말을 해야 할지 알 수가 없었다. 킴 슬레이스네르는 몇 번 만나본 적이 있는데, 그때마다 언제나 거만하고 약자를 괴롭힐 만한 사람이라는 생각은 들었다. 하지만 해협을 사이에 둔 두 나라 경찰계에는 그런 악당이 드물지 않았다. 다른 사람들처럼 투베손도 슬레이스네르에 관한 이야기는 전해 들었지만 그저 소문일 뿐이라고 생각했다. 하지만 스웨덴 경찰이 수사를 못하도록 방해했다는 사실은 그대로 묵과할 사안이 아니었다.

"그래서, 그 사람은 당신이 여기 온 걸 모른다고요?"

"몰라요. 내가 사진을 가지고 있다는 사실도 모를걸요. 그 망할 정신병자는 날 해고하자마자 내가 이메일에 접근할 수 없도록 차단해버렸거든요."

투베손과 다른 사람들은 또다시 눈길을 주고받았다.

"아, 미안해요. 내 말은, 그 사람이……."

"아니, 이해해요. 그럼 어떻게 사진을 손에 넣었죠?"

"전산실에 아주 좋은 친구가 있거든요."

"당신 같은 사람한테 아주 좋은 친구가 엄청나게 많은 것도 당연하죠."

클리판이 말했다.

"알겠지만, 우리도 친구라고 생각해도 좋아요. 당신이 없었다면, 우린 결코…… 아, 정말 생각하기도 싫어요."

투베손이 말했다.

"슬레이스네르가 왜 이 사진을 우리에게 주지 않으려 한 거죠?"

릴리아가 물었다.

"내 생각에는 몇 시간 뒤에 자신이 직접 언론에 발표하려고 그런 것 같아요. 자기가 공을 세우고 싶어서요."

두냐가 대답했다.

"자기 잘못도 감추고요."

클리판이 거들었다.

투베손은 잠시 아무 말도 하지 않았지만 이미 마음을 정했다. 슬레이스네르는 분명히 불같이 화를 낼 테고 온갖 방법을 다 동원해 스웨덴 경찰과 덴마크 경찰의 골이 더욱 깊어지게 만들 것이다.

"지금 당장 지명수배자로 발표합시다."

투베손의 말을 듣는 즉시 두냐는 10년 묵은 체증이 내려가는 것만 같았다. 마침내 두냐는 사건을 최우선으로 두는 경찰들과 함께 있게 된 것이다.

"서버에는 내가 올리지."

몰란데르가 말하고 방에서 나갔다.

클리판과 릴리아는 이미 조간신문을 발행하는 신문사에 전화를 돌리고 있었다.

"두냐, 혹시 뭐 좀 먹고 싶거나 마시고 싶으면 저기 부엌으로 가면 돼요. 편하게 있어요. 혹시 쉬고 싶다면 우리가……"

투베손의 말을 끊고 두냐가 말했다.

"수사를 돕는 건 어떨까요?"

105

6월 16일부터 그 집을 지날 때마다 왠지 기분이 이상해졌다. 3주하고도 반을 그 집에 신문을 배달하지 않았다. 코르헤덴에게 그렇게 오랫동안 신문을 배달하지 않았다는 사실에 왠지 영겁의 시간이 지나가고 있는 듯한 기분이 들었다. 거의 10년간 신문을 배달하면서 코르헤덴이 이렇게 오랫동안 신문을 넣지 말라고 요청한 적은 없었다. 아니, 곰곰이 생각해보면 신문을 넣지 말라고 요청한 적이 아예 없었던 것 같았다.

솔직하게 말해서 코르헤덴은 잘 모르는 사람이지만 그녀는 그가 그리웠다. 심지어 그녀는 코르헤덴이 어떻게 생겼는지도 몰랐다. 하지만 한 가지는 알고 있었다. 코르헤덴이 그녀가 배달하는 신문을 열렬히 기다린다는 것. 신문이 배달되는 순간이 코르헤덴에게는 하루 중 가장 근사한 시간이라는 것.

하지만 이제 무미건조하던 시간은 끝이 났다. 그녀는 다시 그의 신문을 배달할 테고 질서가 돌아올 것이다. 그녀는 평반이 달린 모터 자전거에서 내려와 〈헬싱보리스 다그블라드〉를 한 부 꺼내 접으면서 코르헤덴의 집으로 걸어갔다. 한여름인데도 언제나처럼 굴뚝에서는 연기가 나고 있었다. 물론 어젯밤에는 비가 내렸고 오래된 집에는 습기가 찼을 테지만 코르헤덴은 자신의 일상을 고수한 것이다. 그녀는 코르헤덴이 그러리라는 사실을 잘 알고 있었다.

진입로에서 집까지 절반쯤 걸어갔을 때 그녀는 마음을 바꿔 〈다겐스 뉘헤테르〉와 〈스벤스카 다그블라데트〉를 작은 환영 선물로 함께 넣어주려고 다시 모터 자전거로 돌아갔다. 그녀가 얼마나 감사하고 있는지를 보여줄 최소한의 성의였다. 코르헤덴의 집 문 앞에 도착한 그녀는 〈스벤스카 다그블라데트〉를 접어 조심스럽게 우편물 투입구에 밀어 넣었다. 엉뚱한 신문을 집어넣으면 코르헤덴이 어떤 반응을 보일지 궁금했다. 그녀가 신문을 잘못 배달했다고 생각하고 재빨리 문을 열지도 몰랐다. 아니면 호기심이 일지만 그저 조그마한 모험으로 받아들이고 가만히 있을 수도 있었다.

그런데, 아무 일도 일어나지 않았다.

신문은 그 누구도 신경 쓰지 않는다는 듯이 바닥으로 쿵, 하고 떨어지더니 가만히 있었다. 신문을 잡는 손도 없었다. 그녀는 서둘러 〈다겐스 뉘헤테르〉를 투입구에 집어넣었다.

역시 아무 일도 일어나지 않았다.

이게 무슨 일이지? 그녀는 코르헤덴이 집에 있다는 사실을 알았다. 어쩌면 잠이 들었는지도 몰랐다. 두근거리는 마음을 부여잡고 그녀는 〈헬싱보리스 다그블라드〉를 투입구에 밀어 넣으면서 초인종을 눌렀다. 〈헬싱보리스 다그블라드〉도 다른 신문들처럼 밑으로 떨어졌고, 두 신문 위에 쌓였다. 분명히 뭔가 잘못됐는데, 그녀는 무엇이 잘못됐는지 알 수가 없었다. 이대로 그냥 떠나서 아무 문제 없는 척하는 게 좋지 않을까?

당연히 떠나는 게 옳았겠지만 그녀는 문손잡이를 잡고 돌려봤다. 문은 열려 있었다. 일단 문 안으로 들어갔지만 신문은 그대로 내버려뒀다. 그녀가 상상해온 것처럼 난로 앞에는 앉아서 신문을 읽을 수 있는 안락한 의자가 놓였고 난로 안에서는 장작이 조용히 타고 있었다.

코르헤덴은 어디에 있을까? 샤워하는 소리는 들리지 않았다. 그녀는 여보세요, 라고 말해봤지만 아무도 대답하지 않았다. 코르헤덴은 집에 없었다. 그가 집에 없다면 누가 난로를 피워놓은 것일까? 물론 누가 난로를 피웠는지는 중요하지 않고 이 집에서 일어나는 일도 자신과는 상관없다는 것을 잘 알았다. 그녀는 마음속으로 빨리 이 집에서 나가라고, 빨리 모터 자전거를 타고 배달이나 하라고 말했다. 어쨌거나 오늘 아침에 신문이 필요한 사람은 코르헤덴만이 아니니까.

하지만 그녀는 거실로 들어가 살펴봤다. 문 하나가 살짝 열려 있었다. 침실 문 같았다. 코르헤덴이 저곳에서 자고 있을까? 신문 구독을 하지 않는 동안 코르헤덴이 어디에 있었는지는 그녀로선 알 방법이 없었다. 어쩌면 시차 때문에 피곤해서 자는지도 몰랐다. 그녀는 계속해서 떠나야 한다고 생각했지만, 그곳에서 멈추지 못하고 안으로 들어갔다.

조심스럽게 다리로 침실 문을 밀어 연 그녀는 잠옷을 입고 침대에 누워 있는 코르헤덴을 발견했다. 코르헤덴은 자고 있지 않았다. 손과 발이 침대 기둥에 묶인 채 죽어 있었다.

그녀는 당혹스러웠다. 그리고 자신이 읽은 모든 책과 살해 현장에서 찾을 수 있는 수많은 단서에 관해 생각했다. 어리석은 판단이었지만 그래도 가까이 가서 살펴볼 수밖에 없었다. 111번 고속도로에서 자동차 전복 사고를 본 적은 있지만 실제로 죽은 사람을 직접 본 것은 이번이 처음이었다. 111번 고속도로에서는 그녀가 교통사고를 목격했을 때는 이미 구급차가 와 있었고 속도를 늦췄어도 시트를 덮은 들것밖에 보지 못했다. 그러니까 지금하고는 완선히 다른 경우였다.

그녀는 집게손가락으로 코르헤덴의 맨발을 꾹 눌렀다. 차가웠고, 연한 자국이 남았다. 혹시 그게 언제 죽었는지를 나타내는 징후가 아닐까? 그녀는 자신이 가장 좋아하는 범죄 소설에서 읽은 내용을 떠올려봤다. 작가들이 쓴 내용 가운데 실제 사실을 기반으로 한 내용은 얼마나 될까? 사후강직은 사망하자마자 일어나는 것일까?

그녀의 눈길은 코르헤덴의 팔로 옮겨갔다. 잠옷 소매는 걷어 올려졌고 팔 밑으로 피가 흘러 말라붙어 있었다. 가까이에서 들여다보자 팔꿈치 주름에 작은 붉은 점이 보였다. 누군가 팔에 주사기를 꽂고 독을 주입한 게 분명했다. 그녀는 심장이 격렬하게 뛰기 시작했다. 그녀는 이런 단서를 찾아내는 데에 정말로 소질이 있었다.

하지만 코르헤덴의 얼굴은 도저히 이해할 수 없었다. 처음에 방을 들여다봤을 때 그녀는 코르헤덴이 수염을 기르고 있다고 생각했다. 하지만 가까이에서 보니 털은 한 올도 없었다. 코르헤덴의 수염은 제거되어 있었다. 피부째 들려 나가 있었다. 남은 것은 그저 엉겨 붙은 핏덩어리뿐이었다.

106
○

킴 슬레이스네르는 식은땀을 흘리면서 일어났다. 침대 시트가 축축하게 젖어 있었다. 시간은 고작 4시 10분이었다. 기자 회견을 하기 전까지 두 시간은 더 자고 오랫동안 샤워한 뒤에 아침을 먹을 시간은 충분했다.

하지만 그는 느긋하게 기다릴 수가 없었다. 마침내 정말로 중요한 내용에 모든 관심이 몰릴 것이다. 진짜 범인에게 모든 시선이 쏠릴 것이다. 스웨덴 사람을 여섯 명 죽이고 덴마크 사람을 두 명 죽인 살인마에게.

이제 곧 모든 신문이 슬레이스네르의 사생활이 아니라 정말로 실어야 할 심각한 기사를 다루게 될 것이다. 그는 창문 너머 동쪽을 응시했다. 밖은 아직 어두웠다. 7월치고는 드물게 어두운 날이지만 스웨덴과 가까운 하늘은 그렇게까지 어둡지는 않았다. 어쨌거나 오늘은 가능성으로 가득 찬 새로운 하루였다.

그는 운하를 따라 랑에브로 쪽으로 가는 배를 쳐다봤다. 지금 당장 차고로 달려가 자동차를 타고 저 다리로 가서 배 갑판으로 떨어져 내릴 수만 있다면, 어처구니없는 이 모든 상황을 뒤로하고 새로운 모험에 나선 뒤 다시는 돌아오지 않을 수만 있다면 좋겠다는 상상을 했다.

심장은 여전히 심하게 요동치고 있었다. 왜 그런지 이유를 알 수 없었다. 어제는 종일 커피 한 잔 마시지 않았고, 모든 일은 계획대로 진행됐다. 두냐는 쫓겨났고, 이제 곧 그를 향한 모든 비난을 일시에 잠재울 회심의 정보를 가지고 대중 앞에 설 것이다. 당연히 자신감에 차 있어야 정상일 텐데, 극도로 불안하기만 했다.

그는 몇 차례 크게 심호흡을 하고 몸을 구부렸다가 쭉 펴면서 더욱 깊이 숨을 들이마셨다. 텔레비전 프로그램을 보며 비베카가 요가 연습을 하던 것처럼 두 팔을 머리 위로 쭉 뻗었다가 원을 그리면

서 옆으로 내렸다. 다시 한번 똑같은 동작을 해봤지만 특별히 기분
이 나아지는 것 같지는 않았다. 결국 포기하고 책상으로 가 노트북
을 켜고 새로 도착한 이메일이 있는지 살펴봤다.

스팸 메일 필터를 통과한 메일은 세 통이 있었다.

2010년 7월 10일 오전 2시 12분 40초
viveca.sleizner@gmail.com
중개업자한테 오늘 오후 1시에 아파트에 가보라고 했어. 분명히 깨
끗하게 치워놓았을 거라고 믿어. 당신은 올 필요 없어. -V.

2010년 7월 10일 오전 3시 32분 51초
jens.duus@politi.dk
사진은 인쇄해서 액자에 넣었고 우리 서버에도 올렸습니다. 패스워
드는 Kb48Grtda7입니다. 나중에 뵈어요. -옌스.

슬레이스네르는 어째서 옌스 두우스가 늘 그렇게 복잡한 패스워
드를 사용하는지 이해할 수가 없었다. 이제 곧 모든 덴마크 언론이
경찰서 웹사이트로 들어와 그 사진을 다운받아 갈 텐데, 적어도 기
자들 가운데 3분의 1은 틀린 글자와 숫자를 입력할 것이 분명했다.

2010년 7월 10일 오전 3시 51분 10초
niels.pedersen@politi.dk
http://politiken.dk/

이 메일에는 달랑 〈폴리티켄〉 사이트 링크만 적혀 있었다. 시계

를 흘긋 쳐다본 슬레이스네르는 이 메일이 지금 막 도착했음을 알았다. 닐스 페데르센이 누구지? 아무리 생각해봐도 모르는 이름이었다.

그는 링크를 클릭했다. 그리고 자기 눈을 믿을 수 없었다. 영문을 몰라 어리둥절했다. 정말로 어리둥절했다.

〈폴리티켄〉은 방금 덴마크 경찰이 액자에 넣은 사진을 가지고 있었다. 언론에 발표할 주인공이 슬레이스네르 자신이어야 할 사진을 이미 가지고 있었다.

정체를 밝히다!

스웨덴 경찰은 동창생 살인범 토리뉘 쉴메달의 사진을 공개했고, 그 뒤를 바짝 추격하고 있다며 "범인은 곧 잡힐 것"이라고 전했다.

슬레이스네르는 〈베를링스케〉 사이트에 들어가 봤다. 그곳에도 범인 사진이 올라와 있었다.

스웨덴 경찰은 한 반 연쇄 살인범 토리뉘 쉴메달을 잡을 획기적인 도약을 마련했다.

스웨덴 경찰은 심지어 신원까지 파악했다. 두냐가 정보를 흘렸음이 분명했다. 두냐가 아니라면 그 누구도 할 수 없는 일이었다. 하지만 어떻게 이런 일을 할 수 있었을까? 두냐는 끔찍한 바퀴벌레보다도 더 끔찍한 인간이었다. 아무리 심하게 밟아도 또다시 일어나서 뛰어다녔다. 당연히 이메일 계정을 막았는데도 기자 회견에서 가장 중요한 역할을 할 사진을, 모두 그의 사퇴 발표라고 생각하는 기자 회견 때 그와는 정반대 선언을 하게 해줄 사진을 그녀는 손에 넣었다.

기자 회견은 취소해야 했다. 그렇게 되면 슬레이스네르의 위신은 땅에 떨어질 테고, 함메르스텐도 그의 능력에 의문을 품게 될 것이다. 하지만 선택의 여지가 없었다. 사진이 없다면 빈손으로 기자 회견장에 나가야 하고 결국 계속해서 사퇴 압력만 받을 것이다. 이 상황을 어떻게 보느냐에 상관없이 결론은 같았다. 그 추잡한 조그만 창녀가 이겼고 슬레이스네르는 링 위에서 쓰러졌다.

하지만 전에도 한 번 쓰러졌다가 일어난 적이 있었다. 그러니까 아직은 괜찮았다. 아직 링 밖으로 쫓겨난 건 아니니까.

107

"절대로 잊으면 안 됩니다."

"뭘 말입니까?"

"믿을 수 없을 정도로 위험한 사람이라는 거 말입니다."

그는 딸깍, 수화기 내려놓는 소리를 들었고 통화는 끝났다. 커피 잔을 들었지만 너무 심하게 떨려서 두 손으로 잡아야 했다. 커피는 이미 차갑게 식었지만 운이 좋다면 설탕이 필요한 에너지를 제공해 줄 것이다. 본능은 이번 일에서는 빠져야 한다고 말했지만 선택의 여지가 없었다. 그가 조금이라도 주저한다면 더 많은 희생자가 나올 것이다. 변기 물 내리는 소리가 들리고 화장실에서 동료가 신문을 들고 나왔다.

"왜 그래? 표정이 완전…… 도대체 무슨 일인데 그래?"

"그, 그 사람이 전화했어. 알지? 투, 투베손이라는 강력반 형사 말이야."

"그래? 왜 전화한 건데?"

"그자가 여기에 있대. 그, 그 한 반 살해범."

"그게 무슨 소리야? 여기라니? 그게 무슨 뜻인데?"

"세, 세트 코르헤덴이 집에서 죽은 채로 발견됐대."

마침내 자기 목소리에 어린 긴장이 조금은 풀리고 있음에 안도하면서 그가 대답했다.

"그러니까 지금 그 범인이 세트 코르헤덴인 척하면서 저 사람들이랑 같이 누워 있다는 거야?"

그는 동료의 말에 고개를 끄덕이면서 자신이 점점 침착해지고 있다고 느꼈다. 이제는 누군가와 함께 있다는 사실이 훨씬 안심됐다.

"이런 뭐 같은 경우가 다 있어?"

"지원을 보낸다고 했지만 다른 사람을 해치기 전에 너랑 나랑 들어가서 잡아야 해. 기다릴 시간이 없어."

"좋았어, 가자고. 네가 갈 수 있다면 말이야."

"당연히 갈 수 있지, 내가 왜 못 가겠어?"

"와, 이거 끝내주는데. 너랑 내가 그 망할 자식을 잡게 되다니."

동료가 그의 어깨를 툭 치면서 말했다.

두 사람은 재빨리 무기를 점검하고 경비실을 나섰다. 특별 손님들이 자고 있는 방 앞에 도착하자 두 사람은 걸음을 멈추고 서로를 쳐다봤다.

"준비됐어?"

동료의 말에 그는 고개를 끄덕였다. 동료는 가능한 한 아주 조심스럽게 열쇠를 돌려 문을 열었다.

"사람들을 깨우지 않으려면 신발을 벗는 게 좋겠어."

"좋은 생각이야."

두 사람은 신발을 벗고 방으로 들어가 문을 닫고 두 눈이 어둠에 익숙해질 때까지 기다렸다. 정확히 어디를 봐야 하는지는 단번에 알 수 있었다. 살인마는 가장 말이 많았고 감옥에서 자야 한다는 사실에 가장 많이 항의한 남자였다. 살인범은 계속 두 사람 앞에 있었다. 잔혹한 냉혈한 같으니라고. 하지만 곧 붙잡을 수 있다. 그는 이제는 더는 떨리지도 않았다. 분명히 모든 것이 다 잘될 것이다. 그는 확신했다.

몇 분 뒤에 두 사람은 왼쪽 끝에서 두 번째 침대를 향해 움직이기 시작했다. 동료는 이미 수갑까지 준비하고 있었다. 신발을 벗은 건 탁월한 생각이었다. 두 사람이 방을 가로지르는 동안 발소리는 조금도 들리지 않았다.

살인마는 침대에 엎드려 자고 있었다. 얼굴은 두 사람과는 반대쪽으로 돌리고 있었고 오른손은 베개 밑에 넣고 왼손은 몸에 붙이고 있었다. 아주 편해 보이는 모습은 아니었지만 17년 야간 근무를 하는 동안 이렇게 독특하게 잠을 자는 모습은 본 적이 없었다.

이보다 더 준비가 잘될 수는 없었다.

그는 왼쪽 무릎을 들어 올려 앞으로 쓱 내밀면서 잠을 자는 남자를 향해 몸을 숙였다. 그의 계획은 무릎으로 남자의 등을 내리누르고 그사이에 두 손을 뒤로 돌릴 생각이었다. 그 동작은 교도관이라면 제2의 천성처럼 자연스러웠고 그가 기억하는 한 정말로 수없이 많이 해본 동작이었다.

하지만 그의 무릎이 침대를 쳤고, 잠을 자던 남자는 옆으로 빠져나가 몸을 돌렸고, 그는 갑자기 왼쪽 무릎에 뭔가에 찔린 듯한 통증을 느꼈다. 어째서 이렇게 아픈지 살펴보려고 했지만 그럴 시간이 없었다. 남자가 재빨리 침대에서 벗어나 동료의 목을 잡았고, 동료는 아무 소리도 내지 못하고 바닥으로 풀썩 쓰러졌다.

그는 갑자기 자신이 바닥에 누워 있다는 사실을 깨달았다. 다리가 떨어져나간 게 분명했다. 어째서 아무것도 느낄 수 없는 걸까? 그는 다시 일어나려고 했지만 다리를 움직일 수 없었다. 팔을 짚고 일어나려 했지만 팔도 움직일 수 없었다.

심지어 숨도 쉴 수 없었다.

108
○

문들이 닫혔다. 오직 다시 열리기 위해서. 이 시간에는 흔한 일이었다. 그가 플랫폼의 기둥에 기대고 있는 동료들에게 고함을 치는 동안, 시시껄렁한 이야기를 하면서 문을 닫지 못하게 하는 사람들은 꼭 있었다.

1980년대 중반에 시에베르트 시에달은 혈액에 지금과 똑같은 양의 알코올을 담고 지금 기대고 있는 기둥에 똑같이 몸을 기댔던 순간을 기억했다. 그때는 분명히 재미있었다. 그날 밤에는 루스탄스 라세예르가 리츠에서 고별 콘서트를 했다. 그는 맨 앞에서 콘서트를 봤고 심지어 콘서트가 끝난 뒤에는 요한 킨데에게 사인까지 받았다.

그날 밤에도 그는 기차를 기다렸다. 오늘 밤 기차역 분위기는 그날 밤을 떠오르게 했다. 다른 점이라면 이번에는 기차가 떠나기를 기다리고 있다는 것뿐이었다. 기차가 떠나면 그는 양동이와 브러시를 들고, 어깨에는 사다리를 메고 철도로 뛰어내릴 것이다.

수년 동안 수도 없이 해온 일이니 사실 눈감고도 할 수 있었지만 착지할 때는 조심해야 했다. 물론 보지 않는다고 해서 철도로 제대로 내려서지 못하리라는 생각은 들지 않았다. 지난 몇 년 동안 시에달이 붙인 광고는 이 역을 지나는 수백만 승객 가운데 단 한 명의 눈길조차 뺏을 수 없을 것처럼 정말 대책 없이 지루하고 바보 같은 광고뿐이었다. 예발리아의 '불청객' 시리즈나 아무도 이해하지 못해 계속해서 고민해야 했던 노키아 광고 같은 1980년대 광고들보다도 못한 광고뿐이었다.

하지만 지금 붙이려고 가는 광고는 그보다 더 독특할 수 없었다. 어쩔 수 없이 광고가 뜻하는 내용을 알아내려고 고민할 수밖에 없었다. 그 광고는 믿을 수 없을 정도로 평범한 남자 사진이 실려 있었고 사진 밑에는 붉은 글씨로 이렇게 적혀 있었다.

이게 나다.

-토리뉘 쉴메달.

109

○

맥박이 뛰는 것을 느끼면서 파비안은 잠에서 깨어났다. 숨이 가빠졌다. 또다시 꿈을 꿨음이 분명했다. 보통 그는 꿈을 꾸지 않았다.

하지만 어젯밤에는 눈을 감자마자 꿈을 꿨다. 살면서 경험한 일들과는 전혀 상관없어 보이는 지긋지긋하고 비비 꼬인 꿈이었다. 정확히 어떤 꿈이었는지는 모르겠지만 분명히 꿈을 꿨다.

아니면 뭔가가 그를 깨웠는지도 몰랐다.

그는 일어나 앉아서 벽에 늘어선 침대를 바라봤다. 그리고 동창들과 함께 감옥에서 자고 있다는 사실을 기억해냈다. 그는 의자에 벗어놓은 손목시계를 들어 시간을 확인했다. 새벽 4시 23분이었다.

그는 피곤했다. 고작 몇 시간만 자고 일어나기엔 너무나도 피곤했다. 다른 침대를 둘러봤다. 모두 자는 듯했다. 도대체 왜 잠에서 깼을까? 보통은 자다가 깨는 법이 없었다. 화장실에 가야겠다는 생각이 들었다. 어쩌면 방광이 꽉 차서 일어나야 했는지도 몰랐다.

파비안은 침대에서 내려와 반대쪽에 있는 화장실을 향해 걷기 시작했다. 화장실에 도착한 그는 아주 조심스럽게 문을 열고 전등을 켜려다가 그냥 두기로 했다. 불을 켰다가는 침대로 돌아갈 때 아무것도 보이지 않을 것이 분명했기 때문이다.

화장실 안은 칠흑처럼 어두워서 그는 두 팔을 쭉 뻗은 상태로 천천히 앞으로 나아갔다. 오른쪽에는 활짝 열린 샤워용 비닐 커튼이 있었다. 차갑고 딱딱한 욕조 끝이 닿을 때까지 커튼을 따라 손을 쭉 내렸다. 내일은 목욕을 할 수 있을지도 몰랐다.

좀 더 앞으로 나가 세면대를 지나 변기에 닿았다. 차갑고 조금은 끈적끈적한 도자기 변기의 끝이 만져졌다. 변기 뚜껑을 열고 소변을 누고 물을 내렸다. 물 내려가는 소리는 생각보다 커서 다른 사람이 깼으면 어쩌나 걱정될 정도였다. 수도꼭지와 물비누 통을 찾아 손을 씻었다.

손을 닦을 수건이 없었기에 샤워 커튼에 닦으려고 몸을 돌렸다.

발이 타일 바닥에 있던 뭔가를 차 날렸다. 단단한 금속 물체가 부딪치는 소리가 났다. 그는 몸을 구부리고 발에 닿은 물건이 무엇인지 알아보려고 바닥을 더듬었다.

마침내 한쪽 벽 앞에서 그 물건을 찾아냈다. 생각처럼 그 물건은 금속으로 만들어졌고 반원형이었다. 지름은 1~2센티미터 정도. 둥근 한쪽 면에는 요철이 있었고 다른 쪽 면에는 작은 고리가 툭 튀어나와 있었다. 파비안은 그 물건이 무엇인지 깨달았다.

단추였다. 경찰 제복에 달린 단추.

갑자기 모든 상황을 이해할 수 있었다. 무엇 때문에 자신이 잠에서 깼는지, 어째서 샤워 커튼이 한쪽으로 몰렸는지 알 수 있었다.

그는 욕조로 다가가 손을 집어넣었다. 의심은 그 즉시 사실로 확인됐다. 다리 하나, 손 하나, 신발을 신지 않은 발 하나, 목 두 개, 얼굴 두 개가 만져졌다. 경비원 두 명. 두 명이 죽은 것이다.

그가 여기 있었다. 토리뷔 쉴메달이 여기 있었다. 당연히 여기 있을 수밖에 없었다. 여기 말고 그가 어디로 가겠는가? 그런데도 그런 생각을 파비안도, 그 누구도 하지 못했다.

하지만 도대체 누구지? 자파르나 다른 여자들 가운데 한 명일 수는 없었다. 스테판 A나 스테판 M? 세트? 니클라스? 남자들 가운데 한 명임이 분명했다.

파비안은 의심을 사지 않도록 화장실에서 가능한 한 빠른 속도로 동창들이 자는 침대를 지나고 자기가 누워 있던 침대를 지나 문으로 갔다. 문은 잠겨 있었고 비상벨은 어디에도 없었다. 파비안에게는 전화기가 없었고 이 방에 있는 사람들 모두 마찬가지일 듯했다. 그는 관자놀이를 문질렀다. 이 모든 일을 처리하기에는 너무나도 피곤했다. 혹시 살인범이 경비원 열쇠를 가졌는지도 몰랐다. 어쩌면 이미 이 방을 떠난 것은 아닐까?

파비안은 다시 자기 침대로 돌아오면서 다른 침대를 둘러봤다. 파비안의 침대를 뺀 나머지 침대에 모두 사람이 누워 있었다. 그러니까 쉴메달은 아직 이 방에 있는 것이다. 파비안은 세면도구를 담아 온 가방을 열어 가방 덮개 안에 있는 거울을 튀어나오게 해 들고서 맞은편 침대로 걸어갔다.

문에서 가장 가까운 첫 번째 침대에는 한 남자가 입을 벌린 채 똑바로 누워 있었다. 살이 찌기는 했지만 파비안은 그 남자가 자파르 우마르임을 금세 알아봤다. 침대 옆에 쭈그리고 앉으면서 파비안은 학예회 때 자파르가 얼마나 재미있었는지를 생각했다. 자파르는 언제나 코미디언이 되겠다고 말했다. 작은 거울을 자파르의 입에 가까이 대면서 파비안은 그를 본 적이 있거나 그에 관해 들은 적이 있는지 생각해봤지만 단 한 번도 그런 적은 없었다.

거울에는 입김이 서리지 않았다. 더욱 확실하게 확인하려고 파비안은 자파르의 경동맥에 살며시 손가락을 댔다. 맥박이 뛰지 않았다. 자파르는 죽어 있었다. 파비안은 놀라지 않았다. 그저 얼마나 많은 사람이 이미 죽었는지만 궁금했다.

파비안은 옆 침대로 걸어갔다. 스테판 안데르손이 옆으로 누워 있었다. 스테판의 입에 거울을 가져다 댔지만 입김은 서리지 않았다. 젠장, 스테판도 이미 늦었다. 파비안은 서둘러 다음 침대로 갔다. 세트 코르헤덴이 누워 있었다. 수염이 있는 것으로 보아 틀림없이 세트였다. 세트는 파비안이 기억하는 한, 언제나 수염을 길렀다. 파비안은 세트의 입에 거울을 댔다. 입김이 나오지 않았다. 바지에 거울을 문질러 닦고 다시 입에 댔지만 거울은 변함이 없었다.

이 모든 사람을 죽일 시간이 있었단 말이야? 그렇다면 왜 파비안은 살려둔 것일까? 살인마가 침대를 돌아다녔기 때문에 파비안이 깬 것은 아닐까? 파비안은 너무나도 피곤해서 제대로 생각할 수가 없었다. 무력감이 바이러스처럼 온몸으로 퍼져나가는 것이 느껴졌다. 정말로 포기하고 싶었다. 그냥 침대로 돌아가 반듯하게 누워서 눈을 감고 자기 차례를 기다리고 싶었다.

그는 이미 알고 있는 사실을 확인하려고 세트 코르헤덴의 경동맥을 손으로 짚었다. 그런데 뭔가 아주 이상한 점이 있었다.

코르헤덴의 수염.

코르헤덴의 수염이 비틀어져 있었다. 마치…… 파비안은 조심스럽게 수염을 더듬었고, 확신했다. 수염은 코르헤덴의 얼굴에 붙어 있지 않았다. 수염을 손에 들고 가까이에서 들여다본 파비안은 믿을 수 없을 정도로 잘 만들어진 가짜 수염임을 알 수 있었다. 하지만 곧 완전히 가짜 수염은 아니라는 사실을 깨달았다. 마치 전염병 병원체를 들고 있던 것처럼 화들짝 놀라 수염을 떨어뜨린 파비안은 코르헤덴을 다시 내려다봤고, 침대 위에 죽은 남자가 세트 코르헤덴이 아님을 확인했다.

그 남자는 니클라스 베크스트룀이었다.

이게 무슨 일인지 제대로 생각해보려 했지만 똑바로 생각할 수가 없었다. 침대 반대편 바닥으로 뭔가가 움직인다는 느낌이 들었지만 그것이 무엇인지는 보이지 않았다. 그때 갑자기 뭔가가 정강이를 찔렀다. 파비안은 재빨리 뒤로 물러나려 했지만 침대 밑에서 나온 손이 그의 발목을 잡고 홱 잡아당겼다.

뒤로 벌러덩 넘어지는 파비안의 목 보호대가 스테판 안데르손이 누워 있는 침대 모서리에 부딪혔다. 그는 침대 밑에서 촉수처럼 나와 있는 팔을 봤다. 발을 휘둘러 발목을 잡고 있는 손을 떨쳐내려 애쓰면서 파비안은 정강이에 꽂힌 주사기를 봤다. 그를 공격한 사람은 이 주사기를 원했다. 파비안은 주사기를 잡으려고 했지만 손이 닿지 않았다. 너무 아래에 있었다. 그가 할 수 있는 일은 계속해서 발로 차면서 손이 주사기를 잡지 못하게 하는 것뿐이었다.

뭔가 단단한 것에 부딪히자 발목을 꽉 잡고 있던 손이 느슨해졌다. 파비안은 다리를 몸 쪽으로 끌어당기려 했지만 움직이지 않았다. 빨리 도망치지 않는다면 손이 다시 뻗어올 것이다. 그는 엎드려서 손과 발을 모두 사용해 이동하려 했지만 다리가 말을 듣지 않았다. 이제 곧 침대 밑에서 손이 나와 주사기를 잡고 독약을 주입할 것이다.

파비안은 안데르손이 누워 있는 침대 다리를 잡으려고 손을 뻗었지만 닿지 않았다. 몇 센티미터만 가면 잡을 수 있었다. 꼼지락거리면서 안데르손의 침대를 향해 가고 있을 때 뒤에서 침대가 뒤집히는 소리가 들렸다. 파비안은 안데르손의 침대 다리를 잡고 젖 먹던 힘까지 쏟아부어 몸을 끌어당겼다.

그는 뒤에 쫓아오는 것이 무엇이든 떨쳐내려 애쓰면서 팔로 바닥을 기어갔다. 어떤 일이 있어도 문까지 가야 했다. 감각은 점점 더 사라졌고, 너무 늦기 전에 닿으리라는 확신은 없었지만 어쨌거나 번쩍이는 리놀륨 바닥을 끈기 있게 미끄러지듯 기어갔다. 파비안이 유일한 생존자일까, 아니면 아직 살아 있는 사람이 더 있을까?

그는 비명을 지르려고 폐 가득 공기를 담았지만, 바로 그 순간 훅 뒤로 당겨진 뒤에 빙그르르 돌려졌다. 토리뉘 쉴메달이 한 다리씩 파비안의 양쪽에 버티고 서서 웃고 있었다. 쉴메달은 공중으로 훌쩍 뛰어올랐다. 쉴메달이 무슨 일을 하려는지 깨달은 파비안은 몸을 굴려 피하려 했지만 더는 움직일 수 없었다. 쉴메달은 무릎으로 파비안의 가슴을 찍으며 내려앉았다.

갈비뼈 부러지는 소리가 났고 엄청난 통증이 폐를 따라 퍼져나갔다. 파비안은 기침을 했다. 피 맛이 났다. 헐떡이며 숨을 들이마시려 했지만 폐 속으로 들어오는 공기는 없었다. 쉴메달은 점점 더 크게 웃으며 몸을 숙이더니 파비안의 귀에 대고 속삭였다.

"더 저항해봐야 소용없어. 이제 끝이야."

쉴메달의 말이 옳았다. 파비안으로서는 쉴메달이 다리에 꽂힌 주사기를 잡고 꾹 누르는 모습을 지켜볼 수밖에 없었다. 도대체 무엇을 기다리는 것일까? 어째서 싸우는 동안 독약을 파비안의 몸에 주입하지 않은 것일까? 파비안이 기침을 하자 더 많은 피가 터져 나왔다. 숨을 들이마실 때마다 가슴에서 색색거리는 소리가 들렸다.

주사기로 뻗어 가던 쉴메달의 손이 갑자기 힘에 겨운 듯 파르르 떨렸다. 쉴메달은 다른 손으로는 목을 조인 허리띠를 풀어내려고 애쓰고 있었다. 누가 쉴메달의 목을 조르는 거지? 쉴메달의 얼굴은 거의 푸르스름하게 보일 정도로 점점 더 창백해졌지만 모든 일이 끝날 때까지는 오직 시간만이 문제라는 듯이 저항을 멈추지 않았다.

파비안은 이 전투가 몇 초나 더 지속될지, 몇 분이나 더 지속될지 알지 못했다. 왠지 영원할 것만 같았다. 쉴메달의 뒤에서 레나와 세실리아, 아니카가 허리띠를 잡아당기고 있었지만 가끔은 성공할 수 없을 것처럼 보였다. 파비안은 세 사람이 도와달라고 외치는 소리를 들었지만 도와주러 오는 사람은 보이지 않았다. 그 대신에 쉴메달의 얼굴에는 다시 핏기가 감돌았고 이제 곧 주사기를 잡을 힘을 되찾은 것처럼 보였다. 파비안은 마지막 힘을 다해 다리를 움직이고 싶었지만 꼼짝도 할 수 없었다.

그때 갑자기 손 하나가 튀어나와 파비안의 다리에서 주사기를 빼냈다. 파비안은 어안이 벙벙했다. 리나의 손이었다. 리나는 재빨리 쉴메달의 목에 그 주사기를 꽂았다.

마침내 모든 것이 끝났다. 쉴메달은 털썩 엎어졌다. 죽은 채로, 입 밖으로 혀를 내밀고.

네 사람은 쉴메달을 잡고 파비안의 위에서 끌어내렸다. 천장에서 불이 켜지면서 누군가 방으로 뛰어 들어오는 소리가 들렸다. 파비안은 눈을 감아야 했다. 전등불이 바늘처럼 느껴졌다. 더 많은 피가 보였고 불안한 목소리들이 서로 고함을 지르는 소리가 들렸다.

투베손, 릴리아, 클리판의 목소리가 들렸다. 누군가 그의 목에 손을 대더니 덴마크어로 소리를 질렀다. 무슨 소리인지는 알 수 없지만 아주 심각한 내용 같았다. 그 여자는 다시 한번 소리쳤지만 그 소리를 들을 사람이 있는지는 알 수 없었다.

파비안은 기침을 했다. 입안 가득 피 맛이 났고, 피가 목을 타고 흐르는 것을 느꼈다. 하지만 더는 아프지 않았다. 고통은 목소리들처럼 서서히 사라져갔다.

마침내 모든 것이 조용해졌다. 조용하고 어두워졌다.

110

아직은 이른 시간이지만 벌써부터 내리쬐는 해로 인해 20도를 넘어서고 있었다. 또다시 기록적인 폭염을 기록할 하루가 시작되는 것 같았다. 아직 교통량이 많지 않지만 시간이 흐를수록 자동차 수는 늘어났고 여객선 터미널에는 휴가를 떠나려고 짐을 실은 자동차

들이 이미 길고 구불구불한 줄을 서 있었다.

프리아 바드 해변에는 부지런한 사람들이 벌써 도착해 모래사장에서 가장 좋은 장소에 돗자리를 깔고 이른 아침의 평화를 만끽하고 있었다. 이제 몇 시간만 지나면 모래사장에 아이스크림을 떨어뜨리는 아이들과 지친 부모가 서로에게 고함을 지르는 혼돈의 해변으로 바뀔 것이다.

쿨라가탄 거리를 채운 상점들은 아직 문을 열지 않았지만 스토르토르게트 모퉁이에 있는 팔만스 콘디토리의 여자들은 벌써부터 식탁과 의자를 내놓느라 부산했다.

편의점들 밖에는 아직도 E6 고속도로와 도서관에서 발생한 살인 사건이 광고판에 붙어 있었고, 선크림 실험 내용, 휴가 기간에 싸움을 피하는 방법 같은 어제 붙인 광고도 있었다.

그러니까 전체적으로 봤을 때는 7월 중순의 완벽하게 평범한 토요일 아침이었다. 단 한 가지만 다른 날과 달랐다. 이 나라 전역에서 사람들이 모두 같은 이야기를 한다는 것 말이다.

아직 그 사진은 신문 1면을 차지하지 않았지만 사람들은 집을 나서는 순간 모두 그의 얼굴을 봤다. 버스에서, 버스 정류장에서, 광고판과 통근 기차 안에서 그의 얼굴을 봤다.

이미 온라인 정보를 뒤진 사람들은 호기심을 보이는 사람들에게 전체 상황을 설명해줄 수 있었다. 그것은 어떤 특별한 광고가 아니었다. 토리뉘 쇨메달의 얼굴이었다. 그 얼굴이 바로 그 남자였다.

111

○

몸서리를 치던 파비안 리스크는 자신이 눈을 감고 있다는 사실을 깨달았다. 아직 살아 있었다. 발가락을 움직여보려 했지만, 사실 발가락을 움직일 수 있을지는 확신하지 못했다. 분명히 행복해야 하고 마음을 놓아야 했지만 왠지 커다란 블랙홀 같은 슬픔이 느껴졌다. 파비안은 또다시 그 숫자를 생각했다. 그 숫자는 그에게 어떠한 평화도 주기를 거부했다. 아주 두툼한 담요를 덮고 있었지만 너무나도 추워서 몸이 바들바들 떨렸다. 다른 생각을 하고 싶었지만 그 숫자는 완고하게 버티며 그의 머리에서 나가지 않았다. 강박관념처럼 지겹도록 고집스럽게도 계속해서 생각났다.

리나, 세실리아, 아니카, 레나가 그를 살렸다. 네 사람이 살아남았다. 스코네에서 멀리 떨어진 곳에 있는 세 사람에게는 의문부호를 붙였다. 하지만 파비안은 그다지 큰 희망은 품지 않았다. 어쨌거나 토리뉘 쉴메달은 일단 계획을 세운 일은 대부분 해내는 인간이었으니까. 파비안을 포함하면 다섯 사람, 스물한 명 가운데 다섯 명만이 살아남았다. 잉엘라 플록헤드를 포함한다면 동창 열여섯 명이 생명을 잃었다. 담임교사를 포함한다면 열일곱 명이 죽었다. 그 무엇과도 비교할 수 없는 재앙이었다.

파비안 자신은 상상할 수 있는 모든 방법으로 실패했다. 덴마크 경찰과 경비원을 포함하면 스무 명이 죽었다. 더구나 그 숫자에는 메테 로위세 리스고르는 포함되지도 않았다.

파비안은 눈을 뜨고 천장에서 빛나고 있는 형광등과 담배 피우는 사람의 치아와 색이 똑같은 구멍 난 타일을 쳐다봤다. 아주 익숙한 곳이었다. 바로 전에도 여기에 있었으니까. 그는 참을 수 있을 만큼 최대한 고개를 돌려 바로 옆에 누워 있는 테오도르를 쳐다봤다. 테오도르는 깨어 있었다. 테오도르도 파비안을 쳐다봤다. 두 사람의 눈이 마주쳤지만 아무 말도 하지 않았다. 지금 이 순간은 침묵이 가장 소중하다는 듯이, 그 어떤 일이 있어도 깨뜨리면 안 된다는 듯이 그저 쳐다만 봤다.

앞으로 해야 할 말이 아주 많을 것이다. 이야기를 나눌 적절한 시간은 찾아올 것이다. 의미 없는 사과도 많이 하게 될 것이고 억지로 꾸민 설명을 해야 할 때도 많을 것이다. 아마도 수많은 약속이 결국에는 지켜지지 않을 것이다.

테오도르가 손을 뻗었다. 그 손을 잡는 순간 파비안의 팔을 통해 따스함이 온몸으로 퍼져나갔다.

안데르스 안데르손은 헬싱보리 감옥에서 사건이 터지고 8일이 지났을 때에도 마요르카섬 알쿠디아에 있는 올인클루시브 호텔에서 가족과 함께 휴가를 보내고 있었다. 휴가지에서는 신문을 단 한 줄도 읽지 않았지만 고향에서 벌어지고 있는 일을 모르기란 불가능했다. 모든 사람이 그 이야기를 했고, 그 호텔에 있는 사람들 모두 그 역시 같은 반 학생임을 알게 되기까지 이틀밖에 걸리지 않았다. 사람들은 그에게 수호천사 덕이라는 둥, 전화위복이라는 둥 떠들어댔다.

안데르스 자신은 정작 그런 미신 따위는 전혀 믿지 않았다. 하지만 어떻게 알겠는가, 사람들 말이 맞을지도 모르지. 술집에서 맥주를 한 잔 더 주문하면서 그는 생각했다. 그러고는 3주 전에 주사기로 독약이 주입됐다는 사실도 모른 채 헬싱보리에서 사 온 마지막 남은 '코담배' 갑을 뜯었다. 그 뒤로 얼마 되지 않아 의사의 영웅적인 노력에도 불구하고 안데르스는 죽었다.

로타 팅의 휴가가 공식적으로 끝나고 사흘이 지났을 때 로타는 오슬로에 있는 콜비에른센스 게이트 12번지의 자기 집 다락에서 팔과 다리가 묶인 채로 상자 안에서 발견됐다. 부검 결과 로타는 더운 날씨 때문에 상자에 갇힌 뒤 5일이 지나기도 전에 죽었다고 했다.

7월 11일 일요일에 크리스티네 빙오셰르와 그녀의 남편은 뤼세실에서 빌린 집을 떠나 집으로 돌아왔고, 일주일 뒤에 아이들과 함께 그리스로 호핑을 떠나기 전에 직장으로 복귀했다. 크리스티네는 월요일 아침 일찍 닛산 미크라를 타고 헬싱보리 드로트닝가탄에 있는 그녀의 사무실로 갔다.

그녀는 아침저녁으로 먹는 영양보조제 병을 가지고 있었다. 사실상 그 약을 감당할 형편은 되지 않았지만 친구가 장담한 것처럼 그 영양보조제를 먹은 뒤부터는 아프지 않았고, 5년째 건강하게 살고 있었다. 운전자 없는 그녀의 자동차가 크누트풍텐 밑에 있는 주차 차고의 콘크리트 기둥 하나를 들이박았을 때 다행히 다친 사람은 없었다.

사람들은 토리뉘 쉴메달의 사진을 실은 광고를 뜯어냈고 같은 반 동창들을 깎아내리는 말들을 하기 시작했다. 점점 더 많은 사람이 살인범의 얼굴을 떼어내고 다른 광고를 붙여야 한다고 목소리를 높였지만 한창 휴가철에 그런 조치를 하기란 쉬운 일이 아니었다. 결국 토리뉘의 얼굴은 뜨거운 여름날 2주 동안 스웨덴 전역을 장식했다.

감사의 글

고맙습니다!

미

도와주고 배려해줘서 정말 고마워. 당연히 해낼 수 있다는 너의 믿음이 아니었다면 파비안 리스크 이야기는 쓰지 못했을 거야. 그 때문에도, 그리고 다른 모든 이유에서도 너를 사랑해.

카스페르, 필리파, 산데르

오랜 시간 동안 기다려줘서 진심으로 고마워.

페테르, 미카엘

시간을 내주고 의견을 줘서 고마워. 너희가 생각하는 것보다 훨씬 더 큰 의미가 있었다는 걸 말해주고 싶어.

요나스, 율리에, 아담, 안드레아스, 사라

엄청난 에너지를 주고 세세한 내용까지 전문적으로 살펴봐줘서 고맙습니다.

쇠데르의 카페 스트링과 릴라 카페에트

모퉁이에 내 전용 좌석을 마련해주고 차가 완전히 식은 뒤에도 오랫동안 그 자리에 앉아 있을 수 있게 해줘서 감사합니다.

파비안 리스크 시리즈1
얼굴 없는 살인자

제1판 1쇄 발행 | 2021년 6월 30일
제1판 5쇄 발행 | 2024년 3월 15일

지은이 | 스테판 안헴
옮긴이 | 김소정
펴낸이 | 김수언
펴낸곳 | 한국경제신문 한경BP
책임편집 | 이혜영
교정교열 | 김명재
저작권 | 백상아
홍보 | 서은실 · 이여진 · 박도현
마케팅 | 김규형 · 정우연
디자인 | 권석중
본문디자인 | 디자인 현

주소 | 서울특별시 중구 청파로 463
기획출판팀 | 02-3604-590, 584
영업마케팅팀 | 02-3604-595, 583   FAX | 02-3604-599
H | http://bp.hankyung.com   E | bp@hankyung.com
F | www.facebook.com/hankyungbp
등록 | 제 2-315(1967. 5. 15)

ISBN 978-89-475-4728-4   03850